El capricho de amarte

Nacarid Portal Arráez

© **Nacarid Portal, 2020**
www.nacaridportal.com
 @nacaridportal

Editorial Déjà Vu, C.A.
J-409173496
info@edicionesdejavu.com

Dirección editorial
Yottlin Arias - yoi@edicionesdejavu.com

Director comercial
Julio Cesar Gomez - Juliocesar@edicionesdejavu.com

Diseño gráfico y diagramación
Elías Mejía

Portada
Elías Mejía

Ilustraciones realistas
Anna Novic
Juan Barrios

Ilustración Conceptual
Chris Braund

Corrector de estilo
Mario Acuña

Correctores gramaticales
Deilimaris Palmar
Romina Paola Godoy Contreras
Suhey Selene Hernández Canosa
Verónica Verenzuela
Altagracia Javier

ISBN: 9798635842430

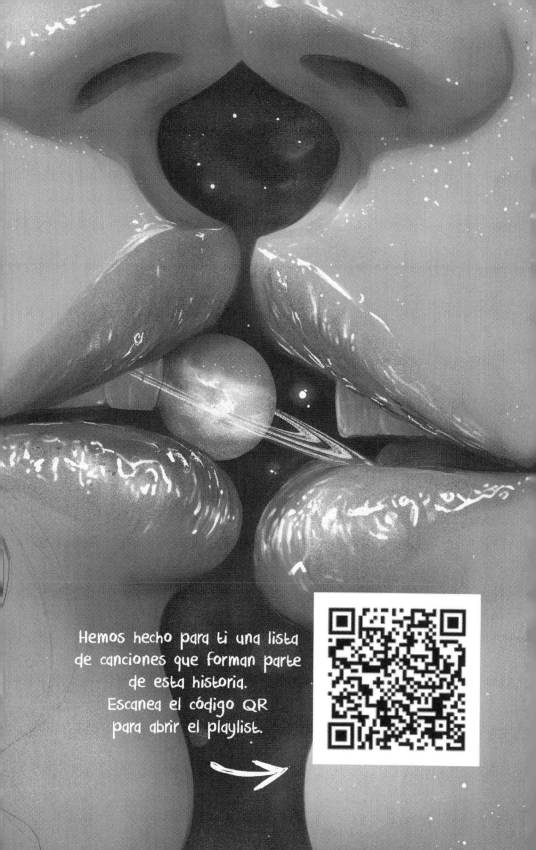

Hemos hecho para ti una lista de canciones que forman parte de esta historia.
Escanea el código QR para abrir el playlist.

El inicio

A las seis de la mañana estaba afuera del instituto. La puntualidad es la norma principal en mi familia, pero yo soy excesiva. Mi día se resume en eso: *estudiar y estudiar*. Quiero ser una gran doctora como mi madre, la mujer que más admiro en el mundo, y para eso debo esforzarme. El futuro me espera y me preparo para él.

Muy pocos alumnos estaban a mi alrededor, así que aproveché para sentarme en uno de los banquillos y disfrutar de mi soledad. Hay personas que la detestan, pero yo no soy una de ellas. Creo que no me parezco a casi nadie. No me divierte lo que al resto y me siento bien así.

Unos gritos hicieron que mi atención se dispersara. De un carro antiguo se bajó una chica. Nunca la había visto y tengo memoria fotográfica, no olvido los rostros. Del puesto del piloto se bajó un hombre. Discutían con fuerza, hasta que él la empujó. «Muévete, inservible, eres una desgracia», le dijo el señor que parecía borracho por la forma en la que le bailaban los pies. «Eres alcohólico, estás desempleado y, además, eres un cobarde con las mujeres…, ¿en serio vas a decirme qué es lo que sirve?», la chica le devolvió el empujón y se dio la vuelta, perdiéndose en el interior del edificio.

Las palabras tienen un poder que no todos conocen y matan partes de nosotros que no pueden volver a nacer. Sentí tristeza por esa chica de cabello rubio, medianamente largo, mirada destrozada y personalidad... Todavía no podía saber cómo era su personalidad. Tampoco, que iba a dedicarse a complicarme la vida.

A veces, algunas personas se meten conmigo. He rechazado invitaciones a fiestas y esos rechazos me han costado la inclusión en la lista de los perdedores a los que humillan. Sí, sé que eso se llama *bullying* y que hay que hablarlo. A mí no me molesta. Quiero graduarme. Tengo a Benjamín y a Paula, son mis dos únicos amigos y estoy bien con ellos.

Julie

Considero que nos acercamos a las personas con las que tenemos que estar. Aunque a veces hay excepciones. Tampoco es que sepa mucho de la vida, solo sé que no me influye que me molesten.

Soy hija única, mis padres son médicos. Estoy sola el 98 % del tiempo. Los chicos de mi clase querían que hiciera fiestas, que me drogara, que utilizara mi dinero o el dinero de mis padres para divertirme, pero yo siempre he querido estudiar. La Medicina es mi pasión y sé que para ser una buena doctora tengo que dedicarme. Ya tengo la beca en la universidad de mis sueños. Es mi último año en el instituto y pronto estaré viviendo la mejor aventura de mi vida: hacer lo que amo en el lugar que he imaginado desde niña. La escuela de Medicina de Harvard.

En verdad, no necesito nada más. Tengo tiempo para los estudios y también para sumergirme en mis libros durante tardes lluviosas en el exterior de mi casa, con café, sueños del futuro y mi propio espacio. Mis amigos me visitan, pero no me molestan. Saben que soy de estar sola. Benjamín y Paula son novios desde los ocho años. Son las mejores personas que conozco y me aceptan así de rara como soy.

¿Qué puede importarme que otros me critiquen? Soy afortunada, y estar consciente de eso hace que no desee nada más. O bueno, eso era así, hasta que conocí a Sophia.

Por cierto, mi nombre es Julie, bienvenidos a mi historia.

De antemano, lo mío no son las letras, pero necesito contarles. Es imposible que algo como lo que estoy viviendo, lo guarde solo para mí.

Ser rara esta bien

Clases de Psicología. La profesora faltó. La nueva alumna tocó en mi curso y descubrí que era la reina del caos. Hizo amigos en dos segundos, y prendió un cigarrillo en medio de la clase. Dijo que no duraría mucho, le daba igual ser expulsada. Se hizo amiga de Jéssica, la más insoportable y también "popular". Es decir, ¿una rebelde con una pija? Ni siquiera pegaban, pero... ¿por qué me estaba importando?

Pasé la primera hora intentando concentrarme en la lectura. Benjamín me hablaba de un concierto. Paula estaba enferma, y joder, cómo la extrañaba. Contesté con monosílabos sin prestar atención. Le dije que sí a todo, esperando que mi amigo entendiera que no tenía ganas de hablar. La presencia de la extraña me estaba perturbando. Parecía segura de sí misma y tenía a todos embobados con su personalidad. ¿Cómo alguien se adapta tan rápido? Admirable. Lástima que con las personas equivocadas.

—¿Quién estudia cuando hay horas libres? —Fue la pregunta de la chica nueva, que sin ningún tipo de respeto cerró mi libro. Ya estaba acostumbrada, sabía cómo manejarlo. No le dije nada. Era mejor ser invisible.

—Alguien inteligente —me defendió Benjamín.

—O quizás no tanto —respondió ella, sentándose sobre mi mesa—. *El hombre que confundió a su mujer con un sombrero*. No suena como un buen título —dijo, hacia mí.

—Los títulos no siempre nos definen.

—Ah, mira, hablas... —Sonrió, y me vi mirándole la boca, era... *diferente*, por decirlo de algún modo—. ¿Y qué te gusta del libro? —volvió a preguntarme.

—Déjala, Julie es lo más simple y básico de El Ángel —intervino Jéssica, haciendo lo que mejor sabía hacer: atacarme.

—No, en serio. Quiero saber qué te gusta del libro —insistió.

—Los humanos que sufren el desequilibrio de la mente, lo difícil de las enfermedades mentales y la magistral delicadeza del cerebro humano. Es una obra maestra, es decir, te anima a mirar dentro de cada caso como si fueras tú mismo y... —Allí estaba yo, que nunca hablo, siendo totalmente diferente y tratando de explicar por qué me gustaba el libro. ¿En serio tenía que explicar mis gustos?

Menos mal que Jéssica me interrumpió.

—Te lo dije: es enfermiza, rara, y una pérdida de tiempo.

—Me llamo Sophia. —Me extendió la mano y después de unos segundos, la estreché—. ¿Me lo prestarías luego? —Señaló el libro pasando de Jéssica, y yo, que tenía como regla no prestar mis libros, me di cuenta desde el principio que se convertiría en mi excepción.

—Es tuyo. —Se lo ofrecí y su rostro mostró una emoción enorme. Fue la primera vez que una persona me impactaba a tal punto de dejarme sin respiración. Sophia, sin bajarse de la mesa, acercó su rostro al mío y me besó la mejilla.

Jéssica estaba tan sorprendida como yo, mientras Benjamín comía sus galletas de avena, mirándome con curiosidad.

—No pierdas el tiempo, no lo vale. Además, juntarte con ella significaría el sacrificio de tu vida social —le advirtió.

—Siempre me equivoco, ¿sabes? Mi vida entera es una equivocación. Los profesores no tienen mucha esperanza en mí y tienen razón, mírame... El primer día de clases me junté con alguien que se cree tan perfecta como para juzgar a otra persona. Y sabes, Jéssica, creo que en medio de una vida de terribles desaciertos, sentirme atraída por quien estudia en una hora libre, puede que sea la única cosa buena que haré. Lo siento, amor, ya la escogí a ella —añadió con sarcasmo y volvió a darme otro beso en la mejilla, pero ahora se detuvo en mi oído y susurró—: Me gustan las cosas raras, y nunca en mi vida he tenido a una amiga así. Eres especial, Julie.

Sentí que iba a desfallecer. Mis mejillas estaban calientes de la vergüenza. No entendía por qué me estaba sintiendo así, tan extrañamente atraída por alguien que acababa de conocer. Por una persona que jamás combinaría conmigo y que, además: era mujer.

Así comenzó nuestra amistad: ella insistiendo en no separarse de mí, y yo, intimidada por su presencia.

Los siguientes días peleó con los profesores, llegó tarde, la hicieron firmar el libro de vidas dos veces, y ya faltaba solo una firma para su siguiente expulsión. Quería que se fuera porque era el camino fácil para salir de mi confusión. No sabía qué ocurría, pero tenía que estar lejos para mantener la calma. El problema es que no siempre podemos y el concierto al que por inercia prometí asistir, fue mi castigo. Un grupo local se presentaba. Benjamín era fanático y Paula lo odiaba. Ya saben el resto. La amiga sacrificada que va a lugares que odia con gente inmunda a cigarrillo. Sí. Eso era lo que pasaría, pero en ese concierto... estaría ella. Sophia estaba repleta de preguntas, de molestia por mis intentos de escapar. Por mi difícil personalidad que necesitaba ignorarla. Por mis motivos mentales para decir que no a una posible amistad. Sophia era una desgracia para mi vida, o al menos eso pensé, para no seguir su juego.

¿Les ha pasado que algo les hace mal y bien al mismo tiempo? A mí sí. Pero en el concierto, mi perspectiva cambió. Mi amor por salvar vidas se refugió en ella. Y descubrí que podía querer algo más que la Medicina…

Podía querer a otro ser humano.

De pronto, conoces a alguien
que te hace comprender,
que la verdadera
primera vez,
estaba _por llegar._

Una dosis de vida

Nunca sabes cuándo va a pasar algo que te despierte. Nunca sabes cuándo vas a conocer a alguien que te haga dudar. En mi caso, creía que mi vida estaba escrita, era predecible, normal. Creía que no necesitaba nada hasta esa noche, cuando en medio del concierto la banda cantó un *cover* con el que siento que empezó todo.

Nos acercábamos a la tarima. Benjamín gritaba enajenado. Las luces disparaban su destello multicolor sobre nosotros. El *rock* —a veces subversivo, y otras, romántico—, deleitaba a la audiencia. La banda tocaba la versión acústica de **Be alright** - Dean Lewis, que hizo que Benjamín y muchos otros cantaran desaforados. La sensibilidad no era lo mío. Aproveché el trance musical de mi amigo para largarme. Tomé rumbo a la salida cuando, de entre todas las caras, la vi a ella. De pronto me acerqué, no a la tarima, no a las luces, sino a un rostro y a unos labios que cantaban mejor que la banda.

Sophia estaba tan quieta que no sabía si era real o solo la imaginaba. Coreaba la canción como todos, pero el sonido que producían sus labios apagaba las otras voces. Quise detallarla y fui a su lado hasta que un brazo la rodeó. Cabello hasta los hombros, ojos azules, chaqueta de cuero, un cuerpazo... un tipo de esos sacados de la tele. Entendía lo que veía, un momento romántico entre dos enamorados. Él la miraba como si fuera la única persona en el planeta. Ella miraba al cielo como si ni siquiera fuera una persona. Ausente, distante, triste, y a la vez tan atractiva.

Retomé la huida. No me importó Benjamín, quería irme a casa. Quizás fue en ese instante cuando ella me retuvo por la muñeca izquierda. Quizás fue justo entonces cuando atrapó mis ojos como si fuera a succionarlos con los suyos. Verdes, tristes, apáticos, pero hermosos. *¿Por qué no podía apartarme?* Me pedí fuerzas extras desde lo más profundo. Logré obtenerlas y corrí. De nuevo me encontraba huyendo y sin saber de qué.

Intenté apartar a la gente como pude, pero fue imposible. Eran muchas personas, todas cantaban y ninguna parecía querer dejarme libre, hasta que sentí una mano apretar mi brazo.

—¿Por qué siempre te escondes de mí?

—Tengo que irme.

—Julie, ¿por qué te apartas de mí?

—No creo que debamos ser amigas. —No tuve nada más que decirle, era cierto, no éramos iguales. No era necesario perder el tiempo.

—¿Y por qué no? ¿No podemos ser amigas porque a ti no te duele la vida como me duele a mí? ¿Porque en medio de tu perfección no sientes tristezas? ¿O porque tú no estás dañada? —Sophia me miraba como si mis palabras la hubiesen herido, pero no podía ser así.

Yo no tenía el poder de herir a nadie.

—No siento cosas tan profundas como esas, soy simple, pero tú... ¿qué eres? —Traté de tragarme esa pregunta, no debí decirla en voz alta, pero lo hice. Sophia Pierce era una incógnita de la que me escondía, y por más que trataba de correr... siempre terminaba alcanzándome.

—Soy justo lo que necesitas para tu vida —respondió, sonriendo—. Puedo hacer que te preguntes sobre la jodida existencia Que no des todo por sentado, ni vivas pensando que no tienes nada por descubrir.

—Ni siquiera sabes qué necesito.

—¿Entonces de qué huyes? Es preferible que me conozcas, que intentes descubrirme y que me dejes mostrarte ese otro mundo.

No entendía sus palabras ni el mundo del que hablaba, pero me miraba tan fijamente que no era posible concentrarme.

—¿Por qué querría conocerte? —le pregunté.

—Porque tengo un pedazo de lo que te falta.

—¿Y qué tengo yo para darte? —Alcé la voz para hacerme escuchar en medio del ruido del concierto y del exterior volviéndose nada, porque ella estaba ahí.

—Lo tienes todo, Julie. ¿Y sabes algo? Te escuché decirle a Paula que ojalá me ccharan del instituto. La buena noticia es que si no me botan, no duraré mucho en tu vida. No me interesa ser de lo que dura. Así que no pierdes nada con dejarme entrar. El sistema te presenta a alguien para que vivas, a mí me presenta a alguien para que consiga la paz que nunca encontré —Sophia hablaba rápido y sus ojos estaban llenos de lágrimas. Yo seguía sin entender qué estaba pasando o por qué se veía tan destruida. Una parte de mí quiso correr, pero no pude hacerlo. Justo ahí, fue la primera vez que tuve la necesidad de salvarla sin saber de qué.

—Me tengo que ir. —Fui una cobarde.

—Te asusta el dolor y quieres ser doctora; la vida duele. Las emociones duelen, lo común duele, respirar duele...

—Vivir no es tan doloroso —la interrumpí, pero sus mejillas estaban rojas y tenía los ojos cristalizados. Ella sentía dolor y yo quise curarla. Después de esa noche, se convertiría en mi meta, en mi tesis, en la prueba final. No me di cuenta de que no era común, que no era igual, y lo más importante, que no quería ser curada.

—Eres diferente, Julie...

—Y tú mucho más —respondí, y era como si solo estuviéramos nosotras. El mundo pasaba sobre su rostro. Nadie importaba. Ella era mi amiga antes de que yo lo supiera, y la quise, antes de que pudiera aceptarlo.

—No voy a correr más —me atreví a decirle.

—No es necesario que lo hagas, igual un día terminará por alcanzarnos.

—¿El qué?

—La costumbre, la rutina. Las almas agotadas intentando conseguir la libertad que en vida no existe. Algún día ya no habrá que correr. Y yo estoy esperando ese día. —Sonó tan triste, que no pude entenderlo. Tenía lo que todos deseaban: belleza y popularidad. Pero, a veces la gente más vacía es a la que parece no faltarle nada. Y no lo digo solo por ella, también lo digo por mí.

Sophia tomó dos tequilas de uno de los grupos que la rodeaban y me ofreció uno, pero me negué. Se los tomó ambos sin siquiera pensarlo. Parecía como si necesitara perderse en el alcohol. No supe que, tal vez, era la única forma en la que conseguía su camino.

—¿No te sientes frustrada? Es decir... —Se quedó callada.

—¿Qué?

—Olvídalo, no puedes sentirlo. ¿Cómo podrías? Eres estable, calmada, inteligente, feliz, no necesitas nada. Nada te molesta, estás conforme y te envidio. Te diré que lo odio, pero la verdad, es pura envidia. Desde que te vi lo tuve claro, eres especial.

Con sus palabras, por primera vez en mi vida, de verdad me sentí así: especial. Sophia, sin saberlo, me hacía sentir segura.

—¿Puedo saber qué te frustra? —Traté de indagar, y ella me cogió de la mano apartando a las personas para llevarme a un espacio grande y lleno de césped, pero antes, secuestró una botella de tequila del grupo de los amigos de su novio.

La luna estaba preciosa, a pesar de no ser luna llena, y las estrellas no eran tantas, pero bastaban.

—Me frustra la felicidad que no se pregunta por el mañana —dijo, y bebió el primer trago de tequila—. Y la apatía —Me señaló con ambas manos—, como la tuya, que no entiende que... —Bebió más.

—¿Qué es exactamente lo que no entiendo?

—Estoy en una dualidad. —Cambió el tema—. No quiero que me sigas si voy a perderte, pero estoy segura de que lo que necesitas es perderte, y siendo honesta, prefiero que te pierdas en mí. —Sonrió, acercándose a mi cuerpo, pero como si algo la frenara, se refugió en la botella. Volvió a beber y me di cuenta de que era huracán, encanto, fuerza, pero sobre todo... mucha tristeza—. De todos los sitios, jamás pensé verte aquí, supongo que el destino nos quiere juntas. —Me guiñó el ojo y después de beber un trago largo, volvió a hablar—: Decidido: te quiero en mi vida. Es raro, Julie, pero cuando estoy contigo me siento en paz y desde hace mucho que mi vida es una guerra —exclamó, bajo los efectos del alcohol, y antes de que pudiera decir algo, el chico de la melena larga y actitud de celebridad volvió junto a Benjamín, completamente ebrios.

El chico besó a Sophia como si la vida se le fuera en eso. Ella contestó como si... *(no sé, tampoco soy una máquina de percepciones)*. Solo contestó al beso y yo, como idiota, me quedé mirándolos hasta que decidí que la mejor opción era irme.

—¿Por qué te vas?

—La pregunta sería: ¿por qué me quedaría? —contesté hacia Sophia cuando trató de retenerme. Ella me miró con curiosidad, y luego sonrió para terminar atrayéndome en un abrazo.

Odio que me abracen, pero me dejé.

—Eres lo más extraño que he conocido y me gustaaaa... —Ya estaba ebria y volteó hacia su chico—: ¡Ella es Julie y me agradaaaa! —exclamó.

—¿Qué? ¿Te gustaría un trío? —preguntó, mirándome de arriba abajo, hasta que Sophia le dio un puño en el hombro. Iba a morirme de la vergüenza y mi amigo no paraba de reírse. ¿Cuál era la gracia? Quería matarlo.

—No, por supuesto que no —contestó Sophia y se giró hacia mí—. Perdóname, él es un idiota, y sí, a veces tenemos sexo con mujeres, pero no pasa nada, no sería contigo, yo jamás te pediría eso, yo... —No la dejé terminar. La situación era incómoda, lucía nerviosa y su novio se unió a Benjamín en un repentino y tonto ataque de risa.

Me di la vuelta y caminé lo más rápido posible hacia mi coche. Lo encendí, puse algo de música y arranqué.

Conduje confundida hacia mi casa. La cabeza me daba vueltas y no tenía ni una gota de alcohol. La noche parecía diferente, la ciudad ya no era la misma. Yo era otra. Sophia abría incógnitas que existían en una partícula bajo llave en mi interior. Me mostraba otros aspectos de la vida. Ya la luna no era una simple luna. Ahora los carros no eran solo carros y yo estaba escuchando la misma canción de nuestra conversación:

Dean Lewis - Be Alright.

Queriéndola, conocí otra parte del mundo. Descubrí la vida que no sabía que tenía. En sus ojos conseguí lo que quería curar y por primera vez algo me importó por encima de la Medicina.

Llegué a mi casa y me metí en la ducha. La canción seguía repitiéndose en mis pensamientos. Las palabras de Sophia se habían mudado a mi mente y no podía apartarlas. Sin quererlo, me impulsó a vivir. Y yo no supe que lo que ella necesitaba era una dosis que la atrajera a la vida. Yo necesitaba sentirme viva, ella necesitaba conseguir algo que la motivara a sonreír de verdad.

Me lancé desnuda a la cama por primera vez. Encendí la música y sonreí como idiota sin saber por qué. No tenía nada claro, excepto que quería volver a verla porque necesitaba conocer lo que ella me mostraba. No quería ser porque ella quería que fuera. Quería ser porque nunca había experimentado. Ese día me dormí pensando en sus labios, en su novio, en Benjamín... en mí. Quería ir al concierto y largarme a los quince minutos. Me quedé para descubrirla, y sí..., esa noche decidí que seríamos amigas.

Hay demasiadas formas de engañarnos,
algunas... son justificadas.

¿Has sentido el dolor?

¿Has sentido que te pesa la vida y que el dolor,
a pesar de todo, también es atrayente?

Antes de que amaneciera, Sergio, chófer de mi familia, se ofreció a llevarme al instituto. Prefería manejar sola, pero acepté. Vivo sobrecargada de seguridad. Mis padres trabajan en Estados Unidos. Él es internista, ella, de las mejores cardiólogas. Al no poder estar cerca, querían dejarme a cargo de personas que sabían respetar las distancias. Veo muy poco a mis padres, a pesar de que me llaman cada noche. Con mi madre tengo una relación de retos, siempre me hace preguntas con las que intenta medirme en su campo. Mi padre, Luis Carlos, es diferente. Es más dulce y me trata como si aún tuviera seis años. Los amo a ambos y no darle preocupaciones es una forma de demostrárselos.

Me monté en la parte delantera del coche. Conozco a Sergio desde que era una niña y más que un chófer, es mi amigo.

—¿Te gustaría que le pida a Claudia que te cocine algo especial para el almuerzo?

—Pídele una cita y deja de ponerme de excusa para hablarle. Ya sabes que prefiero cocinar yo misma —respondí, a ver si lograba animarlo. Debe ser triste amar a alguien sin decirlo.

—Estás muy joven para entender, pero prefiero ser recatado y no perderla por un capricho.

—Mmm... Suena a cobardía, no creo que el amor sea un capricho, pero de acuerdo, ya pensaré en algo para tu cita del futuro —insistí, consiguiendo que, al menos, me regalara una sonrisa.

Al llegar al instituto se despidió deseándome un feliz lunes. Sin embargo, le pedí que esperara. No quise bajarme cuando vi llegar a Sophia en la moto de su novio.

—¿Sucede algo? —preguntó Sergio.

—No, nada —mentí, sin saber por qué me costaba bajarme, o mejor dicho, por qué no quería verlos.

Benjamín y Paula, por primera vez en la historia, llegaron temprano. Ya conocían el carro y fue inevitable que no tocaran la ventana. Insistentes, inoportunos y fastidiosos, así son mis dos mejores amigos.

—¿También quiere esconderse de ellos? ¿O solo de la pareja de delincuentes juveniles? —preguntó Sergio, refiriéndose a Sophia y a Noah.

No tuve más remedio que bajarme del coche. Los saludé a ambos con prisa para no ser vista por Sophia. Subí las escaleras de la entrada principal casi corriendo. Benjamín solo hablaba del concierto y Paula le pasó dinero. Sí, habían apostado a que no duraba más de diez minutos antes de irme a casa. Benjamín ganó gracias a Sophia, pero nunca iban a saberlo.

—¡Julie! —la oí gritar, y listo, misión fallida, me había visto—. Mira. —Volteé a verla—. ¿Qué te parece? ¿Te gusta? —Se soltó el cabello con la intención de mostrarme el tono azul que ahora cubría sus puntas.

—Excéntrico, pero no está mal —contesté.

—Me encanta —añadió Paula.

—Sí, se ve genial. —También a Benjamín le había gustado.

—¿A ti no te gusta? —insistió Sophia hacia mí, a medida que caminábamos al interior del instituto.

—No es su estilo. Julie es más conservadora, pero estoy segura de que tiene una salvaje por dentro. Solo que no he logrado sacarla, al menos todavía —bromeó Paula, que siempre me hacía pasar vergüenza.

—Bueno, tal vez puedo ayudarte con eso —contestó Sophia—. Por cierto, quería invitarlos a la playa esta tarde. Voy a ir con Noah. Volveríamos mañana. Será divertido, ya saben, cervezas, música, surf, observar las estrellas.

—Es lunes y a diferencia de ti, nosotros estudiamos —la interrumpí, y sé que quizás no debí decir eso, pero su irresponsabilidad no la llevaría a ningún lado, o bueno, a la playa por lo visto sí.

—Te hace falta tomar retos, aventuras... Anda, vamos.

—Nosotros tenemos un almuerzo familiar, si no con gusto —contestó Benjamín, cogiendo a Paula de la mano.

—Para la próxima, te acompañamos —añadió Paula, como si en sus ratos libres se escapara—. Oye, Sophia, que si logras convencer a Julie de dejar la Medicina por un día, te lo juro que te conviertes en mi ídolo —le gritó, mientras se perdía en el pasillo.

—¿Será que me dejas conseguir tu lado salvaje? —me preguntó Sophia entre risas mientras entrábamos al salón. Le volteé los ojos y, sin responderle, me senté en mi sitio habitual, pero para mi sorpresa, se sentó junto a mí. Me molestaba que fuera tan pretenciosa y que invadiera mi espacio, pero al mismo tiempo, tampoco quería tenerla lejos. No sabía por qué me comportaba así, y claro que me gustaba su cabello, no era mi estilo, pero a ella se le veía bien. Pasé todo el domingo esperando que fuera lunes para verla, y en ese instante, quería que se sentara en otro lado. Ilógico. A veces queremos lo que va a lastimarnos, pero los riesgos asustan y ella, indudablemente, era un riesgo para mí.

—Sophia Pierce. —La profesora cerró la puerta con la lista en mano—. No está permitido llevar el cabello de ese tono.

—¿Prohíben la libertad?

—Son normas y deben acatarse.

—Con todo respeto, entre mis normas está guiarme por lo que quiero y no por lo que mandan. Decidir lo que respecta a mi vida, cabello, cuerpo y alma. Y por supuesto, no juzgar a otros por su físico.

—No se haga la lista.

—Es la verdad. —Sophia se levantó de su asiento—. ¿El color de mi cabello determina lo que soy? No entiendo las normas que nos privan de decidir. Porque mis decisiones no dañan a otros, son todas respecto a mí, así que es algo tonto.

—¿Me está llamando tonta?

—Jamás la irrespetaría y a su vez asumo que no hizo las reglas, pero como docente puede escoger con qué estar de acuerdo y con qué no. Así como yo lo hago.

—Para mañana quiero que me traiga las dos guías de cálculo listas, de esa forma, ambas estaremos de acuerdo en que mantenga su exótico color.

—Las guías son para la próxima semana —se quejó.

—Si tiene tiempo para pintarse el cabello, hacerse aros y defender sus derechos, también debería tener tiempo para deslumbrarme. Ambas exigimos algo, usted libertad, y yo que me sorprenda. Ahora, si me permite, comenzaré la clase —puntualizó la profesora Bertha y comenzó a explicar el tema.

La siguiente hora pasó rápido. Sophia hacía dibujos increíbles de planetas y estrellas en su cuaderno, y de vez en cuando me tocaba el hombro para mostrármelos. Le pedí que se concentrara, pero fue inútil. No le interesaba la clase. Al parecer, casi nada le interesaba.

Cuando la hora terminó, me apresuré a recoger mi bolso y no sé por qué razón me sentí preocupada por ella.

—Si te vas a la playa vas a reprobar cálculo —le dije.

—Si no me voy a la playa, también reprobaré, no me gustan los números. Los odio. —Se encogió de hombros—. ¿Quieres venir conmigo?

—No, no quiero y tú tampoco deberías ir.

—¿Por qué, señorita perfección? —preguntó, guindándose de mi brazo mientras salíamos del salón.

—Porque voy a ayudarte a hacer las guías, a la una y media nos vamos a mi casa. Te esperaré en la salida, pero si quieres reprobar e irte a la playa, bien, también lo entiendo —respondí nerviosa, era algo nuevo para mí. Ni siquiera esperé que contestara. Aproveché que la siguiente clase no la compartíamos. Necesitaba ese espacio, así que me solté de su agarre y caminé lo más rápido que pude alejándome de ella.

La siguiente clase pasó rápido. La próxima era filosofía. De nuevo la vería. Qué incomodidad. Ni siquiera tenía claro por qué la invité, aunque lo más seguro era que dijera que no. Intenté sacármela de la cabeza, de cualquier forma tampoco se sentó a mi lado. No volvió a acercarse hasta que el timbre final me hizo darme cuenta de lo tonta que fui. Sophia Pierce no era de las que estudiaban. Mucho menos de las que cancelaban sus citas para cumplir el castigo de una profesora. Caí en cuenta de que sería muy difícil conocerla. Ella nunca era igual.

Noah estacionó su moto en la entrada con un ruido tan atorrante como embriagador. Claro, atorrante para mí. Embriagador para las mujeres, que entre más ruidoso fuera el motor, más guapo veían al hombre. También unos cuantos estudiantes se pararon junto a él para admirar la moto. Noah me saludó con la mano, y le devolví el saludo. Por primera vez, Sergio estaba retrasado (por desgracia para mí que lo que más quería era irme).

La impaciencia me estaba ganando cuando Sophia me cogió de la mano y caminó, abriéndose espacio entre los que rodeaban a su novio.

—Mi nuevo color de pelo causó problemas —dijo hacia él—, mi castigo son enormes guías de cálculo. Julie va a ayudarme. ¿Dejamos la playa para después?

—¿No podemos hacer las guías en la playa?

—Julie no es fan de la diversión. Nos vemos mañana —respondió ella y se despidió con un beso. Él no pareció enfadarse, al contrario, fue comprensivo.

Agradecí que Sergio llegara y caminé hacia él, que se bajó para abrirme la puerta. Segunda acción extraña de mi día: me senté atrás junto a Sophia en vez de adelante, como siempre suelo hacer.

—¿Es tu papá? —preguntó hacia mí, y sin esperar respuesta, le extendió la mano—. Mucho gusto. Que sepa que voy a corromper a su hija. Fue criada con mucha perfección —puntualizó, y si hubiese sido mi padre sería incómodo, pero Sergio se rio y terminó presentándose con ella.

El trayecto fue extraño, ambos hicieron clic y hablaron como si se conocieran desde siempre. Yo me mantuve callada, tratando de entender por qué había decidido ayudarla.

Al llegar a casa dejamos las cosas en la sala y fuimos a la cocina.

—¿Te gustan los *raviolis* de carne? ¿O te gustaría algo más?

—Julie, ¿hay algo que no sepas hacer? Ah, cierto, divertirte, pero de eso me encargo yo —contestó Sophia, sentándose sobre la mesa de la cocina. A pesar de que me ponía nerviosa su mirada, intenté cocinar rápido y rico.

—Están divinos. Puedo acostumbrarme a esto —comentó satisfecha, cuando terminó de comer.

—La próxima vez cocinas tú —murmuré.

—¿Tan rápido y ya quieres repetir? —Alzó una ceja y de nuevo mis mejillas estaban hirviendo—. Espero que te baste con una *pizza* a domicilio porque soy más inútil de lo que parezco, Jul.

Noah

—Ven, tenemos trabajo y no te voy a hacer la tarea, quiero enseñarte. Vamos a mi cuarto. —La guie hasta la segunda planta y no era como los otros que se sorprendían por el dinero, o por los lujos. Sophia no era así.

Se quitó los zapatos y se recostó sobre la alfombra de mi habitación, luego de examinar mis fotos y husmear en los detalles.

—Falté a la playa por venir contigo. Te aseguro que la tarea no me interesa.

—Mal por ti, porque justo eso es lo que vamos a hacer.

—Julie, porfa, ¿podemos tomar vino? —Me miró, frunciendo los labios.

—No me gusta beber, además, si no querías estudiar hubiese sido mejor que te fueras a la playa.

—La playa puede ser cualquier día, yo no creo que estar con alguien como tú pase todos los días. —No supe qué contestar, así que mi mejor opción fue complacerla.

Quería vino, le di vino.

Sophia se tomó las dos primeras copas superrápido, mientras yo, hacía muchos intentos por explicarle. Era inteligente, pero desinteresada. Entendía los ejercicios y los hacía, pero luego se distraía tocándome el cabello, diciéndome que era el cabello más suave del mundo. También me quitó los lentes para probárselos y comprobar que no veía nada con ellos.

—Concéntrate —insistí.

—Julie, hazme la tarea mientras yo te observo.

—*Wow*, nunca me habían dado un trato más justo.

—Te aseguro que nadie te ha observado como yo. Es un trato justo si lo miras desde mi punto: eres lista, pero no engreída. Tus pensamientos son interesantes, aunque no te gusta compartirlos. Nunca has tenido un novio y tampoco está en tus planes. Es decir, te sientes feliz estando sola, y el que me hayas invitado significa que coincides conmigo en que seremos amigas —dijo, mientras se sentaba detrás de mí, dejándome sin respiración—. Yo voy a jugar con tu cabello, y tú, me ayudarás con cálculo. Si quieres, si no, tranquila, podemos embriagarnos —susurró en mi oído y un escalofrío recorrió mi cuerpo. No me molestaba que me tocara. Ya va. ¿Por qué no me molestaba que me tocara?

Por supuesto que le hice la tarea. No quería que reprobara, y aunque no entendía mis razones, obedecía a mis deseos. Ella, se levantó después de unos minutos para encender un cigarrillo. Le dije que no, pero no me escuchó. O sí, y le daba igual. Después lo entendí. Siempre quiso ser escuchada y nunca consiguió a las personas que alcanzaran la profundidad de su alma. Pero al observarla, iba descubriendo una parte de lo que era.

—¿No sientes la magia que hay en las tristezas? —me dijo—. Es la plenitud cuestionable, el rebosamiento inapropiado, la eternidad que aburre, el silencio abrumador... A veces hay magia en lo que no se dice, Julie. Hay magia en todo lo que no me puedes decir.

—El silencio tiene su encanto —me animé a responderle.

—Si tuvieras un deseo en esta tarde de lluvia y estudios, ¿qué desearías? —me preguntó, y su presencia era diferente. La tenía en mi casa y mi casa no era la misma. Igual que los carros y la ciudad. Igual que el concierto y las personas. Ella le daba un tono nostálgico a lo que rozaba, y eso estaba bien.

—Desearía que el último año acabara rápido, pasar de etapa y no volver al instituto.

—No tienes derecho —contestó y me pasó la copa de vino—, no puedes pasar de etapa sin haberla vivido. Intenta vivir y ya. ¿Qué es lo peor que puede pasar? —preguntó, y cogí la copa sin contestarle, aunque debí decirle que lo peor que podía pasar era que me hiciera adicta a su presencia, a sus dudas, a sus tristezas, a la manía que tenía de contraponerse a todo. Yo, que nunca bebía, lo hice como si fuera lo que necesitaba. Al menos el alcohol me hacía sentir más cómoda en su compañía. Y ya su contacto no hacía que quisiera desmayarme. En cambio, lo estaba disfrutando.

La primera botella se vació mientras la escuchaba hablar de los astros. Hablaba sobre lo que no conocía, y sabía que debía enseñarle para que no la expulsaran, pero saqué otra botella y la vi pintarse las uñas. Prendió un porro y me tragué mi moralidad. La vi fumar y echar el humo sobre mí. Fingí que estaba bien, que siempre lo había hecho, que básicamente yo también fumaba. Me ofreció y, por supuesto, me negué. No tenía que ser como ella.

—Nunca he fumado, es la primera vez que bebo alcohol y no quiero cambiar por ti —le dije, con la seguridad proveniente del vino.

—No quiero que cambies. Quiero que me enseñes tu vida, que me dejes pasar al mundo que construyes, a lo que te han enseñado. Y que pruebes conmigo, que conozcas mi mundo. —Le dio una calada al porro, recostándose sobre mí, y antes de que pudiera apartarla botó el humo en mi cara, tomándome por la mejilla—. Te prometo que no dejaré que te pierdas, Julie. Solo voy a mostrarte otro estilo de vida —aseguró, con sus ojos llenos de astucia, que eran mucho más embriagantes que el vino—. Me gusta estar contigo y eso solo prueba que no siempre tenemos que estar con personas iguales —afirmó, y por un segundo el calor fue insoportable, hasta que Sophia se apartó de mi cuerpo, sentándose en la alfombra.

Pasé la tarde escuchándola hablar de sus hermanos y sobre el miedo que sentía del tobogán de la vida. No sabía que existía ese tobogán, pero no la interrumpí. Me gustaba escucharla y no me di cuenta de que me sentía diferente, sin preocupaciones, tranquila, feliz.

—¿Te gusta lo que sientes? —preguntó y asentí casi en automático—. Seré muchas de tus primeras veces, pero no dejaré que te excedas. A diferencia de mí, Julie, tú no estás perdida. Tu vida es perfecta porque desconoces, y no me gustaría que ni por un segundo sientas mi dolor.

—Haces que el dolor se vea atrayente —solté sin medirme.

¿En qué estaba pensando? Debía dejar de ver hacia sus labios y no decirle atractiva. Sophia no dijo nada y solo me quitó la copa de vino.

—Tengo que irme, pero antes voy a acostarte.

—No quiero dormir, tengo llamada con mis padres a las nueve.

—Hoy no es buena idea —acotó, mientras me ayudaba a levantar.

—No quiero que te vayas. —No lo pensé y le dije lo que sentía.

—No puedo quedarme, hoy no.

—Creí que podías hacer lo que quisieras.

—El punto de la libertad radica en el control, yo casi siempre lo pierdo. Contigo no lo haré —respondió, y al final, se fue con Noah.

Claudia (la *chef* a la que no dejo cocinar y que también se encarga de cuidarme desde hace años) se concentró en hacerme compañía. Ella debe rondar en los treinta años y siempre la he visto como a una hermana mayor. Valora mis espacios, respeta mi vida, y bueno..., al parecer se dio cuenta de lo mucho que me molestó que Sophia se fuera. Casi nunca compartimos juntas porque, a pesar de que la quiero, mi personalidad es más de estar sola.

—¿Un baño en la piscina antes de la cena? —me preguntó y el vino, la sensación de pérdida, las dudas, la cercanía con Sophia... Todo me llevó a decir que sí.

Claudia me preguntó quién era ella y no supe qué contestar. También me dijo que le gustaba que por fin alguien «se diera cuenta». Le pregunté: «¿darse cuenta de qué?», y me habló sobre el encierro emocional. Según ella, nadie había querido cruzar la línea que esta desconocida había atravesado sin previo aviso. Pero Sophia no le tenía miedo a mis rechazos, ella quería saber por qué me ausentaba hasta de mí.

Nadé para olvidar mi tarde, pero terminé reproduciendo sus manos acariciando mi cabello, una y otra vez.

Cuando más queremos escapar de un pensamiento, nuestro inconsciente insiste en recordarnos su importancia.

La importancia de Sophia era indiscutible porque mientras pensaba que estaba salvándola... Era ella quien me salvaba a mí.

Al carajo el futuro

Antes de que Sophia llegara, mi frase favorita era *"prefiero estar sola"*. Mi vida se resumía en pensar en el futuro y en sueños lejanos: mi primera operación, conocer nuevas personas, salir del encierro de mi casa, el instituto, las cenas con mis padres, y lo mismo multiplicado por diez mil. Solo anhelaba una vida que no era mía. Anhelaba la vida de la persona en la que me convertiría.

Para los que se preguntan dónde vivo, la ciudad es Caracas, el país es incierto. Mi instituto es de lujo y mi posición, más que acomodada. La gente piensa que vivir en Venezuela es igual a muerte, y sí, algunos mueren de hambre, otros de amor, otros de tristeza y otros otorgando su vida para un nuevo mañana. Yo jamás he manifestado. Me parecen absurdos los que entregan su vida luego de ver muertes injustificadas. Sophia, por supuesto, pensaba distinto. Nunca coincidíamos. Y en mi caso, vivir en mi país se resumía a una casa grande con vistas preciosas, una piscina y profesores privados (que siempre rechacé). Sí, hay muchos que se mueren por ser de todo. En mi caso, a duras penas puedo ser yo misma.

La razón por la que no nos hemos ido del país es mi miedo a los cambios. Les pedí tanto a mis padres no separarme de Benjamín y Paula, que al final aceptaron. Tampoco podían negarse, he hecho todo lo que me han pedido desde que nací.

—Se te quedó la tarea —le dije, cuando la vi sentarse a mi lado. Ni siquiera entendía cómo fue que la aceptaron. No tenía el estilo ni los requisitos que piden en El Ángel. *Y menos mal que fue así.*

—¿Cómo amaneciste? —me preguntó, con cara de dormida.

—Me duele un poco la cabeza. —Dejé las guías sobre su mesa.

—Esto aliviará el dolor —Sophia me dio una pastilla y le quitó el termo de agua a Danilo, un compañero de clase—, tómatela —ordenó.

—¿No te han enseñado a pedir permiso?

—No, pero por ti puedo intentarlo —Sonrió—. Chico de camisa marrón, ¿me das de tu agua? —preguntó con antipatía y, por supuesto, Danilo, embobado con sus encantos contestó que sí—. Bien, Julie, ya ha dicho que sí, ahora, tómate la pastilla. Obedecí sin más y le devolví el termo a Danilo, dándole las gracias—. Cierto, Julie, tampoco sé agradecer, pero mi maleducado carácter puede variar por ti —añadió Sophia, dándome uno de sus rápidos besos en la mejilla—: gracias por hacerme la tarea. —Se amarró el cabello sin dejar de mirarme—. No quiero que pienses que fui contigo por interés.

—No es lo que pienso.

Me apresuré a abrir el libro para evadir su mirada. Sí. Ella todavía me ponía nerviosa.

—Siempre haces lo mismo. Me ignoras. —Me lo quitó.

—¡Hey!

—¿Sabes? Creo que me voy a sentar al otro extremo de la clase a ver si al irme, valoras mi compañía.

—Ni se te ocurra, es mejor ver tus dibujos que escuchar a esta profesora.

—Mi alumna estrella odia una clase, oh, eso sí que es nuevo —contestó, aparentemente satisfecha, y nuestra conversación se dio por terminada cuando entró la señorita Belén.

No tenía amigos en esa clase. Benjamín y Paula quedaron en otro curso propedéutico. Se suponía que Belén debía servir para acercarnos al futuro, pero ya lo tenía claro: la mejor escuela de Medicina del mundo. Ya había sido aceptada, lo demás me daba igual. Era una pérdida de tiempo, pero la profesora me abarrotaba de preguntas cada semana.

—Feliz día, chicos, muevan sus mesas y siéntense en el piso. —Belén era algo simpática, siempre trataba de ayudarme a encajar y eso era peor, porque ocasionaba que Jéssica y su grupo se burlaran más de mí—. Empecemos contigo —señaló a Sophia—, ¿qué te gustaría ser en el futuro? —Agradecí que por primera vez pasara de mí.

—Nada —contestó Sophia.

—Todos quieren ser algo, apuesto a que tienes grandes sueños.

—Ese es el problema, que todos quieren ser algo. Todos sueñan con grandes ambiciones. Me preguntó qué quiero ser en el futuro y la verdad es que yo ya soy. Ya existo. En tiempo presente —respondió.

—¿Y qué es? ¿Qué te dice tu existencia, Pierce? —insistió Belén, leyendo el nombre de Sophia de la lista con su voz suave. Su rostro era tan dulce como su personalidad, y su ropa la hacía ver mayor, pero no tanto. *¿Cuánto podría tener? ¿Veinticuatro años?*

—Lo opuesto a ella —Sophia me señaló—, así que es más fácil que le pregunte qué es y mi respuesta sería lo contrario.

No podía creérmelo. La única vez que me dejaban en paz en una clase y Sophia no me dejó disfrutarlo. Las risas típicas del grupo "popular" se asomaron, pero Belén, siempre en mi defensa, se hizo con el control.

—El próximo que hable está fuera —advirtió, antes de añadir—: No deberías sentirte orgullosa, si eres lo opuesto a Julie. Ella es la alumna más centrada, inteligente y asombrosa que he tenido en mis años como docente.

—Vaya... tienes una admiradora —me dijo en el oído y luego habló hacia Belén—. Según mi cálculo no debe tener muchos años enseñando. Claro, soy pésima en cálculo, pero sí, como le digo, soy lo opuesto a Julie. Nada inteligente, no muy ubicada, y, bueno, en cuanto a lo de asombrosa creo que tengo algunos puntos.

—Muy bien —contestó la profesora, caminando al centro—. Haremos un trabajo de dos. Quiero que escriban sobre cómo ven a su pareja. Cualidades, desventajas, puntos a mejorar y cómo la imaginan en el futuro. Ustedes dos van juntas, chicas —dijo hacia nosotras—. Tienen media hora para entregar —sentenció.

—¿Qué se siente gustarle a la profesora?

—Ni siquiera sé de qué hablas.

—Julie, es que no te enteras de nada. ¿No ves cómo te mira? Obviamente está tragada de ti.

—Ajá. Si no te importa, haré la tarea, igual tengo que hacerla por las dos. Tú nunca haces nada. —Mala idea decir eso. Me incomodó lo de la profesora y hablé por hablar. Sophia lograba sacarme de quicio.

—Entonces es tu día de suerte. —Arrancó una hoja de mi cuaderno y comenzó a escribir. En mi caso, por más que lo intenté, estaba en blanco. Irónico, escribía cada día de ella, pero en ese momento no pude.

—Terminé. ¿Puedo leerlo? —preguntó a la profesora luego de diez minutos.

—Es privado, Sophia —intervine.

—Por supuesto que puede leerlo, señorita Pierce —respondió Belén, y Sophia que no tenía pena de nada se aclaró la garganta, se levantó del piso, y recostándose de la pared comenzó a leer:

Imaginar a Julie en unos años es imaginar todo lo común, lo cual es extraño porque ella no es común. Siente que no es hermosa porque le han hecho creer que ser extraño es algo malo. Julie nació para hacer lo que desee. Ser una gran doctora es lo que dice que quiere ser. Pero el adjetivo "gran" ya forma parte de ella. Puede ser más que una "gran doctora" y yo quiero mostrárselo. Los idiotas de esta clase piensan que pueden molestarla. Que no coleccionar una gran popularidad es algo horrible. Que no aceptar lo establecido es espantoso. A mí me parece gratificante. Julie es mi mejor amiga, aunque la conocí hace menos de tres semanas, pero el reloj es algo banal. Un invento para medir nuestras emociones y decirnos cómo sentir. Yo la conozco tanto en tan "poco" tiempo que sé que mientras leo, ella ni siquiera puede escribir dos líneas sobre mí. Así que aprovecho para hacerle la tarea para que no vuelva a decir que nunca hago nada.

Sophia volteó su hoja, acomodando su postura. Se paró erguida, metió la camisa dentro del pantalón y comenzó a imitar mi voz:

«Hola, personas que no soporto. No me interesan sus opiniones porque, aunque lo parezco, no soy tan común como para verme afectada por la crítica. Me llamo Julie, y ya que tengo que hablar de Sophia les diré todo lo que sé: 1. Nació sin futuro. 2. No tiene una meta, ni tampoco una misión. 3. No vino a hacer cosas importantes. Existe por mera casualidad. 4. Es un ser que vive y que respira, pero que no aspira a ser grandiosa. 5. Sophia tiene de certezas cada una de sus dudas. No espera graduarse para estudiar una gran carrera, pero vive cada minuto como el minuto del final. 6. Sí, eso es lo más importante, Sophia tiene una obsesión por lo que acaba y con eso se refiere a su propia vida».

Terminó de leer y caminó hacia mí:

—No estoy a tu lado para ser una inútil y tampoco para que me hagas pasar de curso. Fuiste tú, Julie, quien quiso ayudarme con cálculo, no te obligué. —Sonaba molesta y sus acciones lo ratificaron. Me tendió la hoja, recogiendo su chaqueta para apresurarse a salir del salón y los reclamos de Belén quedaron suspendidos en el poco caso que Sophia les prestó.

—No me interesa planificar lo improbable, profe, me gusta el desastre de mi existencia.

Sophia cerró la puerta detrás de ella y no volvió.

Al terminar la clase, Belén me preguntó si éramos amigas, le dije que acabábamos de conocernos. Me pidió quedarme a tomar un café y no debí haber aceptado, pero dijo que algo estaba mal con ella. Acepté que nos reuniéramos y me explicó que notó un grito de suicidio en el escrito de Sophia. No le creí y tampoco tuve claro por qué me involucraba. Aún a esas alturas no había aceptado que ya estaba demasiado involucrada.

Mi nueva "mejor amiga" tenía razón. El tiempo se creó para limitarnos. Para enseñarnos cuándo, cómo o qué tanto queremos. A medida que escuchaba a Belén, mis pensamientos estaban en Sophia. En ella partiendo con tristeza, porque estúpidamente le dije que no hacía nada. Debí decirle que no le escribía dos líneas, que podía escribirle durante toda mi vida. Debí decirle que podía hacerle la tarea y ayudarla a pasar el curso con tal de que no se fuera, pero estaba muy ocupada intentando descifrar por qué me sentía tan extraña en su compañía. Estaba demasiado ocupada envuelta en el temor.

Belén me atrajo a la realidad diciéndome que tenía que acercarme a Sophia. Que lo tomara como un proyecto. Que trabajaríamos con el psicólogo. *¿Quién era yo para meterme en su vida y pasar a un lugar al que no me habían dado acceso?* Rechacé su propuesta y le dije (lo más amable que pude) que ni ella ni yo éramos nadie para meternos en la vida de Sophia.

—A veces es muy tarde cuando decidimos hacer algo. Espero que no sea muy tarde cuando quieras ayudarla. —Fueron sus palabras y las repetí en mi cabeza como una grabadora durante las siguientes horas.

Sophia no volvió a clases. Benjamín y Paula me hablaron de una fiesta en casa de Nathaniel para el fin de semana. Me negué y no me insistieron porque sabían que no funcionaría, que odiaba las fiestas. Me preguntaron por qué estaba tan distante. Quise decirles, pero... ¿cómo les decía a mis amigos que no quería nada por el simple motivo de estar mal con la única persona que me hacía sentir bien?

Ese día aprendí que mis palabras hieren, que Sophia era sensible, que escribía muy bien y que me acercaría, no por lo que dijo Belén, sino porque no existía nada que deseara más que estar a su lado. Me encontré a mí misma queriendo quedarme en vez de huir al futuro, a ese lugar seguro y plácido donde tanto me apetecía vivir, pero que ya no era tan interesante porque no estaba ella.

Sophia Pierce llegó
para mostrarme el mundo,
para romper mis miedos,
para mostrarme
que sin riesgos...

No hay historia.

Las personas no queman

No podía decir que no. Le debía una disculpa y Sophia Pierce me dijo que solo iba a disculparme si la acompañaba. *¿Adónde?*, una pregunta sencilla que incluso ahora ya no puedo responder. No me negué. Le dije que Sergio podía llevarnos. Ella me dijo que íbamos a pie. *¿A pie?* Nadie en el instituto El Ángel usaba el transporte público. *Ella no era nadie.* Más tarde me enteré de que entró por una beca de deporte. Que dos veces a la semana tenía entrenamiento de tenis y que era realmente mejor que buena.

—Las disculpas no acomodan los daños —me dijo—. Si vienes conmigo, quizás en alguna parte del día, hagas que se me olvide tu desplante de hoy.

Manipulación básica, y caí en ella. Llamé a Sergio y le dije que me iría con mi amiga. Su trabajo era cuidarme, pero algo en Sophia también lo convenció. Y lo que pasó después fue simplemente nuevo. Me llevó por una ciudad en la que había vivido por mucho tiempo, pero a la que no conocía.

Caminamos por unas cuadras hasta que tomamos un autobús. Nos llevó hasta Altamira, en donde tomaríamos el metro.

Bajando las escaleras, el olor a orina se hizo insoportable. Pasamos los torniquetes y caminé intentando parecer segura. Sophia parecía relajada, a pesar de que los hombres le gritaban frases lascivas como unos pervertidos. Después se abrió el andén y mi paranoia aumentó cuando una estampida humana salió hacia nosotras. Me quedé inmóvil viendo cómo las personas se empujaban y parecía una competencia por quién iba a salir primero. No podía creer lo que estaba presenciando. Parecían salvajes luchando por su supervivencia. Sophia se paró frente a mí, y tocó mi cara para que reaccionara, supongo. En ese punto lo que quería era salir corriendo. Me tomó de la mano y comenzó a empujar a todos como otra salvaje más hasta que logramos pasar.

—¿Qué? Las personas no queman, Julie —se burló y una oleada de gente llenó el vagón. Ella abrió mi bolso como una ratera profesional y ni siquiera lo noté hasta que vi mi móvil en su mano.

—Primer paso. Actívate, mantente alerta, pero sin privarte de disfrutar —me dijo y encontró un puesto para que me sentara, pero enseguida lo cedí a una señora mayor—. Dulce, Julie, al menos tus valores no se han corrompido en la burbuja de la normalidad en la que te encierras —musitó, y no supe si era un cumplido o sarcasmo. Me dio igual, tenía que preocuparme de muchas cosas y no precisamente de los comentarios de Sophia. Ella se quedó recostada a la barandilla del metro. Mirándome.

—¿Dónde vives?

—¿Qué te hace pensar que vamos a mi casa? —Me devolvió la pregunta.

No dije nada. No le daría el gusto de verme tan asustada, así que me concentré en los vendedores ambulantes, que eran excesivos.

«Bueno, familia, voy por la calle del medio, este, voy de paso, primero la educación, buenas tardes, bueno, mira, que te llegó la Fresi pop, la prima hermana de la bon bon bum, eeeeh, se reventó el camión y allá afuera te las consigues en 100.000 y hoy te las estás llevando aquí adentro una en 50.000 y dos por un dólar». «Bueno, Venezuela..., esteee... buenas tardes, primero la educación, voy por la calle del medio, prefiero pedir que robar, láncese a ayudarme, tengo a mi pure enferma, cualquier ayuda es buena, acuérdense de Cristo, cualquier ayuda es buena, este». Le entregué mi dinero a los vendedores ambulantes, compré chupetas que no me comí, les regalé mis pulseras a dos niños que también pedían y se enamoraron de ellas. Sophia parecía divertirse observándome, mientras yo le imploraba, sin palabras, que nos fuéramos. De pronto, llegaron dos ancianos pidiendo dinero para su medicina o algo de comer. Me enfurecí de haberle dado incluso a los que estaban jóvenes y sanos para trabajar. Le di a muchas personas y ahora, que necesitaba apoyar de verdad, ya no tenía para dar. Sophia sacó su almuerzo y se los dio a los abuelos, y entendí por qué no comía en el instituto.

—Aprende a quién ayudar, Julie, casi nadie aprende lo importante. Así que sé cuidadosa —completó al tiempo en que la pareja de abuelitos la bendecían.

—Ya haces demasiado por nosotros —le dijo el anciano con dulzura.

—No hago demasiado por nadie —respondió Sophia, y un beso de la abuelita cortó sus palabras. La pareja se bajó en la siguiente estación y antes de irse, la anciana se quedó mirándome. Su ternura me recordó a mi abuela, y enseguida volvió el recuerdo de cuando mi tata partió.

Los policías entraron en la estación de Los Cortijos. Se metieron con los niños a los que les había dado mis pulseras. Eran dos varones que no tendrían más de diez años. No los golpearon, pero les quitaron todo el dinero que habían recogido y me vi a mí enfrentándolos. ¿Por qué en vez de ayudar a esos chiquillos los estaban ultrajando? ¿Con qué derecho les quitaban su dinero? Y la pregunta más importante: ¿Desde cuándo algo externo me alteraba? ¿Por qué me estaba importando? Uno de los policías me mandó a callar. Sophia intervino y terminó tomando a los niños que la llamaron por su nombre. Se enfrentó con otro de los policías y, antes de darnos cuenta, estábamos en medio de una revuelta. Intentaban botarnos del vagón, pero logramos que más personas nos defendieran de la injusticia. Estaba indignada, pero las voces de los presentes lograron callar a la «aparente autoridad», hasta el punto en el que, a pesar de que no recuperamos el dinero de los críos, terminaron dejándonos en paz.

Antes de ese día nunca me importó el hambre del mundo, la gente sin agua, el país deteriorado, las fallas eléctricas que causaban que hospitales enteros sufrieran pérdidas. *Nada de eso tenía que ver conmigo.* Era extranjera de mi país y de mi vida hasta que Sophia me despertó.

A pesar del incidente, seguimos el trayecto. Ella sonrió y ahora que lo pienso, esa sonrisa fue distinta. Supongo que se dio cuenta de que acababa de cambiarme la vida.

—Ven. —Me haló en medio de la oleada de gente y salimos del vagón. Por mi parte, entre el retraso del metro, las disputas y todo lo que ocurrió, ni siquiera me fijé en dónde estábamos..., hasta que ya fue muy tarde. *(Drama nivel Pro)*. Llegamos a Petare. Lo que conocía de esa zona era: *peligro, peligro, peligro.* Imagínense 50 capítulos solo con la palabra peligro. Bueno, así, pero peor. Lo que había oído y visto en las noticias: asesinos, secuestradores, mafias, más peligro.

—Hoy hablaremos sobre la muerte, Jul..., —Me gustaba que me llamara así, pero no me gustaba el tema, ni la circunstancia, ni el lugar.

—Quiero irme —le dije, a medida que la seguía por las escaleras del metro. Ya lo había decidido. Pediría un taxi y saldría de allí.

—Nos iremos cuando tengamos nuestra primera gran conversación. Sígueme. Hoy descubriremos si le tienes miedo a la muerte.

Y no sé si descubrí eso, pero descubrimos mucho esa tarde. Ella me enseñó que el café de vendedores ambulantes no sabe tan mal. Con ella, lo que no me gustaba comenzó a gustarme. Tenía terror, pero me hacía sentir segura. Me mostró que no solo importaba el futuro, que lo verdaderamente importante era estar despiertos para disfrutar del ahora. Esa tarde ella fue mi luz, y con una frase sencilla me llevó a cuestionarlo todo:

—Otra lección, Jul, no hay que estar dispuestos a vivir si no estamos dispuestos a morir cada segundo. No hay otra hora para hacerlo. La vida y la muerte viven en este mismo instante. —Y otro beso furtivo en mi mejilla dio inicio a la tarde en la que me abrí a observar la vida a través de sus ojos, sin tener que perder los míos.

Con ella era más sencillo vivir.

Ella tiene la mirada triste, y aparenta ser un caos, pero hasta en sus sombras más oscuras, solo irradia luz.

Te necesito a ti

Caminamos entre lo que no conocía. La pobreza que sabía que existía, pero que jamás había visto. La ciudad estaba tragándome al presentarme otra cara llena de necesidad. Sophia me llevó a conocer parte de su vida, y descubrí que era diferente a cualquier cosa que pudiera haber imaginado.

Subimos las escaleras del barrio y, a pesar de sentir miedo, empecé a contagiarme por el ambiente de música que había por todos lados.

—Admiro a las personas que simplemente son felices, a pesar de las circunstancias —exclamó, refiriéndose a los niños que bajaban las escaleras, divirtiéndose.

—Sophiiii —gritaron cuando la vieron y se le lanzaron encima. Ella los abrazó con afecto y al detallarlos pude percibir que estaban desnutridos.

—¿Por qué estamos aquí?

—Te dije que conmigo serán muchas de tus primeras veces y esta es una —me respondió—. Hay cosas que quiero que sepas de mí, y creo que el lugar donde vivimos y fuimos criados tiene que ver con nosotros. Por eso te traje. No estoy lista para llevarte a mi casa, pero sí quiero presentarte a mis amigos. —No pude negarme. Sophia me arrastró con ella hacia una nueva posibilidad.

Fuimos a una cancha dentro de la comunidad. Conocí a Ian, a Pablo, a Jorge y a Erick. Tenían apariencia de como me han hecho creer que lucen los delincuentes, pero eran tan agradables, mucho más que la mayoría de las personas de mi instituto. Sus amigos nos hacían sentir parte y Sophia parecía uno de ellos. Los vi reírse, hacer bromas, y hablar serios, hasta que Erick nos acercó unas cervezas.

—Hoy no hay reglas, Julie, hoy solamente quiero hacerte feliz. —Sus palabras resonaron por encima del eco de la música—. Quiero que te diviertas y que me dejes cuidarte mientras te presento una parte del mundo. —Sophia me pasó una cerveza, y su semblante era tan puro como su alma y el dolor que revelaba. Y me vi a mí misma bebiendo entre semana, hablando con desconocidos, riéndome de sus chistes y entendiendo que, aunque tuvieran distintas cicatrices, eran solo jóvenes.

—Ahora viene lo bueno, Julie, ¿quieres jugar en mi equipo? —preguntó Sophi, con una pelota de futbolito en la mano. Inmediatamente me negué. Ni loca lo haría—. Por favor, Jul... —Y por primera vez el puchero de alguien estaba convenciéndome. Con ella era muy difícil decir que no.

—Muérdelo, rómpele la pierna. No dejes que se acerque a la portería, Julie. Tienes que cuidarme —gritó Sophia, que jugaba en la posición de arquero—: muévete, princesa, quítasela, protege la arquería.

Lo hice. No se me ocurrió otra forma para detenerlo. El chico avanzaba, esquivando con destreza las piernas de los miembros de mi equipo. Solo quedaba yo entre sus pies y la portería que defendía Sophia. Me atravesé en su camino y él inclinó su cuerpo hacia la izquierda. Yo seguí este movimiento, pero solo para caer en la trampa de un regate perfecto: el balón se fue a la derecha y me dejó atrás, sin balance. Lo único que estaba a mi alcance era su espalda. Con una fuerza desconocida para mí, di un salto, me monté sobre su espalda y puse mis manos en sus ojos justo cuando iba a patear a gol.

—Trampa —se quejaron los del equipo contrario, entre carcajadas. Sophia me pidió que la protegiera, y eso hice, siempre sería así.

—Bien, princesa. Siempre quiero ser de tu equipo. —Me chocó las manos y Erick le comenzó a hacer cosquillas mientras la acusaba de tramposa.

Entre cervezas y cigarrillos, fue pasando la tarde. Ellos hablaban de temas que eran ajenos para mí. Comprar comida, atender a su familia, subsistir. Ya la existencia no era como yo la había imaginado. Conocerlos me enseñó lo afortunada que era y, también, lo poco que agradecía lo que tenía. Cada segundo con Sophia me dejaba con ganas de más. Un rato mirándola y ya quería quedarme.

—¿Pero por qué evades sentir, Erick? La vida tiene miles de equivocaciones. Y yo quiero justo eso, no tengo miedo a equivocarme. Quiero probarlo todo porque para eso estoy aquí —reiteró Sophia.

—En algún momento tienes que crecer —le contestó Erick, como si hablara con su hermana menor—. Eres afortunada y no lo aprovechas, pero ¿hasta qué punto?

—Nunca me he quejado, pero no me gusta vivir para tener cosas... Yo quiero descubrirme y eso es lo que hago.

—¿Y tus hermanos? Ellos no tienen la culpa de lo que pasó con tu mamá, y si te expulsan del nuevo instituto ya no tendrás más oportunidades. La trabajadora social fue clara.

—No vuelvas a mencionar a mi mamá —reprochó Sophia hacia Erick—. En cuanto a mí, no voy a caer en la trampa de la rutina ni venderme para conseguir algo.

—Tienes el potencial para cambiar tu futuro y prefieres desperdiciarlo. Eres cobarde.

—Supongo. —Tomó de su cerveza—. Princesa, es hora de irnos. Quiero mostrarte algo más. —Se levantó del piso, despidiéndose con aspereza de sus amigos. Erick le insistió para que se quedara, abrazándola a la fuerza, pero ella terminó deshaciendo ese abrazo y extendiéndome la mano para partir. No entendía por qué corría, pero bajamos las escaleras a toda prisa. Ella, a simple vista, parecía feliz. Alocada, auténtica, irreverente. Cuando la conocías a fondo, sabías que era más que eso. Sabías que solo mostraba un 5 % de sí misma y que su misterio estaba en lo demás.

—No soy perfecta —dijo, mientras saltaba escalones.

—Nadie es perfecto.

—Ya. Lo que quiero decir es que te quiero en mi vida, pero mi vida está llena de fallas. Así que es mejor que sepas quién soy. Luego decidas si quieres quedarte —expresó, llevándome por un callejón y no le dije que estaba asustada. No le dije que volviéramos. Ella quería saber si le temía a la muerte. Quería despertarme...

Quería que fuera su experimento y yo acepté.

Se encontró con un sujeto al que le entregó un dinero. Le dieron algo. Seguimos caminando. Sabía que era droga. No sabía cuál. A veces nos engañamos. A veces queremos aquello que sabemos que nos hará daño. Porque el amor no es perfecto. Y yo estaba atravesando muchas confusiones, mientras seguía los pasos de alguien cuyo pasatiempo es arrojarse hacia el abismo. Seguirla como si fuera el camino que siempre hubiese estado esperando. Como si fuese todo lo que estaba bien.

—Siempre estoy peleando entre lo que debo y lo que quiero. Entre la responsabilidad y el deseo. Entre aquello en lo que soy buena y lo que amo hacer. Puedes salir del túnel si haces lo que amas, el problema es cuando lo haces para recibir algo a cambio. Y así es el mundo, Julie, todos esperan algo de nosotros y cada cosa que hacemos tiene una consecuencia. Por eso quiero retar a la muerte. Quiero besarla y despedirme. Abrazarla y decirle adiós. ¿No te parece atractiva la desdicha? Somos más los desdichados que los felices. Algunos porque no tienen nada, otros, porque hemos perdido lo que queríamos. En verdad, lo único importante es descubrir algo. Yo descubrí ese algo en ti y ahora quiero mostrarme sin mentiras. Porque tu desdicha radica en el miedo que tienes de salir de la perfección. Calma, tranquilidad, planeamientos para el futuro. ¿Y si te mueres mañana? Por lo menos hoy defendiste algo. Defendiste a los niños. Te revelaste a la policía, bebiste cerveza, jugaste con el tiempo, te montaste en el metro y me has hecho feliz. Como si por un momento se detuviera el resto, porque aunque me meto con tu calma, me hace bien.

—No te pareces a nadie, y si me muero mañana podría estar tranq… —Dejé la oración sin concluir porque no era como ella. No podía soltar todo cuanto pensaba, y no se lo dije. No le dije que podía estar tranquila porque conocí a alguien que, en medio de mis emociones estáticas, me llevó a sentir.

Sophia me dedicó una sonrisa y terminó tomándome por la cintura. Y así, caminamos durante un rato por la ciudad. No habló más. Yo tampoco lo hice. Solamente nos acompañamos y observamos nuestro entorno. Eso, hasta que un beso furtivo volvió a mi mejilla. Y ya me estaba acostumbrando a ella. Aunque me viera como su mejor amiga y yo como la encargada de desordenarme la vida.

En contra de mi voluntad, la acompañé al apartamento de Noah, el cual compartía con varios hombres. Entramos en setenta metros cubiertos de basura, música electrónica y un cuarto repleto de plantas de marihuana. Él tuvo más prisa por dirigirse a su bolso que por saludarla. Un fugaz beso en sus labios y consiguió lo que quería. Para mi sorpresa, era heroína. Noah se inyectó sin pudor alguno ante mi presencia.

—Te presento mi oscuridad. —Sophia extendió los brazos mostrándome lo que era, pero ella era más que eso.

—Te creía mucho más inteligente, pero ya veo que no —exclamé, y no sé por qué estaba tan enfadada, pero no podía soportarlo, así que salí a toda prisa del apartamento.

—Te pregunté si le temías a la muerte, pero creo que le tienes miedo a estar viva. No todo lo que conoces es bonito. —Me alcanzó en el pasillo. Como el ascensor no llegaba, bajé las escaleras—. Te estoy mostrando mi debilidad, Julie, mi reto, mi tentación. ¿Qué más necesitas?

—¿Y para qué me lo muestras? No se quita lo malo porque lo cuentes.

—No pretendo quitar lo malo de mí, y tampoco de ti. Solamente quiero que te quedes. —Me alcanzó en el piso dos.

—¿A ver cómo se drogan?

—Tengo un mes limpia.

—Ah, entonces no eres nada inteligente. ¿Por qué tentarte a ti misma?

—Yo no puedo obligar a Noah a que deje de drogarse, pero tampoco voy a abandonarlo.

—Pero le compras las drogas, qué buena manera de amar, Sophia.

—Tiene el derecho de escoger cómo morir, y tú tienes el derecho de conocerme.

No supe qué contestarle. Le mandé un WhatsApp a Sergio con mi ubicación. Le dije que era urgente, que se apurara, y continué bajando hasta llegar a planta baja.

—¿No quieres que seamos amigas?

—Quiero que no me presiones. Hoy me llevaste a tu mundo sin preguntarme si quería conocerlo. Vives al límite y me preguntas si le temo a la muerte, pero terminas diciéndome que le tengo miedo a vivir. Yo no lo sé, Sophia. Lo único que sé es que me gusta la calma y que deberías venirte conmigo. Ahora es tu turno de conocer mi mundo.

Y pasé de estar molesta a querer sacarla de la suciedad del apartamento. De lo que la lastimaba. Quería que se fuera conmigo y ojalá ella hubiese querido lo mismo.

—Te llevé a conocer cómo vivo no para inspirarte miseria, sino para que abrieras los ojos. Sé que tengo una vida errada, pero tú estás encerrada en ti misma. Necesitas no ser una muerta que respira, Jul. —Me haló a ella y quedó rozando su cara con mi rostro.

Me miró con la misma pasión con la que se expresaba. No me moví.

—¿Y tú qué necesitas? —susurré y no despegó la mirada de mis ojos.

Estábamos tan cerca que pude haberla besado. Esa fue la primera vez que quise besar a alguien. La primera vez que quise meterme en problemas. La primera vez que visité un barrio. La primera vez que vi matas de marihuana. La primera vez que usé el transporte público y la primera vez que necesité de la felicidad de alguien para obtener la mía.

—Te necesito a ti, Jul... —No tuvo que decir nada más. Quizás también sería la primera vez que me rompieran el corazón. A esas alturas, ni siquiera me importaba.

La abracé queriendo quedarme para siempre en ella, pero sabiendo que no se podía. Como cuando te enamoras de algo imposible. Yo nunca me había enamorado. Nunca había besado a nadie. Mi vida estaba llena de "nuncas" hasta que llegó Sophi y sus cientos de primeras veces. Y así comencé a perderme en el camino que ella iba trazando.

Ella se separó de mi abrazo, y, sonriente, me volvió a preguntar qué pensaba de la muerte. No entendía sus preguntas y Sergio había llegado. Así que, salvada por una llamada, desvié el tema y volví a insistir en que viniera conmigo. Pero su novio la necesitaba por si le daba una sobredosis o lo que sea. Así que me monté en el puesto del copiloto y soporté el regaño de Sergio, porque tenía razón. Había sido peligroso.

Pero también había sido un día lleno de emociones. Ya no me asustaba el barrio. No me asustaba la pobreza. Me asustaba no poder guiar a Sophia hacia la luz que tanto necesitaba, aunque ayudarla significara perder la mía.

Nuestros caminos
volvieron a cruzarse,
como si el universo,
disfrutara
hacernos coincidir.

Tú también eres una princesa

Conocí de sus adicciones, del amor que sentía por su novio y de su vida, pero no me espantó. Después de ver su oscuridad, lejos de apartarme, quise seguir observándola, porque al hacerlo descubría lo que me negaron del mundo.

La semana transcurrió normal. Sophia Pierce optó por la distancia. Se sentó en el último puesto del salón. No entendí su nueva actitud conmigo ni la razón por la que no me dirigía la palabra. Ella necesitaba el desenfreno y yo era feliz en la tranquilidad de una vida suave. Sin embargo, algo en su manera de ver la vida logró tentarme, y que estuviera lejos estaba resultando insoportable. Me repetí a diario que lo mejor era que se hubiese alejado, pero no lograba entenderla. Por eso, cuando mis amigos reiteraron su invitación a la fiesta de Nathaniel, cerré mis libros y, sin pensarlo, dije que sí.

Esa tarde, Claudia entró feliz a la habitación, puso música y me dijo que ella me arreglaría. Estaba emocionada de que por fin saliera. Me ayudó a escoger la ropa y terminé usando una camisa blanca, con un *short* de *jeans* (nunca uso *shorts*) ni tampoco tacones, pero quería algo distinto. Ella me colocó unos tirantes suyos para combinar mi atuendo. Me sentía diferente, pero increíblemente bien.

—Me alegra mucho que por fin vayas a tu primera fiesta, Julie, mereces divertirte. —Claudia me dio un abrazo emocionada. Era como esa hermana mayor a la que no le cuentas tus cosas, pero que sabe todo de ti.

—¿Por qué no dejas que Sergio y yo te llevemos?

—¿Confías en mí? Llegaré a la hora acordada, la fiesta es muy cerca. ¿Qué puede pasar? —*Recuérdenme nunca repetir esa frase.* Claudia aceptó, y eso hicimos. Era la primera vez que iba a una fiesta del instituto y, por más raro que suene, lo hacía únicamente por Sophia.

Pasé buscando a Paula y a Benjamín y los dejé que pusieran la música a todo volumen. Estaban sorprendidos de que asistiera y de mi atuendo. Al parecer, Claudia había hecho un majestuoso trabajo conmigo.

Estacioné en la casa y al bajarnos las miradas fueron a mí. Quería pasar inadvertida, pero resultó al revés. Caminé lo más rápido que pude hasta llegar a la cocina donde Benjamín y Paula se sirvieron un trago.

—Estás hermosa. —Nathaniel se acercó a mí. Iba de traje azul y corbata negra, con el cabello peinado de lado y los ojos grises avispados por el alcohol.

—Muchas gracias por invitarme a tu fiesta.

—Nunca has ido a ninguna, ¿debo sentirme especial? —No le dije nada, así que él siguió hablando—: En serio no te imaginas cuánto me alegra que vinieras. —Antes de poder contestarle, Jéssica se acercó a nosotros.

—Un verdadero milagro verte por aquí. Ten, tu presencia merece una copa.

—No bebo, pero gracias, Jéssica.

—Veo que saliste de tu encierro, pero no de tus límites, ¿verdad, Julie?

—Puedo pasarla bien sin alcohol, no lo necesito.

—¿Tus ínfulas de superioridad no lo necesitan? —Su misión de vida era molestarme. Ya estaba acostumbrada.

—Déjala en paz.

—¿O si no qué?

—Mi novio no haría nada, pero yo podría destrozarte. —Ver a Paula ser una verdadera mejor amiga sí que me hacía sentir orgullosa. Un metro cincuenta de estatura y le daba lo mismo pelearse con alguien como Jéssica por mí.

—Cada quien disfruta a su manera y por lo menos a mí, me gusta tener a alguien que no beba, ¿serías mi persona responsable por hoy, Julie? ¿Prometes cuidarme? —preguntó Nathaniel, cortando la tensión, y asentí, sin saber que sería mi primera promesa rota.

Sophia llegó a nosotros. Vestía la chaqueta de siempre. Su cabello rubio hacía contraste con el azul de sus puntas, que le caía de manera perfecta más abajo de los hombros. Estaba maquillada con un labial rojo mate y también llevaba un *short* y una camisa que tenía escrito «*soy como soy*».

—Te reto —le dijo a Nathaniel—, si bebo cuatro vasos de vodka más rápido que tú, entonces Julie debe tomarse dos vasos a fondo —soltó Sophia, que lo estaba retando a una apuesta, pero si perdía, la que pagaba las consecuencias era yo.

—No bebo —intervine.

—Claro que bebes —contestó Sophia—. Todos bebemos y Nathaniel es hombre, así que lo más seguro es que gane.

—Si él gana, ¿qué pierdes? —pregunté, al tiempo en que Benjamín, Paula, Jéssica, Noah y varias personas de la fiesta nos rodearon, atraídos por el reto.

—Si pierdo me lanzo en la piscina… desnuda. —No podía creer lo que Sophia estaba diciendo—. ¿Aceptas, Nathaniel? —preguntó, y más gente fue acercándose a nosotros.

Nathaniel dijo que sí presionado por sus amigos. Él podía ser popular, podía ser querido por todos, pero no era un idiota. Respetaba a las mujeres y en su actitud podía notarse la incomodidad.

Benjamín hizo de barman y sirvió los tragos. Cuatro para cada uno.

—Julie, cuenta hasta tres y enseguida empezamos —me pidió Sophia y le hice caso.

Uno, dos y... tres.

Bebieron el primer trago parejo. En el segundo iba ganando ella. En el tercero la ventaja fue de Nathaniel. Ella bebía rápido y no me gustaba verla así. No la entendía. No sabía qué la motivaba a comportarse de esa forma. En el último vaso estaban igual de parejos que al principio, pero, en última instancia, Sophia perdió.

La fiesta se descontroló.

Nathaniel trató de recobrar el aire y enseguida fue hasta mí:

—Gané para que no bebas. Recuerda que prometiste cuidarme —me dijo, con esa sonrisa capaz de enamorar a cualquiera, pero no a mí.

Sophia miró hacia nosotros y cuando vi sus manos en la camisa, supe que iba a quitársela y decidí hacer algo.

—Doblo la apuesta. Apostaste que si ganabas yo debía beber dos vasos, pues, perdiste y para que no te desnudes... me beberé cuatro vasos de vodka fondo blanco. —No sabía en lo que me estaba metiendo y mis amigos me miraron sorprendidos. No entendían que me daba igual embriagarme, que podía hacer lo que fuera para que ella estuviera bien y nadie la viera desnuda.

—Sírveme, por favor.

—Pero gané por ti —se quejó Nathaniel.

—Y no debiste hacerlo sabiendo que Sophia quedaría desnuda frente a todos —no quise regañarlo, pero me salió así.

Cuatro vasos de vodka servidos para alguien que no tiene resistencia al alcohol y Sophia Pierce mirándome fijamente tan confundida como yo.

Jéssica estaba convencida de que no podría hacerlo. El resto solo gritaba tonterías. Decían que era *sexy*. Hablaban de mis anteojos y del atuendo que Claudia me escogió. Estaban detallándome y yo, antes de seguir escuchándolos, comencé a beber. En el segundo vaso de vodka sentí que iba a vomitar. En el tercero las náuseas eran muy fuertes, y por primera vez desde que estuvimos juntas hace unos días, ella me agarró desde la espalda y sostuvo mi cabello.

—Prefiero desnudarme a verte así, no bebas más, déjalo, Julie —me dijo en el oído, sin dejar de sostenerme. Bebí el último vaso y logré controlarme para no vomitar. No me importó la sensación tan desagradable ni el ardor en mi garganta.

No me importaron las miradas, ni llamar la atención. Solo me importaba cuidarla.

Si ella no valoraba su cuerpo, tenía que enseñarle a hacerlo, así como Sophia Pierce me enseñaba otras cosas a mí.

—Tu apuesta queda anulada —le dije, limpiándome, después de tomarme el último sorbo.

—¿Quién eres tú y qué hiciste con mi amiga? Tremenda forma de callarle la boca a Jéssica y de salvar a Sophia, perra —soltó Paula, para luego pintarle el dedo a todos los mirones de forma efusiva en modo de celebración. Y yo, la conductora designada, ya estaba ebria.

Los siguientes sucesos fueron novedosos. Sophia Pierce sostenía mi mirada entre curiosa y sorprendida. De nuevo, no existía más nadie. La gente celebraba, la fiesta estaba sobre nuestras cabezas, pero yo estaba con ella y el resto daba igual.

No esperé que Noah me cargara sobre sus hombros para llevarme al área de la piscina. Les juro que jamás me hubiese imaginado que el novio de la persona que empezaba a gustarme se lanzaría al agua conmigo. Mientras Nathaniel, Sophia y mis amigos corrían a alcanzarnos.

La fiesta tenía de fondo musical: ***Love me like do you - Ellie Goulding***. Mi atuendo estaba completamente mojado. No tuve tiempo ni de enojarme cuando vi a Sophia lanzarse con nosotros y a mis mejores amigos, que no son comedidos, pero tampoco osados, tirándose también. Aunque al menos ellos se quitaron los zapatos.

Sophia fue hacia mí y, en el instante en el que por fin estuvimos solas, se lanzó Nathaniel.

—Me encantas, Julie.

—Los dejo para que compartan —dijo Sophia, y debajo del agua, cogí su mano en un intento de que no se fuera.

—¿Por qué dejaste de hablarme? —Hice caso omiso de la presencia de Nathaniel.

—No dejé de hablarte, solo esperé a que tuvieras la iniciativa.

—¿Pelea de mejores amigas? —preguntó Nathaniel, que parecía no entender que era una conversación privada.

—No estoy a tu altura, Julie, y quiero disculparme por mostrarte solo mi punto, por creerme dueña de la verdad, por hacer tonterías solo para que hagas cosas distintas. No debiste tomar por mí, ni ver a Noah drogarse y por eso no te hablé, porque considero que no soy una buena influencia para ti.

—Discúlpame tú por hacerte pensar que no estás a la altura y no demostrarte cuánto bien me haces. Nunca había probado el alcohol, nunca había quemado mis etapas y nunca había asistido a una fiesta. Si beber hacía que no te desnudaras frente a todos, hubiese sido capaz de beberme una botella. —El vodka hablaba por mí, pero era exactamente lo que pensaba.

Noah cortó nuestra conversación al atraparla en sus brazos cantándole la canción que sonaba para cuando hablábamos. Él, con su cabello liso y largo, con sus ojos, cuerpo y actitud perfecta, le cantaba con euforia, interrumpiéndonos por completo y mostrándome cuán absurdos eran mis sentimientos.

La piscina, la música, mis amigos, el ambiente era extraño. No era algo que yo haría, pero me sentía bien. Fui por ella y estaba a su lado. Aunque su pareja la besara y aunque Nathaniel bailara cada vez más cerca de mí.

Me dejé llevar. Sentí la música mientras bailaba en el agua con las manos arriba, con mis amigos y con un chico apuesto que me brindaba atenciones.

—Nathaniel, es primera vez que Julie bebe, por ende, no puedo dejar que estés tan cerca de ella. —Sophia se metió entre nosotros—: Mi deber como mejor amiga es cuidarla, el tuyo también, ¿no, Paula? —le preguntó Sophia, pero Paula estaba en medio de un beso apasionado con Benjamín y ni la escuchó.

—Soy respetuoso. No haría nada que ella no quisiera.

—No lo dudo, pero no voy a correr el riesgo. ¿Estás lista para salir del agua, Julie? —preguntó y la respuesta era sí.

Salimos de la piscina y me cubrió con su chaqueta (que afortunadamente había dejado fuera del agua). Me la puso encima de la ropa y los dientes le chasqueaban, se estaba congelando.

—Usa tu chaqueta.

—Tú me salvas de un desnudo, y yo te salvo del frío —me respondió y nos recostamos sobre la grama—. Voy a llamar a Sergio para que te busque, no puedes manejar así.

—No estoy ebria.

—Eres muy valiosa para cometer equivocaciones —añadió, poniendo sus manos detrás del cuello como una almohada.

—Necesito cometerlas.

—Y las cometerás, pero, así como estuviste hoy para mí, yo siempre estaré para cuidarte. Puedes experimentar lo que haga falta. Ver la vida conmigo, reconocer lo que antes pasabas por alto, conocerte a ti y disfrutar. Quiero que lo hagas, pero también quiero que me dejes mostrarte la salida para que no te pierdas. Para que siempre estés bien. —La escuché hablar y era imposible. ¿Por qué siempre hablaba tan bonito y profundo?—. ¿Me pasas tu móvil? —me preguntó y terminé entregándoselo a regañadientes.

No quería irme, pero ella lo había decidido. Llamó a Sergio y le explicó que no había pasado nada, que estaba en buenas manos, pero que era mejor que fuera a buscarme. Pasó una hora para que vinieran por mí y durante todo ese tiempo no dejó de mirarme. O quizás era yo quien la miraba.

Me dijo que Jéssica solo necesitaba ser aceptada. Me pidió que no sintiera rencor por ella, pero no lo sentía. Me dijo que había aprendido a cocinar pizza, y que la próxima vez que la invitara a mi casa, podía cocinar para mí. Era encantadora, pero el hielo de su mirada nunca se descongelaba. Ella siguió bebiendo, pero a mí me cuidaba como si fuera de la realeza. Cuando la gente intentaba acercarse los despachaba con su sarcasmo. Incluso me llevó a la cocina para alimentarme, aunque le dije mil veces que no tenía hambre. Me preparó el peor pan con jamón de la historia, pero valoré su esfuerzo.

Me dijo que no tuvo una razón específica para retar a Nathaniel a que bebiera. Que era inmadura, que siguió su impulso de interrumpirnos.

Que no pensó que perdería, pero que lo lamentaba porque gracias a eso tuve que beber. No le respondí. Estaba pensando en por qué, a pesar de sus cuidados, estaba tan distante. Sus besos furtivos en mi mejilla no aparecieron. Tampoco tocó mi cabello, ni tuvo la cercanía de cuando nos conocimos.

—Las princesas van a casa temprano. Paula y tú son unas princesas y Benjamín, bueno —se encogió de hombros—, él es el ratoncito que siempre las cuida. —Sonrió, y una vez que Sergio llegó a buscarnos, me abrió la puerta del copiloto.

Quería despedirme con un abrazo. Quería decirle que no volviera a alejarse. Quería decirle que hacía bien a mi vida, pero no dije nada y me descubrí dándole un beso furtivo en la mejilla. Tomé la iniciativa porque no podía irme a casa sin la vieja costumbre de sorprendernos. Sophi sonrió, apretándome en el abrazo más largo e intenso que me habían dado en mi vida.

Me dijo en el oído que le escribiera cuando llegara y me vi tentada a decirle que viniera conmigo. Sabía que me rechazaría. Sabía que estaba con Noah. Así que no lo hice.

La miré y ella me devolvió la mirada.

Bajé el vidrio para seguir observándola, y nos quedamos allí, en un contacto visual que perduró, incluso cuando el coche se puso en marcha.

No fui <u>valiente</u> para decirle que ella también era <u>una princesa</u>.

Detrás de las estrellas

Que alguien te guste y no saber si es amor, capricho o confusión, es la parte más difícil. Pero Sophia un día dijo que no a todo se le debía poner un nombre.

Llegamos a mi casa. Benjamín y Paula se quedaron un rato en la piscina. Insistieron para que los acompañara, pero preferí darles privacidad. Tenía un mensaje por enviar y un montón de pensamientos que necesitaban calmarse.

> Ya llegué a casa. Gracias por todo. ✓✓
> 12:17 am

> **Sophia:** Gracias a ti. Hoy descubrí que te importo y otras cosas más.
> 12:18 am

> ¿Cuáles?
> 12:19 am ✓✓

> **Sophia:** Que Nathaniel está embobado contigo y que por esa razón, Jéssica, va contra ti.
> 12:20 am

> Yo descubrí cosas menos profundas, como que odio el vodka, voy a coger un resfriado y prefiero hablar contigo que no hacerlo.
> 12:21 am ✓✓

> **Sophia:** No tengo amigas, así que no sé bien cómo actuar. Claro, sé lo básico, como que no puedo dejarte sola con un chico ebrio, que tampoco me gustaría que te excedas y que nadie se había preocupado por mí como lo haces tú.
> 12:22 am

> No fue para tanto. Debí invitarte a mi casa. Una buena mejor amiga no deja a una chica sola, o bueno, sé que estaba Noah, pero había tomado mucho. Debí obviar mi timidez y no dejarte tirada, pero no pude.
> 12:23 am ✓✓

> **Sophia:** Estás venciendo tu timidez ahora.
> 12:24 am

> Ya, pero todo tiene un tiempo, y no lo hice en el correcto.
> 12:25 am ✓✓

> **Sophia:** ¿Y por qué me lo dices si el tiempo ya pasó?
> 12:26 am

> Porque me quedé con la duda de si hubieses aceptado.
> 12:27 am ✓✓

> **Sophia:** Hay dudas que se deben responder solas. ☺ Hablamos después.
> 12:28 am

Dejé el móvil en la almohada y me perdí mirando el techo. Mis pensamientos eran confusos. Sentir que alguien te atrae y no entender nada es bastante complicado.

No había tenido experiencias con mujeres ni con hombres. Lo estaba guardando para mi futuro, y ese futuro, que antes era más importante que todo lo que me rodeaba, se había disminuido a una pequeña fracción de mis pensamientos.

Mi madre decía que en la Medicina no podías detenerte, que era tu familia, tu entorno. Todo lo demás tenía que adaptarse a ella. No me costaba. No debe costarte cuando es tu pasión. Pero el amor te distrae, aunque para entonces, yo ni siquiera sabía qué era el amor. Hice lo que correspondía. Estudié con la intención de apagar los pensamientos dirigidos a ella. Traté de concentrarme, aunque parecía difícil. Eso, hasta que poco antes de las cuatro de la madrugada..., sonó mi móvil.

«No creo que el tiempo se acabe, creo que muchas personas se rinden porque piensan que su tiempo se fue, que acabó, que es muy tarde. Yo creo que no es muy tarde. Siempre estamos a tiempo, Julie, y por eso estoy afuera de tu casa».

Colgué la llamada y bajé corriendo de la segunda planta. Fui a la entrada principal y encontré a Sergio y a Claudia despiertos. Benjamín y Paula también estaban con ellos. Al parecer siguieron la fiesta los cuatro, o algo así.

Corrí frente al portón principal. Sophia no solo había venido, sino que había venido con el carro que dejé en casa de Nathaniel.

—No estoy borracha, pero nunca he necesitado una llave para prender un carro. —Caminó hacia mí—. ¿Todavía sigue en pie la propuesta de que me quede?

No me importó cuánta gente estuviera presente. Mi respuesta fue un abrazo de esos que deberían durar para siempre. Dejé a todos con expectativas y con cara de sorpresa cuando me la llevé a toda prisa hacia mi habitación y cerré la puerta con seguro, una vez dentro.

—No puedo creer que vinieras.

—Tomaste la iniciativa, Julie, fuiste a una fiesta, me buscaste, saliste de tu círculo para ir al remolino de lo que yo significo y no quiero que tengas dudas, si puedo resolverlas.

—¿Dónde está Noah?

—Pensé en lo que dijiste, puedo apoyarlo, pero no hundirme con él. Noah puede estar en cualquier parte dañándose a sí mismo, pero yo no quiero dañarme más.

—Hallaremos la manera de ayudarlo.

—Es una decisión, Jul, y no todos consiguen atarse a la vida. No todos se sienten bien con su existencia.

—¿Tú eres una de ellos? ¿No te sientes bien con tu existencia?

—Yo... he descubierto a personas crueles y he estado frente a frente con lo peor del mundo. Es como si estuviera muy lejos de un final feliz.

—Pero mírate en el espejo, Sophi. Cuando te sientas así y pienses que no tiene sentido, que las personas te fallan y que hay dolor... mírate en el espejo y descubre en ti lo que vale la pena. Eres, no sé exactamente cómo eres, pero estoy segura de que puedes ser tu final feliz.

—Los sentimientos son cambiantes, Julie, nadie es tan bueno. Yo no lo soy.

—No necesito que seas demasiado buena para saber que tu parte noble opaca la oscuridad.

Supuse que no quiso seguir hablando cuando se sentó en la ventana. No hice preguntas que no quisiera contestar. No indagué en su alma. Me senté a su lado y volvimos a vivir en un silencio. Volvimos a consumirnos en la noche y a hacer que la ciudad fuera más lenta.

Me levanté de su lado cuando vi sus lágrimas. Sophia Pierce merecía llorar sola. Ella no era de las que querían ser consoladas. Y no sabía cómo ayudarla, por primera vez no resolvía un problema y estaba perdida admirando su capacidad de sentir.

Me fui a la cocina a prepararle la cena. Ya casi estaba amaneciendo, pero no quería que se acostara con el estómago vacío. Además, aproveché y le preparé una infusión.

—No puedo creer que Sophia viniera. —Benjamín, que seguía despierto, se acercó a mí—. Así como tampoco creo que estés haciéndole la cena a las cinco y media de la madrugada.

—No hablemos de ella, por favor. —No podía contarle y tampoco quería mentir. Crecimos juntos y ahora ni yo sabía quién era o qué quería.

—Hablaremos cuando estés preparada, Julie, pero lo que hiciste hoy con el vodka... tú no eres así. No quiero que salgas lastimada.

—Todos, de alguna forma, nacimos para ser lastimados. Quizás esta es la forma que yo escojo. —Le di un beso en la mejilla y cogí la bandeja para volver a una habitación insignificante que cambió todo su concepto solo por albergarla a ella.

Estaba inmóvil mirando hacia el cielo. Seguía sentada en la ventana, pero ya no lloraba. Me acerqué con pasos suaves. Me paré detrás de ella y mi mano actuó por voluntad propia acariciando su cabello. Sophia volteó a verme y enseguida vio la bandeja que dejé sobre la cama.

—Lo hice rápido, pero espero que te guste. Voy a prestarte ropa para dormir y puedes quedarte conmigo o en un cuarto de visitas, como te sientas más cómoda —hablé rápido y asumo que notó mi nerviosismo.

—Contigo —contestó, para empezar a comer como si no lo hubiese hecho en días, y agradecerme.

No hablamos más de ella, ni de mí ni del tiempo. Era mi turno de contrarrestar la intensidad con la que vivía. Le presté algo de ropa para dormir y me metí bajo el edredón. Conecté el *video beam* que proyectaba hacia el techo de mi habitación. Sabía que le gustaban los astros, que era fanática de las estrellas, así que le puse un video del universo que conseguí en YouTube.

Quería que se relajara, que por un segundo no pensara en sus problemas, porque, a pesar de no estar enterada de qué le sucedía, sabía que su vida no era tan fácil como ella quería hacer ver. Sabía que vivía en una comunidad peligrosa y humilde. Que no era acomodada y que trabajaba, pero no sabía qué tanto. No sabía cuáles responsabilidades tenía sobre sus hombros, ni de qué tamaño era su dolor. No me importó. No quería ser una entrometida. Porque, por vivir queriendo saber más, nos privamos de descubrir lo que tenemos en frente y yo tenía a alguien que necesitaba un poco de tranquilidad.

Las dos estábamos boca arriba viendo el techo. Con la luz apagada, mis sentimientos volando por cada rincón de la habitación y la música encendida.

♫ *Bad Liar - Imagine Dragons* ♫

Para no ser fanática del universo, me sentía relajada. Mi cama parecía agua con espuma. O una nube de la que no te quieres bajar. Volteé a verla y por su mirada paseaba el encanto. Ya no se veía asustada. Los ojos que antes lloraban, ahora estaban llenos de esperanza. La boca que me hablaba de temas profundos, reposaba en silencio, pero su mano apretó la mía debajo del edredón.

Se supone que nacimos para querer más. Cada vez que tenemos algo, anhelamos lo siguiente. Vivimos inconformes creyéndonos dueños de otros, queriendo poseer la verdad. Yo ya no quería entender mis sentimientos. Quería recorrer otras nubes. Quería llevarla de paseo por sitios seguros. Quería darle una pizca de lo que ella decía que no podía encontrar.

Se quedó dormida luego de diez minutos, pero no soltó mi mano. La vi dormir, tan frágil, tan vulnerable; ya no era la misma persona ruda que siempre tenía una respuesta para todo. Tenerla bajo mi techo me hizo creer que podía protegerla. No entiendo por qué, pero lo que más quise fue cuidarla.

Y ese insomnio se convirtió en el más importante de mi vida. Algo pasaba. Todo era distinto al tenerla cerca. La cama era extragrande y solo tenía su mano, hasta que, dormida, se volteó a mí. Me paralicé. Mis pulmones dejaron de funcionar y ella me rodeó con los brazos, recostándose en mí. Estaba inconsciente. Su respiración era acelerada. Quizás tenía una pesadilla y por eso estaba agitada. Tanto como yo por tenerla cerca. Acaricié su cabello con ternura. Quería que estuviera bien y poco a poco empezó a normalizarse su respiración. De nuevo parecía descansar, a diferencia de mí, ya que mis dudas eran más grandes que el sueño. ¿Cómo un simple contacto puede causarme esto? No lo supe, pero ya no había vuelta atrás.

Sophia Pierce necesitaba una amiga, y si se había cruzado en mi vida para despertar esta oleada de sensaciones, era por algo. Aunque lo que me ocurría claramente no era por su amistad. Hay cosas que importan más que "tener" y ella me importaba más que la pertenencia.

Ella pensaba que
todo estaba perdido,
y yo quería convertirme
en su _otra oportunidad_.

Fabricantes de esperanza

Desperté a las 8:30 de la mañana. Apenas había dormido unas pocas horas. Quería tener tiempo para leer el último libro que me recomendó mi madre y del que discutiría por Skype esa misma noche. Verla durmiendo rompió con mis planes. Siempre rompía mis planes, y menos mal que era así, porque todos necesitamos tiempo para solamente estar vivos.

Seguí durmiendo con Sophi recostada en mi hombro, hasta que uno de sus besos furtivos en mi mejilla, se convirtió en mi mejor despertador.

—Tengo que irme. —La mañana pasó de buena a mala con sus palabras.

—Quédate a almorzar.

—No puedo quedarme. —Sonó muy seria y decidí no insistir.

—Le diré a Sergio que te lleve a tu casa. —Hice el intento de mostrar calma, y cuando me dispuse a levantarme de la cama, Sophia Pierce me volvió a tumbar.

—No voy hacia mi casa y si no tuviera una responsabilidad con mi país, te aseguro que no habría nada en el mundo que me separara de la posibilidad de conocer un domingo en la vida de Julie Dash. —Otro beso en la mejilla y mi confusión fue en aumento.

—¿Una responsabilidad con tu país? ¿Vas a casas de abuelos? ¿Limpias las calles? ¿Paseas perritos? —dije, por decir.

—Voy a la manifestación que han organizado hoy contra el gobierno. Es en la autopista —respondió, refiriéndose a la tontería de apoyar a una oposición política que enviaba a los jóvenes como carnada.

—¿Por qué arriesgarías tu vida por política?

—Porque ni trabajando en el turno de la tarde y los fines de semana puedo llevar comida a casa. Y la educación a la que puedo acceder por mis habilidades en el tenis, es inalcanzable para mis hermanos. Julie, eres una princesa y vives como tal, pero allá afuera solamente nosotros podemos reclamar lo que nos corresponde.

—¿Y tus padres, no deberían preocuparse por la comida y por tus hermanos mientras tú solo estudias? —pregunté, y Sophi me miró con dulzura. No pude darme cuenta de que sus problemas no estaban ni cerca de mis percepciones.

—Mi madre murió, mi padre es un ebrio y a mis hermanos los está evaluando una trabajadora social. —En el último punto su mirada volvió a tener la tristeza y el dolor de la noche anterior—. En la vida real no todos los padres nos traen al mundo sabiendo cómo criarnos. No todos tienen un final feliz —puntualizó.

—Pero tú eres inteligente, tienes educación y no te he visto jugar al tenis, pero todos en el instituto dicen que eres la mejor. No eres como tu padre.

—La trabajadora social no opina lo mismo. La inteligencia no es suficiente cuando te ocupan cosas más importantes.

—La solución no está en las calles.

—Es tu opinión y la entiendo, pero mi única solución es defender mis derechos y exigir mi futuro.

—Llévame contigo.

Intento recordar qué sentí cuando lo dije y me encuentro con la misma sensación de siempre. Sentía que no debía dejarla. Quería estar regalándole motivos para que no se abandonara.

—¿Por qué quieres ir a algo que criticas?

—Porque si no estás lista para sentir paz y conocer mi vida, yo sí lo estoy para descubrir tu mundo.

No pensé que podía ser un error. Le envié un texto a Benjamín y a Paula, les dije que me excusaran, que Sophia y yo teníamos que salir. Me hicieron muchas preguntas, les dije que debían cubrirme.

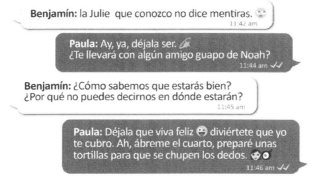

Esos son mis amigos, la pareja más linda del planeta. Una, mandándome a equivocar, el otro, cuidándome de que no lo hiciera.

Manejé hacia todo lo que tenía prohibido. Conduje al lugar en donde los jóvenes salen muertos por decir lo que piensan. Sophia no tenía miedo. Tenía una camisa blanca y un sweater negro. Sonreía como si no fuese a poner su vida en peligro. Estacionamos el carro en la avenida Río de Janeiro. Me pidió que no me moviera de su lado y así fui siguiéndola hasta unirme a las personas de un país repleto de equivocaciones. No me gustaba la política. Venezuela representaba un país de miedo en el que según mi madre solo estaba segura en mi casa. «De tu casa al instituto, del instituto a la casa y si vas a otro lugar que Sergio te acompañe». *Al carajo, mamá... conocí a alguien por quien merece la pena conocerlo todo.*

Si bien no me interesaba en el tema, mis padres me han motivado a saber lo que ocurre. En resumen: un país dividido. Ningún bando sirve. (Disculpen que sea tan directa, no consigo otra forma de opinar al respecto). Y allí estaba..., siguiéndola en su capricho de defenderse, aunque no fuera escuchada.

—Creo en la juventud, Julie, creo en el derecho de ser libres, en la democracia. Creo que nos merecemos un mañana de esperanza. Poder trabajar y sentirnos dignos al hacerlo. Poder vivir sin preocuparnos porque los nuestros estén pasando hambre. No salgo a las calles a protestar en nombre de un líder. Salgo por mis hermanos y porque la vida no debería ser tan dolorosa. —Sophia supo aplastar mis argumentos con una verdad que solo al oírla de sus labios, cobró sentido.

Nos encontramos con sus amigos con los que jugamos fútbol y tomamos cerveza. Ellos tenían las caras cubiertas con camisas y máscaras para protegerse del gas. Estaban sucios y picaban la acera para hacer piedras.

Las motos iban y venían. «Ahí vienen. Muévanse» gritaban unos y al mismo tiempo otras voces nos pedían no correr. Acabábamos de llegar y encontré tristeza, miedo, desgano, impotencia, pero también esperanza, y un aire a cambio que opacaba el aroma de la depresión.

Mi opinión cambió cuando la vi golpear la acera para ayudar a hacer piedras. Sentí terror. No quería defraudar a mis padres, pero tampoco perderme aquello que estaba viendo por primera vez: un país en llamas, quemado por los habitantes que escogieron a tiranos. Un país que había recibido muertes cada vez que se quejaba, pero que volvía a las calles exigiendo libertad. Todos tenían miedo, pero el miedo de Sophia y de sus amigos era el de seguir viviendo sin que nada cambiara. Ellos necesitaban hacer algo. Eran las voces de los que no podían defenderse. Eran la voluntad de aquellos que murieron en busca de un *«posible después»*.

—¿Por qué arriesgas tu vida en las calles si apenas eres un niño? ¿No deberías estar estudiando? ¿No te da miedo morir y que nada cambie? —preguntó una periodista de un canal internacional a la que ni siquiera vi cuándo llegó. Debí apartarme, pero la cabeza no me daba y me quedé atenta a la respuesta del niño. No tenía más de doce años. Estaba flaco, la cara negra de la suciedad y los ojos... sus ojos gritaban que no se merecía lo que estaba viviendo.

—Yo no soy estudiante, señorita, yo no tengo ni pa'l pasaje, pa' poder estudiar. —Acompañó su respuesta con una sonrisa dulce, cargada de la inocencia que todavía quedaba en él.

La siguiente en responder fue una señora mayor. Habló con indignación y respondió agitada, haciéndome sentir cada una de sus palabras.

—Tenemos hambre. No hay agua, se va la luz, los niños en los hospitales están muriendo, la salud pública es muerte, prefiero morir luchando por mis derechos a morirme en casa por falta de medicina —respondió, con lágrimas en los ojos y me quedé pensando en las necesidades de un pueblo. Me sentí infeliz por tenerlo todo mientras ellos no tenían nada.

Apenas volví de mis pensamientos, tenía el micrófono cerca de la boca y a la periodista esperando una respuesta. Sophia me salvó quitándome del lente de la cámara y contestando ella:

—Es una pregunta estúpida. Salimos porque un dictador gobierna un pueblo que está pasando hambre. Salimos porque el mundo no es justo, porque la democracia va perdiendo y ningún ente u organismo tiene la voluntad de actuar. Y no nos da la gana de seguir viviendo de las sobras. Y no, no tengo miedo. Más miedo me da quedarme viendo cómo se descomponen las almas y la juventud muere antes de nacer.

¡Boom! La periodista pidió que cortaran y Sophia me dijo que si mis padres me veían estaría castigada de por vida. ¿Qué posibilidades había de que trabajando miles de horas seguidas, dieran a parar con la entrevista? Lo miré imposible. Tampoco tuve tiempo de pensar cuando Sophia me pidió montarme en la moto de uno de sus amigos. Me negué y me dijo que entendía, que la esperara en el carro, pero el carro estaba muy lejos de nosotras. Tuve escasos segundos para pensar y terminé en la moto con Ian, siguiéndola a ella que estaba con Erick, mientras que un camión acercaba las piedras hasta un sector de la autopista. «Hasta aquí, solo hasta aquí puedo llegar», dijo el conductor. Sophia se quejó de su cobardía, pero en los bolsos de sus amigos metieron las piedras y los más de veinte motorizados y sus acompañantes seguimos avanzando cargados de escombros.

La sorpresa me sobrepasó cuando llegamos a la primera línea, en donde nos encontramos con más de cien personas. Todos con la actitud de estar en una guerra. Creían que sus escudos de papel eran de hierro impenetrable, que sus piedras eran granadas y la valentía con la que caminaban era épica. Llegamos al punto cero. ¿Qué pretendía? Me bajé de la moto y fui a detenerla. Sus ojos estaban llenos de ira. Sophia tenía la cara enrojecida por la rabia. Estaba conteniendo las lágrimas, pero nunca la había visto tan decidida.

—¡No pueden callar nuestra voz! —Se refería a los guardias nacionales que estaban enfilados, con tanquetas y ballenas. Enseguida, comenzaron a lanzar bombas lacrimógenas, pero a ella no le importó—. ¡Aun si muero, valdrá la pena! —Avanzó como si estuviera poseída.

—Detenla —le pedí a Erick, su mejor amigo y el único que podía frenarla.

—¡Asesinos! —gritó él, cuando una ballena de agua hizo volar a un grupo de jóvenes que protestaban. Estaba más enajenado que Sophia y caminó junto a decenas de jóvenes que se convirtieron en mis héroes. Héroes anónimos que luchaban por aquellos que dejaron de pelear.

Las bombas lacrimógenas se multiplicaron y los chicos las recogían del piso o en el aire para lanzárselas de vuelta a los guardias. Estábamos en una guerra desigual, y antes de que pudiera darme cuenta de que sonaban tiros, Sophia se arrojó sobre mí. Ya no eran bombas antimotines, ya no era agua, estábamos hablando de la vida humana. Ella logró que nos tiráramos al piso. Se acostó conmigo y no dejaba de repetir que había sido un error.

Desde el suelo veía los pasos de los que corrían tratando de salvarse. Me sentí paralizada por el miedo y el remanente de las bombas lacrimógenas cortaban mi respiración. La vi pasarme una toalla con vinagre por la cara, susurrándome que íbamos a estar bien. Estaba arrepentida de haberme traído, y yo estaba presenciando una muerte: el niño.

El niño que había dicho que no tenía para el pasaje de autobús, el mismo que nunca pudo estudiar, cayó muy cerca de nosotras, y mis lágrimas brotaron como si lo conociera. Como si su dolor fuera mi dolor. Como si el país que pensé que no merecía otra oportunidad, por fin la mereciera. Por ese niño y por todos los que caen cada día por falta de medicinas. Por el hambre de la que hablan, por los hermanos de Sophia y por las injusticias.

Sus amigos nos ayudaron a levantarnos y volteé a ver qué ocurría. No todos iban corriendo. Unos, más valientes que el resto, siguieron hacia adelante, defendiéndose con piedras de todas esas balas que no debieron haber salido de los fusiles. Intentamos llegar a las motos, huyendo de las bombas lacrimógenas, de los perdigones y de las balas.

Sophia Pierce cambió mi perspectiva. Me devolvió la conexión con un país que no sentía mío, me mostró la muerte y también me hizo sentir viva. Pero supe que no podría curarla cuando otro cuerpo me contó sobre el final. El final de la ilusión, de la inocencia y de la juventud se vio disipado con una bala en la cabeza de Erick, su amigo, el mismo que le decía que estudiara, que podía ser más de lo que ella misma creía.

Nos montamos en la moto de Jorge y Pablo, persiguiendo la moto de Ian donde llevaban a Erick y, entré en *shock*, porque hay cosas que no pueden controlarse.

No podemos cambiar los hechos y ese día… Erick no volvió a despertar y el niño no supo lo que era ir a clases. No supo sino de un sueño que en vida no vio cumplirse...

El sueño de un país mejor.

Ojalá nunca te vayas

Estaba aferrada a la camisa de Jorge, que manejaba la moto a máxima velocidad por las calles de Caracas. Ellos querían salvar una vida que ya se había perdido. Erick ya no estaba. Él, que segundos antes estaba con nosotros..., no volvería a casa.

Llegamos al hospital Pérez Carreño donde comenzó la segunda parte de la pesadilla. Ian bajó el cuerpo de Erick, mientras los otros muchachos pedían ayuda. Sophia no escuchaba, le exigía a su amigo que despertara. Golpeaba el piso en el que su cuerpo reposaba. Lo tomaba de la camisa cubierta de sangre y le decía que tenían un mundo por recorrer. Que tenía que abrir los ojos, que no podía dejarla sola. Le hablaba a una cara pálida, a una cabeza desgarrada. Y mientras sostenía su rostro pidiéndole que no la abandonara, me di cuenta de la herida. La miré tratando de idear una forma para curarla, pero sus lágrimas me decían que, aunque estaba respirando, algunas balas no te alcanzan físicamente, pero aun así llegan a tu corazón. Sophia Pierce también recibió un disparo: la muerte de su mejor amigo.

El hospital era otro campo de guerra. Decenas de personas pedían a gritos ser atendidas. Demasiados casos, demasiados seres pidiendo apoyo en un lugar que no tenía los recursos para hacerlo. Enfermedades que no podían ser tratadas de forma apropiada, personas corriendo de un lado a otro. No me lo imaginaba así, cuando mi madre me hacía los recorridos en los hospitales de Estados Unidos, se sentía bien. Había emergencias, claro, pero no de este tipo, no de esta magnitud. Algunos les gritaban a los enfermeros y a los doctores. Los insultaban cargados de sus tristezas, del dolor de saber que pierden a sus seres queridos. De saber que no van a ser curados, que ni siquiera hay espacio para ingresarlos.

Caminé de un lado a otro en un intento de recomponerme. Había perdido mi móvil, dejé el carro botado, y nada me interesaba más que estar con la niña que seguía hablándole a un cuerpo inerte mientras sus amigos, presos del estrés y la consternación, le gritaban a un médico para que ingresara a Erick. Debía conseguir el control. Iba a dedicarme a dar buenas y malas noticias cuando ejerciera, pero tuve que empezar con Sophia Pierce. Así que puse mis sentimientos en segundo plano y me senté en el piso con ella y con Erick.

—No hay nada que puedas hacer para traerlo de vuelta. —La agarré por los codos y se estaba desgarrando. Sentía que su llanto se colaba en mí, pero me exigí ser fuerte. Ella estaba sufriendo y yo debía ser su apoyo. Así que la atraje a mi pecho queriendo que mi abrazo sirviera de sedante. Queriendo cambiarle lo que había vivido. Queriendo hacer algo para que la pérdida de Erick no significara su perdición. Y ahí, tiradas en el piso, al lado del cuerpo de su mejor amigo, entendí que nuestras vidas nunca serían iguales y no me importaba. Quería estar a su lado.

—Se fue a un lugar de calma, está haciendo un viaje a un lugar mágico. Mira a las personas a tu alrededor, Sophia, están desdichadas, sufriendo en el estrés de una vida complicada, ya Erick no sufre. Terminó con las prisas y murió como héroe, pero ni es culpa tuya ni te está abandonando. Va a estar contigo siempre, cuidándote y diciéndote que no te conformes. Seguirá mirándote con esos ojos de orgullo, con ese amor y respeto que sentía y siente. Porque que haya muerto no lo convierte en pasado, pero ahora tienes que dejarlo ir. —No supe de dónde salieron esas palabras porque no soy así, pero quería ayudarla, quería que de algún modo estuviera bien.

El problema es que ni las palabras más bonitas sirven cuando las dice la persona equivocada. Yo no seguí hablando, ella siguió abrazándome como si no existiera más nadie en el mundo. Así pasaron los minutos hasta que comprobé que no era cierto, que sí existía alguien más. Y que, por supuesto, yo era la persona equivocada.

La voz de Noah hizo que Sophia se soltara rápidamente de mí. A él le bastó pronunciar su nombre para que ella dejara el cuerpo de Erick y corriera a abrazarlo como si fuese lo único que pudiera curarla. Se arrojó a sus brazos y lloró. Lloró desconsoladamente por la muerte de su amigo, por lo que sentía, por lo que no me decía. Lloró como nunca había visto llorar a nadie. Lo abrazó como si en sus brazos pudiese estar segura. Él tenía el cabello despeinado y las ojeras marcaban su noche de excesos. Vestía un *jean* desgarrado y una camisa blanca que era negra del sucio. Se veía destruido, pero intacto, con la belleza que cualquiera podía envidiar. Pero yo no envidiaba su belleza, yo envidiaba su capacidad para traerle paz. Me quedé mirándolos hasta que él, en medio de ese abrazo, me dijo: *«Lo siento»*, ¿qué sentía? ¿Acaso podía darse cuenta de que estaba envidiándolo por algo que ni yo misma lograba entender? *No*. Noah no leía pensamientos, pero le había dicho a Benjamín dónde estábamos. Lo supe cuando Claudia y Sergio, acompañados por Paula y mi amigo, corrieron hacia mí.

Claudia me abrazó como si la que hubiese muerto fuese yo. Paula se unió al abrazo diciéndome que no volviera a hacerlo. Benjamín metió las manos en los bolsillos de su pantalón y simplemente me lanzó una mirada asesina de esas que dicen: *"te lo dije"*, pero no había tiempo para arrepentimientos. Los amigos de Sophia necesitaban ayuda. Sergio se encargó de todo, él y yo teníamos otro tipo de comunicación. El regaño vendría después. Necesitábamos hablar de asuntos más serios. Ninguno podía llevarse el cuerpo porque no tenían cómo enterrarlo. Costaba vivir, pero había algo más costoso que eso, y era morir.

Le dije que pagaríamos el costo total del servicio funerario y les pedí a sus amigos no decir nada. No quería que Sophia se sintiera en deuda, ni mucho menos que pensara que lo hice con algún interés.

—¿Haremos el pago de tu cuenta o de la de sus padres? —fue la pregunta de Sergio cuando me llevó a un lado.

—De mi cuenta —contesté—, ellos no deben enterarse. Estoy viva, y lo lamento, no lo volveré a hacer. —Mis palabras corrían—. Pagaré del dinero que me dejó mi tata y mis padres no sabrán nada —le dije, refiriéndome a la herencia de mi difunta abuela, que me dejó todo a mí. Ella dijo que debía usarlo para un sueño grande que motivara mis pasos. Yo no había gastado ni un dólar. Fue la persona que más he amado en mi vida y gastarlo representaba dejarla ir. O al menos, eso pensaba la Julie de hace unos años, que no había visto de cerca lo que Sophia le mostró.

—¿Sabes lo qué haces? Porque mentir, hacer que tus amigos mientan, arriesgar tu vida, arriesgar nuestros trabajos y seguir mintiendo no combina con la actitud serena que estás mostrando.

—Lo lamento. —Mi voz se quebró. La verdad no sabía lo que hacía. Solo intentaba mostrarme entera, racional, madura, pero era una chica asustada.

—Para los regaños tienes a tus padres, Julie, y yo no pienso regañarte, pero ¿te puedo pedir algo a cambio de mentirle a mis jefes? —Asentí con debilidad, viendo a Sophia sentada en una esquina del piso junto a Noah y el cuerpo de Erick—: lo único que te pido es que no finjas, que dejes de guardar lo que sientes, y que llores. Porque no dejas de ser valiente al llorar, pero guardarlo todo aquí adentro —Sergio se señaló el pecho—, lo único que va a hacer es que explotes. Que vayas almacenando un cóctel de emociones como una bomba interna que luego no vas a poder detener.

No hizo falta que le dijera que mataron a un niño que no estudió. Que mataron la coraza que me separaba de la realidad. No tuve que decirle que me dolía lo que viví tanto como me dolía no poder ayudarla. Las lágrimas se deslizaron por mis ojos, pero todavía intentaba que se detuvieran.

—Déjalas salir, desgárrate, porque no puedo cambiar lo que viste, pero puedo prometerte que tienes a personas que no te dejarán sola con lo que sientes —aseguró, mirándome como un padre.

Ese día me dio una gran enseñanza, porque aprendí que, a veces, está bien sentirse mal. Y cuando me abrazó, lo que apenas eran dos lágrimas, se convirtieron en miles de ellas. No solo lloré por Erick. Lloré porque estaba entendiendo que la realidad duele. Me estaba afligiendo la vida y Sergio lo entendió. Comenzó a decirme que la realidad no estaba tan mal, que en algún momento tenía que conocerla y que ese momento había llegado.

—Malas noticias —nos interrumpió Claudia con un semblante serio—: tus padres te vieron en una entrevista de televisión. Están tomando el primer vuelo para Caracas y... creo que estamos despedidos —puntualizó, mirando a Sergio, y me di cuenta de que las acciones tienen consecuencias. Yo acababa de poner en riesgo mucho más que mi vida. Sentía terror y culpabilidad, pero dejó de importarme cuando vi a Sophia levantándose del piso para seguir al cuerpo. Sergio había utilizado sus contactos y finalmente se lo estaban llevando a la morgue.

Ella volvió a entrar en crisis, Noah trató de frenarla, y recibió golpes llenos de impotencia y negación. Sus amigos también lo intentaron, pero solo consiguieron ponerla peor. Teníamos que irnos. Claudia me llamó para que subiera al coche. Paula me dijo que era tiempo de volver a casa, que no podía hacer nada. Benjamín recalcó que estaba "con su novio" y que ya había hecho suficiente. No los escuché. No pude dejarla así. No sé qué pasó por mi mente, ni mucho menos qué pretendía mi corazón. Una vida de querer libros para encontrarme queriendo la felicidad de Sophia. Corrí a abrazarla sin importarme nada más que recordarle que todavía estaba viva.

Aparté a Ian y a Jorge de su lado. Me hice lugar hasta quedar frente a frente y logré tomar sus mejillas haciendo que me mirara. Sophia intentó quitarse, pero volví a sostener su rostro entre mis manos.

—¡Mírame! ¡Enfócate en mí! Erick está muerto y todavía no vas a aceptarlo, pero ¿se merece estar tirado en el piso de un hospital, generando miradas de asombro?, ¿se merece asustar a los niños? ¡Dímelo y te suelto de una vez! ¿Merece ese final? ¡Tienen que llevárselo! Lo verás de nuevo. ¡Tendrás tu despedida! Él está con nosotros, está invisible intentando que lo sueltes. Intentando que no lo retengas. Sophia..., por favor. —Las lágrimas bajaron por sus ojos, hasta que, poco a poco, fue cediendo. La atraje a mí, enredando mis manos en su cabello, para evitar que viera cómo se lo llevaban.

—Perdóname, Julie, yo... no tengo excusa, fui una completa idiota —me dijo entre llantos, sin apartarse de mi abrazo.

—No me arrepiento. Volvería a hacerlo —le dije en el oído y era cierto.

Volvería a estar con ella, aunque el precio fuera conocer el dolor.

—Yo no creo que después de hoy te dejen estar cerca de mí. —Pegó su frente a la mía y con sus ojos en primer plano, observé la mirada más triste y dulce que he visto. Volví a abrazarla intentando decirle que no me iría. Sophia Pierce me apretó con tanta fuerza... que por un segundo sentí que no iba a soltarme jamás, pero Benjamín tocó la corneta del coche, interrumpiéndonos.

—Ojalá nunca te vayas, Julie —me dijo en el oído para intensificar más el abrazo y añadió—: pero tampoco a ti puedo retenerte, no tengo suficiente para que te quedes. —Se separó del abrazo y observé su mirada cargada de la misma nostalgia que puso mi mundo al revés.

—Que me vaya ahora no quiere decir que te abandono. Sophi, tienes todo lo que cualquier persona necesita para volver. —Me solté de su mano, no sin antes darle un beso en la mejilla, y su sonrisa fue débil, pero estuvo ahí.

Antes de irme, los amigos de Sophia me agradecieron y Noah me abrazó alegando que le hacía bien a Sophia y por ende, también a él. Hasta destruido se veía hermoso, tenía algo, que a pesar de sus errores, lo mostraba agradable y bueno. Me dijo que se aseguraría de recuperar mi carro y de llevarlo hasta mi casa. Y el trayecto fue incómodo. Supe que Benjamín estaba molesto porque comprendía que no iba a abandonarla. Sophia parecía un riesgo, pero era una salvación. No me importaban las consecuencias, apenas me estaba yendo y ya quería volver.

Mis padres querían
que me alejara de ella.
Y yo, que siempre fui
la hija perfecta...,
en eso no los obedecí.

Concéntrate en mí

No importaba cómo me sentía. Lo único que estaba en primer plano era lo que para ellos no debí haber hecho. Mis padres me hablaban de decepción y la noche estaba tan triste como mi ánimo. Nuestra reunión fue en uno de los jardines y el viento arropaba el aire descortés con el que ellos se dirigían a Sergio. Su molestia no parecía acabarse, sino que aumentaba.

—Pudiste haber muerto —exclamó mi padre.

—No hay nada que pueda hacer para cambiar el pasado. —No era la respuesta que ellos esperaban, pero era la verdad.

—Sergio, a partir del lunes no contaremos más con tus servicios. Dejamos la vida de nuestra hija a tu cargo y resultaste incompetente.

—Pero, mamá, ¿te has vuelto loca?, no fue culpa de él.

—No me faltes el respeto y no me grites —dijo ofendida—. Lo tenemos de escolta y de chófer precisamente para atender tu capricho de seguir en Venezuela. ¿Crees que nos sentimos seguros dejándote con él? —Me miró con frustración y respiró profundo para controlarse.

—Tenemos que considerarlo, cariño. Tiene quince años trabajando con nosotros y no conseguiremos a nadie tan leal y honesto. Entiendo que estés decepcionada, pero tenemos que considerarlo —insistió mi padre.

Claudia se había salvado del despido porque era como otra hija para ella, pero no iba a permitir que despidieran a Sergio.

—La única culpable soy yo y pronto voy a cumplir dieciocho. ¿A quién culparán cuando eso pase?

—Baja la voz, Julie. Mírate, estás fuera de tu centro. No eres la misma que dejé hace unas semanas. Mi hija no es histérica y tiene modales —sentenció.

—Tu hija está comenzando a vivir y a tomar sus propias decisiones. Lamento profundamente que eso te aflija, pero se llama *crecer* —respondí, y mi padre se levantó a agarrar el brazo de su esposa para intentar que se calmara. Supongo que de no haber sido así, me hubiese llevado una bofetada.

—Si dices que estás creciendo entonces comunícate como adulta. ¿Qué te motivó a poner en riesgo tu vida? Ayúdanos a entenderte.

—Papá, siento que he estado encerrada. Que me han privado de conocer lo que realmente está pasando y no entiendo cómo si tenemos dinero y ustedes aman tanto la Medicina..., no se han puesto al servicio de Venezuela. —Fui aumentando considerablemente mi voz—. Estamos bien mientras todo a nuestro alrededor arde. Y por una vez en la vida quiero que mis propios pensamientos salgan a relucir.

—¿Entonces te obligamos a pensar?

—No lo sé, mamá, ya no sé nada. Estoy aturdida. Vi cómo moría gente y estoy viva, pero no me siento así.

—Si no hubieses salido de casa no habrías visto a nadie morir, así que no esperes que sienta lástima. Hasta ahora habías sido una niña feliz y me vienes con un discurso de escasa coherencia en donde nos hablas de tu aparente desdicha, cuando eres más que afortunada.

—No, mamá, tienes razón, ¿pero sabes algo?, prefiero no ser feliz a vivir hundida en una felicidad que no conoce. No me arrepiento de haber ido a la marcha. Me han enseñado que todo tiene un costo, y si perder mi felicidad me hace más humana, lo escojo.

Mi madre sacó a relucir su risa nerviosa, mientras mi padre me miraba con curiosidad. Sabía que quería escucharme. Le interesaban mis sentimientos, pero ella no soportaba dar su brazo a torcer, era tan estricta como destacable y necesitaba aceptar que no siempre podía tener la razón. Ese día no lo aceptó y con sus últimas órdenes, la llovizna cayendo y la señora de la limpieza entregándole la taza de café, hizo su último comunicado:

—Estás castigada y ustedes dos quedan advertidos, ambos son responsables de ella. —Se dirigió a Sergio y a Claudia para ponerlos en mi contra—. Julie no tendrá celular ni visitas y no la quiero cerca de la que la arrastró a la marcha. A partir de hoy no seremos permisivos. Si quieres ser rebelde lo serás en la universidad, no en Venezuela, y puedes odiarme, pero prefiero tu odio a que te pase algo. Desde hoy tampoco volverás a tener carro y n...

Ya no podía seguir escuchándola. Había sido suficiente.

—Se llama Sophia y ojalá ustedes se motivaran a ver el mundo como lo ve ella. ¿Y sabes qué, mamá? Deberías anotar este día como anotaste cuando me aceptaron en Harvard, porque oficialmente hoy, te digo que no por primera vez. No voy a alejarme de Sophia.

—¿Estás drogándote?

—Es más fácil pensar que me drogo a que no quiero renunciar a estar con alguien que piensa más allá de sus intereses personales y que me hace bien.

—¿No te das cuenta de que te está cambiando? —Abandonó el jardín con los ojos empañados. No era mi intención faltarle el respeto, pero, tenía que forjarme a lo que quería ser.

—Hay maneras de decir las cosas. Entiendo tus cambios y las negativas, pero no debiste tratarla así —puntualizó mi papá.

—¿Y prefieres que sea como tú que tienes que adornar tus palabras para adaptarte a ella? Yo no quiero pasar mi vida así, papá. Y lamento decírtelo, pero tampoco deberías acomodarte a ello, deberías tener opiniones y defenderlas. —También logré herirlo, aunque no era mi intención.

Cuando sacas lo que llevas acumulado durante tanto tiempo, puedes convertirte en un arma. Puedes hacer daño a los que quieres dejándote llevar por las palabras guardadas. Siempre fui dócil. Era feliz en mi desconocimiento. Apartaba a los que me rodeaban, pasando tardes y noches estudiando para contestarles sus preguntas y se sintieran orgullosos. De pronto, lo único que quería era que me dejaran vivir.

No me despedí de ellos cuando se marcharon. Tampoco pude acompañar a Sophia en el velorio. La casa se volvió un lugar callado y la escuela no tenía sentido sin ella. Tenía emociones encontradas, todo había sucedido tan rápido. Mi casa era una cárcel, los libros ya no eran lo único que me motivaba y solo quería volver a verla.

En el cuarto día sin Sophia, la profesora Belén se acercó más a mí y no sé por qué me motivé a contarle sobre lo que había pasado. Ella dijo que podía solucionar mi encierro. Que estaba planificando un viaje para mi promoción porque era el último año y *necesitábamos encontrar las respuestas de nuestro futuro*. No entendía su filosofía de vida, tampoco me pareció buena idea, pero sonreí. Por otro lado, me enteré antes que el resto de mis compañeros, por ser su favorita, que El Ángel se preparaba para una gran sorpresa. Vendría uno de los cantantes juveniles más famosos del momento, pero ni saber que Christopher iba a presentar su álbum como solista, me motivó a alegrarme. Belén me dijo que daría un concierto privado para nosotros por ser exalumno de la institución, y pensé en decírselo a Sophia, a ella también le gustaba. El problema es que no había Sophia. Y de verdad, el castigo de mis padres no era tan fuerte como el castigo que ella me estaba dando al desaparecer.

Hice las tareas por partida doble. Anoté cada clase y la incluí en mi equipo en los trabajos grupales. Quería que si regresaba no estuviese perdida y mucho menos que reprobara materias. Por otro lado, las molestias de Jéssica aumentaron. Intensificó el *bullying* hacia mí con empujones, volteando mi bolso repetidas veces y fastidiándome frente a su grupito de tontos. Nathaniel trató que me dejara en paz, pero ella estaba muy molesta de que al llegar de la marcha mi reputación hubiese cambiado. Me veían como una valiente después de esa entrevista en la que ni siquiera hablé. La adoración que le tenían a Sophia me salpicó, pero rápido, Jéssica se encargó de hacerla desaparecer.

Paula y Benjamín me defendían de ella, aunque les pedía que no. Nathaniel no me dejaba respirar, pero fue un alivio. Al menos su carisma, los temas de conversación y la agilidad con la que le veía lo bueno a todo hicieron que las clases fueran más amenas, pero en el sexto día sin Sophia, los celos de Jéssica se salieron de control. Nathaniel me había comprado un jugo de fresa y ella lo interceptó, quitándoselo de las manos para verterlo sobre mí.

No podía creérmelo… las risas, los malos comentarios, mi cabello y parte de la cara empapada, yo intentando limpiar los lentes, la profesora Belén corriendo hasta nosotras para enfrentar a Jéssica. Ella, respondiéndole que tropezó sin querer, y todas sus mentiras acompañadas de la risa triunfante que me dedicaba. «Me río por nervios, disculpa», le contestó a Belén, mientras la gente seguía riéndose y siendo parte de la sociedad mediocre que disfrutan hiriendo a los demás. No sentía vergüenza, pero sí me sentía abusada. Quería desaparecerme y había tanta gente alrededor que, en mi intento de huida, choqué con lo único bueno que tuve ese día.

Sophia fue más rápida. Se apresuró a quitarme el suéter, algo que con la presión del momento ni yo misma hice. Utilizó la manga para limpiarme el líquido de la cara y me dijo en el oído: *"Espérame un segundo. Le enseñaré a tu novia, la profe, cómo se resuelven los problemas. No te vayas sin mí"*».

—Te lo diré una sola vez: no quiero que vuelvas a mirarla. No vuelvas a acercarte a Julie. No quiero que le hables, ni que respires cerca de ella, ni que la vuelvas a fastidiar —la escuché gritar.

—Ya estamos resolviéndolo, vuelve al salón —le ordenó Belén.

—Una cosa es tener buena intención, y otra obtener buenos resultados. Si pudieras resolverlo, Julie no tendría que aceptar el acoso todos los días. Ojalá se ocuparan de tomar medidas en vez de hablar y hablar como si eso sirviera de algo, profesora.

—¿Y cuál sería tu medida? Ilumíname —le preguntó.

—Le partiría la cara, pero bajo ningún concepto estaría bien pegarle a una mujer. Así que desde ahora le haré exactamente lo que ella le haga a Julie. Y empezamos ya. —Sophia cogió el vaso de Pepsi que Paula había dejado en la mesa y, tal cual como dijo, caminó hacia Jéssica y se lo vertió en la cabeza.

Ella trató de empujarla, pero los reflejos de Sophia fueron tan rápidos al quitarse, que terminó cayendo al suelo. Y los mismos que antes se burlaban de mí, estaban riéndose y grabando a Jéssica.

—A que no se siente bien ser burlada ni dañada por todos, ¿verdad, Jéssica? —Sophia le extendió la mano para ayudarla a levantar, luego, señalando a los mirones, agregó—: Ellos consumen la mierda que les das. Pueden burlarse contigo o pueden burlarse de ti. ¿En serio son las personas que quieres para tu vida? O la pregunta sería... ¿En serio quieres ser como ellos? —Jéssica cogió su mano para levantarse y salió corriendo del comedor.

Sophia Pierce ignoró el regaño de la profesora y se lanzó a mí cubriéndome en un abrazo, uno de esos largos que te hacen pasar del peor día al mejor. Esos que te hacen sentir que estás segura, porque así era ella... A pesar de lo que pudiera estar sintiendo, siempre estaba más preocupada de cómo me sentía yo. Y no sé cuánto tiempo estuvimos abrazadas, pero fue Paula quien nos separó.

—¿Debería tener miedo de que me quites el puesto de mejor amiga? ¿O ese ya está quitado y me conformo con ser la segunda? Porque después de lo que acabas de hacer te mereces el puesto que quieras —dijo mi amiga, sonriendo hacia nosotras.

—Perdóname por no hacer nada, es mujer, no sabía exactamente cómo ayudarte, Julie. Si fuese hombre le parto la cara —Nathaniel nos interrumpió.

—Para decir lo que piensas no importa el género —le contestó Sophia.

—Lo dices porque eres mujer —se defendió.

—Lo digo porque tengo lógica y buenos principios, y si de verdad te gusta Julie, vas a tener que ganártela con mucho más que tu físico. Gente bonita sobra, pero gente bonita aquí —se señaló el corazón—, esa no se consigue tan fácil y es lo que ella se merece. Así que destácate como humano, guapo. —Antes de que Nathaniel pudiera decir algo, me arrastró fuera de la cafetería.

A medida que avanzábamos quería preguntarle cómo estaba. Su mejor amigo acababa de morir y cualquier cosa que pasara conmigo estaba en tercer plano. Pero ella no pensó lo mismo cuando me llevó al baño y se quitó la camisa quedándose en brasier. Volteé automáticamente hacia otro lado, pero Sophia cogió mi barbilla para volverme a ella.

—Concéntrate en mí, mírame. ¿No fueron esas tus palabras la última vez que nos vimos? Gracias por eso, Julie. Quiero que sepas que si estoy en la escuela es por Erick y por ti… Porque también tienes todo lo que me hace volver. —No supe qué decirle. Me concentré en sus ojos, pero no pude evitar voltear hacia su cuerpo. Ella simplemente sonrió y me ayudó a quitarme la camisa. Me encontré a mí misma sintiendo mil cosas a la vez: nervios, mariposas en el estómago, vergüenza, confusión, cariño y la palabra que no me atrevía a pronunciar, *amor*.

—Ahora es cuando te pones la camisa, Julie, despiértate.

—No me voy a poner tu camisa. —Tuve que hacer un esfuerzo para responder.

—Yo me abrocho la chaqueta y ya. No vas a ir a clases sucia, fin de la discusión. —Hice lo que dijo y al volver a verla descubrí que sufría.

Había tantas cosas de las que teníamos que hablar. Tenía que decirle de mis prohibiciones y ella tenía que decirme cómo se encontraba realmente, pero no quiso mencionar el tema. Estaba guardando sus sentimientos y yo tenía que ayudarla a que los dejara salir, pero un paso a la vez. Sophia Pierce estaba de vuelta y una de sus razones… había sido yo.

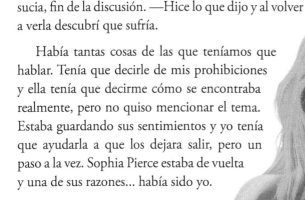

Hay personas
que son medicina.
Que viven
curando a otros,
aunque por dentro,
estén llenos de dolor.

Gracias por sostenerme, Julie

Las siguientes semanas estuvimos juntas durante cada hora. Estudiamos lo suficiente para que Sophia pudiera pasar las materias, no por mí, sino por sus conocimientos. La vi esforzarse y supe que lo estaba haciendo por Erick. No la vi llorar, pero algunas mañanas llegaba con los párpados hinchados. Ella prefería no hablar de lo que sentía y yo intentaba generarle confianza para que se abriera conmigo. Por mi parte, seguí dedicando tiempo a la Medicina. Es decir, tampoco tenía otra cosa que hacer sin WhatsApp, sin llamadas por Skype con mi madre, con un encierro agotador y sin poder hablar con mis amigos. Eso, hasta que un viernes por la mañana Sophia llegó al instituto con un teléfono sencillo, de esos que únicamente tienen mensajería. Me dijo que era lo único que su economía podía permitirle, pero que así podríamos hablar por mensajes fuera del instituto.

La abracé, aprovechando esa excusa para sentirla cerca, pero no me lo merecía. Ella tenía otros gastos, no debía permitirle gastar en mí. Le dije que no era necesario, pero no aceptó mi rechazo. Me dijo que lo cambió por horas extras en el restaurante donde cantaba, que no había sido nada. Tiempo después me enteré de que cantó gratis por un mes solo para que yo estuviera comunicada.

—Es fácil de usar —me explicó—, nos escribiremos mensajes, y por las noches, cuando no tengas sueño, también puedes llamarme. —Parecía emocionada y agradecí la entrada del director. Su interrupción fue necesaria para que no siguiera viéndola como una idiota.

Él, acompañado de uno de los representantes de la junta, la llamó aparte. Tenía uno de los partidos más importantes. Los estudiantes y profesores no dejaban de hablar de eso y no sé cómo lo logró, pero Sophia pudo convencerlo de que me dejaran ir con ella. Por fin la vería jugar tenis.

Los seguí hasta llegar a la cancha y bastó que empezara el juego para entender por qué le habían dado la beca. Yo no era amante de los deportes, pero eso también cambió. A medida que la veía jugar, la admiraba más. Se movía rápido, ganaba todos los puntos aplastando a su contrincante. Tenía energía, golpeaba la pelota con fuerza, parecía volar alrededor de la cancha. Sacaba sin atisbo de nerviosismo, brillaba. *Literalmente brillaba.*

No pude contenerme. Mi timidez se quedó en el salón de clases. Me encontré a mí misma gritando por cada mate y con cada pelota salvada. Estaba feliz en un lugar en el que nunca me imaginé serlo, porque al final la felicidad comenzaba a presentarse en cualquier sitio en el que estuviera ella.

Apenas terminó el partido, dejó hablando solo a su entrenador para correr hacia mí, y con la cara roja por la actividad física y una sonrisa de oreja a oreja, comenzó a hablar:

—*Wow...,* vales por un equipo completo de animadoras. Nunca había invitado a nadie a mis juegos, ¿sabes? No me gusta que me vean, pero contigo sí. A ti siempre quiero invitarte. No te creía tan efusiva, Julie.

—Y no lo soy. —Me sonrojé—. ¿Por qué no me habías dicho que jugabas tan bien? —Cambié el tema.

—Pensé que no te gustaban los deportes, pero ya veo que a partir de ahora eres mi animadora personal. —Me guiñó un ojo y volví a felicitarla con la timidez que me caracterizaba, pero Sophia no quedó muy satisfecha—: Julie, cuando ganas te abrazan, te dicen que eres lo máximo y más si has ganado de la forma en la que gané yo. ¿Dónde quedó tu ánimo? Tienes que esforzarte, bonita, pero yo te enseño. —Fue directo a abrazarme y ella misma empezó a imitar lo que debía decirle—: Eres la mejor. Es que ni Serena Williams se compara contigo, nena. Es decir, ha sido como si los dioses bajaran a la tierra y comenzaran a jugar.

Me abrazó más fuerte todavía, halagándose como si fuera yo quien la halagara y causando en mí un pequeño ataque de risa que llegué a contagiarle hasta que el entrenador interrumpió el momento.

—¿Terminaron? ¿O tengo que esperar un rato más? —Era tan pedante que entendía que Sophia no lo tolerara. La miraba con desprecio, como si no valiera nada por no tener dinero, pero claro, al mismo tiempo se aprovechaba de que gracias a ella, por primera vez, el instituto estaba teniendo prestigio en el tenis.

El profesor se la llevó aparte. Entre regaños logré escuchar que la trataba como piltrafa a pesar de la victoria. Le oí decirle que el talento no lo era todo, que su ego iba a destrozar la posibilidad de una buena carrera y que no era *nadie* sin él.

Fue suficiente para mí.

—Disculpe que interrumpa, con todo respeto, pero si mi memoria no falla, usted ha tenido diez años de puras derrotas. De hecho, si no me equivoco, el año pasado le dieron un ultimátum: o conseguía ganar o tendría que abandonar su puesto...

—Cuide bien lo próximo que va a decir —me interrumpió.

—Si no fuera por el espléndido juego de Sophia, usted no tendría empleo, así que hay un error en su discurso. Usted no es nadie sin ella. Sophia perfectamente puede seguir jugando sin su tutela. —No era Julie la que hablaba, o, mejor dicho, era la nueva Julie que todavía intentaba conocer.

—No te voy a permitir...

—¿Decir la verdad? —lo interrumpí—: le da un trato inadecuado porque conoce su contexto familiar y eso lo hace ser irrespetuoso, prejuicioso y al mismo tiempo un arbitrario, porque lo que está demostrando es abuso de poder —refuté, sin poder contenerme, y antes de que los gritos de él comenzaran a escucharse, Sophia cogió su raqueta desgastada y me tomó de la mano para sacarme corriendo de la cancha.

No quería un castigo. La relación con mi padre había mejorado y me llamaba a diario para saber de mí. Sin embargo, tampoco estaba arrepentida por defenderla. Si me castigaban habría valido la pena, y lo volvería a hacer una y otra vez.

Al menos eso pensaba hasta que Sophia me habló.

—No eres nadie para meterte en mi vida ni para utilizar lo que sabes de mí para convertirme en una víctima.

—No fue eso lo que…

—No, Julie. No es el profesor el que me está dando un trato distinto por mi contexto social. Eres tú. —No le respondí y preferí irme. Estaba molesta por su actitud y por cómo había malinterpretado mis palabras.

Ella no era de las que buscaban y yo no era de pelear, pero tampoco iba a dejarme. No era cierto que estaba victimizándola. Podía sentir miles de sentimientos por ella, pero jamás lástima.

Al salir del instituto me di cuenta de que Noah no llegó a buscarla. Cuando eso sucedía, Sergio se saltaba las reglas de casa y se desviaba para dejarla en el metro. Esa tarde, sin embargo, ella pasó a mi lado, bajó las escaleras sin mirar a nadie y se perdió con rumbo a la avenida. Benjamín y Paula se hacían señas tipo "¿y a éstas qué les pasó?" Preferí fingir demencia y me monté en el carro.

—¿No viene? —me preguntó Sergio, mirando hacia Sophia, que caminaba por la acera. Negué con la cabeza y me quedé esperando que avanzáramos, cosa que no pasó. Él esperaba una explicación de mi parte y terminé dándosela.

—La defendí del hostigador de su profesor. Ella ganó el partido y el tipo, con su actitud insultante de "eres una basura y sin mí no eres nadie", comenzó a reclamarle. Así que le dije lo que pienso y lo enfrenté, pero imagínate que Sophia está tan loca que piensa que siento lástima. Qué absurdo, pero da igual. Fue injusta conmigo y la verdad ya no me interesa. ¿Podemos irnos? —pregunté exasperada.

—Es viernes, no la verás hasta el lunes y no quiero interferir, pero ella está tratando de forjar un camino por encima del lugar de donde viene. Cuando la defiendes cruzas una línea que no quiere tratar y mucho menos quiere que sea su mejor amiga la que encuentre debilidades en lo que ella le ha mostrado. No digo que tenga razón y no dudo que el sujeto necesitaba que lo pusieras en su puesto, pero... ¿vas a dejar que se vaya pensando que la crees vulnerable? Ella no muestra lo que sufre, pero ha perdido mucho y...

Sin ser descortés, dejé a Sergio con la palabra en la boca y me lancé a la acera con la intención de alcanzarla.

La halé por la mochila cuando llegué a ella y después de respirar profundo, traté de encontrar las palabras adecuadas, aunque casi nunca las hay.

—Todo lo que siento por ti es orgullo, no lástima. Y no te he oído cantar, pero seguro también haces magia como en la cancha. ¿Sabes? Al verte jugar me di cuenta de que logras lo que te propones. Se te da fácil hacer posible lo imposible y no importa el lugar del que provienes. Me interesa lo que eres y no puedo decirte que no te voy a defender, porque no es algo que controlo. Fue un impulso y puede volver a pasar, así que tienes que acostumbrarte, porque recuerdo que fuiste tú la que quiso ser mi mejor amiga.

—Calla ya, Julie —me interrumpió, y cuando pensé que ser sincera no había funcionado, uno de sus besos furtivos volvió a mi mejilla—, perdóname por reaccionar así —susurró en mi oído, atrapándome en un abrazo—. Y si sigues diciéndome cosas tan bonitas, voy a terminar creyéndomelas —volvió a decirme.

—Deberías creértelas porque todas son ciertas. —Me separé de ella cuando escuché la bocina de Sergio que nos había alcanzado con el coche.

—¿Se suben ya? Claudia nos está esperando con una rica lasaña. —Tenía la ventana abierta y una sonrisa grandísima decorándole el rostro.

—Uff, sí que suena bien, casi hasta siento envidia —contestó Sophia.

Sergio se bajó para adelantarse a mí y abrirme la puerta.

—Nada que envidiar. El señor Luis Carlos me informó que ya Julie puede recibir visitas.

—¿Y mi madre lo aceptó?

—No lo sé, quizás viene siendo hora de que también arregles las cosas con ella —me aconsejó, y nos dirigimos a la casa.

Después de comer, Sophia quería verme haciendo algo que me gustara. Le dije que no era tan divertido que me viera leyendo y que por ahora no podía verme operar. Ella sonrió y me dijo que hablaba de una pasión, de un sueño aparte, pero yo no tenía ninguno excepto ser médico. Claudia, que nos escuchó a la distancia, le confesó que me gustaba nadar. Y mejor que no lo hubiera dicho porque Sophia no se detuvo hasta que estuvimos dentro de la piscina. Ella recostada del bordillo, me decía que iba a *contarme el tiempo*. Que quería verme en acción. Intenté decirle que no todo era una competencia, pero insistió en hacer una carrera hasta que decidí mostrarle otro punto de vista. Le dije que se olvidara del tiempo y conecté mi iPod al sistema de sonido.

—Es mi turno de mostrarte mi mundo.

—Estoy ansiosa por saber qué hay en tu mente —contestó, y quise responderle que casi siempre estaba ella, pero no era prudente.

Y no sé si eran ideas mías, pero Sophia me miraba como yo miraba la lluvia en un día de soledad. Y yo no sé cómo la miraba a ella, o quizás, la miraba esperando que se quedara, aunque eso era tan imposible como que algún día supiera lo que pasaba dentro de mí.

—Tengo ciertos requerimientos.

—No sabía que eras tan exigente, Julie. A ver, soy toda oídos —respondió, animada.

—Quiero que sientas la música y que te concentres en el agua, sin contagiarte de prisas. Que dejes de mirar el reloj porque sé que tienes que irte y que tus hermanitos te esperan. Así que disfrutemos esta hora y hagamos que dure. ¿Está bien eso para ti?

—Suena a un plan perfecto —me dijo sonriente, al tiempo en que le di play al iPod y comenzó a sonar: **Chemicals - Dean Lewis.**

—Cuando sientas el agua intenta poner la mente en blanco, olvídate de las preocupaciones, del pasado, del mundo tan deprisa. Imagina que tal vez, por unos segundos. todo está paralizado y simplemente existes. ¿Puedes hacerlo por mí?

—Puedo hacer cualquier cosa por ti, Julie.

Y no respondí, aunque debí decirle que yo también podía hacer cualquier cosa por ella. Pero recorrimos la piscina con brazadas lentas, llenas de paz, llenas de la quietud que por primera vez pude mostrarle. Y yo, ya la extrañaba y todavía no se había ido.

Quise convertir lo platónico en posible y ni siquiera pude ponerle un nombre. Porque no me atraían otras mujeres y Nathaniel me parecía precioso, pero tampoco podía verlo así.

Por un momento dejé de nadar para contemplarla. Sophia no estaba corriendo. No descargaba su ira en las brazadas. Se iba relajando en ellas hasta desplazarse como alguien que consiguió volver a casa después de tanto tiempo. Y supe que logró complacerme, pero su verdad volvería. El caos de su existencia seguiría acompañándola hasta que lo pusiera en orden.

—Puedo acostumbrarme a tu mundo, princesa. —Dejó de nadar para recostarse en el bordillo y mirarme de esa forma que debía estar prohibida.

—No me mires así.

—¿Cómo? —preguntó.

—Nada, olvídalo.

—Eres muy rara, Julie, pero tengo una parte de mi mundo que puede llegar a gustarte. Quiero presentarte a alguien que te va a agradar. Una de las personas más buenas y sensibles que he conocido.

—No estoy buscando novio, pero gracias.

—Y yo tampoco que lo tengas. Soy una amiga muy posesiva —dijo en tono burlón mientras se salía de la piscina—. ¿Sabes? Te daré una de las mejores sorpresas de tu vida y esa será mi manera de disculparme por haber sido tan grosera contigo hoy. —Sonrió, alcanzándome la toalla para cubrirme en ella, y verla sonreír aun estando en guerra, verla en paz cuando sus sentimientos estaban en lucha, era admirable. Y todavía no me contaba sobre sus hermanos, pero la veía discutiendo por teléfono, o hablando con Noah sobre la trabajadora social y algo me decía que podía ayudarla. Quería hacerlo, pero debía esperar a que confiara en mí.

—Gracias, Julie, gracias por sostenerme y no dejar que me hiciera pedazos.

Recuerdo sus palabras porque cuando las dijo, sus ojos se cubrieron por el reflejo del dolor. Le dolía Erick. Le dolía la ausencia, y, tragando hondo, convirtió las lágrimas en una sonrisa preciosa. Esa que disimulaba los sentimientos negados, la misma que la hacía quedarse con lo bonito de lo que vivía, ocultando la sombra de una vida que merecía un trozo de paz. Pero no supe sino cuando estaba por irse, que quizás iba a ser yo la que necesitara que la sostuvieran. Me llevé mis sentimientos a un sitio lejano cuando ella, después de cambiarse, me contó que se acercaba el cumpleaños de Noah. Que pensaba en hacerle un regalo manual y que si podía prestarle mi casa para crear la sorpresa.

No pude negarme. Le dije que sí, tratando de encontrar una sonrisa que ocultara que mis sentimientos estaban desorientados. Me despedí con esfuerzo y uno de sus besos furtivos consiguió un efecto opuesto. Ella esperaba que sonriera y lo hice débilmente, porque no podía darse cuenta de que algo me pasaba. No podía ni debía percibir que ese beso consiguió quemarme y que lejos de ser su culpa, era solamente mía.

Porque no era Sophia haciéndome daño. Era yo dañándome por volverme irracional. Por confundirme en sensaciones, deseando algo que de ningún modo iba a pasar. Mi madre decía que el dolor era una elección. Sentí deseo de hablarle, de contarle que sufría. Que por primera vez en mi vida estaba sufriendo de verdad. Y aunque no podía contarle lo que me sucedía, la llamé y le dije que la extrañaba. Lloré sin aguantar mis sentimientos y ella, al otro lado del teléfono, sorprendida tanto como yo, olvidó nuestra pelea. Me preguntó por mis notas, le dije que estaban bien y eso bastó para que me invitara a Estados Unidos. Me dijo que en una semana podía recibirme y que haría que mi estadía fuera especial. Acepté, sabiendo que no chocaba con el viaje de la escuela, ni mucho menos con el concierto de Christopher. Acepté, sabiendo que necesitaba un respiro porque no podía intoxicarme con el mismo aire. Necesitaba pensar y también necesitaba estar con ella. Puede ser que la cobardía me haya motivado, pero me sentía sofocada. La celaba de su propio novio y eso no era una opción.

> **Sophia:** Ahora ya podemos hablar hasta dormirnos. ¿Tienes sueño?
> 11:13 pm

Fue su primer mensaje a las once de la noche.

> **Sophia:** Oye... 😔 la idea es que por fin podamos hablar. ¿Estás estudiando? ••
> 11:14 pm

A la una de la mañana volvió a escribirme

> **Sophia:** No quiero molestarte con mis problemas ni con el drama de mi vida, pero... la trabajadora social piensa que no puedo encargarme de mis hermanitos. Mi papá no ha vuelto desde el primer día que me llevó a la escuela 😔 Y no quieren darme la oportunidad de ser responsable. Aunque lo intento todo, nada sirve.
> 01:08 am

> Efectivamente estaba estudiando, pero ya terminé. A lo mejor Sergio puede ayudarte, él tiene contactos. Quizás pueda hablar con la trabajadora social. Claro, si quieres.
> 01:09 am ✓✓

> **Sophia:** No es necesario. Solamente necesitaba desahogarme contigo, pero no quiero que me veas distinto.
> 01:10 am

> Nada puede hacer que te vea distinto. Tus problemas no quitan lo que eres.
> 01:11 am ✓✓

> **Sophia:** ¿Y qué soy aparte de un desastre? 😅
> 01:12 am

> Muchas cosas más, te lo aseguro.
> 01:13 am ✓✓

> **Sophia:** Puedes llamarme y poner la canción?
> 01:14 am

> ¿Cuál canción?
> 01:15 am ✓✓

> **Sophia:** La que pusiste la otra noche junto con las estrellas. Ya sé que en mi cuarto no tengo un reproductor en el techo, pero solo con la música y sabiendo que estás detrás del auricular, puedo imaginármelas o puedo imaginarte y ya es mejor que las estrellas.
> 01:16 am

Por supuesto que la llamé y puse que la canción se repitiera hasta que dejé de escuchar su respiración. ***Bad Liar*** - Imagine Dragons.

Ella logró desconectarse de sus preocupaciones hasta quedarse dormida y yo no necesité que estuviera en el mismo cuarto para sentirla cerca. Así como tampoco necesité que me amara para saber que me quedaría porque la permanencia no sería el fin de lo nuestro. Incluso si tenía que guardar mis sentimientos, siempre seríamos.

Tenía la certeza de un cariño infinito que no paraba de crecer. Siempre seríamos, aunque quizás nunca llegáramos a ser de la manera en la que una parte de mí quería. Pero ni siquiera eso me importaba con tal de que estuviera bien.

Ella es diferente a los demás,
no la compras con dinero,
ni tampoco busca resaltar.
Ella crea universos de colores,
y es de las que perdonan
a los que le hicieron mal,
pero cuando decide irse,
no hay vuelta atrás.

A veces necesitas irte

El lunes el tema de conversación en los pasillos era el concierto de Christopher, que se realizaría el próximo jueves. Las chicas hicieron pancartas y los chicos revivían viejas leyendas de cuando él era un alumno más. Decían que tenía muchas pretendientes, que se drogaba en los baños, que protagonizaba todas las peleas, mientras Matías, su gemelo, era un alumno ejemplar. Aunque, lamentablemente, estuviera muerto.

La profesora mandó a hacer silencio una vez que entró al salón. Era la segunda clase de la mañana y Sophia estaba rendida en el asiento de al lado. Había tenido un fin de semana pesado entre su trabajo nocturno como cantante, un nuevo empleo que consiguió en una tienda y resolver inconvenientes con la trabajadora social. Belén se apresuró a despertarla, tocándola por el hombro, y Sophi, frotándose los ojos, intentó mantenerse despierta, pero las ojeras delataban su cansancio.

—Christopher ha demostrado que es posible mejorar y debería ser un ejemplo para ustedes, especialmente para ti —dijo Belén hacia Sophia.

—Dejar a Sony y a su grupo por irse de independiente es un disparate. Las drogas lo dejaron mal, profe —se burló Nathaniel.

—¿No sería un disparate hacer canciones que no te gustan solo por dinero?

—No puedes comparar las canciones de profesionales con la cursilería y poesía de Christopher, profe. En mi opinión la fama se le subió a la cabeza y lo va a pagar caro.

—No sabes lo que dices, ni siquiera lo conoces —contraatacó Sophia.

—No necesito conocerlo para saber que en un año no será nadie.

—Te aseguro que incluso si fracasa seguirá siendo alguien. A diferencia de ti, que no eres ni el 1 % del hombre que es él —aseveró Sophia.

—¿Y qué clase de persona eres? Porque, que te expreses así de él dice mucho de ti —le preguntó Belén.

—La clase de persona que no intenta ser perfecta. Si voy a hablar mal de alguien, lo hago de frente. Lamento si eso la incomoda, profesora —contestó Sophia con cierta aspereza, y el tema quedó allí. Belén no le siguió el juego y se concentró en dar ejemplos de personas que estaban dejando el país en alto.

—Está más que claro que le gustas. Durante toda su motivación para tarados, no ha despegado la vista de ti —me susurró Sophia.

—Lo que dices es imposible —respondí.

—¿Por qué imposible? Si le gustas, le gustas y ya está.

—Soy su alumna, soy mujer y no quiero hablar de eso.

—Julie, eres muy inocente y no quiero que te sigas sonrojando, aunque te ves linda. Pero, antes de dejar el tema, voy a probar mi punto. —Sophia se recostó de mi hombro y con la mano derecha comenzó a dejar caricias por mi mejilla, dejándome completamente confundida.

—¿Qué se supone que haces?

—Acariciarte, y ahora voy a darte pequeños besos, así que finge que los disfrutas —me susurró en el oído y comenzó a dejar besos por mi mejilla y cuello. Nuestra mesa estaba en la fila de la esquina, pegada a la ventana. Teníamos el escritorio de Belén frente a nosotras y lo correcto era que la frenara, pero no podía pensar racionalmente con la calidez de sus labios en mi piel. Necesitaba encontrar calma, pero mi flujo sanguíneo no hacía caso a mi sentido común. Era imposible estar segura de nada y me negaba a estarlo, porque no puede gustarte una amiga, ni tampoco puedes ponerte así porque esa amiga decide darte besos alrededor de la cara. Y quizás fueron solo unos segundos de cariño, pero se hicieron una grata y rara eternidad.

—Julie, acompáñame afuera. —Belén sonó distante, y con cara de pánico volteé a ver a Sophia, que por fin se detuvo.

—Cálmate, no es como si te hubiese besado en los labios. No te vas a meter en problemas, pero pruebo mi punto.

—¿Y cuál es tu punto?

—Le gustas a Belén.

Me levanté un tanto contrariada y caminé rápido hasta salir del aula.

—No creo que sea sano que pases tanto tiempo con Sophia —soltó sin anestesia, una vez que estuvimos afuera del salón.

—Eh... Creía que te parecía bien que estuviera con ella y la ayudara. O al menos eso dijiste —contesté.

—Pues retiro lo dicho, me equivoqué —se apresuró a decirme—. Te has metido en problemas por ella. Peleaste con tus padres, estuviste en peligro... —parecía nerviosa, cuidando qué palabras decir, pero afectada al decirlas—: no quiero que por lo que te dije pongas en riesgo tu futuro —aseguró.

—No estoy con ella porque me lo haya pedido, sino porque es mi amiga.

—No tienen nada en común.

—Las amistades no tienen que ser iguales, usted dijo que nos complementábamos y tuvo razón.

—No, no la tuve. Lo dije porque me preocupo por mis alumnos, pero ahora me preocupa que por querer ayudarla vayas a...

—¿A qué?

—A salir lastimada, Julie. Te he visto trabajar el doble para ayudarla a que apruebe. ¿No deberías aprovechar ese tiempo en tus materias? ¿En tus metas?

—Mis clases van bien. —Soné más seria de lo que quise.

—De acuerdo, mejor olvidemos que te he dicho esto, no tiene sentido, más bien discúlpame. —Belén me miró con aire preocupado y no quise que pensara que tomaba como una ofensa sus consejos.

—Eres una gran profesora —fue lo único que dije, y una sonrisa de su parte cortó la tensión.

—Te quería decir esto el jueves, pero no puedo esperar. Conseguí un pase para que conozcas a Christopher antes del concierto.

—¿En serio? pero... ¿por qué? Es decir, ¿por qué yo y no cualquier otro alumno?

—Justo por eso, Julie, porque no eres una alumna cualquiera —contestó en tono risueño, antes de añadir—, destacas entre los demás.

¿Podía ser eso posible? ¿Podría pensar que alguien como yo fuera diferente al resto? Es decir, mi mayor cualidad era ser normal. No había una personalidad apasionada, no debatía temas profundos, no era nada destacable.

—Anda, volvamos a clases que desde aquí se escucha el alboroto —sonrió tocándome el hombro e ingresamos al salón.

—¿Y bien? ¿Qué te dijo? —preguntó Sophia cuando volví a mi asiento.

—Cree que merezco conocer a Christopher y me regaló un pase. Voy a poder verlo en persona antes del concierto. Ella piensa que destaco entre el resto y sé que suena tonto, pero fue bastante simpática.

—Y una mierda, Julie —protestó—. Es obvio que destacas ante el resto, no hay que ser inteligente para notarlo, pero no vas a conocer a Christopher antes del concierto, porque lo vas a conocer hoy.

—¿A qué te refieres con que lo voy a conocer hoy? Y baja la voz que estamos en clases y no te conviene otro regaño —le aconsejé.

—A que Christopher me ayudó y gracias a él estoy en este instituto.

—¿Gracias a él?

—Logró que me vieran jugar tenis y arregló lo de mi beca. Si estoy estudiando es porque Christopher se preocupó por mí y por eso aceptó dar el concierto. Cuando te dije en la piscina que te presentaría a alguien, me refería a él, y ahora Belén pretende arruinarme la sorpresa.

—Nadie va a arruinar nada, ¿está bien? —Traté de que se relajara.

—Por primera vez tengo algo realmente bueno para ofrecerte y viene ella a joder mis planes con su "pase especial".

—Me ofreces muchísimo más que presentarme a Christopher. Le diré a Belén que no puedo ir, ¿estás bien con eso?

Me hacía comportarme como idiota, pero no soportaba verla triste.

—Lo lamento..., no debería ponerme así. —Cambió su actitud—. Puedes conocer a Christopher conmigo y con Belén. Discúlpame por ser tan posesiva, pero no considero que deba tener trato especial por ti. Mírala, se aprovecha de su poder para flirtear contigo. ¡Es patético! —dijo, negando con la cabeza.

El sonido del timbre interrumpió nuestra conversación.

Me levanté y recogí mis cosas. Sophia hizo lo mismo y, cuando estábamos saliendo de clases, crucé la mirada con Belén y me despedí de ella con un gesto de mano. La profesora me regaló una sonrisa, y pude ver a Sophia poner los ojos en blanco con actitud de fastidio mientras salía rápidamente del salón.

El resto del día, el aire entre nosotras se mantuvo enrarecido. Ella se fue a su entrenamiento de tenis sin siquiera despedirse y yo me quedé perdida, sin saber qué le hice o por qué su cambio de actitud.

Estaba experimentando una confusión que cada día se desteñía más. En principio el cariño por Sophia iba en aumento, pero ¿y si no solo me atraía ella, sino que me atraían las mujeres?, ¿podía incluir la posibilidad de ser bisexual? No era realista que tomara una decisión precipitada. Tampoco podía guardármelo para mí. Si de verdad me estaba pasando, tenía que hablarlo con Paula, con Benjamín, o con ambos. Todavía no me sentía lista, deseaba que el día de mi viaje llegara rápido.

Necesitaba irme, pero no podemos irnos cada vez que la situación pinte mal y esa tarde pasaron cosas que no debieron pasar. Podía arrepentirme una y otra vez, pero ni siquiera eso cambiaría el orden de los hechos ni mucho menos retrocedería el tiempo.

Conociendo a Christopher

Después de clases nos fuimos a mi casa. Invité a Benjamín y a Paula para que también ellos conocieran al cantante. Mi amiga casi se muere de la emoción. De hecho, no paraba de cambiarse de ropa hasta conseguir "*la adecuada para ver a una estrella*". Puso la música a máximo volumen y creo que estaba un millón de veces más emocionada que yo.

—Déjame maquillarte, tienes que verte fenomenal. Imagínate que Christopher se fije en ti. Ya es tiempo de que te den tu primer beso.

Paula tenía la energía sobrecargada, y por más que me negué y me negué, insistió tanto que terminé cediendo. Odié el maquillaje incluso más que la camisa corta que me hizo poner, y dije que sí solo para ver si así se calmaba.

Sophia: 😣 ¿siguen arreglándose?
04:17 pm

De verdad ni siquiera te imaginas la euforia de Paula. Se ha cambiado como diez veces. Perdón por hacerlos esperar, pero ya puedes venir. De hecho, date prisa. 04:19 pm ✓✓

Sophia: eso suena a que quieres que te rescate 😌 ¿necesitas ayuda? Princesa 🙈
04:20 pm

¿Puedes apurarte y dejar de molestarme? 04:21 pm ✓✓

Sophia: Sí, tengo que hacerlo porque si no...
04:22 pm

Sophia: puedes llamar a Belén 🖼 para que te rescate primero.
04:24 pm

SU MENSAJE
HA SIDO LEIDO
E IGNORADO
CON EXITO

DRAMA ⬤

04:25 pm ✓✓   04:25 pm ✓✓

Sophia: Jajajaja. Mira, cambiando el tema, Benjamín invitó a Noah. Al parecer se hicieron íntimos amigos 😳   04:26 pm

¿Y eso te molesta?   04:27 pm ✓✓

Sophia: Me da igual. Solamente no quería verlo hoy. Suele ponerse celoso por Christopher y es aburrido.   04:28 pm

Ustedes dos... 😬   04:28 pm ✓✓

Sophia: No seas pervertida. Es mucho mayor que yo.   04:29 pm

No pareces el tipo de chica que se detiene a pensar en la edad.   04:30 pm ✓✓

Sophia: Tú sí lo pareces y llevas horas arreglándote para él. Supongo que el dicho de que las apariencias engañan es cierto. Nos vemos en tu casa. Cambio y fuera, princesa 😆   04:32 pm

El timbre sonó cuarenta minutos después de su último mensaje. Sergio los invitó a pasar, dirigiéndolos al jardín lateral en donde se encontrarían con nosotras. Benjamín estaba concentrado en la parrilla, mientras Claudia y Paula se acercaron enseguida, desesperadas por conocerlo.

—Hey... —saludé a Sophia, aprovechando que la atención de todos estaba en el músico.

—¿Y ese maquillaje? —Me miró con curiosidad.

—Culpa de Paula, pero no hablemos de eso. A mí tampoco me gustó —confesé—: de hecho, lo odio.

—Te ves guapa con maquillaje o sin él, pero... —Tomó mi mano—. ¿Cuál es el baño más cercano? —me preguntó, y respondí llevándola hacia el sanitario. Ella abrió la puerta, cogió una toalla húmeda de su cartera y se acercó a mí—. No tienes que convertirte en otra persona para complacer a tus amigas, ni mucho menos para gustarle a Christopher —aseguró, al tiempo en el que me quitaba el maquillaje, y no supe si estaba bien o estaba mal, pero su tacto era delicado y con la cara tan cerca de la mía, fue imposible detenerla—. Si un día quieres que te maquillen me puedes decir, soy excelente. —Sonrió, luego de quitarme el maquillaje al tiempo en que sacó un polvo de su estuche y comenzó a retocarme de forma sencilla, sabiendo exactamente cómo me gustaba verme—. Solo falta algo más. —Sophia se quitó la chaqueta de *jean* y al ponérmela, añadió—: Una de las cosas que más me gusta de ti es tu estilo. Ahora, mírate, ¿te gusta? —me preguntó, parándose detrás de mí frente al espejo, y la respuesta era sí.

—Te va a dar frío.

—Entonces me abrazas. —Sonrió—. Ven, salgamos. Estás preciosa. —Y antes de que pudiera contestarle, me haló de la muñeca para llevarme al exterior.

—¿Por qué decidiste dejar el grupo? —Escuché a Paula preguntarle a Christopher. Estaban sentados en los *puffs* del jardín y llegamos justo a tiempo para salvarlo de una pregunta incómoda. Él se levantó sonriendo, parecía paciente y para nada incómodo por tener a dos mujeres interrogándolo.

—Hola, Julie. Sophia lleva todo el día hablándome de ti.

—Ella también lleva todo el día hablando de ti —contesté, señalando a Paula, mientras le extendía la mano y él me dio un beso por mejilla—, es un placer conocerte.

Las preguntas siguieron durante la siguiente hora. Él contestó que había dejado el grupo porque intentaba hacer algo distinto. Hablaba como si no le costara expresarse delante de desconocidos y recordé su libro: *Amor a cuatro estaciones*.

Paula era tan imprudente como agradable. Él era tan paciente como encantador, tanto que hasta Benjamín olvidó sus celos para sentarse con nosotros y burlarse de Paula y sus imprudencias. Sophia estaba callada hasta que sacó de su bolso una botella de vodka.

—Sé comedida —le pidió Christopher, con un tono protector, y eso fue lo que menos pasó. Mis amigos no se negaron. Benjamín olvidó sus diferencias con Sophia y fue a la cocina en busca de otra jarra de jugo. Sabía que no era un buen camino. Mis padres me estaban volviendo a dar confianza y yo, de nuevo a lo incorrecto. Paula notó mi preocupación y trató de disiparla.

—No hay nada de qué preocuparse, bebé, estamos en tu casa y todos vamos a quedarnos a dormir. ¿Cierto? —preguntó y contesté que sí.

Mi amiga tenía razón. ¿Qué podía salir mal?

Los primeros dos tragos los pasamos en calma, o eso hasta que llegó Noah. Yo no había tomado ni una gota de alcohol, más bien estaba pendiente de que no se sobrepasaran. El novio de Sophia se sentó con ella y comenzó a besarla impidiéndole conversar con nosotros. Noah estaba pasado de tragos y lo que quería era marcar su territorio. Justo ahí entendí por qué Sophia no quería invitarlo. Es triste que te traten como si fueras una propiedad.

Dejé el grupo con la excusa de que tenía que llamar a mis padres. Caminé hasta el lugar donde mi papá guardaba su colección de coches antiguos y me recosté de uno. Intentaba explicarme por qué me sentía así de molesta.

Diez minutos después, Christopher me alcanzó.

—Eres la única que no me ha pedido una foto y eso merece que sea yo quien te la pida a ti. Pero no sé, tengo una pequeña adicción por lo robado.

Me tomó una y otra foto, pero no parecía estar tirándome la onda y por eso me sentía cómoda estando a solas con él.

—No todo lo que parece bien, lo está —dijo de pronto, recostándose del mismo auto que yo.

—¿A qué te refieres?

—A que las heridas no sanan tan rápido. Cuando se muere alguien que quieres, hay preguntas y es difícil cuando ninguna de ellas parece tener una respuesta.

—¿Lo dices por Matías?

—Lo digo porque, por mucho tiempo, estuve fingiendo estar bien y que podía superarlo yo solo. Y es lo mismo que está haciendo Sophia para escapar de la muerte de Erick y de su madre.

—Lamento no haber estado con ella cuando más me necesitaba. —Me referí al entierro.

—Hay demasiadas maneras de acompañar, y la conozco, sé que te quiere.

—No quiero entrometerme, pero ¿de dónde se conocen?

—A Sophia le cuesta asimilar las cosas, por eso parece bien incluso cuando no lo está, y después de este viernes, va a ser peor. —Christopher no respondió mi pregunta y debí dejarlo así, pero sentí curiosidad.

—¿De dónde se conocen? —insistí.

—No me corresponde decirte.

—Te hago el favor... —Sophia llegó a nosotros. Tenía el teléfono en la mano y era obvio que acababa de recibir una llamada que la había perturbado. Se veía molesta—: Christopher es igual a ti, Julie. Cree que es capaz de arreglar a otros cuando es él quien está jodido por dentro. Va por la vida roto, sin saber qué carajo es lo que le falta para conseguir ser feliz. Y ahora atraviesa una depresión. ¿Por qué es que te deprimes? ¿Tu mansión es pequeña para tu gusto? ¿O tal vez tu novia perfecta no es una perra y de nuevo tienes la necesidad de ser lastimado? Sea lo que sea... ¡Aléjate de mi vida y de mis hermanos! ¡Ni siquiera sé cómo fue que confié en ti! —gritó.

—Deja que te explique antes de que saques conclusiones. —Christopher intentó defenderse, pero ella tenía las mejillas rojas y la mirada llena de fuego.

—¡No te acerques a mis hermanos!

—Nunca vas a ayudarlos si primero no te ayudas a ti.

—No toques ese tema, *bro*, ni siquiera sabes lo que ella hace por ellos —intervino Noah.

—Estás intentando que te den una custodia que es imposible. No te preocupas por la beca y cada día los vas alejando más —le dijo Christopher, ignorando a su novio.

—¡No te he pedido que hagas nada por mí!

—Puedes gritar todo lo que quieras, eso no cambia las cosas. El viernes van a llevarse a tus hermanos —sentenció con firmeza y Sophia se le fue encima. Solamente con la ayuda de Noah pudimos separarla—. Ódiame si quieres, pero es lo correcto. No están seguros pidiendo dinero en el metro, ni rodeándose de delincuentes. Son unos niños y no van a ir a una casa hogar. Los estoy matriculando en un internado. Me voy a encargar de ellos mientras empiezas a encargarte de ti. A enfrentar tus problemas, a dejar de ahogarte y entender que no es fácil, pero que puedes. ¡Tienes todo para salir adelante! —alzó la voz—. ¡Si no lo hacía los ibas a perder! La trabajadora social ya había tomado su decisión. ¿No te das cuenta? Es la única manera. Ahora solo tienes que graduarte y conseguir tu potencial. Hazlo por ellos y recupéralos, pero siendo un verdadero ejemplo. Dándoles calidad de vida —le explicó, y era doloroso, pero él tenía razón.

—No tenías derecho —respondió Sophi, con la voz partida.

—¿Y tú sí tienes derecho de perder tu vida? ¿Te sientes en el derecho de mandarla a la mierda? Es imposible que dejes las drogas si vives con un drogadicto. Es imposible que puedas amar a alguien que no sabe lo que es el amor. Y yo, por mucho tiempo, no lo supe. No tengo nada en tu contra —dijo hacia Noah—, no soy nadie para juzgarte porque caí en eso, besé el piso buscando un poco más y consumí el polvo de las paredes para ver si así revivía. Pero ninguno de los dos se está ayudando. Y si no haces algo estarás muerto, Noah, y si sigues arrastrándola, es posible que ella lo esté antes que tú.

Las palabras de Christopher denotaban impotencia. Se veía cansado, como si llevara mucho tiempo intentando ayudarla y todos sus intentos hubiesen sido en vano. La tarde estaba gris, ninguno de los cuatro nos habíamos percatado del agua. Estaba comenzando a caer un aguacero y la pelea no cesaba.

La advertencia de Christopher afectó a Noah, que no pudo contener sus emociones; luego, sacó de sus bolsillos lo que parecía droga para lanzarlo al piso. Yo corrí a recogerlo antes de que Claudia o Sergio lo vieran. Era confuso cómo mi vida había cambiado tanto. De los miles de rostros que pude haber tenido en frente, los tenía a ellos. La imagen de Noah llorando como si no escogiera ser lo que es y la de Sophia abrazándolo para que se calmara. Ninguno estaba bien y sentí envidia por las vidas tranquilas, porque la mía ya no era más como la de Benjamín o la de Paula. Ajenos al desbordamiento emocional, al caos que no frena. Porque eso pasaba, estábamos en un viaje y la dirección había cambiado. Y dejé de verme como alguien pleno, porque ya mis emociones no estaban controladas. O al menos lo supe cuando comenzó a quemarme ver cómo lo besaba, al tiempo que secaba sus lágrimas como si al hacerlo, como si al curarlo, también se curara a ella.

Salí corriendo porque específicamente yo quería salvarla a ella. Y ese día descubrí que a veces buscamos sostener a otros para no hacernos pedazos.

—¿Qué te hace llorar? —Christopher me siguió hasta la cocina y me encontró bebiéndome a fondo un vaso de vodka. No quise contestarle, pero él continuó—. El amor no siempre es saludable, pero tú puedes decidir si te hace más daño que bien, y si es así, deberías irte. Una vez me dijeron que perdía si me iba muy pronto o me quedaba demasiado, pero es una elección. Todo depende de ti, Julie.

Me detuvo antes del tercer vaso y botó lo que quedaba de la botella en el fregadero. Quería llorar y no me permitía hacerlo. No podía mirarlo sin sentirme avergonzada y ni siquiera sabía por qué, pero Christopher me abrazó con una calidez impresionante y me hubiese gustado decirle que gracias a él soporté años de *bullying*. Ojalá no hubiese sido tan tímida y le hubiese dicho que cuando leí su libro sentí paz. Quise decirle que sentía admiración por él y ahora un profundo respeto por lo que hacía con Sophia. Sin embargo, ya saben cómo soy, me cuesta expresarme y prefiero el silencio.

—No hay nada malo contigo. No hay etiquetas que puedan definir lo que eres. Porque eres más que un título, Julie. Eres de esas personas salvavidas y no necesitas hablar para transmitir buena vibra, de hecho, te me pareces a ella.

—¿A Alison? —pregunté, y Christopher asintió.

La prensa decía que lo consiguieron con una modelo. Él salió negándolo y Alison fue puntual: «Christopher necesita reconocer su libertad». La gente decía que nunca pudo olvidar a Charlotte, otros que ella se había cansado de él.

—Solo se fue —me contó como si necesitara desahogarse—. Dejó una nota diciéndome que me amaba. Que cuando terminara mi viaje volveríamos a estar juntos, pero que, si eso no ocurría, seguiría amándome.

—¿Haces el viaje por ella? ¿O lo haces por ti?

—Lo hago por nosotros, pero sobre todo por mí. No quiero ser un inconforme, pero...

—Sientes el mundo encima y todos esperan algo de ti, pero nadie sabe que pesa, que a veces ni siquiera lo entiendes y lo único que deseas es que sea más sencillo. Que los pies no estén tan rotos de tanto perseguir tu propia sombra, ¿no? —soltó Sophia, y estábamos tan concentrados, con el ventanal lleno de gotas de lluvia y los truenos como banda sonora que no la sentimos llegar—: Y por un rato está bien no correr. —Se paró frente a mí y tragué hondo cuando la sentí tan cerca, y luego de unos segundos, su mirada se clavó en Christopher—. No entiendo por qué lo hiciste. Sabes lo que se siente perder un hermano y...

—No los vas a perder —la interrumpió él, antes de abrazarla, y salí de la cocina entendiendo que ambos necesitaban hablar a solas.

—Noah se fue con unos amigos —me dijo Benjamín una vez que salí.

—Sergio les impidió el paso, tenías que verlos, Julie, todos en moto, eran mayores y parecían unos exconvictos.

—Paula. No te expreses así —contesté.

—En verdad eran unos hampones y no está bien que sepan dónde vives —añadió Benjamín.

—Lo hubieses pensado antes de invitar a Noah. —Perdí la paciencia.

—No pensé que iba a traerlos.

—Tenías que haber visto la cara de Sergio y de los muchachos peleándole para entrar. Mira, hablaban así:

«Que lo queee mano, me vas a dejar podrir aquí afuera. Sendo becerro, pero qué es. ¡Vamos a matarnos pues! ¡Me voy a metee obligado! Dale, dale, vacílatela, tranquilo, te las estás lacreando. Si va pues, si va, no vamos a pasar a la fiesta fresa, pero en cualquier momento nos vamos a volvé a ver». Benjamín interrumpió a Paula diciéndole que no era gracioso y me dijo que Sergio estaba inquieto. Me pidió perdón por haber invitado a Noah, explicándome que no había sido un juego y que la situación fue incómoda y peligrosa. Sabía que no exageraba, pero no sabía las consecuencias que esa visita traería después.

Me metí con Benjamín y Paula en la piscina, tratando de conseguir olvidarme de lo caótico que estaba resultando el día.

A eso de las 7:00 p. m. Christopher y Sophia se unieron a nosotros, sentándose en el borde de la piscina. Su manera de disculparse con nosotros fue cantar juntos. Los problemas, la tensión, el aire de lluvia, la pesadez, las tristezas, el perfume de nostalgia, todo fue sopesado por el encanto de dos personas que eran tan caóticos como encantadores. Ambos sabían gustar y hacer daño. Eran expertos atrayendo la atención, y luego... se sentían afligidos por ella. ¿Cuál es el precio del encanto?

Christopher estaba besando al mundo, pero él quería llegar a hacerle el amor. Sophia siempre había estado preocupada por el precio de la vida.

El problema aparece cuando dejas de confiar en ti. Cuando te dicen que no vales nada y terminas por creértelo. O cuando te acostumbras a la vida problemática, a la rabia del que no entiende por qué Dios ha sido tan duro y prefiere hacerse nuevas heridas por sentirse incapaz de empezar a sanar.

Eso pasaba con Sophia: estaba tan decepcionada de la vida que no creía que podía mejorar. Y verlos a ambos con los pies dentro del agua, cantando con la seguridad de quien sabe que puede transformar un día horrible en uno perfecto, de verdad funcionaba. Y a la primera canción le siguieron dos más, hasta que él la motivó a que cantara una suya. Sophia se negó rotundamente, diciendo que no era buena, que no sabía componer.

—Anda, canta. No importa si es buena o no, solamente cántala. —Me motivé a decirle.

—No pierdas el tiempo —me advirtió Chris—. Sophia es muy necia, y cuando no quiere algo es imposible de convencer.

—Con ella es distinto —respondió, quitándole la guitarra—, a Julie casi nunca le puedo decir que no —añadió, haciéndome sonrojar, y sentí la mirada de Benjamín sobre mí.

Tiéndeme la mano,
pero no vivas sosteniéndome.
Ve despacio, pero no le temas al miedo.
Mírame en la oscuridad y dime
por qué en tu sonrisa hallo lo perfecto.
Dime por qué he dejado de esconderme.
Tiéndeme la mano, pero no pierdas tu rumbo.
Aprende a despedirme si no te ofrezco nada.
Tiéndeme la mano, pero no te ates a ella.
Pídeme que me quede, pero no olvides que no dependes de mí.
Y no puedo decírtelo, pero ojalá lo supieras.
Porque desde que llegaste, volví a cerrar los ojos,
y contigo cerca… por fin pude dormir.

Apenas terminó de cantar se metió en el agua, y sin hacer caso a los aplausos, nadó hacia mí. No me dejó asimilar la letra, o salir del hechizo en el que me había sumergido.

—¿Voy a dormir contigo? —Me sorprendió, arrinconándome contra el borde de la piscina.

—¿Quieres? —Fue la estúpida pregunta que salió de mi boca.

—¿Por qué no querría?

—Dijiste que trato de arreglarte y que estoy jodida por dentro.

—La canción era para disculparme.

—Y traer a Christopher era para disculparte por lo de tu profesor de tenis. ¿Entiendes que no puedes herirme y luego pensar que con tu encanto vamos a estar bien?

—¿Entonces duermo en el suelo? —Hizo pucheros.

—No he dicho eso.

—¿Significa que duermo contigo y vemos las estrellas? —preguntó y discutir con ella era imposible. Esa noche lo descubrí.

—Estás acostumbrada a soltar lo primero que se te cruza por la mente y luego a que todo esté bien. Siempre consigues lo que quieres y yo... —Perdí por completo mi punto cuando Sophia sonrió pegándose más a mí.

Se me olvidó lo que iba a decirle, los reclamos se perdieron con su sonrisa maliciosa y terminé quedándome callada como una tonta que se deja seducir.

—Tienes razón, Julie, siempre tengo lo que quiero y esta noche te quiero a ti —dijo con voz ronca, atrapándome con sus brazos y pegándose tanto a mí que la esquina de la piscina se hizo pequeña—. ¿Qué puedo hacer para compensarte por mi mal comportamiento?

Y pude ver cómo Benjamín me dedicó una mirada de *¿qué carajo?*, mientras que Christopher me dedicó una sonrisa divertida y se lanzó al agua.

—Podrías comenzar por dejarme salir y portarte bien —contesté, pero lejos de apartar los brazos y dejarme libre, me aprisionó incluso más.

—En ese caso, prefiero seguir siendo la chica mala —soltó, y cuando iba a dejar un beso furtivo en mi mejilla, un pequeño empujón por parte del cantante, hizo que el beso llegara a mis labios.

El contacto fue breve, pero nuestros labios se rozaron. Él se disculpó con ella por el "accidente", pero la sonrisa pícara y la forma en la que me miró, me hicieron creer que no lo lamentaba. Sophia estaba ajena a sus disculpas. Seguía muy cerca de mí, pero ya no tenía los brazos en el bordillo. Ya no estaba impidiéndome el paso, pero tampoco se movía. Verla confundida, paralizada y sin palabras fue raro, muy raro. Sin contar que Benjamín y Paula vieron el beso. Aunque no fue un beso, porque no quería pensar que mi primer beso fuese tan horrible como para que la otra persona se pusiera así.

Me aparté fingiendo que no había sentido nada, aunque todavía sentía la suavidad del roce en mis labios y también su rechazo.

—En serio, Sophia, ¿te vas a quedar pasmada por un simple beso dado por error? Mira que no es nada, a mí también me pasa —dijo Christopher, y su siguiente acción fue dejar un beso cortísimo en mis labios. No entendía nada.

Paula gritando de la emoción, Benjamín sonriendo y Sophia, bueno, su expresión fue indescifrable.

—Si no te llevara tantos años, no me conformaría con un beso breve —dijo Christopher, despeinándome, y salió de la piscina.

Entendí su punto. Lo hizo para salvarme de la vergüenza que produce el fracaso. Fue lindo en todos los sentidos. Un gesto que, pensándolo bien, solo demostraba la lástima que sintió por mí, pero Sophia no lo vio así y salió del horror que significó el besarme para pelear con su amigo.

—¿Qué carajos pasa contigo? ¡Es menor de edad!

—En el amor vale todo. Además, Julie no se queja —intervino Benjamín.

—Al parecer con él no la sobreproteges —le reclamó Sophia.

—Él no puede hacerle daño.

—Acaba de robarle un beso —reclamó ella y no me quedé viendo su discusión.

Estaba aturdida. Quería salir corriendo y fue lo que hice. Me encerré en mi habitación sin querer ver a nadie. Necesitaba espacio. Necesitaba recuperar mi soledad y no ser tan vulnerable como para que cada una de sus actitudes me afectara. Media hora después llegó su mensaje.

> **Sophia:** Princesa, soy medio idiota. No debí ponerme así porque hayamos chocado. Es que literal, hubo un choque en mi mente. No fue por ti ni mucho menos.
>
> 08:45 pm

> Eres mi mejor amiga y no sé qué me pasó. No me das asco, no vayas a pensar eso porque no es así. Estoy sentada afuera, preparada para hablar contigo sobre lo que pasó y para disculparme. ¿Me puedes abrir la puerta?
>
> 08:47 pm

Segundo mensaje de la noche:

> **Benjamín:** ¡No le abras la puerta! No me importa si te gustan las mujeres. Pero me molesta que ni siquiera se da cuenta de que te gusta o tal vez se da cuenta y es tan egoísta que en vez de alejarse insiste en estar cerca, te acosa, te da besos cuando puede, y luego… 🙄 mágicamente casi le da un infarto cuando se besan en la boca.
>
> 08:49 pm

> Eres inteligente Julie, y yo en mi vida había mandado un mensaje de texto tan largo. Así que valóralo y no abras la puerta.
>
> 08:51 pm

Entre lo que quieres y lo que debes,
¿qué pesa más?

Del cielo al piso

Me senté detrás de la puerta tratando de pensar. Me gustaba su mundo, pero yo no era eso. Me alimentaba de la soledad, de mi presencia, de lo tenue. Sophia hacía que me gustara ir de prisa, pero ni siquiera así se iba mi gusto por lo tranquilo.

Benjamín esperaba que tuviera fuerza de voluntad y ella necesitaba que habláramos en persona. Todos necesitaban algo y decidí preguntarme, ¿qué quería yo?, ¿quería una relación?, ¿de pronto estaba necesitando a una persona? Y la respuesta fue que no. No necesitaba a Sophia, pero quería quedarme con ella. No moriría de la depresión si estaba lejos, pero estando a su lado mi vida tenía un toque especial. No quise convertirme en un ser de los que anhela lo que no puede tener. Si algo me atrajo fue su misterio, o el aroma a nuevos comienzos, a profundidad, a rencor, a dolor. Ella estaba cargada de una fragancia romántica que no había conocido.

No podía ser tan inmadura de creer que su rechazo era el final. Entre nosotras existía una amistad, y ni ella me había ofrecido algo distinto ni yo iba a condicionarla para ofrecerle mi presencia. Traté de apartar el temor a la verdad. Me refugié en el apacible perfume de mi normalidad. Me levanté del piso y abrí la puerta fingiendo un dolor de cabeza. Le dije que me disculpara, pero que no me sentía bien. La encontré sentada al otro lado de la puerta. Su sonrisa al verme redujo mi molestia. Sabía usar sus encantos incluso cuando no quería hacerlo. Su actitud seria, la mirada fija en mí y las cejas constipadas, la hicieron ver tan tierna que simplemente me vi halándola de la camisa y cerrando la puerta una vez la introduje en mi habitación.

> **Benjamín:** Tu fuerza de voluntad es de otro planeta... me encanta.
> 07:32 pm

—¿Podemos hablar? —La expresión de Sophia era un "deja ya el celular y préstame atención", así que lo metí debajo de la almohada y me senté en la cama. Ella se quitó los zapatos para sentarse frente a mí y abrazó una de las almohadas. Me miró como si fuera a decirme un millón de cosas, pero se quedó con la boca abierta. No decía nada, pero su expresión era de preocupación.

No me imaginé que se abrumara tanto por un simple beso, o quizás su confusión era porque pensaba que me gustaba. Y la verdad comencé a verlo con más madurez. Comencé a recobrar mi esencia. No soy una romántica, ni tampoco una niña. Me criaron para mantener el control y manejar situaciones complicadas. Pensé que esas situaciones serían en un quirófano, pero la vida me puso una gran prueba.

Ver la transparencia de su mirada, su boca entreabierta, todavía nerviosa, y a ella moviendo la almohada entre sus brazos, me hizo pensar en el hipotálamo, que es el director de la orquesta de nuestra conducta motivacional. El encargado de hacernos saber que tenemos hambre o sed, jugando con nuestro sistema nervioso, integrando la información emocional y sensorial. Generando una respuesta apropiada para la situación que precede al sujeto.

Y yo me centraba en cualquier pensamiento para contener el deseo que tenía. Uno que iba por encima de mi conducta habitual para querer besarla. Es irónico, pero la ciencia siempre tiene la respuesta. El hipotálamo coordina la expresión emocional a través de la regulación del sistema neuroendocrino, motor y autónomo. Ya no atendía a lo que antes era, atendía a un capricho que me hacía querer saber más. Sentía placer solo con estar a escasos centímetros de ella y no quise presionarla. Utilicé el móvil para conectarlo a la música. Me recosté a la cama y me sentí en paz.

Sophia + mi ambiente = felicidad.

Eso que llamamos amor comienza en una parte del cerebro llamada sistema límbico o cerebro emocional, y cuando es verdadero no requiere un gran esfuerzo, solo ocurre.

Sophia se acostó a mi lado sin hablar, mientras que yo fui un cúmulo de euforia, sensación de bienestar, bruscos cambios de humor, palpitaciones. Muchas personas enamoradas experimentan las mismas sensaciones. La magia se inicia en una recóndita región del cerebro (el sistema límbico) y desde ahí se desencadenan las series de acciones que ya estaban en mí. *¿Estaba enamorada?*

La canción que ayudó a que Sophia se relajara fue:

♫ *Remind Me To Forget - Kygo, Miguel.* ♫

Había conseguido la pausa que necesitaba después de un día intenso. Me sentía bien por tenerla cerca, y que una compañía te regale felicidad, nunca puede ser una mala señal. Además, el hipotálamo liberó el ingrediente esencial de lo que sentía, un neurotransmisor llamado feniletilamina. Una sustancia que se produce naturalmente, y no sabes cómo o por qué, pero ocurre. Y al parecer, después de una vida sin emociones densas, lo necesitaba.

Lo que la gente busca en drogas como el éxtasis, la metanfetamina, Sophia me lo regaló con su presencia.

—¿Nunca has tenido tu primer beso? —preguntó, recostándose de su brazo y quedando de lado, frente a mí.

—No tengo prisa.

—Hoy tuviste dos besos y uno de ellos con un ídolo —esto último lo dijo con antipatía—, supongo que estás avanzando.

—Uno fue por un choque y el otro porque Christopher necesitaba mostrarte que no había significado nada. —También yo me puse de lado.

—Pero falló porque no creo que nuestro beso no haya significado nada.

Se acercó más a mí.

—Fue un simple choque.

—Me ofendes —dijo, y no pude evitar reírme de su cara de manipulación.

—Creo que mi primer beso quizás sea torpe, o con alguien equivocado...

—O ebria, porque últimamente no puedes ver vodka.

—O muy segura de que sea con la persona que quiero —añadí.

—A lo mejor no estés tan segura —contestó Sophia—. A lo mejor es con alguien que no te imaginas y solo lo haces para darte cuenta de que un primer beso no significa nada. Que el amor tampoco es tan cursi como lo pintan y que solo está para hacer que la existencia tenga un soporte, pero no es un cuento de hadas, tampoco mariposas, ni ninguna tontería de la que van vendiendo. Aunque, Julie...

—¿Qué?

—No pareces de esas niñas que se enamoran de príncipes y esperan un "gran amor".

—¿Y qué parezco?

—Pareces enamorada de tus ambiciones, de salvar vidas, de ser una gran doctora y mostrar que las mujeres no nacieron para vivir acompañadas. Eres fuerte, aunque ni siquiera te regodeas de serlo. —No entendía lo que me decía, pero puede que tuviera razón. Antes de conocerla no me había planteado vivir una historia o enamorarme. Al contrario, amaba estar sola, hasta que descubrí que amaba más estar con ella.

Solo me reí y seguimos escuchando **Kygo**. En ese momento de la plática recuerdo que sonaba *Not Ok.* Que el aire acondicionado del cuarto estaba matándola del frío y que tuve el impulso de envolverla con el edredón y ella...

—Quedamos en que si tenía frío me abrazabas. —Me retó con la mirada y no iba a dejarme intimidar, así que terminé arrimándome a su cuerpo y la abracé, tratando de no hacer tanto contacto. Pero Sophia me cubrió con sus brazos apretándome hasta cortarme la respiración, y no por lo duro, sino porque sentía su olor colándose por cada fragmento de mí.

—¿Es muy egoísta si quiero que todas tus primeras veces sean conmigo?

—Fuimos al metro, me llevaste a una marcha, bebí alcohol y... —Antes de que siguiera enumerándolas, pegó su cara a la mía.

—Y ahora voy a ser tu verdadero primer beso. —No puedo recordar con claridad si dijo algo más, pero sus labios dijeron muchas cosas cuando estuvieron en los míos.

Me dijeron, por ejemplo, que el romanticismo podía seguir vivo. Con la música en mis oídos y sus manos frías aferrándose a mi cuello. Con sus labios cerca de mi comisura, jugando con el borde hasta llegar al centro. Besándome con la delicadeza de quien quiere ser inolvidable. Con ella calmando las ganas que se morían por besarla. Con un nerviosismo que se tradujo a valentía. Con su pierna apoyada en medio de las mías. Con cinco minutos que pudieron haberle ganado a cualquier eternidad. Con ella, que era como un erizo, cariñosa a veces, y de pronto muy fría. Con mi impulso por seguir acercándome y dejar de pensar. Así, fui abriéndole el paso y ella logró ayudarme a respirar. Me mostró que un beso puede ser más que contacto y que una presencia puede ser más importante que los planes del futuro.

Le dolía el corazón, pero en un beso parecía olvidarse de sus dolencias. Y la noche era lluviosa, pero eso no la hacía triste. Sophi se separaba para reírse y no era risa de burla, sino de felicidad. Entonces, los truenos ya no eran aterradores. Estábamos en casa y la rueda de la vida marchaba a mi favor. Sophia volvió a besarme y era utópico que se sintiera tan bien. No había paso para las dudas sino para devolverle el beso, para olvidar la timidez, para acercarme y quedarme en una mirada.

Ella miró hacia abajo, ocultando su nerviosismo. Volví a besarla en busca de alargar el momento. Me preguntó si había sido *un buen primer beso para una princesa* y sonreí levemente con miedo de moverme. Pensé que si me separaba ya no volveríamos a estar juntas. Creí que era solo una burbuja efímera que parecía perfecta y debió notar que ni siquiera pude responderle. Debió ver mis dudas, pero en vez de apartarse llegó a decirme que el primer beso era delicado y el segundo era para descubrir que a veces lo tierno está sobrevalorado. Tuvo razón. El frío se me acumuló en el estómago cuando sentí sus manos heladas acariciándome, y lejos de congelarme, fue más caluroso. Me volvió a besar utilizando su lengua, se sentía mucho mejor que el primero, pero era más rápido.

No sé si llamarte amor,
pero una parte de mí presiente
que serás inolvidable.

Y descubrí un camino hacia sensaciones nuevas. Sophia utilizó su mano para subir por mi abdomen y quería que siguiera, pero en parte no. Quité su mano sin dejar de besarla cuando le vi las intenciones de subir hasta mis senos. Y la besé sin pensar en lo que pasaría después del beso, aunque algo me dijera que no estaríamos tan bien.

Mi madre dijo que todo lo bueno siempre acababa. Que entonces debía seguir adelante y conseguir algo mejor. Yo no creía que podía conseguir algo mejor que ella, porque simplemente no era desechable. No era algo que quería que se acaba-ra. Tenía una mezcla de sentimientos y a Sophia separándose de mis labios.

—Me conformaría con ser tu único beso, pero tendría que besarte cada día para que así no atendieras los llamados de tus pretendientes. —Sonrió y por supuesto que no conseguí nada en mi repertorio de respuestas a las frases sin vergüenza de Sophia Pierce—. No podía dejar que tu primer beso fuera conmigo quedándome helada, pero tampoco lo hice solo por eso —añadió—: y aprovecho que no hablas para hablar por ti y por mí. No sé si está bien que no digas nada, o si al contrario debería alegrarme. Pero, prefiero que tengas tu primer beso conmigo a que sea con una profesora que te lleva un montón de años, o con Nathaniel. O incluso peor, con el mujeriego de Chris.

—Ya eres dueña de mi primer beso, así que deja de hablar. —Volví a besarla.

—Nunca había tenido una mejor amiga que me diera besos.

—Las mejores amigas no se besan.

—Mira que sí. —Volvió a besarme y me di cuenta de cuánto me importaba.

Odiaba el rojo en los labios, pero a ella le quedaba perfecto. Odiaba a los rebeldes, su rebeldía era tan natural como atrayente. Y estaba frente a ella, escuchando *Zero* – **Imagine Dragons**, y en medio de todo, no quise soltarla. Me aferré a su cabello y mandé al diablo la compostura. La besé aprendiendo de todos los años que tenía de retraso. Aproveché cada segundo dejándome enseñar y ella se atrevió a decirme que ni siquiera con una profesora aprendería tan bien. Era descarada y me enloquecía cuando entre cada ronda de besos, me regalaba sus mejores sonrisas.

Su móvil comenzó a sonar y desvió la llamada, pero supe que era Noah. Pegó su frente a la mía esperando que por un golpe de magia las llamadas cesaran, pero la magia no está comprobada y el celular no paró de timbrar. Sophia no retrasó lo inevitable y atendió, levantándose de la cama.

Me acosté boca arriba observando los detalles del techo mientras la escuchaba pelear pidiendo que le pasaran con Noah. Les decía que pararan y los gritos me demostraban que con ella lo lento y apacible duraba muy poco.

Algunas sensaciones son imposibles de frenar. Quieres, tratas, buscas en ti, pero puedes estar nadando en calma para luego llegar a un mar repleto de tiburones. Sientes que, a pesar del peligro, puedes controlarlo. Quieres continuar y pasas los límites que dijiste no pasarías. Avanzas, nadando en el peligro que puede llevarte a la destrucción de una parte de ti. Pero prefieres correr el riesgo a vivir inmerso en una línea que te dice que no te atrevas. El arrepentimiento llega cuando descubres que te estás haciendo daño. Cuando te das cuenta de que no solo lastimas a terceros, sino que también estás lastimándote a ti.

Sophia se colocó su chaqueta con rapidez. Le pregunté qué pasaba y me habló de Noah. Entonces, me percaté de que hacemos cosas que con el tiempo nos parecen estúpidas, como pedirle a alguien que nunca ha sido tuyo, que no te abandone. Su respuesta fue que no podía dejarlo, y quise decirle que cada vez que se iba era más difícil rescatarla, pero ella odiaba ser rescatada. Ella quería que se aprobaran sus libertades pero ¿de qué sirve tanta libertad cuando el peligro eres tú mismo? Le grité que no se fuera porque sabía que los amigos de Noah eran peligrosos. La retuve diciéndole que era un error y que había prometido quedarse a dormir. Pero Sophia Pierce no entendía el significado de las promesas, y aunque creía complacerme en todo... esa noche no supo decirme que sí.

Hubiese querido tener dos chalecos antibalas: el primero para protegerla de cualquier peligro; el segundo, para protegerme de ella. Pero no los tenía y agradecí que el alboroto de nuestra discusión despertó a la casa. Sentí alivio cuando Christopher dijo que iría con ella, pero todavía me parecía inseguro. Sophia se liberó de mi agarre diciéndome que lo amaba. Que no iba a abandonarlo porque Noah jamás la abandonó. Me dijo que lo seguiría, aunque acabara mal, porque solo se tenían el uno al otro. Me dijo que olvidara lo que había pasado. Que ella no podía lastimarlo. Y Christopher me cogió por los hombros como si fuera una taza que se hubiera roto. Intentó decirme que luego entendería. ¿Entender qué? Era obvio que ya todo estaba muy claro.

Pasamos de la seguridad de mi habitación a la entrada de la casa en pleno diluvio. Sergio los despidió pidiéndole a Christopher que lo llamara una vez que estuvieran en casa. Claudia cerró la puerta y evité su mirada. Benjamín me dio el abrazo que estaba necesitando para que en medio de millones de «*te lo dije*» agradeciera tener un buen amigo. Y no había nada qué pensar. Sophia había sido sincera: ninguno de nuestros besos había significado nada. El problema no es que otros te engañen, las mentiras más grandes nos las decimos nosotros mismos.

Mi innegable verdad

Me desperté con una llamada de mi madre a las 6:00 a.m. Me dijo que mi castigo estaba disuelto gracias a mis calificaciones. Así que después de muchos días sin manejar, mis dos amigos y yo por fin éramos libres. El instituto no quedaba muy lejos, pero tener privacidad era justo lo que necesitaba. Manejé sintiendo que volvía a tener el control al menos de un aspecto de mi vida. Y las calles estaban igual, llenas del ajetreo de personas que sufren, que se enamoran, que viven la crisis, y de otros, que como yo, son afortunados y ni siquiera se dan cuenta.

Paula se quejó de la música de Benjamín y sus grupos de *rock* pesado. Él, comenzó a decirle que tenía que escuchar algo que no fuera reggaetón y los veía tan felices, que lejos de sentir envidia, me hacían creer que era posible. Allí estaba yo, deseando una relación por verlos juntos y relajados, pero era *imposible*. No era lo mío. Nunca tuve la necesidad de compartir la vida con otra persona. Yo no lo quería. O al menos, nunca lo había querido. Y a medida que manejaba intenté descifrar qué había cambiado. Quería saber si se trataba de mis preferencias sexuales, pero era más que eso. Manejé intentando demostrarme que estaba recuperando el orden, pero no era cierto. No había manera de engañarme. Lo que estaba ocurriendo era que mi «espacio seguro» había dejado de serlo y eso tampoco podía estar tan mal.

Contaba con dos amigos maravillosos y un gran círculo familiar, pero ¿por qué desde que murió mi abuela no volví a sentirme parte? Pasaba los días satisfecha, conforme, ubicada en tiempo real con mis planes y lo que quería. Un gran mapa de vida que iba llevándome a un sitio donde esperaba encontrarme, pero lo que necesitaba era conseguir algo que me hiciera sentir lo que perdí cuando mi abuela partió. Y no hizo falta viajar al futuro, Sophia Pierce era mi presente, aunque esa mañana no quisiera verla. Me hubiese gustado faltar a clases, pero era el concierto y no podía perdérmelo como tampoco era factible vivir huyendo de ella. Tenía que asumirlo y seguir adelante.

Dicen que tu círculo habla por ti y el mío se reducía a los dos tontos que cantaban como locos. Tenían energía para regalar o se llevaban *muy* bien con las mañanas, mientras que yo bebí y bebí café, tratando de recargarme. No había pegado un ojo en toda la noche.

—¿Quieres que hagamos tarde de series? —me preguntó Paula—: Escoges la que quieras. Incluso podemos ver *Grey's anatomy.* —Ella odiaba esa serie, pero supongo que hacemos esfuerzos por animar a nuestros amigos.

Me negué, excusándome en los preparativos del viaje, mientras entrábamos al instituto. Estacioné lo más lejos que pude de la entrada cuando vi a Noah y a Sophia. Caminé junto a mis amigos y me sumergí en el Instagram, pero a medida que caminaba hacia ella, la noradrenalina entraba en acción. La noradrenalina induce a la euforia, estimulando la producción de la adrenalina que a su vez aumenta la presión sanguínea. Es ella la responsable de que nuestro corazón palpite cuando vemos a la persona que nos gusta o que amamos.

La imagen de los alumnos alrededor de Noah y Sophia, como galanes de cualquier serie de Netflix que, por supuesto no veía, me hizo sacudir la cabeza y volver al móvil. Mi mundo no pegaba allí. Eran tal para cual. Juntos, inseparables, el uno para el otro como ella misma había dicho. Pero Noah, que había hecho una gran relación con Benjamín, se separó de su moto para saludarlo. Era inevitable. Yo, intentando no ser vista, y mi amigo estableciendo un lazo con el novio de la "persona en cuestión".

—¿No quieres que te vea? —me preguntó Paula, y listo, le dije que no—. Las mejores amigas se salvan, así que sígueme el juego. —La conocía lo necesario para saber que haría una locura y así fue.

Noah nos llamó y Sophia que tenía tan mala cara como yo, también se separó de sus aduladores para caminar a mi encuentro. «Emergencia femenina, emergencia femenina, lo sientoooo, permiso, permiso. Estoy en código rojo, ¡código rojo!», Paula estaba demente, por Dios. No podía creerlo. «¿Pero a ti no se te…», Benjamín estuvo a punto de delatarla, pero ella habló más duro y con los ojos abiertos de par en par, haciéndole señas a su novio, continuó:

—¡Bandera roja! ¡Bandera roja! Me come el tiburón, me come el tiburón. —Estaba completamente desquiciada y yo me estaba muriendo de la vergüenza, al tiempo en que mi amiga me llevaba corriendo hacia el interior del instituto dejando atrás un cúmulo de risas y miradas.

—¿Esa fue tu manera de ayudarme? Estás muy loca. —No podía creérmelo.

—¡Uff! Fue fantástico, debería ser actriz —dijo satisfecha, como si los comentarios del resto, o lo que pensaran de ella no le importara.

—Te pido pasar desapercibida y acaparas las miradas. ¿Qué fue eso? —le dije, pero ya estando a salvo tuve un gran ataque de risa.

Paula

—Logré sacarte de la tumba facial que tenías. Mis talentos me sorprenden, ya puedo morir feliz. ¡Te hice reír!

—¿Viste la cara de Benjamín? —solté otra carcajada. En serio lo había logrado, había cambiado mi ánimo.

—Seh, él solo sirve para sermones y para...

—Cochina —la interrumpí, y ella me miró con cara de pervertida.

—Hasta que lo pruebes y me entiendas. —Me guiñó el ojo—. Jul, en serio, me alegra verte reír.

—No te pongas romántica.

—Tan romántica que te dejo en la puerta de tu clase como todo un príncipe azul —me dijo, una vez que llegamos al salón. No pude evitar pensar que debía decirle que me iban las princesas.

—Gracias por todo —exclamé, y ella me abrazó, demostrándome, sin saberlo, que Sophia no era mi mejor amiga. Lo que sentía por ella no era ese tipo de afecto.

—Me voy, guapa, pero... que sepas que tienes que hablar con ella. No puedo estar en código rojo todos los días. —Me guiñó el ojo nuevamente, y la vi perderse entre los demás alumnos por el pasillo.

Belén llegó justo cuando me quedé sola. Faltaban diez minutos para que comenzara la primera clase. El tiempo exacto para que me dijera que me veía cansada y me preguntara si estaba bien. Le dije que no, que me sentía descompuesta y su respuesta cambió mi día. Al parecer teníamos las clases liberadas. La mañana sería de preparativos. El concierto no pasaría por debajo de la mesa. Arreglaríamos el lugar donde Christopher iba a presentarse y tendríamos una especie de feria, aunque Belén tenía otros planes para mí.

—¿Te enteraste de que no hay clases? —preguntó Sophia acercándose a mí. Asentí para de nuevo dedicar mi atención a la plática que tenía con la profesora. Belén no siguió con la conversación, sino que se le quedó mirando esperando que dijera algo más o que nos dejara solas.

—¿Necesitas algo? —le preguntó con educación, después de unos segundos.

—Sí —respondió ella—. Necesito coger algo de aire. Espero que no te moleste que me la lleve unos minutos —añadió.

—Disculpa —la interrumpió—. Julie no se siente bien.

—No sabía que eras doctora —sonó tan pesada que no parecía ella.

—No —contestó Belén—. De hecho, vamos a la enfermería y pasará la mañana conmigo porque tengo que vigilar que esté recompuesta para conocer a Christopher —dijo sonriente—. ¿No te dijo? Por su excelencia se ha ganado un pase —explicó con expresión dominante y pensé que quizás Sophia se contendría, pero su mirada maliciosa me dijo que estaba equivocada.

—Ayer Christopher pasó la tarde con nosotras, ya Julie lo conoció. Yo se lo presenté.

—Oh... tienes que contármelo todo —Belén se dirigió a mí y parecía sentirse bien por la noticia—, pero me lo cuentas luego de que hayas desayunado y te sientas mejor. —Ignoró la presencia de Sophia y me condujo hacia la cafetería, dejándola plantada y sin palabras viendo hacia nosotras.

Mientras caminábamos Belén tenía expresión alegre y me decía que todos los profesores coincidían en que tendría un gran futuro. Recuerdo que me fijé más en ella, quise determinarla para entender su personalidad. O quizás, solo quería verla y ya. El cabello castaño y su peinado perfecto. Sus lentes haciéndola ver intelectual. El cuerpo delgado y su camisa blanca de botones, ligada a la madurez que irradiaba... la hacían ver muy bien.

—¿Todavía quieres ver a Christopher? ¿O prefieres descansar?

—No, no sería correcto —me apresuré a decirle.

—¿Por mí? Julie, no pasa nada —se expresó con dulzura—. Lo importante es que te recuperes y te sientas bien. —Acomodó un mechón de mi cabello detrás de la oreja y el contacto fue...

Con contarles que ni siquiera recuerdo lo siguiente de la conversación, pero me gustó su cercanía, aunque no sentí una explosión. Solo me puse nerviosa y fingí estar escuchándola con total normalidad. Belén sonrió como si se diera cuenta del efecto que causó y me dijo que la esperara, que me compraría el desayuno. Minutos después volvió a la mesa con la comida (la cual no me dejó pagar).

Pensé que sería incómodo desayunar con ella, pero no fue así. Me contó que haría un master en Filosofía en Estados Unidos, que se iría en tres meses de Venezuela. Yo escuché atentamente, sintiéndome tranquila porque no me preguntaba nada sobre mí. Al parecer Belén comenzó a conocerme. Sabía que no me gustaba hablar, así que, durante toda la hora, estuvo conversando acerca de por qué le gustaba la filosofía. Me habló de René Descartes, contándome que era su favorito porque le gustaba lo sistemático y racional. Empezó a interesarme el tema porque me sentí identificada y porque se explicaba de forma divertida. Me habló del racionalismo, de la dirección de la mente, de la razón como punto clave. Me explicó sobre la nueva visión del mundo, de las rupturas con las viejas costumbres religiosas y el autodescubrimiento. Yo estaba embobada viéndola fluir a través de sus palabras. De nuevo, estaba apasionada, y esa pasión con la que hablaba, me despertó cierto interés.

—¿Cuáles son las capacidades que tenemos? ¿Qué existe? ¿Cómo llegamos a la veracidad? Si de pronto todo lo que creemos es falso, ¿cómo conseguimos la verdad? Julie, es como la oportunidad de que cada uno consiga su propia verdad. Al menos una que no pueda ser puesta en duda.

—¿Conseguiste la tuya?

—Todavía la estoy buscando, pero tengo el presentimiento de que estoy cerca —contestó la profesora—. ¿Y tú? ¿Ya conseguiste tu verdad incuestionable?

¿Tenía una verdad?

—No estoy segura, ¿cómo puedo saberlo?

—Olvídate de los conceptos y pregúntate qué no puedes poner en duda. Puede ser que esta mesa sea solo un concepto y ya no sea una mesa. Puedes ver que nuestra mesa marrón, perfectamente lijada, está justo aquí —la tocó—: pero ¿si esta cosa no es como nos han enseñado?, ¿y si más allá del pensamiento no es una mesa? Puedes dudar de lo que sea, pero tu verdad va más allá de un concepto. Existe lo que piensas y lo que va más allá de tu pensamiento. El mundo real también es dudoso, pero lo que es inmediato, según Descartes, es lo que está en tu mente. La verdad está en tu pensamiento y es difícil conseguir la gran verdad, pero si en tu mente consigues algo que no pones en duda, allí está. Es como la matemática, consigue en ti algo que sea innegable. Algo que sepas que puedes probar —explicó y quedé atrapada con su razonamiento.

Ella me habló del yo, de los pensamientos, de lo que se convertía en certeza. Del mundo exterior, de las confusiones, de la existencia de Dios, de la realidad. Entendía lo que me explicaba porque había estudiado a Descartes, pero me llevó a un concepto de sometimiento y duda que al mismo tiempo me hizo preguntarme cuál era mi verdad.

Treinta minutos después entró Sophia a la cafetería. La diferencia es que no llevaba puestas las gafas de sol y pude ver un morado en su ojo derecho. Pasó cerca de nuestra mesa, pero no se detuvo. Siguió caminando hasta el puesto más alejado y se sentó sola.

Recordé que nunca traía comida, o que sí la traía, pero la guardaba para los ancianos del metro. Me acordé que desde ese día compartíamos mi desayuno y que incluso eso le daba vergüenza. La vi sola y me di cuenta de que, de nuevo, mi corazón comenzó a latir muy fuerte. Ella era la responsable de la compleja actuación neuroquímica de mis feromonas, que a su vez desataban un estímulo amoroso que iba creciendo.

Y todo lo que dijo Belén cobró sentido. Ella seguía conversando, pero no podía escucharla. Sophia sacó un cuaderno. Sabía que iba a dibujar estrellas y ni siquiera la distancia pudo reprimir la imagen de ella perdiéndose en el lápiz para olvidarse de que sus hermanos se irían. Para que, tal vez, en alguna de las estrellas que pintaba, pudiera llegar a Erick, un hermano de vida que ahora vivía en sus recuerdos. Una persona que, como me dijo Christopher, seguiría doliendo aunque ella lo tratara de disimular. Y pensé en lo poco que comía y en cómo era diferente a cualquier persona de nuestro alrededor. No sentía lástima por su situación, lo que sentía era amor y no había nada malo con ello.

Sophia era mi gran verdad. Existía en mis pensamientos y fuera de ellos. Ella era mi verdad y si consigues algo que no es cuestionable... eres afortunado.

Me disculpé con Belén sin dar muchas explicaciones. Le agradecí el desayuno y fui directo a hacer la fila para comprar un café extragrande, un pastel de carne, un té de durazno (su favorito) y un chocolate. Caminé con la bandeja hasta llegar a su encuentro. Ella no lo notó —porque estaba concentrada con su dibujo—, hasta que puse la bandeja a su lado.

No esperé a que me mirara cuando le di un beso furtivo en la mejilla. No le pregunté por el morado del ojo, pero sabía que no había sido Noah. Ella no me preguntó por mi conversación con Belén, ni tuvo ningún reclamo.

—Todo me está costando —dijo, sin mirarme.

—¿Estar conmigo?

—Estar contigo es lo único que es fácil —dijo, con los ojos llenos de lágrimas, y no entendí que se refería a la vida. No entendí que le pesaba vivir. No pude darme cuenta de qué tan difícil estaba siendo para ella, pero la abracé tanto como me fue posible. La abracé fingiendo que no me dolía su dolor, pero la verdad era innegable y ninguna pelea me apartaría de ella.

—Vamos a estar bien —aseguré.

No iba a descansar hasta ayudarla. Tenía que apoyarla hasta que descubriera su verdad, porque siendo buena en tantas cosas, todavía no se valoraba. No notaba que era especial y estaba marcándose de por vida por un pasado que no podía eliminar. Y yo no quería que borrara lo que era, sino que aprendiera que podía ser más que eso.

Me olvidé entonces de que Sophia no quería ser cuidada. Eliminé de mi mente la imagen de ella gritándome que jamás se quedaría. Me concentré en que estaba a mi lado y la hice comer todo, cosa que no fue difícil porque se moría de hambre. Conseguí otro pastel y también lo devoró para luego... regalarme su dibujo.

—Es un universo para ti, Julie. Como es tu universo, todo es posible.

—¿Todo como qué?

—Absolutamente todo.

—Pero sé específica —la insté.

—Julie, mmm... —No le gustaba que la molestara, pero amaba molestar—. En este universo el tiempo no pasa y toda la gente es feliz.

—*Ok*. Lo anoto —respondí, mientras nos conducíamos a la terraza en donde se realizaría el concierto—. ¿Qué más pasa en este universo?

—No existe el sufrimiento y la gente se respeta —Sophia contestó tímidamente, esperando que no continuara, pero quería conocerla más.

—¿Se puede volar? Eso sería divertido.

Sonreí y ella se guindó de mi brazo.

—Se puede volar y también hay clínicas, porque si hay clínicas quiere decir que tú estarás feliz. ¿Cierto? —No podía ser más tierna, aunque no le gustara serlo.

—Sí, suena muy bien eso de las clínicas.

—Como yo creé el universo, te nombro oficialmente la directora de todas las clínicas. —De pronto parecía libre de tristezas y solo era una chica queriendo ser feliz.

—¿No te parece algo injusto para las demás doctoras?

—No —contestó seria—. Que las demás doctoras se busquen a su propia Sophia para que les haga un universo, porque este es para ti. —Su hermosa sonrisa, aunado a la mirada de rebelde y consentida, eliminaron mi dolor de cabeza y cualquier indicio de cansancio o malestar.

Era como si estar juntas ayudara a la construcción de mejores días. Y dicen que los problemas hay que hablarlos, pero nosotras hablamos de cualquier cosa, menos de lo que pasó la noche anterior.

Benjamín no dijo nada y Paula sonrió cuando se sentó en las gradas con nosotras. «Ya no es necesaria la bandera roja. Biennnn», comentó mi mejor amiga, y Sophia comenzó a reírse desesperadamente, recordando lo de la mañana. Se reía tanto que terminó contagiándonos a todos y de pronto ya no había molestia. No nos sentíamos extrañas por los besos, por la discusión o por Noah. Estábamos juntas y no teníamos ningún título, pero por mi parte, ya sabía que era mi innegable verdad.

*Sabía que era verdadero,
porque pudiendo estar con cualquiera,
siempre iba a preferirla a ella.*

BONITA ELLA, que a pesar
de haber sido lastimada,
conserva su alma pura,
mientras <u>sigue confiando</u>
y ayudando a los demás.

Mucho más que el dinero

Nuestra tarde estaba adornada por la emoción de los estudiantes, por los medios de comunicación nacionales e internacionales que habían entrado al instituto y por las pruebas de sonido que anunciaban lo que estaba por venir. Faltaba una hora para el concierto y los juegos de feria ya estaban instalados. Todo listo para un día distinto, y cuando Sophia estaba dispuesta a lanzar el dardo para ganarse un peluche, Belén llegó.

—Ven conmigo. —Se acercó a mí—. Christopher te está esperando.

Sophia lanzó el dardo justo en el centro, ganándose el peluche más grande. Quise felicitarla, pero Belén parecía tener prisa y me fue guiando lejos de ella a medida que nos perdíamos entre la multitud. Vi a la distancia su emoción cuando ganó, y enseguida su cara buscándome, pero ya estaba muy lejos.

Los alumnos de primero y segundo año corrían para aglomerarse cerca de la tarima. Belén caminaba rápido diciéndome que era necesario apurarnos, que pronto iba a ser más difícil caminar y que debíamos estar con Christopher. Así que fuimos con tanta prisa que en breve pasamos el cinturón de seguridad que rodeaba el escenario. Subimos a la tarima gracias a su influencia.

Christopher estaba sentado en una silla discutiendo con el que parecía su representante o manager musical.

—Te quieren dar otra oportunidad. Están dispuestos a retomar de cero, tanto el grupo como la disquera. —Escuché que le decía un hombre de unos cuarenta años, de cabello castaño, piel canela y de traje costoso.

—Yo no he pedido otra oportunidad. Renuncié, Omar, ¿puedes entenderlo? —la respuesta de Christopher fue contundente y Belén y yo decidimos esperar a que terminaran de conversar. Su exmánager insistía en que estaba cometiendo un error y supe que su paciencia estaba agotándose cuando comenzó a gritar:

—Nos esforzamos para que llegaras donde estás y ahora quieres dejarlo todo. Eres un inconsciente y sin mí vas a fracasar.

—¡No me vendo! ¿Es difícil de entender? No me gusta la música que componen para mí. No voy a seguir órdenes si se trata de mi sueño —respondió Chris, levantándose de la silla.

—¿Cómo quedo yo con tus caprichos de diva? —preguntó.

—Nuestro contrato quedó disuelto cuando renuncié y por supuesto que no crees en mí. Así que quédate con los cantantes a los que explotas quitándoles su esencia —respondió Chris, sin subir la voz.

—Tu cursilería no te va a llevar a ningún lado. Aprovecha la fama que logramos para ti porque dentro de poco serás un fracasado. —Un empujón por parte del mánager puso a Christopher alerta—. Por eso te dejó Alison, porque no eres bueno en nada.—Otro empujón y el cantante explotó.

Chris lo golpeó directo en la cara, rompiéndole la nariz. Enseguida, Belén me alejó de la disputa, pero me di cuenta de que le tocaron su fibra más sensible. Aunque con Sophia intentara estar bien, Christopher había vuelto por ella, pero acababa de renunciar a la disquera para hacer música nueva y el amor de su vida lo había abandonado.

Los guardias se llevaron al mánager y él prendió un cigarrillo.

—Mejor nos vamos —dijo Belén, pero no quería irme, más bien necesitaba decirle que no era un fracaso y que cada golpe estuvo bien merecido.

Christopher se acercó a mí, acomodándose la camisa. Tenía los ojos como dos cristales. La cara de porcelana estaba compuesta por las marcas del enfado, pero lo ocultó completamente para acercarse a nosotras y como un caballero se disculpó con Belén. Le dijo que lo lamentaba con el mismo encanto que hace que puedas ser un desastre y al mismo tiempo estar compuesto de todo lo que está bien.

—Quería que lo conocieras y me alegra que ya se hayan visto —le dijo Belén—. Julie está a punto de graduarse y de emprender un viaje, el mismo viaje del que hablaste en tus últimas entrevistas. Ella también está buscando un sueño.

—¿En serio? —me preguntó, sorprendido—. No sabía que te ibas.

—Harvard —contestó la profesora—. Es la primera alumna del instituto que es aceptada y estamos muy orgullosos —expresó.

Odiaba que hablaran de mí. No me sentía cómoda con los halagos.

—Felicidades —contestó Chris, bebió un poco de agua—. ¿Es lo que quieres? —Inquirió y asentí, pero por primera vez tuve en cuenta que el viaje sería perfecto si Sophia pudiera ir conmigo.

—El miedo es buen síntoma. —Me guiñó un ojo—. Si es lo que quieres estarás bien.

—Es lo que quiero, pero... —Quise hablar, pero me arrepentí.

La mirada de Christopher y la de Belén esperaban que dijera algo más y me quedé en medio de una frase incompleta.

—Ninguna persona debe ser capaz de hacerte abandonar tus sueños —fue Belén la que habló.

—Ni tus sueños deben hacerte abandonar a las personas que quieres. ¿No es justo un equilibrio? —le preguntó el cantante.

—Depende. Su pasión es la Medicina y si se enamora, ¿debería dejarla por el amor? No creo estar de acuerdo contigo en eso.

—Los sueños no son individuales. Están compuestos de las personas que te hacen disfrutarlos. Por eso siento que en equipo es más fácil contemplar la felicidad.

—En la Medicina es diferente.

—La Medicina también está compuesta de amor —debatió Christopher—, ella, con su equipo, ligado a la conexión que haga con los pacientes, con el amor que aprenda a sentir por desconocidos, logrará que el trabajo no sea simple trabajo. Solo así no se convertirá en esas doctoras amargadas que trabajan por dinero más que por pasión. —Christopher me rodeó el hombro con su brazo—. ¿O no, Julie? ¿Estás de acuerdo conmigo? —me preguntó, y asentí sabiendo que tenía un severo problema de comunicación.

La Medicina era mi vida porque a su vez podía ser parte de la segunda oportunidad de otras personas. Enseñarles con mi mente y mis habilidades que por algo divino, y también por la ciencia, seguirían existiendo. La Medicina es contemplar milagros hechos realidad. Es como rezar sin arrodillarte. Apoyar a la vida sin la necesidad de que te llamen Dios. Pero Belén y Christopher hablaban demasiado y yo no podía formar parte. ¿Por qué con Sophia sí podía hablar? No sé la razón, pero ella me ayudaba a expresarme sin ninguna vergüenza. Me ayudaba a que la lengua no se me trabara.

—¿Julie?

—Quiero ser una buena doctora, quiero ayudar y... —No conseguí más palabras. Sabía lo que quería hacer, pero no sabía cómo expresarlo.

Llamaron a Belén de la junta de padres. Ella, cuidadosamente, se acercó a mí, salvándome de seguir hablando de algo sin tener las palabras. Me abrazó y me dijo que no pasaba nada si no quería hablar, que no eran necesarias tantas palabras, y con sus dedos acarició mi cara, haciéndome sentir que era cierto, que tenía razón, que ser tímida no estaba tan mal.

La profesora me dejó sola con Christopher, que me miró de la misma manera en la que me veía Sophia cuando descubría algo.

—No nacimos para ser perfectos. Yo no quiero serlo. Quiero equivocarme y defender una idea con mi vida. Quiero irme de boca por lo que amo, pero bajo ningún concepto estoy dispuesto a dejar de creer en mí —reflexionó, y algo en él me hacía quererlo, no como hombre sino como humano.

—¿Puedo preguntarte, por qué dejaste el grupo?

Chris le dio una calada a su cigarro, tendió la cabeza tratando de relajarse y luego de sacudirla... me vio fijamente.

—No tengo una verdadera razón, Julie. Necesito buscar, encontrarme, comenzar el viaje. No quiero seguir a otros, pero sí quiero acompañar nuevos caminos, justo como ahora, que preferí parar mi vida para entrar en la de Sophia. Y entré en su vida porque lejos de que mi búsqueda sea solo mía, va más allá. Se trata de esas almas que por alguna razón están unidas a mí. —Al oírlo hablar me di cuenta de que era parecido a ella, y que el chico que leí en el libro era real. Era el mismo Christopher de *Amor a cuatro estaciones*.

—Tengo tres preguntas antes de que te vayas. —Aproveché la oportunidad y solté mis dudas—: ¿Qué le pasó a Sophia en el ojo? ¿Por qué está tan atada a Noah? ¿Y por qué entre millones de fans, te devolviste para ayudarla?

—Anoche sobrevivimos a la adicción de Noah, pero ella no sobrevivió del todo al regreso de su padre ebrio. Puedes tener preguntas y puede que yo no sea tus respuestas porque no me corresponde, pero si la apoyo es porque, entre miles de millones de personas, conseguí a una que me hizo creer. Por eso volví, Julie. —Sonrió como un niño y el cabello rubio cubriéndole la cara lo hizo ver muy guapo. No era la figura distante de celebridad. Era el hombre que rompía con los patrones: dulce, con carisma, con imperfecciones, tenía demonios, pero sus ángeles eran más—. Sophia me presentó contigo y creo que pequeños destinos, con imperfecciones humanas, se convierten en impulso para tu camino personal —repuso.

—¿Por qué permites que sea maltratada por su padre?

—Porque Sophia es muy necia y no puedo intervenir de ese modo, pero estoy tratando de que ella misma descubra que no se lo merece. Soporta lo malo para intentar que la vida de sus hermanitos sea mejor. Por eso me los llevé, para ayudarla y ayudarlos. Pero, Julie, tú ya los conociste. Sophia me contó que el día del metro defendiste a sus hermanos de la policía —me explicó y empecé a entenderlo todo—. ¿No te había dicho que eran sus hermanitos? —preguntó y negué con la cabeza.

—Pero ¿de qué sirve que te vayas y la dejes viviendo con un maltratador? —No quise ofenderlo, pero las palabras salieron solas.

—Tiene mi casa y varias posibles carreras. El problema no es su padre, sino su incapacidad para confiar, y no estás para ayudarla, pero ambas se están enseñando. Están apoyándose en conjunto, aunque no le has dicho que te vas del país, ¿o sí? —Su semblante fue más severo—. A veces las mentiras nacen del miedo a perder y de la necesidad de mantener algo. Pero, al final todo se pierde y lo importante es viajar por sentimientos en vez de inhibirlos. —Terminó de hablar y la llamada era para él. Su concierto estaba por comenzar y no le bastó decirme que volveríamos a vernos. Al contrario, me miró fijamente y, sonriendo, me habló de sus deseos.

—Quiero conocer lo que calla el viento, lo que hay después de la muerte o una razón importante para construir mi vida. Quiero música que transforme, quiero conciertos que sean más que conciertos... No quiero ser solo un robot humano. —Lucía serio, amable, constipado, y con un semblante que te hacía querer abrazarlo.

—Tal vez estás en busca de una verdad, de algo que no sea cuestionable, o que te permita saber que el mundo no es todo un engaño —repetí lo que había aprendido de mi conversación con Belén, y él pareció valorarlo, porque una sonrisa pícara y su asentimiento fueron suficientes para descubrir que le había dado una pista para su viaje.

—Una verdad que no sea cuestionable. Quiero eso, Julie. —Miró al cielo y todo el encanto masculino se quedó en cero. Nada tendría nivel comparado con lo que él irradiaba—. Yo quiero una verdad que sea más importante que la distancia, que la muerte, que las riquezas. Quiero una verdad que vaya por encima del dinero, del sistema fallido, del cuestionamiento existencial que crea seres que no se preguntan casi nada. Yo...

—Quieres una verdad que vaya por encima del parapeto de lo "normal" porque lo normal es predecible, es tonto, es un cotidiano cliché que no sabe que lo es. Es una historia que no concluye, besos que no llegan a llamarse por su nombre y miedos que no saben que lo son —completó Sophia, que lucía un pase VIP a camerinos.

Ambos parecían conectados a un mismo sentimiento. Dos energías tan diferentes como similares se fusionaron entre sí. Como si su dolor se compartiera, porque entre sus diferencias, eran similares. Cada una de sus dudas se convertía en pistas para encontrar el camino hacia la respuesta del alma, esa que para cada uno es distinta, pero que codifica el destino.

Existiendo con ambos en el mismo espacio, con Sophia afinando la guitarra y con Chris mirándola con orgullo, el tiempo se paró.

Christopher

Ambos sobrevivían a sus errores, demostrándonos que somos más que ellos. Que no nos detenemos con cada caída. Que el peor error se convierte en señal, en luz, en signo intermitente que te salva de los errores del futuro.

—Ustedes tienen una intensidad que inspira a cualquiera —les tuve que decir porque era cierto. Su energía era como volver a nacer.

Sophia y Chris eran eso. Ambos en plena disputa, debatiendo con amor, queriendo mejorar un pedazo de la nube por la que avanzaban. Ellos no estaban preparados para seguir lo que les decían. Ellos querían encontrar en lo profundo, la clave para las injusticias. La clave para que otros pudieran vivir mejor. A Sophia le quitaron a sus hermanos. No conseguía ser una adolescente, le costaba seguir viva, defendía el derecho de los suyos, quería que sus hermanos tuvieran un futuro, y estaba dispuesta a sacrificarse por ellos.

Christopher era tan duro con él mismo que dolía. No se permitía morirse sin haber ayudado y no necesitaba ser doctor para dar vida. No se necesita curar cuerpos para ir sanando el alma. Ninguno era el héroe común porque todos terminamos siendo salvadores de un pedazo de nuestra existencia.

—El propósito general no significa el propósito de cada uno. Somos diferentes —hablé convencida, dejándome llevar por lo que iba sintiendo con la conversación que ambos mantenían—, vinimos a contribuir en lo posible, no a vivir de presiones ni estereotipos.

—Eso es lo que pienso, princesa —contestó Sophia y añadió—: Por eso es que juego tenis, pero cuando me mandan, cuando se vuelve una obligación... dejo de disfrutarlo.

—¿Te pasa cuando cantas por dinero? —Fue la pregunta de Christopher, y ella asintió. Ya nos estaban llamando, era tiempo de dar inicio al concierto.

Todo fue muy claro. La entendía. La presionaban por la beca. Cantaba en bares que le pagaban una miseria y tampoco se sentía feliz. ¿Por qué tiene que ser tu pasión algo en lo que eres experto? Ella era buena en mucho, pero su verdadero talento no lo tomaba en serio.

—Cuando dibujas no hay tiempo, no hay espacio y puedes estar pasando por mucho, pero el lápiz va sanándote y ni siquiera te das cuenta de que más allá del tenis o de la música, lo que de verdad amas está contigo, mostrándote un mundo nuevo, un escape que te hace libre. Pero Sophi, creo que tú no quieres ser libre. Quieres algo que te recuerde que no te mereces ser feliz y no sé qué tanto te duele, pero lo que sea que hayas pasado parece privarte de merecer la felicidad. —Y yo, que nunca hablo, me interrumpen cuando lo hago.

Belén cortó la conversación cogiéndome del brazo para apartarme de Christopher y de Sophia, y le anunció que el concierto debía empezar. Me llevó al área de primera fila y por su posición de profesora teníamos buenos asientos, mientras la multitud gritaba de pie.

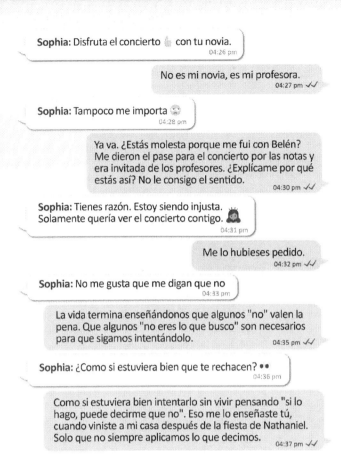

Sophia: Disfruta el concierto 🍺 con tu novia.
04:26 pm

No es mi novia, es mi profesora.
04:27 pm ✓✓

Sophia: Tampoco me importa 😒
04:28 pm

Ya va. ¿Estás molesta porque me fui con Belén? Me dieron el pase para el concierto por las notas y era invitada de los profesores. ¿Explícame por qué estás así? No le consigo el sentido.
04:30 pm ✓✓

Sophia: Tienes razón. Estoy siendo injusta. Solamente quería ver el concierto contigo. 🐵
04:31 pm

Me lo hubieses pedido.
04:32 pm ✓✓

Sophia: No me gusta que me digan que no
04:33 pm

La vida termina enseñándonos que algunos "no" valen la pena. Que algunos "no eres lo que busco" son necesarios para que sigamos intentándolo.
04:35 pm ✓✓

Sophia: ¿Como si estuviera bien que te rechacen? ●●
04:36 pm

Como si estuviera bien intentarlo sin vivir pensando "si lo hago, puede decirme que no". Eso me lo enseñaste tú, cuando viniste a mi casa después de la fiesta de Nathaniel. Solo que no siempre aplicamos lo que decimos.
04:37 pm ✓✓

No me contestó el mensaje. El concierto de Chris comenzó con su canción ***Utópica humanidad.*** La sensación de infinitud, de alegría, de un mundo aparte en donde estuviéramos seguros comenzó a invadirnos. Cantábamos a todo pulmón por las creencias de Chris. Cantábamos por malos días, el viaje del que tenía miedo, la pregunta que todavía no encontraba, el desamor... Cantábamos los ritmos de un presente distinto.

Chris pasó a la segunda canción, con la reflexión de lo que fluye. Dijo que imagináramos millones de piedras obstruyéndonos el paso. Dijo que la mala intención ponía trabas para que no alcanzáramos nuestros objetivos, pero que en el fondo del corazón, en los pulmones agotados, en los pies que necesitan descanso... podíamos conseguir la herramienta para saber que estábamos lográndolo. Que podíamos superar el cascarón, el reto, la envidia. Que podíamos fluir sin derrocar a otros soñadores ni caminar a través del rencor.

Él quería que todos fluyeran por encima de lo malo y cantó una de sus nuevas canciones. Dijo que el talento no pide permiso y que consiguió a una compositora que tenía el don. Una que, sin querer, podía hacer explosiones creativas y que la canción la había compuesto ella: ***Sophia.***

Ella era una estrella.

Él, ese amigo
que la impulsaba a brillar.

Un juego de luces adornó el atardecer. Los efectos especiales anunciaban algo grande. Chris comenzó a tocar la guitarra, mientras fui descubriendo a la persona detrás de la batería. Sophia tocaba muy bien y la canción que interpretó el cantante hablaba del sentimiento que precede lo difícil.

Hablaba de las conexiones que son interminables. De los viejos tiempos, de los amigos y de las caras que comienzan a dibujarse solas. Los dos cantaron juntos y fue uno de los mejores días de mi vida. Pude ver que ella tenía capacidades únicas. Que incluso la gente que está más sumergida en los huecos, puede salir de ellos.

♪ El tiempo te dice que sientas.
Tu alma pide un descanso,
pero está presa en la oscuridad.

Piensas que mañana
será un buen día.
Pero la vida te enseña
que no existe lo bueno.

Y quieres irte.
Necesitas partir.
Y quieres irte,
porque es más seguro.
Te mostraron un lugar frío.
Sobreviviste sin redimir.

Era necesario
que corrieras,
y tú ibas despacio
consumiendo
el último cigarrillo.

Y quieres irte.
Pero el momento es breve.
Y quieres irte
pero el "nunca"
nunca se va.

La vida se impone,
pero prefieres irte.
Y te piden que lo hagas,
pero no vas a cambiar. ♪

Los dos cantaban sincronizados y yo estaba feliz de haberlos conocido. Los estudiantes comenzaron a aplaudirlos y Chris la presentó. Pero Sophia no necesitaba ser presentada.

—Sophie, elige la que quieras —le dijo Christopher, y ella se acercó a él diciéndole algo en el oído. A los pocos segundos la escuché hablar:

—Con esta canción conocí a alguien y justamente fue en un concierto, pero su rostro sobresalía y con una mirada comenzaron a detenerse los más bruscos sentimientos. Esta canción siempre va a recordarnos a nosotras, Julie, y tienes razón, el intento vale más que el fracaso. —No me esperaba las palabras de Sophia. Belén me miró y no pude sostenerle la mirada. Estaba apenada, pero era más la emoción que la vergüenza. Me levanté para verla mejor sabiendo qué canción iba a cantar.

♫ *Be Alright - Dean Lewis* ♫

Christopher chocó su mirada con la mía. Sophia cantaba con los ojos cerrados la canción con la que mi mundo cambió considerablemente. La misma canción con la que comencé a observar las calles distintas, porque mi vida estaba a punto de cambiar. En ese concierto supe que sería importante, y en el concierto de esa noche... supe que no había manera de que eso cambiara.

Sophia tocó la guitarra como si fuera su pasión de vida. La vi pegada al micrófono, sintiendo cada palabra. La prensa estaba vuelta loca, Chris lo había logrado.

Quería ayudarla a que valorara sus talentos. Hizo el concierto para que toda la atención mediática que tenía puesta en él, fuera aprovechada por su amiga. Por esa hermanita menor a la que quería ayudar. Ella lo tenía todo para ser una verdadera estrella, y no me refiero a una celebridad, sino a guiar vidas con cada pieza de lo que había vivido. El cosmos, sus universos internos, el dolor. Sophi tenía la cura, solo debía encontrarla.

Al terminar la canción, Chris la abrazó tanto, que supe que su viaje con ella se había completado. Él seguiría en su búsqueda y de Sophia dependería lo que pasara después. Ella bajó de la tarima huyendo de los reflectores para perderse entre la gente hasta desaparecer de mi vista, al tiempo en que Christopher decía unas palabras hacia el público, que no pude escuchar porque recibí un mensaje.

> **Sophia:** ¿Quieres terminar el concierto lejos de los profesores? ¡Eres joven Julie! ¿Vas a desaprovechar eso por estar rodeada de aburridos? 😖
>
> 05:32 pm

> **Sophia:** Estoy justo debajo de ti. Solo tienes que salir para verme. Pero sin presiones, 😬 😬 estoy aprendido que también pueden decirme que no.
>
> 05:34 pm

> Ok. Entonces pásala bien. No puedo dejar sola a Belén. Sería muy grosero de mi parte. Ah, cantas precioso.
>
> 05:35 pm ✓✓

Me levanté del asiento, excusándome con que tenía que irme. Belén me dijo que si me acompañaba, pero no se lo permití. Fui bajando las gradas mientras marcaba su celular.

—Voltéate —le dije por el auricular y di un paso a ella—. ¿Qué tal se sintieron tus dos segundos de rechazo? ¿En serio crees que tengo algo mejor que hacer que estar contigo? —le pregunté, y con la cara repleta de miles de millones de sonrisas, se lanzó a abrazarme.

Ella esperaba un rechazo, y yo le mostré lo bueno que era arriesgarse como ella me lo había mostrado tantas veces a mí.

—Ven... —Me llevó lejos de la tarima y fuimos subiendo las escaleras hasta el cuarto piso del instituto. No había nadie a los alrededores. Todos estaban aglomerados buscando la cercanía del cantante, así que teníamos el espacio solo para nosotras—. Contigo es más fácil —repuso.

—Contigo es más complicado —le contesté—, pero necesitaba un reto.

—Yo te necesitaba a ti y te estoy sintiendo. —Sophia cerró los ojos y puso las manos en el aire. Hice lo mismo, cerrando los ojos y juntando mis manos con las suyas.

—Somos un escape y eso es bueno —le hablé sin abrir los ojos, sin soltarla y perdiéndome en el ritmo de la canción.

—Yo no quiero ser solo tu escape —Sentí los labios de Sophia bordeando mi rostro, la sentí a ella, pegando su frente con la mía—. Pero sí quiero que me conozcas y para hacerlo tienes que saber lo peor de mí —culminó, y pude sentir su aliento mientras la voz ronca de Chris abonaba una verdad que estaba por llegar.

♫ *Catch & Release - Matt Simons* ♫

Con los ojos cerrados y la voz de Sophi quebrándose, conocí su historia:

—A unos cuantos kilómetros de donde vivíamos, en la comunidad de Cotiza, se produjo una sublevación militar que hizo que saliéramos a protestar. Había llegado la hora. Me puse de acuerdo con Ian, con Erick y con Jorge. Les dije que teníamos que bajar al puente de Petare. Ellos decían que no teníamos armas, pero el deseo de libertad era más fuerte. Teníamos voluntad, Julie, y necesitábamos defendernos. Pero mi mamá me retuvo. Me dijo que tenía prohibido salir de la casa, que no me mandaba sola, que era peligroso. Que los colectivos, criminales a sueldo de la dictadura, no tenían ley. Que a pesar de ser legitimados por el Gobierno, estaban preparados para asesinar a quien se les opusiera. —Sophia comenzó a llorar—: «No, mamá, no voy a dejarme de ellos porque estaría perdiendo mi posibilidad de expresarme» —imitó una conversación del pasado como si se supiera el diálogo de memoria—: «No puedo quedarme encerrada mientras pasamos hambre. No quiero que tengamos que rendir la comida y que dejes de comer para que nosotros podamos. No quiero eso» —gritó, y le susurré que estaba bien, tratando de calmarla—. Julie..., la traté mal y no me interesó su opinión. Erick me dijo que no la desobedeciera, pero salí por la ventana y bajé las escaleras del barrio a toda prisa. Lloraba indignada porque mi propia madre me había golpeado. Me dio un bofetón, pero no supe que había sido producto del miedo, del pavor que sentía de perderme. Me llené de ira y peleé con Erick. Ian me dijo que hice lo correcto, pero Erick no estuvo de acuerdo. Me importaba una mierda. Venezuela no iba a liberarse sola. Creí que nuestra labor era en las calles y trancamos el puente.

»Peleé con los militares, les pedí accionar contra el régimen, pero la dictadura no negocia. Las bombas llegaron y los colectivos fueron unos hijos de puta. La realidad a veces es la peor pesadilla y ellos nos amedrentaron llevándose nuestros sueños. Fui una irresponsable, arriesgué mi vida y cuando vi que mi madre había ido a buscarme le grité que se fuera, pero ella me contestó: «Si arriesgas tu vida, la arriesgo contigo. Para eso estoy, Sophi, para defenderte», y eso hizo, Jul. Gritó que queríamos ser libres y caminó siguiendo los pasos de un sueño adolescente. Estaba feliz de que por fin me entendiera. Me tomó de la mano y me dijo valiente, pero yo no pude decirle nada. La manifestación fue disuelta por los carentes de conciencia. Los que venden su moral por una caja de comida al mes. Los que rompen vidas para sostener lo errado.

Sophia comenzó a temblar. La abracé esperando calmarla, pero ella deshizo el abrazo y volvió a juntar su frente a la mía.

—Julie, nos devolvimos pensando que en casa estaríamos seguros, y subimos las mismas escaleras que conociste, pero los colectivos nos sacaron a las ocho de la noche y nos llevaron a punta de pistola sin pensar en los niños. Nos encerraron en un galpón donde reconocí a los que estaban en la manifestación. Erick me abrazó y mi madre parecía una leona. No veía miedo en ella. Pero había sido mi culpa, nos había metido en problemas y estaba poniendo la vida de mis hermanos en peligro por los mismos colectivos de los que ella me advirtió.

—No fue tu culpa —me atreví a decirle.

—Mi hermano menor comenzó a llorar. Estaba desesperado del miedo y uno de los que estaba al mando le dijo: «Si vuelves a llorar, mato a tu mamá». Pero no dejó de llorar y un disparo a sangre fría en la cabeza de ella fue el detonante que faltaba. ¿Has sentido que te desgarran? Yo estaba desgarrándome, pero mis hermanos, ellos apenas estaban comenzando a vivir. ¿Cómo les decía que así era este mundo? ¿Cómo les explicaba que no existía la justicia? —preguntó, y abrí los ojos de la impresión sin despegar mi frente de la suya. La encontré reviviendo ese instante privada en llanto. Me limité a abrazarla y la escuché decir—: Ahora ya sabes todo de mí.

Sophia estaba temblando. Hubiese dado lo que fuera porque olvidara, pero en aquel momento yo no tenía ni idea de cuán difícil era olvidar.

Nos sentamos en el piso y ella, poco a poco, se fue calmando. Luego de unos minutos, Sophia volvió a hablar:

—En el fondo, cuando mis hermanos me miran, siento que compartimos un secreto que nos negamos a admitir.

—¿Cuál?

«Pregunta estúpida, Julie», me dije cuando Sophia dejó su mirada en la nada, y rodeando sus rodillas con los brazos, respondió:

—Que yo la maté.

—No la mataste, Sophi, fue un asesino y tienes que perdonarte, porque no eres culpable. Nada de eso fue gracias a ti. Como tampoco la muerte de Erick. —Sophia me silenció con un beso y no puedo decirles si lo hizo porque quería, o porque necesitaba sentirse amada, o tal vez ambas. Ella seguía siendo una interrogante, pero al menos al conocer a su madre, entendí que no siempre vivió sin amor. Y me besó con dulzura al tiempo en que secaba sus lágrimas. Intenté amarla, pero no era un intento y lo supe cuando separó sus labios de los míos y preguntó:

—¿Todavía me quieres, Jul? —Por supuesto que la quería, pero mi respuesta fue otro beso. Uno con el que dije que amaba sus cicatrices. Que era el ser humano más noble que había conocido y que lo iba a superar.

Esa misma tarde volvió a decirme que era su mejor amiga, pero me besaba como si fuera algo más. Acarició mi rostro dejando besos suaves por todos lados, diciéndome que no me fuera, y yo no encontré las palabras adecuadas para decirle que iba a irme. Que mi futuro no era en Venezuela y que tenía un viaje pronto.

—En el universo que te hice no pasa lo que me pasa a mí. Ahí siempre suceden cosas buenas —dijo con dulzura, recostándose en mis piernas, y así, escuchamos las últimas canciones de Christopher.

La historia que me había contado seguía repitiéndose. ¿Cómo un país puede destruirte así? A Sophia la había destruido la dictadura y en medio de la pobreza económica, ella seguía demostrando que somos muchísimo más que el dinero, que la maldad y sobre todo...

¡Mucho más que el dolor!

Sé que piensas que no podrás superarlo.
Sé que muchas veces te quieres rendir.
Pero, por favor, no lo hagas.
Eres valiente cuando no te dejas morir.
Eres valiente cuando no te rindes.
Poco a poco vas a estar bien.
Poco a poco el dolor pasará.
No te abandones.

Me enamoré de ella, aunque tenía novio. Me enamoré de sus ojos, aunque jamás me mirarían a mí. Y después de besarme, se fue con él, demostrándome, de forma triste y cruel, que no siempre podemos tener eso que más queremos.

Para: Julie

Al terminar la presentación caminamos a la salida del instituto. No hablamos de los besos, ni mucho menos de lo que acababa de contarme. Sophia me cogió de la mano mientras avanzábamos, pero me soltó cuando vimos a Noah, que había ido a buscarla.

Él acababa de estacionar la moto, así que caminamos hasta su encuentro. No me sentí usada cuando ella lo besó, pero tampoco puedo decir que no fue raro. Apenas unos minutos antes me estaba besando a mí. Es irónico, no me gustan las personas que se creen dueños de otras, la conocí con su novio y si alguien debía sentirse engañado era Noah, no yo.

Lo saludé intentando no sentirme como una hipócrita. Me dijo que le alegraba verme. Me fui antes de aceptar su abrazo y caminé rápido hasta el carro alegando prisa. De nuevo, huyendo, sí, al parecer ya se me había hecho costumbre. Benjamín y Paula me siguieron sin hacer preguntas. Encendí el motor y vi a Sophia y Noah pasar en la moto a máxima velocidad. De pronto estábamos lejos del instituto. Nadie dijo nada en todo el camino, pero Benjamín abrió su bolso y, cuando lo dejé en su casa, me entregó un sobre blanco. ¿Quién entregaba cartas en esta época? Fue lo primero que pensé, pero no dije nada.

Claudia trató de hablar conmigo cuando llegué a casa. Le respondí que no tenía hambre, que estaba cansada y un millón de mentiras para estar sola. Sentía que me faltaba el aire, pero tenía suficientes conocimientos como para saber que no era así. Me quité la ropa y no pude reconocerme frente al espejo. No quería tocarme los labios ni pensar en unos besos que no significaban nada para ella.

Me metí a bañar controlando las ilusiones como si fuera posible controlar la felicidad de un recuerdo, o la sensación de que una caricia se tatúa en tu piel. Decidí sentar cabeza y pasé las siguientes horas preparándome en mis estudios. Las exigencias de la universidad no podían detenerse por un capricho juvenil. Así que resolví centrarme, y con éxito la saqué de mi mente por algunas horas... Eso, hasta que me acordé del sobre que me había dado Benjamín.

Para: Julie
De: Christopher

Tenía que hablar contigo y me gusta más lo hecho a mano. Las palabras en el tiempo presente nunca son tan adecuadas como cuando nos sentamos a pensar en qué queremos decir. Yo quiero decirte que mi historia con Charlotte es diferente a la tuya, aunque pienses que son similares. Charlotte era grande, podía decidir y empoderarse. Sophia lleva años luchando con la sensación de no querer abrazar la vida. Cuando la veo, algo me dice que siente cierto afecto por la muerte. Algo en su esencia me recuerda al desgano de existir y no saber ni siquiera por qué. Como si no estuvieras de acuerdo con el hecho de despertarte y combatir, pero no deja de ser fuerte y el punto está en que si esa fortaleza se quiebra... tal vez no consiga más motivos. Pero ni tú ni yo podemos hacer nada. Si su única razón para vivir son sus hermanos, entonces Sophia decidirá si su tiempo se acabó.

Me encargaré de que ellos estén bien y no puedo pedirte que te encargues de ella. Lo que sí te pido es que no la quieras como si fuera una paciente. No te aferres a perdonarle todo por pensar que ha pasado por mucho. No la excuses por sus heridas, o nunca va a sanarlas. Que su mecanismo de defensa no sea la rebeldía de excusarse en lo que ha sufrido. Que no se convierta en el cliché de los violentos, que van justificándose en su dolor para ir jodiendo la vida de otros. Recuerda eso, Julie. Quédate para apoyarla, aunque al hacerlo tengas que decirle las verdades que no quiere escuchar.

A lo mejor estás confundida. Quizás tienes miedo de lo que sientes. Puede ser que estés confiada por estar fuera de tu zona de confort, pero también necesitamos tierra segura. No voy a escribirte que Sophia te ama, o que podrá amarte, así como quieres. Lo que amamos se transforma, los sentimientos van cambiando y no sé si te has puesto a pensarlo, pero cada día somos distintos.

A lo mejor no se trata de encontrar a alguien para vivir una eterna historia de amor.

A lo mejor se trata de conseguir a alguien que ni siquiera era lo que estábamos buscando.

Mi parada con ustedes llegó al final. No creo que tenga las respuestas, tampoco estoy seguro de encontrarlas. Pero es emocionante viajar con el miedo de poder perderlo todo. Lo único que no es recuperable llega cuando cierras los ojos para no volver a despertar. Incluso entonces... creo que seguimos siendo nosotros. Así que si no volviéramos a vernos, nuestro encuentro no pierde valor por durar poco. A veces lo poco es tan inolvidable como envejecer con una persona.

Te dejé un mensaje y unas llaves con Sergio. Te pido un último favor: sigue las pistas y mañana después de clases consigue que Sophia te acompañe. Ustedes tendrán un día inolvidable. Cuando estés con ella mira en sus ojos, tiene tanto miedo como tú por lo que está sintiendo. No solo le tiene miedo a la felicidad o a cumplir sus sueños, también le tiene miedo al verdadero amor, a una presencia que la saque de su rutina. Ella le teme a que alguien rompa la monotonía, que la devuelva a la vida, que sea tan impresionante, que no se pueda controlar.

Soy observador y lo que pasó en la piscina fue que Sophia consiguió sin buscar. Ella encontró a alguien que le hizo perder el control. Recuerdo que me hablaste de una verdad, ahora deja que yo te hable de un pequeño quizás. De algo que no puede ser probado, porque no necesita una certificación. Te hablo de dudas, de misterios, de sentirte levitando y de caer. Te hablo de un quizás que nos alegra y nos duele, porque así se siente estar existiendo.

Sophia y tú, juntas, son un pequeño quizás que no necesita convertirse en "algo", porque no encaja con un nombre. La manera en la que se miran, en la que se tocan disimuladamente, la chispa en sus ojos y lo mucho que quieren cuidarse, eso no tiene otro nombre... en cualquier idioma, en cualquier religión, en cualquier sexo, eso siempre va a llamarse amor.

P. D.: *No te quedes esperando algo si sabes que nunca va a pasar.*

P. D.2.: *No te vayas si en el fondo de tu interior sientes que lo que quieres que pase, ya está pasando.*

P. D.3.: *Prométeme que mañana harás que el día más triste de Sophia, se convierta en uno inolvidable. Ya lo preparé todo, que funcione dependerá de ti.*

Terminé de leer y volví a meter la carta en el sobre.

Me sentía identificada con Christopher. No porque nos pareciéramos, sino porque parecía tener el don de entrar en mi mente, aunque solo nos hubiésemos visto dos veces.

Él tenía razón. No podía dejar de pensar en que el tiempo había pasado muy rápido. Parecía que solo había transcurrido un día desde que la vi discutiendo con su padre en la entrada del instituto. Veía lejano cuando solo quería que la expulsaran, y, luego, que jamás le pasara nada malo.

Nunca supe con certeza cuándo revolvió mi mundo, cuándo comencé a sentirme diferente, o, mejor dicho, cuándo empecé a sentir tanto. Antes era fría, ordenada, solitaria, y de pronto, me encontraba siendo sensible y con un desorden existencial de otro nivel.

Cuando conocí a Sophia, yo era un lienzo en blanco y ella logró mostrarme que había otros colores en mí. Vio arte donde yo solo veía estabilidad. Me mostró la vida real y no juzgó mi inocencia, sino que me cuidó para que el mundo no fuera tan pesado.

El problema fue al día siguiente. Cuando gracias a la sorpresa de su amigo, sentí su cuerpo casi desnudo sobre el mío y me vi queriendo continuar. Pero ¿cómo continúas si nunca ha existido un camino? Y el de la amistad no era lo que buscaba, no por capricho, o tal vez sí, porque sintiendo su piel y su boca tan cerca de la mía... quise ir más allá. Christopher dijo que cambia la vida si cambiamos nosotros, y tuvo razón.

La mía cambiaría por completo cuando terminara de descubrir que lo que sentía era más que un simple capricho.

El amor va por encima de la distancia, del deseo carnal, de los defectos; el amor es crecer juntos y yo a ella la amaba.

Ella me ofrecía su amistad, cuando yo, ya no podía verla como amiga.

Sonrisas y dolor

Seguí las instrucciones de Christopher. A la mañana siguiente, Sergio me dijo que todo estaba preparado. Me entregó la llave y el control del garaje y me envió un WhatsApp con la ubicación. No entendía absolutamente nada, estaba llena de preguntas, y Claudia, con sonrisas frágiles, tenía ganas de contarme, pero se contuvo. «Te metí en el carro un bolso para ti y para Sophia», fue lo único que dijo, y con la curiosidad matándome me fui al instituto.

Las primeras clases fueron aburridas. Sophia dibujaba, o acariciaba mi cabello, o me decía que le hiciera cariñitos. Le pedí que se concentrara, pero parecía no tener ningún interés en la escuela. Solamente en la clase de arte se mostró interesada y me dijo: «Te pongo en mi equipo para salvar tus notas, Julie, porque si te pones con otro, no podrás ser la mejor», y con cara de engreída dejó un beso en mi mejilla y, al menos en esa clase, ella hizo todo.

Realizó trazos concisos sobre el lienzo. Estaba haciendo el sistema solar. «Ven, te enseño», se paró detrás de mí y tomando mi mano, fue guiándome para pintar. Tenía su cuerpo pegado al mío y no sé qué tan evidente era, pero hasta Jéssica nos miraba curiosa, solo que desde que Sophia la enfrentó había dejado de molestarme. «¿Por qué estás tan nerviosa?», no respondí a su pregunta, pero me solté de ella. No era buena pintando, pero era peor fingiendo que su compañía no me abrumaba.

Así pasaron las horas, y Sophia tuvo razón. El profesor quedó maravillado con el lienzo. Sacamos la mejor nota y ella, satisfecha, se colgó de mi brazo mientras nos dirigíamos a la salida.

No podía retrasarlo. Me tocaba hacer mi parte del trato.

—Tengo una sorpresa para ti. Necesito que vengas conmigo —le dije cuando llegamos al carro.

—No puedo —Sonó segura y me di cuenta de que Chris me había pedido algo imposible.

—Sí puedes. Solo quiero que te pongas esta venda en los ojos, te subas al carro y me dediques una hora de tu tiempo. Tampoco es que te voy a secuestrar.

—Suena como a un secuestro. —Arqueó la ceja con su perfecta expresión seductora—. Y aunque resulta más que tentador, quiero estar con mis hermanos. Hoy es el último día que voy a verlos. —Su expresión pasó a tristeza.

—¿Confías en mí? Porque solamente quiero una hora de tu tiempo. Solo una. —Me vi a mi misma casi con expresión de puchero, tratando de convencerla.

—Dios..., eres tan tierna. Es imposible decirte que no.

Sophia abrió la puerta y se montó en el puesto de copiloto. Yo rodeé el coche para montarme, y encendí el motor.

—Seré tuya por una hora. Aprovéchame. —Me dio un beso en la mejilla muy cerca de la comisura de los labios y antes de quedarme embobada, encendí el reproductor.

Ya no sabía qué éramos. Nos tratábamos igual que cuando la conocí y ella seguía con su actitud segura, con los mismos ojos pretenciosos que ocultaban tristezas y con la esencia de niña mala y bonita que puede conseguir lo que quiere cada vez que sonríe.

—Yo escojo la música —me dijo, y antes de taparle los ojos me puso:

♫ *Forever Alone - Paulo Londra* ♫

Sophia comenzó a cantar la canción que decía "se parecía a mí". Me molestó tanto durante el camino que no podía sino reírme de ella cantando e imitando la voz del tipo. Odiaba ese género musical, pero verla divirtiéndose lo hacía soportable.

«Chico tranquilo sin nada para opinar, siempre en lo mío, tal vez soy egoísta. Pocos amigos, pero mucha historia pa' contar. Un reservado, loco, tímido, pero pegado».

Cantaba moviendo sus brazos y aproveché el semáforo en rojo para ponerle el cinturón. *«Tan rápido y ya quieres tocarme»*, me dijo con picardía y volvió a cantar. *«Voy a contarles, contarles, que no soy nadie tan interesante. Y por si queda duda de cómo soy en serio, aprovecho el ratito para confesarle que soy un chico tan tranquilo sin nada para opinar»*, cantaba cada vez más alto hasta que terminó la canción.

—Esa es tu canción,

—Ni soy perezosa ni duermo tanto —contesté.

—Pero eres linda, tímida y... tranquila —contestó.

No me aburría estando con ella. Aunque tuviera de pasatiempo favorito el molestarme. Me agradaba verla feliz, además, cantaba precioso. Podía irradiar una energía de felicidad y no comprendía cómo la misma persona que había visto desvanecerse, era la que hacía que el resto del mundo se volviera a armar.

Llegamos al lugar en cuestión, ubicado en El Hatillo, treinta minutos después. Utilicé el control que me había dado Sergio y entramos a una casa. Me estacioné en el garaje y le abrí la puerta, ayudándola a bajar.

Las paredes de la casa estaban pintadas con *graffitis*. El jardín estaba impregnado de rosas y no pude ver demasiado cuando Sergio se encontró conmigo y, con la mano, me señaló el camino para que entrara. Sophia no paraba de hacer preguntas hasta que, al entrar a la casa, lo entendí todo. No sé cómo lo hicieron, pero cuando Sergio me llevó al balcón, divisé la piscina llena de niños, aproximadamente unos veinticinco. También había una cama elástica, un carro de helados, un carrito de perros calientes y varios animadores.

Le destapé los ojos para que viera a sus hermanos. Entendiendo que Christopher había preparado una despedida que no fuera triste, lejos de la inseguridad de su barrio.

—¿Lo ves? Mi objetivo de hoy es ayudar a que tengas un día inolvidable —le dije sin despegarme de ella y pude ver que Sophia Pierce también podía llorar de felicidad.

—¡Son los niños de mi comunidad! —exclamó, tapándose la boca por emoción.

Sus hermanos le gritaban desde la piscina que era la mejor de todas y que bajara a bañarse. La emoción en la inocencia, las caras de felicidad, todo apuntaba a que nunca se habían bañado en una piscina.

—Sus trajes de baño están en el bolso que te preparé —me gritó Claudia desde la cocina. Sergio y ella eran parte fundamental de la sorpresa. Me alegró que Christopher confiara en ellos y que fueran tan maravillosos como para hacer algo así por ella.

Corrí con una Sophia renovada y entramos al cuarto dispuestas a cambiarnos. Ella me abrazó dándome las gracias, pero no me merecía el crédito. Había sido Christopher.

—Julie…, a ti te doy las gracias hasta por existir. ¿No lo ves? Tu presencia ayuda a que el día sea perfecto —contestó.

—Gracias. —Mi timidez me pudo, así que abrí el bolso para escoger el primer traje de baño que vi y caminé hacia el baño de la habitación queriendo alejarme de su presencia.

A veces corremos de lo que nos asusta, cuando sabemos que la respuesta es muy complicada, pero justo cuando iba a trancarme en el baño, ella sostuvo la puerta:

—Somos mujeres, tenemos lo mismo, y además, somos mejores amigas. —Mirada maliciosa, actitud de quien nunca pierde, el efecto de Sophia Pierce era embriagador.

—Eh… No voy a dejar que me veas desnuda.

—¿Te da pena que te vea?

—Sí —fui sincera.

—¿Esto es tuyo? —Se refirió a una nota que estaba pegada en la pared y negué con la cabeza. No la había escrito yo. Tenía que haberla dejado Chris.

"En este cuarto solo acepto a Sophi y a Julie. A nadie más", decía la nota.

—Es una señal, Julie. —Sonrió, quitándose la camisa, y antes de que me quedara sin respiración se dio la vuelta—. ¿Me desabrochas el brasier?, por favor. —*Ok*, tuve que respirar profundo y ella notó que me tardé demasiado—. Tierra llamando a Julie — exclamó y terminé haciéndolo.

Paula no me pedía que le desabrochara el sostén, pero si me lo hubiese pedido, sería normal. *¿Por qué no podía ser normal con Sophia?* Volví a intentar entrar en el baño y sentí su mano en el hombro.

—Al menos dime cuál traje de baño usar, ¿no? —Sonó inofensiva, pero no era así. Quería que la viera y yo intenté con todas mis fuerzas no hacerlo, pero terminé desviando la vista hacia sus senos.

Creo que me acaloré tanto, que mis mejillas querían salir de mi cuerpo para que soportara la vergüenza sola. Sophia solo me miró y sin ningún ademán por cubrirse me llevó a la cama.

—¿Cuál crees que me quede mejor? —preguntó a medida en que se quitaba el pantalón y no estaba preparada para verla desnuda.

—Eh... eh... El azul —dije como pude y salí corriendo al baño.

No tuve necesidad de presenciarlo, sabía que mi ausencia le había dibujado una sonrisa. Ella adoraba intimidarme. Lo hizo la primera vez que la vi en clases. La primera vez que fue a mi casa, y desde entonces, hasta ese día, solo buscaba acortar las distancias.

Usé el traje de baño negro de dos piezas. Salí cubierta por una bata negra y la vi a ella con el azul. Ahora sí podía hablar sin titubear y había recobrado cierta compostura. O al menos eso pensé hasta que se acercó, quitándome la bata y haciéndome girar sobre mí, para mirarme de arriba a abajo.

—Tienes el cuerpo más lindo que he visto. —Efecto Sophia, mi compostura volvió a desaparecer... Ella se lanzó en la cama, diciendo que era muy cómoda y golpeó el espacio vacío a su lado pidiéndome que me acostara.

—Tenemos que bajar —le dije.

—Solo quiero diez minutos de ti para preguntarte algo. —Al parecer tenía que tomar lecciones para decirle que no, pero no empecé ese día.

Me acosté con ella esperando su pregunta y sin darme espacio para arrepentirme, una vez que estuve en la cama, se abalanzó sobre mí. Sosteniéndome de las muñecas y levantando mis brazos, de forma insinuante, fui sintiendo su piel sobre la mía en una cercanía un tanto contraproducente.

El placer. Había hablado con mi madre acerca del tema. Sabía que era natural, pero no sabía a ciencia cierta que pudiera ser adictivo. Con ella encima haciendo presión en mí (con su pierna) comencé a descubrirlo. Y una vida sin que me gustara nadie se fue disolviendo cuando sentí que necesitaba más de ella. Pero también sentí miedo y una necesidad de que se bajara de mi cuerpo y me dejara ir a casa.

—Para ser liberada solo tienes que responder con sí o no a cuatro preguntas —dijo, con la nariz pegada a la mía—: ¿Eres heterosexual, bisexual, lesbiana o no tienes ni idea? —Su primera pregunta no se podía responder con sí o no. Ella se dio cuenta, así que la reformuló—: ¿Eres lesbiana? —Directo al punto.

—No. —Comencé a jugar su juego y la verdad respondí que no porque no lo sabía. Pero tal vez mentí.

—¿Has tenido relaciones sexuales?

—No —respondí y era evidente, si apenas con ella me había dado mi primer beso—. Qué manera tan inteligente de perder una pregunta. —Por ese instante fui yo quien tuvo el control.

—Julie fastidiando a alguien. —Torció los ojos—. Me siento afortunada —prosiguió—. ¿Te gusta Belén?

—No voy a contestar a eso.

—¿Te gusta Nathaniel?

—Tampoco a eso.

—¿Y yo? ¿Te gusto? —Sophia acercó más la cara y con su boca a punto de rozar la mía—. ¿O tampoco puedes contestar eso? —me preguntó.

Nos miramos tan fijamente que llegué a pensar que logró entrar en mi mente y sacar las respuestas que necesitaba. Con su nariz pegada a la mía y la impaciencia de unos ojos que no me soltaban, decidí responder.

—Con esta serían cinco preguntas, creo que se te acabó tu cuota —hablé pausado, intentando no sonar nerviosa—: Tal vez la próxima vez —finalicé y ella puso sus labios tan cerca que, cuando habló, rozó los míos.

—Tengo otra forma de conseguir mi respuesta —dijo, y sin darme cuenta sus labios ya estaban en los míos.

Hay emociones que son evidentes. Es químico. Cuando sientes algo especial por otra persona lo llamas conexión y parece irreal o infantil, pero es cierto. Es una fuerza que va atrayéndote, incluso a los peores errores. Yo no sabía para esa tarde si Sophia iba a ser un error. Tampoco sabía que ella intensificaría el beso para luego retirarse de mi boca y pasar a besarme el cuello. ¿Cómo actúas ante una circunstancia nueva? No quería perder su amistad, tampoco la veía como solo una amiga. Aunque no estaba lista para mi primera vez.

Siguió besándome con una dulzura que no había encontrado en nadie. Pero ni siquiera su delicadeza podía frenar lo que estaba sintiendo. Que se los juro, no era nada dulce. Quería más y ella quería verme. No aguantaba un no, y lo dejó claro cuando me quitó la parte de arriba del traje de baño. Recorrió mis senos con sus ojos, como si fuera lo único que quisiera ver.

Cerré los ojos cuando la vi acercándose a ellos y supe que no era lo correcto y que por primera vez en mi vida... no me importaba hacerlo mal.

Apreté las sábanas cuando sentí la humedad de su lengua rozando mis pezones y tuve que taparme la boca para no gemir.

Sophia iba muy lento y ¡por Dios!, estábamos en la cama de Christopher, en la despedida de sus hermanos. Ella tenía novio y yo no quería que mi primera vez fuera así. Pero, estaba sintiendo cualquier cantidad de cosas menos el deseo de frenarla. Sophia deslizó su lengua alrededor de mi pezón y enredé mis dedos entre su pelo, acercándola más para intensificar lo que fuera que hacía, que me volvía loca.

—No es correcto. —Se separó.

—No empieces algo que no vas a terminar.

¿Por qué le estaba reclamando si tenía la razón?

—Somos amigas.

—No me jodas con eso. —Creo que era la tercera vez en mi vida que decía una grosería.

—Podemos besarnos, pero no podemos cruzar la raya. —Sophia me pasó una almohada para cubrirme.

—Podemos hacer lo que quieras, al tiempo que quieras, porque así se hacen las cosas en tu mundo, ¿no, Sophia? —respondí con rabia.

—¿Te molestas conmigo porque no quiero que tu primera vez sea una mierda? Te estoy protegiendo.

—Valoraría el gesto si no tuvieras que protegerme de ti misma y de tus impulsos —contesté.

—Muy bien, debí habértelo hecho sin importarme nada —lanzó con desgana.

—Debería ser a mí a quien le importe.

—Por lo visto no te importa perder tu virginidad con alguien que cuando llegue la noche va a estar follando con otro. —Las palabras de Sophia me mostraron cuánto te puede herir la misma persona que te hace feliz.

—A partir de hoy no quiero que me beses, ni que me celes de Belén, ni de Nathaniel, ni de nadie. Quiero distancia. —Me levanté de la cama, cubriéndome con la sábana.

—¡Nunca te he celado! —alzó la voz.

—Somos amigas y te trataré como tal.

—Se salió de control —dijo, caminando hacia la puerta para luego devolverse a mí—. ¡No quiero que cambies conmigo! —exclamó.

—Será como al principio... ¡Solo amigas! Y ya que tenías preguntas, la respuesta es que sí, me agrada Belén y me agrada mucho. —Terminé de amarrarme el traje de baño y me dirigí a ella—: Ahora vamos a tener un día increíble con tus hermanos y no volvamos a hablar de lo que ocurrió, o de lo que no ocurrió, o como sea... —hablé tan rápido que terminé enredándome—: te espero abajo —le dije, saliendo del cuarto para caminar hacia la piscina.

Me sentía confundida, molesta, excitada, exhausta. Era mucha información, pero los hermanos de Sophia me reconocieron. «Contra la chica que nos defendió en el metro», fue lo último que escuché antes de ver a un batallón de niños dispuestos a arrojarme a la piscina. Parecía que era la primera vez que disfrutaban tanto. Sus risas, el alboroto, y ellos echándome agua o guindándose en mi cuello fueron quitándole intensidad a lo que acababa de pasar. Me sumergí en la piscina dejándome invadir por el agua fría para que así se me pasara lo que quedaba de la calentura.

Sophia bajó al rato y en sus ojos tan rojos, encontré rastro de llanto. ¿Por qué lloraba? Fue ella quien nos llevó a ese nivel, pero ya daba igual. A lo mejor lloraba porque era el último día con ellos, con sus hermanos. Al día siguiente se despediría de las personas que amaba. Al día siguiente me iría yo a Estados Unidos. No vi necesario explicarle, además solo serían unos días.

Sentí alivio al pensar en el viaje y el resto de la tarde intenté pasarla bien. Jugamos fútbol, saltamos en la cama elástica y ella sonreía sin dejar de mirarme, como pidiéndome disculpas, pero sin hablar, hasta que comenzó a decirme que fue estúpido, que las hormonas y su manera de ser tan impulsiva nos llevaron a una situación tonta. La música estaba muy alta y apenas escuchaba a Sophia, pero salté tan duro como saltaban mis pensamientos. No era estúpido, no eran las hormonas, por lo menos de mi parte había sentimientos. La entendía. Yo era la única amiga que había tenido y se confundió. Las pocas palabras que dijo me hicieron comprender que sí, que tal vez era la única que estaba yendo muy en serio y que simplemente me enamoré de la persona equivocada.

Logramos que el momento incómodo no dañara el día. Al llegar la noche, ya casi a punto de irnos, los niños quisieron jugar al escondite. Eran las 7:48 y su hermano menor estaba contando.

Me escondí en el guardarropa de una de las habitaciones del piso de arriba, esperando que el juego acabara rápido. *Quería irme a casa.* Tres minutos después sentí unos pasos. No me sorprendía que fuese la primera que atraparan. Así que esperé al niño gritando: *«te atrapé»*. Sin embargo, solo sentí que abrieron y cerraron el clóset. «Un predecible escondite no te hace predecible a ti», me sorprendió la voz de Sophia en plena oscuridad: «Prometo hacer lo que me pediste, aunque no sea lo que quiero. No volveré a besarte, Julie, pero no sé qué me pasa cuando estoy contigo. No es netamente sexual y tuve miedo a hacerte daño porque no es lo que quiero. Paremos ahora que todavía podemos pertenecernos de otra manera, de una que nunca se va, porque no soportaría perderte», apenas se veía su silueta en la oscuridad del armario. «No tienes que decir nada. Solo escucha. Tomé prestado el iPod de Christopher y estuve buscando una canción, porque a veces la música dice lo que nosotros no sabemos decir», me puso uno de los audífonos y se quedó con el otro. Escuché la canción y compartimos en silencio los minutos que duró. De nuevo cerca, pero con la barrera que puse y que ella respetaba. La casa llena de ruidos no perpetraba en la serenidad del armario. Ella me dio un beso en la mejilla y un pequeño gracias fue lo que escuché.

Llegó el tiempo de partir. El juego había terminado.

Sergio condujo mi coche y Claudia se quedó con Sophia y con sus hermanos hasta que el autobús los buscó para llevarlos de vuelta a la comunidad de Petare. Me despedí sin decirle que no volveríamos a vernos hasta dentro de una semana. Me subí en el auto y busqué la canción que me dedicó **My lover, my friend - Aj Mitchell.** La repetí más de tres veces de regreso a casa. Mientras escuchaba solo podía recordar ese pequeño momento con ella en el armario sujetándome los hombros y deteniendo todo lo que estaba mal. Pero no detienes los problemas para siempre y enamorarte de alguien que no te ama, a veces, es muy doloroso.

Me enamoré de ella, aunque sabía que nunca dejaría a su novio.

Y pintaba universos para mí, porque su realidad le pertenecía a él.

No insistas.
No supliques.
No mendigues.

No retengas a quien
no quiere quedarse.

Mejor aprende a irte,
que lo que es tuyo,
buscará la forma
de llegar a ti.

Mi sueño es ella

Me buscaron en el aeropuerto y fuimos al piso en Cambridge que mis padres habían comprado para mí. En el camino, mi mamá se mostró cariñosa y dijo que su sorpresa era que iría conmigo a conocer Harvard por dentro. Además, me comentó que el viernes podría verla operar en una de las cirugías que cualquier estudiante de Medicina quiere ver: un trasplante de corazón con circulación extracorpórea.

Al llegar al apartamento me di un baño de agua caliente y acomodé las cosas en mi habitación. Por instinto miré mi móvil. Esperaba un mensaje de Sophia, pero no llegó.

—Surgió un cambio de planes a última hora, Andrew irá contigo a conocer Harvard —puntualizó mi madre, entregándome una taza de café.

—Pensé que iríamos juntas. ¿Quién es Andrew?

—Si te vas a dedicar a la Medicina, es bueno que sepas que los horarios son impredecibles. La vida de una persona no puede esperar y surgió una emergencia —respondió, sin siquiera una disculpa—: Andrew es hijo de una colega y está en primer año de carrera, se llevarán muy bien.

—Pero no era necesario, podía ir sola.

—Claudia me comentó que estabas más sociable, peque, por eso pensé que no te molestaría. Él vendrá por ti a las cuatro. —fue lo último que dijo abandonando la habitación.

Traté de no desanimarme, estaría en la universidad más antigua de Estados Unidos, en mi centro, en lo que era, en mis sueños, en mi vida. Había trabajado día y noche por este momento, y ni siquiera compartir con un desconocido podía arruinarlo. Aunque, ciertamente, hubiese preferido estar sola.

Sobre las cuatro me llegó un mensaje de Andrew.

 +1 (617) 8139663

> ¡Bienvenida a la acción! ¡Tu guía turístico personal está estacionado abajo! No lo hagas esperar 😁😁
>
> 04:03 pm

Involuntariamente torcí los ojos, pero intenté superar mis barreras asociales para pasar un buen día.

Tenía dudas, pero terminé montándome en un Toyota negro y le di un saludo cordial. El muchacho de piel castaña, ojos marrones claros y una que otra peca en la cara parecía muy animado. Y pude detallar que su ropa era impresionante. Llevaba un *sweater* de rayas, azul oscuro con blanco, y debajo una camisa larga que sobresalía en el cuello y en las muñecas. Traía tirantes y un lazo que lo hacía lucir como un fanático de la moda, pero se veía genial. El cabello lo tenía liso y peinado para atrás, y en general era bastante atractivo.

—Tu primer día en la universidad será épico. —Sobresalía de alegría, como si fuese una máquina de sonrisas, o algo así.

—Muchas gracias por llevarme, no tenías que hacerlo.

—Si no lo hacía, mi madre me mataba. Fue muy explícita conmigo. ¿Quieres saber qué me dijo? —Negué con la cabeza, pero eso no lo detuvo de seguir hablando—: «*Su mamá está preocupada, se ha metido en muchos problemas y creo que le convendría una buena compañía, así que, hijo, eres el indicado*». —Lanzó una risotada y puso en marcha el auto—. No soy el indicado para nada que tenga que ver con buenos comportamientos —puntualizó, y por su actitud, vi que no mentía. Encendió la música y manejamos escuchando a un grupo francés: **Barrio Populo – Foutu Comba.** Era muy raro, pero Andrew cantaba horrible, y me hizo reír que eso no lo detuviera.

—¿Estás consciente de que no has dejado de ver tu móvil desde que llegaste? —me preguntó y preferí no contestar.

Al llegar caminamos hasta la entrada de Harvard. Lo primero que me mostró fue el University Hall, el sitio al que van los profesores de la Facultad de Artes y Ciencias. Luego me llevó al Harvard Yard, diciéndome que todos los de primer año vivían en los edificios que rodeaban el jardín, y luego del primer año ya seríamos asignados a las casas, que eran elegidas al azar como en *Harry Potter*. Seguimos caminando y me llevó a la estatua de John Harvard para terminar yendo a la biblioteca universitaria Widener, la más grande en todo el mundo. Luego, nos dirigimos a Science Center y paseamos por uno de los gimnasios con una gran piscina. Un sitio al que pensé, sería recurrente.

Me sentía satisfecha, palpando un pedazo de mi futuro, pero vacía como si me faltara algo.

—Tu madre dijo que vomitarías de la emoción y sigues más pendiente de tu móvil que de la universidad.

—Es fascinante —fingí efusividad—. Es como trasladarte en la historia y saber que pronto va a comenzar tu aventura.

—Mmm... La aventura no es la universidad. La aventura está en la vida y en las personas que conoces y que a su vez te cambian —respondió Andrew, mientras caminábamos despidiendo la tarde.

Cuando lo llamaba su madre hablaba como galán de novela, cuando colgaba era alocado y también imitaba formas de mujer.

—Escríbele. Si te mueres por hacerlo, ¿por qué no lo haces?

—Es complicado. —Guardé el móvil en el bolso y volvimos a su carro.

—¿Terminaron? ¿Te fue infiel? ¿Está con otra? Anda, cuéntame.

—Tiene a alguien —respondí.

—Es triste amar lo prohibido, pero no es mal de morirse, solo tienes que decidir —dijo, mientras conducía—. O te quedas intentando captar su atención, o te alejas porque sabes que estás perdiendo el tiempo. Y siendo honesto, el tiempo es valioso porque no se puede calcular, pero las emociones que te ponen de cabeza son más valiosas que todos los segundos del mundo.

—Lo que dices se contrapone.

—No, más bien es sencillo, pero nos complicamos. Es como estar enamorado de tu *Crush* y convertir ese amor en obsesión. Patético. No vayas a ser patética, pareces una niña estable. —Volvió a poner la música y quise responderle que no era el caso, pero era posible que lo fuera.

Me dejó en mi casa y rodeó el auto para abrirme la puerta «*como a una princesa, sana y salva, en la puerta de su palacio*». Estaba loco, mucho más que Paula y ya eso es decir demasiado, pero me cayó bien.

Los siguientes días me sentí feliz y triste. Rarísimo. Feliz de estar en un lugar en el que me sentía cómoda, triste porque ese lugar no la tuviera a ella. Huir de lo que sentía no estaba resultando. Ni siquiera acompañar a mis padres al hospital y compartir con ellos me ayudaba a sentirme mejor.

Recordar sus palabras sobre follarse a Noah frenó mi impulso de escribirle. No puedo decir que no la extrañaba, porque al contrario, hasta comencé a soñar con ella. Y en un pequeño *tweet* que no pude evitar escribir, traté de explicar mis sentimientos. Necesitaba expresar lo que sentía y eso hice, aunque enseguida me arrepentí.

Julie Dash
@juliedash

Ojalá pudiera saber, si también yo, me aparezco en tus sueños.

10:13 pm · Twitter for iPhone

Julie, Julie: ¿qué está pasando contigo? Cuando me decidí a borrar la publicación, una llamada de mi madre me distrajo.

Al siguiente día, Andrew me recogió sobre las seis de la tarde. Estaba igual de bien vestido que la última vez.

—Hoy eres mi tapadera, yo saldré con mi novio, mientras tú descubres si eres gay.

—¿Ah?

—Julie... fingir no te sirve con un experto en la mentira —respondió él—. Mira, con mi madre tengo que presentarme como el perfecto tipo encantador, pero contigo, puedo ser yo mismo. Me gustan los hombres.

—*Ok*... no tengo problemas con eso.

—No, claro que no. Tienes problemas con aceptarte, pero mira, tu madre le habló a la mía de una chica que te llevaba por el mal camino, por eso, acudieron a mi presencia —dijo, engreído—. Un tipo tan apuesto como yo podía sacarte del mundo gay. —Comenzó a reírse y añadió—: pero eso pasaría si remotamente me excitaran las mujeres, que no es el caso, sin ofender.

—Mi madre no conoce a Sophia. Es imposible que te haya buscado por eso.

—El sexto sentido de las madres es como nuestro radar gay. —Comenzó a olerme y continuó—: Te huelo, huelo a una hetero confundida —dijo riendo y tuve que pedirle que se concentrara en conducir y dejara el tema—. *Ok*, me controlo, pero fíjate, tal vez te convenga contarme tus problemas. Tienes toda la pinta de no haberle dicho a nadie cómo te sientes.

—Se llama Sophia Pierce, tiene novio, nos besamos y estuvo mal, siempre me busca y luego se aleja, es mi amiga y no hay más que decir. ¿Satisfecho? Ahora déjalo ya.

—¿Te correspondió el beso? —inquirió y ssentí—. ¿El novio está guapo? A ver si te ayudo, ya sabes, y lo cambio de bando. —Comenzó a reírse y si la felicidad se comprara, les aseguro que Andrew había hecho una gran compra—. Es broma, es broma, ahora sí, hablando en serio, según mi análisis estás huyendo. Mmm... y puede ser que te hayas ido sin despedirte, ¿acerté?

—Serías un buen psicólogo.

—Quería serlo, pero tuve que aceptar la tradición familiar de la Medicina.

—No pareces una de esas personas que dejan sus sueños por sus padres.

—Y tú pareces una odiosa, pero resulta que no es así.

—¿Por qué no les dices quién eres?

—Porque no me aceptarían y no todo lo que parece inquebrantable lo es —Pareció hablar en serio por primera vez en el día—. En cambio, se nota que tu amor por la Medicina es real, pero por nuestra excursión en Harvard, creo que tu amor por Sophia es mucho más intenso.

—Ni siquiera sé si me gustan las mujeres y, además tiene novio y no se merece que lo engañen.

—Incluso quien pierde a alguien, luego termina sabiendo que de cierta forma ganó —dijo, aparcando el carro—. Llegamos. Haré que te desconectes de la chica con novio y que no pienses más en tu celular. —Apenas dijo la palabra "celular", sonó el mío. Era una llamada de Sophia.

—¿No vas a contestar?

—No sabría qué decirle.

—¿Qué te hizo?

—Nada, simplemente no le gusto, está enamorada de su novio y no me hace bien que me bese y luego se vaya con él —solté.

—Bien, es tiempo de que ella sepa que la indecisión tiene un precio. No puede engañar a los dos, si su decisión fue su novio, que no te llame cuando estás de vacaciones. —Tomó mi móvil para declinar la llamada y se bajó del carro llevándoselo con él.

Entramos a un bar lleno de estudiantes y Andrew saludó a una chica de piel morena, cabello marrón hasta la cintura y labios carnosos.

—Te la encargo y te entrego esto. —Le dio mi móvil.

—Eso no —me quejé.

—Britanny te cuidará y también puede ayudarte a descubrir si de verdad eres lesbiana. —Me guiñó un ojo—. Me despido, recuerda, eres mi tapadera, cualquier cosa estamos juntos. —Lo vi irse, y su amiga me abrazó como si me conociera de siempre.

—Tu móvil está decomisado, linda.

—No soy lesbiana, disculpa.

—¿Crees que soy tan fácil para lanzarme sobre ti? Acostumbro lo opuesto. A mí me cortejan. —Otra igual de creída que Andrew.

Pedí una cerveza y me quedé en la mesa. Ni siquiera sé por qué bebía. Quizás porque pensé que el alcohol podía calmar mis sentimientos.

—Ya que estás tan concentrada mirando por la ventana, espero que no te importe que atienda mis asuntos. —Britanny se levantó y en las siguientes horas la vi besándose con más de cinco mujeres.

¿No le daba asco saborear tanta saliva? Me tomé la segunda cerveza, dispuesta a irme. No me sentía bien, algo en mí que no les puedo explicar, estaba alterado. Quería salir de ese bar, y cuando ella volvió a la mesa pensé en pedirle que me llamara un taxi.

—Eres la cita más aburrida y extraña que he tenido —me reprochó.

—No soy tu cita.

—Correcto, nunca saldría con una niñita pretenciosa y estirada —dijo sin enfado, y bebió un trago.

—Quiero irme a casa.

—¿Por qué? No dejes que una persona haga que te sientas así. Todo se resuelve con alcohol. Bebes, disfrutas, bebes de nuevo hasta que terminas olvidando lo que te duele. Venga, no pierdas la juventud siendo una aburrida cuando tienes la oportunidad de otra cerveza.

—Es que no me divierten las fiestas y menos cuando son tan promiscuas. No entiendo a las personas que se llenan con este mundo, pero los respeto. —Traté de ser educada.

—¿Ves a esa chica de allí? —me preguntó, señalando disimuladamente a una mujer rubia que estaba al final del bar y luego añadió—. Fuimos novias durante cuatro años y la encontré teniendo relaciones sexuales con mi propio hermano, que es ese idiota que la acompaña.

—Lo siento, pero puedo decirte lo mismo: «no dejes que una persona haga que te sientas así». Aunque también te diría que el sufrimiento no debería justificar que te beses con el bar completo solo para darle celos.

—¿Celosa?

—No eres mi tipo, pero vales más que besos sin amor —contesté.

—Es difícil llevarlo a la práctica, o si no, no estarías tan triste —se defendió Britanny—. Además, los besos sin amor son muy ricos. Si me besas puedo demostrártelo —aseguró, al tiempo en que apoyaba los codos a la mesa para estar más cerca.

—No te ofendas, pero no estoy interesada.

—Se me olvidaba que eres una niña inocente —contestó—. Pero yo solo busco placer y olvidarme de que quise tanto a una persona, incluso sabiendo que lo nuestro iba al fracaso. ¿Entiendes eso? Darlo todo por alguien para que luego... te traicione con tu hermano. Míralos. Incluso vienen a los mismos sitios que yo.

—¿Y cómo es que un beso te cura?

—No son besos cualquiera. —Britanny se fue hacia mí y me besó con total descaro. Intenté quitarla, pero me agarró más fuerte y terminé cayendo en un beso sin deseo, un beso sin ganas, un beso sin amor.

Entonces descubrí que algunos besos saben bien, aun sin amor. Ella besaba con experiencia y me dejé arrastrar hasta que recuperé la cordura y me detuve.

—*Wow, wow...* Nada mal para una estirada. ¿Conseguiste tu respuesta? —preguntó, una vez que nos separamos y sí, ya tenía mi respuesta.

—Devuélveme el móvil —lo dije tan seria que no lo dudó, terminó entregándomelo sin chistar y me separé de ella hasta salir del bar.

Llamé a Sophia más de veinte veces y ninguna contestó. Así que me dispuse a ver cuándo había sido su última conexión y encontré un mensaje suyo enviado horas antes.

> **Sophia:** Te esperé todo el lunes hasta que Paula me dijo que te habías ido de viaje. Pensé que ni siquiera debía escribirte porque la mirada de Benjamín me dijo que te fuiste por mí. Pero estamos a jueves y tengo que confesarte que la escuela dejó de tener sentido sin ti. No entendía las caras, no entendía por qué ninguna era la tuya. Pero te entiendo, me dijiste que todo se hace como yo quiero, y es cierto, pero nunca he podido hacer lo que necesito y ya no sé el camino a casa porque ya ni siquiera recuerdo cuándo dejé de tener una. Creo que lo mejor que hiciste fue irte y solo quería darte las gracias porque entre todo lo malo, fuiste lo que hice bien. Por cierto, aunque no he dormido en días, no necesito hacerlo, para soñar contigo.
>
> 07:07 pm

Intenté llamarla de nuevo, pero fue inútil.

> Paula, ¿sabes algo de Sophia?
> 11:07 pm ✓✓

> **Paula:** Jul...
> 11:08 pm

> ¿qué?
> 11:08 pm ✓✓

Paula borraba y escribía, borraba y escribía haciendo que la espera fuera interminable.

> ¡Háblame, por favor! ¿Dónde está?
> 11:10 pm ✓✓

> **Paula:** Tuvo sobredosis con heroína. Noah llamó a Benjamín, y Benjamín a Sergio. La ambulancia la revivió. No está muerta, no quería decirte, pero, no voy a mentirte en la cara. Ella está siendo atendida de urgencias, están buscando trasladarla a otro hospital, pero es complicado, no tiene seguro, su padre no aparece...
>
> 11:13 pm

Guardé el celular y me dejé caer, ni mis piernas funcionaban ni yo podía contenerme. No podía respirar. Me estaba ahogando.

—¿Qué te pasó? ¿Te sientes bien? Julie, me estás asustando. —Britanny se sentó en el piso conmigo —. Dime qué te sucede, háblame.

—La persona que quiero me necesita, y estoy lejos. No puedo buscarla. No puedo hacer nada. Estoy aquí y siento que me falta todo. Confió en mí, se abrió conmigo y fui como el resto... también la abandoné.

—Viajar no es abandonar y si algo le pasa no será culpa tuya —Britanny habló con pausa—: Mira, lo mío son las fiestas y ligar, no sé de consejos o amores, pero, si tanto te importa, ve a buscarla.

—Mi avión sale el lunes, y tengo una operación con mi madre. ¿Qué le voy a decir? No puedo cancelarle.

—Entonces no hagas nada y deja de llorar. No hagas nada si tienes tantas cosas en contra y entremos, vuelve a besarme y no pienses más en ella. Porque ¿sabes qué es absurdo? Que te estés muriendo por dentro y te reprimas. O te lanzas por la persona que amas o prefieres ser comedida y lo dejas así. Es una elección simple. —No, no era una elección simple, pero Britanny tenía toda la razón.

—¿Puedes llevarme al aeropuerto? —Sequé mis lágrimas y ella me ayudó a levantarme mirándome con esos ojos de «*estás haciendo lo correcto*».

> Ingresa a Sophia en una clínica privada. Utilizaremos el dinero que me dejó mi abuela.
> 11:34 pm ✓✓

> **Sergio:** Tus padres se darán cuenta, no es como pagar una tumba, Julie, será costoso.
> 11:35 pm

> Es mi dinero y mi abuela me lo dejó para "un sueño". ¡Pues mi sueño es ella!
> 11:36 pm ✓✓

En el camino aproveché para comunicarme con la única persona que me podía ayudar. Claudia me llamó apenas dejé ese mensaje. Les avisé que tomaría un vuelo, que yo asumiría las consecuencias y no los metería en problemas. Era mi decisión y por primera vez estaba segura de que lo que parecía incorrecto, era lo que debía hacer. Y no lloré pensando que por mi culpa recayó. El problema con las drogas es intenso. Perdió a Erick, perdió a sus hermanos, o sentía eso, aunque no era así. Desde que conocí a Sophia sabía que no quería seguir viva. Algo me dijo, en su mirada y actitud, que para ella todo sería más fácil si dejaba de respirar.

No me importó su oscuridad. Me dio igual que fuera un desastre. Supe, desde que nos vimos en el concierto, que era una especie de ángel que no se hallaba en la Tierra. Ella me miró de frente y conseguí que iba pintando estrellas, que creaba universos nuevos en mis pensamientos. Que con sus besos en mi mejilla, con la sonrisa que esconde el dolor, con la alegría que no sabe de dónde sale tanta tristeza, fue haciendo que me enamorara de sus vacíos. Sophia Pierce me dio más de lo que yo podía darle, aunque, nada de lo maravillosa que era, podía verlo cuando se miraba en el espejo.

La vida duele y el dolor es parte de estar vivos. Es parte de la aventura, y luego de que dejas de temerle, no hay nada que te separe de la felicidad. Yo quería enfrentar el dolor con ella hasta que lo superáramos. Hasta que lograra mostrarle que hay miles de salidas y que podía hacer algo más con su vida. Que las drogas solo la mantenían dormida, pero que al despertar, sus heridas se multiplicaban. Y empecé a entender que el amor es enamorarte más allá de un beso, más allá del sexo, más allá de la pertenencia. Mi amor por ella iba en aumento, y solo quise pensar que no lo había entendido demasiado tarde.

Mi solución en su sonrisa

Sabía que estaría castigada de por vida y que la cara de decepción de mis padres sería un espanto, pero no me importó. Tenía que ir con ella y supe que estaba en el lugar correcto cuando llegué a la clínica. Ian me abrazó diciéndome que estaba fuera de peligro, mientras Noah me dio las gracias. «Si quieres ayudarla de verdad, deberías ahorrarte las gracias y largarte de su vida», le reprochó el amigo de Sophia, al tiempo en que Claudia me separaba de ellos, por si se formaba una pelea. «No sabes nada de ella, no sabes su dolor o lo que pasamos, no la entiendes» se justificó Noah.

Los amigos de Sophia peleando, Sergio mirándome sin entender por qué me había metido en ese mundo y Claudia llevándome lejos de la disputa para conversar conmigo, me mostraron un panorama preocupante.

—Vas a poder verla cuando esté en recuperación, pero ahora mismo quiero que conversemos. —Claudia intentó calmarme.

—No voy a poner en riesgo tu trabajo ni tampoco el de Sergio.

—Háblame del impulso que te hizo olvidarte de la figura enaltecida de tus padres y de tu afán de no salirte de las líneas, porque te conozco desde hace mucho y esto que estás haciendo por ella no corresponde a tu personalidad.

—Se llama amor. —No aspiré a cubrirme de excusas porque ya no me quedaban fuerzas para mentir—. Es complejo y ni siquiera lo entiendo, pero quiero estar con Sophia, quiero mostrarle que puede ser feliz, así como ella me lo mostró a mí. —Mis ojos se llenaron de lágrimas porque pensaba que Claudia iba a juzgarme, pero no fue así.

—¿Estás preparada para lo que significa amarla? —Secó mis lágrimas.

—No lo sé.

—Lo que quiero decir es que, desde que te conozco, no das un paso sin tener un plan, y no hablo de que se casen, y tengan bebitos y recorran el mundo, aunque no estaría mal... —Se encogió de hombros con la madurez que no perdía la gracia y completó—: Estoy hablando de que, si quieres entrar en su entorno, si quieres ayudarla, te vendría bien no perder tu esencia. Planifícate para ayudarla a salir del túnel sin dejar lo positivo que hay en ti. Busca en la Julie de antes lo mejor que consigas y combínalo con la persona en la que te estás convirtiendo. —Claudia me abrazó y, sin soltarme de sus brazos, añadió—: Ambas son muy evidentes, no era necesario que me lo dijeras para saber que lo que las dos sienten... se llama amor.

Esa noche entendí que no solo es decir «estoy enamorado», es saber que no será como esperas, que te caerás en picada y que, aun así, sin cinturón, sin un respaldo, estás dispuesto a darlo todo porque la otra persona esté bien.

Sophia me mostró que los malos momentos también forman parte del amor, pero no desde lo tóxico que te deja en la nada y te justifica hasta lo incorrecto. No quería una relación como la de ella con Noah. Quería mostrarle que el amor es mucho más.

El primer día en la clínica, no nos permitieron verla. **El segundo,** mis padres me castigaron de por vida y me exigieron volver a casa. Les dije que lo lamentaba, que no iba a moverme de la clínica y colgué la llamada. **El tercero,** Sophia denegó cualquier tipo de contacto; no quiso ver a nadie, ni a mí, ni a Ian, ni a Jorge, ni a su propio novio. **El cuarto,** Paula y Benjamín me obligaron a dejar de ser una indigente y me llevaron a casa a que me diera un baño. **El quinto,** Paula, Benjamín y Nathaniel me dijeron que se encargarían de mis asignaciones del instituto y de las de Sophia. Por mi parte, hice mi primer robo: entré al despacho de mis padres para robar sus récipes médicos para que nadie se enterara que tuvo una sobredosis y no perdiera el año escolar. **El sexto día,** vi a Noah llorando por los rincones de la clínica. Ninguno de los dos intentaba hablar con el otro, agradecí eso. **El séptimo,** Belén consiguió mi número de teléfono. Me dijo que no haría preguntas, pero que tenía que volver al instituto. Le contesté que iría a la mañana siguiente, sabiendo que mis padres volverían esa noche.

No había podido ver a Sophia. Los doctores decían que al no ser familia no podíamos forzar su decisión. Insistieron en conseguir a su padre y habían contactado a varias trabajadoras sociales. Se estaba poniendo grave y se puso peor cuando mis padres cayeron de sorpresa en la clínica.

—¿Te saltaste los estudios y ya eres doctora? —Sabía que no era buena señal cuando mi madre utilizaba el sarcasmo—: ¿O te crees indispensable para la recuperación de tu amiga, tanto como para perderte tus clases?

Caminó hacia mí y hasta el ruido de sus tacones era aterrador.

Lo primero que pensé fue que debí echarme maquillaje, tapar mis ojeras, peinarme el cabello, verme un poco como la hija que habían dejado en casa y no como el pequeño desastre que era más cafeína que persona y que no sabía ni qué mentira utilizar.

—Helena, quiero escuchar a Julie antes de que la sobrecargues. —Por primera vez en la historia mi padre estaba imponiéndose a su esposa—. Explícanos qué sucedió y por qué utilizaste tu dinero para pagar una factura de cinco mil dólares. Siento curiosidad por saber la razón por la que abandonaste a Andrew sin despedirte, y a tus padres, sin ni siquiera una llamada de aviso. ¿Te hemos hecho pensar que no puedes contar con nosotros? —Mi padre no era de mi equipo, fue una falsa alarma.

Noah trató de socorrerme parándose frente a mis progenitores.

—Julie solo ha servido para ayudarnos y si es por el dinero, buscaré cómo devolver hasta el último centavo, me haré cargo. —Noah no llegaba a caerme mal, no llegaba a odiarlo, era un precioso ser humano repleto de errores y malas decisiones, pero un buen ser humano, a fin de cuentas.

—¿Y quién eres tú? —Ceja arqueada, brazos cruzados, labios fruncidos, señal clara de que a mi madre no le había agradado su presencia.

—¿Quién soy? Pregúnteme cualquier cosa menos eso.

—¿No tienes nombre? —preguntó mi padre.

No entendía por qué Noah no pudo responder que era el novio de Sophia y ya, hasta que me di cuenta de que estaba filosófico.

—Me preguntó quién soy y nada de lo que hago me lleva a conocer mi identidad. Drogadicto, en lucha con la vida, distanciado de mi familia, corriendo... Señora, pregúnteme otra cosa que no sea quién soy —respondió Noah, haciéndome pensar que estaba drogado.

—A todos nos cuesta descubrir quiénes somos —respondió mi padre y puso la mano sobre el hombro de Noah, en apoyo.

—No a todos —contestó Noah—. Julie sabe exactamente lo que quiere. Ella sabe quién es, hacia dónde va y qué es lo correcto. Ella sabe cómo llevar su vida y ayudar en la de los demás —se expresó con tristeza y me dije a mí misma que no debía tener lástima. La lástima se crea cuando nos sentimos superiores y yo no soy superior a ellos. Tuve ventajas y podía ayudarlos, así que me centré en eso. Ni siquiera a Noah podía dejarlo solo, y esa noche pude entender por qué Sophia lo quería tanto.

—Si tienes a Julie como ejemplo, fracasarás más de lo que has fracasado hasta ahora. —Las palabras de mi madre tan llenas de arrogancia y superioridad, me hirieron profundamente porque no me lo esperaba, no estaba lista para que dijera algo así.

—Fracasa usted como madre si ni siquiera se da cuenta de lo maravillosa que es su hija. Julie es perfecta y no debería valorarla después de haberla perdido. —Tampoco me esperaba que Noah me defendería como lo hizo, ni que mi padre se lo llevara dejándome sola con el cúmulo de furia de mamá.

—¿Escuché bien o tu amigo acaba de llamarme fracasada?

—Escuchaste bien, pero eso no debería afectarte porque ni siquiera lo conoces —contesté—. Lo que si duele es que la persona por la que has trabajado tan duro, a la que has intentado llenar de orgullo, te diga que no sirves, así como acabas de hacer conmigo.

—Julie, que los otros se exijan menos no baja mis estándares. Eres un ejemplo para ellos porque son un caso perdido, pero conmigo, tienes que esforzarte más. Hablaremos en casa.

—No voy a irme.

—Julie, no te estoy preguntando, te lo estoy ordenando.

—Mamá, ¡por favor!

—¿Por qué te importa tanto una recién conocida? Sobredosis, Julie. ¿Dónde están tus valores? Todo lo que te he enseñado para que hagas amistad con una *yonki*. —Implacable, sin llegar a alcanzar sus sentimientos, reteniéndolos para no mostrarse como un ser humano. Por primera vez no me sentí orgullosa de la persona a la que siempre había querido imitar.

—La ofendes porque no la conoces. No todo es perfecto, mamá, ni siquiera tú. Porque a estas alturas todavía no sabes que podemos contribuir sin estar en un quirófano. Puedes ayudar a otros más allá de tu profesión, y tienes razón, Sophia recayó, pero confío en que puede recuperarse. Confío en ella.

—¿Por eso usaste el dinero que tu abuela te dejó con tanto amor? —apeló a un tema prohibido—. ¿No crees que estaría revolcándose en la tumba si supiera en lo que te está convirtiendo?

—No lo creo —respondí sin titubear—. ¿Quieres saber lo que me dijo mi abuela antes de morir? —No esperé a su respuesta y quise decirle la verdad—. Me dijo que te amaba, pero que nunca te entendió. Me dijo que no me convirtiera en un ser ajeno, que no perdiera la sensibilidad, que no pasara por encima de otros por creerme un semidiós en bata blanca. Me dijo que buscara un sueño que fuera solo mío, porque la vida no era el cristal con el que me cubrías. Que yo no era uno de tus experimentos, que tenía pensamientos propios, que los explorara. ¿Y sabes qué, mamá? No entendí sus palabras, la amaba, era mi lazo con el amor, el ser que me daba afecto cuando la casa estaba vacía, pero ni siquiera eso manchó tu imagen, hasta hoy, que veo que te preocupa más el dinero a que la hayamos ayudado. Te preocupa más que me pierda sin saber que nunca había pertenecido a ningún lado, hasta que la encontré. Así que no me pidas que te hable de lo que siento, cuando hace mucho, renunciaste a escucharme. ¿No te das cuenta? Tu propia madre tenía miedo de acercarse a ti y ese miedo es el mismo que siento ahora. —Le di la espalda queriendo alejarme de ella, pero cuando repleta de miedo intenté escapar, me encontré con Sergio. Me encontré con su abrazo y con sus palabras, de nuevo repitiéndome que soltara los sentimientos en vez de ahogarlos.

Y lloré como una cría pequeña porque todavía no había podido verla, pero un doctor agradable de cabello canoso y ojos claros, que llevaba varios días viéndome trasnochar, se apiadó de mí. «A lo mejor tus lágrimas cambian, la paciente quiere ver a Julie Dash, ¿por casualidad se trata de ti?», por su sonrisa supe que estaba seguro de que se trataba de mí, y por la mía, supongo que se dio cuenta de que pudo alegrar uno de mis más miserables instantes.

Me dio igual mi madre, gritándome que nos íbamos. No medité en las palabras de Noah, diciéndome que le dejara recados a Sophia, que le dijera que la amaba. No me importó nadie y corrí hasta la habitación.

Mis piernas dejaron de funcionar cuando observé sus ojeras, y la cara decaída y flaca. Sin entender por qué mi corazón iba tan rápido, me concentré en sus ojos, para no ver su cuerpo debilitado.

Cogí su mano y sentí cómo luchaba por evadirme la mirada. Había vergüenza en ella, pero ni siquiera en ese estado, dejaba de verse hermosa.

—Vas a estar bien. —Yo, que nunca he sido buena para las palabras, no pude decirle que era fuerte, que podía contra esa adicción, que podía vencer las ganas de aniquilarse. No pude, pero ella apretó mi mano, volteando su cara para huir de mi mirada—. Eres hermosa, eres la mujer más hermosa que he visto en toda mi vida. Mírame —susurré, esperando que no lo hiciera, pero lentamente movió su cuello hasta mostrarme en sus ojos cristalizados, dónde comenzaba su dolor—: Sophi, siempre voy a estar contigo, siempre. —Y agarré su barbilla tratando de que supiera que conmigo no tenía que avergonzarse—. Quiero que sepas que tengo un plan —le dije, porque después del consejo de Claudia, supe que ella necesitaba a la Julie capaz de solventar problemas, no a una que se paralizaba en ellos.

Sophia no contestó y a medida que estudiaba su expresión, noté que sería difícil convencerla. No parecía victoriosa por haber vencido a la muerte y, sin que me lo dijera entendí, que no estaba en sus planes salvarse. Su fracaso fue seguir viva, cuando prefería morir.

La enfermera entró a cambiarle la sonda y a quitarle la mascarilla, pero no pudo evitar decirme que no me hiciera ilusiones. Al parecer Sophia no había hablado con nadie desde que entró en razón. Con antipatía, me comentó que los especialistas pensaban que podía ser violenta, aunque todavía no lo había manifestado. Por supuesto que Sophia era incapaz de lastimar a otros, pero sí de lastimarse a ella misma. *«Te quedan diez minutos»*, recalcó antes de irse y me alegró librarme de su presencia cuando la vi salir.

—En unos días vas a salir de la clínica y, si confías en mí, iremos juntos a un centro de rehabilitación —le dije, sin soltar su mano—. Sergio preparó todo, no solamente para ti, sino también para Noah. No tienen que preocuparse por nada, sé que lo amas y la ayuda es para ambos, pero no quiero que pienses que es mía, la ayuda se la van a dar ustedes mismos, recuperándose. —Quería apoyarla, pero necesitaba que ella también lo quisiera—. No voy a forzarte a hablar, pero no puedo irme a mi casa sin hacer esto. —Le di un beso en la mejilla más prolongado que nuestros acostumbrados besos furtivos. Alargué el contacto con su piel lo más que pude y ella volteó la cara para quedar de frente a mis labios. Noté mis mejillas arder y *el efecto Sophia* se hizo presente cuando agarró mi rostro con su mano derecha y no necesitó expresarse, pude entender que estaba pidiéndome perdón. No tenía que perdonarla, ella tenía que perdonarse a sí misma. No tenía que agradecerme, tenía que agradecer que una parte, en lo más profundo de su ser, se aferró a vivir.

No tenía que sentir que me debía nada, más bien debía cobrarme por cada una de las explosiones internas que me regalaba su presencia.

Acerqué mi boca a la de ella sin llegar a besarla, y no sé si pudo darse cuenta de que su mirada estaba en mis labios, porque yo tampoco supe cuando dejé de ver sus ojos para concentrarme en los suyos.

—Se acabó la hora de visitas. —La enfermera cortó la cercanía y me aparté a toda prisa, caminando de espalda y por poco llevándome el atril que sujetaba el suero (lo que hubiese sido un desastre, teniendo en cuenta que estaban conectados a la vena de la persona que quiero).

El nerviosismo hacía que me comportara como una idiota. Me sentía acalorada y con una vergüenza horrible porque nos hubiese visto a punto de besarnos. Me despedí pensando en lo torpe que era, hasta que vi que mi torpeza había dibujado una sonrisa en el rostro de Sophia. Su primera sonrisa después de siete días y las mariposas en mi estómago, las estúpidas mariposas que siempre creí un mito, comenzaron a revolotear dentro de mí.

La enfermera me torció los ojos y solo cuando me alejé de Sophia pude recobrar la temperatura habitual en mi cuerpo y una respiración más pausada. Eso, hasta que Noah fue a azotarme con preguntas y *ooops,* olvidé el pequeño detalle de hablarle de él. En mi defensa, estaba concentrándome en ser una persona normal y, teniéndola cerca, era complicado.

Agradecí que mi padre me dijera que teníamos que irnos y lo acompañé porque necesitaba una ducha y conseguirle más ropa limpia a Sophia, así como hablar con Sergio del centro de rehabilitación. Tenía una tarea difícil: estudiar y acompañarla a rehabilitarse, ser su apoyo y también el de su novio, aunque eso fuera duro para mí, porque la química que sentía al tenerla cerca iba a ser difícil de disimular, pero tampoco había manera de que la abandonara.

El arte de fingir que no amas a alguien para cuidarlo por dentro, aunque corras el riesgo de descuidarte a ti.

Mi solución se encontraba en su sonrisa. Me hacía feliz hacerla feliz. Admiraba el poder que no veía en sí misma y sabía que, una vez que lo consiguiera, sería imparable.

Ella era tan hermosa como sus cicatrices, y tan fuerte como su dolor.

Sophía quería morir, y yo quise fabricarle razones para que se quedara.

Adiós a las reglas

Día 8: Mi mamá y yo hablamos sobre lo que había pasado y me disculpé. Ella también se disculpó conmigo, y por primera vez la vi llorar. Las palabras que le dije sobre lo que pensaba la abuela la hicieron sensibilizarse. Tanto ella como mi padre, decidieron apoyarme. Dijeron que era mi dinero y que, si quería ayudarla, no iban a intervenir siempre y cuando eso no afectara mi futuro.

Día 9: Volví al instituto y preparé todo para el centro de rehabilitación en el que Sophia y Noah ingresarían. Logré, con ayuda de Christopher, que permitieran que saliera por las mañanas para estudiar y no perder el curso. En tres días le darían el alta y todavía no decía una palabra. No quería hablar.

Día 10: Me senté toda la tarde en el mueble de su habitación y aproveché para ponernos al día. Puse música a poco volumen y aproveché para regalarle un cuaderno de dibujo, unos lápices y unos colores nuevos. Las enfermeras me dijeron que salir de una adicción no es fácil, que iba a estar malhumorada, pero yo no noté malhumor, sino cansancio.

Día 11: Sophia pasó todo el día dibujándome. Llegué a sentirme más que avergonzada. Con las mejillas calientes, las manos sudorosas y las piernas temblándome ante la intensidad de su mirada.

Día 12: Belén me contó que renunció al instituto y que no volvería a dar clases en El Ángel luego de nuestro viaje de grado. Me invitó a salir, pero me excusé con ella. Cambió el tema de inmediato y me contó que subiríamos al Roraima. Nuestro viaje de graduación será a uno de los tepuyes más altos del mundo, con una altura de 2.810 metros sobre el nivel del mar. No creo que mi condición física me permita subir ni tampoco que disfrute una acampada llena de mosquitos en el medio de la nada. Así que no comparto la emoción del resto. Julie + actividad física + intemperie + cosas de campamento = 0 puntos.

Día 13: ¡Por fin salió de la clínica!

Había descubierto varias cosas en mi estadía con ella. La primera era que todavía no le gustaba estar viva. La segunda, que extrañaba muchísimo a sus hermanos y que no podía hacer nada porque Christopher los metió en un internado llamado Renacer, ubicado en otro país. La tercera, que no quería relacionarse con nadie, pero que no quisiera hablar debía significar algo. Al menos llegué a verla escribir y tuve la sospecha de que estaba haciendo canciones. La cuarta, y la más importante, fue que a pesar de que no quería conversar ni ver a nadie, había autorizado que mis visitas sí se las permitieran.

Su padre estaba desaparecido. Según lo que Sergio investigó sobre la adicción, teníamos que apartarla de su casa y de todo lo que le recordara al pasado. (Excepto de Noah). Ella, a pesar de que no hablaba, puso mala cara cuando le entregué las bolsas con ropa nueva. Era evidente que no le gustaba deberme, pero no lo hacía con doble intención y por supuesto que no me debía nada. No me paré en sus negativas y le dije que si no se cambiaba lo haría yo. Vi en su mirada un atisbo de picardía y, tuve razón. Sophia Pierce disfrutaba ponerme nerviosa, incluso estando en recuperación.

Alzó los brazos en un intento de decirme sin palabras: *«Adelante, desnúdame».* Me levanté del mueble y con todo el acoplo que pude (porque no iba a permitirle que me viera nerviosa) hice mi mayor intento, de verdad lo hice. Pero olía a todo menos a clínica, su cabello rubio todavía con reflejos azules, sus ojos mirándome curiosos y la mueca *sexy* que hizo con su boca... quitaron la actitud sobrada que pretendía mostrarle. Sí, Sophi tenía que superar la adicción a la heroína y todo mostraba que yo tenía que ingresar a ese centro, pero para controlar mi adicción a ella.

Me dedicó una sonrisa de niña creída, al tiempo que quitándole el camisón. Percibí la chispa de malicia en sus ojos que se veían más claros que nunca. Y cuando bajó la mirada hacia su pantalón de pijama... tuve que contenerme. La buena noticia es que no me dejé intimidar al punto de no hacer mi tarea. Se lo quité lo más rápido que pude, pero se me enredó, o me enredé yo, que estaba temblando. De nuevo, era un manojo de nervios y el contacto de sus manos con mi barbilla me hizo respirar profundo. Tomó mi rostro acercándome hasta ella para darme ese abrazo que tanto había extrañado.

Todas las señales dictaban que estaba grave, pero al tenerla cerca, lo difícil me parecía sencillo. No la iba a abandonar. Mi plan había empezado. Sergio logró que Noah ingresara al centro tres días atrás. Al parecer se estaba adaptando bien. Nosotras iríamos al salir de la clínica, pero antes tenía que hacer algo con Sophia y estaba motivada.

Caminé con ella de la mano hasta el carro, pensé que se soltaría, pero de nuevo me sorprendió. Estaba feliz de abandonar la clínica y algo en su mirada me decía que compartíamos el sentimiento. La solté para abrir la puerta de vidrio y cortar con lo que la separaba del aire libre. La abrí sintiéndome en un capítulo nuevo de mi existencia. Sentía felicidad, euforia, adrenalina. Me sentía invencible.

—Empezamos —le dije—. No soy terapeuta, no soy psicóloga y todavía no soy doctora. Pero oficialmente hoy comenzamos nuestra rehabilitación. —Me miró con curiosidad, pero sentí también antipatía. Tenía que esforzarme más así que agregué—: Yo quiero rehabilitarme de las normas, de lo lógico, de todo lo social que he conocido. Y tú comenzaste a enseñarme antes que yo a ti. Desde que te conocí me has mostrado que el aire no es solo aire. ¡Que las tardes no son solo tardes! —Extendí mis manos con un extraño optimismo y caminé en retroceso sin dejar de mirarla—: ¡Tú..., Sophia, comenzaste a enseñarme que no todo es como pensaba! Que siempre hay otra posibilidad. —Volví a atrapar su mano, guiándola hacia el aparcadero hasta que llegamos al carro.

—Es mi turno de enseñarte, Sophi. Mi primera lección es que tú también eres una princesa. —Le abrí la puerta del puesto de copiloto y me regaló la segunda sonrisa del día.

Caminé con emoción hasta el puesto del piloto. Me subí y encendí el carro luego de insistirle en que se pusiera el cinturón, pero ella, acostumbrada a ser rebelde, puso mala cara.

—¿También quieres que te lo ponga yo? No vaya a ser que te acostumbres a que te haga todo, o mejor dicho, que finjas que solo quieres eso, cuando lo que realmente quieres es que esté encima de ti.

¿Julie, en serio tú dijiste eso? A veces cambiamos, pero sí, efectivamente le dije eso, y sus ojos de sorpresa, me causaron risa.

No se sentía tan mal ser yo quien tuviera el control.

La primera canción sonó aleatoria, pero era una de mis preferidas y creo, que la convertí en su favorita. ♫ ***Easier* - 5 seconds of summer** ♫

—Yo voy a aprender a dejar de ser tan comedida —le dije y aceleré, sacándonos del estacionamiento para ir hacia la Avenida Boyacá, mejor conocida como *Cota Mil* debido a que está casi a mil metros sobre el nivel del mar.

Para describírselos mejor, es un lugar en el que por un extremo tienes las majestuosas montañas, y por el otro, la ciudad.

Avancé rápido, a una velocidad de 90 kilómetros por hora, que es mucho más de lo que acostumbraba. Bajé los vidrios de nuestras ventanas y con la música a todo volumen, comencé a cantarle, no porque lo hiciera bien, no porque me encantara, no porque alguna vez hubiese cantado en soledad. Lo hice porque también yo necesitaba primeras veces. Ella me había dado muchas, esta vez, era mi turno de ofrecerlas, y más viéndola triste, callada, absorta.

Apretar el acelerador, pasar los carros, sacar la mano por la ventana para acariciar el aire y sentirme libre... ¡fue un buen comienzo! Libre de preocupaciones, libre de planes a futuro, libre de pensar en los problemas. Ambas necesitábamos una dosis. Yo, de adrenalina y Sophia: de ganas de vivir.

Recorrer la ciudad sin rumbo fijo, cantar a todo pulmón y que la vergüenza no me limitara, fueron solo otro indicio de lo mucho que me había ayudado. Ella me sacó de la cárcel en la que pensé que mis padres me tenían. No era así, la cárcel la hice yo misma para protegerme del daño que me hacían en el instituto. Fingí ser ruda porque no me aceptaron siendo distinta. Mis amigos me daban paz, pero hasta de ellos me alejé. Porque puedes tener distancia hasta con los que amas, y justo esa distancia me motivó a crear unas reglas de las que nadie excepto Sophi, se salvó.

1. Tu futuro importa más que tu presente.

2. No dejes que sus burlas te afecten y, cuando pienses en ellos, recuerda que te vas.

3. La Medicina será tu vida. Ningún ser humano puede distraerte. El trabajo es lo importante que tener una vida social.

4. Apártate de los crueles.

5. Sé comedida y nadie va a lograr acceder a ti.

Las hice cuando Jéssica hizo un montaje en Photoshop, en el que salía desnuda. En el supuesto cuerpo sin ropa decía *«Perdedora»*. Lo pegó por cada rincón del instituto. El cartel decía: *«Julie: mojigata»*. No lloré delante de Benjamín ni de Paula. Aguanté cada lágrima, y jamás las saqué, ni siquiera en soledad. Pero me estaba ahogando y solo cuando Sophia entró al instituto, logró eliminar mis barreras, convertirse en mi aire, ayudarme a vivir.

—¡Me despido de mis reglas! ¡De mis imposiciones! —grité, manejando a medida que pasaba a los carros—: ¡Que se vaya con el viento mi miedo a reconocerme como soy! —exclamé, y Sophia me miraba con una carita de *¿me la cambiaron?*—: ¿De qué tienes que liberarte tú? —le pregunté con una sonrisa porque, ese día, yo era más sonrisa que persona y, Sophia no contestó.

No estaba preparada para hablar y no necesitaba decir nada.

Ella tenía la mirada perdida, pero incluso así, puso la mano sobre la mía que estaba encima de la palanca de cambios. Sentí mil mariposas haciéndome cosquillas en el estómago. No teníamos rumbo y eso estaba bien. No siempre tenemos que saber adónde vamos. A veces perderse es necesario, y más si estás con la persona que hace que ser tú no sea tan difícil y te observa como si fueras una jodida obra de arte.

Después de mirarme fijamente por más de veinte segundos, se apoderó del iPod y puso una de sus canciones favoritas:

In your Phone - Ty Dolla with Lauren Jauregui. Lo siguiente que pasó no me lo esperaba. Ella salió por un rato de su tristeza y empezó moverse al ritmo de la canción y era como si tuviera el don de volverme loca. Con cada movimiento dejaba caer su cabeza hacia los lados, utilizaba los labios y su lengua bordeándolos, como arma de seducción. Era más que guapa porque su belleza iba por encima de esos labios carnosos, del arete en la nariz, y de sus hombros llenos de lunares que iban bajando hasta cubrir su pecho. Ella podía cambiar con cualquier cuerpo y yo siempre la descubriría. Me aprendí su espíritu de memoria porque era mejor que cualquier libro. Y yo, que no creía en la reencarnación, cambié de idea porque una vida no me bastaba para conocerla a fondo.

Manejamos hasta que anocheció, pero mi plan de enseñanza apenas estaba comenzando. Una semana antes, Christopher me llamó desde Costa Rica, autorizándome su casa para dársela a Sophia mientras se recuperaba. No me puso un tiempo límite, pero si me dejó en claro que no iba a ser fácil. Ella dormiría en el centro de rehabilitación hasta que estuviera bien, pero ese día, su primer día libre... yo le tenía otra sorpresa.

Manejé hasta la casa de Christopher y al llegar, su cara de confusión me dijo lo que sus palabras no pudieron: «*Julie, ¿qué hacemos aquí?*», acompañado de muchas preguntas que por supuesto no hizo, por su ley de silencio. Me burlé de ella con disimulo, y en un descuido, ya la tenía abriéndome la puerta. Sí, incluso sin usar palabras, quería recordarme que la princesa era yo. Me cogió de la mano apretándome con fuerza y caminé a su lado hacia el interior de la casa. Sergio y Claudia pasaron a ser mis cómplices. Eran tan cercanos y amorosos que me hacían sentir afortunada. Agradecí al verlos y con cara de emoción me hicieron la señal de que todo estaba listo.

Llevé a Sophia hacia una de las terrazas que habían decorado con velas. El resto estaba completamente oscuro, pero la mesa cubierta con pétalos y una jarra de agua, estaba lista para nosotras. Nos esperaba una cena de silencios y de miradas. Una cena inolvidable y, oficialmente, mi primer acto cursi. Sentía vergüenza, estaba nerviosa, mi estómago quería salirse y mi corazón ya se había paralizado. *¡Julie, necesitas controlarte!*

Me hubiese encantado un trago de vino, pero si ella estaba recuperándose, yo también. ¿Podría sobrevivir a su presencia sin embriagarme? No me quedaba otra que averiguarlo.

Claudia cocinó como le dije. La comida favorita de Sophia era la *pizza*, pero con el toque elegante de Clau, iba a ser inolvidable. Quería también convertirme en su primera vez. La primera vez que un día no duele. La primera vez que te atienden y te enseñan que tú también eres una princesa.

Nino's Bellissima, una *pizza* preparada con diferentes tipos de caviar y trozos de langosta fresca. Una de las delicias que preparamos únicamente para días especiales. Sin duda, estábamos en uno. Además, en la clínica casi no comió, tenía que engordarla al menos un poquitito. La vi casi que chuparse los dedos y supe que logré lo que quería: devolverle el apetito.

Durante la cena, sus miradas, que se iban cada vez más a mis labios, lograban que mi circulación se volviera loca. Era muy difícil contenerme.

—Te dije que aprenderíamos juntas. Así que ahora, aprenderemos sobre lo que más te gusta... aprenderemos sobre lo que dices que existe por encima de nosotros y de nuestro planeta —le dije, levantándome con rapidez y extendiéndole la mano para que me siguiera. El sistema de sonido de Christopher daba a toda la casa y Claudia sabía lo que tenían que hacer.

Me la llevé tapándole los ojos con mis manos, y agradeciendo que fuéramos del mismo tamaño. La canción que pedí fue la misma con la que vimos las estrellas en mi habitación. La misma que utilicé para sacarla un segundo de sus pensamientos, de las tristezas, de sus problemas.

Esa noche funcionó y lo intentaría de nuevo si el premio era otra sonrisa.

Bad Liar - Imagine Dragons.

Le devolví su derecho a la vista, soltándome de sus ojos y extrañándola al instante que tuve que despegarme de ella para darle su regalo:

Un telescopio catadióptrico computarizado marca Meade Lx 200 con GPS integrado de 12 pulgadas de diámetro 30,5 cm con recubrimiento UTHC (ultra high contrast) en espejos y placa correctora. Distancia focal 3048 mm y trípode extragrande.

A ella le gustaba dibujar a través de fotos o de lo que observaba. Podría observar las estrellas, pero también fotografiarlas. Por eso me esforcé en conseguirle un telescopio que se acercara a sus necesidades, sin darme cuenta de que Sophia no tenía gustos costosos. Que ella podía ver las estrellas sin necesitar un telescopio y, al mismo tiempo, tomar con sus ojos fotografías mejores que las que tomaría con un regalo de tres mil dólares.

Sentí como si dudara, pero me dejó mostrarle el telescopio. Por un segundo se conectó conmigo, con mis ojos, con la noche y con las estrellas.

Ella emocionada empezó a jugar con él, me mostró estrellas, incluso planetas. Conocía del tema y no sé cómo lo hizo, pero aprendió a usarlo con rapidez, demostrándome que era más inteligente de lo que quería aparentar. Estuvimos allí por más de treinta minutos, hasta que, con timidez, me pidió algo peculiar.

—El telescopio es hermoso, princesa, y me encanta, ¿sabes? Es especial para mí que hayas decidido regalármelo, pero, no puedo aceptarlo. Quisiera pedirte que lo devuelvas. El dinero no elimina cicatrices. El tiempo lo hace y estamos peleados, pero tú no eres el tiempo y también me curas, Julie. ¡Me enamoro de la vida cada vez que estoy contigo! Pero si quieres que aprendamos juntas, yo quiero enseñarte algo de lo que desconoces sobre mi mundo. Vamos a devolverlo, amor, y encontremos juntas ese pedacito de sueño que tu abuela quería que encontraras. Porque yo no soy un sueño, yo quiero ser tu realidad. Te dejo que me enseñes lo que quieras, pero no con dinero. Pagaré lo del centro, lo de la clínica, incluso lo de Erick, porque ya sé que fuiste tú. Siempre lo has sido y no estoy cerca de lo que te mereces, pero, Julie Dash, ¡eres lo que cualquier mortal soñaría! Así que déjame enseñarte que el dinero es solo un papel, que podemos ser diferentes al resto, y usarlo para una causa mayor. Déjame mostrarte lo que no conoces de mi mundo, princesa.

Me quedé viéndola y no dije nada porque ya Sophia lo había dicho todo. Cada uno de sus pensamientos, y el buen uso de ellos, me hizo pensar que no había estado mal mi impulso por traerle el telescopio porque, justo eso, hizo que recuperara su voz. Hizo que sus pensamientos no se contuvieran encerrados, porque con la dulzura y la paciencia que tiene conmigo, tenía que explicarme que no todo se compra con dinero.

Me explicó que lo que a mí me sobraba, a otros les hacía falta.

Entendí, mucho después, que la verdadera necesidad iba por encima de los caprichos, incluso por encima del mío que se centraba en querer bajarle el mundo. Pero Sophia Pierce no era de las que necesitaba el mundo a sus pies, ella prefería ser de las que ayudaba a mejorarlo.

Porque siendo una más de tantos miles de millones de personas..., siempre resaltaba y lo hacía porque su esencia no estaba ligada con el egoísmo, su pensamiento siempre se concentraba en dar. Y en medio de una noche especial, tomó el control, guiándome hasta el césped para acostarse y extender su mano para decirme:

—Princesa..., ¿te acuestas conmigo a ver las estrellas?

Qué buena manera de volver a _expresarse_.

Y tal vez no se trata de conseguir
a la persona perfecta,
sino de enamorarte tanto,
que quieras ayudarla
a mejorar.

Y aunque la conocí rota,
tuve la certeza de que
podía ayudarla
a encontrar sus piezas,
mostrándole, que muchas veces,
las restauraciones quedan mejor
que la versión original.

Universo para dos

Algunas personas son como el oxígeno o como una cachetada que necesitas para reaccionar, pero no te golpean porque tienen las palabras adecuadas para hacer que despiertes. Sophia era una de esas personas. Ella sacaba lo mejor de mí, aunque se hiciera daño a sí misma. Aunque no encajara, aunque le doliera el mundo. Aunque fuera irreverente. Yo quería mostrarle una salida, pero ella, necesitaba hallarla sola.

Tenía la manera de hacer que una noche cualquiera fuera todo, menos común. Y a veces necesitamos a alguien que, sin esfuerzo, haga que lo normal sea maravilloso para que la zona de confort deje de serlo y te descubras disfrutando de cada instante, sin pensar en lo que pasará después.

—¿Estás bien? —me preguntó, una vez que me acomodé en su brazo.

—Extrañaba tu voz.

—Pensé que sería un descanso... hablo demasiado —contestó con una sonrisa, y pude haberle dicho que amaba cada uno de sus pensamientos, pero algo me dijo que no era necesario.

Y me hubiese gustado preguntarle por qué no quería hablar con nadie, pero estábamos viendo un cielo repleto de estrellas, nos teníamos a nosotras y las complicaciones iban desapareciendo con el sonido de la música.

Me quedé viendo las estrellas tratando de mantener la calma, pero la tenía lo suficientemente cerca como para que el nerviosismo que sentía fuera incrementándose. Silencio, estrellas y la persona a la que quiero: no era una imagen que hubiese pensado de mí. No me consideraba alguien cursi, pero, por Dios... podía quedarme recostada en su brazo durante miles de horas, aunque estuviéramos en silencio. El único inconveniente fue que sentí que la mirada de Sophia no estaba en las estrellas. No quería mirar en su dirección, pero sentí su cuerpo ponerse de lado sin quitarme el brazo que utilizaba de almohada. Sabía que me observaba, y eso me intimidaba.

Percibí su respiración muy cerca de mi oído. Me dije a mí misma que no iba a voltear. Primero, si volteaba notaría mis nervios. Segundo, si fingía que estaba muy concentraba en las estrellas no notaría que me estaba muriendo de ganas de salir corriendo. Porque cuando no entendemos algo es más fácil huir. Cuando algo nos da miedo preferimos la distancia para cuidar nuestras emociones, o tal vez, para no sentirnos tan vulnerables.

Intenté parecer concentrada en el cielo, pero su mirada recorría mi rostro con mayor intensidad.

—¿Y si miras las estrellas y dejas de mirarme a mí? —Tuve que decirle.

—¿Y si dejas de mirar las estrellas y me miras a mí? —Sentí su pregunta como un susurro en mi oído y las mariposas en mi estómago se manifestaron.

—Te miraría si no pusieras tanto empeño en ponerme nerviosa —me atreví a decirle, y pude ver de reojo el asomo de su sonrisa, claro, eso no fue tan grave como sentir su mano helada reposar sobre mi estómago.

¿Sabían que la sensación de las mariposas significa una huida de sangre de nuestro intestino y nuestro estómago? Al parecer no era la única que necesitaba huir de ella. Esa sensación de hormigueo existe porque, al perder sangre, perdemos oxígeno, y los nervios, a modo de queja, lanzan esa sensación que puede compararse al aleteo de una mariposa. Sophia lograba alterar a mi organismo más anárquico y, por eso, sentía tantos aleteos.

—No sé si va a funcionar lo que quieres, pero necesito decirte algo... —Sophia comenzó a hablar y olvidé mi nerviosismo para escucharla—. Si permití que entraras a la habitación fue porque necesitaba un motivo. Cuando te veía entendía las cosas que habías querido mostrarme y eras más que un motivo.

—¿Qué cosas? —Me volteé y ambas quedamos de lado, mirándonos.

Las estrellas pasaron a un segundo plano, porque había algo más importante frente a mí.

—Que tal vez exijo demasiado del mundo en el que vivo. Que quizás he estado frustrada porque quiero algo que no va a lograrse. Cuando te veía tranquila, sin exigirme que te hablara, sin tratar de sacar algo de mí para sentirte satisfecha de haberme ayudado, me di cuenta de que eres medicina sin querer serlo. Eres como una droga extraña...

—Creo que podrías llamarme de otro modo, entendiendo que tienes serios problemas con las adicciones —le dije y ella sonrió.

—¿No te gustaría que en vez de ser adicta a la heroína fuera adicta a ti?

—La adicción te hace creer que necesitas de algo externo para ser feliz. Yo no quiero estar contigo para hacerte débil ni mucho menos para que cuando no me tengas pierdas el sentido, porque creo que ese sentido que te está faltando está aquí. —Puse mi mano sobre su corazón.

—Lo dices porque tienes miedo de ayudarme y que me encariñe tanto contigo que cuando te vayas a la universidad no sepa qué hacer con mi vida y termine perdiéndome —completó, sin dejar de mirarme, y estaba equivocada.

No tenía miedo de que no supiera cómo continuar sin mí. Tenía miedo de no tenerla cerca porque es fácil hablar, pero muy difícil seguir tus propios consejos. Y ella, se estaba convirtiendo en la dosis de vida que yo necesitaba.

—Tengo miedo de no saber qué hacer sin ti. —Sí, yo, que guardaba todo, decidí decirle lo que pasaba por mi mente—: Creo que ahora mismo eres la persona más importante de mi vida y... no voy a cancelar mis planes por ti.

—No te lo he pedido.

—Lo sé, y sé que no lo harías, así como me conozco lo suficiente para saber que no voy a dejar la Medicina por la persona que amo. —No pensé mis palabras, no entendí por qué le estaba diciendo que la amaba indirectamente y comencé a sudar—: Lo que quiero decir es que voy a estar a tu lado, pero si quieres que volvamos a vernos, tendrás que meditar tus opciones, salir de las drogas y superarte. Si de verdad quieres ayudar a otros y hacer realidad ese sueño del que me hablabas hace apenas un rato, tienes que comenzar a exigirte más —completé con más carácter del que pensaba que tenía.

—No creo que vaya persiguiéndote a Estados Unidos, creo que soy de las que saben dejar ir —contestó Sophia, sentándose en la grama.

—Dejas ir a las personas que quieres porque no te consideras lo suficientemente buena para luchar por ellos. No vayas a perseguirme, tampoco lo esperaba, pero cambia de mentalidad si no quieres que tus hermanos se separen de la única familia que les queda. —No debí decir eso, pero fue muy tarde cuando me arrepentí.

—¿Crees que es mi culpa que se hayan ido?

—Al contrario, gracias a ti Christopher los ayudó, pero si no cambias la mentalidad de «dejar ir» en vez de luchar, tal vez no vuelvas a verlos. Y en cuanto a mí, me voy pronto y está bien, nadie dijo que las personas importantes duraban para siempre. La mía fue mi abuela y está en el cielo. Las tuyas fueron tu madre y Erick y ya no están contigo, pero tienes a tus hermanos que todavía respiran y no quiero que luches por mí, sino por ellos. Que salgas de las drogas para que no se sientan avergonzados de que, con tanto potencial, terminaste siendo todo lo que odiabas.

—No es necesario que te creas con la potestad de reclamarme o de decirme cómo afrontar mis problemas. Tu vida ha sido perfecta, eres una princesa y eso está bien, pero es absurdo que salgas del castillo queriendo conocer la vida de todos y juzgándonos. ¡No sabes lo que siento! —Sophia se levantó del suelo mientras se apresuraba a prender un cigarrillo que ni siquiera supe cómo consiguió. ¡Acabábamos de salir de la clínica y ya estaba fumando!

—Eso es lo que sabes hacer... ¡sabotearte! Creo que tal vez Dios se equivocó contigo cuando repartió el potencial. No te lo mereces.

—No creo en Dios —expresó con pedantería, echándome el humo en la cara—: Si Dios existiera entendería que tengo derecho de escoger cuándo morir —aseguró, y pude ver en sus ojos que era cierto. Ella no conseguía sentirse bien en medio de todo lo que era.

—¿Hablas del suicidio que te salió mal? ¡Sophia Pierce, la chica que pudo ser mucho y se conformó con nada! Si querías morirte, te hubieses lanzado al metro —le dije con impotencia al no poder ayudarla, y vi tanto dolor en sus ojos que por un segundo sentí miedo. Ella avanzó hacia mí lanzando el cigarro en la grama y por impulso cerré los ojos.

—Nunca en la vida te haré daño. —Me tomó por los hombros—. Julie, puede estar todo mal conmigo y puedo ser todo lo que dices, pero jamás te lastimaría ni te pondría un dedo encima. No tengas miedo de mí.

Escuché sus palabras y fui abriendo los ojos, para ver que los de ella estaban cubiertos de lágrimas.

—Te lastimas a ti misma cada vez que fumas, cuando te drogas, cuando abandonas la posibilidad de superarte. Dejas que el dolor te nuble y alejas a los que quieren ayudarte.

—No puedo controlarlo, es como si me sintiera sin vida, e intento seguir adelante, pero estoy desconectada y no importa dónde esté o qué haga, siempre estoy pensando en mi madre.

—¡Entonces consigamos tu cable a tierra! Porque ni la tristeza debe ser una excusa. Si me dejas, yo voy a estar contigo, pero no voy a quedarme callada. ¿Entiendes eso? ¿Entiendes que te diré la verdad, aunque no te guste? —le pregunté, sosteniendo su cara en mis manos.

—Entiendo que estamos avanzando hacia algo peligroso —contestó.

—La vida es peligrosa.

—La vida no me asusta, me asusta lo que está pasándonos.

—Pensé que no te asustaba casi nada.

—Igual que pensaste que no me ponías nerviosa de la misma forma en la que yo te pongo nerviosa a ti. —Avanzó un paso más y poniendo sus manos en mi cintura, me recostó de la pared de ladrillos que decoraba la terraza.

—Prometiste que...

—Prometí que no volvería a besarte y no lo haré... pero, me dijiste que dejar ir no es correcto, que soy incapaz de luchar por lo que quiero y que tal vez no sea digna de estar con alguien como tú...

—Yo no dij... —Antes de que pudiera defenderme sentí sus dedos silenciándome.

—Ya no importa lo que dijiste. Quiero saber qué sientes por mí y ¿por qué te quedas conmigo cuando puedes estar con alguien como Belén o como Nathaniel? —Me acorraló en la pared y con los brazos impidiéndome el paso y una actitud jodidamente *sexy*, exigió una respuesta.

—Porque ninguno de ellos eres tú. Ninguno de ellos hace que quiera descubrir cosas nuevas de la vida o que no sepa cómo controlarme. Ninguno hace que sienta que no tengo el control sobre mi cuerpo, así como me pasa contigo. —Una forma delicada de decirle que me volvía loca.

—¿Y por qué ayudas a Noah?

—Porque es la persona a la que amas y porque merece una oportunidad de ser mejor por ti.

—Me confundes.

—Que me gustes como me gustas no quiere decir que no entienda que no eres para mí —le dije y tuve que aclarar la garganta para seguir hablando—: Llegaste a mi vida para cambiarla y eso no significa que espere que tuviésemos una "relación" que no va a existir. Yo escojo ser tu amiga y estar a tu lado en vez de dejarte porque no podemos estar juntas de la forma en que...

—¿Y dónde quedó eso de luchar? ¿No dices que está mal conformarte con menos de lo que quieres? —Sophia acercó su cara a la mía y pensé que iba a besarme, pero luego de unos segundos intensos... se separó—. ¡Terminamos la lección de hoy! A veces es muy tarde para hacer lo que queremos, ¿no crees? —No supe a qué se refería, pero se alejó de mí y fue a buscar el bolso que estaba sobre la mesa, para luego entrar a la casa.

Salí a buscarla y la encontré con Claudia y con Sergio. La noche había terminado y teníamos que llevarla al centro de rehabilitación, pero ella quería hacer algo más: Sophia quería hacer una fogata.

Sergio nos dijo que teníamos media hora y nos dimos prisa, aunque yo no hice nada. Ella se rio de mi falta de cualidades y me buscó una silla. «*Siéntate, las princesas observan, mientras los príncipes caballerosos y guapos hacen todo el trabajo*», me guiñó un ojo y recogió los troncos suficientes para encender el fuego. No supe qué era lo que planeaba hasta que frente a la fogata sacó más de tres cajas de cigarrillos.

—Me las envió Noah con uno de sus amigos que entró a la clínica cuando estuviste en el instituto. Mi misión era llevarlas a escondidas al centro.

—No me engañan a mí, se engañan a ustedes mismos con tanta inmadurez.

—Julie, quiero hacerlo contigo y no quiero mentirte, por eso la fogata. —Mi nombre siempre me pareció antipático hasta que lo escuché de sus labios—: Julie

Dash... ¡Por cada cigarrillo que quememos dejaremos atrás una parte de nosotros! Yo lanzo el primero. —Sacó uno de la caja y cuando lo lanzó dijo hacia mí—: Con este voy a dejarla partir. ¡Me despido de mi madre y acepto que no fue mi culpa! —Soltó una lágrima y nos quedamos viendo el fuego, hasta que me entregó el cigarrillo que me correspondía.

—Mmm... —Me paré frente a ella.

—Piensa qué quieres dejar atrás y cuando lances lo tóxico de la nicotina, que se vaya con ella eso que no te deja ser libre —me explicó.

—Quiero dejar atrás el futuro. He pensado y planeado tanto, que solo quiero vivir y concentrarme en lo que está pasando hoy. —Lancé el cigarrillo.

—¿Y qué está pasando exactamente?

—Estamos pasando nosotras y nos hacemos bien. —Sonreí de forma inconsciente, cogiéndola de la mano.

—¿Sabes? Yo nunca quise enamorarme porque me parecía tonto. El amor es intenso. Vi a tantas personas amar con cada fibra y luego salir destruidos, que decidí que no lo haría. Me parecía y me parece excesivo, pero es extraño, Julie, porque cuando estás conmigo... el amor no es nada de lo que me imaginé. Es como sentir cosas que no puedes explicar, querer ver a alguien, querer abrazarla, querer estar encima todo el tiempo y eso hice desde que te vi. Traté de estar contigo excusándome con cualquier cosa y pensé que eras mi mejor amiga, pero ya no estoy tan segura de eso.

—No vamos a hablar del amor ni de nosotras, ¿vale?

—Toma. —Me dio otro cigarrillo—. ¡Bota el miedo que tienes a que lo que vaya a decirte no sea lo que quieres escuchar!

Boté el cigarrillo y le quité dos más, porque mi miedo era más grande de lo que pensaba. Con ella en la fogata bajo un cielo lleno de estrellas, con la luna y la compañía que soñaba, tenía pánico de hablar de lo que sea que éramos. Era como caminar en un terreno minado. No quería.

—Yo boto el miedo a hacerte daño. —Botó otro cigarro—. Libero el miedo a hacerle daño a Noah, de abandonarlo y de quedarme si no lo puedo amar. También quiero perder el miedo a no controlar mis sentimientos y el miedo a ti, Julie Dash —Le encendí el cigarrillo antes de que lo lanzara—. ¡Esa es mi canción favorita de ese grupo! —Se refirió a la canción que comenzó a sonar por los amplificadores y vi a Claudia saludándome desde el balcón con cierta complicidad antes de volver al interior de la casa.

♫ *Bleending Out – Imagine Dragons* ♫ Sophia enloqueció y verla mover la cabeza al ritmo de la música, verla gritar y dejar a un lado cualquier tipo de pena, fue lo que necesitamos para destrabar el ambiente.

Me enamoré de la chica
que estaba rota,
y quise que perdiera
su deseo de morir.

—¡Siente la música, princesa! —La vi burlarse, sin dejar de cantarme y todo comenzó a ir bien. Su voz era hermosa, su carisma para conquistar el mundo. Tenía que ayudarla a enamorarse de su pasado y quería hacerlo. Quería ayudarla a aceptar sus cicatrices y me enamoré de cada una de ellas.

—¿Cómo es que no eres famosa? Cantas precioso —le dije y la escuché reírse.

—Te prometo que así sea famosa a ti siempre te cantaré gratis y en privado —gritó hacia mí alzando mis brazos, guiándome al ritmo de la música.

Y lancé un cigarrillo a la fogata para liberarme de la vergüenza, bailar con ella y hacerle caso cuando me decía que me dejara llevar. «*Siente la música, siente que te salva de cualquier tipo de caída*», la escuché expresarse y lanzamos las cajas de cigarrillos a la fogata al tiempo en que cantábamos a todo pulmón.

Sophia Pierce sabía cómo llevarme justo al sitio que quería, y por supuesto que lo hizo. Terminó la canción con una vuelta en la que me pegó a su cuerpo para decirme, mordiéndose el labio inferior de manera seductora, y mal intencionada: «*¿Estás segura que no quieres que rompa mi promesa de no besarte?*». No sé cuánto tardé en despegar mi vista de sus labios, pero fue el tiempo suficiente para decirle a la parte lógica de mí que no podía desperdiciar esa oportunidad.

—¿Te queda un cigarrillo? —Ella revisó una de las cajas y me entregó el último.

Lo lancé en la fogata sin saber si podría hacerlo. Boté con él mi deseo de controlar mis sentimientos y de ser comedida. Lancé con él mi miedo a equivocarme. Si alguien tenía que frenar lo que sucedía, no iba a ser yo. Estaba enamorada y no tenía miedo de admitirlo, pero Sophia tenía novio... *Stop*. Cerré mis ojos por un segundo tratando de sacar los límites, los problemas, los contras. Me dio igual el mundo y simplemente me dejé llevar por lo que quería hacer. Porque si la vida se terminaba, no quería morir sin ser fiel a mis impulsos. No lo pensé, ni viví de lo que hubiera sido y simplemente lo hice. Me dirigí a ella tomándola del cabello y dejé un beso en sus labios.

La besé asumiendo las consecuencias. La besé porque la tensión era insostenible y porque no podemos pasar nuestra vida esperando que las cosas sucedan. El mundo no está esperándonos, da vueltas ayudándonos a cerrar ciclos, a botar adicciones, a continuar después de que nos decepcionan y a amar.

Así que enredé mis manos en su cuello y profundicé un beso en el que ella se dejó llevar. Y se sintió bien que las mariposas aparecieran, porque me recordaron que todo ocurre en su aleteo. La brevedad de cada segundo, enamorarnos y vivir ese primer amor. Que nos rompan y vernos destruidos, ni siquiera eso sirve para que evitemos lo que nos hace sentir parte de algo tan hermoso como es la existencia.

Sophia no se conformó con un beso y consiguió convertirlo en miles. Me besó a medida que me llevaba hacia un cuarto, que al entrar reconocí como el cuarto de la piscina. Me pegó contra la pared y terminaron cayéndose los productos de la repisa que estaba sobre nosotras. No le interesó. Con la luz apagada, aumentó el ritmo de lo que fuese que estuviera sucediendo. Y quería más porque nunca me había sentido tan bien en toda mi vida. Me aferré a ella, y cada vez que sentía su lengua jugando con la mía, tuve que controlarme para no gemir.

Noté que cada vez que arañaba su espalda, intensificaba más nuestro contacto. Se separaba de mí para decirme que era increíble y retomaba su tarea, dejando besos en mi boca que luego iban recorriendo mi cuello. Con sus manos acarició mi abdomen y sentí sus dedos desabrochar mi sostén. Dejé de pensar, quería tener más de ella y sin saberlo mis manos estaban intentando quitarle la camisa. Sophia me regaló pequeñas sonrisas para luego retener mis muñecas sobre mi cuerpo. «Me estás volviendo loca», dijo en mi oído. «Hasta tu piel es de princesa», musitó y utilizando su lengua para recorrer mi oído y no pude controlar el placer, quería más. Necesitaba más.

Y si ella quería ser "el príncipe", pues cambiaban las cosas; nunca fui fan de ninguno, pero ninguno era *sexy*, ni tenía la voz ronca, ni los abdominales tan marcados. Ni una mirada de esas... que si te dicen que pases al infierno, entras sin pensarlo.

—¿Qué quieres, Julie? Pareces inquieta —dijo sin soltarme las muñecas.

—Quiero... —No dejó que terminara y volvió a besarme, guiando una de mis manos hacia su seno.

—Yo quiero exactamente lo mismo.

El problema fue que era tiempo de irse y la calentura se me había ido a la cabeza. Sentí que iba a explotar de la vergüenza cuando escuché la voz de Claudia diciéndonos que faltaban treinta minutos para que cerraran el centro de rehabilitación. «¿En serio no puedo ingresar mañana?», me preguntó Sophia dejando pequeños mordiscos en el lóbulo de mi oreja. Y dejé otro beso en sus labios, esta vez uno más tierno, pero igual de apasionado, para con toda la fuerza de voluntad que había en mí, separarme de ella.

—Estábamos buscando un de, y... —Me enredé y comencé a tartamudear tanto, que Claudia simplemente lanzó una carcajada.

—Lo que sea que buscaban espero que lo hayan encontrado —dijo con picardía y comenzó a arreglarme el cuello de la camisa mientras me sacaba de la pequeña habitación—. Sophia... —dijo hacia ella, que estaba tan apenada como yo, pero lo disimulaba mejor—. Así como te destacaste regando el labial en su cuello y en su rostro, haz lo mismo limpiándola. —No sonó a un regaño. Conocía a Claudia para saber que era broma, pero Sophia se lo tomó como si fuera mi madre la que la regañara y comenzó a quitarme con los dedos cualquier señal de que sus labios habían estado sobre mí.

Fue gracioso verla nerviosa. Sergio no hizo preguntas y nos abrió la puerta trasera del coche. Una vez dentro, se dispuso a cerrarla con su acostumbrada educación.

El camino al centro de rehabilitación fue extraño. No podía creer que me sintiera tan viva y tan efervescente. Por su parte, Sophia buscó el cuaderno de dibujo dentro de su bolso y arrancó una de las hojas para luego entregármela.

—Otro universo, Julie, pero este no es solo para ti —me dijo.

—¿Y con quién tengo que compartirlo? —pregunté, siguiéndole el juego, y se recostó en mi hombro, dejando caricias suaves por mi brazo.

—Será nuestro universo, Julie. Solo tuyo y mío, y cuando peleemos tenemos que recordarlo, recordar que hay un espacio para las dos en cualquier estrella. Un espacio en el que siempre vamos a estar juntas.

Ella podía ser tierna y al mismo tiempo ruda. Podía ser alocada y luego triste. Podía estar sumergida en el dolor y luego irradiar alegría. Era mi favorita entre todos los humanos porque cuando sonreía, lograba que vieras de cerca la felicidad, y cuando lloraba, te mostraba que algunas historias tristes son inspiradoras. Vio cómo le volaron los sesos a su madre, y se convirtió en protectora de dos niños; vio morir a su mejor amigo, y seguía insistiendo en luchar por su país. Ella era fuerte y había pasado por mucho. Sophia no veía el dinero como determinante y no me quería por interés. Yo iba a devolver el telescopio porque no lo necesitábamos. Ella me había mostrado una forma mejor de ver las estrellas.

La dejé en el centro sabiendo que no me mintió. Que quemamos cada uno de los cigarrillos y que se vería con Noah. Tampoco puedo decirles que me causaba alegría que luego de besarnos tanto, ahora lo besara a él, pero había botado el miedo y los estúpidos requerimientos. Estaba en una montaña rusa y comprendía los riesgos, pero prefería las ventajas que me daba su presencia.

—¿Me estás dejando en la puerta como a un príncipe?

—Eres muy guapa para ser un príncipe, Sophi. Así que te dejo en la puerta como a una princesa —respondí, mientras dejaba un beso en su mejilla. Ella volteó la cara para dejarlo más cerca de mis labios, antes de partir.

Y me di cuenta de que todo lo que quería era que sonriera, que su dolor no fuera tan grande, que le gustara estar viva, que no quisiera morir. Quería hacerla feliz.

SOPHIA PIERCE
UN UNIVERSO PARA DOS

11:11 *Mi deseo eres tú*

Busqué a Sophia sobre las seis de la mañana. Las reglas eran ir de las clases al centro de rehabilitación y del centro al instituto hasta que estuviese recuperada. A Noah no lo dejaron salir, su adicción era un millón de veces más excedida que la de ella y necesitaba estar desconectado de cualquier cosa que lo hiciera recaer.

—¿Lista? —le dije, bajándome del carro en la entrada de la clínica.

Se llamaba "Reencuentro" y la entrada inspiraba una sensación de bienestar.

—¡Buenos días, Julie! —Me miró por unos segundos hasta que se subió al puesto del copiloto y supe... que, de nuevo, las clases volverían a tener un toque especial.

—Te concedo el control de la música —le dije, entregándole el iPod.

—Qué considerada, pero preferiría un beso de buenos días. ¿Te lo robo o me lo das por voluntad propia? —preguntó, con su don especial para ponerme nerviosa, y sin esperar respuesta se volvió hasta mí—. Me gusta lo robado, princesa. —Antes de que pudiera reaccionar, sentí sus labios en los míos en un beso que duró lo suficiente para despertarme, demostrándome que funcionaba mucho mejor que el café.

—Debo confesarte que lo único que me gusta del instituto eres tú. Si no fuera por ti, preferiría quedarme en el centro pintando. Hoy me dieron un lienzo, y me hicieron esta foto instantánea, ¿te gusta? —preguntó mostrándome una foto de ella pintando y supuse que se la había tomado Noah.

Se bajó del carro una vez que llegamos, y sin importarle la cantidad de gente que estaba cerca del puesto donde me estacioné, se dio la vuelta y me abrió la puerta. Nos quedamos mirando unos segundos, lo suficiente para pensar si así serían todos mis días o para preguntarme por qué estaba tan bonita o una pregunta más difícil..., ¿cómo haría para no besarla cada vez que quisiera?, ¿o acaso podíamos besarnos siempre? Todo era confuso.

Y se me pasó por alto decirle que durante el tiempo que estuvo en la clínica, Nathaniel me había invitado a salir varias veces. No me pareció relevante comentarle que me regalaba un ramo de rosas diario, que parecía no importarle que le dijera que no y decía que no se iba a rendir. Fue incómodo verlo acercarse a nosotras. Luego de saludar a Sophia, casi se me lanza encima con dos boletos para el concierto de uno de mis cantantes favoritos.

—Benjamín me dijo que te gustaba su música. Conseguí los mejores boletos para el concierto de Lasso. Después de diez intentos me merezco el sí. ¿Vendrás conmigo? —me preguntó con los ojos llenos de esa ansiedad que produce el primer amor. Se veía lindo preocupado por mí y haciendo hasta lo imposible por seducirme, pero el problema es que Sophia, sin intentarlo, lo logró desde el principio.

—Julie, tu amigo necesita una respuesta o le dará un infarto —dijo ella con sarcasmo, y caminó hacia la entrada, dejándome sola con Nathaniel.

—Por favor, hermosa, ni siquiera es una cita. Verás a tu cantante favorito y yo te veré a ti. Todos ganamos —acotó un Nathaniel emocionado, con el cabello peinado de lado y los ojos más azules que he visto. Terminé aceptando su invitación, sin saber que eso me traería problemas. Quería pasarla bien con un amigo, pero no podemos tratar como amigos a las personas que están enamoradas de nosotros.

Al entrar al salón, la vi leyendo la tarjeta que estaba sobre el ramo de rosas que me había traído Nathaniel. No era un buen momento, pero él se las estaba jugando todas. Y sin más, le quitó la tarjeta de las manos y me la entregó junto con una rosa que sacó del ramo.

—Ya te dije que no me rindo —espetó, con su cara de chico encantador.

—Pareces idiota —intervino Sophia.

—¿Me hablas a mí?

—Que yo sepa, eres el único con un letrero de IDIOTA en la frente.

Sophia le dio la espalda y sacó su cuaderno para ponerse a dibujar.

—Gracias a este idiota entregaste dos tareas, bella. Mientras estabas en la clínica por ser una drogadicta, yo ayudaba a Julie a salvarte el culo. ¿Ahí también era un idiota? —habló tan alto que varios compañeros de clases se dieron cuenta.

—No puedo creer que dijeras eso, en serio —le reclamé y me senté con Sophia, que ni siquiera le respondió. La dejé que dibujara, aunque quería abrazarla, pero que te den afecto cuando estás vulnerable, por lo menos conmigo, no ayudaba.

—¿Así te sientes cuando estoy con Noah? —me preguntó mucho tiempo después, cuando la clase estaba por la mitad y solamente paró su dibujo para mirarme—: ¿Te sientes así como me estoy sintiendo?

—¿Y cómo te sientes?

—Molesta, frustrada, triste... No sé, Julie, nunca me había pasado.

—Yo no puedo sentirme así con Noah porque técnicamente él es tu novio, y yo solo una amiga.

—Pero cada día que pasa yo... —Sophia parecía dispuesta a decirme algo importante, pero gracias a Nathaniel nunca sabré qué era.

—Julie —interrumpió—, recuerda que paso por ti sobre las cuatro de la tarde para llegar con tiempo al concierto y tomarnos un café juntos —dijo y quise matarlo.

—Mejor cambiamos de puesto, así te sientas con Julie y terminan de afinar los detalles de su cita o lo que sea. —Antes de que pudiera hacer algo, Sophia caminó hacia el asiento de Nathaniel, que sonrió triunfante al obtener lo que quería. No me quedaba otra opción que mandarle un mensaje. No entendí su actitud fuera de lugar.

> ¿Estás teniendo un ataque de celos?
> 07:38 am ✓✓

> **Sophia:** Imposible. Las amigas no se celan. Y... dijiste que simplemente somos amigas. 😌
> 07:39 am

> Estás siendo infantil.
> 07:40 am ✓✓

> **Sophia:** No, de hecho, estoy siendo madura para que planifiques tu noche de concierto con tu amigo el idiota. 😒
> 07:53 am

Guardé el móvil sin contestarle. No le había hecho nada y la única que tenía novio era ella, no yo.

Cuando terminó la clase y salimos del salón, aproveché para decirle a Nathaniel que no iría al concierto, pero parecía no querer aceptarlo.

—Si es por lo que le dije a Sophia, ella me llamó idiota —se excusó.

—Tengo planes para el viernes.

—Ya compré los boletos. —Me haló del brazo.

—Pide cambio o ve con alguien más, en serio, discúlpame —le dije, soltándome de su agarre.

—Espera, estás siendo injusta —replicó, agarrándome mucho más fuerte—: He hecho todo para que me des una oportunidad y me la merezco.

—Me gusta otra persona. —Volví a soltarme y caminé más rápido.

—Puedo hacer que te deje de gustar —soltó, caminando más rápido y parándose frente a mí para impedirme el paso—. Dijiste que íbamos al concierto y vamos a ir. Ya me dijiste que sí.

—Los tipos como tú parecen perfectos por fuera, pero cuando les aplastan el ego sacan lo que de verdad son —intervino Sophia, empujándolo tan fuerte que Nathaniel se pegó contra la pared—: ¿Sí sabes que las rosas que le regalaste van a morir? El respeto, en cambio, no está sobrevalorado. Y si tuvieras un poco, sabrías que cuando te dicen que no es no, y que tienes que aceptarlo como un hombre. —Volvió a empujarlo, y antes de que pudiera defenderse, Benjamín, lo retuvo, pidiéndonos que nos fuéramos. La cara de Nathaniel era de odio, de enfado y de celos, pero Sophia parecía no tener miedo.

Atravesamos el pasillo hasta llegar a la escalera y bajamos corriendo para adentrarnos al patio. Avanzamos sin hablar hasta que llegamos a las gradas de la cancha de fútbol. Agradecí que fuéramos las únicas allí. Ella parecía molesta, tenía las mejillas rojas y se notaba tensa, pero cuando nos sentamos cerró los ojos por unos segundos y la vi respirar profundo. Luego de que se dio un tiempo, volvió en sí y se dirigió a mí.

—Te preparé el desayuno —dijo, sonriendo y tomándome por sorpresa.

Era como si no hubiese estado molesta segundos antes. Nunca supe si era un defecto o una cualidad, pero con ella, las discusiones duraban muy poco.

—Pensé que no cocinabas.

—No lo hago, pero en el centro me dijeron que debía comenzar a ocuparme de mí.

—Suena a que tu primera noche no estuvo tan mal. ¿Te gusta?

—Valoro el dinero que pagaste y quiero hacer que valga la pena —respondió, sacando dos sándwiches para entregarme uno.

—Está rico —di mi veredicto después del primer mordisco.

—Es solo un sándwich de jamón y queso con mostaza. Amo la mostaza —exclamó y sí, su pan tenía una cantidad grandísima de mostaza que se le regó por el labio. Intenté quitárselo con el dedo, pero me di cuenta de que no fue tan buena idea cuando atajó mi mano en el aire y chupo el excedente de mi pulgar—: La mostaza no se desperdicia —acotó, sin saber que esa acción había alterado mis sentidos. Joder.

—¿Sabes que nos iremos al Roraima de viaje de grado? —Cambié de tema.

—¿Sabes que noto que cambias de tema cuando estás nerviosa? Y... ¿sabes que cada vez que te pones nerviosa me dan ganas de besarte? Y..., ¿sabes que lamento haberle dicho idiota y empujar a tu pretendiente? Y..., —Sophia irradiaba luz, aunque por dentro se sintiera a oscuras.

—¿Y? —pregunté, motivándola a que continuara.

—Yo no te puedo llevar a un concierto, pero como gracias a mí perdiste tu cita, quiero que el viernes salgas conmigo.

—Sabes que no puedes salir del centro —le recordé y, antes de dejarme seducir por sus ojos, me recosté en sus piernas.

—Entonces ven al centro de rehabilitación, hay espacios verdes, es enorme y creo que te gustará. Además..., ¿alguna vez has tenido una cita en un centro de adicciones? ¡Por supuesto que no! ¿Qué dices? ¿Aceptas salir conmigo?

—Déjame pensarlo —dije para molestarla, y ella comenzó a dejar caricias en mi rostro con tanta delicadeza y esmero, que cerré los ojos dejándome llevar por las sensaciones.

—¿Estás segura de que no quieres? —musitó.

—No estoy tan segura ahora mismo. —Era muy fácil, lo sé.

—Quiero mostrarte algo.

—Yo quiero que me hagas cosquillas todo el día.

—Suena tentador, pero creo que te va a gustar. —Me extendió la mano y terminé siguiéndola hasta el final de las gradas.

Al llegar al último escalón, pasamos por un terreno de tierra que daba hacia las montañas y a una parte de la ciudad. El cielo estaba más azul que nunca y la vista era alucinante. Era como un pequeño escondite dentro de El Ángel, y sí, una vida estudiando en el mismo instituto y en poco tiempo ella ya conocía sitios que yo no.

—Mira a tu alrededor y pide un deseo, Julie. —Sophia se paró detrás de mí, y agarrándome por la cintura, susurró en mi oído—. Son las 11:11, hora oficial de los deseos, así que pide el tuyo.

No creía en los deseos ni en nada místico, pero lo hice. Lo pedí y rápidamente abrí los ojos para conseguirla mirándome.

—Pide tu deseo antes de que cambie el reloj —le aconsejé.

—Mi deseo de 11:11 eres tú. —Pasó una mano por mi rostro y me atrajo más a ella, olvidándose por completo de que estábamos en el instituto para besarme.

En mi deseo pedí que consiguiera eso que le faltaba y que pudiera ser feliz después de haber sufrido tanto, pero al sentir sus besos, comencé a desearla a ella.

—¿Vas a tener una cita conmigo el viernes? ¿O todavía tienes dudas?

—No hay forma de que te diga que no. —Volví a besarla y no me interesó que alguien nos viera.

—Gracias por lo que has hecho por mí.

—No tienes que darme las gracias.

—Me gustaría poder pagártelo y espero hacerlo.

—La única manera en la que dejo que me pagues es con tu cuerpo.

Ni siquiera sé por qué dije eso, pero tenerla cogiéndome de la cintura, estar aferrada a su cuello y con sus labios dejando besos desde mi oreja hasta mi boca, imposibilitaba que pensara con claridad.

—Te pagaré con dinero lo que me has prestado, porque mi cuerpo y todo lo demás... te lo doy gratis cuando quieras. —Un susurro en mi oído y tuve que contenerme para no lanzarme sobre ella.

Ayudó que sonara el timbre que nos avisaba de la próxima clase. Bajamos las gradas hasta dirigirnos a las canchas donde teníamos educación física (la única clase que yo odiaba). La actividad era jugar fútbol, cosa que por supuesto, no quería hacer. Normalmente estaba en la banca, o al menos era así cuando Sophia no era líder de uno de los equipos y me elegía de primera. Era ella contra el equipo de Nathaniel.

Comenzamos a jugar y por un momento me olvidé de que no sabía. Sophia se esforzó por demostrarle a Nathaniel que no le iba a ganar. La competencia entre ambos era cada vez más fuerte. El marcador iba 1 a 0 a nuestro favor, cuando Luis, uno de los compañeros, le dio un pase a Sophia que estaba literalmente frente a la portería, pero prefirió pasarme la pelota a mí. «¿A quién se le ocurre pasarme la pelota a mí?» Todos saben que tengo dos pies izquierdos.

—Dispara, Julie... ¡A la arquería! ¡No es tan difícil! ¡Patéala!

—Julie, chuta esa mierda o te pateo yo a ti. —Creo que el grito de mi amiga Paula fue lo que me hizo reaccionar y golpeé el balón para automáticamente taparme los ojos con las manos. No supe con exactitud qué había pasado..., pero Sophia se encargó de abrazarme como si estuviéramos en un mundial y luego vi a Paula haciendo un baile gracioso. Decía que le bailaba a los perdedores y se movía por toda la cancha en un intento de celebración.

Íbamos 2 a 0 y Nathaniel cada vez que podía le quitaba la pelota a Sophia entrándole con fuerza. Ella no se quejaba y recordé que sus amigos le decían que no podía quejarse, que no jugara como una niñita.

Jéssica hizo un gol que puso el marcador en 2 a 1 y el balón le quedó a Paula, que comenzó a gritar como una demente hasta avanzar a la portería.

—¡Voy con todo! ¡El que me toque se muere! —gritó a todo pulmón, mientras dominaba con torpeza el balón hasta que por fin se lo pasó a Sophia.

Sophi dribló la pelota hasta llegar frente a la portería, y cuando estuvo a punto de chutar, recibió una patada por parte de Nathaniel que la llevó al piso. Ella no era de gritar, pero se quejó desde el césped tocándose la pierna.

—¿Estás bien? —le pregunté, a medida que la veía retorcerse del dolor y dejé de importarme dónde estaba. No me medí, y diciéndole a Sophia que ya volvía, la dejé en manos del profesor y fui hasta Nathaniel para meterle un puño en la cara.

—¡Eso es por idiota! Me molesta que te arruines a ti mismo. ¿Cómo es que pasaste de ser mi amigo a pegarle a una mujer? —le reclamé.

Estaba decepcionada y en medio de mis quejas, Sophia, cojeando por el dolor, fue acercándose a mí.

—¿Crees que es el comportamiento adecuado, Julie? —intervino el profesor.

—¿Cree usted que está bien pegarle a una mujer? Porque está claro que lo hizo adrede.

Me hervía la sangre.

—Si consideras que te lastimó a propósito, lo llevaré a detención —le habló a Sophia—. Te hizo seis faltas y tenemos motivos suficientes para creer que fue intencional, pero la decisión es tuya —aseveró.

—Creo que no midió su fuerza, profe. A veces, por la competencia o la rabia, nos comportamos como no somos. Nathaniel está teniendo un mal día, igual que lo puedo tener yo o cualquiera. No es necesario que exageremos.

—¡Apenas y puedes caminar! —debatí hacia ella—. Deberían expulsarlo —le exigí al profesor y Nathaniel estaba inmóvil mirando fijamente a Sophia, confundido.

—No es necesario que expulsemos a una persona buena porque por primera vez perdió los estribos. Es un simple juego y por mí está bien —contestó ella, cojeando hacia él para extenderle la mano—. ¿Estás bien? —fue su pregunta, y cuando vi a Nathaniel... pude darme cuenta de lo que Sophi había observado.

Él no estaba bien.

Nathaniel se secó una lágrima y después de estrecharle la mano, se agachó a la altura de su rodilla. No le dijo nada, pero sacó de su bolso una crema antiinflamatoria y se la echó como una señal de perdón, reconociendo que se había equivocado. Porque no era malo, pero se sintió rechazado. Le rompí el corazón y no me di cuenta. Antes de que Sophia llegara trataba a todos con distancia. No pensaba en los sentimientos de los demás y exactamente así me comporté con él.

—Ese es el espíritu que se necesita en los equipos y en la vida, solucionar las diferencias y saber seguir adelante, apoyándose —dijo el profesor, dando por concluida la clase, y ver a Nathaniel ayudándola a levantarse me hizo entender que ambos estaban en paz. Supongo que estaba tan encerrada en mi propio mundo que no me di cuenta de que los demás también sienten. A veces hay que ser cuidadosos hasta con las personas que no nos fabrican mariposas en el estómago.

Salimos del instituto lo más rápido posible, huyendo de la gente que hablaba del famoso puñetazo, que todavía me dolía. Teníamos una hora antes de llevarla al centro de rehabilitación, así que manejé hasta un mirador. Una vez que nos bajamos observé su sonrisa. Con la vista de la ciudad a nuestros pies, los carros yendo muy rápido y el cielo para nosotras... me atreví a preguntarle.

—¿Qué es lo que más deseas para tu vida?

—Quiero sentirme orgullosa de mí. Sentir que estoy en el sitio que quiero, sin vacíos, sin frustración, sin pesadillas.

—Yo me siento orgullosa de ti, por encima de que pintes universos para las dos, o que me pases la pelota en un partido de fútbol o que cantes y beses de maravilla. Me enorgullece que hagas lo que hiciste con Nathaniel porque así eres tú. Crees en la gente, sigues creyendo en un país que te ha quitado tanto. Sigues confiando en el que te lastimó la rodilla. Le das una oportunidad a Jéssica y cuando te veo creyendo en la persona que me ha hecho *bullying* desde hace tanto tiempo, cuando veo que tus palabras la cambiaron, también me cambias a mí. Vas brillando, Sophi. Cada vez que caminas van naciendo deseos. Cada vez que respiras pensando en otros y poniéndolos primero, me haces despertar de mi indiferencia. —Yo, que nunca hablaba, no podía dejar de expresarle que era el ser humano más lindo que había conocido. Necesitaba decirle que su manera de relacionarse, la justicia con la que actuaba y esos ojos brillantes cuando estaba siendo feliz... iban conduciéndome a un país nuevo, a un entorno distinto. Estaba feliz de haber salido de mi rutina de soledad y libros para llegar a ella.

—¿Cuál es esta lección, Julie?

—Te enseño cómo te amo para ver si logro darte las pistas necesarias y un día te enamoras tanto de ti como lo estoy yo.

Una declaración de amor que no me guardé. Ya no era la misma, sentía que había madurado mucho. Sentía que las mariposas, de nuevo, eran parte de mí y con el aleteo de ellas, la ciudad sonriéndonos y Sophia Pierce abrazándome... simplemente agradecí. No esperaba que me contestara, ni mucho menos un *te amo* de retorno.

Sergio me enseñó que hay que dejar salir lo que está pasando en nosotros. No esperando algo, no buscando aprobación, no con el miedo del silencio. La estaba amando y a medida en que la quería, me iba conociendo...

Y eso bastaba para mí.

11:11 pide un deseo.

Pedí enamorarme...
y luego te encontré.

Nunca va a ser tú

Los siguientes días fueron difíciles. Estábamos en exámenes finales y Sophia tenía que recuperar varias materias para aprobar el curso. Quedamos en estudiar en el centro de rehabilitación y el lugar era precioso. Contaba con grandes jardines, un cuarto de música, salones de terapia, una piscina y áreas verdes para hacer actividades físicas.

—Hola, Julie.

—Hola, Sophi —respondí, una vez que nos encontramos en la entrada del centro Reencuentro. Caminamos hacia uno de los salones en donde había terapia de grupo y me senté en una silla a su lado. El psicólogo estaba en el centro.

En total había doce jóvenes. Siete hombres y cinco mujeres. Noah estaba a un lado de Sophia y yo al otro. Me saludó con la mano, sonriente, y sentí remordimiento.

—¿Cuál es el pensamiento que te empuja a recaer? —Fue la primera pregunta del orientador y la hizo hacia Sophia.

—Pienso que así voy a poder silenciar mis pensamientos y me excuso diciéndome que luego de ese día no lo haré más, que puedo controlarlo. Al menos eso fue lo que pensé la última vez —respondió, bajando la mirada.

—Eso se llama control selectivo —explicó el instructor—, piensas que está en tu control y que si recaes no pasa nada porque puedes recuperarte. Es manipulación mental. Por eso, un gran porcentaje de adictos, muere después de una recaída. Acostumbras a tu sistema a estar sin ella y luego la dosis es más fuerte de lo que tu cuerpo puede tolerar. Ahora... ¿Qué estrategias han usado para no recaer? Porque la principal es controlar los pensamientos y tener confianza en que pueden estar sin drogas.

—Confianza a la metadona querrá decir —se burló Noah en tono malintencionado—: Al final es una puta mierda, solo cambiamos una droga por otra —dijo, cansado.

—La debilidad hizo que pensáramos que una sustancia haría nuestra vida más fácil. La misma debilidad es la que habla por ti —le dijo una chica de cabello negro.

Tenía un mono ancho y una camiseta negra que mostraba sus tatuajes, pero por alguna razón no parecía ruda, sino más bien vulnerable.

—Son tonterías, Tania. Al final, sabes que tengo razón. Al menos yo acepto que soy un adicto. ¿De qué vas tú?

—Noah, no te curas de un momento a otro y es jodidísimo, pero con esa actitud de mierda menos vas a poder. Tu cerebro envía señales a tu cuerpo, necesita que le des lo que quiere y por eso estás tan malhumorado. ¡Contrólalo! —insistió Tania y los demás parecían estar inmersos en sus propios pensamientos. Unos se mordían las uñas, otros tenían la mirada perdida y muy pocos prestaban atención a la conversación.

Luego de escuchar testimonios de dos de los chicos, el terapeuta se cansó de la falta de participación y decidió dividirnos en parejas. Noah enseguida fue hacia Sophia, pero ella ya me tenía cogida de la mano. «Agrúpate con Tania, no quiero dejar a Julie sola», le explicó y Noah se fue de mala gana negando con la cabeza.

—¡Es un ejercicio de confianza! Su compañero los ayudará a percibir una realidad distinta. Porque la oscuridad no es tener los ojos cerrados. La oscuridad es ver a través de lo peor de ustedes, es buscar lo que los envenena y curarse. Porque ni yo, ni el centro, nadie va a ayudarlos a curar. Ustedes son los únicos que pueden hacerlo. No odien su parte oscura, descubran el veneno y extírpenlo —aseguró, para luego retirarse.

Caminé con Sophia que me tomaba de la mano y acariciándome con la yema de su pulgar. Era el primer gesto de cariño que tenía conmigo después del dibujo que me dio el lunes. Al parecer, entregármelo no resultó bueno para ella. Me dijo que estaba enamorada, y luego... me regaló distancia.

—Recuéstate en mí —me pidió, cuando nos sentamos en el césped frente a una pequeña fuente que estaba alejada de todos—, yo voy a guiarte. Quiero que huelas la grama mojada, que sientas la tierra, que descubras la sensación de la lluvia en tu cara. Quiero que mires la vida sin los ojos..., que me mires a través de tus sentidos. Te dije que tendríamos una cita, y es justamente lo que haremos. —Con un susurro en mi oído logró que mi piel se erizara, y no se detuvo—. ¿Sabes que cada vez que estoy contigo descubro un nuevo motivo para curarme? ¿Sabes que amo cuando me miras sin que te esté viendo? ¿O que me encanta cada vez que, en medio de un examen, estás pendiente de que haya terminado o de si necesito las respuestas? Me hace feliz estar cerca de ti.

Escuché sus palabras dejándome llevar por la brisa, por un viernes distinto, por estar fuera de todo lo conocido y descubrir que era un día perfecto, solo por estar con ella.

—¿Sabes cuánto cuesta una caricia? —me preguntó, al tiempo en que sus manos acariciaban mis brazos con suavidad.

—¿Cuánto?

—Cuesta lo mismo que un suspiro. —Dejó de acariciarme para dejar besos por mi cuello y añadir en mi oído—: No se compra con dinero, así como los sueños, pero cuando alguien te acaricia y sientes que todo va a estar bien..., te das cuenta de que el amor es lo más valioso que existe.

—¿Y cuánto cuesta el sexo sin amor?

—A veces muy caro, porque vas perdiendo partes de tu alma que nunca recuperas —contestó Sophia, mientras me abrazaba.

—Paula me dijo que debía hacerlo, aunque no estuviera enamorada.

—Julie, cuando tengas relaciones, hazlo porque quieres, para que cuando te toquen sientas que estás en el cielo y que las caricias son invaluables porque nadie tiene lo suficiente para poderlas pagar. Ese es el sexo que te mereces. Con amor, con deseo y con orgasmos que van más allá del contacto.

—¿Así te sientes cuando estás con Noah? —Abrí los ojos y me acomodé frente a ella. Ya no quería seguir jugando, quería entenderla.

—No quiero hablar de Noah.

—Ya, pero yo sí.

—Le debo mucho y no me siento feliz de engañarlo. No me siento orgullosa de lo que me está pasando, pero cada vez que cierro los ojos, sueño contigo y ya no puedo evitar hacer esto —dijo y frenó las caricias para guiar mi cara hacia ella, y no me besó, pero pude sentir sus labios cerca de los míos. Se quedó cerca sin atreverse a besarme y vi en sus ojos la lucha entre lo que sentía y lo que debía.

—Llevo cuatro días convenciéndome de que no es lo correcto, pero... ¿cómo puede estar mal algo que tenga que ver contigo? —soltó.

—¿Estás consciente de que, si no me besas inmediatamente, te voy a besar yo a ti? —susurré, y la Julie que nunca hubiese dicho eso debió sentirse orgullosa con mi nueva seguridad, pero no fue necesario que la besara, Sophia se encargó de hacerlo.

Me besó con lo que tenía contenido, y con ella acercándome más a su cuerpo comenzó a subir mi temperatura corporal. Casi inconsciente, metí mis manos por su camisa para sentir sus senos. Quería romper cualquier espacio que tuviéramos de separación. Quería todo si era a su lado, pero no supe que no siempre podemos tener lo que deseamos.

Mi abuela me invitaba a vivir, a hacer cosas nuevas, a conocer gente, y no entendí sus palabras hasta que Sophia me enseñó que las experiencias son las que nos dan vida. También me enseñó que no actuar precavidamente, trae consecuencias. Lástima que lo supe de golpe cuando Noah nos interrumpió bajándonos del pequeño espacio en el que fue fácil querernos.

—¿Para eso querías que fuera tu pareja? —gritó hacia Sophia y ambas nos separamos lo más rápido posible, al tiempo en que Tania intentaba calmarlo.

Quise tener el poder de desaparecerme o salir corriendo, pero pasó lo opuesto y, como siempre, mis piernas dejaron de funcionar.

—Quise pararlo, pero no pude —respondió, dando un paso hacia él.

—¿Qué exactamente no pudiste? ¿Dejar de comerle la boca? ¿Engañarme? ¿Corromperla? —soltó cortante, con el peso de quien ha descubierto una mentira.

—No pude parar de besarla, ni de estar con ella. No pude decírtelo, ni dejar de engañarte porque...

—Porque eres egoísta y pasaste por alto nuestra regla de no mentirnos. Fuimos claros. ¡Si tú querías podíamos hacer un trío! ¿Por qué lo haces a escondidas?

—¡Porque no quiero que la toques! No quiero hacer un trío!

—¿Al menos sabes qué carajos quieres, Sophia? Ayúdame a entenderte.

—¡Estoy enamorada de ella con cada parte de mí! Pero nosotros... Tú, Noah, eres mi mejor amigo, la persona a la que quiero. Más que fidelidad, te tengo lealtad. ¡Es lo que prometimos! Prometimos ser leales y no te abandonaré por nada del mundo, pero... es justo que sepas que la amo de una manera en la que ni siquiera sabía que podía amar.

—La lealtad era justo eso, Sophia. La lealtad era cuidar los sentimientos y no hacernos mierda. No destruirnos. Prometimos que no seríamos como las parejas que terminan, como los que se abandonan. Yo nunca te engañé.

—Yo tampoco, porque no voy a dejarte. No voy a romper contigo por Julie —respondió, olvidándose por completo de que yo podía escuchar—. Ella es maravillosa, pero nunca va a ser tú! ¡Jamás voy a olvidar lo que has hecho por cuidarme ni tampoco de nuestra promesa. Eso es lealtad, Noah, y es justo lo que siento. Nada se compara contigo. Y no voy a abandonarte, no vamos a terminar.

Y supe con cuánta facilidad podía descartarme cuando lo abrazó olvidándose por completo de mi presencia. Recordé el trato que tenían, recordé las veces en la que se iba para buscarlo. Recordé cómo arriesgaba su vida para tenerlo cerca, en un cariño tóxico y dañino, pero que la hacía feliz.

Noah la arropó en sus brazos, y entre besos, ignoraron mi existencia. No necesité transportarme, o ser invisible, al contrario, ellos lo hicieron. Ellos hicieron que mi presencia fuera un accesorio, pero descubrí la respuesta a su pregunta. Sus caricias, como sus palabras, no costaban mucho, eran baratas como lo que decía sentir por mí.

Me di cuenta de que fui solo su escape. Alguien inalcanzable que le presentó otro mundo. Alguien a quien quería, pero no lo suficiente para ser sincera.

Traté de alejarme y no me podía mover. Estaba en primer plano viendo el beso que subscribía un: «Nunca voy a abandonarte».

Agradecí cuando Tania me llevó arrastrada del sitio. Agradecí que me ayudara a caminar porque me sentía como esas pesadillas en las que necesitas correr, pero tus piernas son de plastilina. Así se sintió que me rompieran el corazón.

Sophia no notó cuando me fui, no me detuvo, no me dijo que me quedara. Simplemente se quedó en un abrazo de esos que cuestan lágrimas, olvidándose por completo de que mis lágrimas eran por ella. Aunque luego entendí que la que se estaba haciendo daño era yo. No había que echarle la culpa a ella, ni a nadie. *Yo lo escogí.*

Llegué al carro y me monté deprisa, pero cuando iba a encender el motor... una desconocida me abrazó. Apenas y conocía a Tania, pero necesitaba ese abrazo. Necesitaba que alguien me dijera que iba a estar bien y me lo dijo. Ella, en sus propias luchas, se detuvo para hablarme como si fuera su amiga y consolarme, aunque supiera que sería muy difícil que me dejara de afectar.

—No es fácil desapegarse de la costumbre. Por más que no sientas lo mismo, una parte adentro, muy adentro, te dice que no puedes. Que necesitas a esa persona porque estar sin ella es perder un pie o una mano. No todos saben que podemos vivir incompletos, pero que no podemos amar con deficiencias. No podemos quedarnos si vamos a buscar lo que nos falta afuera. Ni siquiera te conozco, pero estás tratando de salvar a alguien que, si no tienes cuidado, puede destruirte. He tenido cinco sobredosis, he estado a punto de morir varias veces y he hecho rehabilitación más veces de las que he disfrutado la vida. Puedo decirte que cualquier adicción mata y que tienes que tener fuerza de voluntad. Quedarte asumiendo que la quieres así, eso es mediocridad. Las veo y pienso en la historia más linda de amor, su química, cómo se miran a los labios, cómo no pueden estar separadas... Nada de eso es suficiente si no exiges un amor sano. ¡No te vayas a tu casa! Sal, ten nuevos amigos, descubre en otras personas que no estás sola. Entrégate la oportunidad de que tu vida no mejore basándote en una chica, sino en tus propios sentimientos. Es mi consejo, niña. No dejes que alguien sacuda tu mundo para luego irse y dejarte con el desastre de lo que no sucedió. Lo siento, a veces hablo demasiado, pero estas palabras también son para mí. Creo que lo mismo que sientes por ella, lo estoy empezando a sentir por Noah.

Antes de que pudiera responderle, se bajó del coche y subió corriendo las escaleras para volver a entrar al centro.

Apreté el acelerador queriendo alejarme de lo que sentía. De mi confusión, de lo que acababa de pasar, de sentir sus labios todavía en mí, para luego verla besar su herida porque era adicta a romper su cicatriz, a alimentarse de sobras, a desgastar su alma en sexo que no termina de llenarla solo por agradecimiento o seguridad. Aunque tal vez la confundida era yo. ¿Cómo saberlo? ¿Cómo saber si me quería o había sido solo un capricho? Ya no importaba.

Conduje lo más rápido posible hacia la casa de Paula. Una vez que llegué, me olvidé de la vergüenza con la intención de ser sincera. Benjamín abrió la puerta y bastó una mirada para que mi interior revelara cada uno de mis sentimientos. Lo abracé y comencé a llorar porque sabía que me lo había advertido. Me había dicho que me harían daño y no quise escuchar.

Paula se levantó del sofá y fue hasta nosotros para decirme: «¿Hoy es cuando nos dices que estás enamorada de Sophia?, ¿a quién tengo que matar? Mira que agarro el bate y cobro venganza», repitió al verme llorar, y como siempre, me sacó una sonrisa.

Eran los mejores amigos y una razón suficiente para respaldar el dicho de que no importa la cantidad sino la calidad.

Nos montamos en el carro y Benjamín se encargó de conducir. Me dijeron que me llevarían a divertirme y justo fue lo que hicimos. Con la música a todo volumen, atravesamos la ciudad hasta llegar a la costa. Paula me dijo que llorara, que gritara, que mandara al carajo cada emoción. Me gritaba que era fuerte, que ninguna niña linda iba a destruirme, que solo era un proceso. Pasamos un túnel largo y Paula insistió en que sacara la cabeza por la ventana. Le dije que no, que no era suicida. Ella respondió que necesitaba ponerme al límite. Hacer cosas nuevas, no por Sophia, sino por mí. Lo hice. Intenté descubrir, con el aire pegándome en la cara, cómo la misma persona que es capaz de hacerte sentir mariposas puede dejar un hueco en tu interior.

—Eres juiciosa, responsable, sin fiestas, sin descontrol. Nunca he querido que cambies. Quiero que seas como te sientas feliz, pero estás atravesando un despecho... ¡Y por primera vez me estreno como mejor amiga que ayuda a sanar las penas! —gritó Paula, abriendo una botella de vino y también se sentó en la ventana para exclamar—. ¡Que se joda cualquier persona que no vea que eres increíble! ¡Tendrían que besar el piso por donde caminas! —volvió a gritar, mientras Benjamín, molesto, nos pedía que fuéramos responsables.

Le hicimos caso antes de que entrara en histeria y nos reímos un rato de él hasta que Paula lo obligó a tomarse un trago de la botella y terminó besándolo.

Eran mi pareja ideal y Tania tenía razón. No debía aspirar a menos de lo que soñaba. El problema es que nunca soñé con el amor, hasta que la encontré.

Llegamos a la casa que Benjamín tenía frente al mar. Estacionamos el carro y ambos me llevaron directamente a la playa. Eran las seis y media de la tarde y la teníamos para nosotros solos. En mi caso, sentía que las lágrimas querían seguir saliendo y estaba enfadada. Si siempre mantuve el control de mis emociones, ¿por qué me sentía tan vulnerable?

Paula se quitó los zapatos y agradecí que Benjamín nos dejara solas.

—Me tardé como un mes en darme cuenta de que estabas enamorada. No entendí por qué te daba vergüenza decírmelo, pero te conozco y no te iba a presionar —fue lo primero que dijo.

—Lo siento. No sabía lo que me estaba pasando, ha sido muy raro.

—No pasa nada, amiga. Sigo pensando que Sophia te ha hecho bien y no me gusta que estés sufriendo, pero para llegar a la cúspide de la felicidad también es importante conocer el dolor.

Me rodeó con su brazo por los hombros, y por unos minutos estuvimos calladas solo escuchando el sonido de las olas y viendo el atardecer.

—Me enamoré de alguien que ya está amando y no precisamente a mí.

—Te enamoraste y eso es importante, porque incluso si no te corresponde, después de una vida de rigidez, sentir amor no es algo malo. Puede que esté con Noah y que sea imposible, pero hay cientos de huellas, miles de olas, todo siempre va a moverse. Imagina que te enseñó a sentir amor y que ahora, eres más grande.

—Me siento más pequeña.

—Porque los cambios asustan, pero son experiencias —respondió una Paula que ya no bromeaba y que me estaba demostrando la madurez que casi siempre mantenía oculta—. Benjamín irá a otra universidad y a mí también me duele que esté a kilómetros de mí, ¿pero crees que me arrepiento de amarlo? Puede que conozca a otra, que se enamore, o que no funcione una relación a distancia, pero me enseñó a querer. Igual tú. Eres la mejor amiga que he tenido, pero te vas a Estados Unidos. ¿Crees que soy tan egoísta como para no alegrarme? Confío en nosotras y sé que las conexiones que son importantes no se apagan con la distancia ni mucho menos dejan de existir.

—Sé que Benjamín, tú y yo siempre estaremos juntos. No importa si estamos lejos, buscaremos la manera. Siempre estaremos bien. ¿Entiendes eso?

—Yo lo entiendo, ahora, ¿tú entiendes que vas a estar bien incluso sin ella?

—No quiero a otra persona.

—Mmm... Hay una profesora muy linda que no deja de preguntarme por ti.

—Paula —le reclamé.

—Olvidar sabe mejor si es a través de nueva compañía. ¡Ya sentiste el amor! Si Sophia escogió a Noah, escógete a ti. ¡Escógete tú misma!, tengamos unos meses increíbles, vayamos a fiestas, hagamos del viaje de fin de curso algo inolvidable. No te caigas. Ya aprendiste qué rico se siente volar y estás en una etapa que no va a volver a repetirse, Julie. Vamos a disfrutarla —exclamó, levantándose de la arena, y con su extravagancia peculiar, corrió a la orilla.

No le importó mojarse la parte baja del pantalón. Paula comenzó a salpicar agua y a gritar que la vida era una sola, que debíamos valorar el tiempo. Que no podíamos seguir reteniendo lo que sentíamos. La seguí. Salpiqué agua y me mojé sintiéndome completamente desquiciada. Necesitaba eso, necesitaba sentir que todo se iba al carajo y que después de eso... sea como sea, buscaría la manera de estar bien.

Y sí... pasamos el fin de semana en la playa. Mis padres estuvieron felices de que compartiera con mis amigos.

No puedo decirles que dejé de sentirme engañada. Tampoco mentirles diciéndoles que dejé de pensarla. No dejamos de querer cuando nos dañan, porque atesoramos los recuerdos positivos más fácilmente. La pensé cada día y era como si disfrutar me anestesiara, pero la anestesia siempre termina y uno de sus mensajes el domingo por la noche lo hizo más complicado para mí.

Sophia: Lamento mucho lo que ocurrió. ¿Estás bien?
03:21 am

Sí. Estoy en la playa. Todo bien.
03:23 am ✓✓

Sophia: No fue la manera. No debí dejar que te fueras. Se me fue de las manos.
03:24 am

Tenía que escucharlo de tu voz. Pasó tal como debía y estoy bien. He pensado con claridad y me siento tranquila, pero necesito mi espacio.
03:25 am ✓✓

Sophia: ¿Puedes dejar que te explique?
03:26 am

No. A partir de ahora estás por tu cuenta y yo por la mía. No es algo sano y después de pensarlo, tienes razón. Nunca voy a ser Noah, ni tampoco quiero serlo. Me gusta lo que soy, y lo que sea que tuvimos terminó.
03:27 am ✓✓

Sophia: No quise decir eso, Julie. Sé que no eres él, me expresé mal. Estaba nerviosa. No sé qué me pasó. Atiende mis llamadas por fa.
03:28 am

No quiero hablar contigo.
03:29 am ✓✓

Sophia: Que manera tan madura de decir adiós.
03:30 am

03:31 am ✓✓

Decir que no y ser fuerte es lo que me exigí.

Ya no se trataba de Sophia o de Noah. Se trataba de ser objetivos. No podía seguir soñando con algo que no sucedería. Ni lastimándome con falsas esperanzas. ¿La seguiría apoyando? Siempre. ¿La seguiría besando? Ya no. A veces tienes que ponerte en primer plano. En mi caso, decidí enfocarme en mí, en mi último año, en disfrutar cada segundo y en recordar lo bonito sin recaer de nuevo en algo que no me llevaba a ningún lado. La vería en clases y sería como soy con casi todos, educada, pero indiferente.

Ella hacía arte con su tristeza.
Y era poesía, aunque,
el poema de su vida,
solo conocía el dolor.

Érase una vez

El lunes a primera hora, Sophia intentó buscarme. Estaba preparada para que lo hiciera y no iba a caer. Agradecí que tuviéramos clases con Belén y le pedí que por favor me cambiara de puesto. Me senté en la primera fila, en el asiento cerca de su escritorio. Su segundo intento, fue en la siguiente clase, pero decidí ser clara.

—No estamos en tu casa, ni en la mía. No me gusta ser el centro de atención, y lo único que pido es que respetes mi espacio. Cuando pueda tenerte cerca y ya no me gustes, todo volverá a ser como antes. Por ahora, no me hace bien tenerte cerca —solté y ella entendió. Las siguientes dos semanas no nos hablamos.

Sophia respetó mi decisión y yo seguí el consejo de Paula. Salí, me distraje y compartí más tiempo con Belén, que me pidió que la ayudara a organizar el viaje de fin de curso. Durante esas semanas la vi concentrarse en dibujar. Pasaba casi todos los días sola, rechazando a los que se le acercaban, pero volvió al tenis y ganó el último torneo.

Un miércoles fueron a buscarla y la sacaron del salón. Según lo que me comentó Benjamín, se trataba de una audición de canto que le había conseguido Chris. Por otro lado, logró ganar un concurso a nivel nacional con una de sus pinturas. Todo el instituto hablaba de ella. Su vida comenzó a enderezarse, y eso me hizo feliz. Todavía tenía la misma mirada de dolor, pero había una chispa de esperanza en ella. No puedo decirles que no me dolía verla todos los días, que no quería abrazarla de vez en cuando, pero cuando Noah iba a buscarla se me quitaban las ganas. Ambos seguían en el centro de rehabilitación y los resultados, según lo que me contaba Sergio, eran positivos. Había hecho lo correcto.

En una de las clases con Belén, la dinámica se centró en que hiciéramos una historia. Podía ser ficticia o basarse en un aspecto de nuestra vida. Su única petición era que el cuento dejara una moraleja, centrándose en el cambio de etapa, en los sueños y en la importancia de asumir riesgos. Yo no quería leer, y la buena noticia es que ser la favorita de la profesora daba resultados. Me conocía para no exponerme ante todos. Me miraba con complicidad como diciéndome: «Tranquila, Julie, el tuyo lo leo en privado». Sí, últimamente me flirteaba con sutileza, pero Sophia parecía darse cuenta. Sospeché que la clase que más odiaba era la de Belén, por unas cuantas miradas asesinas que le lanzaba o por la antipatía con la que le contestaba.

Ese día, cuando preguntó quién quería leer el suyo, ninguno de los estudiantes quiso hacerlo, pero Sophia no era cualquiera, ella no tenía miedo de expresarse y cortó el hielo al levantarse de su asiento para ir al frente del salón.

—¿Cómo se llama tu historia? —le preguntó Belén.

—No tiene nombre —respondió tajante y luego de respirar profundo, se recostó de la pared y comenzó a leer.

Érase una vez una princesa que no conocía por completo la felicidad. Tenía lo necesario para amar la vida, pero era indiferente a lo que la rodeaba. El miedo a ser lastimada la hundió en una coraza llena de espinas. Las personas que la querían no podían acceder a ella. El sueño de esa princesa era salvar vidas y lo logró, salvando a un alma destrozada. A una que conoció lo peor del mundo y quiso salir de él. Un alma que había conocido la lealtad y que tenía a un príncipe que la había hecho sentir que no estaba sola. El problema es que no estaba enamorada del príncipe, solo lo amaba como amas lo que nunca te abandona. Era su ancla y habían hecho una promesa. Ese príncipe conocía los infiernos del alma destrozada, pero cuando conoció a la princesa, fue alejándose de él. Era como si estar juntas en el mismo espacio se convirtiera en la felicidad natural, la que no necesita estimulantes, la que no se consigue en el supermercado o en las fiestas.

Dos almas se encontraron y no podían soltarse, pero sabían que el amor es libertad. La princesa no conocía del mundo, no conocía que tenía la capacidad para sentir. El alma destrozada podía sentir todo y al mismo tiempo, no hallarse feliz con lo que veía de la vida. ¿Qué sucede cuando dos almas conectan hasta complementarse? Sucede un choque que trae cambios. Sucede que te miras en el espejo y te das cuenta de que puedes ser mejor, que puedes conseguir tus propios motivos porque alguien, sin saberlo, te enseñó a salvarte.

¿Cómo una persona que no te conoce puede mostrarte que puedes superar tus peores miedos?

La princesa que no sentía comenzó a sentir y el alma que estaba destruida, comenzó a aceptarse. Cuando se miraban nacía vida. Cuando estaban en el mismo lugar, incluso sin hablarse, el mundo parecía ser mejor. Pero lastimamos por no medir que las mismas palabras, si no son bien utilizadas, pueden destruir. Crearon un universo para quererse y decidieron abandonarlo. La princesa no quería abrir su alma a alguien que no iba a amarla como se merecía. Y el alma que había encontrado una esperanza gracias a ella, entendió que lo había arruinado. No había acceso. Ella, que no tuvo miedo de cortarse cuando traspasó la coraza de la princesa, fracasó al no ser valiente para explicarle por qué no podía fallarle al príncipe.

*Y esta es la historia de un amor que se apaga ante el miedo. Es la historia de dos vidas que se cruzaron para ayudarse. Es la historia de un amor bonito que estaba destinado a nunca nacer. El problema con los **nunca**, es que no son tan amenazadores, existen para que descubramos que siempre hay posibilidad. Y el amor verdadero busca opciones. El alma destrozada la ama y no va a rendirse. Seguirá creando universos por si un día la princesa necesita escaparse de tanta realidad. El alma va a cuidar de la princesa sin privar su espacio. Porque cada día que pasa, cada vez que la distancia aumenta, entiende que su amor no muere.*

Sophia terminó de leer y me miró fijamente.

—¿Esa historia habla de dos lesbianas? —Jéssica no pudo evitar ser Jéssica y despertó la risa de los demás estudiantes.

—La historia habla de almas —respondió Sophia—, pero si hablara de lesbianas ¿tendrías un problema con ello?

—Sophia... ¿Por qué consideras que tu cuento habla de sueños, de arriesgarse y de nuevas etapas? —intervino Belén, cortando la tensión.

—Porque lo que parecía imposible se hizo real, profesora. Dos almas que ni siquiera sabían que podían quererse tanto, lo hicieron. Dos almas que a su modo estaban perdidas, consiguieron un motivo en el amor. Juntas lograron arreglar las averías que tenían en su interior. Y pase lo que pase, entendieron que arriesgarse fue positivo. No importa el desenlace, ni tampoco cómo será el final de esa historia. La nueva etapa de nuestras vidas está acercándose, pero no tenemos que esperar a graduarnos para vivir con más intensidad. El amor sigue siendo un poder que no todos utilizan. Es una fuerza sanadora, es mágico y... ninguna nueva etapa está completa si no llegamos a amarnos a nosotros mismos. La princesa me enseñó a amarme y yo soy esa alma que entendió que de nada sirve hundirme en la mierda que me ha ofrecido el mundo. Entendí que soy mucho más fuerte que todo lo que me pasó. Más fuerte que la muerte, que las violaciones, que las drogas, e incluso... que la culpabilidad. Y no sé de qué manera ayudé a la princesa, pero creo que cuando estábamos juntas sonreía más. Y sí, Jéssica, tienes razón. —Sophia volteó a verla—. Esta historia habla de una mujer que ama a otra, esa mujer soy yo, y no tengo problema si algunos piensan que es algo horrible. Los que deberían tener un problema son los que juzgan. El amor, sea como sea, es positivo y soy afortunada de haber podido enamorarme de una princesa.

Con esa última frase arrancó la hoja de su cuaderno, la dejó encima de mi mesa y salió del salón. Esperé que Jéssica la asociara conmigo cuando me miró fijamente, pero no dijo nada. Nadie lo hizo. Belén habló sobre la importancia de aceptarse, pero mi mente no estaba en la clase. Era una sensación extraña. No comprendía por qué me sentía así y por qué aumentaba mi necesidad de correr a abrazarla. Mucho de lo que leyó se repetía en mí. Su cuento había llegado a marcarme, porque era cierto. Ella no sabía cómo me había ayudado, pero lo hizo.

Por Sophia conocí el amor, y ni la calma de lo correcto hacía que mi deseo de estar con ella desapareciera. Además, escuché bien, ella dijo violaciones y traté de hilar eso con algo que supiera, solo para entender que conocía muy poco de su oscuridad. Entendí que tal vez Noah la había ayudado de una manera en la que yo jamás lo haría. Me di cuenta de que debía intentar ser su amiga, pero no estaba lista.

Sus hermanos, la muerte de su mejor amigo, ver cómo mataron a su madre, esforzarse por salir del vacío causado por el daño. Ella era mi persona favorita porque me mostraba otro tipo de vida y también la fortaleza. Eso no cambiaría y no podía odiarla, pero mi distancia tenía que ver conmigo. No era egoísta al alejarme, estaba tratando de ponerme en primer plano, pero no quería decir que la dejaba de querer.

La veía saliendo de los partidos, dibujando cuando la clase la aburría, defendiendo a los débiles, siendo amable y comenzando otra vez. Yo le dije que le mostraría motivos para sentirse viva. Creo que al menos pude mostrarle que el motivo se hallaba en ella. Encontré en sus cicatrices la importancia de perdonarnos. Quise salvarla y ella fue la que me salvó a mí. Me salvó de la rutina, del encierro y de la indiferencia, pero todavía no estaba lista para hablarle. Es doloroso estar cerca de alguien que es tu todo y saber que jamás van a poder ser.

Es una ilusión pensar que el amor libre no daña. Yo lo creí. Estaba segura de amarla sin sus besos, hasta que los probé. Estaba segura de poder quedarme aunque estuviera con él, hasta que mi corazón se partió en dos cuando me di cuenta de que solamente estaba estorbando.

La felicidad está en aceptar las pérdidas. La derrota no es derrota si trae enseñanzas. Mi amor no es un error aunque carezca de final feliz, porque no éramos princesas de un cuento de hadas, y la realidad es mucho mejor que la ficción. La realidad te enseña cuando pierdes, cuando crees que estás abandonado, cuando piensas que la tristeza te puede y te descubres venciéndola. Y te enamoras tanto de la nostalgia que terminas haciéndole el amor.

Érase una vez dos almas que *hackearon* la eternidad y crearon un espacio distinto. Un universo en donde el tiempo ya no es tiempo. En donde el amor no necesita millones de minutos, porque con solo una mirada está entredicho... que nunca acabará.

Ebriedad

Faltaban cinco días para mi cumpleaños y mis amigos me convencieron de hacer una fiesta en mi casa. Mis padres estuvieron de acuerdo y les pedí a Sergio y a Claudia que nos dejaran solos, pero me respondieron que se limitarían a estar en sus habitaciones. Sabía que aceptarían porque era la primera fiesta que hacía en mi vida, así que era una sorpresa, sobre todo para mí.

Decidimos hacerlo en el área de la piscina. Benjamín hizo una parrilla y Paula no entendió cuando le dije «pocas personas». Mi casa estaba abarrotada de gente y entre ellos, estaba Sophia. Pensé que podía superarlo, pero pensamos cosas que a veces no suceden. Verla con Noah hizo que quisiera desaparecerme. Verlos como la pareja ideal, llamando la atención del resto como imanes que hacían que todos quisieran compartir su aire, arruinó mi noche. Ellos la arruinaron. La fiesta había empezado mal.

Pensé en Belén y en nuestra conversación del almuerzo. Habló conmigo de la realidad de lo invisible y de lo tangente que a veces ignoramos. Ella era como agua tibia después de una ducha helada y al menos hizo que mis últimas semanas de instituto no fueran del todo deprimentes. Sería sencillo que escogieras amar y vivir tu historia con la persona correcta y no con la que te trae tantos problemas, pero algunas distancias no son negociables y los sentimientos mucho menos.

—¿Lista para embriagarte? —La voz de Paula me sacó de mis pensamientos.

—¿Recuérdame por qué es que estoy haciendo una fiesta? ¿Y por qué está Sophia aquí?

—Es tu primera fiesta. Quieres hacer cosas que nunca has hecho y hoy... ¡ni siquiera Sophia va a arruinarlo!

—¿Cuánto has tomado?

—Estoy en tu casa. Así que espero que si necesitabas a alguien cuerdo y responsable no esperes contar conmigo. —Paula se encogió de hombros mientras se reía y fuimos con Benjamín. Era caso perdido.

Sentí la mirada de Sophia sobre mí. Noah la tenía agarrada por la cintura, estaban con el grupo de Jéssica y me di cuenta de que fui idiota. La fiesta, intentar ser lo que no era, todo estaba superándome. Quería desaparecer.

—¿Tequila? —preguntó Nathaniel.

Sin pensarlo, se lo quité de la mano y me lo tomé de golpe.

—¿Tienes más? —Apenas y podía tolerar el tequila, pero necesitaba embriagarme. Habían pasado semanas, y todavía sentía que al tenerla cerca se me revolvía el mundo.

Nathaniel me dio uno, dos, tres, cuatro tequilas, y después del cuarto hasta la presencia de Sophia dejó de fastidiarme. Él dijo que estaba hermosa, y yo sonreí con la seguridad de alguien que está lastimado. Actué como dije que nunca actuaría. Comencé a reírme de lo que sea que me decía. Le acepté otro trago y compartí con él, intentando que su atractivo pudiese seducirme.

Paula quería que me divirtiera, quería que yo fuese una nueva Julie, pues muy bien. Esa Julie no tenía que estar enamorada para besar. Así que lo hice.

Nathaniel estaba precioso y eso ayudó. Tenía el cabello más largo que de costumbre y andaba sin camisa. Se le marcaban los abdominales y no estaba en rol fastidioso, más bien parecía confundido por mi interés. Por mi parte, estaba ebria, dolida y celosa. No tenía razones para reclamar, pero mi mente estaba en huelga. Quería ir hacia ella y decirle... Ya no importa qué quería decirle. Viví lo que era estar ebrio y besar a alguien que no te gusta. ¿Quién era yo? Alguien a quien le dolía el corazón. Eso es lo único que puedo asegurarles, el resto está borroso.

Sentí la mirada de Sophia sobre mí. Pude notar su molestia a distancia, pero con tantos tragos encima para una persona que no está acostumbrada a tomar, cualquier cosa estaba bien.

Quise probar que no la necesitaba. Quise vengarme de alguien a quien al mismo tiempo extrañaba.

No íbamos a estar juntas y mi parte infantil tampoco quería ser su amiga.

—¿Puedo? —El Nathaniel caballeroso se despegó de mis labios con una sonrisa triunfal y me extendió la mano para bailar. Yo ni siquiera bailaba, pero puse mis manos en su cuello y seguí la suave melodía de la canción. A lo lejos, Noah estaba abrazando a Sophia por la cintura y ella le quitaba la mano para luego volver a repetirse la misma acción. Necesitaba dejar de mirarla. Necesitaba que dejara de importarme.

Qué complicado es dejar de pensar a alguien que se ha alquilado un puesto en tu mente.

—¿Quieres que dejemos de bailar? ¿Estás mareada?

—Quiero probar cosas nuevas —contesté—. Hice esta fiesta porque quiero experimentar y, sin ningún compromiso, también quiero experimentar contigo.

—Ok. ¿Entonces me dejas enseñarte? —preguntó, moviendo su cabello y apretándome a su cuerpo. Pronto me iba del

Nathaniel

país, así que dejé que me besara con más intensidad. Las miradas estaban en nosotros y me daba igual. Quise dejarme llevar sin saber que lo hacía por despecho, porque jamás había tenido uno.

No sabía que a veces hacemos cosas para intentar "curarnos" y que solo duele más. No sabía si podía olvidarla en otros labios, pero verlos juntos me quemaba, así que quise intentarlo. Quería demostrarle que era mi casa y, por ende, mis reglas. Así que me dispuse a jugar. Jugué a ser idiota y ni siquiera lo noté.

A medida que Nathaniel me besaba comencé a descubrir que el alcohol hacía todo más sencillo. ¿Qué está pasando contigo?, me pregunté, pero no supe contestar. Ahora sé que se llama depresión y tiene formas muy extrañas de enfrentarse, pero esa noche bailé y lo besé como si me gustara, hasta que su excitación se notó.

—¿Nos vamos a un lugar más privado? —susurró, desesperado por arrancarme la ropa, y no tuve la oportunidad de decidir si estaba dispuesta a tener sexo sin amor, porque Noah nos interrumpió halándome del brazo.

Volteé a buscarla, pero no la encontré por ningún lado.

—¿Qué pasó? ¿Necesitas algo? —Nathaniel me agarró por el otro brazo y me sentí incómoda entre ambos. Estaba mareada y Paula estaba besándose con Benjamín, quería agua, y también vomitar.

—¿No te has dado cuenta de que Julie está pasada de tragos? Prácticamente la estás violando, ¿o a eso le llamas bailar? —preguntó Noah y solo me reí.

—¿Julie, te estoy incomodando?

—En absoluto —le contesté, pero a Noah no le importó mi respuesta, me cogió de la cintura intentando llevarme con él y lo demás fue extraño. Un Nathaniel intentando interponerse y un empujón por parte de Noah que lo hizo recular. Nathaniel le dijo que no iba a caer en su juego, que él sabía comportarse. Pensé que fue un poco miedoso, pero yo no hubiese querido pelear contra Noah. Era mucho más grande.

Mientras tanto, la Julie ebria necesitaba más alcohol o que la llevaran a dormir porque no estaba coordinando. Agradecí que Noah me ayudara a caminar. Necesitaba a Claudia y una sopa, o cualquier cosa de comer. Empecé a tener hambre, muchísima hambre. Caminé adentrándome en el interior de la casa. Subimos las escaleras hasta una terraza donde no había nadie. Noah me dio de su trago, y agradecí que bebiera agua. Al parecer se estaba tomando en serio su desintoxicación. Me ayudó a sentarme en una de las sillas y lo vi caminar por el espacio solitario. Caminaba de un lado a otro y se tocaba el cabello, haciendo muecas con la cara. Parecía bastante afligido, y yo bastante borracha como para fingir que me importara.

—¿Por qué estás tan ebria?

—La pregunta sería, ¿por qué tenían que venir?

—Sophia me dijo que la habías invitado.

—Por educación, no para que vinieran de verdad.

—Ella quería verte, desde que no quieres hablarle está mal y no me gusta verla así. Tampoco me gusta verte en este estado.

—¿Ahora no puedo emborracharme en mi propia casa? No necesito niñero.

—Olvídalo, sé que estás ebria, pero aun así quiero hablar contigo.

—Estamos hablando.

—Julie, es en serio, escúchame. Sophia no va a dejarme porque hicimos una promesa, pero eso no quiere decir que no te quiera. He estado pensando en lo que me dijo. ¿Cómo crees que me siento si la persona que amo me dice que está enamorada de otra? Nosotros estaremos juntos para toda la vida y es algo que supera cualquier sensación, enamoramiento, o lo que sea, pero...

—Menos mal que estoy ebria —lo interrumpí.

—¿Qué?

—Que sobria no hubiese soportado escuchar tantas estupideces.

—Julie, no son estupideces. Quiero que ella sea feliz y contigo lo es. Además, nos ayudaste a ambos. Gracias a ti mejoré la relación con mis padres. Estoy trabajando en su empresa y ya conseguí el dinero para pagarte lo del centro. No quiero deberte nada, pero tampoco que le digas a Sophia. Ella volvió al tenis para hacer dinero y también ha ido a los *castings musicales* que le recomendó Christopher. Su propósito es pagarte y estar motivada en ti la ha hecho ser mejor —expresó, sacando un cheque de su billetera que luego me entregó.

—¿Me sacaste de la fiesta para darme un cheque?

Estaba obstinada de escucharlo y no quería su dinero.

—Sé que no lo necesitas, pero es una manera de sentirme útil, acéptalo, y si no quieres hablarle a Sophia, al menos escúchame a mí.

—¿Podemos ir a la cocina? ¿Me preparas comida mientras me hablas de tus problemas? Así ganamos todos. —No sé por qué le dije eso, estaba peor de lo que pensaba y me había dado hipo.

—Siempre me has caído bien —dijo con su actitud de *rockstar* encantador.

—¿Entonces eso qué significa? ¿Me vas a dar comida o no?

—Significa que te doy mi autorización para estar con Sophia.

No pude evitar reírme. ¿Era en serio?

Pudo darme una sopa y quería darme a su novia.

—Julie, piénsalo. Siempre me has parecido hermosa, y no es necesario que tengamos sexo. Si quieres estar solo con ella, yo puedo ver... —contestó y, al escuchar mi risa, se apresuró a arreglarlo—: Mira, para mí también es difícil, no es fácil compartir a tu novia, pero quiero que ella sea feliz. No necesito verlas, fue estúpido mi comentario. Pero, no vas a entender lo que hemos pasado juntos, los dos vivimos lo mismo y las razones por las que nos drogamos son más profundas que la muerte de su madre. —Se sentó en el suelo y rodeó sus rodillas con los brazos. Tenía la misma mirada de dolor que Sophia y la curiosidad comenzó a invadirme, a pesar de que fuese una locura lo que me estaba proponiendo.

—No va a pasar lo de la relación de tres y no puedes compartir a tu novia como si fuera un trozo de pizza. —Ok. No podía dejar de pensar en comida.

—Quiero decirte lo que nos pasó, pero...

—No voy a tener un trío con ustedes.

—¿La amas? Porque comportarte como no eres, bailarle a un hombre hasta empalmarlo y estar ebria, son señales obvias de celos. Pareces enamorada.

—¿Tú la amas, Noah?

—Con todo mi corazón.

—Entonces estamos bien. No voy a acercarme a ella, así que no corres el riesgo de perderla.

—Ya la perdí, pero está bien, ¿quieres salir de aquí?

—Quiero sopa, tengo hambre.

—¿Quieres pasar tu fiesta besándote con Nathaniel o quieres robarte su moto y que te lleve con la persona que amas? Ah, y te llevaré a comerte una hamburguesa grande con queso y tocineta.

De pronto, nos robamos las llaves del abrigo de Nathaniel, manejamos por una cuidad peligrosa y me aferré a Noah con desesperación. No quería caerme. Quería mi hamburguesa. Quería a Sophia. El tequila estaba en mi cabeza y las preguntas llegaron: ¿Por qué me metí a ladrona? ¿Por qué me escapé de mi casa en plena madrugada? Otra vez ya estaba haciendo todo mal. Eso de vivir en los extremos estaba funcionando, al parecer se me daba muy bien ser un desastre.

La oscuridad, la noche, los carros transitando, las estrellas sobre nuestras cabezas. Estaba teniendo un último año peculiar. Estaba haciéndole caso a mi corazón y mi parte racional fue atrapada en un compartimiento de mi mente. Sería racional en Harvard, esa noche no. Me dejé llevar por una ciudad en llamas. Por un presente que pronto sería pasado. Por unas ilusiones que vivían del recuerdo de una presencia que no era mía.

Había estado huyendo de sus ojos y de la cercanía que ocasionaba las mariposas. Porque no quería mariposas en mi estómago si luego... las sentiría morir.

Sentí que no era necesario fingir ser otra persona para olvidarla. Tenía que recordar y hacer que no me doliera.

Llegamos al cementerio del este y Noah sacó diez dólares y se los entregó a una persona de seguridad que nos abrió el paso. Estacionó la moto en una colina. Me costaba creer que estuviéramos en el cementerio. Me ayudó a bajarme y me quité los tacones. No podía ni con mi alma y me dio igual estar descalza. No sabía qué hacíamos allí hasta que lo vi señalar una sombra en medio de la oscuridad. Me sostuvo varias veces para que no me cayera y luego me pidió que hiciera silencio para que Sophia no notara nuestra presencia. Lo seguí tratando de no pisar las tumbas hasta que la vi. Caminamos hacia ella y sentí grima al pisar a los muertos, mientras pensé: ¿y mi hamburguesa doble con queso?

Pensé en reclamarle, pero la neblina iba amontonándose a medida que caminábamos y entendí que era un momento serio cuando vi a Sophia sentada sobre un montón de tierra. Lloraba como si hubiese perdido a un ser querido y me imaginé que se trataba de Erick, pero estaba equivocada.

—En este sitio prometimos enterrar nuestro pasado, Julie. Enterramos lo peor de nuestra vida y cuando asusta, venimos a comprobar que está muerto y que ya no puede hacernos daño —Noah habló pausado, con las manos en los bolsillos.

¿Cuál era su pasado? ¿Y por qué estaba necesitando un trago con tanta urgencia? Quería beber un poco más.

—Quiero alcohol —solté, y él sacó del bolsillo de atrás de su pantalón lo que parecía una cartera de licor.

—Cumplí mi promesa, fui a una fiesta sin beber y lo logré. Ahora es tuya, te regalo mi tentación, por lo menos hoy no caí en ella —dijo, extendiéndomela. Y sí, amigos, eso hice. Bebí por todo el coraje que me faltaba, porque luego de huir de Sophia por semanas, la había ido a buscar y ni sabía por qué.

Caminamos hacia ella, que se levantó de golpe apenas nos vio.

—¿Por qué la trajiste aquí?

—Evité que tuviera sexo con un tipo al que no quiere y la traje, si quieres culpar a alguien, entonces que sea a mí —me defendió Noah.

—¿En serio creíste que era buena idea traerla? —Sonó molesta.

—Te la traje para que le digas lo que sientes y aproveches para decírmelo a mí —demandó.

—Por mí la hubieras dejado regalar su virginidad. —¡Auch! Eso dolió, pero no respondí. Quería provocarme y yo no tenía lo necesario para pelear. Quise decirle que necesitaba vomitar, pero me contuve. No era un buen momento. Ella enojada y Noah, bueno, ni me dio mi sopa, ni mi hamburguesa, nada. Todo mal con él.

—Alejarte de Julie te encierra y no quiero que nuestra relación sea una jaula.

Mis ganas de vomitar iban aumentando.

—No lo entiendes...

—No, Sophia, solamente entiendo que soy como la costumbre, nunca la dejas, pero no te satisface.

—Eres importante para mí, sin ti hubiese sido imposible superarlo.

—Mi manera de hacerte vivir no hace que te brillen los ojos. ¿Te das cuenta de que nos queremos como mecanismo para nunca estar solos? Lo hacemos porque estando juntos la vida es más llevadera.

—Dijiste que no nos abandonaríamos —reclamó Sophia.

—¿De qué sirve eso si te estás abandonando a ti misma? Y yo contribuyo cada vez que te veo malditamente triste por amar. Estar enamorada no es tristeza. Estar conmigo y no con quien amas es lo que te pone triste —respondió Noah y de verdad ya era urgente. Necesitaba vomitar.

Todo se me fue a negro. Lo último que recuerdo es desvanecerme y sentir un par de manos que me sujetaban.

Cuando abrí los ojos la encontré a ella. Sophia me tenía sostenida en sus brazos, al tiempo en que vomitaba como Emily Rose en pleno exorcismo.

Corté su gran y determinante conversación de la manera menos sutil, y ella me cogió del cabello, mientras Noah me repetía que todo iba a estar bien. Había sobrepasado mis límites de un modo absurdo y lo único que recuerdo es que me mandaban a respirar. Ellos desintoxicándose y yo en el peor de mis excesos. Otro punto para Sophia Pierce. Ebria, delincuente, *robamotos*, *pisatumbas*, *calientahombres* y enamorada. Seis primeras veces en una noche.

Lo demás lo recuerdo en pequeños *flashbacks*. Ellos llevándome a casa, Sophia ayudándome a bañar, Benjamín peleando con ella. Paula calmando el ambiente. Ningún recuerdo está nítido, pero al menos agradecí que terminara durmiendo conmigo y que me explicara qué la ataba a Noah. El problema es que nada de eso estaba en mi mente. El alcohol, o lo que sea, había borrado la conversación. Todo iba en imágenes rápidas y ya ni siquiera podía escucharla. Lo que quería era dormir y mi valentía pro tequila, acomodó mi cabeza en su pecho y se olvidó de lo demás. Una vocecita me dijo: «¿Recuerdas que es justo lo que no debes hacer?». La otra voz ganó e hizo que la abrazara hasta quedarme dormida repitiéndome que...

Algunas recaídas
sí que merecen la pena.

Somos más que el dolor

Amanecer sobre otro cuerpo nunca significó nada para mí, hasta que ese cuerpo fue el de ella y lo entendí por completo.

Cuando abrí los ojos, Sophia estaba dejando trazadas en mi brazo, como si con sus uñas dibujara en mi piel. No quise despertarme porque no sabía si volvería a repetirse, pero me llegaban imágenes de la noche anterior y la vergüenza y el dolor de cabeza eran insoportables. El sol se colaba por la ventana iluminando una parte de su rostro. Incluso recién levantada se veía hermosa. Cuando sentí su mirada volví a cerrar los ojos y fingí estar dormida, volteándome de lado, pero me abrazó desde atrás. El tacto de sus manos en mi piel me reveló que estaba en ropa interior. No me alejé de su contacto, se sentía tan bien sentirla cerca y es algo difícil de plasmar en letras, pero me abrazaba con ímpetu sabiendo que me descontrolaba. No debí temblar, pero inconscientemente ya lo estaba haciendo.

—Ayer fuiste una princesa rebelde —musitó en mi oído. No le respondí nada y se apretó más a mí. Quise decirle que lo que ocurrió fue porque estaba ebria, que todo seguía igual: ella con Noah; y yo, sola. Pero tenerla cerca, me lo impidió.

—¿Recuerdas que te bañé y enjaboné todo el cuerpo? —susurró y quise que me tragara la tierra. No le contesté y tampoco necesitó que respondiera para seguir molestándome. Era su pasatiempo—. ¿No recuerdas? Porque fue algo así como esto. —Sophia pasó su mano por mi cuerpo. Subiendo por mi abdomen hasta mi cuello, para luego bajar imitando lo que supuestamente hizo con el jabón. Con la única diferencia de que su mano estaba helada, y el escalofrío que sentía aumentó cuando fue bajando hasta más abajo de mi ombligo y, sin detenerse, acarició mi entrepierna.

—¿Qué estás haciendo? —La frené, volteándome hacia ella.

—Ayudándote a recordar —contestó con picardía pegándose a mi cuerpo, y aprovechó mi nueva posición para entrelazar sus piernas con las mías.

Apenas y podía respirar cuando sentí sus labios en mi boca. Me besó sin tregua y no la detuve. Era contraproducente, pero la necesitaba. Sentí sus manos deslizándose en mi cuello y otro escalofrío me recorrió la espalda.

Podía quedarme miles de horas en el mismo lugar y entendí que estar con ella era justo eso, otro universo en el que todo iba mejor. Pero iba mejor por segundos hasta que luego era insufrible.

Porque es insoportable enamorarte de algo que siempre se va.

Sophia se separó lentamente de mis labios y una sonrisa de satisfacción fue la respuesta que me faltaba. Volví a besarla sin medir mi contacto y quise conocer sus lunares, viajar a las constelaciones de sus silencios, conocer sus secretos y decirle que me quedaría. El único detalle es que no puedes seguir en un sitio donde tus sentimientos están retenidos. Recordé las razones por las que me alejé y fui yo quien detuvo el beso. Un corto e incómodo silencio se apoderó de la habitación y me apresuré a salir de la cama. Entré al baño porque necesitaba que el agua calmara el deseo. Necesitaba su cuerpo, quería saber lo que era estar sexualmente con alguien, pero no con cualquiera. Quería hacerlo con ella.

Salí cuarenta minutos más tarde y agradecí no encontrarla por ningún lado. Era complicado eso de amar lo imposible y fue más complicado cuando la puerta de mi habitación se abrió. Sophia era la única que no pedía permiso y, en efecto, la vi acceder al cuarto con el desayuno, una pastilla para el dolor de cabeza, un jugo de fresa y una taza de café.

—Buenos días, Julie, he empezado mal —musitó—. Las princesas no se besan después de ser lastimadas, y he sido tan torpe como para lastimarte, así que te traje el desayuno para que cojas fuerza porque hoy voy a decirte la verdad sobre quién soy, entendiendo que nada de lo que te dije anoche lo recuerdas, ya que tampoco recuerdas lo que pasó cuando te bañé. —Me guiñó el ojo y saboreándose los labios con la lengua, dejó la bandeja sobre la cama y se sentó en el borde de la ventana sin dejar de mirarme.

Las mariposas se instalaron en mi diafragma y la dulzura de sus ojos... pudo contra mi fuerza de voluntad.

Me tomé la pastilla para el dolor de cabeza y comencé a comer. Sophia suspendió la vista por la ventana de mi habitación y supongo que trataba de encontrar las palabras adecuadas, porque después de algunos segundos de total quietud... por fin se animó.

—Lo lamento mucho, Julie —soltó, sin atreverse a mirarme.

—¿Qué lamentas?

—Cada segundo que hemos estado lejos.

Si hubiese sido más valiente, le habría dicho que cada vez que nos tocábamos era un golpe de electricidad que me impulsaba a ser mejor, a actuar distinto y a conseguirme. No le dije nada y terminé de comer intentando recuperar la calma después de una mala noche.

Ella se alistó rápido y me dijo que Noah había dejado su moto, que Sergio le había permitido quedarse a dormir y que se había ido sobre las siete de la mañana. No entendí a qué venía la explicación hasta que me contó sobre su plan. Al parecer, de nuevo estaba castigada y por segundo día consecutivo iba a escaparme.

Sophia quería mostrarme uno de sus secretos.

Bajamos las escaleras a máxima velocidad. Ella le gritó a Sergio que lo compensaría.

Claudia gritó que no me fuera, pero cada una de sus palabras chocó con mi dolor de cabeza. ¿Cómo puede ser correcto ir por la dirección equivocada? Lo era. Algunas equivocaciones son muy placenteras.

Corrimos lejos de las palabras y advertencias de un Sergio y una Claudia molestos. Me subí en la moto y me dijo que la abrazara. «Noah maneja como una niña... ¡conmigo sí que te vas a divertir!», exclamó, y pronto supe a lo que se refería. Manejaba más rápido que él y sentirme tan cerca de su cuerpo era, sin duda, una mejor experiencia.

Recorrimos la ciudad con el frío mañanero y su energía lograba contagiarme. La fatiga estaba disminuyendo y a medida que atravesábamos las calles, comencé a sentirme feliz. Era como si estar a su lado fuera un cambio drástico. No era la edad, no era la nueva o la vieja Julie. Era yo en su compañía. Éramos nosotras y solamente quien se ha enamorado puede entenderme.

—¡Dijimos que nos enseñaríamos cosas y no hemos faltado a la promesa! ¡La distancia es una enseñanza, Julie! Alejarte de lo que amas es una señal. No importa cuántos días estuvimos sin hablarnos, porque, al final, cada vez que te siento cerca es mucho más intenso. —Manejaba muy rápido, pero no lo sentía peligroso. Desprendía un perfume de rarezas. Por cada poro de su piel sobresalía la intensidad de sus emociones. No era común, era auténtica, y por todo lo que sufría, nacían nuevas maneras de confiar.

Me recosté en su espalda queriendo que nunca desapareciera. Que superara sus obstáculos mentales. Que se demostrara con cada día que ser distinta no era algo malo. Que nunca se sintiera sola porque estaba en lo cierto, con aparente distancia, yo siempre estuve. Nunca me fui.

—Julie, estar contigo es como respirar después de la muerte, y no te imaginas cuánto te he echado de menos.

«Yo también, Sophi.
Yo también te extrañé, pensé».

Me dijeron que amarla
me llevaría al infierno,
y no sabían que incluso,
preferiría arder con ella
a vivir un segundo
lejos de su piel.

Llegamos al mismo cementerio de la noche anterior. Un espacio gigante repleto de flores, con árboles bordeándolo y el silencio retumbante que me transmitía un sentimiento opuesto a la muerte. Era sentir la vida en el lugar equivocado, pero nada es equivocado cuando se trata de morir o de vivir. De cierta forma estaba muerta antes de conocerla, no sabía que existía un mundo aparte hasta que Sophi me lo presentó.

Estacionó en la colina y bajamos caminando por las tumbas. Nunca me detuve a pensar qué había después de la muerte hasta que la conocí. Después de su sobredosis y de la manía que tenía de querer irse del mundo, sentí curiosidad. Estando en el cementerio me di cuenta de lo rápido que pasa la vida. Hay muchas oportunidades que nunca son vistas por creer que somos eternos. Qué triste hubiese sido mi casa llena de títulos y mi interior vacío, porque nunca sintió.

—En este lugar murieron mis peores días —dijo hacia mí, cuando llegamos al mismo espacio en el que estuvimos la noche anterior—. En este lugar Noah y yo decidimos que no éramos lo que nos habían hecho. Aquí prometimos cuidarnos para siempre.

—No te sientas obligada a contarme.

—Te cuento porque nadie más lo sabe y, en mi caso, quiero que la primera vez que cuento mi historia sea a ti —dijo sosteniendo mi barbilla entre sus dedos—, ¿lo ves? Tú también haces que tenga primeras veces.

Sonrió, mirándome con ternura mientras se sentaba sobre un montón de tierra y decidí tumbarme a su lado, la abracé por detrás y le susurré que la quería. Ella me regaló una sonrisa tímida y quise que no hablara si eso la quemaba, pero ella necesitaba quemarse para luego cicatrizar de verdad.

—Enterramos nuestro pasado y prometimos no abandonarnos, pero hasta él nota que estoy enamorada. Anoche vine porque no podía seguir viéndote con Nathaniel y Noah te rescató porque sí existen los príncipes, aunque a algunas princesas no nos enamoren. Y tenía razón el otro día: tú no eres él, y me alegra que no lo seas, porque siendo quien eres me rescataste de mi vida. No me lanzaste una cuerda, no me diste respiración boca a boca, sino que te quedaste viendo lo peor de mí y abriste la ventana a la calma de la que tanto me escabullía. —A medida que hablaba sus lágrimas comenzaron a caer y decidió contarme de dónde prevenían sus tristezas. Lloró en mi hombro como una niña pequeña, al tiempo en que me contaba con lágrimas infinitas cómo cada tacto la mataba por dentro.

Su madre se había ido, y el señor que le dio la vida se había encargado de destruirla. Lo que la unía con Noah era la violación de la que habló en su cuento. Los dos pasaron por lo mismo. Ambos comenzaron a amarse cuando supieron que estaban igual de destruidos. Por eso decidieron enterrar la parte de ellos que murió. Dicen que a los hombres no los lastiman, pero el tío de Noah era una de las excepciones por las que no hay que generalizar. Él no tenía excusa en el alcohol, lo había abusado. Del mismo modo en que lo hizo el padre de la chica más especial que he conocido y aun así seguía justificándolo con que *"si ella no hubiese causado la muerte de su madre, su padre no sería un borracho pervertido"*. Era hermosa al perdonar lo imperdonable, pero el alcohol no es excusa. Su padre le mató las ganas de vivir y ningún abuso se justifica.

Juzgué a su novio pensándolo un drogadicto y ambos me enseñaron una lección: no conocemos las historias detrás de los errores. Pensamos que solo pasa en la televisión, pero la vida está llena de abusos.

Me contó entre llantos que el 80 % de su relación no se habían tocado. Que les costó tener contacto, que se entendieron porque su amor iba por encima del sexo. Que fueron superando los obstáculos, que los tríos que tuvieron eran para demostrarse que se habían curado, pero que la herida seguía latente.

Me confesó que Noah la cuidaba, que se iba a su casa hasta que su padre se durmiera y que en varias ocasiones se fue a los golpes con él. Me contó que se cuidaban mutuamente para luego destruirse en la heroína. Porque hacerlo era una satisfacción temporal que los libraba del dolor. Y lloró tomando largas pausas para seguir hablando. Yo la escuché sin preguntar y no sentía lástima. Ella era pura fortaleza y yo sería su apoyo. Me contó que su padre se fue de casa luego del último abuso. Que le hizo daño de maneras inexpresables, que rompió su piel y su alma para luego disculparse con la excusa de haber perdido a su esposa. Sophia me contó que tenía pesadillas, que no podía dormir. Que una en particular la perseguía y que no sabía cómo hacer que no volviera. Estuve escuchándola, con ganas de robarle su dolor, de quedármelo para que ella ya no sufriera.

—Julie —volvió a hablar, después de veinte minutos de silencio, todavía recostada en mí—, dijiste que volveríamos a hablarnos cuando pudieras verme como amiga, pero yo no puedo ser amiga de alguien que hace que desentierre mi pasado. Me has enseñado que no es necesario matar lo que dolió. Puedo soportarlo y ya no necesito vivir avergonzada. Me has enseñado que no se trata de dejar ir, tú misma lo dijiste, princesa. Se trata de que luchemos por sobreponernos y por eso te cuento. Porque no quiero que pienses que eres un segundo plato, cuando más bien lo eres todo —aseguró, dejando un corto beso en mis labios y sequé las lágrimas que inundaban sus mejillas.

—Cuando hablas casi siempre me dejas sin palabras.

—¿Todavía te pongo nerviosa? Incluso ahora: triste, descompuesta y...

—No estás descompuesta —la interrumpí—. La maldad está en el mundo y, de alguna forma, tú nunca caes en ella. No conseguías una razón para estar viva y la razón es esta... —Saqué de mi cartera el estuche de maquillaje y le mostré su reflejo por el espejo del compacto—. Dices que yo te di un motivo, pero solo te mostré que el motivo eres tú.

La vi sonreír mientras se observaba a sí misma en el pequeño espejo del polvo de maquillaje, y a lo lejos vimos a Noah, hablando con el jardinero. Después de unos minutos el anciano le entregó dos palas, y Noah se acercó a su novia para entregarle una. Lo siguiente que vi fue a Sophia y a Noah removiendo la tierra en la que habían enterrado su dignidad. Eran ellos que, después de tanto tiempo visitando el mismo cementerio, y lanzándole tierra a sus heridas, estaban desenterrándolas. Estaban liberándose del pasado porque se dieron cuenta de que por más que huyeran, siempre estaría allí y tenían que enfrentarlo. Ambos, por fin, se estaban haciendo cargo. Ya no se enterraban en lo que les pasó, ahora, renacían a partir de eso.

Los vi desenterrar la parte de ellos que habían "matado". Porque nadie puede asesinar las ganas de sobreponerse al dolor, a la tristeza, a lo injusto. Ambos fueron moviendo la tierra que escondía la esencia de dos chicos que habían sufrido y luego de sufrir habían decidido que se repondrían. Que nada ni nadie iba a matarlos en vida. Que incluso con cada herida, seguían respirando y podían sobreponerse.

Algunas tardes volvemos a nacer; otras, morimos un poco. Ella me hizo comprender que entre la vida y la muerte no hay tanta diferencia. Nosotros decidimos si estamos presentes o somos prófugos de nuestras emociones. Y llegué a mi casa abrazando a Sergio y a Claudia, diciéndoles lo mucho que los quería. Llamé a mis amigos para decirles que los amaba y luego, en una videollamada con mis padres, les confesé lo orgullosa que estaba de tenerlos como familia.

Con Sophia entendí que no es necesario esperar a que pase algo malo para abrir los ojos. Que necesitamos decir lo que sentimos, sin verguenza, porque no sabemos cuándo puede ser la última vez.

Solo de ti

El lunes a primera hora, Sophia tuvo un torneo de tenis. Yo pasé la mañana con Belén organizando el viaje de fin de curso. La ayudé con las listas y ella, como siempre, me invitó un café y un pastel de chocolate. Era detallista, encantadora y no buscaba intimidarme, sino hacerme sentir segura.

—¿Estás emocionada por el viaje?

—No me gusta acampar —confesé.

—Voy a cuidar que nada te pase —respondió y puso la mano sobre la mía, su piel era suave. Por un instante me sentí cómoda con su contacto, o lo suficientemente cómoda para no separarme.

—Lo que puede pasar es que me niegue rotundamente a caminar y, en ese caso, tendrías que tener mucha fuerza para llevarme cargada. —Sonreí y quité mi mano con el cuidado suficiente para no parecer grosera.

—O podría convencerte de que la recompensa es más grande que el agotamiento. —Me miró con dulzura y, creo que por un acto involuntario, se mordió el labio. Enseguida se dio cuenta de que fue inapropiado. La vi negar con la cabeza mientras tomaba un sorbo de café y noté que se había ruborizado.

—Creo que dejaré de ser tu alumna favorita cuando veas que soy una pésima campista —aseguré, y por alguna razón me gustaba agradarle.

—Vas a seguir siendo mi alumna favorita hasta que deje de enseñar.

Ok. No supe qué decir a eso y no tuve que hacerlo porque Sophia interrumpió sin sutileza poniendo la raqueta de tenis sobre la mesa.

—¿Sabes que la hora libre terminó hace cinco minutos y que tienes clases? ¿O por tener amistad con la profesora puedes saltártelas? —No entendí su pregunta ni por qué sonaba tan enojada. Varias personas se acercaron a ella antes de que Belén se levantara del asiento. Todos la felicitaban. Según lo que podía escuchar, había ganado el torneo. La trataban como una celebridad, pero su cara de enfado apuntaba en mi dirección.

—Julie, acompáñame a mi oficina —solicitó Belén, y busqué una excusa para negarme porque quería felicitar a Sophia y que me contara cómo le fue. Al mismo tiempo, tampoco quería dejar colgada a Belén. *¿Qué me estaba pasando?*

—Tenemos clases. Y no podemos faltar. —Sophia recogió su raqueta y con la otra mano me tomó de la muñeca para sacarme del comedor.

Intenté disculparme con Belén que parecía disgustada, pero Sophia me llevaba con rapidez y de cierto modo me parecía excitante salir de todos sus admiradores para estar a solas. Ella por lo general lucía muy bien, pero con las mejillas rojas de la actividad física, el cabello cubierto por una cinta y recogido con una cola alta y el sudor bajando por su frente... lo estaba mucho más. Y bueno, yo la estaba mirando como una pervertida.

—¿Qué fue esa actitud? ¿Quieres que me expulsen?

—Esa mujer te quiere expulsar del salón, pero para llevarte directo a su cama —añadió enfadada, y no pude evitar reírme.

—¿Sabías que estás loca?

—Ya, Julie, no estoy de humor.

—El salón es por el otro lado.

—Sí, pero ibas a faltar a la clase por tu profe, así que ahora vas a faltar por mí. Quiero que me saques de aquí. —Se veía afectada.

—¿Qué tienes?

—Lo de siempre —contestó—, nada me llena. Gano, hago lo que me piden, intento hacer todo bien, pero es insuficiente.

—¿Insuficiente para quién?

—Para mí, que no logro sentirme orgullosa, y al contrario, me siento vacía.

—Entonces busca algo que te llene de verdad.

—Ya lo encontré. —Se frenó en seco y me miró de arriba abajo—. Eres tú y quiero que me ayudes a escapar de todo esto... ¿Podrías? —preguntó.

Tenía los ojos abrillantados y quise quedarme a vivir en su rostro. Era hermosa, incluso cuando la depresión le impedía darse cuenta de que tenía todo para ser feliz. No quería gloria y decía que estar conmigo la calmaba, así que tuve una idea: si lo que quería era tenerme, por un día sería suya.

—Te voy a dar el mejor día de tu vida —le dije, halándola del brazo y corrimos hasta donde tenía el carro. Abrí la maleta para que dejara su bolso de deporte y la raqueta. Iba a montarse en el puesto de copiloto, pero la frené.

—Hoy manejas tú.

—¿Y eso? —preguntó, sorprendida.

—Porque voy a probar tu fuerza de voluntad.

—¿A qué te refieres?

—Móntate y descúbrelo —respondí y me monté en el puesto del copiloto, viéndola prender el auto y ponerse el cinturón.

—¿Qué tengo que descubrir?

—Siempre me intimidas, ahora descubriremos hasta qué punto te intimido yo —le dije, y Sophia no entendía de qué iba, pero comenzó a conducir y una vez que estuvimos fuera del instituto, me acerqué a ella y comencé a besarla. Sin saber qué me motivaba, pero, más determinada que nunca, le hablé en el oído—: Llévame a la playa y conduce con cuidado mientras yo... —Le mordí el lóbulo de la oreja y lo recorrí con mi lengua.

—¡Joder, Julie! Voy a chocar.

—No, Sophi, no puedes chocar. Esto apenas comienza. Iremos hacia la playa y tus órdenes son fáciles. Sigue el GPS mientras yo experimento.

—¿Me utilizas? —preguntó con voz pícara, viéndome de reojo.

—¿Algún problema con eso? —le devolví la pregunta y la vi sonreírme.

—Ninguno. Soy toda tuya. Úsame a tu gusto. Te pertenezco, princesa.

—La primera regla es que no digas mentiras —refuté—, también eres de Noah y te encanta que te compartan, pero detestas compartir. —Las palabras salieron de mi boca antes de que pudiera pensar y vi su cara de sorpresa, pero no me detuve—: ¿Qué? Es verdad. Me celas de Belén como si fuéramos novias, y que yo sepa la única que está comprometida eres tú, así que no más celos. —La vi asentir con actitud derrotada y manejó siguiendo el mapa, pero no iba a permitir silencios incómodos. Ese día no estábamos para pelear.

—Hoy no vamos a pensar en celos, ni en posesión, ni mucho menos en pertenencia. Hemos ido rápido y ha sido intenso. He conocido todo de ti y te he mostrado mi vida. Siendo sincera, me agrada gustarle a Belén. No quiere decir que la desee, pero me da seguridad y no me siento cómoda con tus escenas de celos. Lo más justo es que yo no diga nada cuando estés con tu novio, y que tú respetes cuando esté con ella. Es mejor entender que esto es la mitad de una relación, y en las relaciones a medias no existen los ataques de celos. —La confianza estaba apoderándose de mí. Estaba madurando como para no dejar las palabras únicamente en mis pensamientos.

Sophia frunció las cejas y con la vista en el camino, comenzó a hablar:

—Como quieras. No volveré a celarte nunca más. Si quieres acostarte con la profesora... —la interrumpí antes de que continuara.

—Si quiero hacerlo, lo haré, pero ahora quiero que te relajes. Querías escapar y quiero ser tu escape. No pienses en lo que no somos, concéntrate en que ahora mismo estoy para ti. —Volví a besarla y metí la mano dentro de su camisa. Ella había ganado en tenis y yo estaba dispuesta a ser su premio.

Sonaba *All we do* – **Trey Songz** y la canción fue ganándose mi simpatía a medida que, siguiendo sus ritmos, fui dejando besos por su cara hasta bajar a su cuello para recorrer el escote de su camisa de tenis. No era la Julie tímida. El ambiente necesitaba destensarse y yo estaba dispuesta a hacerlo.

—Quiero que cantes mientras te beso. —Soné como una mandona, pero mi mano había llegado hasta uno de sus senos. Mis caricias podían ser inexpertas, pero sentía su respiración comprometida así que me aproveché—. Sophi..., ¿puedes cantarme, porfa? —le hablé en el oído sin dejar de tocarla y no tuvo más remedio que complacerme.

La canción era jodidamente sexual y la música *R&B* comenzó a gustarme, cuando con sus ojos grandes e intensos, y con su actitud seductora, comenzó a cantar.

Me estaba enloqueciendo a medida en que su voz cogía fuerza. Podía excitarme incluso con un pie en el acelerador y la mano en la palanca de cambios. Sophia Pierce no necesitaba verme, no necesitaba ponerme las manos encima. Demostró que tenía miles de formas de colapsar mi serenidad.

Nos perdimos por la autopista. Sobrepasábamos los carros con la música a todo volumen y me pregunté, qué pudo gustarle de mí. Era apática y solo me interesaba la Medicina, pero ella llegó a demostrarme que siempre podemos cambiar. Ella me vio cuando ni siquiera yo era capaz de verme.

♫ *Neighbors Know My Name* – **Trey Songz** ♫

Verla cantar tan animada me confirmaba que lo había logrado. Logré que, en un día donde se sentía vacía, consiguiera que en los vacíos también se encuentra la felicidad. Con las ventanas abajo fui descubriendo lo que era amar. Tomé el móvil para grabar una historia. Quería inmortalizar el momento. Saqué los pies por la ventana y me relajé.

—Julie, tienes razón en algo, no me perteneces. Es cierto que no tenemos exclusividad en el cuerpo, pero si el alma pudiera ser exclusiva, la mía sería solo tuya —puntualizó, concentrándose en conducir y dejándome perdida en lo que acababa de decirme.

No importaba el futuro, me arriesgué por encima de lo perdido. Porque si nuestra historia terminaba, ella siempre sería ese recuerdo que me haría sonreír.

Ella con su caos,
conquistó toda mi calma.
Y supe que era suya,
con cada parte de mi ser.

¡Tuya!

Al llegar, dejamos nuestras cosas en la casa de Benjamín. Luego tendría que explicarle, que esa llave que me dio hace años, para cuando quisiera disfrutar de un rato de soledad, la había usado por fin, pero para estar con la misma persona de la que quería que me alejara. Lo saqué automáticamente de mis pensamientos y mientras nos acomodábamos me di cuenta de que, uno: no teníamos comida; y dos: tampoco trajes de baño. Éramos nosotras y un plan que surgió de mi necesidad de que estuviéramos solas.

—¿Tienes hambre? —le pregunté, abriendo la nevera a ver si quedaban municiones.

—De ti —contestó, halándome hacia ella y colocó sus brazos alrededor de mi cuello.

—Te va a dar hambre en unos minutos y no precisamente de mí.

—Uff. Julie, teniéndote, ¿quién necesita comida?

—Muy graciosa, pero es en serio, hay que salir a comprar.

—No estoy bromeando. ¿O ahora no eres tan intimidante como en el carro? Mira que ya tengo mis brazos libres para *tocarte* mejor —enfatizó, paralizando mi ritmo cardíaco. Era distinto estar en el carro y tener el control, que sentir su respiración sobre mi boca y esos ojos expectantes.

—Pagaría por conocer tus pensamientos cada vez que te quedas así, mirándome. —No supe qué contestarle, aunque quise decirle que yo también pagaría, pero porque terminara de besarme.

—Tengamos un día distinto. —Me solté de ella y cogí la corneta portátil de la sala de estar, conectando mi móvil—. Solamente tú y yo hasta mañana por la noche. Podemos hacer lo que quieras —exclamé, abriendo el balcón de la casa que daba directo a la playa.

Era mi turno de escoger la música y sonó en el momento preciso: ***Since You've Been Around* - Rosie Thomas.** Sophia estaba deslumbrada con la vista y yo con la tranquilidad del instante. La playa estaba para nosotras y yo me deleitaba con la colección de sonrisas que ella me ofrecía. Nunca la había visto tan feliz.

—Gracias, Julie.

—No me agradezcas hasta que sepamos qué vamos a comer —bromeé, aunque no era del todo mentira. En mi mundo de cosas planificadas, no tener el control me ponía de los nervios.

—Nos las arreglaremos juntas. —Otro beso en mi mejilla—. Me gusta cuando improvisas y haces este tipo de sorpresas por mí y ya te dije, princesa, que siempre puedo comerte a ti —acotó, lanzándose hacia mí, y comenzó a hacerme cosquillas en una pequeña guerra de risas y agarres que hizo que termináramos revolcándonos en la arena.

No quería que parara a pesar de que odio las cosquillas. No quería que se alejara ni por un segundo, y verla, con la sonrisa maliciosa y con el cabello cayendo a ambos lados de mi cara, hizo que un escalofrío recorriera mis pies hasta subir por cada parte de mí.

Sus ojos se veían de un color miel verdoso que opacaba cualquier tipo de azul. Ni el mar, ni el cielo, ni todo lo maravilloso que nos rodeaba era comparable con la belleza que salía de ella. De forma inconsciente entreabrí los labios, dándole acceso no solo a mi boca, sino a mis sentimientos.

Sophia recostada de mí. Yo, aferrándome a su cintura. Por un momento dejamos de bromear. Nos quedamos a vivir en un contacto, en una cercanía, en un instante que pensé que daría paso a sus besos, pero lejos de besarme, habló muy cerca de mis labios.

—Mis vacíos ni se sienten cuando estoy contigo.

—Tus vacíos tienen el poder que les concedas: pueden ser desgarradores, decirte que no vas a llegar a ningún lado y que la vida pesa, o pueden estar ahí para recordarte que sientes, pero que tienes potencial —susurré, en un juego de deseo y también de amor.

—Quería enseñarte que la vida iba más allá de tu mundo y terminé aprendiendo de ti.

—¿Cambiarías algo?

—La verdad sí. —Se apretó contra mi cuerpo, y sentí la arena meterse hasta en mis partes íntimas, pero no me importó.

Hubiese querido paralizar el tiempo para quedarme en ese instante. Con el ruido de las olas rompiendo, en la misma playa donde mi mejor amiga me vio llorar, pero con una persona que hacía música de su respiración, para ir dirigiendo el compás de cada uno de mis latidos.

Con ella entendí que el dolor a veces vale la pena, y pueden decirme masoquista, pero vivir sin sentir por miedo a las heridas es apagarnos. La vida estaba afuera, y yo había construido una jaula. Con ella supe lo que se sentía salir. Recorrer el mundo, vivir la oportunidad, ser más que los planes, salirme de la rutina, ver por encima de mi zona tranquila y segura. Sophia me mostró que había un cielo, y no importaba si su vuelo iba más rápido…, siempre podría encontrarla. Ya sabía volar.

—¿Sabías que a veces te retraes tanto que siento que me ignoras? —me preguntó con su carita infantil y unos ojos que expresaban intriga.

«Pienso en ti, Sophi. Pienso en ti y en todo lo que me has cambiado la vida.»

Sí. Esas pequeñas cosas que no nos atrevemos a decir.

—A veces volteo a ver cómo era mi vida antes de ti y...

—¿Y ni siquiera puedes con la nostalgia? —me interrumpió Sophia—. O al menos a mí me pasa, Julie. Volteo a ver cómo era sin ti y descubro que siempre estuve esperándote. Cuando fui al instituto, aburrida, amargada, cansada de vivir, te vi retraída en un libro y dije: ¿No se da cuenta de que se están burlando de ella? Jéssica me decía que eras una mojigata, y quería decirle que parara, pero tú estabas absorta en la lectura. La vida parecía no dolerte y no sé por qué lo hice, pero caminé hacia ti y no pude parar. Caminé a tu mundo y necesitaba acariciarte, saber cómo se sentía tu piel. Verte nerviosa hacía que lo deseara más. Como la heroína, con la única diferencia de que tú no me matabas, al contrario, fuiste recordándome lo bonito de vivir. Fuiste salvándome y dices que solo me diste las herramientas, pero, Julie, ¡mierda! eres perfecta. Eres en todo lo que pienso —confesó, dejando de mirar al cielo para recostarse de su mano y mirarme a mí.

Puedo decirles que en ese instante nos volvimos inmortales. Que allí, tiradas en la arena, con una simple mirada, supimos que no nos olvidaríamos.

Una vida, de entre miles de millones, se encontró con otra y construyeron lejos del ruido un momento inolvidable. Y aunque pasaran millones de años, aunque nuestra esencia fuera invisible, siempre existiríamos. Lo que vivimos iría mutando, sería como las olas que se transforman, como las huellas que se pierden, como el sol que ama tanto a la luna como para saber, que incluso en la distancia y en la improbabilidad, el amor jamás desaparece.

—Te tengo una sorpresa. —Sophia cortó la mirada a la que nos habíamos mudado, se levantó de la arena y corrió al interior de la casa.

No supe si seguirla o quedarme disfrutando de las millones de mariposas que nacieron en mi estómago, pero mi cuerpo contestó quedándose rendido en la arena, con la mirada fija en el movimiento de las nubes. El cielo era de un azul celeste apacible, así como ese día en el que la rutina no se hizo presente.

A los pocos minutos, Sophia regresó con una guitarra.

—La tomé prestada de la casa —dijo, con una sonrisa segura, para añadir—: Es una playa privada, ¿no? Porque de no ser así corres el riesgo de que todos vean mis maravillosas curvas, y mira que quiero que sean solo tuyas —añadió mientras se quitaba el *sweater* negro que le había prestado y también su **short**.

—Eres bastante modesta, ¿no?

—Y tú bastante descarada, pero tranquila, Jul, te doy permiso de que me devores y no solamente con la mirada. —La vi correr hacia la orilla y me dije a mí misma que debía dejar de mirarla, pero me superaba.

«¿Aló? ¿Autocontrol? ¿Aló? ¿Decencia? ¿Volverán pronto?» La verdad es que no volvieron.

—Julie... ¡de cerca me puedes ver mejor! —gritó, tan engreída y preciosa como siempre.

—Te crees mucho, guapa —respondí, sentándome a su lado y metiendo los pies en el agua cristalina, al tiempo en que Sophi se apoyó en una piedra.

Las olas chocaban con nuestros pies y el frío del agua era refrescante. La tarde estaba preciosa, o Sophia la hacía preciosa, para qué mentir.

—Julie, no puedo darte todo lo que te mereces. No puedo darte grandes regalos o construir muchas clínicas para que salves vidas, así como en mis dibujos, pero quiero regalarte mi voz. —Ella me daba más que el dinero, pero no iba a interrumpirla, así que asentí—. Me aprendí una canción de tu cantante favorito, y aunque plasma lo que quiero decirte, no dice que me encanta cuando me miras, o que cuando te sonrojas quiero lanzarme sobre ti y que, si me he contenido, es porque no quiero que hagamos algo de lo que luego te arrepientas. Nunca quise cantar por dinero, pero me di cuenta de que amo la música porque con ella puedo acercarme a ti —explicó, y ella no era común, buscaba en un pestañeo conseguir sus respuestas. Necesitaba saber por qué la vida era injusta, por qué las personas que quería no estaban a su lado.

Sophia Pierce irradiaba luz, aunque su corazón estuviera triste.

Cada vez que hablaba me hacía pensar que era mayor, pero su madurez consistía en que no había sido sepultada por la sociedad. Le dolía porque estaba despierta. No le importaban las apariencias. No vislumbraba ser famosa, porque no necesitaba fama. Y me fui enamorando de aquella que quiso convertirse en mi mejor amiga. Me fui enamorando a un punto sin retorno. Me fui perdiendo mientras el viento le movía el cabello, y con la guitarra en sus piernas y el mar de testigo comenzó a cantar. ♫ *One of These Days* - **Vance Joy** ♫

Con la voz ronca y sus dedos golpeando con fuerza la guitarra, confirmé que la quería para más que algo pasajero.

Me había enseñado que el presente es lo importante. Que cada desliz se convierte en besos que dimos o que dejamos de dar, y yo que ni siquiera había besado, conseguí unos labios que me llevaron al espacio ida y vuelta y me dijeron: «Tienes todos los boletos que quieras, pero si me dejas ir contigo».

Nunca la había visto cantar de ese modo. Movía su cabeza a medida en que sus dedos expertos tocaban la guitarra del mismo modo en que quería que me tocara a mí. Estaba haciéndome un concierto privado y se movía con una sensualidad irreal. Toda la imagen era surrealista. Sola, con una persona que conocía desde hace poco y que me conocía más que nadie. Moviendo su cuerpo cubierto por un sostén negro y un hilo diminuto que apenas cubría su parte íntima. Me miraba con una jocosidad natural. Tenía la destreza de intimidarme a distancia. Me estaba tentando y su venganza por lo que le hice en el carro... estaba dando resultados.

♪ *The moment you stop looking*
Yeah, the moment you stop looking
wherever you go, you'll be in the right place
You'll never know the difference it makes
When you let go, and give up your chance ♪

El momento era ese, y cuando terminó de cantar, me olvidé de cualquier timidez. Corrí hasta ella, le quité la guitarra y la puse lejos del agua, para luego volver con la intención de arrojarme a sus labios. Sus ojos me miraban con chulería, como si supiera qué iba a pasar o pudiera leer mis pensamientos.

Nuestras lenguas se encontraron con necesidad. Ella marcó el ritmo. Yo me dejé llevar cediéndole el control a medida que su lengua recorría mi boca.

Pude sentir nuestros labios en una guerra por pertenecerse, por estar, por quedarse un rato, suplicando que ese rato no se acabara.

Sophi me quitó la ropa con desespero, y pude ver que no se contenía. Me recorría lascivamente y luego con admiración y ternura. Ambas formas me volvían loca. La tierna y la bestia.

Agradecí haberla conocido. Me sentía la persona más afortunada y ni siquiera me di cuenta de cuándo me arrastró hasta el agua. En una milésima de segundos sentí sus manos desabrochar el broche de mi sostén y la vergüenza fue invadiéndome en 3, 2, 1.

—¡Hey! —exclamó, sosteniendo mi cara con sus manos y el frío se coló por mis pies. El agua estaba helada—. Olvídate de la pena. Quiero que conmigo no te avergüences. —Y «*yo quiero negarte algo, Sophi, pero parece imposible*, pensé.»

Sin saber cómo, fui arrastrándome a la playa. El viento chocaba contra los orificios de mi cara y el frío iba entrando en ellos. Sophia pareció darse cuenta, porque enseguida logró cambiar el panorama. Se quitó ella misma su sujetador, y lo lanzó con todas sus fuerzas para que llegara a la orilla. Y lo siguiente que sentí fueron sus senos pegándose a los míos, mientras me atraía a ella, tomándome por la cintura. Me besó mordiéndome el labio inferior, y no supe cómo había hecho para estar tanto tiempo separada de su boca.

La besé con más fuerzas, intentando que no desapareciera. Mi cuerpo me pedía a gritos el suyo. Apretando sus labios con decisión, profundicé el beso. Jugué con su lengua, conociendo las razones que me hicieron enamorarme.

El hormigueo regresó. Las mariposas se hicieron presentes, y no solo en mi estómago cuando sentí sus dedos jugar con mis pezones.

Sophia era insistente, me miraba con desenfreno. Recorría mi cuerpo entre tierna y agresiva y, en medio del mar, a la altura suficiente para poder tocarnos, sedujo mi espalda con caricias suaves al tiempo en que mordió el lóbulo de mi oreja diciéndome: «Soy tuya, Julie». Enredé mis manos en su cuello, atrayéndola. No me importaba si me mentía. Al final, todos nos mentimos para sobrevivir a la realidad.

La besé sabiendo que al día siguiente estaría con su novio.

La besé sabiendo, que incluso si era un cuento breve, era mi favorito por sobre cualquier historia.

Quería pedirle que nunca se fuera. Siempre quise eso. Todo el tiempo imaginaba que podía funcionar. No me interesaba la sociedad, mis padres. Nadie. Si queríamos podíamos hacerlo, pero ella estaba con Noah.

Abrí mis ojos para verla y, casi al instante, ella también lo hizo.

—¿Qué tienes?

—Intento quererte de la manera en la que me lo permites, pero duele.

—No pienses en eso, Julie. Estoy contigo y este día es todo lo que importa. —Fue dejando besos por mi rostro y yo me dejé llevar, mientras sentía sus manos acariciar mis senos.

Estaba confundida. La mitad de mis sentimientos quería que me tocara, que hiciéramos el amor en el mar, como en los cuentos. La otra sabía que la caída sería fuerte y que tal vez, no sobreviviría. Pero a veces no pensamos racionalmente y teniéndola en frente, mis deseos tomaron el control. Quería que mi primera vez fuera con alguien de quien estaba enamorada.

—¿Estás segura?

—¿Me lo preguntas después de que me desnudaste? —le pregunté, y sin pensarlo, recorrí sus senos con mi lengua. Dejó de importarme la inexperiencia. Quería que, así como dijo, fuera mía y de nadie más.

Escucharla gemir fue excitándome. Un escalofrío volvió a recorrerme, pero esta vez se instaló en mis partes íntimas. Necesitaba más.

—Quería esto desde que te conocí, pero no podía admitirlo —susurró con una voz tan ronca, que hasta me pareció irreconocible.

—Lo quiero tanto como tú, y sí, Sophi, estoy segura.

Volvió a besarme sabiendo que tenía mi autorización. No conseguía entender cómo estando solas y sabiendo que teníamos toda la noche, estábamos tan frenéticas. Le pedía que no se detuviera. Quería más de sus besos, mientras sus manos fueron arrastrándome fuera del agua y no sé cuándo volvimos a estar en la orilla, recostadas en la arena.

No podía respirar y no tenía miedo. O tal vez los miedos que tenía estaban dormidos por el efecto Sophia Pierce.

—Eres jodidamente irresistible. —Se apartó de mis labios para dejar besos por mi abdomen al tiempo en que acariciaba mis senos.

Sentí su cuerpo tan cerca del mío que no pude controlarme. Estaba ardiendo de deseo y se notaba. Pero Sophia no quiso llegar al punto exacto en donde la requería. «¿A qué estás esperando?», más que una pregunta era un reclamo, guiado por un deseo que no podía frenar.

Vi su cara mientras bajaba por mi cintura. Tenía cara de maldad, de picardía, de niña diabólica y al mismo tiempo angelical. Y cuando pensé que no podía torturarme más... tomó mi mano izquierda y despacio introdujo mis dedos en su boca.

Intenté contener un grito ahogado, por supuesto que fallé.

Intenté no gemir, pero verla succionar mis dedos lentamente sin dejar de mirarme, era una imagen que me estremecía. No era dueña de mí. Quería llevarme al límite, y lo hizo. Quería ser mis primeras veces, y se las entregué. Quería que se lo pidiera, y allí estábamos.

—Sophia...

—¿Qué? —Sacó mis dedos de su boca y se puso a ahorcajadas sobre mí.

—¡Hazlo!

—Quiero que seas más específica. ¿Qué quieres que te haga exactamente? —preguntó con el pelo empapado cayéndole por la cintura y algunos mechones desordenados sobre la cara.

—Tócame. Quiero que me toques —le dije, y con una sonrisa triunfal besó cada parte de mi cuerpo. Y exploramos mutuamente cada centímetro, cada lunar, cada cicatriz.

Comenzó a moverse sobre mí, llevándome a lugares que no conocía y de los que no quería salir. El sonido de las olas rompiendo muy cerca de nosotras era alucinante. Siempre pensé que hacerlo en la playa sería incómodo y nada agradable, pero Sophia cambiaba mis patrones. Todo lo que no me gustaba, con ella superaba lo perfecto.

Nos besamos como si quisiéramos arrancarnos los labios, hasta que nos dimos cuenta de que ninguna se iría.

Abrió ligeramente la boca y entrecerró los ojos, mientras sus manos se abrían paso bajando por mi ropa interior. El nerviosismo de una sensación nueva se hizo presente. Ella me besó con dulzura, me besó, pidiéndome que me relajara y que no tuviera miedo.

Mi corazón se detuvo. Tenía terror de no saber si dolería. De no saber si era lo correcto, pero con una delicadeza y unos ojos que me miraban con tanto amor, esos miedos fueron neutralizándose.

Era más la excitación que el temor. Y escucharla decirme al oído: *«Eres mi princesa y no te quiero compartir»*, terminó de enloquecerme.

No podía más y su mano jugaba con el borde de mi ropa interior. Quería volverme loca, y se movía sobre mi pierna a medida que iba abriéndose paso. No supe cómo resistí tanto, pero cuando sentí sus dedos acariciarme, el deseo se multiplicó.

—¡Julie! —dijo cuando se dio cuenta de cómo me tenía.

—Cállate... —Me aferré a su cuello y cerré los ojos dejándome llevar por los movimientos que hacía.

Me tocaba superficialmente, lo hacía lento. Me trataba como a su princesa, sí, pero necesitaba más. Así que utilicé unas armas que no sabía que tenía.

—Házmelo, Sophi, fóllame como si se te fuera la vida en eso. Necesito más. —Me mordí el labio inconsciente, y un gemido leve escapó de sus labios.

Sus dedos llegaron al lugar donde yo deseaba. Sentí sus labios morder mi cuello para arrancarme otro gemido. Me aferré a su espalda, mientras entraba en mí suavemente. *«Vamos despacio, si te duele paro»*, fueron sus palabras, pero no me dolía.

Poco a poco fue dejándose llevar, y yo, que no sabía que era tan escandalosa, lo descubrí cuando entraba y salía de mí, subiendo el ritmo a la medida de mis reclamos. No podía controlarme, pero cuando obtuvo más profundidad sentí un dolor que se vio nublado por el nivel de mi placer. Sophia intentó parar, era cuidadosa, estaba atenta a que fuera perfecto y lo estaba siendo.

—Ni se te ocurra detenerte, quiero más.

—Mmm... Con que a esto se refieren cuando dicen que las tímidas son las peores —soltó, y mi respuesta fue callarla con un beso y cambiar de posición.

Me monté sobre ella moviéndome a mi ritmo sobre sus dedos. Esos que me dieron más placer del que pensé que iba a sentir en toda mi vida.

Ver su cara de satisfacción me volvía loca. Sentirla adentro de mí era... no puedo describirlo, pero no quería que otra persona me tocara. Hasta que volvió a tumbarme en la arena y, sin pensarlo, hizo eso que había jurado nunca hacer. ¿Por qué no la detenía? ¿Por qué no le decía que me daba asco el sexo oral? Su lengua fue jugando conmigo y tuve que taparme la boca para no gritar. ¿Por qué me estaba dejando? ¿Por qué le pedía más? ¿Por qué me estaba encantando? Yo odiaba el sexo oral. ¿Qué estaba pasando? No podía pensar.

Introdujo su lengua, atrayendo mi cuerpo a su boca en un vaivén excitante. Sentirla adentro hizo que me moviera más rápido. Me estaba comiendo entera y yo le gritaba que siguiera. Había cambiado radicalmente, o con ella estaba perdiendo la vergüenza.

Sacó la lengua hasta dejarla en mi clítoris, mientras con sus dedos, volvió a entrar en mí... lento, rápido, de nuevo lento, más profundo... No podía más. No pude aguantarme. En un gemido imposible de controlar..., sentí la humedad deslizarse sobre su mano. Sentí una explosión. Mejor que las estrellas. Mejor que un túnel que te lleva al sitio de tus sueños. Mejor que volar. Se sentía mejor que todo aquello con lo que soñaba. Intenté recomponerme de lo que iba experimentando... ¿Qué era? No lo supe, pero se sentía como creo que debe sentirse estar en el cielo.

No podía respirar, no podía entender cómo me sentía así. Y verla, intentando recuperar el aliento, con esa carita complacida, tumbándose sobre mí para darme un beso profundo, fue una de las experiencias más maravillosas que he tenido en mi vida.

—Eres mía —fue lo primero que dijo con unos ojos que parecían dos planetas llenos de vida, y recién descubiertos.

Nos hice girar colocándome sobre ella, y sujetándole ambas manos al lado de su cabeza, contesté:

—¡Tuya!

Ese día tuve un descubrimiento: entendí que nuestro universo no estaba en un dibujo. Ese universo del que tanto me hablaba, éramos nosotras.

Ella no llegó a las 11:59.
Ella llegó a las 12:00 a.m. No llegó tarde.
Llegó cuando inicia otro día.
Llegó para el comienzo
y no para el final.

Ella era fuego, y yo más de agua.
Ella era sociable, y yo más distante.

Yo quería enseñarla a ser cuidadosa,
y ella, quería enseñarme a confiar.

Yo casi no hablaba, me gustaba escuchar.
Ella se iba enamorando de mis silencios,
y saltaba mis barreras
para conocerme un poco más.

Y así comenzó nuestra historia.
Una que no estábamos buscando,
pero nos encontró.
Teníamos dos opciones:
quedarnos o huir.

Y tú, amando lo imposible,
¿harías que suceda
o preferirías dejar ir?

"No voy a abandonarlo"

Recostadas en la arena, el tiempo se detuvo en una especie de paz interminable que hacía imposible que alguna de las dos se levantara. Podría confesar con total certeza que no sabía que el amor fuera tan intenso. No tenía idea de que quererla significara ese remolino interno que me hacía sentir viva. Y con mi corazón latiendo fuerte y con Sophia besándome como si necesitara que nuestros labios nunca se apartaran, confirmé que la amaba y que no quería hacerlo por un rato o por la mitad. La quería completa y para siempre, aunque supiera que no era de las que tenías, ni mucho menos de las que se quedaban.

—¿Sabes que necesito respirar? —le dije, después de coger oxígeno en medio de un beso, y volvió a besarme con su mirada pícara y actitud desenfrenada.

—Intento recuperar el tiempo perdido.

—Pudimos hacerlo hace mucho en casa de Christopher, no tengo la culpa de que para algunas cosas seas tan lenta —fastidié.

—¿Cómo me llamaste? —Y sin momento incómodo, sin la tensión que ocurre después de tener sexo por primera vez, Sophia se subió sobre mí.

—¡Para! ¡Cosquillas no!

—Me detengo solo porque me diste el mejor sexo de mi vida. —Sin previo aviso, dejó de hacerme cosquillas para comerme a besos.

Sentí su boca besarme por toda la cara, por el cuello, por todas partes y no sé cuánto tiempo estuvimos revolcándonos en la arena, lo que sí sé es que podía haberme quedado a vivir en ese instante. Con ella haciéndome sentir única y con ese impulso que teníamos de eliminar cualquier distancia.

—¿Adónde vas?

—A preparar comida y a bañarme. —Me levanté de la arena y le extendí la mano para ayudarla a parar—. Y tú vienes conmigo.

—Te dije que podía comerte a ti. —Sostuvo mi mano para halarme hasta su cuerpo y allí estábamos de nuevo... tiradas en la arena.

—El problema es que ya me comiste, en cambio yo... Ahora es mi turno. Pero no aquí. —Y no sé cómo conseguí el valor, pero nada me importaba, necesitaba descubrir cómo se sentiría hacerla mía.

Volví a levantarme viendo cómo su cara tenía una expresión de sorpresa. Me miraba como diciendo..., ¿es en serio? Pero sí. Era muy en serio. La ayudé a levantar y sin darle tiempo de reaccionar, regresé a sus labios. Mi lengua necesitaba estar dentro de Sophia, y no me refiero a sexo oral, para ese entonces, a pesar de quererla, todavía no concebía que en algún punto llegara a querer hacer eso.

Odiaba el sexo oral, y me encantó cuando me lo hizo, lo que no significaba que estaba preparada para hacérselo a ella.

Cogimos la guitarra y entramos a la casa entre besos y pasos torpes. No podíamos soltarnos. Nos besábamos con la desesperación de quien no quiere que se termine. Con las ansias de quienes han esperado demasiado. Era nuestra oportunidad para estar juntas y aprovecharíamos cada segundo, sabiendo que era tiempo prestado, que en algún punto iba a acabar.

Sophia me condujo hasta la ducha y no me importó estar completamente desnuda. Entramos al baño para quitarnos la arena, para quitarnos las ganas, para quitarnos ese deseo que, al contrario, cada vez iba en aumento.

Intenté tocarla, pero me cogió de las muñecas y me pegó contra la pared, y no pude decirle que no. Se sentía extraño, quería tocarla, pero me encantaba sentirme en sus manos. Y volvimos a hacerlo. Sophia fue menos delicada que en la playa, y creo que incluso, lo disfruté más. Entró en mí a medida que el agua caía sobre nosotras y no dejaba de besarme. Me alzó como si no pesara nada, guiada por el deseo, por esos ojos que me decían que querían más. Su lengua hacía que me erizara y sus dedos, me mostraban a una persona experta.

Con Sophi dentro de mí, preguntándome si podía aumentar el ritmo, comencé a hacerme adicta al sexo, pero no con cualquiera, sino con ella. Enredé mis dedos en su cabello, y acercándome a su oído le dije que podía hacerme lo que quisiera, al ritmo que quisiera y sin pedir permiso. Me besó con desenfreno mientras aumentaba el ritmo y no podía creer cómo había vivido tanto tiempo sin esas sensaciones.

Al terminar, tomamos prestada la ropa de Paula que estaba en el clóset. Me puse un camisón que me cubría las rodillas y Sophia, más atrevida, prefirió quedarse en ropa interior.

El hambre había empezado a inquietarme. Necesitaba que comiéramos, aunque ella parecía dispuesta a cumplir su palabra y solo alimentarse de mí.

—Sabes que siempre tuve una fantasía sexual contigo y creo que hoy podemos hacerla realidad —me dijo, besándome desde atrás mientras me disponía a verificar si teníamos los ingredientes para hacer una *pizza*.

—Ah, ¿sí? ¿Desde cuándo tienes fantasías conmigo? —le pregunté, a medida que sacaba la harina de trigo intentando concentrarme, aunque con ella recostándose en mi cuerpo y tocándome los senos, era una tarea difícil.

—¿Recuerdas el día que me invitaste a tu casa para hacer la tarea de cálculo? —Asentí con la cabeza y Sophia continuó—: Ese día mi mente pervertida se imaginaba pidiéndote ver una película y luego, ya sabes...

—No, no sé. —Volteé a verla.

—En vez de ver la película, en mi fantasía bajaba mi mano por tu abdomen, haciéndote cosquillas "amistosas", ¿sabes? De esas que se dan las mejores amigas.

—No le veo lo sexual.

—Luego de tu abdomen bajaba un poco más —comenzó a hablarme en el oído y su mano fue representando todo lo que narraba—, hasta que no pudieras respirar, hasta que te costara decirme que me detuviera... —Apartó el borde de mi ropa interior y su sorpresa al sentirme, la motivó más—. Estarías nerviosa, preguntándote qué ocurría y fingirías ver la película; mientras, yo me ocuparía de que me pidieras hacértelo, así como hoy.

Sus dedos iban jugando conmigo, volviéndome loca, haciéndome desesperar. Y no sé cómo, no sé de qué manera terminé sentada en la mesa de la cocina abriéndole el paso y prácticamente implorándole que profundizara.

No parecía entender que no me iba para ningún lado. Quería más y yo quería que lo quisiera. Me abrazaba, besaba cada parte de mí y me hacía gritar su nombre y conocer que mi cuerpo no ponía límites, o al menos, no los ponía para Sophi.

Después de volver a hacerlo, se decidió a apiadarse de mi estómago y resultó que no me dejó hacer la *pizza*.

—Aprendí a prepararlas por ti, princesa. Sabía que en algún punto iba a necesitar saber cocinar algo, así sea una buena pizza —me dijo y luego añadió—: Hoy no quiero que hagas nada, quiero atenderte en todo.

Con un beso en mi frente me dejó sentada en el mesón de la cocina y comenzó a cocinar. Se veía *sexy* con su abdomen definido y el cabello recogido en una cola. Moviéndose alrededor de la cocina y bailando al ritmo de la música que sonaba del reproductor: ♫ *If lose Myself – Alesso ft One Republic* ♫

Sophia parecía tenerlo todo controlado. Había recobrado esa felicidad que tenía apagada desde que la vi. Cantaba y cocinaba como si fuera una experta. Sabía que no era lo suyo, pero lo hacía por mí, y así estuve un rato, simplemente observándola. Hasta que busqué una botella de vino, para luego conseguirme con sus ojos y el brillo de su mirada.

—Hoy no haces nada, Julie, eres mi princesa.

Me quitó la botella y me llevó hasta el sofá, para luego traerme la copa de vino. No podía ser más dulce.

Benja, estoy en tu casa de la playa con Sophi. Ya hablé con Sergio, estamos bien, pero estoy desvalijando tu nevera y también voy a tomarme un par de botellas de vino. ¿Me das permiso? 06:11 pm ✓✓

¿WHAT? ¿Qué te dijo Sergio? Te he llamado todo el día. Estaba preocupado. 😵 06:11 pm

Saben que estoy bien. Solo me dijeron que no saliéramos de la casa hasta que volviéramos, pero todo bien. ¿Puedo tomarme tu alcohol? 🙈 06:13 pm ✓✓

Ni siquiera tomas Julie. 06:14 pm

Aprendí que el vino me gusta y estoy celebrando que ya no soy virgen. 06:15 pm ✓✓

¿Y desde cuándo eres tan expresiva? No suenas como tú misma. Además es mucha información. Tómate todo el vino que quieras. Todo lo mío es tuyo, menos Paula (que conste). 😒 Te dejo hablando con ella, no quiero detalles. 06:17 pm

Jajajjaj.... Eso es porque ya llevo la segunda copa de vino. Primero me las tomo y luego pido permiso. 😋😋😋 06:18 pm ✓✓

Es Paula... ¡NO PUEDE SER! ¿Te llamo? ••••••••••• 06:20 pm

Ya Sophia está terminando la pizza, hablemos por aquí. 06:22 pm ✓✓

¿Aparte te cocina? Nooo.... ¿Te gustó? ¿Sangraste? 06:23 pm

Paulaaa... ¡No sangré y qué clase de pregunta es esa! 😳😳 06:25 pm ✓✓

Sabía que este día llegaría y por eso... 😈😈😈😈 ¡Te compré un consolador! Será mi regalo de cumpleaños para ti. Así Sophia puede jugar... pero te adelanto la sorpresa 😂😂😂😂😂😂😂😂😂 06:25 pm

¡Estás loca! Pero fue asombroso, fue increíble. 06:28 pm ✓✓

¿Y ya la tocaste? 06:25 pm

No, prácticamente ha sido ella a mí. 06:30 pm ✓✓

No me jodas, Julie. Estuve investigando desde que supe que eres lesbiana y no puedes ser una pasiva. ¡Es mejor que seas versátil! Así que lánzate, tócala, que sepa que también tienes derecho 🔥🔥🔥🔥 06:32 pm

Qué innecesario 06:33 pm ✓✓

jajajajajajjajajajajajajajajajajaj... 06:33 pm ✓✓

¿Estás borracha verdad? En todos los años de amistad lo máximo que he ganado de ti por WhatsApp es un: Ja ja. Y hoy no dejas de mandarme stickers y emojis. 06:34 pm

¡Paula! No sé si vaya a gustarle, además ni siquiera sé cómo hacerlo. Y no estoy ebria, estoy feliz. 06:35 pm ✓✓

imagínate. Una pasiva feliz 😌 06:35 pm

NO HAY RESPETO 06:38 pm ✓✓

¡Idiota! ¡Ya la pizza está lista! Te dejo. 06:38 pm ✓✓

Ok pasi... disfruta y vuélvete loca. 06:40 pm

Guardé el móvil cuando Sophi se acercó a mí.

—Espero te guste. Te preparé jugo de fresa porque es tu favorito. —Me guiñó el ojo y dejó la bandeja sobre mis piernas.

—¿En dónde firmo para que este día nunca acabe?

—En ningún lado, princesa, porque me encargaré de que cada día sea mejor que el anterior —afirmó con suficiencia, y sentándose a mi lado, cogió un pedazo de *pizza* acercándolo a mi boca—. El reto final. A ver, Julie, la que cocina riquísimo y hace todo bien, puedes ser sincera si no te gusta. ¡Muerde! —Le pegué un mordisco a su *pizza*, quedándome embelesada por el sabor.

Era de champiñones, con trocitos de tocineta y *pepperoni*.

—¡Está riquísimo! ¿Cuándo dices que aprendiste?

—En el centro de rehabilitación —contestó, con una sonrisa que denotaba su orgullo, y dejamos de hablar para comer, o, mejor dicho, para devorarnos la *pizza*. Al parecer no era la única que se moría de hambre.

—Juguemos a preguntas y respuestas. Yo empiezo —lancé—, ¿con cuántas mujeres has estado aparte de mí?

—Yo sola con ninguna. Noah y yo sí hemos hecho algunos tríos, pero realmente nunca las toqué. Es decir, lo complacía y experimentábamos, pero no me dio ese deseo.

—O sea que era un trío donde lo veías hacerlo con ellas y contigo, pero ¿no había ninguna dinámica entre ustedes? —pregunté, y la vi encogerse de hombros.

—Supongo que no me llamaba la atención. No me gustan las mujeres, Julie. Me gustas tú.

—Hasta donde yo sé, soy mujer —contesté, sacándole la lengua.

—Y la más linda de todas... —me dio un beso tierno en los labios para añadir—: Lo que quiero decir es que me gustas tú y por eso cuando Noah me pidió que hiciéramos un trío tuve ganas de ahorcarlo. No quiero que él te toque. No eres un experimento para mí, y el hecho de dormirme pensando en ti, o de que deseara tanto estar contigo, me volvía loca.

—¿Te molestaba que fuera mujer?

—No —contestó—, me molestaba que no estuvieras en mis planes. Por ejemplo, cuando estabas en el hospital era como si todo estuviera bien, cuando te ibas, volvía a estar mal y no es la idea. Me da miedo aferrarme tanto a ti sabiendo que te vas, pero no quiero pensar en eso. Ahora es mi turno... ¿Sientes miedo de estar conmigo?

—Sophia apartó la bandeja ya vacía y me dio la mano para dirigirnos al sofá que había en el balcón.

—Es confuso porque no creo que sea miedo, aunque al principio sí porque eres la primera persona que me gusta y a veces creo que es perfecto disfrutar el momento, pero otras, que quizás a la hora de que se termine va a ser doloroso. Porque no eres la única que se está aferrando. Contigo lo aburrido pasa a no serlo y todo se torna distinto. Incluso el sexo oral —se me salió, y aunque lo dije para mis adentros, Sophia no lo pasó desapercibido.

—¿Escuché sexo oral?

—No. —Fingí demencia, recostándome en el mueble.

—¿Qué tiene que ver el sexo oral? Tienes la opción de decirme o que te torture a cosquillas hasta que hables —respondió sonriente.

—Sophia.

—Julie, ¿qué ocurre con el sexo oral?

—Me resultaba asqueroso y había jurado que nunca dejaría que nadie me lo hiciera, y bueno, pensar en hacerlo me causa ganas de vomitar.

—Oh... No puedo creérmelo. ¿Tienes fobia del sexo oral? —soltó una carcajada—. Eres una cajita de sorpresas. Sabías que eres muy extraña, ¿no? —preguntó, y otro beso en mi frente repleto de dulzura disparó a las mariposas que estaban dormidas. No pude evitar sonrojarme por mi confesión.

—Es que hace unos años Claudia y yo entramos al cuarto de visitas a llevarles la comida a los niños que se habían quedado a dormir, y Paula estaba de piernas abiertas —no pude terminar de hablar—. ¿Ves? Todavía recordarlo me causa náuseas. Luego Paula intentó ponerme porno para que me adaptara, porque no podía ni verla. Benjamín estaba igual de avergonzado que yo. Pero juntas intentamos verlo y de nuevo casi corro al baño. Me produce asco —confesé, y Sophia recostó la cabeza de mis piernas.

—¿Te dio ganas de vomitar hoy? Porque si es así eres una gran actriz —bromeó.

—Contigo sí me gustó.

—¿Cuánto?

—Mucho, pero no creo poder, ¿me vas a querer igual, incluso sin sexo oral?

—Es imposible que deje de quererte si eres tan tierna, pero, te aseguro que vas a implorarme llegar a ese punto.

—No lo creo, pero me encanta que seas tan segura. —La molesté y se quedó mirándome. El silencio se adueñó de nosotras, pero era de esos silencios que no necesitan eliminarse. Podíamos hablarnos sin decir nada y disfrutar la una de la otra en medio de la quietud. Pero algo cambió. Volví a encontrar en sus ojos ese dolor que las últimas horas había estado oculto.

—Vamos a la orilla de la playa —dijo, poniéndose de pie, y la seguí con esa sensación de que algo había pasado, pero no sabía qué hasta que una vez llegamos a la orilla, me preguntó—: ¿Cuándo te vas a la universidad?

—Dos semanas después del viaje de fin de curso —respondí.

—Prácticamente no queda nada, creo que será raro y triste tenerte lejos.

—Podemos hablar cada día, no es como si no fuéramos a volver a vernos —traté de explicarle que podíamos con la distancia, pero no funcionó.

—Fuiste como uno de esos espejismos en el desierto. Un trago de agua cuando me sentía deshidratada.

—Con la diferencia de que soy real y estoy contigo. ¿Eso no cuenta?

—De hecho, hace que sea peor. Es como conocer a alguien que supera todos tus sueños y saber que luego va a irse. Como cuando eres niño y te prestan un juguete, pero no es tuyo y al final te lo quitan. Y sé que no eres un juguete, pero no quiero que te vayas.

—Puedes venir a verme, quedarte conmigo cuando quieras, es cuestión de planificarlo. Tienes potencial, cualquier escuela de tenis te querría. O si aceptas la propuesta de la banda de chicas, ¿las grabaciones son allá?

—Faltan tres audiciones más y no puedo irme y dejar a Noah.

De nuevo, sus palabras, como golpes en la cara, me sacaron de la irrealidad en la que me había sumergido.

—Es estúpido que esa dependencia insana haga que te alejes de tus sueños. Ni siquiera yo, que viví toda mi vida ajena a las emociones, y ahora me desvivo por ti, sería incapaz de dejar la Medicina porque te quiero. Es absurdo que otra persona haga que renuncies a tus sueños, es una gran tontería. —Con la luna sobre nosotras y esas estrellas que tanto le gustaban, mis palabras endurecieron sus facciones. No debí decir todo lo que pensaba, pero no me interesó. Además, si tenemos los pensamientos es para expresarlos.

—Julie, el hecho de que nadie te importe más que tus sueños, no quiere decir que todos seamos así. A veces, los intereses personales hacen que la gente sea egoísta, y no digo que esté mal que jamás renuncies a lo que quieres, pero si amas no te importa hacerlo y yo no voy a dejarlo.

—Cuando amas, no te acuestas con otra persona, ni le bajas el cielo así como haces conmigo —contraataqué.

—He sido clara contigo, no te mentí. Te pregunté si estabas segura y...

—Y no me arrepiento de haber tenido sexo contigo, porque no fue hacer el amor, ¿cierto? Fue sexo. Para hacer el amor tienes a Noah, para renunciar a tus planes tienes a Noah y prefiero que hablemos de lo que pasó como follar. Tuve mi primera vez, lo hiciste bien y fuiste delicada. Me gustó y me ha gustado el día, pero no me trates como si fuera vulnerable y sintieras que ahora voy a manipularte por lo que hicimos. No soy así.

—¿No eres cómo?

—No soy de esas que después de tener relaciones van a estar exigiendo más de lo que existe. Y es eso, me preguntas sobre la universidad, me hablas de lo mucho que amas a tu novio y luego me dices que fuiste clara. No te estoy pidiendo nada, no se trata ni siquiera de mí. Son tus planes. Christopher te dio la oportunidad de dedicarte a la música y no te entiendo. ¿Para qué aceptaste audicionar si al final dirás que no? Te saboteas.

—Pensé que no había viajes, por eso acepté.

—No te creo, Sophia. Eres una chica lista, si te van a firmar es porque hay viajes, giras, planes. ¿Sabes qué pienso? Que una parte de ti quiere hacerlo, y la otra, está demasiado atrapada en Venezuela, en Noah, en el pasado. Creo que los dos se hacen mal y... —me encogí de hombros—. Al final es su problema.

—Para ser nuestro problema te metes demasiado y no quiero entrar en una disputa, estoy tratando de ser paciente.

—No seas paciente. Discute. Si no te gusta lo que te digo no me interesa. Por lo menos estoy sacando lo que tenía en mi mente. Gracias a ti, por cierto. Me has ayudado a ser más segura y ya no tengo que tragarme las palabras.

—Ya veo. Entonces aprovecha esas ganas de soltar lo que sea sin pensar en si puedes lastimarme —sugirió.

—Ok. En primer lugar, me parece que tú eres una cobarde. Además, estoy ansiosa esperando el viaje porque si me quedo aquí, ¿qué me ofrezco? Una relación a tiempo parcial con sexo increíble, y luego, ver a la persona que quiero fingir que ama a alguien porque ni siquiera se considera capaz de hacerse cargo de su vida con todo lo que conlleva. Huyes del dolor y por eso te persigue. Así que me alegra que lo nuestro sea breve y que luego del viaje no tenga que verte arruinar tu vida.

Me levanté de la arena dejándola con la palabra en la boca. Caminé a toda prisa hasta que me alcanzó. Pensé que estaría enfurecida, así como yo lo estaba, pero luego de voltearme por el brazo, sentí sus manos atraerme a ella para besarme. ¿Por qué me estaba besando? Estaba obstinada y ella me besaba.

—Suéltame —exigí, pero volvió a besarme y su lengua, su estúpida lengua que funcionaba de maravilla, me impedía rechazarla—. ¿Qué estás haciendo?, ¿no ves que no quiero? —mentí.

—Si dices que solamente es sexo, ¿por qué no aprovechas? Esta noche no importa Noah. No importa el futuro que dices que pierdo, ni la banda, ni el tenis, ni Estados Unidos, ni tu oportunidad. Mira a tu alrededor, princesa. Hace unos meses no sabíamos que íbamos a enamorarnos y no quiero que se arruine una noche que puede ser perfecta por vivir pensando en lo que no podemos controlar. Y me encanta que ya no tengas miedo de expresarte. Me gusta que nada te detenga de tu sueño de salvar vidas. Sin ser doctora, salvaste la mía. Ahora —sostuvo mi cara con sus manos y me perdí por completo en sus ojos—: Para mí no es simple sexo. Ni tampoco me pareces vulnerable. ¿Puedes entenderlo? ¿Puedes entender que te quiero? Vamos a pausar el mundo y las preocupaciones, princesa, te reto a que por hoy vivas a mi modo, y si quieres mañana peleamos, pero ahora mismo sé mía. —Y volvió a besarme, pero ya no pude decirle que no.

Me le fui encima intentando que no me interesara nada. Quería ocultar lo mucho que me molestaba que no viera su potencial. No podía obligarla, no podía convencerla de que se estaba equivocando, podía quererla así y eso hice. La besé como si fuera la última vez, y cuando sus manos se adelantaron hacia mi parte íntima, decidí que no. No quería que me tocara, quería descubrirme en su cuerpo y que, aunque sea solo ese instante, se entregara a mí.

—¿Por qué me detienes?

—Porque no todo puede ser a tu modo —refuté, recostándola en la arena en mi intento porque se dejara llevar.

Sophia me miró con una sonrisa de suficiencia, y era increíble que ni estando sobre ella, perdiera el control. Me dio igual. Con la rabia disipándose y ella moviéndose bajo mi cuerpo, fui desprendiéndome de la discusión para centrarme en mi labor. Mis manos inexpertas comenzaron a desenvolverse sobre su cuerpo y la sonrisa de satisfacción instantánea me hizo saber que iba por buen camino.

Quería amarla así fuera por unos minutos, porque sabiendo que iba a perderla, de cualquier modo, no dejaba de sentir amor.

La vi cerrar los ojos y mis labios automáticamente se dirigieron a su cuello, para luego recorrer su pecho con sus gemidos alentándome a más. El corazón le latía deprisa, los movimientos de sus caderas me hacían saber que estaba lista, pero quería hacerla esperar. Con el temblor de su cuerpo, sentí un escalofrío recorrerme desde los pies a la cabeza. No sabía que iba a resultarme tan excitante, pero estar sobre ella, completamente solas, con el mar a nuestros pies y la luna encima, rodeadas de estrellas... era más que perfecto.

En la medida en que la excitación de Sophia se incrementaba, la mía se multiplicaba. Y una de mis manos reposó sobre su pierna en una serie de caricias que se acercaban cada vez más a la zona que las estaba esperando. Sentí el impulso de retrasarlo, quería volverla loca igual que ella hizo conmigo desde el inicio. Aproveché mi mano para acariciarla por encima de la ropa interior. *«Me estás torturando»*, la oí quejarse. La adrenalina, sus gemidos y sentir que era mía, aunque no fuera cierto, fue impulsándome a admitir que tenía razón. No había manera de que pudiéramos desaprovecharnos.

Se aferró más a mi cuerpo y otro escalofrío atravesó mi espalda cuando musitó: «*te quiero adentro de mí*». Sin dejar de mirarme, se quitó la lencería de un jalón, desbaratándola con esa necesidad de que le diera lo que estaba esperando. Mis piernas perdieron fuerza, yo también estaba deseándolo. Obedecí y fui descubriendo en su humedad, y en el grito de placer que emitió al sentir mi contacto, que podía hacer cualquier cosa por ella, incluso ser una idiota de las que aceptan ser el segundo plato.

Se dejó caer sobre mi mano y comencé a explorar, a conocer su clítoris, a saber qué le gustaba. Había pensado que sería difícil entendiendo que nunca exploré en mí. Pero escucharla en mi oído: «Julie, por favor, no puedo aguantar más, lo necesito», eliminó cualquier duda. Sophia me besó con tanta desesperación halándome de la camisa, mientras me daba acceso, que no necesité saber cómo se hacía. Las inseguridades se eliminaron sintiéndome adentro y también yo gemía de placer. Traté de controlarme al sentir como se aferraba a mi cabello, me apretaba la espalda y me pedía que no fuera a parar. Entré y salí de ella siguiendo el ritmo del placer de enamorarte, sin pensar en que va a terminar.

La noche era nuestra y no importaba nada, o pensaba que no importaba, pero algo estaba roto en mí. *"No voy a abandonarlo"*, *"El amor tiene sacrificios"*. Repetía sus palabras y las dudas se instauraron como termitas que querían acabar con mi ilusión. Y no me detuve. Sentí placer y dolor. Sentí amor y nostalgia, pero me dejé llevar perdiendo la racionalidad, o el control. La hice mía y sentí cómo lubricaba de una manera en la que ni creía posible. Me besaba cada vez más, sin notar que una lágrima caía por mi mejilla para explicarme que disfrutar el instante, a veces es doloroso.

Sophia enredó las piernas en mí y profundizó el ritmo moviéndose de una manera que debía estar prohibida, y lo disfruté, pero en ese mismo instante tomé la decisión de que sería la última vez porque cada vez que la amaba, me iba rasgando. *"No voy a dejarlo"*, se repetía en mi interior como un mecanismo de defensa. No me merecía continuar con algo que no tenía futuro.

«*Quiero que acabemos juntas*», fueron sus palabras y, antes de darme cuenta, sentí sus dedos en mí. Era suya. Nos pertenecíamos por esa noche, en ese instante, y en ese universo al que no volvería a asistir.

Te dicen "vive", pero nadie te advierte que es peligroso.
Te dicen "siente", pero nadie te explica que va a doler.
Y yo, quería quedarme, pero también quería huir.
Amarla fue amarme y al amarme me di cuenta
de que bajo esos términos no podíamos seguir.

Me enamoré de ella,
aunque tenía novio.

Me hice adicta a lo imposible,
y fui el segundo plato,
por escoger quedarme
cuando debía huir.

En busca de un sueño

Me quedé dormida sobre las cuatro de la madrugada, con Sophi contándome historias sobre planetas lejanos, leyendas que terminaban por hacerme comprender por qué me había enamorado. Me contó sobre su vida y sobre su sueño de tener algún día una casa hogar. Ella tenía sueños bonitos aunque a veces se cubriera con esa barrera de *"no me importa nada"*. Porque quizás cuando te repiten insistentemente que no tienes futuro, terminas por creértelo y, tal vez, de eso se trataba. Intenté no dormir, sabía que ella huía de sus pesadillas y quise darle paz. Quise que conmigo pudiese dormir.

Me levanté temprano y preparé el desayuno. No sé cómo, pero Sophia seguía durmiendo con una tranquilidad contagiosa. Quise que siempre estuviese en calma. Así que no la desperté. Le llevé el desayuno a la cama y me quedé observándola, mientras se iba despertando y adaptándose a la luz.

—Buenos días, Julie.

—Buenos días —contesté, metiéndome de nuevo debajo del edredón.

—No tenías que cocinarme.

—Ya, pero quise hacerlo.

—¿Nos podemos quedar aquí para siempre?

—Me gustaría, pero pasado mañana nos vamos de viaje, además, quiero que hagamos algo.

—¿Besarnos durante todo el día? Porque justo eso es lo que tengo en mente.

—¿Recuerdas que me dijiste que debía conseguir un sueño? Uno por encima de la Medicina y de mí. Bueno, ya tengo el dinero del telescopio y me dijiste que con lo que me costó podíamos hacer algo que nos acercara a ese sueño. ¿Todavía sigue en pie? —le pregunté y sus ojos se iluminaron.

—Claro que sigue en pie.

—Eso es lo que quiero hacer hoy. Quiero que vayamos en busca de ese sueño. ¿Podríamos? —le pregunté, y Sophia pareció pensarlo por unos segundos, pero terminó asintiendo.

—Eres de esa gente que solo sale en las películas.

—Um... ¿Aburrida?, ¿Nerd?

—Brillante, asombrosa, dulce, tímida y extraña. Nunca he conocido a alguien como tú, por eso te beso tanto, para comprobar si eres real, princesa. —Se fue hacia mi boca y sus manos comenzaron a hacerme cosquillas de una manera tan intensa que ni siquiera sé cuándo dejé de reírme para excitarme. Sus manos dejaron las cosquillas para enredarse en mí.

Te dices: *"será la última vez"*, y esa vez se convierte en otra y en otra. ¿Masoquismo o amor? Tal vez un poco de ambas.

—Quiero amarte, Julie, y no soy tan lista como tú, pero entiendo que te estás despidiendo. Así que déjame amarte por todo lo que no puedo hacerlo conmigo —se expresó con nostalgia—. Conozco la lealtad, princesa. Conozco lo que es quedarme con alguien por sobre cualquier persona, pero nunca me había sentido así, tan jodidamente enamorada como para que duela, y es triste que lo que me duela sea tu dolor. Déjame amarte con todo lo que no he podido amar y luego te prometo que vamos a conseguir ese sueño.

Claro que la dejé amarme y fue mejor que todas las veces anteriores. Con la delicadeza de alguien que quiere mostrarte que no te va a romper. Con sus dedos dibujando constelaciones en mi piel, con sus labios susurrándome un *«te quiero»* cada vez que podía. Con su cuerpo fusionado al mío para enseñarme lo que yo no conocía sobre la vida. Ella seguía siendo mi verdad. Era ese planeta en el que te dicen que no hay vida, pero luego, no solo es habitable, sino que te enseña a vivir.

Sophia me tocó, mostrándome esas ilusiones que se quebraron. Sus ojos, que siempre cargaban el dolor de una vida complicada, estaban transparentes, mostrándome el alma más linda que pude conocer.

Sophia Pierce no sentía afecto por la vida, se dejaba llevar por la corriente esperando que un día ya no le doliera. Drogas, oscuridad permanente y la ausencia de lazos afectivos la llevaron a pensar que la muerte era una mejor salida.

Más que orgasmos, me presentó la vida y más que una persona que se iba, quise ser la persona que le mostrara la salida. Amé cada una de sus cicatrices, amé sus pesadillas mientras mi lengua pintaba sobre sus senos una verdad. La amaba por encima del miedo, y sabiendo que no estaba lista para soltarse de Noah, ni yo para quedarme a medias, no me frené.

Se entregó a mí con la respiración cortada, con el miedo de quien entrega su alma, con los gemidos que tratas de ahogar entre lo dulce de una sincronía que no va a agotarse. La besé hasta llegar a su entrepierna y el asco fue borrándose con el enamoramiento pleno de quien lo quiere todo de la otra persona. Sentirla sobre mi boca no me motivó a vomitar, sino a querer que fuera ella quien acabara en mí. *De nuevo, Sophi, otra primera vez que es tuya*, pensé, a medida que ella se tapaba la cara con la almohada, intentando contenerse. Y lo hice. La amé con todo mi ser.

Mis trabas infantiles se disiparon cuando se corrió en mi boca con esa esperanza que creía muerta, recorriendo mi garganta con el sabor de lo perpetuo, que al final, también en algún punto, va a terminar. Allí, tuvimos una constelación para nosotras, un amor que nutre, y una persona que me cambió la vida. Sophia Pierce estaba llorando y por un segundo... pensé: *¿qué hice mal?* Pero fue lo contrario. Era la primera vez en su vida en la que se había entregado. La besé y me recibió perdiéndose en sus lágrimas y abrazándome tanto, pero tanto, que fue como vivir todas las experiencias en un solo instante. Fue como recorrer miles de vidas, como convertirte en lo bello, en las más altas montañas, en las maravillas del mundo, en los planetas inexplorados, en las mentes de aquellos que no están corrompidos. En un abrazo nos dijimos más que un te amo, porque ninguna palabra iría por encima de ese momento y lo que sentíamos.

Nací en su sonrisa. No me importó que fuera aparatoso, porque era vida. Con altos y bajos, con dolor y pérdida, sea como sea, la existencia siempre busca la manera de volver a nacer.

Sophia se merecía el amor que me daba a mí y a los demás. Se merecía la sabiduría con la que enfrentaba los problemas y esa bondad capaz de perdonarlo todo. Y viéndola, no importó cuándo me iría o si no volvíamos a vernos. Antes de mi viaje, me encargaría de mostrarle que se merecía la felicidad. Fue fácil decidirlo, lo complicado era aceptarlo cuando lo que más deseaba era tenerla en mi futuro, pero Sophi tenía que superar sus infiernos.

—No soy romántica. Nunca me imaginé en la típica escena de película, pero si no te digo que te amo y que eres lo más hermoso que he conocido, creo que me arrepentiré siempre.

¿Julie? Sí. Fui yo. Las palabras salieron solas porque no podía aguantarme las ganas de decirle que la quería para los insomnios, para los días en los que estuviera obstinada, para cuando no tuviera ganas de nada. Que quería estar con ella cuando descubriera que era mejor estar viva que morir. Que quería verla madurar y también ser una niña de esas que nunca crecen. No podía dejar para después el hecho de que supiera que amaba su sonrisa, sus ojos llorosos y lo expuesta que se sentía por haberse entregado. Sophia sonrió y, en un impulso, limpié sus lágrimas con mi lengua para envolvernos en otro beso y luego, ¡ir por nuestro sueño!

Nos montamos en el carro después de ordenar la casa de Benjamín. Encendimos el reproductor y manejamos saliendo de Chichiriviche de la Costa con una jarra de café y la necesidad de encontrar algo importante.

Manejé siguiendo las instrucciones de Sophia, que no quiso decirme en dónde conseguiríamos ese sueño que iba a cambiarlo todo. Y recorrer las calles con su presencia, me hacía enamorarme de un país por el que no sentía nada. Iba a extrañarlo. Iba a extrañar salir de la burbuja y enamorarme de la gente, de las montañas, de las hermosas playas y de esas personas que vivían dejándolo todo por recuperar ese territorio que despojaron de dignidad.

—Te dedico esta canción, Julie. Pero quiero que cantes conmigo como cuando me sacaste del hospital y me llevaste a La Cota Mil. Ese día querías hacerme feliz a cualquier costo y te olvidaste de la pena para lograrlo. Hoy pido lo mismo —exclamó, reproduciendo la música.

♫ *Rewrite the stars* - **James Arthur ft Anne Marie** ♫

—Cada vez que la escuches, recuerda que nada nos va a separar —exclamó, y enseguida comenzó a cantar. Yo también lo hice, olvidándome de la timidez.

Como personas que aman sin ningún seguro, fuimos abriendo los candados, liberando cualquier impedimento. Esa tarde nada nos retenía, al contrario, estábamos siendo libres.

Siguiendo sus instrucciones nos dirigimos al centro de la ciudad. El lugar donde todo se conseguía más económico. Me preguntó de cuánto disponíamos y se quedó asombrada cuando le dije el número. Recorrimos los supermercados y Sophi tenía una felicidad que era única. Me halaba para mostrarme ropa y se emocionaba como si fuera para ella. Paseamos por las calles de apariencia antigua. Repleta de motorizados, agitada, llena de gente que chocaba con otros al caminar. Tenía un contraste entre edificios modernos y arquitectura colonial que iba fusionándose con las caras desesperadas de muchos de sus transeúntes. Necesidad, hambre, seres humanos que vivían esperando que el dinero les alcanzara para mantenerse, aunque fuese imposible bajo una economía maltrecha por la dictadura.

No había estado por esa zona, o al menos no lo recordaba, pero Sophia encaraba a los hombres que nos lanzaban piropos. Les sacaba el dedo y seguía su camino, con las bolsas repletas de lo que habíamos comprado y sin ningún miedo de que fueran a robarnos. «Julie, olvídate de lo negativo», dijo, como leyéndome la mente. «No va a pasar nada, no lo atraigas. Son gente como nosotros y pueden robarte aquí o saliendo de tu casa. Muestra seguridad para que no te intimiden, que nadie lo haga. Estamos buscando nuestro sueño». Con sus palabras me llené de esa entereza que ella transmitía.

La seguí hasta entrar a una piñatería y me preguntó: «¿Cuál quieres? Elígela». Escogimos una grandísima de *Alicia en el país de las maravillas* y, como si fuéramos dueñas de la tienda, empezamos a llenarla de dulces. Ese día conocí que su sueño siempre fue tener una piñata y que no la tuvo, también le confesé que fui una niña difícil y que cada año mi padre insistía en que compráramos una y cada año le repetía que no me interesaba. Nos reímos del pasado y de nuestras diferencias. Compramos más comida y tuvimos que hacer varios viajes al carro hasta que no cabía nada más. Incluso con todo lo que compramos me sobraron dos mil dólares. Ella me dijo que eso funcionaría para la otra parte del sueño. Así que nos dirigimos a una ferretería, a comprar pinturas, brochas, mangueras y otros artículos que escogió.

Pensé que lo llevaríamos para su comunidad, nunca me imaginé que sería para una casa abandonada ubicada en Altamira. No hice preguntas, me dejé llevar sabiendo que confiaba y entramos saltando una pared cubierta de púas. «No voy a hacerlo», me rehusé. «Confía, princesa. Por aquí», me guio, por no decir que prácticamente tuvo que cargarme. Logré pasar sin ningún rasguño y de premio me dio un beso largo y luego exclamó: «¡Bienvenida a un día distinto en busca de un sueño!».

Salieron más de cincuenta niños y niñas de diferentes edades, incluso, había una mujer embarazada. Todos corrieron a abrazarla. Le daban un afecto familiar que me llenó de dulzura. Estaban sucios, descalzos, con algunas heridas y una apariencia de que no se habían bañado en días. (Sí, en vez de pensar en la ternura, mi primer impulso fue darles un baño). Lo que no sabía era que justamente eso era lo que Sophia había planificado.

—Abran la puerta principal. Ella es Julie Dash, el amor de mi vida y la persona con la que tendremos el mejor día de toda la existencia —añadió, y entre gritos de euforia, también a mí me abrazaron.

Tenían agua, pero la tubería no funcionaba. Sophia había comprado lo necesario para arreglar ese problema. Me demostró que tenía habilidades en áreas que nunca habría imaginado. Luego de arreglarlo, instaló varias de las mangueras que habíamos comprado para terminar haciendo una guerra de agua. El jardín de la casa abandonada aguantó mis gritos cuando el chorro me pegó en la cara. "Princesa, también tú te vas a bañar", gritó, después de hacerme la maldad para darse cuenta de que mi camisa se transparentaba. Rápidamente, me colocó su sweater tapándome de la vista de los chicos.

—Es mía. Y no se mira ni se toca —dijo hacia los demás, que simplemente se rieron. Los vi asearse con los artículos de aseo personal, entre risas y juegos.

Y era increíble que, en medio de un mundo tan avanzado, sus rostros repletos de felicidad me mostraran que veían como un privilegio el poder darse un baño.

A medida en que Sophia sacaba la ropa, me di cuenta de que no se olvidó de ninguno. Las edades, las tallas, los gustos. Los conocía y no podía entender de qué, pero estaban unidos. Muchos preguntaron por Noah y supe que compartían experiencias que sobrepasaban a las relaciones normales. Eran cómplices de momentos que estaba conociendo y que llenaban el corazón.

Los más grandes comenzaron a rapear: denotando su talento y llenándonos de música. Eran felices sin tener nada y recibían con un profundo agradecimiento la ropa, los zapatos y la comida.

Sophia sacó unos carros de juguete y unas muñecas. Las niñas cambiaron su semblante al verlas y no paraban de preguntar: *¿Es para mí? ¿Es para mí?* Justo allí entendí por qué un telescopio no era más importante que lo que estábamos viviendo. Y supe que el sueño de los demás también podía convertirse en el mío, cuando Sophia les dijo que con el dinero que había sobrado podía comprarles los útiles escolares para que pudieran volver al colegio. Había comprado uniformes, cuadernos, lápices y me había enseñado cómo utilizar el dinero. Les hablaba como una adulta, contándoles de las metas, de los sueños y de cómo lograrlos. Les exigía que se superaran, que salieran de las calles, que buscaran afuera algo que todavía, ella tenía miedo de encontrar.

Con la emoción del momento le preguntó a María si ya había escogido un nombre para su bebé. La chica de quince años respondió que no quería tenerlo, pero que era muy tarde para abortar. Con madurez y un profundo cariño, Sophia le sugirió que lo nombrara Milagros. Explicándole que cuando quieres acabar con la vida y algo te motiva a continuar, es un pequeño milagro. Que eso era su bebé, un milagro que regalaría amor a cada ser que lo conociera. María la abrazó como si fuera su madre, aunque se llevaran apenas unos pocos años de diferencia. Le entregamos los pañales y, sin poder aguantarme, corrí a buscar todo lo que habíamos comprado para ella. Saqué las medias, la ropita, los chupones, la bañera, la cuna y el coche. María comenzó a llorar, agradeciéndome y diciéndome que era un ángel, pero no, no era un ángel. Su bebé era un ángel y también un sueño, porque era eso... Eran los sueños de un país con hambre. Los sueños que Sophia quería cumplir aunque los suyos propios estuvieran en el olvido.

Y yo, me estaba enamorando de una Venezuela en llamas. Estaba amando cada mirada, cada manito de niño pequeño, cada carcajada que alentaba a la mía.

Empecé a trabajar con las niñas más grandes. Me fui con ellas a la cocina y preparamos arepas con carne. Les ofrecimos refresco y ellos estaban sorprendidos:

«Tenía mucho tiempo sin beber refresco». «Nada como una Peeeeppsiii!».

Llevamos la comida al jardín donde Sophia jugaba con los niños. Estaban desordenados, pero la más desordenada era ella que jugaba y los retaba a hacer pulso, me quedé completamente embobada, observándola. Apenas nuestras miradas se encontraron, salió corriendo hacia mí y con un beso me puso más tonta de lo que ya estaba.

Después de comer, Sophia preparó la piñata, diciéndome: «Casi ninguno de nosotros ha tenido una, así que es nuestro primer sueño y también el tuyo, princesa, no puedes morirte sin hacerlo. Así que tú empiezas». Por supuesto que le dije que no, que primero los niños, pero descubrí que era inútil cuando me conseguí sus cómplices gritando: *PRINCESA – PRINCESA – PRINCESA.*

«¡Aquí vamos de nuevo, Julie. A convertir todo lo que odiabas, en lo que ahora amas!», pensé. Y no me equivoqué. En cada golpe que le daba a la piñata Sophia me gritaba que nada era ridículo, que siempre seríamos niños, que la golpeara y lo hice. Golpeé sabiendo que solo eran tonterías de una niña malcriada que quería ser lo opuesto al mundo exterior. Me sentía libre con cada palazo y no paré de reír hasta que le entregué el turno a un niño que la reventó.

Los observé lanzándose para recoger todos los caramelos que podían a su paso, con euforia y felicidad. Era como si estuvieran viviendo una fantasía. Sophia Pierce lo hizo de nuevo, creó un sueño que apenas comenzaba, porque ese día me mostró lo que significaba entregarlo todo por los demás. Me enseñó otra clase de amor y lo agradezco.

Ese día aprendí a enamorarme de lo que no conocía. A eliminar los pensamientos que me hacían creer superior y a disfrutar de la vida lejos del castillo en donde estaban mis comodidades. Ese día supe que, aunque no me había ido, ya quería volver a Venezuela.

—No sé cómo lo haces, princesa.

—¿Qué cosa?

—Enamorarme. Hacer que todo lo que nunca me había gustado me guste.

—¿Todo cómo qué?

—Como las mujeres, por ejemplo —contestó, abrazándome.

Y tenía razón. Yo tampoco entendía por qué estar a su lado era tan sencillo.

Destruyó a la princesa

El día había llegado. Era el viaje de fin de curso y tenía emociones encontradas. La noche anterior empaqué con mis amigos y ni siquiera sabía cómo me sentía. Yo no era de ir a un viaje escolar, no era de fingir que me dolía terminar el instituto, cuando era lo que más anhelaba. Pero, Sophia fue enamorando a mi apatía hasta convertirla en motivación. Ella, amada por todos y... odiada por sí misma, logró que no cancelara. Ni siquiera tuvo que pedírmelo. Quería estar a su lado y lo que debió ser fácil, ya no lo era tanto. Empezaba a sentir nostalgia por la despedida.

Paula se emocionó cuando le dije que los acompañaría. Benjamín, en cambio, me preguntó varias veces si estaba segura, que eran seis días de caminata y que no era mi ambiente. No le presté atención y empaqué con Paula y con Claudia, desentendiéndome de la mala vibra que tenía mi amigo. Me acosté a dormir ansiosa, los viajes extremos no se me daban bien y tenía miedo.

—Tu novia te está esperando afuera. —Me despertó Claudia a las cinco de la madrugada.

—No quiero ir, me arrepentí —contesté, tapándome con la almohada.

—Es tu viaje de fin de curso, no importa que seas pésima campista, Sophia y Benjamín van a ayudarte, además, la vida son esos miedos que enfrentas. ¿Qué pasa? —preguntó, acercándome el café con la bandeja del desayuno y sentándose a mi lado—. Anda, levántate. Irás a un sitio espectacular y los viajes siempre son lecciones. Saca el culo de la cama que mi dosis de filósofa se acaba rápido. No me hagas perder la paciencia. —Me quitó el edredón y se lanzó a hacerme cosquillas.

—Ya, Clau. Déjame. No quiero ir.

—Julie, la madura princesa, haciéndole un ataque de malcriadez a su niñera, no puedes ser más adorable. —Escuché la voz de Sophia.

—No es mi niñera —me quejé, pero ambas comenzaron a reírse.

—No quiere ir porque los mosquitos la agobian. Su mamá me confesó que a los seis años Julie tuvo una experiencia que la dejó traumatizada —soltó y no podía creerme que Claudia estaba siendo una chismosa.

—No te atrevas a decir una palabra.

Sophia se lanzó sobre la cama, haciendo caso omiso a mi queja. Estaba hermosa. Tenía el cabello recogido de medio lado, un *sweater* negro y mono deportivo. No necesitaba maquillaje, los labios tenían un tono rosa natural y sus ojos expectantes me captaron mirándola, así que sonrió.

—¿Me cuentas lo que te pasó, princesa?

—No. Es algo privado.

—Se hizo caca encima porque no había un baño. ¿Puedes creerlo? No vio coherente hacer en la tierra, así que aguantó y aguantó, hasta que ya no pudo más y se hizo.

—¡¡CLAUDIA!!

—¿Qué? ¡Las parejas tienen que saber sus más oscuros secretos!

La risa de Sophia fue muy prolongada, así que dejé un golpe en su hombro para que se callara. Ambas seguían riéndose de mí como si fuera una broma. Fue traumatizante cuando mis papás me dijeron que debía hacer en el piso. En ese viaje me comieron los zancudos, estaba sucia y llena de popó.

Fue horrible.

—Me imagino qué bonita debías verte de bebé. ¿Cómo tus padres no se dieron cuenta? Las princesas no hacen en el piso. —Sophia dejó un beso en mis labios, pero sin medir en nada, sentí su lengua jugar con la mía, sacando a relucir a todas las mariposas. También ellas despertaron.

—Ya no me respetan —se quejó Claudia, levantándose de la cama y negando con la cabeza fingiendo estar enfadada—. Sergio las espera abajo para llevarlas. No se tarden. —Salió de la habitación.

—Buenos días, Julie. —Volvió a besarme y esta vez fui yo, quien intensifiqué el beso hasta que Sophi se apartó—. Como sé que si te beso no puedo parar, antes necesito leer algo que escribí para ti —dijo, mientras sacaba unas hojas del bolsillo—: Sé que faltan dos días para tu cumpleaños y, los cumpleaños son una fecha idiota para celebrar la vida. Yo quiero celebrar tu vida todos los días y como no tenemos todos los días para estar juntas, quiero que este viaje sea inolvidable. Bien, ahora sí, voy a leer lo que te hice —prosiguió, aclarándose la garganta para comenzar a leer.

Para: Julie Dash →

Podría decirte que voy a extrañarte, pero incluso aunque estés en otro país, siempre vas a estar conmigo. Nunca te vas a ir porque lo que es importante, supera distancias, Julie. Y quiero ser mejor porque tú crees que puedo serlo. Quiero cantar para que la música te alcance. Así que acepté ser parte del grupo musical. Eres la primera en saberlo, porque también fuiste la primera en saber que algo fallaba conmigo y aun así te enamoraste de mis imperfecciones.

Leí el libro que me prestaste el primer día de clases y lo llevé como amuleto a cada uno de mis partidos de tenis, a mis audiciones y también el día que tuve la sobredosis. Pensaba que si tenía algo que te perteneciera, nunca ibas a abandonarme. Hoy te devuelvo el libro porque no eres un objeto. La suerte depende de mis gana,s y dicen que el éxito es lo que importa y que la suerte es para los perdedores, yo no lo creo. Hay suerte cuando la gente es buena. Hay tréboles que representan la magia de la naturaleza. Hay buena suerte cuando una conexión se hace inmortal y un pensamiento transforma tus peores amarguras en motivos para vivir. Yo tengo la mejor suerte del mundo porque, entre tantas personas, tus ojos se encontraron conmigo. Me tendiste la mano cuando lo que más deseaba, era que me dejaran morir.

Sigo queriendo saber qué hay más allá de las estrellas. Me sigue provocando drogarme cuando no consigo las respuestas. No te digo que ya cambié. Al contrario, te digo que más allá de lo que soy, cuando te veo, mis depresiones pasan a un segundo plano porque siempre consigues convertirte en mi felicidad. No lo sé, princesa, algo pasa contigo. Eres incendio, o al menos, llegaste a incendiarme por dentro. Me miras de una manera en la que el mundo va bien. Mi corazón late hasta querer reventar cada vez que te sonrojas, y cuando te vi en el concierto, quise que nunca dejaras de mirarme. Cuando escapabas, quería conseguir una fórmula para que no huyeras. No supe por qué, pero lo que parecía una amistad fue amor. No conocía ese amor por el que entregas el alma, pero lo hice. Quiero que sepas que soy tuya para siempre, aunque te vayas. Todavía estoy muy jodida, pero tú eres perfecta, tanto que me atrevería a decir que el único defecto que tienes soy yo. Ese defecto se termina en pocas semanas, pero nuestra historia y lo que siento, nunca se terminarán.

Quiero que todos los días sean tu cumpleaños. Quiero que todos los días tengas presente que no hay nadie como tú. Que te mereces todo lo bonito del universo porque eres un ser humano espectacular. Ojalá que nadie te diga lo contrario, pero si ocurre, espero que recuerdes esta carta y me recuerdes a mí. La persona que te amó en tiempo pasado, pero que seguirá amándote incluso después de la muerte.

Intenté que el remolino de emociones no se comiera mi estómago y que mi respiración fluyera, pero fue difícil. Sophia terminó de leer y con una sonrisa sacó el libro que le había dado.

—Empezamos el viaje, princesa. Te voy a cuidar tanto, que haré que te guste acampar. —Sonó tan segura que casi me lo creo, y me lancé a abrazarla intentando demostrarle que no tenía que despedirse.

—No eres mi defecto, Sophi, eres el amor de mi vida y mi mundo era negro y gris, pero llegaste llena de colores y no me importa lo que digas... Quiero tenerte todas las mañanas. No quiero leer una carta que diga que me merezco todo lo bueno, quiero que me lo digas al oído después de hacerme el amor. —Y no sé por qué dije eso, pero la besé con tanta intensidad que se nos olvidó el tiempo, el viaje y todo a nuestro alrededor.

Comenzamos a desvestirnos sin despegar nuestros labios, como si algo fuera de este mundo nos uniera. O eso, hasta que Claudia nos trajo de nuevo a la realidad. Segunda vez que nos encontraba casi teniendo relaciones. No era nada cómodo y estábamos muertas de la vergüenza.

—Al menos no tengo que preocuparme de que quedes embarazada —soltó hacia mí y, sin decir más, una vez que Sophia se volvió a poner su *sweater,* la haló del brazo sacándola del cuarto y pude escuchar que le decía—: ¿Tengo que restringir las visitas? ¿O por ser mujer debo esperar que tengan todo el sexo que quieran?

—No, es yo, es que... —Escuchar a Sophia tartamudeando fue épico, nunca caía en cuenta de que Claudia bromeaba. Ella, más que nadie, tenía la mente abierta, pero al parecer, sentía cierto placer en molestarla.

Así comenzó nuestro viaje. Era capaz de hacerme sentir amada y también triste. Con nostalgia por extrañar algo que no se había terminado y con felicidad por saber que nunca sería la misma.

Después de Sophia Pierce, nadie era igual.

A las seis y media de la mañana nos encontramos en la entrada del instituto.

Belén nos indicó hacer un círculo en el patio y dio las indicaciones:

—A partir de hoy entran en otra etapa de sus vidas. Por eso quiero que tomen los globos que trajeron y anoten algo que quieran soltar. Escriban en ese globo lo que les está fastidiando y déjenlo volar. Hoy, el Instituto El Ángel los despide. Muchos se conocen desde niños, otros son nuevos, pero de cualquier modo, estamos juntos, y para completar esta parte del trayecto, debemos estar livianos. Yo también lo haré. —La profesora cogió un marcador y cruzó la mirada conmigo dedicándome una delicada sonrisa.

Pude leer lo que escribió en su globo: «Miedo a volar».

Escribí lo que quería soltar y todavía recuerdo exactamente lo que puse:

«Miedo a perderla». «Miedo a que no me escoja». «Miedo a su sufrimiento». «Miedo a no saber cómo vivir lejos de ella».

Me aparté de Sophia para lanzar el globo y me di cuenta de que no todo podía centrarse en ella. ¿Qué me daba miedo a mí?

«Miedo a volver a encerrarme en soledad». «Miedo a no ser lo que mis padres esperan». «Miedo a separarme de mis amigos».

—Lancemos los globos y olvidemos los miedos. Que durante este viaje podamos centrarnos en vivir libres del peso del temor. Están terminando una etapa y es normal que estén asustados. Temor al futuro, a no volver a ser felices, a separarse de lo que aman, a que no les salga bien. Lo nuevo asusta, pero la vida es experimentar sensaciones nuevas por encima de la inseguridad —dijo Belén, manteniendo nuestra atención. A más de uno tenía embobado, lo que era comprensible. Al escucharla te daba la sensación de que ningún problema era suficiente como para vencerte. Nos hacía sentir seguros.

Con Sophia a mi lado y Paula al otro, lanzamos los globos para verlos volar.

Y los observamos perderse en el cielo, así como se iban nuestros días en el instituto. Jéssica molestándome, Paula diciéndome que era genial, que era su amiga favorita, aunque no me gustaran las fiestas. Jéssica empujándome y lanzando todo el interior de mi bolso, Benjamín recogiéndolo y recordándome que era especial. Fui de los burlados. Me lastimaron, sí, pero bastaba ver a mis amigos para saber que no importaba.

Era afortunada de tener amistades tan sinceras y eso era suficiente. ¿Por qué vivir quejándome? ¿Por qué devolver los golpes? Guardé lo que sentía hasta que Sophia me enseñó que nuestra voz vale y que no hay que callar.

—Te amo, princesa, te amo y te besaría aquí si eso fuera posible —dijo, y como siempre, pude decirle cualquier cosa, pero me quedé callada sintiendo su mano sujetar la mía y meterla en el interior de su *sweater* para que nadie nos viera.

Los globos se perdían en el cielo. Muchos estudiantes estaban llorando entre abrazos y nostalgia. Habían sacado los marcadores y se firmaban las camisas. Estaban sumidos en la melancolía de despedir una faceta que jamás regresaría.

Observé a Paula llorar al tiempo en que abrazaba a Benja. A ella le dolía que nos fuéramos. Veía alegrías donde no las había. Sacaba lo positivo a todo y no envidiaba a nadie. Sin embargo, la conocía como para saber que le asustaba quedarse en Venezuela, sin esas personas que hacían que el país valiera la pena.

—Sophi, llévate a Benjamín, porfa, que tengo que hablar con Paula y consigue más globos para nosotros que todavía nos queda algo por hacer —le pedí y ella me obedeció sin hacer preguntas.

—¡Pau! —Sequé sus lágrimas y la senté conmigo en uno de los bancos—. Quería esperar a llegar a la cima del Roraima para darte la noticia, pero hay probabilidades de que me maten los mosquitos o me caiga, así que mejor no esperar. Primero, no me hace falta el dinero. Segundo, no me interesa lo que digas. Conseguiste el setenta por ciento de la beca de la universidad de tus sueños y yo tengo el treinta que te falta. Mis padres lo saben, mi mamá fue la de la idea. Queremos apoyarte y sabemos que están atravesando una situación complicada, pero serás la mejor diseñadora y tenerte en el mismo país hará mi vida considerablemente mejor. Ah, de nada sirve que te niegues, ya llené tus planillas de inscripción y solo tienes que firmar. —Saqué las planillas y se las mostré, viendo como sus ojos se convertían en dos chorros de agua.

Verla saltar de la alegría y lanzarse sobre mí, dándome las gracias y llenándome de besos, fue suficiente para llamar la atención de los demás alumnos, que nos miraban como si estuviésemos locas.

—Aquí tiene sus globos, señorita mandona. —Sophia me entregó los globos y vi que Benjamín traía más.

—Belén nos mandó a lanzar al cielo globos con nuestros miedos, pero quiero que escribamos algo más positivo. Vamos a llenar estos globos con nuestros deseos. A mandar mensajes sobre lo que hemos aprendido. Hagamos que sea inolvidable —expliqué, sintiéndome segura y palpando la emoción en una cosa tan loca como enviar un deseo al cielo.

—¿Dónde dejaste a la Julie que odia este tipo de cursilerías? —preguntó Benjamín en mi oído—. Si Sophia te hace así de feliz, aunque no entienda sus métodos, siempre voy a apoyarte, pero eso no quita que esté alerta con ella.

—Préstame tu globo —nos interrumpió Sophi, quitándomelo, para proceder a escribir.

«*Un día conocí a una princesa que me enseñó a amar*». Hice lo mismo y escribí en su globo: «*Ella venía de otro mundo en el que no podíamos querernos, por eso hicimos un universo solo para las dos*». Observar sus ojos llenos de euforia, de alegría de la pura y de esa inmensa felicidad, hizo que cualquier temor desapareciera.

«*Mi amiga y su novia tendrán sexo en la montaña, con el consolador que le regalé*», fue el mensaje que dejó Paula en mi globo, para cortar nuestro momento romántico. Era insufrible y desadaptada, pero la amaba así.

Lanzamos los globos para sumirnos en un abrazo grupal. Los cuatro juntos, disfrutando del final de un capítulo y del comienzo de uno mejor. Me faltaba hacer que Sophi dejara de verme como una historia que se va. Yo quería ser de las que se quedan.

—Oficialmente damos inicio a nuestra aventura. Los dos autobuses nos están esperando para llevarnos al aeropuerto de Maiquetía. De allí, viajaremos a Puerto Ordaz, donde nos espera otro autobús para hacer un recorrido de ocho horas hasta la Gran Sabana. Me escogieron como guía de este trayecto y llevo meses hablándoles del futuro, pero una vez, una alumna me dijo que de tanto pensar en el futuro, olvidábamos vivir. Sigamos su consejo y disfrutemos de vivir. Mi primera tarea para todos es que estén dispuestos a disfrutar del presente —gritó Belén, y casi por inercia comenzamos a aplaudir.

—¡¡A volvernos mieeeeerdaa por el presente!! ¡Esto se va a descontrolar! —Paula, siempre era Paula, y Benjamín y yo siempre teníamos que escondernos cuando se volvía muy loca. En esta oportunidad, Belén simplemente negó con la cabeza, riéndose de ella, pero los otros profesores sí que no se lo tomaron muy bien y le llamaron la atención.

Su grito logró hacer que todos entraran en euforia total. La adrenalina los alcanzó y el ambiente fue de alegría, abrazos y saltos. Los profesores entendieron que no estábamos para regaños y nos unimos a la celebración hasta que Nathaniel y Jéssica, cogidos de la mano, se acercaron a nosotros.

—Te jodí tanto la vida que no quiero que comience este viaje sin que sepas que me arrepiento. Me da vergüenza el simple hecho de recordar, y mis palabras no van a cambiar lo que te hice, pero a partir de ahora, y gracias a ti, Sophia... —volteó a mirarla, para luego volver su mirada a mí—, Puedo asegurarles que no voy a fastidiar a nadie. No quiero volver a ser esa persona y me gustaría pedirte perdón —aseguró Jéssica, dejándome sin palabras, hasta que Sophi me apretó la mano en señal de que reaccionara y dijera algo.

—No pasa nada, Jéssica. Acepto tu reto.

—¿Todavía recuerdas el reto?

—Me retaste a ser una persona normal, a vivir y a no ser una mojigata. ¡Acepto! En este viaje y para siempre, quiero eso —le dije, extendiéndole la mano, y al cogerla, me abrazó.

Estábamos dejando atrás los problemas, después de resolverlos. Estábamos asumiendo el reto de ser maduros. Estábamos perdonándonos y se sentía bien.

Sophia Pierce era capaz de transformar a otros con el amor que emanaba. No era de esas que podías entender. Estaba atada a una amistad y la confundía con amor. Tenía los ojos tristes, pero estaba tan llena de esperanza, que cada vez que hablaba parecía ser de otro planeta donde la gente ama a pesar del daño. Sophia dejaba enseñanza sin planteárselo. Era de las que gritan lo que sienten y estaba conmigo, aunque no me perteneciera. Me hacía sentir que era mía, aunque nunca la podría tener.

Pintaba como si al hacerlo sus heridas dejaran de doler. Me miraba como si fuera parte de la cura, siendo ella quien me estaba sanando. Éramos un secreto de esos que todos conocen. Sabía que no iba a dejarlo y ya no se lo pediría. Pero en el fondo de mi interior, algo, en lo más profundo, tenía la certeza de que si lo intentábamos, podíamos vivir nuestra historia en vez de contarla.

Sophia Pierce necesitaba conseguir sus respuestas y tuve miedo de que se diera cuenta de que el amor no se abandona… después de haberme perdido.

Cuando llegamos al aeropuerto, se dio cuenta de que mi bolso estaba pesado. Me costaba caminar y, por supuesto, me lo quitó.

—Te dije que llevaras lo justo y trajiste toda tu casa —me reprochó, y dejó un beso muy cerca de mis labios—. ¿Sí sabes que con este peso será difícil que subas al Roraima, princesa?

—Traje lo necesario —mentí.

Había traído comida, enlatados, café, miles de repelentes. Un botiquín de primeros auxilios, purificador de agua, pastillas, un mosquitero para cubrirme mientras hacía el recorrido. Dos potes de bloqueador, un libro de Medicina. Una manta térmica, una almohada y mi cobija. Quizás había exagerado, pero era mejor estar preparada.

—Tienes suerte de que lo llevaré yo, hagamos un intercambio —contestó con su sonrisa encantadora, dándome su bolso, que no pesaba nada—. ¡Está MUY pesado! Te salvas porque soy deportista, pero espero que me hagas un masaje, uno erótico, por cierto. —Me besó el cuello, y el color de mis mejillas debió delatarme, pero solo asentí—. Te ves linda cuando te sonrojas y, ¿sabes cuándo te ves linda? —Supe, por el tono y por su mirada achispada, que iba por otro lado, pero la dejé continuar—: cuando se te olvida la timidez y te transformas en lo más *sexy* del jodido mundo, así también te ves linda. Me gustan esas dos facetas, me vuelven loca —soltó, sin importarle que ya estuviéramos delante de un montón de gente, sentadas en el piso del aeropuerto esperando que nos llamaran para abordar.

—Compórtate o perderemos el viaje.

—¿Por qué lo perderíamos? —preguntó, recostando su cabeza de mí.

—Porque me llevarán presa si te hago el amor aquí mismo, así que no me tientes o tendrás que decirme lo *sexy* que soy en la cárcel.

—Uff, ya entiendo por qué la profesora está loca por ti. Qué lástima que eres mía, o bueno, lástima para ella —enfatizó sonriendo mientras dejaba un beso en mi mejilla.

—Tiempo de abordar chicas, dense prisa —nos interrumpió Belén.

Ambas nos levantamos siguiendo al grupo y pude darme cuenta de que no éramos una pareja normal. Yo era su amante, pero era más posesiva conmigo que con Noah. De hecho, ese mismo día me dijo que pasaría el fin de semana con Tania, la chica del centro de rehabilitación. Benjamín le preguntó si eso no la molestaba y dijo que no. «*¿Si él folla con otra te da igual?*», preguntó Paula. «*Con tal de que esa otra no sea Julie, me da igual*", se encogió de hombros. Pero su actitud cambió cuando mi asiento en el avión tocó con Belén. «*Qué conveniente. Pásala bien con tu profe, que deberían meterla presa por asalta cuna*», atacó. «*En dos días soy mayor de edad*», no debí decirle eso. «*Ok, ya sabes a quién pedirle un regalo de cumpleaños íntimo*», bufó, dirigiéndose a su asiento y no pude evitar reírme. La que tenía novio era ella, además, todo lo que hablamos de no celarme, ¿dónde había quedado? Parecía no importarle nuestra conversación.

—Hola, Julie, ¿prefieres la ventana? —preguntó Belén y negué con la cabeza, mientras me sentaba en el puesto libre.

—¿Cómo estás? Me alegra que seas nuestra guía. —Allí estaba yo, contenta por tenerla cerca, me gustaba algo de ella. No sabía qué.

—Bien, preparando unos papeles, luego del viaje me voy a Estados Unidos.

—Seguro podemos vernos —lancé.

—Te dejo mi número. —Cogió mi móvil y lo anotó—. Siempre que lo necesites puedes escribirme. No te he molestado porque sé que estás con tus amigos y con Sophia, pero sigo queriendo conocerte más.

—Bueno, no hay mucho que conocer. Ya sabes, soy esto que ves. —Sonreí tímidamente, estaba siendo más estúpida de lo habitual.

—Un día te diré lo que veo —contestó, acomodando sus lentes y mostrándome una sonrisa auténtica que me paralizó. No sé si por el tono o porque se acercó a mí para abrocharme el cinturón del avión y pude sentir todo su perfume que, a pesar de ser suave, llegó a atraparme y tuve que cerrar la boca antes de preguntarle cuál era. Olía delicioso.

Me gustaba Sophia y era claro, pero el aire de la profesora, siempre paciente, madura y tierna, llegaba a llamarme la atención... Quizás su autoridad, o tal vez que fuera hermosa, o que me encantara su nuevo corte de cabello que la hacía lucir más joven. No lo sé, pero me quedé mirándola más tiempo del debido, y lo notó.

—¿No vas a decirme qué ves en mí? —pregunté, después de un silencio incómodo en donde ninguna dejaba de ver a la otra.

—No voy a decírtelo hasta que cumplas dieciocho años. —Me guiñó el ojo.

—¿Tienes novio? ¿O eres lesbiana? —La más inoportuna.

¿Qué me pasaba? Dios mío. Ojalá hubiese tenido la maquinita para retroceder el tiempo. Necesitaba usarla. Ella sonrió y era una sonrisa distinta, algo era diferente o tal vez mi grado de estupidez me estaba haciendo desvariar.

—Perdón, no tienes que contestar. Ni siquiera sé por qué te pregunté, que inapropiado.

—No tengo novio y sí, soy lesbiana.

—Ah, entonces tienes novia.

De nuevo mi boca no obedecía a la cordura.

—No, no tengo novia. Tuve una hace mucho tiempo y desde entonces he estado soltera. Ella murió —respondió con una mirada triste.

—Lo siento.

—Vivimos lo suficiente para que no lo intente con cualquiera. Cuando vuelva a darme la oportunidad con una persona será porque algo en mí me diga que es la indicada —contestó Belén sin dejar de mirarme y llegué a sentirme sofocada—. Sophia y tú, ¿qué son? —Fue su turno de preguntar.

—¿Por qué me lo preguntas?

—Bueno, pensé que estábamos en confianza, ya que acabas de hacerme un tercer grado.

—Estamos saliendo, me gusta mucho, la quiero, pero es complicado, ella... —Antes de que

Belén

pudiera continuar escuché una voz que me sacó de la conversación. Lo siguiente ni siquiera sé cómo explicarlo. Belén esperaba una respuesta y estuve a punto de explicarle que Sophia tenía novio cuando la explicación llegó sola.

El avión no había despegado cuando la voz de Noah empezó a llenar todo el espacio. La azafata sonreía con complicidad ante las palabras. ¿Cuándo había llegado? ¿Por qué no lo había visto? Lo entendí todo. Entendí por qué Benjamín estuvo intentando convencerme de no asistir al viaje. Ellos eran amigos. Él sabía de la sorpresa y, por ende, era un traidor.

«Cariño, contigo nada es común y no quiero caer en la monotonía de los que dan por sentado el amor. Por eso le pedí al director de tu instituto que fuera mi cómplice y también al piloto y a las adorables azafatas. Todos formaron parte de esta sorpresa y si me estás escuchando es porque haría cualquier cosa para sorprenderte. ¡Estoy orgulloso de que te hayas graduado! Orgulloso de que me dejes ser tu compañero de vida y de que tu instituto me haya dado la oportunidad de acompañarte en esta aventura. Te amo, Sophia, y estaré contigo siempre».

Hubo unos minutos de silencio en los que evité a toda costa mirar a Belén. Me sentía avergonzada y sentí su mano apretar la mía, pero su contacto me quemó. O me estaba quemando ver la verdad a la cara y ser una pendeja.

Noah se presentó ante todos con un ramo de rosas rojas. Las mujeres decían que era hermoso y él, como un príncipe de película, fue hasta su asiento, que estaba mucho antes que el mío. Traté de no mirar, pero terminé haciéndolo.

—¿Me permitirías acompañarte en el siguiente tramo del viaje? Prometo ser paciente y respetuoso. Aceptarte con tus cambios de humor y con tu libertad. Prometo amar lo que amas y nunca limitarte. Hoy es nuestro aniversario y prometo que ni siquiera me importa que no lo recuerdes. Yo puedo recordar por los dos, Sophia. De hecho, me gustas desprendida y poco romántica. Eres lo opuesto a cualquier chica con la que he salido. No necesito que me hagas cartas o te acuerdes de que llevamos años compartiendo la vida. Me basta con saber que estás a mi lado y nunca dejaré de sorprenderte —finalizó y enseguida le entregó el ramo de rosas para besarla.

Ella le devolvió el beso y me sentí en la escena de una película de esas que a partir de ese día me darían asco.

Aparté la mirada.

Noah

Puedes irte al carajo con Noah. A mí no vuelvas a hablarme.
09:09 am ✓✓

No te pongas así, ¿qué querías que hiciera?
09:11 am

Decirme que no viniera, por ejemplo.
09:12 am ✓✓

Te lo dije. Ayer intenté decírtelo.
09:13 am

Te faltó el detalle de que era su aniversario. Se te olvidó decirme que Noah le tenía una sorpresa, o que vendría al viaje. Sabes que de saberlo no hubiese venido. ¿Qué te pasa? ¿Nunca tuviste un amigo hombre y de pronto, es más importante que años de amistad? Olvídalo. Trata de no dirigirme la palabra, y procura llevarme el bolso porque pesa una tonelada y no lo va a cargar ella. Así que 1. No me hables. 2. Llévame el bolso todo el viaje. Adiós.
09:15 am ✓✓

😌 Perdóname, te llevo el bolso y hago todo lo que quieras. No es más importante que tú, solamente que no sabía cómo decírtelo, no sabía qué hacer ni qué era ético.
09:16 am

PENDEJO.
09:17 am ✓✓

—¿Estás bien? —Belén me devolvió a la realidad. Guardé el móvil tratando de recomponerme.

—¿Crees que puedo compartir el asiento contigo en las ocho horas de viaje en autobús? Ya sabes, que se vea natural y no que estoy desesperada por salir corriendo, aunque me gustaría poder coger un taxi a mi casa.

—No comprendo qué relación mantenías con ella, pero los miedos y los problemas volaron con el globo. Lo que se fue no debería molestarte. Vas a estar conmigo en cada momento, pediré que seas mi ayudante.

—¿Dónde voy a dormir? Porque las mujeres y los hombres van en carpas distintas y yo no quiero que me toque con ella. ¿Puedo dormir contigo? —Me sentí la persona más idiota, desesperada y boba, pero necesitaba solucionar mis próximos días.

—No sé si es posible que una profesora duerma con una alumna, pero veré qué puedo hacer, ¿de acuerdo? —Sostuvo mi mentón—. Intentaré que puedas dormir conmigo —repitió y, de cierta manera, logró tranquilizarme.

¿De quién era la culpa? ¿De Sophia por tener un novio perfecto? ¿Mía por ser una de esas amantes que quiere ser la primera? ¿O de Benjamín por no advertirme? Daba igual, tenía que compartir el viaje con ambos y el avión despegó. Supongo que el único cuento con final feliz sería el de ellos.

El mundo perdido

¿Cómo era posible que pasáramos de la felicidad más plena a un estado de limbo, en donde todo es incierto? Decirles que me sentía saturada es poco, pero estaba en un viaje y la pareja perfecta no iba a arruinarlo. No quería volver a ser la persona insegura, había crecido y lo pondría en práctica. Asumí el reto de Jéssica y a medida que volábamos, me dije que iba a tener palabra. Mi despedida al instituto era una despedida a una vieja parte de mí. Me había superado gracias a las personas que conocí y entre esas estaba Sophia, pero hubo un cambio y no podía permanecer a su lado si eso me hacía daño.

Bajamos del avión y la profesora, con sus detalles, se encargó de que estuviera distraída. Era su ayudante, pero Belén no me dejaba hacer nada. Intenté pasar la lista, preparar el itinerario, apoyarla, pero ella me trajo café, me quitó las carpetas y me dijo que tenía todo controlado, que solo quería que yo disfrutara.

Sophia puso a Noah a cargar el gran ramo de rosas que le regaló. Seguían hablando de ellos, y cuando trató de acercarse a mí, Paula hizo lo que le pedí y la mantuvo lejos. ¿Qué explicación podía darme? Era su novio y así estaban las cosas, nada por agregar. La buena noticia es que todo fue tan rápido, que antes de que me diera cuenta, ya habíamos emprendido el recorrido. Nos dividieron en vehículos 4x4. Belén logró que nos separaran, y durante el trayecto de ocho horas no la vi ni a ella, ni a su novio. Lo último que recuerdo es que era tan incómodo cargar con un montón de rosas, que tuvieron que botarlas o no sé si las regalaron, pero Belén me guiñó el ojo con complicidad después de dar la orden y ni siquiera me importó. Nada me importaba y me dejé llevar por lo que estaba viviendo.

Me fueron cautivando las vistas de la sabana, el olor a naturaleza, a frescura y a renovación. La felicidad se hizo presente. Era el fin de una etapa y necesitaba verlo como tal.

Benjamín hacía todo por disculparse. Estaba nervioso y avergonzado. Paula, maliciosa, le decía que no le daría sexo por mal amigo. Tenerlos a ambos (aunque Benja fuera un idiota), sumado a Belén mirándome fijamente, fue ayudando a que sacara de mi mente a Sophia.

Sophia: Antes de que nos quedemos sin cobertura, quiero que sepas que no lo sabía. No quería que esto sucediera, no es justo para ti, ni para Noah. 11:46 am

No pasa nada. 11:47 am ✓✓

Sophia: ¿No estás molesta? •• 11:48 am

Tenías razón cuando dijiste que no ibas a abandonarlo. Te ama y hoy lo demostró. Simplemente ya no quiero estar en el medio. Fue un error de mi parte. Sorry. 😔 11:50 am ✓✓

Sophia: No contábamos con enamorarnos. 11:51 am

Quiero creer que el amor no es lo que tenemos. 11:53 am ✓✓

Sophia: El amor se describe con nosotras. ¿O acaso me vas a decir que no lo notas? ¡Deberíamos ser el sinónimo de todos los enamorados! 11:54 am

No me hagas reír. El amor de 3 es un asco así que omite la labia y no me digas que lo que sea que tenemos debería ser "el sinónimo de todos los enamorados". 11:56 am ✓✓

Sophia: Hablemos en persona, por favor. Puede ser que no llegues a entenderme. Es distinto lo que siento por cada uno y puedo decirte exactamente lo que siento por ti, pero prefiero hacerlo mirándote a los ojos. 11:58 am

Hemos vivido cosas increíbles y ahora mismo quiero que termine. 12:01 pm ✓✓

Sophia: Ojalá dependiera de lo que nosotras queremos. Ojalá fuera sencillo y pudiera sacarte de mi mente, pero no funciona así, princesa. 12:03 pm

A partir de hoy soy tu mejor amiga. Nada más. 12:05 pm ✓✓

Agradecí que se cayera la señal.

No tenía otra cosa por decirle y sentí la calidez de los dedos de Belén bordeando mis labios. Un gesto que no me esperaba, pero que estuvo cargado de dulzura. Ella sabía que hablaba con Sophia. Era madura, inteligente y, además, tenía la autoridad para ser respetada sin ser una de esas profesoras brujas, que por ser jóvenes son más pesadas para que las tomen en serio.

—Gracias por salvarme.

—No estoy para salvarte —contestó Belén—. Veo el potencial en ti más allá de lo académico. Incluso cuando te molestaba que te preguntara en clases y me veías como una profesora fastidiosa. Desde allí quería ayudarte a descubrirte y no fui yo quien lo logró, pero me alegra que pasara porque quiero conocerte, Julie.

—¿Qué quieres saber? Sigo teniendo miedo. Sigue asustándome lo que a otros les fascina. Estar aquí es un reto, mi mente me dice todo lo que puede salir mal y luego estás tú ayudándome a que controle esos pensamientos.

—Lo que quiero saber de ti espero descubrirlo sola. Por ahora, disfruta este viaje. Estás a punto de irte de este país, de crecer, de tener responsabilidades que, por tu personalidad, estoy segura que van a gustarte. Solo recuerda que el primer amor duele, pero con él también vas perdiendo el miedo. Mírate. Durante todo el año te negaste a venir y estás a mi lado recorriendo uno de los paisajes más bellos del mundo. No ignores lo que te duele, es natural. A mí todavía me duele que ella no me acompañe. Pero hay otras oportunidades y yo quiero ser la tuya. Quiero ser tu otra oportunidad. —No esperó una respuesta, cortó la conversación en seco y pidió al copiloto que pusiera otra canción.

♫ *Give Us a Little Love – Fallulah* ♫

Belén comenzó a cantar y a aplaudir al ritmo de la música. Irradiaba respeto, pero también cercanía, y no entendí de qué manera entramos en otro ambiente, pero sin duda ella lo causó. Las ventanas estaban abiertas y con el aire fresco repotenciándonos, la profesora nos pidió que cantáramos. No lo sé, pero hasta yo comencé a hacerle caso. Daba igual el ritmo, daba igual el ridículo, daba igual lo que había pasado. Importaba el presente.

—Hace unos años ocupé su lugar. Hice el viaje de fin de curso con la persona más importante para mí. Disfrutamos sin saber que podía ser el último. Por eso quise ser su guía. Porque no tenemos un manual que nos diga cómo vivir o cuándo será el día de nuestra muerte. No sabemos cuándo van a partir las personas que más amamos. Y duele cuando no valoramos como si fuera la última vez. En mi caso, no me quedé con nada por dentro. Le dije lo mucho que le quería. Ahora, que a ninguno de ustedes le quede nada por decir. Miren por las ventanas. La juventud no es una edad. Somos de acuerdo a cómo nos sentimos y me siento afortunada por guiarlos en esta aventura —dijo Belén.

—¿Quién es el afortunado que le robó el corazón?

—Sí, profe. ¿Tiene novio?

Las preguntas de Mateo y Pablo se centraron en su vida personal.

—Estaré compartiendo con ustedes, pero no somos amigos. Soy su profesora y mi vida personal me la reservo. —Sonrió y ni siquiera siendo cortante perdía la dulzura. Con ninguno cruzaba el límite, con ninguno excepto conmigo.

Me quedé dormida después de las primeras dos horas de trayecto. Me sentía agotada y triste. Belén era increíble, estábamos viviendo algo distinto, pero mi mente reproducía una misma pregunta. ¿Cómo se hubiese sentido si la que estuviera a mi lado fuese Sophia? No escogemos a quién querer ni de qué manera olvidar. Yo no escogí envolverme con alguien con novio y Noah decía que le daba igual que estuviéramos juntas, pero después de la declaración de amor que le hizo, ya eso no me convencía.

A veces decimos lo que la otra persona quiere escuchar para no perderla, tal vez él, con tal de tenerla a su lado, aguantaba fingiendo una falsa libertad. Quizás le dolía tanto como a mí el hecho de enamorarse de alguien que no puede ser de nadie. La libertad de Sophia quemaba. Dicen que todos somos distintos, pero ella era otro nivel. No podía sentirse encerrada, veía el amor como algo libre, no escogió quererme, pero no podía evitarlo. En cambio, escogió a Noah como su pareja, pero no le entregaría su corazón.

Belén me despertó horas después, diciéndome que habíamos llegado. Estaba recostada en su hombro y ni siquiera supe cómo llegué allí. Lo primero que hice fue mirar a nuestro alrededor, asegurándome de que nadie estuviera mirándome. Para mi fortuna, estaban concentrados en el viaje y no en mí. O al menos, todos menos Paula, que alzó su ceja dedicándome una media sonrisa.

—Ni siquiera te despertaste con lo horrible de la carretera —susurró Belén, riéndose de mí, que todavía trataba de adaptarme a que habíamos llegado—. ¿Quieres café? —Me acercó su termo.

—¿Cuánto tiempo dormí? —respondí, aceptándolo.

—Como si no lo hubieses hecho en años. —Se metió Paula—. Roncaste todo el camino, pobre profe —se burló.

—Me gustó la cercanía y no roncaste, pero incluso si roncaras, serías adorable —dijo Belén hacia mí en voz baja y sentí como mis mejillas se sonrojaban.

Salimos del Jeep para encontrarnos con los demás. Una vez en tierra, el guía nos dio las instrucciones. Habíamos llegado a San Francisco de Yuruaní. Estábamos en la comunidad indígena de Paraitepuy, ubicada a 1.400 metros de altitud.

Después de almorzar, nos guiaron para comenzar la caminata hacia el primer punto que era el Río Tek. Nos dijeron que sería sencillo, que eran cuatro horas de caminata, que serían colinas pequeñas y que luego de cruzar cuatro quebradas, acamparíamos a orillas del río. Además, los pemones nos ayudarían y estarían con nosotros para cualquier emergencia.

Comenzamos - Día #1

—Yo llevo el bolso de Julie. —Escuché decir a Benjamín hacia Sophia.

—No podrías —sonrió con malicia—, pesa demasiado.

—Dámelo, por favor.

Ella pasó de él para acercarse a mí.

—¿Cuál es el problema con que sea yo quien lleve tu bolso?

—Ninguno —me encogí de hombros. No quería pelear, así que me dirigí a Benjamín—. Si quiere llevarlo, déjala.

—No es como si tenga otra opción. Voy a llevarlo y no solo eso, tampoco voy a separarme de ti en todo el recorrido. ¿Estás lista?

—¿Dónde está Noah? Deberías estar con él —preguntó Benjamín.

—¿Por qué no estás tú con él? ¿No planificaron este viaje juntos, como noviecitos? —habló con rabia, y antes de que Benjamín respondiera, aclaró—: Vino al viaje, sí, pero eso no quiere decir que tengamos que estar juntos a cada segundo. ¿O acaso Paula y tú son ese tipo de parejas? Las obsesivas e inseparables que ni siquiera se dejan respirar.

—Somos un tipo de pareja que al menos vale la pena —contraatacó él.

—Me alegra que por lo menos como novio sirvas, porque como amigo fracasaste —sostuvo Sophia, y Paula se rio en su cara, ganándose una mirada de reproche de su novio.

—¿En serio te causa risa?

—Un poco, sí. Fuiste mal amigo y siempre iré por Julie —contestó Paula, pero enseguida dejó un beso en sus labios haciendo que se relajara.

Yo no pude hacer mucho porque Sophia me llevó a un lado.

—Voy a preparar tu bolso. —Comenzó a sacar la ropa y a meterla en bolsas selladas—. Es para tener todo ordenado por si llueve. También traje bolsas negras, para que nada se te moje —me explicó.

—Me gusta. Benjamín, ¿hiciste todo lo que hizo ella? Dime si vale la pena que seamos compañeros de viaje, o sino me avisas y me busco una Sophia. Todos deberíamos tener una —lo picó Paula, guindándose en su brazo y dándole varios besos—. Tranquilo, amor, te amo aunque seas pésimo amigo y el peor campista.

Diez minutos después, estábamos atravesando la ruta con vista a los tepuyes, rodeados de la selva y con un calor sofocante.

Sophia no tuvo que cargar mi bolso porque en cuanto comenzamos el trayecto se hizo amiga de los porteadores. Ella tenía esa capacidad de hacer amistades en cinco minutos, incluso si se trataba de adultos. Los pemones llevaron nuestro equipaje, aunque Belén no estuvo de acuerdo.

Me puse mis audífonos, a pesar de que Sophia insistió en que era preferible el sonido de la naturaleza. Quise decirle: «Escuchar a Noah diciéndote que te ama, o verlos cerca, es agobiante. La música me distrae». Me quedé callada.

Atravesamos las colinas rodeadas de pequeños arbustos y de gramíneas hasta que empecé a cansarme. Llevaba cuarenta minutos de las cuatro horas que nos tocaban y sentí que mis mejillas iban a explotar de lo calientes que estaban por el ejercicio.

Cada quien podía ir a su ritmo y había suficiente espacio para que tuvieras la distancia necesaria para estar solo. Eso hice: seguí mi trayecto en soledad.

Me dejé llevar sintiendo cada rayo de sol sobre mi cara. Me había echado un montón de repelente, pero sentía cómo los mosquitos se alimentaban de mi sangre. Tampoco eso me molestaba. Llegué a sentirme plena, más que nunca en mi vida. Las montañas, las rocas, todo a mi alrededor estaba puesto para que sonriera. La felicidad estaba frente a mis ojos y era mi camino. O al menos así fue hasta que el cansancio se apoderó de mi espíritu aventurero.

—Hey... —gritó Sophia, y en cuanto me alcanzó me puso una gorra. Traía un pote de protector solar, que no dudó en echarme—. Quédate quieta y usa la gorra, eres muy blanca y te puedes insolar.

—Puedo echármelo sola. —Intenté quitárselo.

—Si fuera así, no estarías toda quemada. Déjame ayudarte. —Primero me echó la loción en la cara, luego en los brazos y después recogió mi cabello dentro de la gorra para decirme—: De esta forma no te va a afectar el calor. Ahora, cómete esto. —Me dio un caramelo—. Si lo chupas durante el camino, no vas a respirar por la boca y te vas a cansar menos. ¿Vale? —preguntó, y yo lo intentaba, se los juro. Intentaba estar molesta, pero ella era tierna, era... Describirla sería una ofensa. No se han escrito palabras lo suficientemente poéticas y complejas para poder definirla.

Comenzamos a caminar y yo me quedé atrás, pero ella, luego de algunos minutos, volvió corriendo a mí:

—Mira, mira, mira, Julie. Conseguí un sapito. Y me quiere. —Parecía una niña y yo intentaba concentrarme en: *«estás molesta con ella, no cedas». Qué difícil todo ese tema de la fuerza de voluntad. ¿No les pasa?*

—Dijeron que no agarráramos ningún animal ni las plantas. ¡¿Y si es venenoso?!

—No es venenoso. Míralo, es un bebé. Anda, ponle un nombre. —Me mostró al sapito que tenía en la palma de su mano, y era mínimo.

—Déjalo en el piso antes de que te llamen la atención.

—Lo besaría para que se convirtiera en príncipe. Pero, ¿quién quiere un príncipe teniendo una princesa? —Me lanzó un beso.

—Vamos a llamarlo Romeo, ya sabes, en tu honor. ¿Así te dicen? ¿Romea? —repliqué, a medida en que seguí caminando, pero nuestras miradas se cruzaron. Ella sabía que me encantaba. Era evidente. Tenía algo que la hacía irresistible. La vi reírse, después corrió a mi lado y, sin pensárselo, me robó un beso. Fue uno corto, pero allí estábamos de nuevo.

—No quiero tus besos. —Detuve el paso.

—¿Estás segura?

—Estoy segura y no voy a repetírtelo. La próxima vez que me beses te vas a llevar una bofetada —le advertí, pero Sophia Pierce no aceptó la negativa. No le importó la gente que venía atrás de nosotras.

Le dieron igual las rosas, la declaración de amor, su idea de amar a dos personas, el mensaje en el que le decía que íbamos a ser solo amigas. Me robó otro beso. Me besó mostrándome desesperación. Me besó tratando de arreglar lo que estaba roto, sin saber que solo estaba partiéndonos más.

Sentí las miradas acusadoras de los que iban acercándose y ni siquiera puedo decir que no disfruté el beso, porque, aunque no era perfecta, era mi persona. Mi debilidad estaba en los hoyuelos que se le formaban cada vez que sonreía. En la mirada que me hablaba del mundo y en cada uno de sus gestos de afecto. Era una chica mala, pero conmigo se transformaba en una niña que solamente necesitaba amor. Pero no importaba cómo me sentía, o lo mucho que mis labios necesitaban a los suyos. Era definitivo, no volvería al mismo juego tóxico de estar y no estar.

No sé qué me llevó a hacerlo o si de verdad fue necesario. Lo que sé es que le di una bofetada con la rabia que tenía acumulada, y me bastó verla sobándose la mejilla con los ojos empañados, para saber que sería una de las cosas de las que me arrepentiría siempre. Me miró como queriendo decir muchas cosas, pero terminó ahogando sus palabras. Tampoco me devolvió el golpe, no me reclamó, solo seguía mirándome con una confusión que anunciaba que el final estaba muy cerca.

Belén, Noah y otros estudiantes estaban cerca de nosotras. La profesora les dijo que caminaran, que no se detuvieran, pero por supuesto que lo hicieron. Habían visto la bofetada y nos tenían a nosotras en primer plano. Quise saber por qué había reaccionado así. ¿Qué me pasaba? Me arrepentí de inmediato. No quería lastimarla y más allá del golpe, herí su interior. Sin darme cuenta me perdí en sus ojos y ninguna de las dos se movió. ¿En qué momento pasamos de ayudarnos a crecer, a hacernos daño?

Sophia me miró con una tristeza irremediable, con la misma de siempre, pero con una diferencia: ese día, frente a la grandeza de la naturaleza, la razón de su dolor... era yo.

—Lo lamento. —Ni siquiera fui yo la que se disculpó. Ella me pedía disculpas por besarme, cuando acababa de voltearle la cara. Le quedó la marca de mi mano y a mí el dolor del arrepentimiento.

Me le lancé encima sin importarme que nuestros espectadores siguieran observando, aunque Belén insistiera en que avanzaran. Me dio igual que su novio me mirara buscando una explicación. Me dieron igual todos y la abracé. La abracé tan fuerte que sentí que se me cortaba la respiración.

«Fui una idiota, perdóname. No quiero hacerte daño, no soy nadie para ponerte un dedo encima. Eres todo lo que quiero y no puedo controlar lo que estoy sintiendo. Tengo rabia, porque sé lo que somos. Siento que cuando me tocas, cuando estás cerca, la manera en la que me miras... ¡esto es amor! Perdóname», cosas que nunca le dije, pero que pensé a medida en que la abrazaba. La vi soltar unas lágrimas y me dio impotencia ser la causante de ellas.

—Si me preguntas, princesa, valió la pena. —Se secó las lágrimas y me dedicó una sonrisa—. Podría recibir diez bofetadas si a cambio tengo diez de tus besos —matizó, y sé que lo dijo para asumir la culpabilidad que estaba sintiendo en mí.

Sophi no era conflictiva, era distinta. No era tóxica, estaba envuelta en un pasado del que no podía liberarse. Tenía miedo de andar sola, pero guiaba otros pasos. Nadie le dijo por dónde era el camino, pero ella fue descubriéndolo para orientar a los demás, después de todas y cada una de sus pérdidas.

—Perdóname, por favor.

—¿Por darme los mejores días de mi vida? Julie, la que debería pedirte perdón soy yo. —Me dio la mano y entrelazamos los dedos para continuar el camino.

Estábamos de últimas y, al avanzar, nos sumergimos en un silencio sediento de coraje. Era la reflexión de lo que vivíamos, las nubes sobre nuestras cabezas y la fauna escasa, tanto como nuestra valentía para permanecer juntas.

No hablamos durante el recorrido. Ella me cuidó en cada hora. Me dio agua, me puso protector, me pidió respirar profundo y me apretaba la mano cuando estaba a punto de rendirme y llamar a la ambulancia para que me devolviera a mi cama.

Llegamos al Río Tek después de hacer toda la caminata juntas. Durante cada hora se paró las veces necesarias para darme descanso y fue paciente con mi lentitud. Estábamos apartadas del grupo en una tregua en medio de la guerra que ninguna empezó. Estábamos batallando contra las inseguridades, la zona de confort, las prisas y esa estabilidad que la iba carcomiendo y que ni siquiera reconocía.

—Estoy paralizada —reconoció Sophia.

—¿A qué te refieres? —Me senté a su lado en una de las rocas.

—Me asusta estar viva. Me siento congelada en un mundo que no reconozco y ni siquiera sé quién soy.

—Pero ¿por qué piensas tanto? —le pregunté, y tardó en contestarme. Se veía consternada y no pude entenderla.

No sabía si ella era muy compleja, o si yo era demasiado básica.

—Creo que estoy loca.

Y me alegra que lo estés y que vivas intentando conseguirte. Pero ¿no te has puesto a pensar que quizás tu miedo a perder es lo que te sabotea?

—Es que no es tan fácil, Jul. Por más que intento alejar mis pensamientos, la ansiedad vuelve. Parece que soy valiente y todos creen que soy algo que tal vez nunca he llegado a ser. Es posible que te hayas enamorado de una mentira.

—Me enamoré de lo que eres y eso incluye tus problemas, pero puedo escucharte si quieres explicarme qué es lo que sientes.

—Una tormenta que no cesa, un torbellino que se lleva una parte de mí. Es como si le hiciera mal a todo lo que quiero. Perderte se ha convertido en otro de mis miedos, uno que toma el control de mis actos. No quiero que te vayas, pero tienes que hacerlo, y no me refiero a Estados Unidos. ¿No lo notas? Porque yo sí…Ya me di cuenta de que te estoy perdiendo.

—¿Por qué no haces algo al respecto?

—No puedo, Julie. Jamás te desearía algo menor a lo que te mereces… —respondió, segura de que ella no sería lo suficiente para mí, y no supe cómo siendo tan hermosa no lo notaba. Ella era todo lo que quería.

Me levanté de la piedra intentando decirle algo, pero nada se me ocurría. No llegaba a la profundidad de sus pensamientos y creo que por eso estaba triste, porque nadie llegaba a entenderla. Era como estar sola en un mar de emociones que la arrastraban hacia un torbellino de inestabilidad y de inocencia. Todo al mismo tiempo.

Le quité los zapatos y la arrastré hasta el río. Nos metimos en el agua con todo y ropa tratando de que se relajara, y le pedí que se olvidara de sus problemas, como si fuera tan sencillo.

—¿Estamos en problemas por mojar la ropa? ¿Qué dice la mejor campista?

—Que nada de lo que tú quieras hacer es un problema, Julie —contestó Sophia—. Además, ¡tengo todo bajo control! Vas a dormir como si estuvieras en tu cama, aunque algo que me preocupa es el tema de los baños, ya sabes, por eso de que te cuesta adaptarte y no quiero que te hagas encima —se burló y le salpiqué agua, para que dejara de fastidiarme.

—¿Ya no vamos a estar juntas?

—Siempre vamos a estar juntas, pero ya no de ese modo —respondí.

—Voy a armar tu carpa y voy a atenderte como una princesa, aunque no seas mi princesa y no duermas conmigo —habló rápido, con esa ternura que se ocultaba detrás de su sensualidad—. Siempre voy a hacer todo por ti y no solo porque te quiero, sino porque te lo mereces. Así que ni pienses que voy a cambiar, al contrario, voy a quererte más cada día.

—Muy bien, entonces antes de ir a armar la carpa, hagamos un trato por lo mucho que me quieres: cada vez que tengas ansiedad o miedo, piensa en un recuerdo que te muestre lo bonito de la vida. No vamos a estar juntas como pareja, pero nunca vas a estar sola. Así que hagámoslo las dos, como un equipo. Mientras me ayudas a superar este viaje que significa un reto para mí, déjame ayudarte a que por unos días pongamos pausa a todas esas vocecitas que te dicen que es mejor estar muerta. ¿Lo harías conmigo? Seis días en los que sí tenemos que sacarle el dedo a los miedos, lo haremos sin pensarlo.

—Tú no dices groserías, las princesas no lo hacen. —Me atrajo por la cintura.

—¿Aceptas el juego?

—Acepto, y lo que más quiero justo ahora es besarte, pero te respeto. Así que… —Se mordió los labios tentando a mi fuerza de voluntad, y añadió—: A partir de ahora, serán tus reglas, pero no es por miedo. No me da miedo morir, ni tus golpes, ni hablar en público.

—¿Y qué le asusta a Sophia Pierce?

—No volver a verte o hacerte daño como hoy en el avión. Me da miedo no volver a ver a mis hermanos o que, por mi culpa, Noah recaiga y se muera. No me asusta el futuro ni ninguno de los retos cotidianos. Me da miedo seguir encerrada dentro de lo que siento. Me da terror cantar por dinero y venderme. Me da terror pensar en que nuestro universo puede devastarse. Me da miedo no poder hacer nada para liberarme y seguir presa de mis pensamientos. No tengo miedo de amarte, pero sí me asusta no saber cómo ver lo bonito del mundo cuando no estés junto a mí —se expresó, y no me hubiese importado darle un beso por cada uno de sus miedos, pero siempre había alguien que arruinaba el momento, y aunque la mayoría del tiempo era su novio, esa vez no fue así.

—Ya está nuestra carpa, Julie, solo falta que acomodes tus cosas. También inflé el colchón y está todo preparado —me informó Belén—. Alístense ambas, que en breve vamos a hacer una actividad —nos dijo, y la cara de Sophia se desfiguró de inmediato, ensombreciéndose.

—Después de todo, no hará falta que te arme la carpa, ella también te trata como una princesa —puntualizó, mientras salíamos del agua para dirigirnos al campamento.

Los hombres dormían separados de las mujeres, por lo tanto, Paula y Sophia compartirían carpa. «*¿Sabes cómo se hace? Porque yo no sirvo para nada*», oí preguntar a una Paula tan inútil como yo en cuanto a excursiones.

Belén estaba cerca. Apenas me vio, sacó una toalla para cubrirme con ella; procuré disimular el gesto ante Paula y Sophia.

—También deberías cubrirte, no te vayas a resfriar —dijo hacia Sophia.

—Lástima que el servicio de cuidado no es igual con todos los alumnos y a mí las profesoras no me cubren con la toalla ni me arman la carpa —respondió con antipatía para alejarse de nosotras y llevarse a Paula por el brazo como si fuera su mejor amiga. A Belén no pareció importarle.

—Ven, cariño, entra y cámbiate de ropa que ahora es mi turno de mostrarte otra manera de ver la vida. —Sonrió, mientras me guiaba al interior de la carpa. Era para cuatro personas y solamente seríamos nosotras. Estaba perfectamente acomodado y se veía confortable. Solo pasaríamos una noche, pero lo había preparado de maravilla.

Mi bolso estaba a un lado y cuando lo abrí, conseguí una organización incluso mejor que la carpa, pero hecha por Sophia. Cada cosa en su bolsa para que no se mojara, y en la bolsita de mi ropa interior, había un papel doblado en dos.

Por un lado había uno de sus dibujos. Eran dos astronautas y una nota que decía:

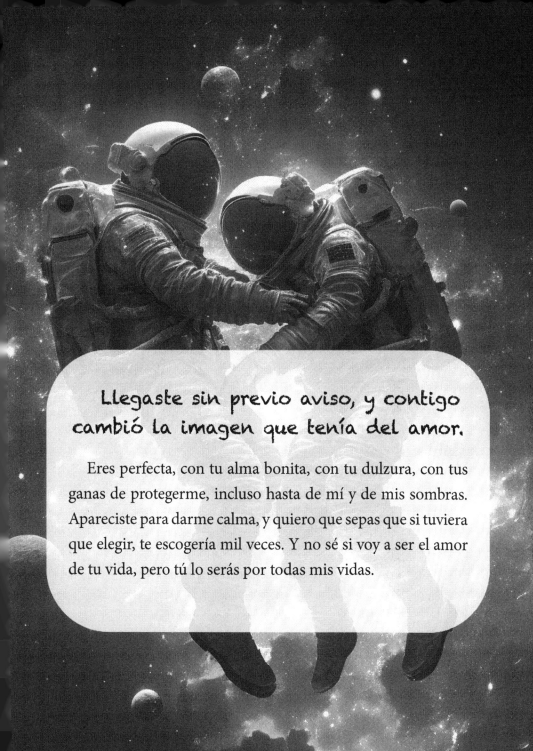

Llegaste sin previo aviso, y contigo cambió la imagen que tenía del amor.

Eres perfecta, con tu alma bonita, con tu dulzura, con tus ganas de protegerme, incluso hasta de mí y de mis sombras. Apareciste para darme calma, y quiero que sepas que si tuviera que elegir, te escogería mil veces. Y no sé si voy a ser el amor de tu vida, pero tú lo serás por todas mis vidas.

Para Julie

En pocas horas vas a estar cumpliendo dieciocho y no entiendo qué significa la edad, pero quiero aprovechar para decirte que te quiero. Me puse a pensar, ¿cómo felicitas a una persona? No lo felicitas. Es aburrido el típico mensaje. A mí no me des chocolates, no me digas "enhorabuena" o "que cumplas muchos más". Cuando sea mi cumpleaños, dime que me joda, que cada minuto que pasa, el tiempo nos exige que actuemos. No me digas un "te quiero" gastado, no me invites a que sea feliz. Dime que descubra el porqué de mis miedos, que viva equivocándome, que me mire en el espejo y agradezca por mis cambios, pero que sea dura conmigo para no conformarme. Yo no quiero una sorpresa normal, no quiero que me digas que soy importante, sino que me lo hagas saber. Por eso te dejo detalles, pero el detalle no está en la carta ni en el dibujo, sino en el cariño con el que organicé tus cosas, porque así hiciste con mi vida: organizaste mi caos para mostrarme el amor.

Por ahora, el detalle es que sepas que no voy a amarte como lo común. Yo voy a quererte siempre, y aunque no esté contigo buscaré la forma para que me sientas ahí. ¡Brindemos, princesa! Por tus errores, por los míos. ¡Por habernos encontrado! Cuando leas esto será el primer día de viaje y espero que me consigas. Consígueme siempre. Incluso cuando no me necesites, porque estaré en las pistas que te dicen que lo imperfecto es hermoso. Estaré en las lágrimas, que también enseñan a amar.

Eres mi princesa, pero naciste para ser reina.

Atentamente, Sophia Pierce.

Sophia siempre me dejó señales. Desde el inicio, buscó la manera de que no la extrañara. Muchos dicen que nuestra historia fue dañina, pero cuando leí su carta se me paralizó el corazón. Las mariposas me devolvieron a la vida y comencé a llorar. Lloré porque una parte de mí era rebelde, no obedecía a la lógica y la quería cerca, pero la otra ya no podía. No podía aceptar seguir en el medio de su relación.

—¿Estás lista para mí? —preguntó Belén cuando salimos de la carpa.

—Dicen que nunca estamos listos, pero tengo ganas de intentarlo.

La seguí hacia donde estaba todo el grupo.

«El Roraima, como cada parte de nuestro planeta, es un regalo. En cada rincón hay personas peleando, pero también amándose, y por cada vez que alguien se ama, se caen cien ejércitos del mal. Y pronto conocerán otras formas de ver la vida. Conocerán el mundo y a muchos de ustedes los odiarán por su nacionalidad. Se encontrarán con personas que fueron lastimadas por nuestros hermanos, y muchas veces sentirán odio. Los que se queden, luchen por cambiar y mejorar nuestro país; y los que se vayan, demuestren que somos gente buena. No somos los delincuentes, pero les digo esto porque a cualquier rincón al que vayan deberán demostrarlo. Venezuela es la vida y la magia que sentimos en este lugar. Cárguense de ella. Respetemos a cada ser humano, respetemos este sitio y empecemos por respetar la vida. Ahora, pónganse en parejas. Escojan a la persona con la que quieren compartir este paraíso que hoy disfrutamos», concluyó Belén.

—El problema no se trata de los países que no nos aceptan, profesora. Va más allá de la xenofobia y de Venezuela. Pasa en cualquier lado —respondió Sophia a Belén, hablando para todos los que hacíamos un gran círculo en medio de la sabana—. Nadie tendría que irse de su país si las reglas del tablero por las que se gobierna el mundo en el que vivimos sirvieran para algo. Pero no sirven. Pueden matar a alguien que amas en tus narices, y nada sucede. Puedes morir de un tiro en la frente defendiendo tu bandera y que quede grabado. Tu muerte será vista en cientos de idiomas y la olvidarán cinco minutos después. El mundo de mierda en el que vivimos se cruza de brazos. Y todos nosotros deberíamos besar la tierra y agradecer al planeta, pero criticarnos como seres. Somos más allá de las nacionalidades. Somos nosotros los causantes del dolor, de la pobreza, de la miseria, del sufrimiento, del asesinato de la naturaleza, de la vida, creadores de la injusticia y fanáticos del ego. Cada día nos dividimos y vamos rompiendo la atmósfera que nos sirve de techo. Va más allá de un país. Es un problema ¡GLOBAL! Como humanos no somos nada, y vivimos creyendo que lo somos todo —puntualizó Sophia, rompiendo el círculo.

Salió corriendo como si con cada palabra sintiera la muerte de su madre y de su amigo; los días sin comer y la despedida de sus hermanos.

Quise ir a buscarla, pero Noah me detuvo.

—Déjame a mí, Julie. Yo sé cómo calmarla —aseguró, y lo vi correr hasta alcanzarla.

La haló por el brazo y ella lo empujó varias veces, hasta que efectivamente logró que se calmara y ambos se fundieron en un abrazo.

—Ella tiene su proceso y tú tienes el tuyo. —Escuché la voz de Belén—. En este ejercicio eres mi pareja y lo importante es que te concentres en ti. —Me haló de la mano hasta que quedamos de frente—. Mírame, pero no te concentres en mis ojos. Búscate y piensa en lo que está pasándote. ¿Qué pasaría si la verdad de la que hablábamos aquella tarde no se encontrara en las cosas o en las personas? ¿Has llegado a pensar que eres tu propia verdad? Y si así fuera, ¿qué querrías ser, Julie? Porque es el tiempo del presente y no importa si estoy yo, o si está ella..., importas tú.

Belén me cogió de las manos y cerré los ojos. Sentí que me apretaba y comenzó a decirme que fuera minuciosa y que camináramos lentamente y sin ver. Me pidió que tuviera confianza en ella y una parte de mí estaba a gusto con la profesora.

Un imán me atraía al precipicio de una persona que no quería permanencia. Un hilo delicado se iba tejiendo alrededor de la seguridad de una presencia que me quería mostrar lo que había después del primer amor.

A las seis de la tarde, Sophia estaba con Noah y yo estaba con Belén. Nuestra historia intentaba acercarnos, pero nosotras, cada día y sin saberlo, nos alejábamos más. La parte que la amaba por sobre cualquier cosa me decía que luchara. La otra, quería separarse y odiaba esperar a que en algún momento abriera los ojos. Esa parte impaciente quería a Belén, que me miraba como prioridad, que me enseñaba y que me atraía a una estabilidad parecida a la que yo ofrecía.

Pero no escogemos, no podemos decidir de quién enamorarnos. Hay gente que se queda por costumbre o por miedo a la vida. Se quedan para siempre en ese lugar seguro, pero sienten que algo les falta todos los días. Enamorarte hasta los huesos no tiene comparación. Presenciar magia en una mirada, o que el tacto te transporte a las nubes, eso no se compara con un matrimonio feliz y estable que dura para siempre, pero no te hace sentir que caminas en el aire, que vuelas, que naces en una caricia.

Algunas historias cortas viven eternamente.
A veces lo que se acaba sigue existiendo...
Y eso es amor.

La leyenda de las estrellas

Belén hizo que olvidara por un segundo lo que ocurrió con Noah. La actividad consistía en abordar un aspecto de nosotros que no nos gustara y luego descubrir por qué nos afectaba. Yo estaba enfadada porque Sophia no lo dejaba. Era confuso que sin buscarlo ni ser alguien así, había terminado triste porque la persona con la que quería estar no luchaba por estar conmigo. Estaba enojada con Noah porque no la dejaba libre y con ella porque no buscaba su libertad, pero los quería a ambos.

—¿Qué te molesta? Busca lo que te está molestando y trabájalo —me pidió Belén, y me cogió de la mano para alejarnos del campamento.

Cruzamos el río hasta estar lo suficientemente lejos como para poder decir cualquier cosa, pero ninguna quiso hablar. Y descubrí que lo que me molestaba era ser yo la que estaba sobrando. La que estaba en el medio. La que no elegían.

—Respira y no intentes controlar los sentimientos ni las acciones de otra persona. No asumas el peso de las debilidades de otros o al final del camino estarás exhausta. —La observé hablarme sin eliminar la sonrisa, tenía las manos suaves y olía bien.

Belén no apartó la mirada de mi rostro y, por alguna extraña razón, tampoco yo dejé de mirarla. Parecía nerviosa y me pregunté si mi presencia era el motivo por el cual se había sonrojado. Me reí de la ternura que me produjo, porque por primera vez no se estaba comportando como una profesora. Era solo una chica.

—¿Por qué renunciaste al instituto? —me atreví a preguntar.

—Es hora, Julie —contestó, tendiéndome la mano para sentarnos en una de las piedras—. Me alejé de mi familia y de mis amigos cuando la perdí. Me quemaba estar en cualquier lugar que me la recordara. Por eso volví a Venezuela. Pensé que dar clases sería una terapia efectiva, pero cada día me hundía más. Un perro solitario ahuyentando a cualquiera que quisiera darle afecto. Luego, llegaste a mi vida y me vi en tu reflejo. Te pedía que intervinieras y era hipócrita, porque ni siquiera participaba en mi propia vida. —Su mirada se volvió triste, y sin pensarlo, pasé mis dedos por su mejilla, acariciándola.

—¿Qué te hizo cambiar de idea?

—He aprendido mucho de ti y cada vez que ibas mejorando, de cierto modo, yo también lo hacía, pero ya eso no importa. Sigo siendo tu profe, por lo menos por este último viaje, así que tengo que quitar la cara de tonta que tengo cada vez que te miro y regresar con el resto —comentó, levantándose—. ¿Vienes? —Me extendió la mano y al dársela me haló hasta ella, dejándome tan cerca como para sentir su respiración—. ¿Cuántas horas faltan para que seas mayor de edad?

No sé si fue su pregunta acompañada de una mirada altiva, o su cuerpo tan cerca del mío, o quizás fue su mano sosteniendo mi espalda para pegarme a ella, pero lejos de estar nerviosa..., sentí seguridad.

—¿Qué tiene de divertido si no asumes el riesgo? —*Ok Julie, cálmate,* pensé, pero ya estaba hecho y Belén sonrió de una manera un poco intimidante.

Justo en ese momento descubrí que me gustaban las mujeres: estaba enamorada de Sophia, pero al parecer, era lesbiana. Belén me pegó más a ella y el corazón no me latía desbocado, pero tenía unas ganas desbordantes por saber cómo era su sabor.

—Siempre he sido a la antigua y preferiría esperar. —La escuché susurrar y el rubor en sus mejillas se extendió. Era un poco más alta que yo, su cabello castaño estaba suelto y más liso que nunca. Sus facciones eran perfectas e, incluso, debajo de sus lentes de ver, percibí la chispa en sus ojos, que reconocí como deseo.

—Me gustaría ser tu excepción. —Me acerqué más a sus labios.

No sabía qué estaba haciendo, ni por qué tenía la necesidad de estar con ella, pero una parte de mí necesitaba esa segunda oportunidad. No quería privarme de vivir algo que estaba deseando por una persona que, a pesar de quererme, seguía con su novio. Estaba cansada de ser la que esperaba, y teniendo a Belén frente a mí, supe que iba a arrepentirme si no seguía mi impulso. La vi cerrar los ojos y pude sentir su pulso. Estaba acelerada, temblando como si yo fuese la adulta responsable y ella la estudiante a punto de cumplir dieciocho años.

Me dio acceso a su boca y algo ocurrió cuando sintió mis labios porque cambió drásticamente de actitud. Cuando nuestras lenguas se juntaron, Belén volvió a ser la profesora. Tomó el control que había cedido y comenzó a demostrarme que ya no tenía miedo. Por mi parte, necesitaba oxígeno, besaba bien, pero era tan intenso que ni siquiera podía frenarme para coger aire. Me tenía agarrada del cuello y a medida que mordía mis labios, sentía que iban a explotar, pero no me interesaba. Lo único importante era que no se detuviera.

Me dejé guiar por una experiencia que no tenía precedentes, pero no había mariposas en el estómago. ¿Por qué no me provocaba espasmos? ¿Dónde estaba esa sensación de vacío y el corazón reventándose?

La dejé morderme lo que quiso, y aunque la revolución en mi estómago no se manifestó, estaba tan caliente que se percibía. Mis mejillas, que ya ardían, entraron en ebullición cuando me susurró al oído: «Dash, ¿te está gustando la clase? Son lecciones privadas solo para ti», fue una experiencia alucinante.

Belén recorrió mi cuello haciéndome perder la cordura, y ni siquiera extrañé a las mariposas, por mí podían quedarse muertas. Me gustaba la sensación, o al menos me estaba gustando hasta que sentí que mis manos buscaban introducirse debajo de su ropa, y ella me quitaba explicándome con paciencia y dulzura: «La siguiente clase es para mayores de 18, por ahora tenemos que esperar». «No quiero esperar», le respondí volviendo a besarla hasta que....

—¿Es en serio? Joder. Eres una pervertida. —La voz de Sophia retumbó en mis oídos. Me aparté de Belén como pude y sentí su mirada echar fuego.

Estaba acompañada de Noah y de Jéssica. Mi mente pensó en los posibles desenlaces, incluyendo el de mis padres asumiendo mi expulsión y enterándose de que me metí con una profesora. Imaginé la cara de Claudia pidiéndome explicaciones y a todo el instituto hablando de mí. El problema es que cualquier expulsión perdió el valor cuando me encontré con los ojos decepcionados de Sophia.

—El curso terminó, técnicamente ya no soy su profesora.

—Es tu alumna. ¿Acaso no tienes ningún tipo de ética?

—Cálmate. No es nuestro problema, no somos nadie para juzgar. —Allí estaba Noah, intentando que Sophia no hiciera un escándalo.

—No me lo esperaba. Te tomaste muy en serio eso del trato que hicimos —comentó Jéssica, mirándome con sorna—. ¡Vaya que estás recuperando el tiempo perdido, Dash! —Me guiñó el ojo, y nunca había sentido tanta vergüenza.

—Asumo cualquier responsabilidad. Si quieres, o quieren comentarlo a los demás profesores, están en su derecho —dijo Belén, con tranquilidad.

—Me ayudaste durante todo el curso, por mí no te preocupes, muero callada. —fueron las palabras de Jéssica, pero se me hizo difícil creerle.

—No te mereces dar clases nunca. —Sophia dio un paso hacia ella—. Si hablo con la junta ni aquí ni en China te dejarían enseñar. ¿Entiendes la gravedad? Porque pienso que te crees que soy estúpida y que no diré nada.

—Al contrario, Sophia. Soy consciente de la gravedad. Pero ¿qué quieres que te diga? El beso ha valido la pena, incluso si significa que no volveré a dar clases, no me arrepiento. —Y no sé si lo hizo para molestarla o si lo decía en serio, pero me rodeó por la cintura y le aseguró—: Tengo la edad suficiente para ser consecuente con mis acciones, lo que escojas estará bien para mí.

Dio por culminada su conversación sin un ápice de temor o inseguridad. Luego, dirigiéndose hacia mí, susurró:

—La culpa es mía y no va a repercutir en ti, eso te lo aseguro. Así que, por favor, no te preocupes y deja que me haga cargo.

—¿Puedes soltarla de una vez? ¿O te quedaste enganchada a su cuerpo?

—¿Me lo dices por experiencia, linda? Porque lo que parece es que estás teniendo un descarado ataque de celos, lo cual sería irónico teniendo en cuenta de que estás frente a tu novio. —Belén se soltó de mi cintura y me dijo que me esperaba con el resto. Caminó sin perder la autoridad, y pasando al lado de Sophia, negó con la cabeza.

Noah estaba tan perdido como yo. Jéssica, en cambio, parecía muy divertida con la situación. Y me encontré pensando de qué manera huir. Sentía que Sophia iba a explotar en cualquier momento. Tenía los ojos enrojecidos, y, por la manera en la que apretaba la mandíbula, supuse que no le estaba resultando fácil controlarse.

—¿Desde cuándo eres celosa? ¿No te parece que estás exagerando?

—NO ESTOY CELOSA. Y no estoy exagerando, Noah—gritó y enseguida dio un paso a mí—. ¿Sabes qué, Julie? ¡Olvídalo! Olvídalo todo —dijo con rabia.

—Antes de que le digas a alguien, déjame explicarte.

—¿Crees que voy a hacer algo que te perjudique? No tenemos nada de qué hablar. De hecho... No vuelvas a hablarme. Y tranquila, puedes seguir follando a la intemperie. No vuelvo a interrumpir.

—Fue un beso y no entiendo por qué no quieres que te hable. ¿Qué pasa? ¡Somos amigas!

—No puedo ser amiga de una zorra —habló con fuerza, sintiendo cada palabra, y terminé dándole otra cachetada. Segunda bofetada del día y a la misma persona, solo que esta vez no me iba a disculpar.

—La próxima vez que vuelvas a pegarme, no respondo —me advirtió, mirándome con un dolor diferente al que acostumbraban sus ojos.

—La próxima vez que te vuelvas a meter en mi vida o a insultarme, seré yo quien no responde. Déjalo así, ¿vale? Habla con los profesores, dile al resto, haz lo que te dé la gana. Pero no te metas en mi vida. No eres nadie, absolutamente nadie, para opinar sobre lo que hago y dejo de hacer. Y coincido con Belén: el beso valió la pena, incluso si amerita mi expulsión.

Salí disparada cuando Sophia derramó la primera lágrima.

A medida que corría, se me iba olvidando cómo respirar. Sentía una tristeza invadirme el cuerpo, y el pecho estaba tan oprimido que pensé que iba a desmayarme. Sophia me exigía amarla en libertad, pero no soportaba compartirme con nadie. Era excesivamente celosa y tenía dos relaciones simultáneas, asumiendo que ambos lo aceptábamos. El viaje de despedida se había convertido en un desastre.

Me di cuenta de que mi error fue intentar darle calma a alguien que nació siendo tormenta. Ella era dinamita y nada de lo que hiciera iba a cambiarlo. Me estaba aferrando a alguien que nació para mostrarme un destello de lo que soy, pero nunca para quedarse. Con ella descubrí mi identidad. Me encontré con besos que nacen para seguir existiendo, aunque en otra boca.

Fue incómodo tener que compartir con el grupo después de lo ocurrido. Sophia no le dijo a nadie y Jéssica cumplió su palabra de mantener la boca cerrada. Belén en ningún momento mostró indicios de incomodidad. Siguió atenta conmigo y le dio igual que nos hubieran visto.

Cuando llegó la noche, los pemones (indígenas habitantes y cuidadores de la sabana) prepararon la comida y me ofrecí a ayudar.

Luego de la cena, decidí contarle a Paula y a Benjamín lo que había sucedido y tuvieron opiniones distintas: Pau iba por Sophia a toda costa; Benjamín se mostraba complacido de que me estuviera dando la oportunidad con Belén. Yo ni siquiera sabía cómo me sentía porque mi pecho se mantenía oprimido. Su mirada jamás se cruzó con la mía ni con la de nadie. Se decidió a ignorarme y se retrajo en sí misma, olvidándose del exterior.

Pasaríamos la noche en el campamento Río Tek y al día siguiente la caminata sería de seis horas. Las carpas estaban listas y habían varias fogatas destinadas a ese tipo de cosas que a la gente le gusta: cuentos, canciones, comer viendo el fuego, etcétera. Hasta la fogata me recordaba a ella, a nuestros miedos quemados en casa de Christopher. Todo tenía su rostro, pero Sophi estaba sentada lejos, usando su linterna para poder dibujar en medio de la oscuridad.

Tenía un *sweater* con capucha y no le prestaba atención a nadie. Su cabello rubio con mechones azules le caía con hondas naturales hasta la cintura y...

—No puedes mirar de ese modo a alguien a quien acabas de romperle el corazón, *bebezaaaaa*. —Paula me sacó del trance.

—No puedes cambiar de mejor amiga como cambias de ropa interior —repliqué.

—Ella me gusta. Quiero que estén juntas y tengan bebés, y que yo los lleve a fiestas y les enseñe a no ser tan aburridos como tú. Quiero que tengan un departamento juntas y un perro apestoso. Que Sophia cante en las reuniones familiares y que seas así de feliz como eres cuando estás con ella.

—Paula.

—¿Qué?

—¿Noah sería el perrito apestoso? ¿O qué pinta? —cuestioné.

—Noah sería nuestro mejor amigo.

—¿Serías mejor amiga de la chica que te robe el corazón de Benjamín?

—Mmm... —Frunció el ceño—. Es complejo, Julie, vale, ok, pero es complejo porque yo apenas y sé multiplicar, pero ustedes son inteligentes. Busquen la manera de solucionarlo y ya está. Están enamoradas.

Antes de poder contestarle, Benjamín y Noah se sentaron con nosotras, cortando nuestra conversación. El novio de Sophia comenzó a contarnos una historia y los demás, alrededor de la fogata, lo escucharon atentamente. Él hablaba de su abuela y del *Monte Roraima*. Decía que desde niño escuchó historias sobre la magia que se encontraba en ese lugar. No perdía su masculinidad ni su apariencia de estrella de *rock* cuando nos decía que las almas puras son las únicas que pueden sentir a los espíritus más sabios. Nathaniel soltó una carcajada, pasándole el termo que contenía alcohol, pero Noah le dijo que no quería.

Sophia seguía sentada en el piso con su cuaderno de dibujo y los lápices que le regalé. Quería acercarme y arreglar lo que pasó en la tarde. No debí volver a pegarle, no era una salvaje y tenía que controlar mi rabia, pero me había dicho «zorra» y una parte de mí pensaba que se lo merecía.

—Háblale —me incitó Noah.

—Háblale tú, eres su novio —contesté.

—Por más que intento comprenderlas, las mujeres son muy complicadas.

Su sonrisa fue sincera.

—Cualquiera querría un novio como tú.

—Pero Julie Dash no acepta un trío —se burló—. Que es broma, en serio. Ni siquiera me atrevería a tocarte, eso sería traición.

—¿Traición?

—Para Sophia.

—Son muy raros —contesté, y él se encogió de hombros.

—¿Te parece muy loco que no me importe que estén juntas? —Fue su pregunta y tenía la sonrisa de par en par, como si se tratara de una broma.

—Me parece loco que no te des cuenta de que la amo. —Perdí la cabeza.

—Con que la amas, vaya, qué interesante —dijo con sarcasmo.

—Que no es una broma, Noah, ni siquiera me merezco que me hables y seas amable. La amo de verdad y no sé cómo, pero estoy enamorada de la persona con la que estás de aniversario.

—Julie, ven conmigo, sígueme. —Se puso de pie y empezó a caminar hacia la oscuridad de la sabana, y ni siquiera sé por qué, pero lo seguí. Caminamos por un rato y observé a Sophia para ver cómo reaccionaba por nuestra cercanía, pero ni siquiera se dio cuenta. Dibujaba observando el cielo y me imaginé que estaba inspirada con millones de estrellas que centelleaban sobre su cabeza y estaban retumbantes.

—¿Por qué crees que vine? Puedes ser sincera, sin miedo a herirme.

—Porque sientes que la estás perdiendo y querías recuperarla.

—No me siento amenazado por la mujer que le salvó la vida a mi novia. La misma que me pagó el centro de rehabilitación sabiendo que era su "competencia". Yo no te veo así y sé que no comprendes, porque es raro. Vine para luchar por tener un puesto en su vida, pero al estar contigo ni siquiera en el banquillo de suplentes hay espacio para mí. —Noah no sonaba triste, sino resignado. Con el cabello largo cayéndole de lado y su mirada expresando un tipo de sabiduría que no comprendía, no supe qué decir—. Julie, quise venir para darme un segundo chance. Quería entregárselo todo. Vine para conseguir la verdad, y te vimos besando a tu profesora y me has visto besarla, pero si no eres ciega también debes haber visto cómo me rechaza.

—Están juntos, Noah, y es enfermizo.

—Enfermizo es pensar que el amor no conlleva retos, pero en tu caso, lo que quieres es que Sophia me deje y luche por ti. ¿Es eso?

—No es…

—¿Por qué darme una excusa si es lo que sientes? —me interrumpió—. Prefiero que seas sincera y me digas que me largue.

—Tal vez estás viéndote reflejado en mí.

—Te equivocas —contestó, mirando hacia el vacío, y la brisa nos pegaba en la cara—. Yo quería que nos amara a ambos, jamás hubiese querido que se alejara de alguien que le da felicidad y tú se la das.

—Eres más masoquista que yo.

—No coincido y espero que estés preparada para lo que voy a decirte.

—¿Tan malo es?

—Vine a luchar por Sophia porque es la persona más hermosa que he conocido en mi vida. Y puede ser que me abandone, puede que su corazón solamente te quiera a ti. Pero por lo visto, su historia terminó antes de empezar; y no me culpes, fue tu culpa al no comprender a alguien como ella. Si me deja, en mi caso me acordaré del Roraima, recordaré que lo intenté y también voy a recordar esta conversación. No tengo una cadena. ¿Entiendes eso? Tengo un amor profundo y es algo que no consigues en cualquier parte. Tenemos años acompañándonos y jamás la he engañado. En cambio, te sentiste amenazada por mi presencia y te lanzaste a los brazos de la segunda mujer que te cortejó. Ya por esa parte, mi presencia tiene un motivo —puntualizó.

—¿Estás insinuando algo?

—Insinúo que mi presencia puede servir para demostrarnos que ella y yo estamos destinados a estar juntos, o para confirmar que debemos separarnos para que tú y ella se descubran. Asumiría cualquier riesgo por alguien como Sophia, la diferencia es que tú no estás preparada para sentir un amor así.

—Ves a Sophia como una víctima y ni siquiera te das cuenta de que no es justo para ti. No es justo vivir para obtener el cariño de alguien.

—No creo en víctimas ni culpables. Lo que se ve por encima enamora a cualquiera, pero yo amo lo peor de ella. Y si esas inseguridades persisten y tú prefieres irte, yo me quedo para que las afrontemos.

Sentí las palabras de Noah taladrarme.

—Pienso que están anclados el uno al otro y que asumen por amor una amistad, Noah. Pero hasta que ella no sea libre y aprenda a estar sola, no podrá querer a nadie. Podría compartirla, pero no quiero. Me gusta completa y no me agrada que la toques o que la beses. Me molesta que no puedan verse como amigos, y sé que es absurdo exigir cuando no soy nadie para hacerlo, es por eso que decido alejarme —dije, sacando valentía de lo más profundo de mí. Lo miré fijamente y fui sincera—: A diferencia de ti, para mí luchar no es vivir persiguiendo la atención de una persona, porque el amor no es forzado. Me enamoré de tu novia, pero no voy a seguir perdiendo mi tiempo.

—Me solté de su brazo, y, sin decir nada más caminé hacia el resto del grupo.

Noah estaba en lo cierto. Cualquiera hubiese dado la vida por tenerla cerca. Yo podría arriesgarme, podría intentar ayudarla y amarla por sobre todas las cosas, menos por encima de mí misma. Así no.

Mientras caminaba, sentí que alguien chocó conmigo en la oscuridad.

—Acompáñame al baño —dijo Paula.

—No hay baño.

—Imagínate que hay y mueve el culo —insistió y me llevó casi corriendo lejos de la fogata y del grupo.

—Paula, ¿puedes decirme qué pasa?

Frené el paso esperando que me explicara.

—Mira, entiendo que es *sexy* estar con una profe, pero no pude aprenderme la leyenda.

—¿De qué estás hablando? —pregunté confundida, viendo como Paula se cruzaba de brazos, volteando los ojos para atrás.

—Sophia me contó una leyenda más de diez veces intentando que me la aprendiera. Imagínate. Nunca he podido aprenderme ni una exposición y voy a aprenderme una leyenda para declamarla contigo. Está loca por ti.

—¿Qué decía la leyenda?

—Qué sé yo, Julie, por Dios santísimo. Algo de unas estrellas. El punto es que no puedo fallarle, así que te llevaré con ella para que te la diga en persona.

—Ni loca. ¿Recuerdas que le volteé la cara?

—Me avergüenzas, NO ERES LA AMIGA QUE YO CRIE —gritó, y con una fuerza irreal, proveniente del alcohol que estaba bebiendo a escondidas, me llevó hasta Sophia para decirme en el oído— : Te dejo con ella para que te cuente la historia más bonita del mundo, antes de que te vayas a dormir con la otra y le rompas el corazón como me lo rompes a mí. —Me volteó los ojos.

—¿Una tarde con Sophia y perdiste la lealtad?

—Efecto Sophia, jaaa. Broma. Simplemente soy Suiza, ¡voy por mis intereses! ¿Acaso me hiciste la carpa, me organizaste la ropita para que no se me mojara y me diste una pastilla para el dolor de cabeza? *Team* Sophia, lo siento, y la profesora que se joda. —Me haló antes de que pudiera decirle nada y riéndose me dejó con ella—. Levántate, equipo—exclamó a Sophia.

—¿Equipo?

—Cosas de nuevas mejores amigas, Jul. No lo entenderías —contestó Paula para molestarme, y como Sophia ni la determinó, le quitó primero el lápiz y luego la libreta de dibujo—. Te la dejo. Cuéntale la leyenda, y cuando quieras vengarte dejando que mi inutilidad y pocas habilidades de campo me asesinen, recuerda que… Si es tu historia, la vives y la cuentas. Nadie debería hacerlo por ti, así que estoy sobrando.

Luego de darme una palmada en el hombro y de entregarme un termo, Paula nos dejó solas con la mayor incomodidad de nuestras vidas. La tensión se sentía en el ambiente y de nuevo tuve la opción de salir corriendo. No sabía cómo hablar o qué decirle. "Lamento haberte golpeado", "no lo lamento porque me llamaste zorra", "no quería hacerte llorar", "Tampoco quería que me vieras besándome con ella" o… "SIMPLEMENTE TE AMO", nada de lo anterior fue dicho porque al parecer la valentía nació lejos de mí.

Ya va. Stop. Un segundo con ella y la confusión volvió.

¿Por qué razón sentía a las mariposas reviviendo? ¿Por qué estaban por todo mi estómago? No era posible. Sentí que perdía el equilibrio y tuve que sentarme antes de caerme hacia atrás. ¿Qué me pasaba? ¿Por qué me sudaban las manos? ¿Por qué mi pecho tenía un concierto privado? Y… ¿por qué el caos emocional que estaba sintiendo me resultaba tan placentero? Me senté a su lado sin decir ni una palabra, porque mi garganta no podía. O era yo la que ni siquiera podía controlar lo que estaba sintiendo. La vi volver a su dibujo y pensé que lo de la ley del hielo iba en serio.

Disfruté del silencio cuando la vi utilizar el lápiz en medio de la oscuridad. Paula me había dejado un trago. Necesitaba una dosis de valor y el alcohol iba a dármela. Bebí de su termo hermético y era vodka puro. Con ese licor comenzó todo, así que seguíamos la tradición. Bebí por un largo rato tratando de conseguir el coraje que me hacía falta. Ella, sin necesitar demasiada luz, podía recrear el cielo estrellado, pero lo curioso es que yo también estaba en su dibujo. Podía observarme y hacer arte de mi alma, porque no necesitaba que estuviera desnuda. Me desnudaba con delicadeza con cada pincelada, e incluso si en su dibujo yo tenía ropa. No era necesario que pintara mis senos, porque ella tenía acceso en primera fila a lo mejor de mi corazón. No era lógico que tratara de pintar mis ojos cuando ya le había hecho el amor a mi alma, y fue mi mirada la que permitió el acceso.

Dibujó sin dejar de mirarme, y los miedos, el dolor, lo negativo, todo se fue yendo con el viento de la sabana. Lo malo se lo iban llevando los espíritus del tepuy, mientras ella se mordía el labio al tiempo en que me observaba. Sus ojos estaban en los míos, pero bajaban constantemente a mi boca. Me senté frente a ella, arrodillada en la tierra, queriendo disculparme por haberla lastimado. Parecía que mis ojos le decían lo que mi boca no soportaba. Escribí en su piel, sin tener que rozarla, que nunca en mi vida la volvería a golpear. Ella me miró acariciándome la parte inconsciente. Porque alguien me dijo una vez que el 10 % es lo que conocemos de nuestro cerebro y el 90 % es nuestro verdadero yo: otras vidas, otros amores, otros planetas. Esa persona fue Sophia.

Ella me había enseñado que éramos más de lo que podíamos concebir y yo me concebí, amándola con el 100 % de lo que soy, con lo que fui y con lo que sería. Que incluso iba a quererla en las lunas no existentes, que por sobre todas las cosas, siempre la amaría. Y la vi dejando el cuaderno a un lado para arrodillarse a mi altura. Éramos dos seres que en medio de la nada, repletas de lo inexplicable del universo, se sentían plenamente a través del perdón.

«Te amo», nos dijimos al unísono para mirarnos intentando no caer en lo carnal. Porque podíamos besarnos de la misma forma en la que me vio besar a Belén o yo la vi besar a Noah. Sin embargo, de la manera en la que nosotras nos queríamos, nadie nos podía querer. Estaba por encima de lo que conocíamos de nosotras, más allá de las inseguridades que hacían que nos alejáramos. Nos sobreponíamos a la distancia y la hacíamos ver como un juego de niños, uno en el que siempre ganas.

Utilizamos las manos para conocer nuestra cara y fuimos bajando hasta tocarnos los brazos y sentir cada centímetro de nuestra piel. No era sexual, era lento y delicado. Nos acariciábamos tratando de tatuarnos un amor interminable que cada día crecía más. No nos lanzamos encima de la otra, ni nos arrancamos la ropa. Nos amamos por encima de la piel y conseguimos convertirnos en la leyenda de las estrellas. Éramos el cuento que se creó en la imaginación de una chica, que era mucho más que una chica.

Sin decirle nada, rompí nuestro contacto visual para observar el dibujo. Lo tomé del suelo y me quedé mirándolo. Éramos nosotras en un incierto universo que quería ser explorado.

—¿Vas a terminarlo? —le pregunté a Sophia al ver que su dibujo tenía una parte inconclusa. Faltaba un pedazo de cielo y solamente estaban listos nuestros cuerpos y las estrellas.

—Somos nosotras en medio de un universo infinito. Por eso nunca terminaré de dibujarlo, porque la vida tampoco está completa. Es incierta como tú y como yo, pero eso no la hace menos probable. —Sophia se levantó del piso y me ayudó a ponerme de pie para quedar de frente a mí—. Así como nuestro dibujo, tampoco nuestra historia puede completarse. Ningún final nos haría justicia, Julie Dash, los finales de las princesas son muy trillados. Tienes suerte de que llegara a tu vida para sacarte del cuento. Ninguna princesa necesita ser rescatada. Todas nacieron para salvarse a sí mismas; pero tú, princesa, ¡naciste para rescatar a los demás! —Me miró con una intensidad que hizo que se me paralizaran las piernas y que comenzara a transpirar a medida en que mi cuerpo me mandaba al carajo. Perdón. La grosería es válida porque cada parte de mí me dijo: «¡ADIÓS! Estamos desmayadas». Y yo también hubiese perdido la razón, de no ser porque no quería desperdiciar ni un momento a su lado.

—Cuando era pequeña mi mamá me decía que el hecho de existir hacía que todo fuera posible. Podía no tener comida o no saber cómo resolver nuestros problemas, pero ella siempre nos decía que la vida era una *probabilidad* y que iría mejorando. Luchó por lo que creía, Julie. Consiguió un trabajo y era una esclava, pero ella seguía diciendo: «La vida es una probabilidad». «¿No quisiste decir posibilidad?», le pregunté una noche cuando le hacía un masaje viendo la tensión que recorría su cuerpo. *«No, Sophia. La vida es una probabilidad porque la posibilidad eres tú»*, me contestó y luego de atraparme entre sus piernas y abrazarme de lado me dijo en el oído: «Los valientes no se quejan de lo que les tocó vivir, al contrario, agradecen y ayudan a aquellos que viven situaciones más difíciles». Yo siempre quise ser valiente por ella. Y conseguí la probabilidad de la que mi madre hablaba en el espacio —aseguró Sophia, con la mirada en el cielo y los brazos extendidos, mientras yo nos alumbraba a ambas con la linterna, escuchándola explicarme—. Julie, estamos en un espacio terrenal —Comenzó a saltar—. ¡Tierra, piso! ¡Todo es terrenal! Ego, política, sociedad, todo terrenal, ¡mi posibilidad está en otras dimensiones más allá de nuestra vida! ¿Estoy muy desquiciada?

—¡Completamente! Y me gusta que lo estés.

—Me alegra que te guste, princesa. Porque por hoy, también tú lo estarás. —Sophia me cogió de las manos para empezar a dar vueltas como si fuéramos unas niñas, para mostrarme ese cielo estrellado como si fuera su casa y viniera de una de esas estrellas a la que, a pesar de todo, necesitaba regresar. Ella no quería ser entendida, pero cuando estaba conmigo, quería explicarme lo que a nadie le contó—: Míranos, Julie, y luego mírate a ti. Aunque no esté contigo, espero que no vuelvas a caer en la rutina de lo cotidiano. Vibra, princesa, porque si no, caes en la trampa. Despertar, un día tras otro, para volver a la cama y retomar la rutina nuevamente en la mañana. El gran reto es salirse. La probabilidad de que pase es mínima, pero ¡míranos! Entre todo lo que nos rodea existimos, así que lo mínimo, incluso nuestra historia... ¡no es tan improbable! —Terminó acercándome a ella y pude sentir su olor a vainilla cuando continuó—: Vive al máximo y no te frenes por nada ni por nadie. Enamórate de una estrella, aunque se apague. Hay miles en el cielo, siempre vas a amar. Cuando creas que el mundo es simple, asómate por la ventana. Hay vida allá arriba y nosotras somos parte. Si algo no nos hace felices, tenemos que buscar adentro, pero también fuera. Tenemos dos universos, el que está aquí arriba y el que vive en el interior. Ambos son igual de importantes, uno está ligado con nuestra experiencia, el otro, con la inmortalidad de los recuerdos. Dicen que hay que esperar a que nos encuentre, pero yo estaba buscando mi probabilidad y te conseguí. Mi posibilidad era mínima y acabé encontrándote. No importa dónde, cómo, o con quién estés. Importas ahora. Y la leyenda de las estrellas habla del cosmos, de los astros y de ese mundo distante que vive en mi mente. De un universo por encima de lo que recordamos, y cuando te decía para ir a nuestro universo, era ese. Porque no sería mío si no estuvieras en él.

—¿No podemos vivir ese universo aquí en la tierra?

—Ahora mismo estamos dentro. Cierra los ojos... —respondió y sentí sus dedos recorrer mi cara hasta dibujarme los labios, paralizándome—: ¿No sientes que cualquier cosa puede suceder? —Escuché la voz de Sophia hablarme con una sensualidad utópica—. Durante mucho tiempo estuve buscando una pista para no perder la esperanza. Las cosas pequeñas que no sucedieron, levantarme para conseguir lo mismo una y otra vez. Luego te vi. ¿Lo sientes, princesa? Porque yo no necesito besarte para sentir que los planetas nos están mirando. La gloria de un mundo nuevo.

¿No es loco? Pasamos la vida buscando en nosotros mismos, hasta que otra presencia nos regala las respuestas que por tanto tiempo habíamos implorado.

—Difiero en algo. —Por fin tuve la valentía de expresarme y abrí los ojos para encontrarme con los suyos, mirándome con complicidad.

—¿Con qué?

—Yo sí necesito besarte para sentir que los planetas nos miran. —No me importó. Yo lo quería, necesitaba hacerlo y lo hice.

Corté el espacio para besarla con un amor que demostraba ser inagotable, hasta llevarla a sentir que sus sueños eran parte de nuestra realidad. El paraíso que vivía en su mente, en el que se había encerrado para huir del día a día, podía desaparecer. Estábamos creando uno nuevo y necesitaba que lo soltara.

—No necesitamos otro planeta para querernos. Es hoy, es ahora y estamos nosotras. No esperes, Sophi. Solo déjate llevar. —Volví a besarla sin pararme, sintiendo el calor de su respiración y sus dedos enredarse en mi cabello, hasta que me aparté para hablarle cerca de la boca—. Esa conexión que tienes por el universo, yo la siento contigo —susurré, viéndola derramar unas lágrimas, pero no intenté limpiarlas. Tenía que drenar hasta limpiarse por dentro. Tenía que experimentar todo aquello que soñaba. Me senté en el piso y Sophia se sentó en el espacio que quedaba entre mis piernas. La bordeé con mis brazos y en medio de la quietud, le dije—: ¿Me cuentas la leyenda de las estrellas?

Esperó varios minutos para contestarme, pero en medio del silencio no había incomodidad. Éramos nosotras y el frío se disipaba con las caricias que nos dejábamos en los brazos. Hasta que luego de un rato, por fin se decidió.

—Cuenta la leyenda que las estrellas tenían prohibido enamorarse, pero que rompieron las reglas. Tenían diferentes constelaciones y no podían estar juntas. Pero ¿quién puede contra las miradas que se vuelven eternas? Ellas no pudieron y decidieron vivirlo. Retaron al sol, retaron a la luna y a todos los planetas que estaban en contra. Una de esas estrellas era una princesa, la otra no sabía cuál era su lugar, pero ambas lograron detener el tiempo para dibujar su historia. Rompieron las reglas para estar juntas, y cuando una de las estrellas iba a apagarse, la otra la encendía con un beso, con una mirada o con su existencia. No se dieron cuenta de que tenían que aprender a mantenerse vivas por sí mismas. La distancia llegó y su prueba mayor era superarla. La estrella princesa conoció a alguien y decidió entregarse, y la otra estrella se sentía extraviada en el universo. Estaba abandonando a los enamorados a los que alumbraba. Esa estrella tenía el don de hacer feliz a otros, pero ni siquiera podía hacerse feliz a ella misma. Ambas se amaban, pero la estrella princesa necesitaba algo mejor y... no puedes amar a alguien si no amas tu propia compañía. Una de esas estrellas se cansó y se fue muy lejos, la otra, decidió...

—Yo acabo la leyenda.

—Pero, Julie... —dijo, sorprendida y enfadada, cuando la interrumpí.

—Es mi turno. —Sostuve la cara de Sophia entre mis manos—. Las estrellas todavía no saben si se van o si se quedan. Es incierta su decisión y el universo está helado, pero apenas están juntas, consiguen calentarse. Ni la distancia, ni el tiempo, ni las dificultades, nada de eso ayuda al desapego. Ellas están enseñando el verdadero significado de la pertenencia, y luego de desafiar al sol y a la luna, cualquier cosa es sencilla, pero, como el dibujo, es una leyenda sin final. No puede completarse porque cualquier final le quedaría grande a ambas estrellas y mucho más si siempre han actuado como una probabilidad —completé, sintiendo de inmediato cómo Sophia se lanzaba a mi boca sin importarle que, lejos, pero en el mismo sitio, estuviera todo el curso.

Me besó como arriesgándose, pero sus problemas eran complejos. Me gustaba la persona más difícil del planeta, y eso era parte de su atractivo. Sus besos fueron profundizándose. La tristeza se convirtió en deseo y el deseo en ganas de mucho más.

Era loco que para ella la vida fuera tan complicada. Su universo era una gran probabilidad, pero nunca consiguió ser esa posibilidad de la que le habló su madre. Y puedes tener un mundo, ser maravillosa con todos, pero si no consigues sacarte la tristeza, si no te levantas y enfrentas lo que te asusta, ¿cómo te dejas sorprender? Yo quería que se dejara sorprender, pero ella quería vivir en una de esas estrellas, solitaria y sin amor, porque todavía no se daba cuenta de que se lo merecía.

—Traje esto para ti. —Apartó las manos de mi rostro separando sus labios para buscar en su bolsillo—: ¡Es la estrella! La de la leyenda, la «estrella princesa» y se llama Julie, como tú. —Sonrió pasando de lo *sexy* a lo tierno, me la comía, podía comérmela a besos o hacerle el amor, o ambas al mismo tiempo cada segundo de mi vida.

—¡Está preciosa! —le dije, al tiempo en que Sophi me ponía la pulsera con una estrella hecha en madera.

—La hice para que me recuerdes en donde quiera que estés. También para que, cuando no tengas ánimo, o te hagan sentir que no sirves, tengas en cuenta que eres la estrella que más alumbra, aquella, que siempre que brille, conseguirá la respuesta a cualquier tipo de problema.

Con las palabras de Sophi y su cara pegada a la mía, con sus ojos mirándome con deseo y la felicidad de estar juntas, ella prosiguió.

—Mañana a las doce de la madrugada cumplirás dieciocho años y ya me has pegado dos veces, te has besado con otra y dormirás con la misma persona a la que detesto. Estás creciendo, princesa. Es inevitable, y aunque te vas con ella y no conmigo, te dije que no celebraré tu cumpleaños felicitándote, y aunque falta todavía, este es tu regalo. —Sophia sacó su móvil del bolsillo y puso la misma canción con la que tuvimos relaciones, la misma que había decorado uno de los momentos más importantes para mí. El instante en el que le entregué mi cuerpo, porque mi alma, se la di el primer día.

♫ *One of these day* – **Vance Joy** ♫

La escuché cantar y entendí a Noah y su dificultad para dejarla. Siendo él, yo hubiese hecho lo mismo. Hubiese luchado por quedarme en una parte de su corazón.

—Siempre estamos en el lugar indicado —me dijo, y antes de que pudiera comerle la boca…

—Es hora de dormir —nos interrumpió Belén—. No está permitido que se queden fuera. —Cortó el momento sin acercarse demasiado a nosotras—. Ven, Julie, vamos a acostarnos. —Si estaba celosa no lo aparentó, al contrario, irradiaba una seguridad opuesta a los celos de Sophia.

—Hasta mañana, Sophi. —Le di un beso en la mejilla, sin saber que ella me cogería la cara para besarme con toda la pasión del mundo.

Sentí su lengua introducirse en mi boca, sin permiso, con esa avidez que marcaban los celos, y me atrajo a ella aferrándome a su cuerpo. Sentía la posesión y lo comprobé cuando, soltándome, me susurró en los labios:

—Eres mía, Julie. Y yo soy tuya. —Volvió a besarme y luego miró de arriba abajo a Belén para decirme en voz alta—: Buenas noches, princesa.

Esta vez fue ella quien caminó pasando cerca de la profesora, controlando sus celos y manteniendo la calma, aunque se notaba que estaba haciendo un gran esfuerzo.

Y yo… me sentía como una zorra. Sophia me había visto besándome con la profesora y ahora Belén me había visto besándome con Sophia, pero contrario al estar molesta, esta me dedicó una sonrisa guiándome el camino hacia nuestra carpa.

Dejé de pensar y también sonreí. Sonreí porque estaba viviendo y nunca hubiese pensado que estaría en ese viaje. Me había privado de tantas experiencias que incluso equivocarme valía la pena. La vida siempre estuvo esperándome, pero yo me había negado a vivir hasta que la conocí.

Duerme conmigo

Al ingresar a la carpa, me limpié la cara con las toallas húmedas, me puse el pijama y tomé un vaso de agua para salir a cepillarme. Las ganas de hacer pipí iban en aumento. Ya no podía retrasarlo más. Tenía que hacer en el piso. Después de lavarme la boca, me alejé un poco del campamento para buscar un sitio donde nadie me escuchara y pudiera sentirme cómoda, pero estaba tan oscuro que no me aparté demasiado y no, no me sentía cómoda.

Estaba cortada por muchas cosas. Primero, dormir con Belén después del beso de Sophia. Segundo, no me gustaba acampar, ni la oscuridad, ni estar tan lejos, ni los mosquitos. De no ser por las atenciones de Sophia, me hubiesen llevado en ambulancia de retorno en las primeras horas de viaje. Tercero, odiaba tener que bajarme los pantalones y hacer así, en la nada.

Me agaché con todo el esfuerzo de mi vida y traté de concentrarme, pero no salía. No podía hacer. Todo estaba muy solo y me daba vergüenza que mi chorro de pipí se oyera en cada carpa. Dejé de pensar en eso para cerrar los ojos e intentar hacer. «Julie, concéntrate, vamos». Comencé a pelear con mi mente y nada que salía. Absurdo. Estaba prácticamente rindiéndome cuando sentí que alguien llegó por detrás. Ni siquiera pude gritar porque me tapó la boca casi de inmediato, ahogando lo que sería el grito del siglo. Caí en pánico. Pensé cualquier cosa. El asesino de la sabana, la inseguridad, Venezuela. Estaba en *shock* y en estado de paranoia hasta que escuché la risa de Sophia. Quise matarla.

—¿Pero estás tonta o qué te pasa? —Le di un golpe en el estómago.

—Eres la niña más tierna que existe y vine al rescate —contestó, mirándome de arriba abajo. Inmediatamente me subí el la pijama.

—¿Matándome de un infarto? No fue gracioso.

—Pero, Julie, llevas un montón de tiempo sentada y nada que sale el pipí.

—¿Ahora me espías?

—Te estoy cuidando, amor. Claudia me pidió estrictamente que te cuidara y yo soy obediente —contestó, con cara de niña angelical.

—De verdad estás muy loca y no me mires así que no te va a funcionar.

—Loca de celos. Estoy enloqueciendo de pensar que vas a dormir con ella. ¿No te puedes escapar? ¿No le puedes decir que eres mía? —preguntó, halándome por la cintura, y se veía tan linda que me costaba concentrarme.

—¿No le puedes decir a Noah que se te acabó eso del amor en libertad? Y que después de no retener ni celar, ahora me quieres solamente para ti. —Me armé de valor.

—Creo que ya lo sabe. Soy muy obvia. Me quedo mirándote y se me cae la baba. —Me dio un besito en la mejilla—. Nunca me gustó que me abrazaran en exceso, pero contigo no quiero despegarme. Nunca había hecho una carta en mi vida, cuando los niños le hacían tarjetas a sus padres, yo hacía dibujos. En cambio, contigo soy demasiado cursi, aunque nada me resulta suficiente si se trata de ti. ¿Crees que Noah no se da cuenta? Porque creo que cualquier persona se daría cuenta de que te amo —soltó de pronto, mirándome a los ojos.

Desde el inicio fue así. Lo que más me gustaba era que conmigo se comportara distinto. Como si su necesidad de cuidarme la sobrepasara.

—Julie, eres lo mejor que me ha pasado y lamento ser así a veces.

—¿Así cómo?

—Complicada. Muy complicada —bromeó, dedicándome una sonrisa—: pero contigo siento que algo es diferente. Desde que llegaste no quiero escapar, ni tampoco vivir corriendo.

—¿Qué ha cambiado?

—Que dejé de odiar el futuro desde que comencé a visualizarte en él —contestó, y no tuve nada más que pensar, la besé, aunque no debía.

Fue un beso lento, y cuando nos separamos para tomar aire, la oí decir:

—Duerme conmigo.

Mi mirada se alejó de sus ojos para irse hacia su escote. Usaba una camiseta negra y ni siquiera tenía sujetador. Se le marcaban por completo los pezones y tenía un mono de esos anchos. Mis ojos, por supuesto, no estaban en el mono, sino en sus senos. Que eran los más perfectos que había visto y no necesitaba ver otros para estar segura de eso.

—Me miras como una pervertida, pero me gusta... —murmuró Sophia, sujetando mi mano para llevarla justo al sitio que llamaba mi atención—. Son tuyos, así que puedes tocar.

Sabía cómo volverme loca.

—Yo... es que... —Y allí estaba de nuevo, complemente nerviosa y embobada, cayendo en el efecto Pierce.

—Te ayudaré —dijo, regalándome uno de sus besos furtivos en la mejilla, para bajarme el pijama hasta las rodillas y antes de poder quejarme, agregó—: La primera vez que hagas pipí en medio de la nada, también será conmigo. Intenta concentrarte.

—Ah, no, de eso nada, te aseguro que contigo mirándome no va a salir ni una gota. Es vergonzoso. Voltéate.

—¡Hagamos la prueba! —La vi sacar su móvil y a los pocos segundos puso a reproducir el sonido de una jarra vertiendo agua—. Vine preparada por si esto sucedía. Te dije que te iba a cuidar siempre y eso hago, cuidarte como una niña consentida que por primera vez sale del castillo. Claro que no eres cualquier niña, eres una que es solo mía, aunque haya que dejárselo claro a la profe. —Otro beso en mi mejilla y acto seguido, Sophia volteándose para darme privacidad—. Concéntrate en el sonido del agua, vamos, inténtalo por mí —repitió y tuvo razón.

Todo el pipí que había aguantado durante el día estaba saliendo y me sentí aliviada. Uff. Por fin. Me sequé y me aseé con las toallas húmedas para luego meterlas en la bolsa que había traído, pensando en el "romántico" momento que estábamos teniendo.

Sentía mucha vergüenza, pero también amor. Amor por esa fastidiosa a la que cada día quería más.

—Ahora que te he salvado de una infección urinaria por retener las ganas, ¿podríamos liberar las ganas que tengo de ti? —La vi voltearse para quedar frente a mí—. Duerme conmigo, princesa —habló tan cerca de mis labios que sentí que las piernas me temblaban. ¿Era normal amar y desear sexualmente a una persona hasta el punto en que solo pienses en eso? Todavía no lo sé, pero desde que lo hicimos solo pensaba en ella y en nosotras haciéndolo.

El calor recorrió mi cuerpo imposibilitando mi concentración, pero luego estaba Noah. Ellos, juntos, su aniversario y lo que pasó en el aeropuerto. Fue un día extremadamente largo, y que fuera tan linda, no cambiaba las cosas.

—Si quieres dormir y estar conmigo no será en medio de un triángulo amoroso. A ti no te puedo exigir, pero a mí sí. Por eso no puedo dormir contigo, aunque sea lo que quiero. —Casi inconsciente me mordí los labios y mi vista volvió a irse a sus senos. No sé qué me pasaba. Yo no era así—. Descansa, Sophi, y gracias por la ayuda y por tus sen... — «Cállate, Julie». Me dije a mí misma que no podía agradecerle por tener los senos más hermosos del mundo—. Hasta en pijama te ves *sexy.* —No sé por qué lo dije en voz alta, pero allí estaba yo, con las hormonas a mil y la necesidad de salir corriendo por la vergüenza.

Cuando intenté irme, Sophia me cogió de la muñeca para atraparme en sus brazos y su temperatura corporal me alertó.

—¡Estás hirviendo! —le dije, apartándola suavemente para poner mi mano en su frente—. ¿Te sientes bien? —Al tocar su cuello pude comprobar que estaba prendida en fiebre.

—Jéssica me dio una pastilla, solo es malestar, creo que me resfrié por meterme en el río, pero no es nada.

Estaba prendida en fiebre y, además, sudada. No confiaba en las habilidades médicas de Jéssica. Era tan irresponsable que lo más probable era que le hubiese dado una pastilla anticonceptiva, en vez de un antipirético.

—Estás consciente de que voy a ser doctora, pero en vez de decirme que te sientes mal, vas y le aceptas pastillas a la persona menos indicada. ¿Hace cuánto te la dio? —Creo que estaba celosa.

—Antes de venir a ayudarte a hacer pis, no es para tanto. Además si lo piensas bien es tu culpa.

—¿Mi culpa?

—Sí, y habla más bajo —respondió Sophia, antes de añadir—. Estoy enferma de celos. Tengo fiebre de pensar que la pervertida va a tocarte mientras duermes. ¿No lo ves? Si puedes dormir conmigo, ¿por qué prefieres dormir con ella? Yo nunca preferiría dormir con Noah antes que contigo. Tengo fiebre por tu culpa.

—De nuevo con su cara de niña consentida—. Te fuiste con otra y me enfermé —completó, utilizando su voz más teatral y cruzándose de brazos.

—Tienes cero en manipulación —contesté—. Necesito saber qué te dio Jéssica. ¿Cuál es su carpa?

—Está en la nuestra. —Se encogió de hombros—. Dijo que prefería dormir conmigo en vez de con Carla y Vanessa. Que me conoce más, ya sabes. —Si su misión era ponerme celosa, lo estaba logrando.

—A Paula no le cae bien y a mí tampoco, pero bueno, no es el punto.

La cogí de la mano viendo cómo sonreía.

Avanzamos hasta llegar a su carpa y vi a Jéssica acostada hacia la esquina. Mientras, mi amiga jugaba con su celular, de espalda a ella, ignorándola. «MUY bien, Paula. Nada personal, ya la disculpé, pero eso no significa que me guste cerca de Sophi».

—¿Te sientes mejor, preciosa? ¿Te hizo efecto la pastilla?

¿Preciosa? ¿Desde cuándo era tan cariñosa?

—Está peor —me animé a contestar—. ¿Qué pastilla le diste? Porque está claro que no le hizo efecto.

—Un tramadol.

—¿Tramadol? Eso es para los dolores intensos. ¿No podías darle algo para el resfriado? ¿En qué estabas pensando?

—Si tan mal lo hice, cuídala tú, al menos yo hice algo. —Jéssica sonó molesta, pero me dio igual.

—Justo eso es lo que haré y dormiré aquí, así que vete a tu carpa. —Creo que era la primera vez que trataba mal a mi acosadora. Se sentía bien, era hasta terapéutico.

No esperé respuesta, pero vi cómo Jéssica se quejaba hasta que Sophia tuvo que insistirle en que se fuera y me acompañó a buscar mi bolso y mis cosas en la carpa de Belén. Desperté con delicadeza a la profesora, explicándole que Sophi debía tener como 39 de temperatura, que era peligroso y que no podía pasarse como normal.

—Creo que lo hace para llamar tu atención —respondió ella, sin notar la presencia de Sophi—. Acuéstate, vamos a dormir, ya se le pasará, solamente está celosa. —Belén me extendió el brazo.

—No necesito fingir una enfermedad para llamar la atención de Julie, a diferencia de ti, que te aprovechas cuando está vulnerable —la atacó, pero Belén no cayó en su juego ni debatió con ella. Se levantó con mucho fastidio para tomarle la temperatura y comprobar que efectivamente estaba hirviendo.

—Llamaré a la doctora.

—No es necesario. Voy a bajarle la fiebre y si veo que no baja, yo misma la despierto —me apresuré a decir.

—Las ventajas de tener una novia doctora —enfatizó Sophi con actitud engreída.

—¿Novia?

—Sí, eso somos, profe, aunque Julie todavía no lo sabe.

Sin esperar respuesta, se apresuró a ayudarme a cargar el bolso, mientras yo llevaba la cobija y el agua. Quise salir corriendo de esa carpa. No me lo estaba poniendo fácil y pude sentir el rubor en mis mejillas.

Antes de que pudiera irme, Belén me cogió de la mano para hablarme con esa madurez y dulzura que la hacían inalterable a los arranques de Sophia.

—Si necesitas algo despiértame, no importa la hora que sea, y si quieres venir a dormir conmigo, te estaré esperando. Ah, y no aceptes ser su novia hasta que te dé la siguiente lección, la +18 —habló muy bajo y en mi oído, dejándome pálida. Creo que por un momento caí en *shock*. Una energía eléctrica atravesó mi columna, fue como... ¿*What?* Repítelo de nuevo. ¿Es en serio? No parecía real.

Salí de la carpa para alcanzar a Sophia, todavía sin dejar de pensar en las palabras de Belén. ¿Estaba insinuándome tener relaciones? Ya no era mi profesora, luego del viaje venía la graduación y no nos veríamos como alumna y maestra. Además, era joven, podía pasar fácilmente como una amiga. Sin embargo, por alguna razón fue muy directa, y lo peor fue que, en vez de molestarme, me había gustado.

Saqué de mi mente a la profesora y entré en la carpa. Paula estaba sentada con las manos rodeando sus rodillas, las cejas arriba y una mueca indescifrable en los labios.

—Por mí pueden tener sexo —fue lo primero que dijo—. Yo me pongo los audífonos y una vez que me duerma, soldado caído. En serio, muerta total. *M u e r t i c a* —prosiguió.

—Vine a cuidarla porque está enferma. Solamente por eso. —Traté de sonar lo más convincente posible.

—¿Viniste por eso o es una excusa para dormir donde de verdad quieres dormir? —Mi mejor amiga no me lo ponía fácil y la carita sonriente de Sophia tampoco ayudaba.

—Vine porque la última vez que me enfermé y me dejaron contigo, te quedaste jugando Fortnite mientras yo alucinaba de la fiebre.

—En mi defensa, pensé que las doctoras sabían cuidarse solas. —Paula me sacó la lengua, le di el antigripal a Sophia y mojé una toalla con agua para pasársela por la frente y el cuello.

Mi misión era bajarle la fiebre, pero me miraba con una intensidad que desequilibraba mis piernas. No apartaba su mirada de mí, pero sí tenía tiempo de entreabrir los labios como pidiéndome que se los comiera y yo me moría por hacerlo, pero me controlé como pude para seguir pasándole el trapo por el cuello, los hombros y de nuevo por la frente, mientras intentaba recordar cómo respirar.

—¡Julie! ¿La estás cuidando o le haces el amor en tu mente? Porque siento que estoy viendo un porno de lesbianas. El sudor por el cuello de Sophia, sus pezones parados de la excitación y mierda, amiga, ¡hasta aquí me llega su tensión sexual! ¿Dónde quedó tu discurso de que el sexo era asqueroso y podías vivir sin él? —preguntó Paula, y antes de que siguiera hablando, cubrí a Sophia con el edredón intentando que su camiseta dejara de desconcentrarme.

Sophia tuvo un ataque de risa, que se mezcló con otro de tos.

—No sé cuál de las dos es peor —solté, organizando el espacio para acostarme—. Ven, tienes que descansar —le dije, invitándola a que se recostara, y saqué del bolso el jarabe para la tos—. ¿Cómo te sientes?

Volví a tocarle la frente y Sophia sonrió.

—Nunca me había sentido mejor. Estoy justo donde quiero estar..., contigo —contestó, y por un momento me perdí en su mirada, pero nada es perfecto. Compartíamos carpa con Paula.

—Sophia se está robando mi heterosexualidad, ¡por Dios Julie! Si no te casas tú, me caso yo —bromeó, pero no le contesté. Al contrario, me dejé llevar por el deseo que tenía y dejé un pequeño beso en los labios de Sophi.

—No quiero contagiarte.

—No recuerdo haberte preguntado lo que quieres. —Pasé mis brazos por su cuello para volver a besarla, y esta vez sí que me lo permitió.

Podría decirles que mi pasatiempo favorito eran sus besos, pero era un conjunto de todo lo que representaba. Como cuando miras a alguien y sientes que lo entiendes, que lo que sea que haya que entender de la vida está completamente claro mientras la estés mirando.

La besé queriéndole decir que también estaba donde quería estar. La acaricié con mi lengua y sabía que no quería contagiarme, pero también la sentía aferrarse más a mí, entrelazando sus piernas con las mías, como quien ya no puede contenerse más.

Quería decirle a Paula que se fuera con Benjamín y nos dejara solas, pero tampoco podía echarla de esa forma. ¿O sí podía?

—Paula...

—Olvídalo, Julie. —Me leyó el pensamiento—. Yo ni las veo. Hagan lo que quieran. No me puedes botar en medio de la noche como un animal indefenso —refunfuñó.

—Me encanta cuando te pones así toda ninfómana y ya no eres tan tímida —susurró Sophia, ignorando a mi amiga, mientras me mordía la oreja con suavidad.

No había pasado tanto desde que lo hicimos por primera vez y mi límite de placer nunca llegaba a saciarse.

—No tendremos sexo porque estoy cuidándote, pero esa camiseta no me ayuda a ser profesional. —Esa era yo, intentando hallar la cordura. Me separé de su boca para recostarla en mi hombro—. Voy a cuidarte toda la noche hasta que te cures —le expliqué, sobándole la mejilla.

—¿Puedo dormirme haciéndote cosquillas? —*Sexy*, tierna, *sexy*, tierna, *sexy*, tierna. Así era Sophia Pierce y, por supuesto, asentí con cara de idiota sin saber a qué cosquillitas se refería. Lo supe cuando sentí su mano introducirse en mi ropa interior, para hacerla a un lado y comenzar con sus caricias—. Estás muy mojada —se sorprendió y tuve que taparle la boca para que se callara porque Paula estaba al lado.

—Sophi. Estás prendida en fiebre, no va a pasar. ¡Eres terrible! Saca tu mano. —La atraje hacia mí, pero por alguna razón, aunque mis palabras le decían que parara, no la detuve. Quedamos frente a frente, arropadas por el edredón y con un espacio como de una persona entre mi amiga y nosotras.

—Quiero sentirte —dijo con voz ronca, pegándose a mis labios, y cerré los ojos casi por inercia cuando sus dedos comenzaron a jugar en mi clítoris.

—Paula está al lado —murmuré en su oído, pero al mismo tiempo, le apreté la espalda alentándola a más.

—Es más rico cuando es prohibido —murmuró, y verla mordiéndose el labio solo sirvió para que abriera un poco más las piernas.

Sin poder controlar mi cuerpo, fui otorgándole el acceso que requería. Había perdido el juicio. Era su mirada, la manera en la que me estaba tocando, el olor de su cuerpo, y esa camiseta... Por favor, era la persona más provocativa del mundo.

Llegó para acabar con mi heterosexualidad y si me seguía tocando así, también acabaría con mi lesbianismo. Sería solamente de ella, de nadie más.

—*Soppphhii*.

Intenté pedirle que parara por Paula, pero sus labios jugando con mi cuello y sus dedos haciendo magia en mi entrepierna, lo hacían todo muy difícil. Mi voz sonó entrecortada y sentir su respiración tan cerca de mi oído, sumado a sus dedos haciendo lo que sea que hacían, complicaba mi razón.

—¿Qué quieres que te haga? —preguntó mientras su lengua jugaba con mi oreja y ya no pude más.

—Hazme lo que quieras. Quiero que me lo hagas todo, Sophia. —Mi voz sonó más duro de lo que pensé. Ella, sin esperar mi respuesta, ya había entrado en mí, haciéndome morderle el hombro para contener un gemido.

—¡Maldita pasivaaaa, Julie! ¡¿Qué carajo?! No me defraudes, usa el consolador —gritó Paula, cortando el momento por completo—: ¡Me avisan cuando terminen! El consolador, que para algo lo compré —repitió, saliendo de la carpa. Sophia comenzó a reírse de las ocurrencias de mi mejor amiga y su risa fue tan contagiosa que yo también comencé a reír, aunque era difícil con su mano entre mis piernas.

Volvimos a hacerlo sin reparar en su fiebre. Actué como una pésima doctora, y dejé que me hiciera literalmente todo lo que quiso. A pesar de sentirse mal.

—¿Dónde está el consolador? —La escuché preguntar y no sabía si iba en serio o en broma, hasta que registró en mi bolso. Y luego de encontrarlo, se montó sobre mí mostrándome su cara más *sexy* y cínica. Amaba su arito en la nariz. Sí, es un detalle absurdo, pero lo amaba tanto como la forma en la que rodeaba sus labios con la lengua. Tenía algo en la mirada, entre picardía y una dosis infantil que le daban ese toque de rebelde niña bonita. Era un equilibrio perfecto y me gustaba que, por ese instante, fuera solamente mía.

—Lo siento, Sophi. Ya escuchaste a Paula, no puedo ser una pasiva. —Le arranqué el juguete de las manos y cambié de posición con ella.

—Muy bien, princesa, también puedes hacerme todo lo que quieras. —No tuvo que decir más, pero lo dijo—: ¿Vas a convertirte en príncipe? —La hice callar tapándole la boca, mientras me ayudaba a ponérmelo y no parábamos de reír, era gracioso, pero no sabía que también sería excitante. Comencé a besarla y no bastó mucho para que ella misma, sin poder aguantar la excitación, se introdujera el juguete, enseñándome.

—Tienes que ir metiéndolo de a poco, hasta que entre todo. No como algunos hombres que lo hacen de golpe y te lastiman. Si quieres ser un príncipe, hazlo poco a poco. —Me enseñó y seguí sus instrucciones hasta que se cambiaron por gemidos y no tuve que saber qué hacer, verla así, completamente dada y para mí, hizo que actuara por inercia.

Comencé a moverme adentro de ella, no sabía qué sentido tenía usar un pene de plástico, pensé que no sentiría nada, pero cada vez que Sophia gemía, me iba excitando más. Se montó sobre mí y fue subiendo y bajando, mientras mi boca jugaba con sus senos. El no gritar era una tarea difícil con ella encima pidiéndome que fuera más rápido. Le hice caso y aumenté el ritmo de las embestidas sintiendo su respiración cada vez más fuerte.

Sophia gemía en mi oído y decir que había sentido algo parecido, sería mentir. Nunca había sentido tanto placer por darle placer a alguien. Hasta que, cuando estaba a punto de llegar, sacó ella misma el juguete y cogió mi mano. «Ningún orgasmo es mejor que el que siento cuando acabo en tus dedos». No hubo más que decir. Comencé a moverme, sintiendo su respiración entre cortada y sus manos en mi espalda.

Me apretaba cada vez más, aferrándose a mis hombros. Sentía la presión que ejercía en mí, intentando controlarse, hasta que se le escapó un gemido y le tapé la boca con la mano, sin saber que comenzaría a succionar mis dedos, haciéndome desvariar. Comenzó a jugar con ellos sacándolos y metiéndolos en su boca. Era lo más estimulante que había visto y sentido. Me encantaba cómo se movía y esa expresión que tenían sus ojos, mientras su lengua jugaba con mis dedos como si hubiese nacido para volverme loca. Sentía que iba a acabar y era imposible, ni siquiera me estaba tocando.

«Quiero que lo hagamos juntas», fueron sus palabras cuando sacó mis dedos de su boca y los suyos los metió en mí. Estaba completamente mojada y a punto del colapso cuando Sophi, con toda la experiencia y sensualidad del planeta, comenzó a moverse haciendo que sus dedos entraran y salieran al ritmo de nuestros cuerpos.

—No quiero estar con nadie que no sea contigo. Quiero ser tu relación sana y voy a luchar por ti. Porque tú siempre has creído que, incluso con mis problemas, valgo la pena —me dijo en el oído y no podía ser de otra forma.

La declaración de Sophia fue mientras nos amábamos, con el deseo imparable que empezó a crecer desde que nos vimos. ¿Qué podía responderle? Le di la respuesta que necesitaba con un gemido. Me tapó la boca y utilicé mis dedos con más ritmo, aumentando el nivel de mis roces, sabiendo, por sus ojos y la manera en la que me apretaba, que estaba funcionando.

Sentí cómo mis dedos eran oprimidos, hasta que acabó en mí. Yo todavía necesitaba más tiempo y enseguida de recomponerse, cogió el juguete.

Estaba nerviosa. Jamás lo había hecho con un hombre. Pero, sin poderle negar nada, sentí cómo iba entrando. Al principio dolió, pero luego, a medida que la escuchaba hablarme en el oído, fui dejándome llevar. «Me muero por ti», sentí su cuerpo presionar el mío y ya estaba. «Muévete a tu ritmo, solo siente», fueron sus consejos y, para que no doliera, iba lento. Me dejé hacer y fui disfrutando de sus besos, ahora pausados y cautos.

Estaba sobre mí. Con mis piernas rodeé su cintura. Mis manos se enredaron en su cabello, mi lengua jugó con intensidad con la suya y mis caderas aumentaron el ritmo, haciéndole saber que quería más. Era como si me transformara en otra persona, pero Sophia lo estaba disfrutando. «Me estás volviendo loca», fueron sus palabras, antes de comerme los senos.

Me tomó con determinación y me sentó sobre ella, cambiando de posición. Volvió a meterme el juguete, que entró sin problema. Estaba completamente lubricada. Ella me cogía de la cintura para moverme de arriba abajo. Tuve que morderme el brazo para no gritar. No podía. Era demasiado lo que estaba sintiendo, y ella se movía muchísimo más rápido con la fuerza que le exigí. No podía más. Sentir las manos de Sophi recorrerme la espalda, al tiempo en que su boca iba dejando mordiscos por mis senos, era alucinante.

Comencé a moverme y las ganas de gritar eran insoportables. Me moví más rápido y ambas hicimos un gran esfuerzo por no hacer ruido. No sé cómo supo cuando estaba a punto de venirme, pero suavemente me quitó el juguete y bajó a mi entrepierna utilizando su lengua para darme el mejor sexo oral de toda mi vida. «Quiero que acabes en mí», apenas sentí su lengua tuve que morder la almohada para no despertar a todo el campamento. Iba a explotar y eso hice: en uno de los orgasmos más intensos de mi vida.

Agradecí que Paula no volviera a entrar en la carpa. Era la mejor amiga que tenía, no solo por su regalo, también por darnos ese espacio que nos hacía tanta falta e irse con Benjamín, aunque pudieran expulsarla.

Pasamos la noche abrazadas y desnudas, sintiendo esa felicidad que da estar con la persona que amas. Y aunque no me crean, también la cuidé. La fiebre le bajó y fui una buena doctora (no profesional, pero sí una muy buena). O al menos eso me lo dijeron sus sonrisas. Sobre las cuatro de la mañana le tocaba el medicamento. Cuando la desperté comenzó a moverse de forma provocadora. Era insaciable. Tuve que darle varios besos y convencerla de dormir, para escucharla decirme al oído que conmigo ya no se sentía sola. Hablaba de otro tipo de soledad, una que la aislaba, no con el resto, sino con sus pensamientos, ella se sentía perdida adentro de sus problemas. Sin conseguirle el sentido a nada, pero también esa noche llegó a decirme que de nuevo tenía muchas ganas de vivir.

No escoges a quién amas, o cómo te sientes con alguien. Sabía que no era una persona normal, que tal vez Belén era "perfecta", pero nadie conocía a Sophia como yo. Ella era mi persona, y cuando Noah dijo que no amaba lo peor de ella, estuvo en lo cierto. Yo no siento que nada con Sophia Pierce esté mal. Si tuviera que comparar, siempre tendría el primer puesto. Porque no consigues a alguien así de la nada. Es como un milagro en un mundo contaminado. Y los que dicen «es tóxica», no ven lo que yo veo, simplemente no la entienden. La complejidad de su existencia va por encima de lo que la gente puede apreciar. ¿Cómo puede ser tóxico alguien que va curando el mundo? Ella curó el mío. Alegró mi existencia y me dio vida, cuando ni siquiera sabía que era posible.

Quise llevármela a Estados Unidos, no quería dejarla. De pronto, me dio igual Harvard, mis sueños, todo. Quería estar con ella y me imaginaba el vacío que sentiría si estábamos lejos. Todavía no habíamos hablado de eso, pero quería proponerle vivir conmigo. Quería inscribirla en la federación de tenis, en clases de pintura, en todo lo que la hacía feliz. Sin embargo, Sophia odiaba el futuro. No hablaba de eso ni de sus planes con el grupo musical, pero tenía que lograr que se expresara.

Nuestra leyenda
no podía tener un pésimo final.

Me enamoré de la chica
de mirada triste,
y quise convertirme
en su felicidad.

El hilo rojo

Respiré profundo cargándome de la energía que me rodeaba, mientras veía el amanecer más hermoso de mi vida. Pensé en lo mucho que había cambiado mi percepción sobre las cosas. Sentía una sensación de felicidad que no había experimentado. Era como si el universo me estuviera abrazando y yo, que nunca creí en el universo, le estaba agradeciendo por habérmela presentado.

Antes de morir, mi abuela pasaba todo el día hablándome de los sueños. La escuchaba contarme historias que pensaba ilógicas, pero al final tuvo razón cuando dijo que, en lo más profundo de mí, había una barrera. Decía que estaba encerrada y que solo yo tenía las llaves. Que ninguna persona iba a sacarme porque dependía de mí y que para salir tenía que decidirlo. Pensaba que estaba perdiendo la cabeza, pero me hacía tan feliz que no la contradecía. Un día, Paula le dijo que me daría una llave nueva, pero mi abuela, que también sentía una adoración por mi amiga, le aclaró: «Solamente puedes darle otra llave, cuando ella decida salir. Si algún día Julie sale de las barreras en las que se siente segura, puedo garantizarte que te dará su llave». «¿Y para qué quiero la llave de Julie?», preguntó Paula, pero mi abuela tenía una respuesta que, aunque no entendí ese día, ahora cobra sentido. «Para sacarle copia, Paula. Cuando Julie vuelva a entrar en su encierro, puedes ayudarla. Entras con esa llave y la sacas», contestó sonriente y con cara de tramposa mientras me daba la taza de café, mirándome con un cariño infinito que hacía que absolutamente todo estuviera bien.

Salí de mis barreras cuando Sophia fue mostrándome cómo era Venezuela, la necesidad, la belleza de lo simple, lo bonito de ser joven o de enamorarme... Allí me di cuenta de que valía la pena conseguir la llave de la que tanto me había hablado mi abuela. La busqué en lo más profundo de mí porque quería salir, y valió la pena haberlo hecho. Viví momentos que no voy a olvidar. Porque mucha gente dice: «no le tengan miedo a la soledad», pero ¿qué hay de aquellos, que como yo, le tienen miedo a la compañía? Hay que ser valientes para enfrentarnos a ese temor y del coraje nacen conexiones que, sin saberlo, nos motivan a abrirnos, a ir quitándonos las barreras protectoras que nos tenían distanciados.

Comprendí que no tenía miedo. No me asustaba el curso, ni tampoco el futuro. No sabía qué me deparaba la vida, cómo sería esa nueva etapa o de qué manera podía dificultarse. Porque se dañan las cosas y algunas equivocaciones arruinan la perfección que sentimos, pero si no nacemos para combatir con eso, nos toca vivir encerrados en las mismas barreras en las que me guardé por tanto tiempo. Porque al final, Sophia Pierce tuvo razón. Terminé siendo la metáfora de la princesa, la diferencia es que no me encerraron mis padres, sino yo misma.

Cerré los ojos inhalando el olor a naturaleza con los primeros rayos de sol y analicé lo mucho que había cambiado. Ya no era esa niña que no hablaba con nadie y nunca más me iba a quedar callada. Sophia me había ayudado a encontrar mi voz.

Me enamoré de alguien que parecía muy dañada, pero todos lo estamos. En mi caso, culpé a los que me hacían *bullying* y me defendí del exterior con excusas como: «no te pierdes de nada», «no necesitas relacionarte», «¿para qué una fiesta?» Es triste, pero omití mi vida social al darle poder a aquellos que me hicieron sentir invisible. Ya no. Sophia me enseñó que el mundo puede ser un asco, pero no todas las personas lo son. Ella comenzó a amarme y cada vez que me amaba, me hacía sentir segura.

Mi vida era sencilla y me conformé con lo sencillo para no indagar en el problema. Casi nunca creemos que nos pasa algo, hasta que sucede y nos damos cuenta de cómo habíamos llevado el curso de nuestros días. En mi caso era muy fácil: instituto, casa, estudios. Claudia poniendo la música a todo volumen tratando de animarme. Benja y Pau hablando conmigo sobre el futuro. Yo diciéndoles que tenía que estudiar y encerrándome en mi cuarto. Instituto, las personas molestándome, empujones, Belén preguntándome en clase, Paula copiándose de mis exámenes, Benjamín diciéndome que todo estaría bien. Yo llegando a mi casa para escuchar a Sergio decir que mis padres me querían, aunque no estuvieran presentes. La misma rutina me hizo pensar que mi futuro sería mejor que mi presente, y vi cientos de videos de Harvard aferrándome a la idea de que la vida sería mucho mejor después.

Cuando estaba colapsando me iba a la piscina. Me hundía en el agua intentando olvidar a Jéssica haciéndome quedar en ridículo, y a mí fingiendo indiferencia con el miedo del que no sabe que, si habla, las cosas van a cambiar. Y todo lo que recuerdo tiene el mismo semblante. Mi pasado fue monótono hasta que alguien vino a desordenar mi existencia y a decirme: «¡Aprende del caos y déjate llevar!».

Sophia se estaba muriendo por dentro, pero me retó a vivir. Me sonrió, y el instituto dejó de ser una pesadilla. Se sentó a mi lado, y valió la pena disfrutar del presente. Sophia me enseñó que el futuro, por más hermoso que parezca, todavía no llega. Que cualquier cosa puede cambiar. Que lo único que existe es lo que hacemos, y por eso escribí esta historia. Ella me mostró que podía ser lo que quisiera. Se convirtió en mi verdad y conquistamos un sueño que le dio sentido al bache emocional del que no me percataba.

No quise perder más tiempo, volví a la carpa para observarla dormir. Y la felicidad que siempre quise que consiguiera, se desbordaba por cada poro de su piel. Tenía las mejillas de color carmesí y la boca, hinchada por mis besos, formaba una sonrisa.

Me motivé a escribirle. La primera carta que hice, también fue para ella:

Lo que pensé que era un capricho, terminó siendo amor. Y no soy tan buena con las palabras, pero no necesito ser poeta para decirte que estoy enamorada de ti. No tengo miedo de lo que siento, pero sí de perderte. Jamás pensaría en quitarte la libertad, pero me gustaría que fuéramos libres juntas. Sé que le tienes miedo a los patrones sociales, así que no te pediré que seas mi novia. Dices que no es necesario darle un nombre, pero mis sueños están marcados con tu identidad. Por ahora, quiero que cuando te preguntes qué significas para mí y creas que otra persona puede quitarte tu lugar, o que no eres suficiente, recuerdes esta carta y te descubras siendo mi TODO.

P.D.: Un día me dijiste que lo que más te gustó de Christopher era que vivía en otro tiempo donde enamorarse era bonito, así que sigo su ejemplo para mostrarte, que incluso en el presente, también hay grandes historias de amor que merecen ser contadas.

P.D.2.: Yo no soy Chris y afortunadamente tú no eres Charlotte. Por eso, no te escribo cartas con sabor a despedida. Te escribo para ganarle a los "contra", porque algo me dice que nuestro amor no morirá.

P.D.3.: Sigue siendo así: alocada, irreverente y triste. Ya entendí que tus tristezas nacen de tu percepción, e incluso enamorada seguirías oliendo a nostalgia y yo seguiré amando tu perfume.

Cuando despertó y leyó la carta comprendí que los detalles marcan la diferencia. Que algunas sonrisas se convierten en vitamina y te dan la fuerza necesaria para traspasar las distancias. Sophi, aparentemente seca, se mostró vulnerable para darme uno de los besos más intensos de mi vida. Pero no podía volver a arrancarle la ropa, teníamos seis horas de caminata y un día que en todos los sentidos…, sería inolvidable.

Salimos de la carpa para encontrarnos con el grupo.

—¿Estás lista para dejarte sorprender? —Fue su pregunta, después de echarme repelente por todo el cuerpo. Justo entonces, Noah se acercó a nosotras y trató de besarla. Sophia volteó levemente la cara esquivándolo, para halarme de la mano y disimuladamente apartarnos de él.

—¿Estás bien? No tienes que hacerlo por mí —le dije.

—Estoy justo donde quiero estar y te quiero besar siempre —contestó, y me atrajo a ella para envolvernos en un beso que… decía, *«te amo»* y que hablaba de las ventajas de arriesgarse.

—Ni con este beso vas a lograr librarte del protector —le dije, untándome la crema en la mano.

—Que mi piel es fuerte, Julie. No necesito protector. No quiero —se quejó, inútilmente. Tenía los hombros rojos y las mejillas más sonrojadas que de costumbre ,y en contra de su voluntad iba a cuidarla.

El segundo día de viaje había comenzado, y con ella cogiéndome de la mano, emprendimos la caminata.

—Estudié el camino. Hoy seré tu guía —dijo emocionada—. Los pemones me enseñaron. Aprendí muchas cosas para que pasemos del grupo y nos quedemos de últimas. Así, vas a ir a tu ritmo y yo voy a estar cuidándote y hablando para que te distraigas y disfrutes —aseguró, con los ojos brillantes de la emoción mientras me amarraba el cabello—. Haré que ames todo lo que odiabas, empezando por la naturaleza. Así que, Julie Dash, ¿estás preparada para conocer el mundo perdido? —preguntó, y le sonreí como idiota porque con ella no necesitaba estar preparada, mi respuesta siempre sería sí.

Atravesamos sabanas, bosques de nubes y algunos ríos. Sophia y Noah parecían tener experiencia. Él ayudó a varias de las compañeras a cruzar la corriente de agua, mientras Sophia me dedicaba su atención únicamente a mí, que apenas vi la dificultad de uno de los ríos, quise quedarme del otro lado.

—¿Recuérdame qué hago aquí? No voy a pasar.

—Tienes una aventura conmigo.

—La aventura te va a dejar sin nov... —Estuve a punto de decir una estupidez, pero terminé callándome, aunque muy tarde. La sonrisa triunfante de Sophia me intimidó y me lancé al río para omitir cualquier charla respecto a la tontería que acababa de decir. Ni éramos novias ni estábamos cerca de serlo. Supongo que los anhelos de mi inconsciente no jugaron a favor.

Sophia me retuvo evitando la caída cuando resbalé con una piedra, y con ella sosteniéndome, llegamos al otro lado. Casi me mato, no voy a mentir, pero al final, su ayuda fue útil para que siguiera con vida.

—¿Lo ves? Es como la vida. Cada momento complicado que decidimos superar, nos lleva a un lugar mejor. Y la mejor parte es que no me quedé sin novia antes de pedírselo. —Besó rápido en mis labios y mis mejillas ardiendo de la vergüenza.

—No quise decir eso, yo... lo que pasa es que... —Como cuando te quedas trabada en una explicación que no va a ningún lado, bueno, así.

—Princesa, ahora viene un ascenso leve y el error está en agotarse mentalmente. —Sophia se apiadó de mi nerviosismo y cambió de tema—. Si dejas de pensar en que son seis horas, la cabeza no se abruma. Porque el problema, y no solamente en este viaje, sino en general, son los pensamientos. —Se quitó la camisa, quedando solo con el *crop top*, y me limpió la cara con ella—. Olvídate de que estás cansada o de que eres fatal en los deportes. Te ves preciosa sudada, por cierto. —Aprovechó mi debilidad para atraerme como una pluma a su cuerpo—. Eres hermosa en cualquier circunstancia, pero cuando te superas a ti misma, te ves jodidamente *sexy*. —Me mordió con suavidad los labios hasta sacarme un gemido—. Te daré mi cuerpo una vez lleguemos a la cima, a ver si así te motivas.

Con un guiño, se separó de mí para entrelazar sus dedos con los míos y proseguir la ruta. Sophia me cuidó durante el viaje. Me dio caramelos cada vez que no podía caminar más y no me dejó hablar para que no me cansara. Me contó que su primer torneo de tenis lo hizo por dinero para comprarles los útiles a sus hermanitos, pero que luego de hacer cada saque con la necesidad de ganar, se dio cuenta de que perdía todo el propósito. No jugó con amor o para divertirse, sino con el desespero de no defraudar a su familia, pero incluso así ganó. También me confesó que a los ocho años duró un mes sin hablar. Que nadie supo la razón, pero que todo empezó cuando una de sus primas adolescentes se quedó a dormir en su casa y Sophi pilló a su padre chupándole los senos y abusándola. Que siendo una niña no sabía que eso estaba mal, pero que se dio cuenta cuando la vio llorar toda la madrugada. Me contó que nunca dijo nada, pero que después de grande cada vez que algo fuerte ocurre, se bloquea hasta tal punto de volver a sus ocho años y no querer hablar.

—Quiero que sepas que no voy a terminar con Noah porque me siento amenazada por Belén. Tú mereces que te quieran de verdad y no por inseguridades. Pero, yo quiero ser mucho más que tu novia. Quiero que seamos algo que supere a los noviazgos. Que entre nosotras no haya secretos, ni tampoco mentiras. Por eso te cuento algunas cosas sobre mi vida, porque siempre he necesitado respuestas y casi nunca las consigo, pero, al menos, cuando te veo tengo una. Es por esa respuesta que quiero cortar la cuerda, no porque me moleste que una profesora se aproveche de su autoridad para intentar enamorarte. No digo que sea mala, pero no la soporto, en fin... —habló más rápido—: son tus equivocaciones y no quiero estar contigo para que no estés con ella, quiero estar contigo porque tengo dudas respecto a TODO, pero de lo único de lo que estoy segura es de que no quiero vivir sin ti —confesó, y cuando iba a responderle, terminó recordándome que era mejor que no hablara o me iba a cansar más.

El resto del camino nos sumergimos en silencio para dejarnos sorprender por lo que la naturaleza nos estaba regalando. Ni siquiera sé cómo logró que mi viaje del segundo día fuera tan ameno, pero lo hizo, y cuando llegamos, me dijo en el oído:

—Mi madre solía decirme que la recompensa por ser constantes es inagotable. Que cuando logras ganarle a tu mente hasta controlarla, de cierta forma, te encuentras con tu espíritu, y hoy lo hiciste, princesa. Mira el salto Kukenán. —Señaló la caída de agua que estaba frente a nosotras y que era más que impresionante—. Todavía nos falta, es un primer paso en nuestro viaje, pero la meta está sobrevalorada, lo que de verdad importa es cómo disfrutas del camino y déjame decirte que eres mi campista favorita. —Me abrazó y no pude evitar darle un beso en los labios, olvidándome de que Belén estaba cerca. O de lo que cualquiera pudiera opinar.

Después de instalarnos, Belén preparó una actividad en la que cada uno tenía que mencionar un miedo. Nos sentamos en círculo y comenzamos a conocernos sin necesitar beber a escondidas tres botellas de licor.

Algunos hablaron de sus días de infancia, otros, del temor a la universidad o de no ser aceptados en ninguna. La mayoría tenía miedo a la madurez o al fracaso, pero mi miedo era diferente.

—Mi miedo es que los buenos momentos se agoten. Tengo miedo de que la felicidad que estoy sintiendo sea solo un espejismo y esté en uno de esos sueños maravillosos en los que a último momento te das cuenta de que no es real, que se ha acabado —confesé, y las palabras que dije comenzaron a quemarme cuando sentí las miradas de todos sobre mí.

¿Desde cuándo me gustaba hablar frente a tanta gente? Iba a irme del círculo cuando Sophia me apretó la mano, regalándome esa pausa que necesitaban mis pensamientos, para luego cortar el silencio con sus palabras:

—Creo que en algún punto todos tenemos miedo a perder la felicidad, pero siempre termina escapándose. Creo que el truco no está en correr a buscarla o vivir inseguros por miedo a que se esfume. Cuando era niña solía temerle a la muerte, hasta que la conocí. Ella no llega para arrancar la vida, sino para enseñarnos a valorarla. Y es jodido porque, igual que en el amor, los buenos momentos son tan eternos como lo es nuestra capacidad de desprendernos. Si sostenemos algo tratando de que nunca se rompa, suprimimos su libertad. Si al contrario, lo mantenemos en el descuido por miedo a apegarnos y sufrir cuando se vaya, nos quedaremos con la cobardía de no haber disfrutado. Y sí, sé que puede sonar a mentira, pero mírennos... después de este viaje quizás muchos de nosotros no volvamos a encontrarnos, pero esta conversación no se muere. Contar nuestros miedos, de algún modo, también es comenzar a superarlos. Así mismo ocurre con la felicidad, porque puede que la pierdas mañana, pero te queda el recuerdo y siempre... podemos ir sembrando más. —Sophia dejó de mirar al resto para mirarme a mí, sin importarle que sus admiradores y el grupo estuvieran atentos a ella después de semejante intervención.

—Mi miedo se centra en haber sido tan estúpido como para pensar que el amor sirve para algo y no es pura basura —Noah habló directo a Sophia—. Hablas del miedo a que se acabe la felicidad, pero ¿qué pasa cuando te la roban? Tienes una vida, una historia, y al día siguiente eres el excedente, las sobras, el plato que nadie quiere. Quieres ser comprensivo, pero a ti nadie te comprende y terminas siendo un pendejo. Ya no sé si tengo miedo a la estupidez o a no saber cómo mierda fue que pensé que, de algún modo, una historia que juró ser para siempre, realmente lo sería —espetó, levantándose del piso con la rabia que conlleva tener el corazón roto, y no me sorprendí cuando Sophia corrió a buscarlo. Lo que sí me resultó confuso fue verla detenerse y correr hacia mí para decirme: «Voy a terminar con él porque se merece a alguien que lo ame de verdad».

No me molestó que fuera con él. Noah también era parte de nuestra historia y por varios capítulos nos olvidamos de sus sentimientos.

La tarde transcurrió lenta. Paula y yo intentamos hacer la carpa. Por supuesto que la misión falló. Sin Sophia, éramos un gran caos lleno de torpeza.

—Mejor dormimos al aire libre, es más fácil —le dije.

—O esperamos a Sophia y que lo haga ella —refunfuñó.

—Hay una gran diferencia entre alguien que te enseña y alguien que solo te lo hace —intervino Belén, mientras tomaba el control de la carpa y nos daba instrucciones—. Yo soy de las que enseña y después de hoy van a saber armar una carpa —agregó, comenzando su siguiente lección y estuve atenta a cada paso—. ¿Ven? A partir de ahora pueden sobrevivir solas —dijo, después de un rato enseñándonos.

—Gracias, profe.

—Estoy aquí para enseñarte lo que quieras —respondió, dejándonos solas.

—¡OK! Esa fue una evidente invitación a ponerte en cuatro, bebé... ¡Qué fuerte! Qué fuerte todo. Pasaste de no tener sexo a tener una vida sexual más activa que la mía, pero bueno, entiendo por qué tienes esa cara de pasiva excitada.

—Cállate, Paula. No me excita y no seas así de vulgar.

—Vulgares eran tus gemidos, tanto que tuve que salir corriendo de la carpa.

—No voy a continuar esta conversación. Vamos a comer, que me muero de hambre —dije suspirando, mientras me la llevaba por el brazo.

—Admítelo, tu mente solo piensa en sexo, sexo, sexo —bromeó mi amiga y su energía podía levantarle el ánimo a cualquiera.

Después de comer, Sophia se unió a nosotras. No quiso hablar de lo que sucedió con Noah, y tampoco quise presionarla. Pusieron música en una corneta inalámbrica y, alrededor de la fogata, pude ver a las parejas y a los diferentes grupos de amigos compartiendo entre ellos.

—Princesa, ven, baila con nosotros —me llamó Sophia que se movía al ritmo de la música, insistiéndome como si no me conociera—. Anda, baila conmigo. ¡Porfa!

—Yo no bailo.

—Una vez bailaste con Nathaniel, así que no hay excusa. —Y no sé si fue su puchero o el cabello cayéndole hasta la cintura con bucles naturales y el azul mezclándose con el rubio lo que me motivó a pararme, pero verla morderse el labio con la actitud de *«sé que te mueres por mí»*, hizo que quisiera ponerla exactamente en la misma posición.

Tomé su mano, dejándome llevar al centro donde todos bailaban. Sabía que algunos de mis compañeros estaban drogados, pero ella no.

La canción que sonaba era: ***Callaita - Bad Bunny.***

—Esta es tu canción, Julie, destácate. —Paula comenzó a reírse, para luego cantarme—: *"Ella es callaitaaaa, pero en el sexo es atrevida".* —Estaba a punto de devolverme por donde vine, pero Sophi colocó sus manos alrededor de mi cuello y me comenzó a bailar.

No necesité alcohol para desinhibirme. Un montón de estrellas en primer plano, la luna tan cerca y su mirada directa a mis labios fue la dosis necesaria para hacerle un baile. Uno, que por la manera en la que me miraba, sabía que no iba a olvidar. Pude haberle bailado toda la noche, me enloquecía enloquecerla, pero el reloj dio las doce y mi primer regalo fue estar a escasos centímetros de ella, que me miraba con más amor del que me habían dado en mi vida.

—¡Feliz cumpleaños! —Escuché al unísono a Belén y a Benjamín caminando con lo que parecía una torta. Me separé de Sophi, viendo cómo se formaba una mueca extraña en sus labios, la misma que hacía cada vez que algo le molestaba.

—Lo que he aprendido de ti es que no te gusta llamar la atención, así que me conformo con que pidas un deseo —me dijo Belén, acercándome la torta.

Esa noche tenía más de lo que podía haber deseado, así que solo soplé la vela agradeciendo por todo lo que tenía, pero especialmente por ella.

—Espero volver a encontrarte y puedo asegurarte que te buscaré —añadió Belén, sosteniendo mi barbilla a una distancia prudente una vez que soplé la vela. Me mantuvo la mirada, mientras sus labios formaban una tierna sonrisa. Traía el cabello peinado hacia atrás y el bronceado la hacía lucir muy guapa. Antes de irse, acarició mi mejilla diciéndome: *feliz cumpleaños.* Pude responderle un *gracias,* pero preferí guardar silencio y simplemente sonreír.

—Nosotros también tenemos algo para ti. —Benjamín me pidió extender la palma de mi mano y me entregó una llave.

—¡Es la llave de la que hablaba tu abuela! Le prometí antes de morirse que me encargaría de tu pendejada hasta que dejaras de ser un muerto viviente y lo logré —exclamó Paula.

—Esta llave significa amistad y confianza. Espero no volver a traicionar la tuya —recalcó Benjamín, y decidí dejar de torturarlo, aceptando su abrazo—. Nunca más vuelvas a pensar que lo prefiero antes que a ti, porque no es cierto, eres mi mejor amiga —aseguró, y como último gesto, llamó a Sophia que estaba un poco apartada—. Si Julie te quiere, nosotros también te queremos.

—Incluso si Julie ya no te quiere, yo te querría —fastidió Paula—; ya le dije, si no se casa ella, me caso yo —bromeó molestando a Benjamín.

Les agradecí a ambos por el gesto. Con esa llave, de algún modo, mi abuela seguía a mi lado.

La leyenda del hilo rojo:

El hilo rojo ata suavemente los caminos
de aquellos que están destinados a encontrarse.

Aunque lleguen tarde, o no sea el momento,
están unidos por un hilo que, aunque puede estirarse
o enredarse, nunca se rompe, y se encarga
de mantenerlos cerca, incluso en la distancia.

Cuando nos cruzamos con alguien y sentimos una conexión inexplicable, como si le conociéramos de antes, es porque el hilo rojo está jugando en silencio. Entrelazando los corazones que inevitablemente necesitaban estar juntos.

Se dice que este hilo nos asegura que dos personas, a pesar de las circunstancias y los desafíos, siempre encontrarán el camino de regreso para volver a unirse.

—Te dije que no iba a felicitarte, princesa, pero tengo algo mejor que una simple torta. —En ese instante, no pude predecir que por encima de cualquier "feliz cumpleaños" siempre estaría su presencia, demostrándome que lo diferente supera lo casual.

Corrí dejándome guiar por Sophi hasta que me tapó los ojos.

—Por fin eres mayor de edad, pero las equivocaciones no nacen ni mueren con un número. No te prometo cuidar que no te equivoques, te prometo estar contigo hasta cuando falles, así como tú intentaste curarme las heridas más profundas, pero luego dejaste que las asumiera, sabiendo que podía sobrevivir. A eso se le llama confianza, Julie Dash, y no importa de qué tamaño sea el daño, después de conocerte, sé que aunque parezca imposible, podemos contra el dolor. Es por eso que mi sorpresa es el mito de los corazones puros, como el tuyo. —Sophia liberó mi vista, para luego abrazarme por la cintura, y llegaron a nosotras diez pemones con velas en las manos y con instrumentos. Los nativos nos rodearon en un círculo y no entendía nada, pero ella murmuró: «*Quiero que seamos algo. Quiero que puedas llamarme novia, pero sobre todo... quiero que cuando me nombres, te recuerde al amor*».

—Estamos bajo el hogar de espíritus ancestrales —dijo uno de los pemones.

—Son llamados *mawari* —añadió otro.

—Nosotros creemos en la existencia mística, en más de un Dios y en diversos estados de la consciencia.

—Los espíritus que nos contemplan reconocen en ustedes la pureza.

—Esta noche unimos sus almas porque el amor está en el aire. Tienen la magia de los que se han amado desde antes de nacer y se seguirán amando después de la muerte.

El círculo se volvió oscuridad cuando los pemones soplaron las velas y Sophia me abrazó, susurrándome: «*Deja que la música se conecte con tu alma. Es un mantra pemón que abre un portal místico y proyecta la unión*». Cerré los ojos y me dejé llevar por el ruido que hacían sus instrumentos naturales, mientras ella acariciaba mi rostro con las yemas de sus dedos. El viento comenzó a soplar más fuerte. Era como si la noche quisiera mostrarnos algo, o como si de algún modo, el ritual fuera real.

—Siempre quise irme, no porque fuera una suicida, sino porque sabía que al morir regresaría a mi casa, pero ya no, princesa. Aunque no encaje en este mundo, cada vez que te veo ni siquiera necesito encajar. Eres más que mi casa, más que otros universos y más que mis ganas de huir. —Sophia pegó su frente a la mía, y sintiendo su respiración acelerada, puso mi mano en su corazón—. Teníamos que encontrarnos, y ya no necesito buscarte. No importa dónde estemos, si aquí o en otro plano, no importa si mañana dejamos de existir; estamos conectadas y volveremos a estar juntas. —Pude sentir que el corazón le latía cada vez más rápido y sostuvo mi mano para atar nuestros dedos meñiques a un hilo rojo.

A medida que lo hacía, comenzó a llorar. Lloró a cántaros, y por alguna extraña razón, también comenzaron a salir mis lágrimas. La música se paró al tiempo en que los indígenas fueron diluyéndose. ¿Qué quería decirme con ese ritual? Me sentía feliz, pero era como una felicidad ácida. Esa, que viene y se va, pero que no se olvida. Esa que hubiese querido predecir. Porque tenía que mirarla más profundo para tener las respuestas que horas después me harían falta. Tenía que observar sus lágrimas y saber qué me decían.

—No quiero que te despidas de mí —le dije, mientras la abrazaba.

—Al contrario, amor. Me voy a quedar en tu vida no por un rato, no por un año, me voy a quedar por las vidas que sigan, por las millones de constelaciones, por los contratos que se rompen. Porque nosotras tenemos más que un matrimonio o un noviazgo, nosotras somos algo que casi nunca se consigue y me alegra que haya pasado. —Besó mi dedo meñique llenándolo de lágrimas. Esa fue su manera de decirme que teníamos un nombre.

No me dijo «*feliz cumple*», tampoco me pidió ser su novia. Ella me hizo un ritual en medio de una de las maravillas del planeta. Preparó a la comunidad indígena para llevarme a otro mundo y, en pleno ritual, se dio cuenta de que quería estar presente. Por primera vez, Sophia Pierce quiso la vida real por encima del planeta al que decía pertenecer. Y podrán decir que sus ideas eran locas, o solo fantasías, pero si la hubieran visto expresarse, si sus ojos hubiesen sido río en medio de un desierto. Si sus labios hubiesen sido la cura para cualquier malestar. Si su cabeza alocada y sus dibujos los hubiesen encantado, nunca desearían salir del hechizo y como yo, intentarían amarla por encima de cualquier cosa. Porque ella me enseñó que a algunas almas no podemos entenderlas, que tenemos que amarlas sin restricción, sin cadenas. Amarlas con ternura. Amarlas fuerte. Amarlas… antes de que se vayan.

Esa noche, las estrellas certificaron que en un planeta llamado Tierra, alguien que odiaba lo místico, comenzó a creer.

Tuvimos que volver con el grupo y sin duda había sido mi mejor cumpleaños. Ella lo había hecho único e inolvidable. «*Voy a agradecerle a los pemones y vuelvo, princesa*», me dijo, y la vi correr perdiéndose en la oscuridad.

Me sentía afortunada, pero la fortuna terminó siendo un truco y viviendo en la noche de mis sueños… el miedo del que hablaba, se hizo realidad.

—Necesitamos hablar. —La voz de Noah, como el agua helada, comenzó a despertarme—. Sophia no rompió conmigo. Me dijo que mintiera, que la única manera de que pudiéramos mantenernos juntos era que te dijera que habíamos terminado y quise hacerlo, pero no te lo mereces. —Parecía afligido, o al menos intentaba concentrarme en sus ojeras, y en sus ojos rojos por haber llorado para no concentrarme en el fallecimiento de mi ilusión—. Julie, llegaste a su vida y se enamoró, pero no amamos a una sola persona. Me necesita como ancla y a ti como el amor. Yo voy a apartarme, no voy a volver a estar cerca, pero mereces saberlo. Mereces saber la verdad.

—No lo creo, Noah. ¿Y sabes? Ninguna de las dos quiso lastimarte, solo pasó, pero eso no te da derecho para ser un mentiroso —le reclamé porque creía en ella. Algo en lo más profundo me decía que Sophia no me haría eso—. Nada de lo que digas va a hacer que nos dejemos. Nos queremos de verdad. —Alcé la voz, intentando creerme cada cosa que le decía hasta que no pude seguir defendiéndola.

—Yo también la amo y pensé que me quería, o es posible que nos quiera, Julie; tal vez nos quiere, pero solo le servimos compartidos —completó Noah. y cuando iba a darme la vuelta, alzó su *sweater* para mostrarme una pulsera de estrella como la que Sophia hizo para mí—. ¿También te contó la leyenda de las estrellas? —Con su pregunta terminó nuestra conversación. Salí corriendo. Quise escapar y terminé chocando con la única persona que no me preguntaría.

Entré en la carpa con Belén, intentando anular mis pensamientos. Estaba en medio de un ataque de algo, me sentía abrumada por saber que algunas mentiras se parecen demasiado a la verdad. Y entendí por qué Sophia lloraba. Su llanto era porque sabía que mentía, que no podía desprenderse. Que jamás iba a poder.

El hilo era su manera de decirme que estaríamos juntas, incluso, después de habernos perdido.

Belén me abrazó tratando de calmarme, pero no podía. No quería frenar el llanto. Me alegré de que nadie me hubiera visto con ella. Eso significaba que ni mis amigos me encontrarían, y que al menos por esa noche, no tenía que explicarles que habían jugado conmigo.

"El siempre" se ahogó en una ceremonia que no hablaba del comienzo, sino del final.

—Va a pasar, piensas que no, pero va a pasar —me decía Belén, al tiempo que me privaba en llanto sobre su hombro—. Intenta dormir, mañana será un nuevo día.

—No quiero dormir, quiero que me beses, quiero que me hagas olvidar todo lo que estoy sintiendo —imploré, yendo hasta su boca, y ella me recibió con besos suaves que contrarrestaban mi ira, mientras me secaba las lágrimas.

—Prefiero el segundo plato porque es el que te enseña que a veces lo primero, no resulta ser lo más importante —comenzó a decir—, te dije que iba enseñarte, pero no quería que fuera así.

—Bésame y dejemos de hablar —contesté, queriendo que sus labios me enseñaran a olvidar. La profesora profundizó el beso y me dijo al oído que, después de todo, nunca era tarde para aprender.

Belén dejó de pensar en que era un error y yo dejé de llorar a medida en que la frustración iba dándole paso a la calidez de sus labios. Y arranqué el hilo rojo de mi dedo, viéndolo perderse con lo que Sophia y yo no volveríamos a ser.

Asco de mí

Comencé a estar ausente, como si sus besos pudieran ir borrando todo lo que sentía. O mi mente quería pensar eso para desaparecer un cariño que había llegado hasta el alma, y cuando las cosas entran hasta el alma, pase lo que pase no pueden salir. Pero Belén me besó intentando curarme y mis lágrimas guardaron silencio. El espacio era reducido pero confortable. Sus manos se aferraban a mi cuello y me sentía segura hasta el punto de pensar que el placer era el mejor analgésico para mis tristezas.

Enredé mis manos en su pelo tratando de seguir los pasos de quien disfruta la vida sin pensar en las consecuencias. Quien dice te amo para luego irse con alguien más. Quien es experto mintiendo mientras mira a los ojos. Quien hace que sientas todo lo que no has sentido en tu vida, para luego dejarte sin saber qué hacer con tantos sentimientos. Porque no sabía qué hacer, no tenía idea de por qué me sentía de esa forma o cómo podía regresar a la calma de quien no se ha enamorado. Quería conseguir a la Julie racional. ¿Adónde demonios se había ido la persona que en su vida tendría relaciones sexuales con su profesora? Es mentira que siempre lo que se hace por amor está bien.

A veces nos equivocamos cayendo en la inseguridad de pensar que la vida es alguien. Yo me di cuenta de que tenía dependencia a ella, porque con Sophi había conocido un camino donde las sensaciones sabían a gloria, pero también se reproducían las pesadillas.

La música de fondo que escuchaban los estudiantes era ***Walking the wire* - Imagine Dragons,** y llegué a pensar que Sophia la había pedido para mí. La saqué de mi mente para concentrarme en mi presente. Para sentir cómo unos besos lograban despertar cada centímetro de mi cuerpo, pero no le hacían ni cosquillas a mi corazón.

Belén se separó de mis labios y su sonrisa tranquilizante... no logró ese efecto. Me sentí ansiosa, pero también con deseo. Quise vengarme, o tal vez decía que quería vengarme para no aceptar que la deseaba, y al tenerla tan cerca, observándome de ese modo..., me dejé llevar.

Asentí, tratando de darle el permiso que buscaba, y la vi lanzarse sobre mis labios. Lo demás fue tan rápido que ni siquiera sé cuándo comenzó a quitarme la camisa, o cómo no me di cuenta de que desabrochó mi sujetador. De una forma experta, quedé expuesta ante sus ojos y se dedicó a mirarme. Ya no era mi profesora, pero todavía me quería enseñar.

La dualidad de quererlo batallaba con lo que hay por encima del deseo, pero sus manos apretaban mis senos, mientras con sus dedos acariciaba mis pezones sin dejarme espacio para gritar. Me besó utilizando su lengua para jugar con la mía, para acariciarla como si el sexo estuviera en ese beso.

¿Hasta qué punto sabemos lo que hacemos cuando estamos dolidos? Yo intenté entregarme, quería el llamado sexo por placer. No hablar de sentimientos o dar mis ilusiones. Yo daba mis besos y regalaba mi cuerpo intentando olvidar. Belén y yo no habíamos tenido ninguna cita, pero levantó mis piernas, poniéndome boca arriba, para quitarme el *jeans*.

Sentir su cuerpo sobre el mío, también en ropa interior, y sus labios succionando mi cuello con violencia, me hizo sentir sucia, pero eso quería. Gemí sin poder contenerme. Gemí agradeciendo que la música silenciara lo que sucedía entre nosotras.

Pero no pude olvidar que la amaba, aunque ella hubiese sido una mentira. La imagen de Sophia seguía presente como, si de cierta forma hasta mis orgasmos le pertenecieran.

—Necesito detenerme —expresé lo que sentía en lo más profundo de mí.

—Te creería si tu cuerpo no me estuviera diciendo lo contrario —susurró en mi oído para jugar con mis senos. Sus dedos sabían exactamente lo que hacían. Me expresaba la misma seguridad y ternura, pero también excitación y desenfreno. La había buscado, fui yo quien comenzó a besarla y luego de estar casi desnudas, intenté pedirle que parara, aunque me moría por gritarle que por favor siguiera. Volví a pedírselo cuando comenzó a moverse sobre mí y mi piel se erizó tanto, que dejé de preocuparme por frenarla y le seguí el juego.

—¿Quieres que me detenga? —me preguntó, pero sus labios se fueron a mis senos y antes de que pudiera responderle, me tapó la boca evitando que gimiera.

Belén se acercó a mi cara, para frente a frente, murmurar contra mi boca:

—Que lo primero parezca insuperable no quiere decir que lo sea, y esto que estás sintiendo cuando te toco, debería servirte de respuesta.

Su lengua volvió a buscarme y sentí la palma de su mano recorrer mi costado, pero no pude. Quise hacerlo, pero más allá del deseo había una imagen que me lo impedía. Ojalá que esa imagen hubiese servido para no ser tan débil.

—Lo sien... to, yo, quiero pe...p...e... —No podía hablar, no podía pensar, no podía seguir diciéndole que no, pero tampoco podía hacerlo sin estar segura.

Tuve el carácter necesario para frenar su mano. Estaba muriendo de nervios. Mi vida se había vuelto un desastre que no podía controlar. Quería ser la de antes y tener tranquilidad mental y no una avalancha de emociones. Quería correr y al mismo tiempo que me tocara. Me sentía tan perra como Paula decía que era, con la diferencia de que se sentía distinto a cuando lo hacía por amor. Y ni siquiera recuerdo con claridad, pero ella me abrazó, trató de disculparse, me dijo que tenía muchísimo tiempo sin tener relaciones y me cubrió con un *sweater*, pero no se puso nada encima. Me acosté de lado intentando relajarme. Estaba completamente mojada y había detenido una gran equivocación, pero tampoco estaba segura de no estarme equivocando por dejar de hacer algo cuando la otra persona nunca pudo dejar nada por mí.

Mi cuerpo me decía lánzate, vive, siente tu último año, equivócate una vez por las tantas que se han equivocado contigo. Deja de pensar y si quieres hacerlo, hazlo.

Cerré los ojos escuchando a lo lejos la voz del profesor Héctor, quien pedía a los alumnos recoger en veinte minutos e irse a acostar. Algo en mí esperaba que Sophia fuese a buscarme, que me mostrara su verdad, que me dijera que... Ya no importa. Dejé de pensar en ella. Era inútil seguir con eso. Pensé que durmiéndome sería más cómodo compartir la carpa con Belén después de lo que acababa de pasar.

Estuve a punto de tener relaciones con mi profesora. Estaba caliente y sabía que ella lo estaba más. La carpa pedía sexo, pero no lo tendríamos. O al menos eso era lo que pensaba hasta que Belén me abrazó por detrás, metiendo las manos dentro de mi *sweater*.

Pensé que no era necesario detenerla, estaba siendo protectora y su cuerpo, pegado al mío, era más que confortable. Con los ojos cerrados fingí estar dormida. Era preferible hacerlo, a enfrentar esa situación.

Contuve la respiración a medida en que sus dedos iban recorriendo mi abdomen. ¿Qué puede estar mal con las caricias?, me dije a mí misma para calmarme, pero sus manos no se entretuvieron únicamente con mi abdomen, las caricias volvieron a mis senos. Mi respiración estaba entrecortada y tenía que esforzarme más si quería que creyera que estaba dormida.

«Detenla ya», recuerdo que eso era lo que pasaba por mi mente. «¿Cuál es el problema; si te gusta?», era la respuesta de la parte que disfrutaba que hiciera círculos en mis pezones para luego juntar mis senos y rotarse como si quisiera darle el mismo afecto a ambos. Sentí su respiración en mi cuello mientras su pierna se abría espacio entre las mías. Quise decirle que parara, pero no lograba reaccionar. Sus dedos bajaron de mis senos lo suficientemente rápido hasta que los sentí acariciándome por encima de las bragas. Mis intentos de parecer dormida fallaron. No tuve otra opción que taparme la boca para que no escuchara mis gemidos cuando traspasó mi ropa íntima.

—No es lo correcto. —Apenas y pude hablar, pero no la quité. Debí apartarla y no lo hice porque de cierta forma lo estaba disfrutando. Una parte de mí quería que lo hiciera, que dejara de torturarme utilizando sus dedos para borrar mi autocontrol, hasta que se detuvo.

Nos quedamos inmóviles. O ella se quedó inmóvil y yo me descubrí moviéndome, tratando de que sus dedos volvieran a mi clítoris o, incluso, que entrarán en mí.

—Pensé que querías que parara. —Escucharla, sabiendo que me estaba matando del deseo, fue sentir que quería, pero no debía. Y el «no debo» pasó a un tercer plano cuando vi la pulsera que tenía en mi mano izquierda, la leyenda, la inestabilidad y las tantas ocasiones en las que Sophia me subió al cielo para dejarme caer.

Qué triste ser tan ingenua para ponerle su nombre a mis errores. En vez de aceptar que era adulta y que lo que estaba haciendo jamás sería culpa suya.

Me volteé hacia ella y fui yo quien se lanzó sobre su boca. Y sin miedo a perderme, hasta que estuve perdida, le dije que no se detuviera. Le pedí que no parara y solamente cuando me metió los primeros dos dedos fue que entendí que no había ninguna posibilidad de que estuviera en lo correcto. Sabía que era un error, pero quería disfrutarlo. Me alejé de la idea de dormir dolida, para dormir repleta de orgasmos. Olvidé mi fuerza de voluntad cuando comenzó a enseñarme posiciones.

«Julie, no es necesario ningún vibrador si sabes exactamente qué hacer con tus manos», musitó, tratando de dejar constancia de su experiencia.

Con ella en mí, fui perdiendo los miedos. Si iba a equivocarme lo haría bien. Dejé de inhibirme y disfruté su contacto. Le permití que me mordiera, pero a medida en que lo hacíamos, mi mente revivía el ritual: los pemones, el hilo, los besos, el tacto de Sophia y su forma de amarme tan pasional, hermosa, mostrándome aquel universo que no llegó a existir.

Belén tocaba algo dentro de mí y no sé exactamente qué, pero tuvo que taparme la boca y pedirme muchas veces que tratara de contenerme. Me puso de espalda y la sentí en todos lados. Repetía que esa noche era suya y quería que yo lo repitiera. Quería que susurrara que necesitaba más y yo necesitaba pedirle que paráramos, y aunque no lo hice, tampoco mentí.

La imagen de la persona que amaba, más la escena y el placer de ese momento, eran contradictorias, y por un destello, quise desaparecer. Volví a querer ser como antes, cuando necesitaba no ser vista para estar más segura.

—No está bien. —Justo esa frase estúpida fue la que dije, y Belén dejó de moverse hasta que poco a poco sentí cómo iba saliendo de mí. Y cuando se separó por completo dejé de pensar con la mente para pensar con mi entrepierna.

Belén me miró sabiendo que era difícil. Pensaba en olvidar y la tenía en frente diciéndome: «Si quieres que continuemos, debes pedírmelo, o no lo haré. Es tu decisión».

—Mételos de nuevo. —Una súplica estúpida, de una niña estúpida que se dejó llevar por la inmadurez y lo carnal. Belén acató mi súplica y me sentó sobre ella, exigiendo que me moviera.

Era yo quien marcaba el ritmo de sus embestidas. Estábamos sudando y escucharla decirme que me corriera en su boca me dio la respuesta. Porque incluso así de excitada, no podía. No podía ni quería que tuviéramos sexo oral. Las náuseas por imaginarme la escena calmaron mi excitación. Belén notó que algo había pasado, pero volvió a hacer que retomara la pasión del instante, chupándome el cuello. Fue un poco doloroso y al mismo tiempo distinto, no puedo decir que no me gustó, pero fue algo brusco.

Siguió demostrándome que su clase valía la pena, pero ya no estaba segura de querer aprender. Cerré los ojos, concentrándome. Quería terminar. Quería acabar de una vez y llegar al lugar donde la estupidez me había llevado. Quería salir de esa carpa, y cuando estaba punto de llegar…, escuché la voz de Sophia.

Belén se movía más rápido, intentando ignorarla. Pero ella insistió:

—Julie, dime al menos qué te hice, joder. Te he buscado por todos lados.

—Está dormida —mintió Belén sin dejar de mover sus dedos, otorgándome el placer necesario para el peor de los recuerdos.

—Ok… Espero que sepa que soy bastante persistente. Tanto, como para despertar a todo el mundo si Julie no sale en dos minutos. —Sophia alzó la voz y le pedí a Belén que se detuviera, pero a medida en que se lo pedía, seguíamos moviéndonos. Le dije que ya, sujetándola por los hombros.

—¿Quieres ir con ella o quieres correrte? No tengo problema con que te vayas, pero hazlo después de acabar —susurró en mi oído, para luego hablar en voz alta hacia Sophia—: En 3 minutos sale. Ahora, mantente en silencio que los demás intentan dormir. —Su voz volvió al tono autoritario, sonando como una profesora y no como si estuviera follándome.

Y allí estaba yo, de ilusa, pensando que si hacía lo mismo que me hicieron, desaparecería el dolor.

Me corrí en sus dedos y visualicé su sonrisa al sentir mis flujos, con esa mirada pícara que denotaba victoria, pero también dulzura. Me preguntó si estaba bien, dijo que si no quería salir, ella saldría. Me ayudó a ponerme la ropa y me miraba como yo miraba a Sophi después de hacer el amor.

Un beso en mi frente no hizo que se limpiara la suciedad. Ella diciéndome que era hermosa y que había sido increíble tampoco disminuyó mi impotencia. No era su culpa, no era culpa de Sophia, se sentía como si todos fueran culpables, pero la única culpable fui yo.

—Feliz cumpleaños a mi alumna favorita.

Un último beso en mi mejilla y yo tratando de decirle con una mirada que algunos orgasmos saben al dolor de la equivocación.

Pero lo peor fue salir a ver a Sophia en medio de la oscuridad. Éramos nosotras y, al verla, una oleada de rabia me inundó.

—¿Por qué te fuiste con ella y no me esperaste? —Parecía confundida, pero las apariencias engañan.

El problema es que ni siquiera podía mirarla. Ni siquiera podía mirarme a mí misma y tenía que convivir conmigo, no tenía otra opción. Y Sophi pareció notarlo, porque simplemente me abrazó. Me abrazó tanto que dejé de pensar que no quería sus abrazos. Parecía saber que lo necesitaba. Que necesitaba que alguien me dijera que iba a estar bien, para poder creérmelo.

Ya no se trataba de ella, no se trataba de Noah. Había roto con mi respeto personal. Había mandado mis principios a la basura y era culpable. Pero Sophia, sin enterarse de nada, intentaba decirme que se había ido porque estaba con la hija de uno de los pemones. Me dijo que hizo un trueque, que la conoció y era una persona muy amable. Que también le gustaba el deporte, pero que no podía hacerlo porque no tenía zapatos. Sophia trataba de explicarme que desapareció para cumplir con su parte, ya que en la cultura pemón es un dar y dar. Que ella era feliz porque, aunque no hubiesen hecho la ceremonia, hubiese actuado igual con esa niña.

—No es porque te fuiste. ¿No lo entiendes? —Me separé de ella—. Es por mentirme. Por haberme mentido desde que te conocí. Por repetirme tantas veces que nunca ibas a dejarlo y luego hacerme creer que lo nuestro era "único". Noah te ama tanto como para hacer cualquier cosa, pero hasta él sintió vergüenza por mí y me dijo la verdad. Ya sé que también le contaste la leyenda. Ahora, te pregunto, teniéndonos a ambos, ¿te sientes mejor?

—Baja la voz —contestó, halándome hasta apartarnos del campamento, pero me solté de golpe. Intentó abrazarme, pero me liberé de su agarre y algo se borró de su semblante. El brillo que incluso con sus problemas jamás había perdido, lo fue perdiendo esa noche.

Dio un paso a mí, alumbrándome con su linterna. Su cara lucía confundida y mi enfado seguía latente hasta que me apartó el cabello, y cuando iba a volver a quitarme, algo en sus ojos me hizo permanecer. No sabía que estaba mirando el morado que Belén dejó en mi cuello. No sabía que me había chupado tan fuerte como para dejarme una marca. Ni mucho menos que Sophia deduciría que habíamos estado juntas.

Hubiese sido más fácil un reclamo, pero parecía muerta. Permaneció inmóvil mirándome, con las estrellas como testigos, con las mismas estrellas de la leyenda que buscaba borrarse, o que tal vez nunca se esculpió.

Y solamente botó una lágrima antes de abrazarme. Para retenerme tan fuerte como quien sabía que me había equivocado. Me sobaba el cabello apretándome a su cuerpo, al tiempo en que traté de no llorar, pero lloré más que nunca en mi vida. ¿Por qué me abrazaba si sabía que había tenido relaciones con otra persona? ¿Por qué me consolaba como si supiera que me sentía como una basura?

—Nunca debimos decir que éramos lo suficientemente fuertes, o que no nos haríamos daño, y no es por posesión, pero si me quieres de verdad, lo único que voy a pedirte es que vayas con Paula. Tienes a la amiga más maravillosa del mundo y la necesitas —precisó, y no supe que me entendía ni tampoco que había varios tipos de violaciones y que algunas de ellas nos las hacemos a nosotros mismos. Yo había violado mi integridad y estaba conociendo que algunos errores tienen un precio.

Me sentí bien en sus brazos hasta que recordé las mentiras. Tenía que asumirlo, y para hacerlo, necesitaba una respuesta.

—Solamente respóndeme y dime si lo que Noah dijo es cierto, o si es una mentira, dime si le pediste que fingiera para tenernos a los dos —dije, tomándola de los hombros a ver si mirándome a los ojos no se atrevía a mentir. La miré fijamente y, si no hubiese visto amor en sus ojos, habría pensado que soñé con una historia que ni siquiera existió. Pero Sophia me miraba con los ojos aguados y llenos de cariño, buscando la fortaleza para poder contestar.

Las lágrimas que contenemos son como las palabras que murieron ante la cobardía. Queman por dentro hasta devastarlo todo, como un virus que solo se combate dejándolo fluir.

Sophia asintió con la cabeza, diciéndome con ese gesto que era cierto, que Noah no había mentido.

Y en una misma noche pasé de odiarla a odiarme, para luego odiarnos a ambas por habernos enamorado.

Hay amores que _nunca acaban._
Aunque no estén juntos,
aunque _no se besen,_
aunque no se vean.
Aunque sepas que lo mejor
es _dejarlos ir._

El paso de las lágrimas

Nunca había tenido los ojos tan borrosos ni esa sensación de pánico en la que no consigues escapar, pero mi *«nunca»* terminó esfumándose y desperté con la única certeza de afrontar la realidad.

¿Qué tiene de malo equivocarse? Haz como yo, te equivocas, aprendes, te perdonas y sigues. ¿Tanto afán por dejarte llevar? Olvídalo, fue solo una experiencia. Y te prometo que le romperé la cara a los que se atrevan a juzgarte y te romperé la cara a ti si sigues de pendeja sintiéndote una puta. Aprende de mí, bebé, siempre puta, nunca imputa.

XOXO, mueve el culo, te espero afuera. Tuve que ocuparme de unos asuntos.

Att.: Paula.

Me reí casi inconsciente por sus ocurrencias, queriendo que fuera tan fácil llevarlo a la práctica.

Había pensado en llamar a mi padre para que moviera las montañas y me sacara de la pesadilla que estaba viviendo, pero no podía explicarle que me había comportado como una cualquiera. Además, ya no era esa niña y ni siquiera huyendo de la sabana, escaparía de mis actos.

—Te traje unas arepitas con queso. —Escuché la voz de Benjamín y de inmediato me cubrí con la almohada, pero no solo entró a la carpa, sino que se sentó junto a mí—. ¿Recuerdas mi cumpleaños número cinco? Sabía que te habían obligado a ir. Me felicitaste a regañadientes, entregándome el juguete sin ganas. Todavía recuerdo que no querías hablar con nadie y parecías descolocada, pero te pedí de frente que jugáramos, y no sé por qué, me dijiste que sí, aunque claro que terminaste arrepentida cuando te empujaron y te raspaste la rodilla. ¿Lo recuerdas?

—Fuiste el único que no se burló —contesté, y Benjamín me quitó la almohada de la cara.

—Ese día te dije que te levantaras del piso y respondiste: «No volveré a jugar nunca más y no volveré a ir a ningún cumpleaños». Me acuerdo porque era un niño, pero quería jugar contigo siempre, así que inventé una tontería que, ahora que lo pienso, es lo más serio que he dicho en mi vida.

—¡Los monstruos se alimentan de los miedos y de las lágrimas de las niñas! —exclamé, repitiendo las palabras que me dijo hace tantos años atrás.

—Lo mismo pasa ahora, Julie. A los cinco años pensaste que ibas a morir porque salía sangre de tu rodilla, hoy piensas que vas a morirte porque la has liado. Yo digo que trece años después no podemos fallarle a nuestros niños del pasado... Se supera la caída y volvemos a jugar. ¿O vas a detenerte a mitad del viaje? —Un almohadazo contra mi cara fue lo siguiente que hizo y no le seguí el juego porque necesitaba abrazarlo.

Necesitaba a mi primer amigo y a ese hermano, que teniendo novia, hizo que ella consiguiera verme tan especial como él me veía, hasta que terminamos haciéndonos mejores amigas.

—Cuando termines de desayunar, vístete, ponte unos lentes, maquillaje, lo que sea que tape tus ojeras, y sal. Vamos a subir este tepuy juntos y voy a hacer que te emborraches hasta que se te olvide lo que te duele. —Fueron sus palabras, antes de salir de la carpa.

Y me llené del valor que te entrega la amistad verdadera. Me vestí intentando sacar de mi cabeza lo que hice. Ni siquiera pude mirarme sin sentir vergüenza, pero tampoco era como si pudiese cambiarlo. Lo que sí podía, era cambiar mis pensamientos para subir la parte más difícil del camino sola. Ya no estaba Sophia ayudándome y después de sus mentiras, ni siquiera se ganaba mi desprecio. Pensé que odiándola sería más fácil, pero el abrazo que me dio al enterarse de que había estado con otra fue curativo, y alguien que te cura incluso cuando hiciste algo que le duele, no es tan fácil de odiar.

Era como si después de todo, fuera ella quien quisiera ser remedio y convertirse en el antídoto para que mi cuerpo volviera a sentirse puro. El problema es que terminó soltándome para repetir la cobardía de quien no sabe lo que quiere. Hubiese sido fácil detestarla, pero ni siquiera podía hacerlo.

Me reuní con el grupo viendo como Sophia, sin que le correspondiera, desarmó nuestra carpa y se la dio a Paula. Quise decirle que no jugara a ser amiga de mi amiga y que dejara de ganársela, pero Paula, leyéndome la mente, o mi expresión de niñita enfadada, me dijo: *«La ayuda es para ti, idiota, ¿o es que yo me la paso besándola para que me desarme la carpa y me recoja las cosas? ¡Todo siempre ha sido por ti!».* Me daba igual si había sido por mí o no, ya no tenía sentido. Me alejé de mi amiga caminando hacia el grupo sin pensar en otro detalle: *Belén.*

—Buenos días, Julie. Espero que hayas descansado bien. Tengo un regalo para ti, estuve buscando un detalle que te dijera lo que siento y lo he encontrado —aseguró Belén y sacó algo de su mochila para luego concentrarse en mí—. Ayer cuando no regresaste salí a buscarte, pero no te encontré y no sé si lo que hicimos estuvo bien. Para mí fue extraordinario y lo único que me preocupa es que te arrepientas, o que me haya apresurado. ¿Te sientes bien? —preguntó, arrugando la nariz, y la noté preocupada. No sentía rencor. Al final, fui yo quien le pedí que siguiera cuando se había detenido. Fui yo quien la besó y la que necesitaba una estúpida venganza que no me hizo sentir mejor.

—No fue tu culpa, pero no me siento bien, creo que preferiría estar sola.

—¿Hice algo que no te gustara? —preguntó y no supe qué contestar.

—¿Podemos evitar hablar de eso?

—Te traje este cuarzo de cristal con propiedades mágicas —dijo, cambiando el tema, y me entregó una piedra traslúcida antes de explicar—: dicen que puede curar cualquier cosa y protegerte de lo que te hace daño, cariño. Hace mucho tiempo me protegió de mí misma, me ayudó a canalizar que la persona que amaba no volvería y ahora, quiero que la conserves y que cuando cumpla su objetivo se la entregues a alguien más —añadió, apretándome la mano con esa sonrisa reconfortante que tenía enamorados a todos los chicos del instituto.

—Vaya. ¡Es tu día de suerte, Julie! Eres demasiado afortunada. Te regalaron un cuarzo protector y aquí estoy yo para protegerte. —Escuché la voz de Sophia y enseguida sentí que me haló del brazo apartándome de la profesora.

—Buenos días para ti también, Pierce. —Belén sonó neutral.

—¿Para qué la hipocresía, profe? No digo que sea un mal ser humano, pero buena profesional está muy claro que no lo es. —Sentí el brazo de Sophia rodear mi cintura—. ¿Puedo ver el cuarzo? —Se dirigió a mí antes de que Belén pudiera responderle y se lo entregué, apartándome—. ¿Sabes que su principal cualidad es ser bloqueador de malas energías, profe? ¿Sabía usted que utilizar a alguien para llenar el espacio que dejó otra persona es una pésima actitud? Las pésimas actitudes atraen mala energía. Me alegra que le hayas dado a la princesa una piedra para que la proteja de ti. —Primer ataque del día.

—Voy a exigirte respeto si no quieres que pase a mayores.

—¿A mayores? —se burló Sophia—. Pasó a mayores el día que decidiste que de algún modo Julie podía ser esa novia tuya que se fue. Y yo también he perdido gente. También me he sentido fatal y no por eso voy por la vida buscando a alguien que se parezca a mi madre para suplantarla. ¡Se murió, se murió! Eso no te da derecho de tratar de revivirla aprovechándote de otra persona. —Segundo ataque.

—No es necesario cruzar los límites, Sophia, no te pases de la raya —le reproché.

—No, princesa, los límites los cruzó ella hace mucho tiempo. Ahora que escuche la verdad, aunque le duela.

Belén suspiró profundo, intentando conseguir la paciencia necesaria para no perder el control.

—No te metas en mi vida privada. Tenemos que reanudar el viaje y no voy a perder el tiempo discutiendo contigo, pero no tienes derecho a hablar de mí o de ella —fue lo que dijo, y por su expresión corporal se notaba el esfuerzo que estaba haciendo por contenerse.

—¿Tú no eres la misma que asumes las consecuencias de tus actos? ¿O es casualidad que Julie se parezca a tu exnovia? Mi problema no es que te guste, sino que te guste porque la confundas con alguien que no está. Si la hubieses querido bonito, hasta me quitaba del medio para que tuviera a alguien *estable*. ¿Pero qué estabilidad le ofreces? Creo que hasta yo que estoy loca, tengo más decencia que la que te enseñaron en casa. Pero que sepas —habló rápido tratando de que Belén no la interrumpiera—: que voy a cuidarla. Al final, de nada sirve que la hayas *tenido* por una noche, si solamente de mirarla se nota que siente asco de su cuerpo por habértelo dado. —Tercer ataque.

—Necesito que hagas silencio y te calmes, no por mí sino por Julie.

—Dile entonces que tu ex también era doctora y que de allí viene todo. Si vas a quererla, que sea porque cuando la ves es lo único que puedes desear y no porque deseas que otra persona vuelva.

—Sophia, yo no soy tu enemiga, pero ya que hablas de verdades, lo justo es que también las oigas. Así que dime, ¿no eres la misma que abandonó la beca de tenis para la universidad?, ¿no te graduaste porque Julie te ayudó?, ¿no eres la misma que tiene novio?, ¿acaso, tú, la respetas? Que se parezca a mi expareja no quiere decir que por eso me guste y si vas a juzgarme, que sea porque tu comportamiento es intachable. Por ahora, lamentablemente, Pierce, eres solo una chica talentosa que no tiene futuro porque siempre renuncias a conseguirlo. —Belén ya no lucía tranquila y uno de los profesores se acercó a nosotras.

—¿Está sucediendo algo? —preguntó el profesor Raúl, interrumpiéndonos.

—Nada, que no contratan buenos profesores, pero eso ya lo sabíamos, no es nada nuevo —atacó Sophia, que parecía no creer en nadie.

—Es cierto que el instituto ha bajado su nivel, pero no por los profesores, señorita. Bajamos de nivel cuando aceptamos a una rebelde sin causa como usted. A pesar de sus condiciones deportivas, no es digna de estudiar en El Ángel, ni en ninguna escuela privada —agregó, con una sonrisa tan asquerosa como su tono de voz.

—Discrepo de usted. Nuestro instituto nunca ha dado la talla. Le hace falta mucho para que esté a la altura de Sophia, y no precisamente por el tenis, de hecho, esa es una de sus cualidades, pero ni de cerca es la mejor. —la defendí y, por alguna razón, volteé a mirar a Belén—. Lamento mucho los malentendidos, le aseguro que ni Sophia ni yo queremos ningún problema, pero creo que también está equivocada. Ella se esforzó por graduarse de la misma manera en la que se está esforzando por no renunciar a la vida y en ningún aspecto le he hecho el trabajo —puntualicé y cogí de la mano a Sophi para que nos fuéramos con el grupo porque no quería problemas.

Me hizo caso y continuamos caminando hacia los guías del campamento.

—Es el día más difícil y es normal que sientan que no van a poder. Manejen la desesperación. Imaginen este viaje como su futuro y como sus sueños. Les prometo que llegaremos a la cima y que palparán uno de los milagros que nos ha regalado Dios. Estamos en el Roraima, las rocas más antiguas del mundo, y la magia del universo está a nuestro alcance si frenamos las dudas mentales y vivimos la experiencia. Estaremos a su lado cuando nos necesiten, pero el mayor reto del día está en la mente —aseguró la señora que durante el viaje sería la encargada de guiarnos, transmitía mucha paz.

Llamó mi atención que Sophia tenía los zapatos equivocados. Ella solo contaba con dos pares. Unos, que le había dado la escuela para jugar tenis, otros, mucho más gastados que eran los que usaba antes de ganar el campeonato y tenían parte de la suela rota. Al verla con detenimiento, me di cuenta de que tenía los gastados, nada apropiados para la ruta que tomaríamos.

—¿Cómo Sophia espera subir con esos zapatos? —le pregunté a Paula.

—Julie, relájate y preocúpate por cómo vamos a subir nosotras sin que nos dé un paro cardíaco.

—Conozco esa mirada —la abordé—. En tu vida has sabido mentir.

—La verdad a veces sirve para que nos sintamos peor.

—Tengo la esperanza de que tú no me mientas, así que dime —exigí.

—Sin drama, bebé, sin drama.

—¿Hablaste con ella?

—No es eso —contestó Paula, llevándome a un lado para tener más distancia de Sophi—. Ayer por la noche, cuando desapareciste, Benjamín y yo estábamos intentando hacer cositas, ¿sabes? Como lo que hiciste con el consolador, pero con la diferencia de que para nosotros es más difícil tener sexo casual dentro de la carpa sin ser vistos por los profesores y expulsados, entonces...

—¡Concéntrate, Pau!

—Estábamos por allí manoseándonos y encontramos a mi *crush* Sophi entregándole sus zapatos a la hija del pemón.

—¿A la hija del pemón?

—No vayas a pensar que ahora se folló a la hija del pemón y corras a follarte a Nathaniel. —Antes de que pudiera golpearla, se lanzó a abrazarme—. Es joda. Es mejor que haga mis bromas ahora y cortemos la tensión de tu tremenda cagada. Dicen que si te ríes de tus errores, los superas más rápido.

—¡Paula!

—Sophia pagó la ceremonia del hilo rojo con sus zapatos, porque en su cultura, no recuerdo bien, pero escuché algo de unos trueques. Tú la conoces más que yo, capaz ni le cobraron y ella quiso hacerlo. No quería decirte para que no te sintieras culpable, además, tuviste sexo, ella tuvo novio. Todos se equivocaron y están a mano. Apuesto a que será una buena historia para sus hijos, ¡me comprometo a contarla si me dan pequeños sophijulitos!

—¿Por qué Sophia es tan idiota y tan linda y tan idiota otra vez y luego tan linda? —dije mis pensamientos en voz alta.

—La amas, amiga, y si la amas y ella te ama, deberían tener su final feliz —contestó Paula—. Ahora vamos a intentar no morir y caer rodando como las vacas inútiles que somos, que jamás han hecho ejercicio.

Me cogió de la mano y comenzamos a caminar. Traté de concentrarme en el camino para dejar de analiar lo que había pasado, pero fallé. Quise caminar más rápido para tener una distancia prudente del resto y escuché a Paula gritar: «*Si te caes procura no chocar conmigo. Así te preparo el mejor de todos los velorios, bebé*». Me reí de su estupidez y empecé a darme cuenta de que probablemente sí me caería, y lo del velorio comenzó a no estar tan lejos de mi realidad. Tuve que quitarme los zapatos para cruzar el primer río y no resbalarme. Era extremadamente difícil el trayecto. Sophia estaba cerca, pero no hablaba con nadie. Mis amigos no aceptaron mi soledad y se mantuvieron a una distancia prudente por cualquier eventualidad.

En las primeras horas de camino ya estaba desesperada por devolverme, y por instantes pensaba que no podía más. Imagínense el cansancio psicológico y físico, aunado al remordimiento y a la tristeza. Eso, y tener que soportar que incluso en mi viaje de graduación también me molestaran. Raúl y Santiago parecían haber detenido su paso para esperarnos. Cuando llegamos hacia ellos y tratamos de sobrepasarlos, comenzaron los comentarios. Como si no fuese lo suficientemente duro vivir con tus errores, para soportar los juicios de otros que ni siquiera te conocen.

—¿Te ayudo? —Raúl rodeó mi cintura, apretándome con descaro.

—No seas egoísta, bro, además, creo que para que dejen de gustarle las mujeres tenemos que atenderla entre los dos. ¡Belén está bien buena! Es mucha competencia.

—¿Folla bien? —preguntó Raúl mientras me soltaba de él.

Benjamín y Noah fueron rápido a encararlo. Había desventaja porque mi mejor amigo no era acuerpado, pero el novio de Sophia parecía no tener problema con las malas probabilidades.

El primer empujón fue de Noah hacia Santiago.

—¿Qué? Todos saben que se la folló. Ese chupón lo dice todo. —Volvió Raúl y cuando sentí sus manos en mi cuello intentando verlo, quise defenderme, pero estaba muy lejos de querer pelear. Mis brazos se dejaron y sentí lo áspero de sus manos halando mi cabello para dejarme al descubierto.

Noah se entretuvo golpeando a Santiago y Benjamín intentando separarlo. Paula estaba más lejos, porque iba lento, así que terminó siendo Sophia la que le volteara la cara al chico. No recuerdo si fue con la mano cerrada o abierta, no sé con exactitud cuántos golpes le dio antes de que Noah se metiera. Sabía que algo estaba mal con ella, pero terminé de comprobarlo cuando él le imploraba que hablara. Que intentara hacerlo, que dijera algo y Sophia, llena de ira, hizo caso omiso y me extendió su mano. Hubiese ido a cualquier sitio con ella y no porque me defendió, sino porque siempre tuve claro cuándo estaba mal. Era como si pudiera sentir parte de lo que habitaba en su mente y como si con solo tenerla cerca, descubriera cuándo volvía a fallar su corazón.

Agradecí que la guía pacífica fuese la que presenciara la pelea. Tenía muchas preguntas, y la mujer de unos cincuenta años, trajo las respuestas.

Me miró con tranquilidad y dijo algo que se me quedó grabado:

«Tienes a tu alcance la puerta para el próximo destino. Trata de que la puerta en la que estás ahora sea un puente y no te deje encerrada».

¿Podía mi abuela seguir conmigo después de tanto tiempo? Me quedé mirando a esa señora esperando que me dijera algo más y ella sonrió, regalándome una de las sonrisas más tenues que he visto en mi vida.

«El mensaje es del universo, pero los mensajeros somos muchos. ¡Siente el viaje y te merecerás el destino!», exclamó como si leyera mis pensamientos, y luego, retuvo a Raúl y a su amigo, quedándose para hablar con ellos.

Terminé haciéndole caso y corrí hasta alcanzar a Sophia. Seguí su ritmo y me propuse ir por encima de lo que pensaba que podía. Me ayudó a subir pendientes y aunque no hablaba, no dejó de estar atenta a mí. Por instantes llegué a pensar que no era capaz de lograrlo. Las piedras resbalaban y parecía imposible. Es mentira que no nos caímos, pero también es mentira que no estuvimos juntas levantándonos una y otra vez.

—De nada sirve que me defiendas de otros, pero no de ti misma —solté de pronto, después de dos horas de silencio, pero ella no me contestó y el nivel de impotencia me ganó la batalla—. Te quejas de Belén, pero eres peor, por lo menos ella no me mintió, no me hizo creer que estaba enamorada para luego irse con otro.

—Necesito hablar contigo. —Escuché la voz de Noah y la cara de Sophia automáticamente se mostró hostil.

—Terminaste siendo todo menos un hombre.

—¡Me equivoqué!

—¿Por qué no te vas y nos haces un favor a todos? —gritó Sophia y estábamos a punto de entrar a El paso de las lágrimas, un nombre que pegaba con nosotros. Pero ni siquiera el miedo por estar arriba de una cascada y tener que atravesarla para el siguiente destino, me distrajo de su disputa.

—Ya te pedí perdón.

—Bien, ahora simplemente no sigas metiéndote —contestó ella.

—Tengo que hacerlo.

—Lo único que tienes que hacer es irte.

—También tú te equivocaste, Sophia.

—¿Por enamorarme de ella? No me jodas, Noah, debe ser que le dije a mi cabeza: *«Jode a tu novio, rompe tu promesa, destrúyelos a ambos».* La diferencia contigo es que yo no hice daño intencionalmente, pero eso no me exime. Por eso no tengo nada que perdonarte, pero tampoco voy a aceptar que lo que siento por Julie es una equivocación, porque es todo menos eso.

—Yo sí tengo mucho que disculparme, pero más con Julie que contigo. —Noah me cogió de la mano y automáticamente me solté—. Me equivoqué pensando que luchar por ella era ganarte, cuando luchar era dejarla libre y...

—Te dije que si le decías no iba a perdonarte.

—Prefiero que no me perdones, Sophi, es preferible que te pierda por reconocer que fui una mierda, a que sigas siendo mi amiga a cambio de que no diga la verdad. —Noah se acercó a mí y vi en sus ojos el reflejo de mi noche con Belén. Era como si mentirme significara en su vida, lo mismo que significaba en la mía haberme regalado por un falso consuelo.

Quise que mis cuerdas vocales hicieran acto de presencia, pero se me comenzó a caer el mundo. Intenté odiarlo, pero me odié a mí. Quise pensar que había sido su culpa y solamente conseguí responsabilizarme más.

—La noche que Paula fue a dormir con Benjamín pensó que estaba dormido, así fue que escuché de la leyenda y de todo lo que hizo por ti, cuando conmigo ni recordó el aniversario. Lograste en unos meses lo que yo no pude después de tantos años, fui una pésima persona y pensé que era lo correcto. Que te irías pronto y volveríamos a estar juntos, pero tenerla sintiéndose triste no es mi concepto de amor —puntualizó, mirándome con la cara avergonzada, y quise matarlo, pero al final, quería era matarme a mí por haberle creído.

Verifiqué en su muñeca a ver si tenía la pulsera, para terminar comprobando que era Sophia quien la tenía puesta.

—Perdónenme ambas por haberlo arruinado.

Noah comenzó a subir por la cascada y nos dejó solas. Recuerdo que quise que todo hubiese sido solo un mal sueño. ¿Por qué no podemos sacar una tarjeta de tregua y eliminar nuestros errores? Traté que se pudiera, pero poco a poco estaba dejando de respirar.

Me senté como pude en la cima de El paso de las lágrimas y respiré profundo. Sophia seguía en el mismo sitio y los demás iban bajando poco a poco cuando les tocaba el turno. Ambas, nos quedamos de últimas. Ella sin decir nada y yo, sin poder dejar de llorar.

—¿Por qué no me lo dijiste? ¿Por qué no me dijiste esa misma noche que era una mentira? ¿Por qué preferiste que sintiera que todo había sido falso?

—Porque prefiero que me odies a que te odies a ti misma. Puedo vivir sabiendo que piensas que soy una mentirosa, pero no puedo vivir... No puedo vivir sabiendo que te sientes utilizada.

Deseé que el dolor en el pecho se desvaneciera, o que sus ojos no fueran tan transparentes, pero yo tampoco había estado a la altura de sus sentimientos. Y fui el instituto, fui todos los que no la entendían. Fui el sol pegándonos en la cara con el viento en contra y el sonido de las lágrimas de ese sitio sagrado.

Sentí que el viaje nos había llevado al paso del dolor, pero que incluso estando en él, seguíamos juntas. Me di cuenta de que ella no creía que yo era una zorra. Entendí en su esfuerzo por no pestañear, que trataba de contener las lágrimas. Y se mordió el labio, no como señal de lujuria o picardía, sino para retener lo mucho que quería decirme. Por tercera vez estaba atravesando una crisis. Una, en la que no quería conversar con el mundo. Una como cuando vio que su padre tocaba a su primita, o como cuando le dio la sobredosis.

Se esforzó por mirarme y pude notar el movimiento en su pecho intentando mantenerse fuerte para que yo no me derrumbara.

—Perdóname, por favor. Solo perdóname. —Fueron las cinco palabras que he dicho con más ahogo en toda mi vida.

—¿Perdón por qué? ¿Por respirar y darme vida? ¿O por enseñarme que el amor vale la pena? Volteo a ver lo que vivimos y lo repetiría siempre. —Sophia pestañeó y solo cayeron dos lágrimas, pero fueron las necesarias para saber que la había lastimado—. Te prometí que estaría contigo hasta cuando te equivocaras y esa equivocación te la causé yo, Julie. Es nuestro error y solamente necesito controlarme, tratar de no imaginarte con ella, pero... ¿al menos lo disfrutaste? —Fue la pregunta más triste que me han hecho.

—Entendí que el placer no significa nada en comparación con el amor —le dije, pero no pude evitar que sus ojos se quebraran, o que el afán que tenía por cuidarme no la estuviese matando y ella misma se disculpó.

Ella misma me dijo que no tenía que responderle y me abrazó como la noche anterior, tratando de reconfortarme. ¿Podía dedicarme a salvar vidas si ni siquiera podía salvar a la persona que amaba? ¿Podía dedicarme a reparar corazones si había roto el más importante para mí? ¿Sería capaz de ayudar a otros cuando terminé siendo salvada por el ser humano al que quise rescatar?

Y la misma señora que había visto horas antes caminó hacia nosotras. Ella era la guía de nuestro viaje. La última del campamento, y por consiguiente, la responsable de que Sophia y yo hubiésemos podido tener esos minutos para hablar. Pudo habernos interrumpido, pero se quedó hasta que le pareció preciso cortar con la tensión. Y sin decirnos con palabras que debíamos continuar, su expresión nos dijo que la plática había terminado.

—Estoy contigo en este viaje, princesa, y nadie tiene la capacidad de dañar tu cuerpo, tú me lo enseñaste. Hiciste que amara la misma piel que antes quería arrancarme, y ahora, quiero que lo apliques contigo. Quiero que ambas recordemos que para superar cualquier viaje, más que aptitudes físicas, necesitamos tranquilidad mental. ¿Recuerdas que también me enseñaste a conseguir mi paz? La calma forma parte de tu espíritu, Julie, y vamos a atravesar «El paso de las lágrimas»,, así como en un tiempo, no sé si ahora o mucho después, también superaremos esto. —Y con uno de sus besos furtivos en la mejilla, me di cuenta de que el verdadero amor no es aquel que es perfecto, sino ese que se ama incluso en los errores.

La guía me dedicó una sonrisa asintiendo con la cabeza, y con la ropa mojada, la piel llena de picadas de zancudos y Sophi de la mano, obtuve una carga eléctrica de valentía. Dejé de pensar en el camino lleno de barro, en mis calcetines mojados y en el cansancio. Lo hice porque comencé a imaginarme que si lograba atravesar ese paseo, estaríamos bien. Que de algún modo, estaríamos juntas.

A medida que avanzábamos y veía sus zapatos rotos deslizarse con las piedras y a ella entregando el alma por mí, supe que nadie tenía el poder de separarnos, pero también entendí que sería muy difícil que Sophia lo superara.

En medio de un ambiente extremo tuve la respuesta que me hacía falta, porque entendí que el principal error era querer protegernos. Cuando amas, a veces es necesario saber que la persona amada puede perderse, que si llega a estar destruida, en vez de ser rescatista, puedes ser un simple amigo que observa sus procesos, pero no trata de vivirlos para evitarle el dolor.

Con las manos cansadas y ampollas en los pies, seguí adelante y puse a prueba mi cuerpo siguiendo a nuestra guía. Ella, más allá de marcar el camino, parecía mostrarnos que el destino varía. Que incluso la persona más buena puede equivocarse y que no somos nadie para juzgar. Entonces, pensé en Benjamín, en Noah, en Belén, en Sophia y también en mí. ¿Qué separa un error de otro? Depende del grado, diría mi yo racional. El problema es que las percepciones no son las mismas, y no somos nadie para juzgar.

Mientras subía intentando no matarme, me di cuenta del poder que ejerce nuestra mente contra nosotros. Sabía que probablemente atravesar esa pared no significaba que seguiríamos juntas, pero también sabía que iba a lograrlo. Si podía llegar al Roraima, también podía llegar a conseguir cambiar nuestro presente. Porque todos, incluyéndome, quieren cambiar el pasado y nadie se esfuerza por mejorar lo único que en verdad nos pertenece...

Nuestro ahora.

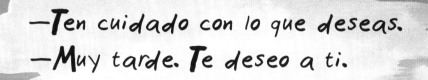

—Ten cuidado con lo que deseas.
—Muy tarde. Te deseo a ti.

Nunca más voy a sentirme sola

Lo primero que vi después de dar el último paso que me llevó a estar a 2.810 metros sobre el nivel del mar no fue nuestro alrededor. Lo primero que vi fue a Sophia y mi victoria no había sido la montaña, sino conocerla.

Me extendió la mano en la parte final y lo habíamos hecho. Habíamos conseguido llegar a la meta de nuestro viaje, y no hubiese sido posible sin ella, porque tenía errores, podía guindarse a una promesa, llegar a abandonar sus sueños, o no ser aplicada en la escuela. Era posible que le dieran igual los planes a futuro, o estar viva o muerta, pero la gente que se cruzaba con su presencia nunca más volvía a ser igual. Y todo lo que antes me parecía ridículo comenzó a tener sentido al escucharlo de su boca.

Con ella conocí el amor y por ella, me enamoré de la vida.

Y vi un gran *«para siempre»* cubriendo su rostro. Uno que expresaba que nuestro amor iba a superar cualquier tipo de final porque era una conexión que estaba por encima de las desdichas nacidas del impulso. Y quise besarla en la cima de uno de los retos más grandes que había tenido. Quise besarla por el hecho de que estuvo cuidándome más allá de sus sentimientos, porque me enseñó a conocer el mundo y me llevó de la mano para soltarme y no era como pensaba. Jamás me arrojó del cielo, solo quería mostrarme que el cielo estaba hecho para volar.

Habíamos sido las últimas en alcanzar la cima para comprender que no es quien escale primero ni quien no se equivoque. Llegamos justo a tiempo para amarnos y aunque todavía significaba un reto, el amor no se desvanecía. Y ni el reto cumplido, ni todos los estudiantes celebrando la graduación, ni el goce de ser jóvenes fueron tan relevantes como tener su mirada frente a mis ojos diciéndome que también para ella, el viaje no había sido el Roraima, sino yo.

Le había fallado, no sabía cómo perdonarme y dolía mucho más el amor que me ofrecía a que me hubiese dicho que había actuado como una perra.

—Estamos en suelo sagrado y nunca pude llevarte a mi planeta, pero me alegra que podamos estar en un punto intermedio. Estamos realmente en el mundo perdido, Julie, y no importan las demás personas, se siente como si solamente estuviéramos nosotras. Quería mostrarte que mis universos eran reales y tú querías que me gustara este planeta. Es un equilibrio. Estamos en suelo intermedio, tienes lo que hace que ame a los humanos, y hoy voy a mostrarte que los mundos de los que hablo son tan reales como las vidas que vas a salvar cuando seas doctora. —Me tomó de las manos para llevarme hasta la roca que estaba en frente y fue la primera en sentarse.

Ni siquiera entendía por qué siendo tan celosa hacía como si no hubiese pasado nada. Pero me senté con ella pasando por alto la regla principal que puso el instituto que prohibía acercarnos a los precipicios. No pude decirle que no. Valía la pena si por ese instante ella sentía que de alguna manera los universos de su mente, se hallaban en nuestra realidad.

—¿Por qué sigues mirándome con tanto amor?

—¿Será porque te amo? —respondió, encogiéndose de hombros.

—Te engañé con otra persona y prefiero que me digas lo que sientes, porque estoy consciente de que me comporté como una prostituta.

—Julie —me reprendió—, estás experimentando la vida y claro que quería ser tu primera vez, pero sabía que tendrías unas segundas veces mucho mejores que la mía. Yo por primera vez estuve... con una mujer, contigo y supongo que ella... —Ni siquiera la dejé terminar.

—Es imposible que alguien sea mejor que tú, y con Belén entendí que no soy adicta al sexo, soy adicta a ti.

—No es necesario que me digas que conmigo fue mejor.

—Contigo es mejor porque te amo y quiero que no te guardes lo que sientes por no herirme. Quiero que me disculpes, pero no así. ¿Podemos hablarlo? —le pregunté, y miró hacia el paisaje.

—Nada de lo que te diga puede cambiar que tuviste sexo con Belén, pero sé que hiriéndote, lejos de compensar, voy a sentirme peor.

—Debí haber creído en ti. —Quise que mi voz no se quebrara, pero fue imposible. Me había equivocado como jamás en mi vida y no sabía qué hacer con ese error.

—No te di confianza.

—Sophi, jamás me mentiste. Me dijiste que no podías dejarlo porque lo habías prometido. Fuiste sincera y me dejé llevar por lo de Noah, por mis inseguridades, pensé que... —Tapó mi boca con sus dedos tan delicadamente, que su tacto hizo que cerrara los ojos.

Me quemó el haberlo arruinado. Y no hablo de mí o de lo zorra que fui. Hablo de Sophia y de esa tristeza que había vuelto. Era como si hubiese logrado darle felicidad y ahora estuviera tratando de entender otra clase de dolor.

—Nunca vas a dejar de ser mi princesa —dijo, acariciando mis labios con la yema de sus dedos, y no había juicio en sus ojos. Era un alma de la que no quería apartarme, pero tal vez no era lo suficientemente buena para su nivel de bondad.

—Intenté mostrarte que la gente valía la pena y terminé siendo peor.

—Yo no soy una víctima y Noah siempre dice que en la vida no hay víctimas o culpables. Hay equivocaciones, falta de educación, de valores y de ética. En tu caso, no violaste o mataste a nadie. No quiero que te faltes el respeto, princesa, tampoco que te des golpes de pecho o te juzgues a ti misma. Te equivocaste, sí, pero yo me he equivocado contigo un montón de veces, y al final, lo único cierto es que te conocí para entenderme un poco más cada vez que te amo.

Pude haberle dicho que también la amaba, pero el nombre de Noah chocó con mis neuronas para enloquecer mi mente.

—¿Por qué sigues nombrándolo después de lo que nos hizo?

—Porque nadie nos ha hecho nada. Me enamoré de ti y tenía un novio maravilloso que es mi mejor amigo. No me gustaban ni me gustan las mujeres, pero me gustas, Julie, me gustas de verdad. Pensé que Belén tenía la culpa, así como piensas que Noah la tiene, pero estamos equivocadas. Él es una de mis personas. Es de esa gente que voy a amar para toda la vida y no voy a lanzarlo al olvido porque se equivocó. Aceptar que la persona que amas ya no te ama, es duro. Quererla a pesar de que te ha traicionado y aceptar que te equivocaste solamente lo hace un chico valiente. Y no es culpa de nadie que cuando estemos juntas las estrellas se emborrachen de alegría, ni que el cosmos haga fiesta cada vez que te beso. No es culpa de nadie que después de estar contigo, no quiera estar con nadie más. Ni tampoco es tu culpa haber querido experimentar. Culpé a Belén, y ahora soy yo, la que necesita preguntarte... ¿Ella te obligó?

Negué con la cabeza tratando de no llorar. Hubiese sido fácil salir corriendo para no enfrentar su pregunta, ni esa conversación. Pero no era una niña y tenía que hacerlo. Tenía que hablar con la verdad.

—Yo lo busqué.

—¿Llegaste al cometido del sexo por placer? ¿Obtuviste el orgasmo?

No sabía qué responder, pero al final ella notó con mis facciones el *«sí»* que mi boca no había podido otorgarle.

—Deberían pedirse disculpas mutuamente por haberse utilizado. Tuvieron relaciones por motivos similares. La profe quiere que seas la historia que tiene después del más duro de los finales, y ni siquiera se da cuenta de que por más hermosa que seas, por más difícil que pueda ser aguantarse a tocarte, tenía que hacerlo. Mierda, tenía que frenarse para que cuando por fin fueras suya, estuvieras consciente y lo disfrutaras de verdad. Pero, Julie, tú la utilizaste para vengarte. Querías placer, querías sexo y por más que me digas que fue por mí, puedo ser tu excusa y quiero serlo. Quiero protegerte, pero no siempre estaré contigo para atajar las balas. La próxima vez no busques el "error" de otro para liberar tus deseos y hazlo porque quieres y no por un impulso. Ahora, no quiero volver a hablar de eso. Necesito que no lo menciones más, por favor.

—Lo lamento. —Intenté besarla, pero me apartó.

—Hay un montón de personas mirándonos, y si observas bien, también está tu profe pegando gritos para que salgamos de aquí. —Era verdad, nos estaban gritando que nos apartáramos del borde, pero daba igual.

—¿Y si no estuvieran ellos? ¿Si no estuvieran los alumnos y los profesores?

—Te pediría que por ahora no me besaras.

—Ahora te entiendo, Sophi.

—¿Qué es lo que entiendes?

—Entiendo que yo también estoy dispuesta a recibir las bofetadas que sean necesarias por uno de tus besos. —Dejé de pensar y lo hice. La besé pasando por alto el qué dirán. No me importó quiénes estuvieran viendo.

La besé esperando un golpe en mi cara y recibí el beso de amor más tierno que podía darme. Esperé que se apartara y me dijera que no lo merecía, y ella me hizo sentir que, a pesar de haber fallado, me merecía la felicidad.

Con mis manos en su cara intenté besarla suave, queriendo conocer lo que no me decía y decirle lo que ni siquiera con palabras podía expresar. Porque era difícil que supiera que desde que la conocí todo cambió. ¿Cómo le explicas a alguien que antes tu vida era en blanco y negro y que gracias a su compañía, comenzaste a apreciar los otros colores? Y pensé que no era real, porque conocer a alguien que siempre piensa en otros antes de en sí mismo no era de este planeta. Que, en medio de los humanos egoístas, hay pequeños ángeles habitantes de otros mundos, como Sophia Pierce, que llegan a decirnos que no es necesario un «te disculpo», que lo más importante es llegar al «me disculpo yo misma».

Me besó, utilizando la música que vivía en sus gestos, en el tacto perfecto del que utiliza su lengua y sus caricias para ayudarte a que te ames. De nuevo el «siempre» se metió en mi pecho, las mariposas decidieron tener bebes, y eran millones de mariposas nacientes diciéndome que no estaría de nuevo enamorada de alguien, así como lo estaba de ella. Y sonreí en medio de un beso porque no quería borrarla. Sabía que no iba a amar a nadie como la amaba a ella, y eso estaba bien.

Sophia Pierce era un «siempre» en medio de una avalancha de finales. Ella era un planeta con vida cuando el nuestro colapsaba, y dejé de besarla para decirle:

—Creo en cada uno de los mundos que nacen en tu mente. Creo que posiblemente ni siquiera eres real y solo eres un instrumento prestado para mostrarnos lecciones acerca de todo. Y tal vez la razón por la que no te encuentras, es porque no has llegado a tu sitio. Naciste para que las estrellas te alumbren y ni siquiera lo crees, pero eres de esas personas que nunca conoces. De las que imaginas que no existen hasta que te pasan. Eres mejor que ver una estrella fugaz. Mejor que un trébol de cuatro hojas, mejor que el café por la mañana. Y me molesta cuando te dicen que no eres nadie porque, al contrario, pienso que nadie en todo el mundo es como tú. Y no sé por qué no aceptaste la beca, o si vas a ser parte del grupo musical, pero en lo que sea que decidas, te apoyo y voy a estar para ti, me perdones o no. Quieras estar conmigo o no, voy a estar apoyándote siempre y defendiéndote del mundo si es necesario.

—Rechacé el tenis porque no es mi misión de vida. Yo quiero lograr mi misión o irme de una vez si no la consigo. —De nuevo, hablaba de irse, y cada vez que la escuchaba intentando desprenderse de la fina cuerda que la mantenía a la vida, me daban ganas de abrazarla y decirle que lo tenía prohibido. Que no podía morir.

—¿De qué misión hablas?

—De la que hace que tu vida valga la pena, la que te dice que estás por algo divino, que no eres un fantasma que respira. Que te separaste de los que caen en las frivolidades. Yo estoy buscando la misión por la que estoy ahora frente a ti, pero pasa que cuando estoy contigo... —Dejó de hablar y volvió a mirar hacia el paisaje.

—¿Qué es lo que pasa cuando estás conmigo?

—Que paro la búsqueda. Eres mi sitio de retorno. Contigo pauso mi misión, porque el propósito es más grande que la misión de vida y tú siempre serás mi propósito. —Esa vez fue ella quien me besó y el beso fue más intenso, tanto, que los pocos alumnos que tenían batería en su celular nos estaban tomando fotos, pero nos dio igual, pasamos de las tonterías de aquellos que no entienden el amor en todas sus formas. Me daba igual lo que dijera la gente, mi lugar estaba en sus labios y seguí besándolos sin importarme nada más que ella.

Salimos de aquel lugar «peligroso» sin haber muerto. Escuchamos las críticas de Raúl, que no paraba de gritarnos que éramos inconscientes, y a Belén defendiéndonos y evitando nuestro castigo, pero Sophia no le dio las gracias y me acercó a su cuerpo para volver a besarme delante de la profesora. Me mordió el labio y pegó su frente a la mía, halándome por la camisa, y pude sentir sus celos y lo herida que podía estar. Pero luego se soltó de mí, negando con la cabeza, y se fue corriendo como quien sabe que es una inmadurez lastimar a otro porque te haya lastimado.

—Lo siento mucho —dije hacia Belén.

—Estás enamorada de una gran persona y no debes disculparte.

—Cualquiera se sentiría afortunado por estar con alguien como tú y yo...

—Julie, no me arrepiento de haber estado íntimamente contigo. Lo hice porque lo quería y también lo quisiste. He aprendido que arrepentirse no sirve de nada.

—Nos utilizamos —contesté, haciendo alusión a las palabras de Sophia.

—Nos utilizamos adecuadamente en el momento equivocado, y Sophia piensa que no debí hacerlo, pero no voy a arrepentirme de algo que quería. De lo único que me arrepiento es de que no lo hayas disfrutado, aunque al final, creo que sí lo hiciste. —Me acarició la mejilla antes de retirarse, y no quise pensar ni darles vuelta a sus palabras. Puede que lo hubiese disfrutado, pero yo sí me arrepentía.

Alcancé a Sophia, que había comenzado a armar nuestra carpa. Estaba dedicada a la labor y arregló todo para que estuviéramos cómodas.

—Ponte el traje de baño —le dije, llevándomela adentro de la carpa. Sophi no entendía, pero hizo caso, y luego de que lo tuvo puesto, nos apartamos del grupo para explorar los *jacuzzis* naturales.

Pasamos una hora distinta con ella mostrándome el Roraima, regalándome abrazos por cada suspiro que había muerto y tratándome como si fuera lo único que la hacía feliz.

Los imposibles también se cumplen:

Ella llegó sin certezas, y me mostró que el amor no tiene límites. Y yo me fui enamorando de sus alas, esas con las que me llevó a tocar las estrellas.

Ella no insistía en el mañana,
no hablaba del futuro.
Pero creaba puentes en el cosmos
para llevarme a alcanzar la eternidad.

Cuando nos metimos en el agua me di cuenta de que algunos daños no se curan de la nada. Sabía que Sophi estaba pensando más en mí que en ella. Entendía que trataba de hacer como si no pasaba nada, aunque el mismo día que dejó a su novio y se entregó a mí, yo terminé en los brazos de otra.

—Vamos a fumar, ¿quieres? —le preguntó Jéssica, diez minutos más tarde.

—No me vendría mal —contestó, y sin previo aviso terminamos apartándonos del resto con ella, Nathaniel, Noah, Benjamín y Paula.

Todos se habían vuelto locos, estábamos con los profesores y acababan de salir de rehabilitación, pero Sophi decía que la marihuana no contaba como droga, que era nula.

—¿En serio estás de acuerdo con esto? —pregunté hacia Paula.

—Quiero fumar y luego comer con esa hambre que te da el *monchis,* relájate bebé, tampoco es para tanto —contestó, y Benjamín se encogió de hombros en señal de que la apoyaba.

—Sophi, acabas de salir de rehabilitación.

—A lo mejor la marihuana la ayuda a rehabilitarse de ti. —Escuché decir a Jéssica —. ¿Al final te decidiste o van a tener un cuarteto con Noah y Belén?

—¿Por qué, Jess? ¿Te interesa unirte? —le preguntó Sophia, defendiéndome, y en automático, Jéssica caminó hacia Nathaniel ruborizada.

—Le rompería la cara por ti, pero para eso tienes una novia —me dijo Paula—. Por cierto, Julie, ¿has hablado con Sophi de los *Sophijulitos*?

—¿Ah? —preguntó Sophia, confundida, y Benjamín se llevó a Noah tratando de que no escuchara lo que Paula estaba por decir.

—Los hijitos que van a tener juntas. Julie quiere pequeños niños como tú. Igualitos a ti, de hecho. ¿Verdad, bebé? ¿Verdad que te mueres porque te dé hijitos y porque se vaya a vivir a Estados Unidos contigo?

Sentí mis mejillas arder y ver a Sophia sonriente, mirándome con la ceja levantada y cruzándose de brazos en la espera de una respuesta era intimidante.

—¿Quieres tener bebitos que se parezcan a mí?

—No, mensa. Quiere que le hagas cinco bebés, pero como no se puede, podemos quitarle el semen a Noah. Así no se siente tan excluido.

—Paula, por Dios.

—Respóndeme, princesa. ¿Quieres bebés que se parezcan a mí?

—Quiero bebés contigo. No que se parezcan a ti, que sean tuyos. Y sí, efectivamente quiero que te vengas a Estados Unidos conmigo —solté sin medirme, y decir la verdad nunca fue tan vergonzoso.

—Apenas tienes dieciocho y ya me estás invitando a mudarme y a tener una familia. ¿Me asusto o me siento afortunada?

—Mejor di que sí y apúrate porque si no la profe se la lleva. ¡Lo sieeeentoooo! Se tenía que decir y se dijo, mala mía, perdón, pero la verdad por delanteeee —gritó Paula, antes de salir corriendo para alcanzar a Noah y a Benjamín.

—Cruel realidad —musitó Sophia, entrelazando sus dedos con los míos, y pensé que se pondría incómodo, pero me dio un beso en la mejilla—: Si estuviera lista para bebés, te aseguro que los querría contigo. Que fueran tan tiernos como tú y que se pusieran rojos de la nada. —Otro beso, pero esta vez en mis labios. Luego caminó hasta donde Jéssica para quitarle el porro.

Todos fumaron, menos Noah y yo. Paula no paraba de reírse, Benjamín veía las nubes como idiotizado. Nathaniel tocaba a Jéssica y Sophia no estaba como ellos. No sé si su resistencia a las drogas la libraba de tener cara de tonta y, al contrario, la ponía mucho más espiritual.

Se levantó del piso y me llevó de la mano hasta el valle de los cristales, explicándome que a la naturaleza no hay que quitarle nada, que hay que cuidarla y respetarla igual que a los animales. Me dio otro de sus besos y comenzó a correr, llevándome por cada uno de los lugares de la copa del Roraima, hasta que volvió a pedirme que entráramos al agua.

—¡Es maravilloso que solo importe el presente! Estar contigo es eso, y todo alrededor queda en segundo plano. Me gusta amarte, Julie Dash, me gusta amarte, aunque también duela.

—No quiero que te duela, nunca he querido eso, discúlpame.

—Princesa, deja de disculparte. Eres la niña más linda de todos los universos en los que he vivido y tu error no es tan grande como para que no te perdones —completó, acercándome a su cuerpo para besarme.

Sophia estuvo cada segundo haciéndome ver que lo que pasó fue un simple error, pero su dolor y el hecho de lastimarla, era más que eso.

Al caer la tarde, los estudiantes estaban tomándose fotos, disfrutando y riéndose. Noah estaba lleno de mujeres que apreciaban que estuviera solo, y prácticamente se le lanzaban encima. Benjamín y Paula no dejaban de besarse, y muchos alumnos se acercaban a Sophia, pidiéndole que cantara, o una foto como si de algún modo predijeran que le esperaba un futuro de estrella. Ella se negó las primeras veces, pero caída la noche, sentadas en un círculo alrededor de la fogata, su respuesta cambió.

En medio de las voces de los alumnos pidiéndole canciones, quise molestarla fingiendo ser otro de sus fans.

—Sophiii, Sophi... Cántame *Always de* Isak Danielson y fírmame la ropa interior, sí, por favor... ¡un autógrafo! —La fastidié al tiempo en que le puse uno de mis gorros. Hacía muchísimo frío y ella se quejó, como siempre que la cuidaba, pero para mi sorpresa, cantó mi canción.

Esperemos que eso no estropee nuestro primer beso,
y por cada canción, hay otra canción que no cantamos.
Por cada paso, hay otro paso que no damos.
Así que avísame si me estoy perdiendo algo,
porque es lo único que me faltaba.
Así que dime que estaremos siempre, siempre.
Dime qué estaremos tú y yo contra el pasado.
Tendremos que estar siempre, siempre,
atravesando altibajos, estaremos siempre.
Estaremos siempre (siempre), siempre (siempre)
Dime que estaremos tú y yo contra el pasado,
Estaremos siempre (siempre), siempre (siempre).
Atravesando altibajos, estaremos siempre.

Terminó de cantar haciendo que todas las presentes, incluida Paula, perdieran su heterosexualidad.

—Te dije que no puedo negarte nada, princesa, siempre te voy a decir que sí. —Sus labios en mi mejilla, su mano metiéndose en el bolsillo de mi *sweater* para entrelazarse con la mía y no importaba cuánto se desesperaran por tener una pizca de su atención, Sophia parecía dármela solo a mí.

—Juguemos a preguntarnos, Sophi. —La saqué del círculo dándole la guitarra a Benjamín y decidí apostármelas por mi respuesta—. ¿Qué harás después de este viaje?

—¿Por qué, princesa? ¿Quieres invitarme a una cita?

—Quiero invitarte a que te vengas a Estados Unidos conmigo.

—Ni siquiera tengo visa.

—Puedo resolverlo, pero ¿quieres? Necesito saber qué quieres, porque yo estoy segura de que quiero estar contigo.

—Jul...

—Sé que está mal que te lo diga después de haber hecho lo que hice. No tengo excusa y no me quiero justificar, pero si me das la oportunidad de remediarlo yo...

—El pasado no se remedia y no quiero que sigas cargando con la culpa. Pensaste que te había mentido, creías que Belén era lo mejor para ti. Responsable, madura, sin adicción a las drogas, sin problemas mentales ni existenciales. Querías probar una relación más sana y te acostaste con ella. Al final, lo hiciste porque te gusta. No estás enamorada, pero te gusta. Y si no fuera por mí, seguramente estarían juntas. Entonces, no me invites a Estados Unidos porque sientes pena de haberme fallado. Yo le fallé a Noah y me he fallado a mí misma más veces de las que puedo contar. La vida sigue, pero no quiero que vivas cargándote por lo que siento. Mis sentimientos son míos y dependen de mí.

—¿Qué va a pasar con nosotras? —Quería una respuesta. Quería saber cuál era el final de lo que teníamos o qué pasaría, pero ella se recostó del piso para observar las estrellas y me hizo señas para que también yo me acostara.

—Primero tengo que averiguar qué va a pasar conmigo, Julie, porque todavía no lo sé.

—¿Qué no sabes exactamente? Dijiste que cuando estás conmigo te sientes bien, que pones en pausa tus pensamientos y yo quiero estar contigo siempre.

—Cumpliste dieciocho años ayer y necesitas experimentar. Yo he vivido mucho, he experimentado suficiente, en cambio tú, apenas estás comenzando a vivir, Julie. Ahora es que te quedan besos, noches de sexo, emborracharte, curar a la gente, fracasar en un trabajo. Ayer fue tu primer error, pero vas a cometer muchos, y no creo que estés lista para una decisión como esa de que me mude contigo.

—Yo no quiero otras experiencias, te quiero a ti. Quiero vivir lo que me dices, pero quiero vivirlo contigo —le dije, y su mirada dejó de ver al cielo para clavarse en mí. Pude ver que sus ojos estaban cristalizados, pero no me dejó ver sus lágrimas. Se recostó en mi pecho y sentí la humedad en su rostro, pero no quería que la viera llorar. Y no supe qué hacer para eliminarle el dolor. Sabía que era diferente, pero Sophia necesitaba ayuda.

Necesitaba algo que yo no podía darle y me frustraba no poder sanarla. Sabía que operaría durante mi vida y que lograría salvar vidas, pero ese día dudé si la de ella, iba a poder salvarla.

—¿Qué pasa por tu mente cuando te pones así?

—Frustración. Mucha frustración y un camino sin salida. De nada sirve entenderlo sino sabes qué hacer con lo que entiendes.

—Te quiero hacer una pregunta, pero necesito que me seas sincera.

—No tuve sexo con Noah ni una vez desde que estoy contigo —soltó, para luego reírse a modo de broma. Pero mi pregunta era frontal y no había manera de que ya no se la hiciera.

—¿Has pensado en suicidarte? —Silencio incómodo.

No contestó. Acaricié su cabello, sintiendo su respiración un poco entrecortada. Sophia seguía recostada sobre mis senos y con sus dedos hacía dibujos imaginarios en mi abdomen. Cada vez que estaba nerviosa o tenía un ataque de ansiedad, se dedicaba a dibujar. No era necesario tener pintura o lápiz, a veces dibujaba con sus dedos sobre mi piel.

—Lo he intentado cuatro veces, Julie. En cada una de ellas estaba Noah para ayudarme, hasta que, en la última, le pedí que no lo hiciera. Me prometió que estaría allí hasta el último momento y que no intervendría, pero interviniste tú. Al final sí me salvaste, princesa. El problema es que nunca quise ser salvada. —Escuchar sus palabras fue sentir que me abrían en pedazos.

Porque una cosa es tener la intuición y otra comprobar que la persona a la que has tratado de mostrarle lo positivo de la vida todavía prefiere morir.

—¿Puedo dibujar en tu cuerpo, Jul?

—Puedes —contesté, y la vi levantarse para besar mi nariz, mi frente y toda mi cara. Tragué hondo para no arruinar el momento con la tristeza de saber que, más que ser mía, ella le pertenecía a su dolor.

Sophia salió corriendo, pidiéndome que no me moviera y llegó unos minutos después con un bolso pequeño en donde tenía marcadores, una linterna y mi cobija.

—Ya traje lo que necesito —dijo, como una niña—. Siempre había querido pintar en tu cuerpo. Y era parte de mi sorpresa, quería dejar algo que a pesar de borrarse, de alguna manera se quedara en ti. Ahora siéntate. —Me ayudó a levantarme, pero antes de darle la espalda, le di un beso en el que no me rendía. Porque no necesitaba que fuera fácil. Todavía creía posible mostrarle lo bonito de vivir.

Encendí mi móvil para ponerle música, sabiendo que se inspiraba mejor de esa forma. Y escogí una de esas canciones que siempre me van a recordar a Sophia. Teníamos un repertorio de música personal y **Bleending Out - Imagine Dragons,** era una de ellas.

Antes de quitarme la camisa, me tendió la manta para que me cubriera. Le dejé mi espalda libre y comencé a sentir su pasión recorrer cada centímetro de mí. Comenzamos a cantar la canción a medida que Sophi se inspiraba. Pintaba rápido, como quien nació para plasmar arte, y eso era lo que ella más amaba. Pero nadie le ofreció una beca para pintar. Querían su voz y su físico para la música. Querían sus envidiables cualidades para el tenis, pero nadie había visto que la única manera en la que podía ser ella misma... era pintando. Y pintó al ritmo de la música, pero a cada tanto mordía mi oído y dejaba besos suaves en mi cuello, incluso en donde Belén había dejado el chupón.

Pasamos una hora y media para que terminara su dibujo y me costó media hora más para que me dejara verlo. Al final, tomó una foto que todavía conservo. Sophia dibujó un globo aerostático en mi espalda, en el que estaba un astronauta y el universo de su mente. Pude haberme imaginado cualquier cosa, pero no tuve la lógica para entender que así se sentía. Que estaba sola en relación con lo que pensaba y que por alguna razón, no se sentía parte del presente.

—Mi universo ya no es solamente mío, Julie. Quiero que recuerdes que es nuestro. Que hay clínicas hechas para ti y que prometo saber tratarte y respetarte como a una princesa. Te prometo que la leyenda de las estrellas es nuestra, que el hilo rojo es real y que, cuando te digo que te amo lo digo en serio. Antes era un astronauta solitario, ahora soy uno que vive en ti. Y nunca más voy a sentirme sola.

Justo a tiempo nos mandaron a dormir. Volví a ponerme la camisa con sumo cuidado para no borrar su obra de arte. Casi regañadas nos metimos en la carpa y luego de ponernos el pijama, se recostó de mí.

—Gracias por salvarme. Sé que dije que no quería ser salvada, pero si no lo hubieses hecho, no tendría esta noche. Me habría perdido tus besos y no hubiese sabido nunca lo que es el verdadero amor.

—De no haber sido por ti, estaría encerrada en mi habitación y no hubiese ido a una fiesta ni dado mi primer beso. Así que gracias por salvarme de mí misma, Sophi. Te amo —contesté, y comenzamos a besarnos, pero cuando intenté que los besos se convirtieran en algo más, pude sentir que hasta a ella le dolía el hecho de rechazarme.

Entendí que no estaba lista para estar conmigo. También me di cuenta de que un «discúlpame» no exonera nuestras acciones. Que probablemente ella hubiese ido conmigo a Estados Unidos. Que rechazó la beca para jugar tenis porque era en Inglaterra y quería estar a mi lado. Más tarde descubrí que le había dicho a Noah que gracias a mí quería una vida normal. Que buscaría la manera de superarse para que me sintiera orgullosa, pero yo me sentía orgullosa a cada momento.

Pero ni el tiempo se retrocede, ni puedo cambiar haberla herido. Lo único que me dejó claro es que no causé esa herida, abrí la que tenía hecha. Abrí la misma herida que estaba a punto de cicatrizar.

Me quedé dormida sintiendo sus caricias en mi brazo. Dormí como nunca y soñé con el dibujo, con lo que habíamos vivido, con nosotras subiendo la montaña. El paso de las lágrimas, el valle de Los Cristales, la leyenda de las estrellas, el hilo rojo, Sophia cantándome. Me levanté feliz y no me importó si quería o no suicidarse. Había pasado por mucho y era un ser humano tan fuerte que, poco a poco, iba a superarlo. Yo me encargaría de no dejarla sola, o al menos eso creí hasta que no la encontré durmiendo a mi lado.

Y cuando salí de la carpa, la cara de Paula y de Benjamín me dijeron que hubo un cambio de planes.

No entendía qué estaba pasando. Dejé de querer que me explicaran. Pasé de ellos para buscarla entre los demás. Belén me pedía hablar a solas y yo me solté de su agarre para tratar de encontrarla. Necesitaba saber dónde estaba Sophia y ,por alguna razón..., no quería hablar con Paula, ni con Benjamín ni con Belén.

Ninguno de ellos iba a decirme nada positivo, así que preferí no oír.

Tú nunca vas a terminar

—No vas a encontrarla en ningún lado, Julie. Sophia se ha ido. —Noah me tomó por los hombros intentando frenarme—. A las seis de la mañana bajó con los pemones —me explicó, y de cierto modo, volví a respirar.

—¿Cómo es posible? El instituto no lo permitiría.

—Pero lo permitió, la dejaron irse, y aunque no pudo despedirse de ti en persona, te dejó esto —respondió, entregándome un bolso que cogí por impulso, intentando apartarme.

—Quiero el permiso para irme de aquí —le solicité a Belén, que estaba con Benjamín y Paula—. ¿Con quién tengo que hablar para poder bajar?

—Me temo que no está permitido, cariño, no es posible.

—Si no está permitido, ¿cómo es que Sophia se fue?

—El director tuvo órdenes directas, por eso Sophia pudo irse.

—¿Órdenes directas de quién? Necesito que me dejen hablar con mis padres para que lo autoricen, pero me voy hoy —aseguré molesta.

—Te queda un día, mañana podrás buscarla, pero si se fue sin despedirse debe tener una razón. Piensa en eso, tal vez Sophia necesita su espacio.

—¿Si tu novia siguiera viva, la dejarías ir? Si tuvieras una oportunidad de estar con ella, ¿te darías por vencida? —Ella no pudo responderme. Me miró intentando calmarme y terminó abrazándome. No quería que me abrazaran. Necesitaba conseguir a Sophia y era como si hubiese muerto. Era como si estuviera yéndose más lejos de lo que todos ellos podían percibir. Pero acepté su abrazo para comenzar a llorar.

Porque al final, la pérdida no pasa únicamente cuando alguien que quieres se muere. A veces puedes perder a alguien que todavía sigue respirando.

—Cambié de idea, cariño, perdóname por lo que ocurrió, no debí dejarme llevar —Belén se disculpó por lo que habíamos hecho y por fin pude ver cómo se derretía la fibra con la que se protegía del amor.

Ella se dio cuenta de que después de no haber estado con nadie, de haberse apartado del mundo exterior y guardarle luto a su pareja, había actuado por deseo. Había seguido el impulso infantil que creé y Sophia, que parecía ser la más inmadura entre nosotras, nos dio una clase sin ser maestra.

Nos enseñó que la vida tiene profesores almáticos y que aunque no puedes cambiar las cosas, sí que está bien admitir que te equivocaste y pedir perdón.

—Si su amor fue verdadero, siempre va a vivir en ti, pero todavía sigues viva, aunque ella se haya ido. En el instituto me hablaste de una verdad por encima de lo que se conoce. Me hablaste de una segunda oportunidad y creo que tú más que nadie te la mereces, Belén, y no conmigo, sino contigo. Y no sé por qué te digo esto, no soy nadie para meterme, pero comienza a dártela. —La abracé más fuerte hasta que necesité irme.

Corrí de ella, percibiendo que Paula y Benjamín estaban detrás de mí. Comenzó a llover y nos habían advertido ponernos los impermeables, pero daba igual. Seguí corriendo y con un bolso rosado como lo único que tenía de ella.

Corrí por la naturaleza del Roraima, entre las plantas carnívoras de color rojo púrpura. Corrí en los pequeños bosques llenos de helechos arborescentes y copa densa, con pequeñas flores rosadas. La hermosura externa chocaba conmigo. No me interesaba el atractivo que veía, quería mis respuestas. Me daban igual las orquídeas o el cielo nublado. Quería mi último día en el Roraima con Sophia, y algo me decía que probablemente, no la volvería a ver.

—A ver... ¡Deja de correr como loca! Espérate. —Benjamín me detuvo.

—Es solo un día, Julie, mañana regresamos y podemos buscarla. Te prometo la mejor persecución —añadió Paula—. Si tenemos que irnos a Petare a conseguirla, nos vamos. No estás sola y no se te va a escapar. Te prometo que no vamos a descansar hasta que nos den sobrinos, ¿va? Pero ahora abre el bolso y descubre por qué carajos Sophia es tan complicada —completó, llevándose a Benjamín a un lado para darme unos cuantos metros de espacio.

Y con la lluvia cayendo sobre mi cabeza y un vacío en el estómago, revisé el interior del bolso para encontrarme con un sobre tamaño oficio de color amarillo. Dentro de él había una carta y estaban muchos de sus dibujos, los mismos que he tratado de poner a lo largo de esta historia. Uno de ellos era reciente, éramos nosotras en el Roraima. En ese en particular escribió:

Cuando conseguí el cielo.

Te entrego todos los dibujos que he hecho desde que te vi. Me preguntaste qué siento cuando pinto y podría decirte que consigo una especie de silencio que se acerca a la tranquilidad. Contigo descubrí que podía ser feliz más allá de mis lápices y la ilustración digital, así como tú descubriste que podías conocer la vida más allá de la Medicina.

Tengo que irme porque no puedo soportarlo. No solamente se trata de ti, princesa. Es cerrar los ojos y no poder controlar los celos. Es querer preguntarte cómo fue, a qué saben sus besos, si pudiste sentir que el cielo te abría paso cada vez que te tocaba o si fue brusca y te hizo daño. No quiero ser una masoquista, pero es doloroso. Tanto como que me mires con remordimiento, porque te amo, mierda, te amo hasta querer que absolutamente nada te haga daño. Ni siquiera quiero que te dañe el hacerme daño a mí.

He llegado a pensar muchas cosas y no estoy segura de nada, excepto de que estoy enamorada hasta los huesos. Llegué a pensar que no me amabas. Porque cuando amas no te vas con otra, no llegas al orgasmo, no te entregas, no besas de la manera en la que besaste a Belén el primer día de viaje.

¿Quién soy yo para reclamarte algo? Los celos no deberían existir. La vida es más sana sin ellos, pero no puedo controlarme. No sé por qué me pasa. Crecí liberal. Si Noah quería estar con alguien no pasaba nada. Si a ti te miran, enloquezco y si te tocan... (todavía no sé qué hacer para superar qué pasa cuando te tocan). Cuando ella se te acerca quiero abrazarte y gritarle que eres MÍA. Suena tonto y yo no quiero ser una niña. Pero parezco una, y por más que busco olvidar, sigo recordando que te tocó, que te dejaste y que ni siquiera te culpo porque fue mi error. Fue mi culpa por ser tan inmadura para no decirle adiós a Noah hace meses cuando me di cuenta de que te amaba, y por eso me voy.

La guía me lo dijo, princesa. Ella me dijo que quedarme amándote cuando no he curado lo que vi y lo que siento significaría otorgarte un amor lastimado, y a pesar de que te equivocaste..., te mereces el amor más lindo de todos. Siento que por más que lo intente no voy a ser suficiente. No es únicamente por Belén, es porque a veces quiero volver a casa y no tengo una. No fui suficiente para mi padre, que terminó usándome y botándome para nunca volver. Tampoco lo fui para mis hermanos, que de no ser por Christopher seguirían pidiendo dinero en las calles. Y tengo a Noah, que está enamorado de algo que hay en mi alma. Probablemente sea lo mismo que la gente quiere de mí. Yo no puedo verlo. No consigo eliminar las ganas de llorar cuando va cayendo la tarde. Y tú apagaste esas ganas para ayudarme a conseguir las sonrisas, pero se han ido. No es tu culpa que me sienta deprimida, porque lo estaba antes de verte. Y por más que corro, siempre termino en el mismo sitio.

Noah y yo coincidimos en que nos ayudaste a ambos. Él aceptó la rehabilitación, ahora trabaja y tiene buena relación con sus padres. Me fui diciéndole que lo quería, pero no pude hablar más. Si puedes, dile que estar con Tania no es traicionarme. Hazle saber que nunca voy a dejar de amarlo con la lealtad de quien no maltrata y de quien no tiene que permanecer encerrado para cumplir una promesa. Él siempre será mi mejor amigo y va por encima de sus errores, pero tenemos que estar lejos hasta que no seamos un ancla el uno para el otro. Y en un futuro, volveremos a vernos para demostrar que la amistad verdadera no se rompe cuando se separa.

Tú y yo, en cambio, nunca estaremos lejos. No podríamos, Julie. Vives conmigo siempre. Estás conmigo siempre y me cuidaste como nadie me ha cuidado en mi vida. Sé que te parecerá tonto, pero he estado trabajando. Desde que pagaste el velorio de Erick y la rehabilitación, he estado trabajando para devolverlo. En este sobre está todo el dinero que me prestaste y más. (El más es para que vayas a ver a los niños antes de irte a USA, para que les digas que no estaré por un tiempo, pero que no dejaré de ayudarlos).

Hice canciones para Christopher y un nuevo proyecto. Me pagaban muchísimo y no entendía por qué. Entregué la primera canción de prueba y me abonaron $1000 dólares. Dijeron que si hacía dos más podía recibir el doble. Les entregué 20 canciones en total. Escribí sobre lo que dibujo, sobre lo que no me gusta. Sobre lo que no entiendo. No tuve comunicación con ellos, solo con Christopher. Pero escribí sobre mi madre y sobre Erick. Cuando la entregué, una de las chicas del grupo (que también perdió a un ser querido) quiso pagarme $10.000 por esa canción. Tampoco la vendí, se las entregué gratis porque jamás comercializaría la muerte de las personas que amo.

Te dije que no quería usar los talentos por dinero, pero en este cochino mundo mueres al no venderte, y ni siquiera, está permitido morir.

Ayer me preguntaste sobre el suicidio y no voy a matarme. Voy a resistir. Voy a seguir el viaje así como hiciste conmigo para subir al Roraima. Estuvimos apoyándonos para superarlo, y lo hicimos. Yo también voy a superar lo que hay en mi mente. Voy a ganarle a la voz que me dice que es mejor no respirar. No puedo decirte qué sucede cuando quiero irme. Son imágenes, dolor, flashbacks de esos recuerdos que no se han ido. También hay realidad y no saberme en ningún sitio es asfixiante. No hallarme entre los demás y que sea una regla "buscar mi sitio" tampoco ayuda. Quieren que haga algo, necesitan que sea como otros. No concibo el éxito como lo conciben en la sociedad. No tengo planes a futuro. No me veo siendo grande, solamente quiero ser yo. Siento presión por cada lugar al que miro, pero también estoy sola.

Quiero tener una madre que pueda acompañarme. Anhelo una vida normal, sentarme en el sofá o mostrar mis dibujos. Quiero ir al parque o de vacaciones, estar en el carro y que mis hermanos no paren de gritar. Que tenga que ahogarlos con la almohada para que se callen. Quiero llevarlos al cole, o jugar con mis amigos, pero mis amigos ya no juegan desde que Erick se fue. Y no me preguntes por qué no pude decírtelo en persona, porque no pasa. Contigo mi vida es normal, pero la tuya es un caos solamente por tenerme. No quiero que dejes de crecer por tener a alguien como yo. Quiero ser sana y no una persona tan rara, pero no sé cómo cambiar.

Así que me despido, y sé que tienes el dinero que me prestaste, pero lamento no tener manera para pagarte lo mucho que has hecho por mí. Hay cosas que no se compran, como el sueño, como los niños de la calle, como los días que vivimos juntas. Como tus sonrisas o lo mucho que te quiero, y ni haciendo infinitas canciones me pagarían el precio justo de tu compañía. Me muero por tus besos, qué incoherente, no tiene que ver con lo que te estoy diciendo, pero que quede constancia que das los besos más ricos del mundo. Que haces el amor más sexy que cualquiera y que cuando pestañeas varias veces, porque no sabes qué decir, me provoca besarte; y cuando no entiendes mis impulsos, quiero besarte más. Cuando eres odiosa con todo el mundo y conmigo pareces un osito, me haces sentir afortunada.

Puedo hacer una lista de lo que me gusta de ti, o del lunar que tienes en el abdomen. O de esas sonrisas tímidas que significan que algo te agrada. Eres única, y que no te apetezca ir de fiestas o estar rodeada de gente, lejos de ser algo malo, solo te hace más especial.

Volviendo al tema... (lo siento, princesa. A veces es difícil para mí. Es difícil tener que plasmar en un simple papel lo muchísimo que te adoro). Pero te mereces saber que no acepté estar en la banda de mujeres. Rechacé la oferta porque, aunque mis planes eran estar contigo, primero tengo que reconocerme y hacerme amiga de los monstruos que no me dejan vivir.

Siempre quise conseguir mi misión de vida y Christopher me dio una oportunidad. A partir de ahora voy a poder pintar para otras personas, Julie. No quiero hablar con nadie, no quiero más palabras. No quiero cantar. No quiero el tenis. Lo único que deseo es poder pintar y él me ofrece pintar por todo el mundo. Acepta mis silencios y quiere que forme parte del grupo Renacer. Y me dirás que es ilegal, que están buscados por los Gobiernos de algunos países, o que me he vuelto loca. Yo pienso que es la única opción que me regala algo de esperanza.

Quiero pintar como crítica social, quiero saber que estoy contribuyendo con algo, y ellos me ofrecen sacar a mis hermanos del internado cuando sea el momento. Son los únicos que pueden hacer que vuelva a estar con mi familia. Son mucho más de lo que dicen en las noticias. Están empezando una revolución y me han escogido, así como escogieron a Christopher. De algún modo piensan que debo estar con ellos, y de verdad quiero ir.

Jul, recuerda la leyenda de las estrellas. Recuerda que nuestra historia no tiene un final. Dijiste que no querías despedirte y por eso no me despedí. No lo veo como un adiós. No voy a buscarte porque siento que, de un modo u otro, nos volveremos a encontrar. Quédate con las canciones, con mis dibujos, con la estrella de tu pulsera, con el hilo rojo. Quédate siempre conmigo y perdóname por haber sido el desastre perfecto, y luego dejarte ir.

Te prometo que mi voz es tuya. Que a nadie le diré que sí de la manera en que lo hice contigo. Que no me aprenderé las canciones favoritas de otra niña ni tampoco dibujaré en otros cuerpos. Te prometo que mis dibujos siempre estarán dedicados a ti. Nuestros universos no tendrán otra presencia. Te prometo que en una de nuestras vidas tendremos Sophijulitos, y que me encargaré de contarles que tienen a la mamá más brillante, la más inteligente y la más dulce del planeta.

Cuando llegues a Harvard, no te cohíbas de vivir tus experiencias. ¡Haz cosas nuevas! Emborráchate por mí, vive y no tengas miedo de hacer amigos. Hay un montón de personas nuevas que están esperando a conocerte.

Salva vidas, opera con el corazón. Sé una alumna ejemplar, pero no vuelvas a olvidar tu vida para enfocarte únicamente en tus ocupaciones. No dudes, no pienses que me fui por lo que hiciste. Lo que tengo que afrontar va por encima de Belén, pero no voy a pedirte que te enamores. Siente amor, pero guárdame el puesto. Regálame una última primera vez. Porque espero ser la primera vez que te enamoraste tanto como para hacerme inolvidable. Así que no me olvides, por favor. Si nunca me olvidas, lo nuestro jamás va a morir.

Al final, ambas teníamos que afrontar la vida. Cuando te saqué de tu burbuja, conocí que no era tan malo vivir. Ahora tengo que conocer que el amor también lastima y que superarlo toma su tiempo. Pero te amo, en cada paso voy a amarte. Mi última canción fue para ti y mi último te amo, también es tuyo. Ojalá pudiera darte más, pero por ahora te regalo cada uno de mis pensamientos.

En dos días tenemos concierto en Ecuador. Ellos dicen que no hay riesgo de ir presos. Quieren que pinte con Aaron Cevallos, pero no los conozco más allá de las noticias. Christopher dice que su líder, Demian Page, está convencido de que me siento como me siento porque no pertenezco a otro sitio sino con ellos. Él me ha escogido y ni siquiera tuve que pensarlo. Si tengo la oportunidad de resistirme a la sociedad, de pintar por los que no tienen voz, de manifestarme a través de la pintura. Si me dan lo necesario para, frente a millones de personas, simplemente hacer arte... ¡Quiero hacerlo! Son ellos recorriendo el puto mundo para decirles a los políticos que el despertar comenzó. Mi voz no quiere ser escuchada, pero tengo arte, y aunque no vuelva a pronunciar palabra..., quédate con mi última carta y recuerda que el viaje no se termina porque me fui. Que nuestros caminos se separen no significa que cada noche vaya a dejar de pensarte. Ni que debas sumergirte en lo triste de los finales. Recuérdame bonito, de la misma manera en la que yo te voy a recordar a ti.

Te he dibujado, princesa, y algún día voy a tatuarme tu rostro en la piel. Porque son bastantes los que dicen que es un error tatuarse lo que amas. Dicen que si termina serás un tonto con un tatuaje imborrable. Pero yo voy a hacerlo, voy a tatuarme tu rostro porque, léeme bien y nunca lo olvides: ¡Lo que siento por ti nunca va a terminar! Eres la princesa imborrable a la que nunca voy a dejar de amar.

Las señales decían:

—Apártense, no les irá bien.

Pero ellos se acercaron más.
Y una noche, ella le dijo:

—No seas fugaz. Pero si acaso lo eres,
por favor, siempre vuélveme a pasar.

Y así, firmaron un pacto en las estrellas,
comprando la eternidad.

Pero se equivocaron y tuvieron que alejarse.

Llamaron al olvido, negociaron
la distancia, pero su amor no se acabó.

Las estrellas sabían
que, incluso sin verse,
nunca se dejarían de amar.

Epílogo

Nunca pensé que mi último año de la preparatoria sería el más emocionante. Me enamoré, agoté mi cordura, me equivoqué muchísimo, salí de mi zona de confort, viví experiencias nuevas, subí hasta la cima de una montaña y, después de haber llegado, me di cuenta de que el viaje acababa de empezar.

Les regalé esta historia, pero un final no es un final si no estamos preparados para un nuevo comienzo. Por eso... les regalo el cierre de mi último año y el preámbulo a un viaje sin retorno. A partir de hoy, ya no solo forman parte de la Tierra. Autorizo que vengan a visitarnos a nuestros universos, pero les aconsejo que, a pesar de vivir en el presente, tengan la capacidad de crear sus mundos y de vivir en distintas realidades.

Sophia Pierce me hizo creer en lo improbable y ahora es mi turno de intentar hacerlos creer a ustedes. Ya me conocen, me llamo Julie Dash, y mi secreto es que aunque pude, no quise renunciar a ella.

Cuando leí su carta, mis ojos se volvieron lágrimas y mi pecho dejó de funcionar. Mis pulmones se detuvieron, el clima del mundo perdido fue más intenso. El dolor se sentía hasta en mi ritmo cardíaco y tuve una sola respuesta: no la dejaría ir. No dejaría que su voz se apagara, porque fue su voz la que me enseñó a vivir. Con su adiós descubrí que los días no se recuperan, que nuestra historia puede ser en blanco o puede ser un lienzo lleno de colores. Puede ser en la Tierra o en una estrella. Depende de mí, depende de ella. Depende de todos nosotros perdonar hasta el punto de saber que nos merecemos otra oportunidad.

Sophia Pierce se equivocó en algo: también perdemos cuando solamente pensamos en los demás y dejamos de ocuparnos de nuestros sentimientos. De tanto creer que no merecía la felicidad, se fue huyendo. La inseguridad de pensar que no la amaba, sumada al hecho de haberle fallado a Noah, a sus hermanos, a Erick y a su madre, hizo que quisiera ser un ser de luz apagado, en un universo que necesita de su energía. Yo no iba a permitirlo. Quién carajo, y perdón por la expresión, pero ¿quién carajo consigue a alguien como ella para dejar que se vaya? Yo no.

Me equivoqué pensando que tenía que sanar sola. Todos merecemos a alguien que nos acompañe. Está bien reconocernos en soledad, pero si podemos mostrarle las bellezas de la vida a una persona que ha dejado de ver, ¿quién te impide hacerlo?

Me propuse hacerle saber que la vida tiene matices hermosos. Que es más de lo que se imagina. Que no es la chica rara que supuestamente no me merece, que podría decir que yo no la merezco a ella, pero me gusta pensar que nos merecemos mutuamente y que podemos ser felices.

Sophia esperó que el hilo rojo nos mantuviera unidas. Yo, preferí unirnos en la realidad. Porque por más hermosa que fuera la leyenda, no iba a dejar nuestro amor en sus manos. Iba a conseguir demostrarle que no todo es culpa de las estrellas. Que algunas acciones en cuerpos mortales, con experiencias simples y grandes sentimientos, también son responsables de las ausencias dolorosas o de las buenas aventuras que se proponen no tener fin.

Dejé de querer promesas para un futuro lejano, cuando entendí que era posible que las cumpliéramos en el presente. Fue duro lo que tuve que pasar, pero enfrentarme a mi madre y ver mis fotos besando a Sophia rodando por todo Instagram no fue tan difícil como esa mañana en el Roraima, sabiéndola lejos. No me importó decirles que la amaba. Que podía dejar de ser su hija si es que no aceptaban que lo que tenía no era una confusión. Me gustaban las mujeres, pero estaba enamorada de la más hermosa de todas y no me avergonzaba de eso.

No es un cuento de hadas, es mejor porque es auténtico, es real, es la vida. Y tuve que romper lo que más amaba, rompí mi cuerpo y la rompí a ella. Experimentamos y fallamos. La dañé y me dañé, pero no somos un vaso que luego de romperse no vuelve a funcionar.

Las oportunidades no solamente existen en el trabajo, también en el amor; y es mentira que tenemos que pegar lo roto. Así como en la Medicina, también en la vida, con el tratamiento correcto y (un poco de fe) es posible, muy posible que logremos que funcione. Hay pacientes que prefieren no luchar. Sophia había decidido seguir viva, y yo había decidido mostrarle lo bonito de vivir. Y probablemente todos ustedes hubiesen preferido que no me perdonara. Por muchos meses pensé que no lo merecía, pero sí lo merezco. Tú también lo mereces porque convertirnos en el peor de nuestros errores, jamás en la vida nos permitirá evolucionar.

Cuando llegué de viaje, recibí una segunda mala noticia. Los amigos de Noah o (examigos) entraron a mi casa a robar. Sergio terminó con un disparo en la pierna por proteger a Claudia y la inseguridad del país se hizo presente, aunque, al final los atraparon. Dicen que cada cosa negativa pasa por algo, que a veces cuando todo sale mal es porque se viene *algo mejor*. En el caso de Sergio, Claudia se dejó de largas esperas y dio inicio al amor que ambos sentían, pero que nunca se habían atrevido a pronunciar. No debió haber esperado a estar a punto de perderlo para darse cuenta, pero como les dije, es la realidad y no siempre sucede como debía suceder. Lo importante es que no es muy tarde para que las cosas cambien, siendo positiva, casi todo lo que nos ocurre contiene una lección.

Mi madre terminó aceptándome. Y con esa mirada estricta, la cara empotrada y su voz neutral me dijo: *«Yo solo espero que ames a quien ames, seas la mejor doctora»*, punto final para un tema extenso que trataríamos después. En cambio, papá me abrazó para decirme que era valiente y que esperaba que la universidad, más allá de ser un reto de mi madre, se convirtiera en un sitio en el que pudiera descubrirme. Quise decirle que con Sophia comenzó la búsqueda y ya no terminaría ni siquiera al morir.

Cuando leí su carta, traté de odiarla por haberme abandonado. Quise arrancarla de mi mente, pero más la pensaba. Paula y Benjamín me dieron abrazos que no quería, los empujé diciéndoles que me dejaran y terminé odiándome por varias horas, hasta que lo entendí.

Al día siguiente reanudé el viaje. Fui bajando cada roca y recorrí el camino que hice con ella, pero esta vez para aprender de mí. Para perdonarme y dejar de juzgarme a mí misma por lo que ya no podía cambiar.

Sin miedo a caerme y olvidándome de lo mucho que odiaba el deporte, bajé El paso de las lágrimas. Y llorando como quien ha aprendido de verdad, volví a encontrarme con la parte de mí que amaba. Dejé de desesperarme y hallé, en el arduo camino, la verdad de lo que soy. Porque enamorarme nubló mi juicio, y era natural; si ustedes la hubiesen conocido, también habrían perdido las riendas para que ella los guiara. Pero yo, que tenía que darle calma, la hice ir más rápido cuando desconfié de su amor.

Tuve claro que no iba a ser la última vez que me equivocara, pero también entendí que no volvería a desconfiar de alguien que amo, nublándome por los celos y la inseguridad.

Y quise a Belén por cuidarme y equivocarse conmigo, por formar parte de un proceso doloroso pero necesario que me llevaría a la madurez. Incluso, en medio de mis lágrimas y rabietas, estuvo detrás de mí. Sin decirme que iba a estar bien, sin dirigirme la palabra y con un buen margen de distancia, siguió cuidándome hasta que bajamos del Roraima.

Nadie dice que los que te cuidan no te dañan, porque incluso las personas que más quieren protegernos, pueden convertirse en arma en medio de esos impulsos que guían a la equivocación.

Descubrí que la venganza no sirve, que al final, cuando nos vengamos de alguien, terminamos haciéndonos daño a nosotros mismos. Contaminar lo que amas porque piensas que te ha hecho daño, es dañar una parte pura de tu espíritu, la misma que ha prometido nunca causar dolor.

No tenía un plan, no concebía la vida sin tenerla a mi lado, y allí otro error: Sophi siempre me dijo que transitamos por poco tiempo, pero que parece una eternidad. La brevedad de nuestro paso no puede depender de otros zapatos ni de otro espíritu.

Pensé que era muy tarde y recordé sus enseñanzas. Después de la fiesta de Nathaniel, me dijo que a veces pensamos que es muy tarde, pero que siempre estamos a tiempo. Entonces lo supe. Si extrañas, llamas; si amas, buscas; y si lo arruinas, lo entregas todo porque vuelvan a confiar en ti.

Sophia y yo teníamos que estar lejos para aprender, pero algo me decía que luego de redescubrirnos, podríamos demostrarle a la vida que los finales felices si son posibles. Que dos personas que se aman no deberían vivir extrañándose, en vez de pasar cada noche contemplando juntas la luna.

Después de dos semanas de depresión extrema, mis padres vinieron por mí y me sacaron casi a rastras de mi habitación. Era hora de un nuevo rumbo.

Cuando llegué al aeropuerto, Claudia y Sergio me abrazaron. Quedamos en hacernos llamadas una vez a la semana, y mi Clau me pidió que volviera. Me pidió que regresara siendo una profesional porque tenía un gran reto: *Venezuela debía ser curada por dentro y por fuera.* Le dije que sí, porque, aunque pareciera imposible, me había enamorado de sus paisajes, de sus niños, de la necesidad y de la realidad de unas personas que, así como yo, también se habían equivocado. Sophia me enseñó a amar a mi país y eso es lo que más le agradezco.

Sergio me recordó lo que habíamos aprendido. Con su educación y llamándome señorita, me dijo que no guardara mis sentimientos. Que no acallara los deseos profundos y que, de ningún modo, contuviera mis lágrimas. De nuevo lo había logrado. Lloré, abrazándolos a ambos mientras mis padres me esperaban ansiosos y complacidos de que hubiese llegado nuestro *gran día.*

Benjamín y Paula me habían dicho que no podían ir. Tenían una cita para la visa de Paula, pero allí estaban. Mi amiga demente comenzó a gritar recorriendo el aeropuerto de Maiquetía. Corrió por el piso de las despedidas. Recorrió el arte del gran maestro Cruz Diez con una pancarta en la mano que decía:

«Código Rojo» «Código rojo» «Código rojo». Y había un montón de fotos en collage. Fotos de nosotros, de nuestra infancia y recortes de caras de bebés con el escrito *«A por ellos, Julie».*

—¡Vio, señora! Esta que está aquí, tragándose la boca de su hija, es su nuera y estos ¡son los *sophijulitos!* —comentó hacia mi madre, que, con cara de desconcierto y fatiga, intentó ignorarla, mientras mi papá comenzó a reír.

Nunca lo había visto reír tanto. Parecía no importarle ser él mismo. Se burló de mi mamá respetuosamente y luego, encogiéndose de hombros, añadió: «Hacen una buena pareja. Se ve agradable y es linda: la apruebo», todos comenzaron a reírse y Benjamín me salvó del momento incómodo para llevarme a un lado y decirme que si me caía en Harvard, volviera a levantarme. Que como cuando éramos niños, él siempre estaría allí.

Ese día emprendí un camino nuevo. Uno en el que ningún sueño iba a ser imposible. Había vivido intensamente, estaba enamorada, tenía a los mejores amigos. Mi familia era maravillosa y había madurado.

Nadie deja a nadie porque la vida es para los que traspasan la cuerda, para los que cogen vuelo. Para los que, en vez de quedarse por miedo a no abandonar a lo que aman, entienden que si aman, no pueden encarcelar sus metas por miedo al olvido.

Y me fui con dos maletas y mi madre dándome millones de instrucciones hasta que, una vez en el avión, agradecí a Dios que me hubiese tocado un puesto lejos de ella. No me malinterpreten, la amo, pero necesitaba paz. Me puse mis audífonos para disfrutar el vuelo escuchando música. Y como si el destino se esforzara por decirme: «Julie, sí que existo», la primera canción que salió en aleatorio fue:

♫ *We're Going Home* - **Vance Joy.** ♫

La música me transportó a sus ojos y en el periódico que me había dejado mi madre... conseguí su mirada. Sophia se había ido a dejar su huella. Ella y su grupo estaban en los titulares, en las noticias, en todas las redes sociales. Estaba luchando contra el sistema, pero sus ojos seguían mostrando dolor. Un dolor apaciguado con un hilo de esperanza. Verla justo el día que iba a Harvard fue como una señal para saber que debía encontrarla. Lo había intentado, pero ni Chris ni ella eran localizables. Estaban en un proyecto grande, se hacían llamar «Renacer» y, junto a otros chicos iban por el mundo protestando. Habían hackeado todas las pantallas digitales a nivel mundial para dejar un mensaje. Sophia jamás salía, pero en el periódico pude verla. Tenía un pañuelo cubriéndole parte de la cara y las manos llenas de pintura. Me motivé a buscar en internet a ver si conseguía algo más sobre el grupo y eran muchas las noticias.

«El Movimiento Renacer paraliza al mundo por treinta segundos». «Con conciertos llenos de arte y efectos especiales que parecen reales, conquistan a multitudes». «Se hacen llamar los elegidos y dicen que van a mejorar el sistema».

Ni siquiera pude ponerme brava porque Sophia hubiese escogido lo difícil. Su rebeldía tenía un propósito y me hacía feliz que estuviera cumpliendo su misión.

Llegué a la universidad con ganas de compartirle cada detalle. Decirle que era mejor de lo que imaginé. Que había llegado a la vida que siempre quise, pero que lo que más quería era estar con ella.

Britanny fue de gran apoyo para adaptarme, sin contar con Andrew que me recordaba a Paula y a sus locuras. Ambos se encargaron de mostrarme Boston. Fuimos a ver ballenas, me llevaron al Museo de Ciencias, al acuario, al pueblo de Salem, a comer langostas y a beber vino ilegalmente en el Public Garden. Estaban más emocionados que yo, intentando hacer que me enamorara de la ciudad, y lo habían logrado. Amaba Boston y me agradaban ellos. Andrew cantaba a toda hora, siempre estaba feliz. Se la pasaba mirando los traseros de los hombres, y decía que miraría por todo lo lesbianas que éramos nosotras. A medida que los conocía, me caían mejor; eso hasta que Britanny comenzó a invitarme a salir sin entender que solo quería ser su amiga, pero supongo que no puedes decirle a alguien que no sienta nada por ti.

Una tarde, Britanny me invitó a Castle Island. Lo planeó con Andrew y cuando llegué me di cuenta de que solamente éramos ella y yo. Me había llevado a una cita en la que comeríamos frente a la playa y daríamos una larga caminata viendo el atardecer. La conocí siendo promiscua, y después de dos meses de verla casi todos los días, dejó de tener citas. No sabía cómo hacía para ligar tanto, pero le dije repetidas veces que mi corazón estaba comprometido.

—Es un reto, doctora: te voy a enamorar —aseguró, mientras caminábamos por el puente.

—Ya estoy enamorada, y tampoco quiero dañar nuestra amistad.

—No se va a dañar la amistad. Será como estar enamorada de tu mejor amiga. —Vi el brillo en sus ojos, ese que no se controla, que cuando nace no se va tan rápido y que ni la distancia puede apagar.

—No te conformes con alguien que ya está enamorado, además, no puedo empezar una nueva historia cuando no quiero culminar la anterior —hablé despacio, con la vista puesta en el mar.

—Tampoco deberías cerrar tu corazón por esperar a alguien eternamente, pero tranquila, Doc, tengo tiempo y suficiente paciencia para lograr que te enamores —completó, pasándome uno de sus audífonos para prender la música.

Britanny quería una tarde romántica y todos mis momentos románticos eran de la rubia pretenciosa a la que le dolía el corazón. Sonaba **You're Somebody Else - Flora Cash**. Nuestras canciones volvían para anotar en mi piel que era cierto. Sophi quería ser inolvidable, y ya lo era: estaba en las parejas que se amaban en tiempo presente, y en las que decidieron apartarse e intentar olvidar. Sus besos en mi mejilla se quedaron en mi piel y nunca más quise que nadie me dijera princesa. Yo no era una princesa, era su princesa, solamente de Sophi, de nadie más.

Cualquiera diría que debía darme otra oportunidad, pero el amor no es de oportunidades. No sacas a alguien para estar con otra persona. No estás con otra persona para olvidar. El amor es constancia, es inexplicable, es saber que por más que tratan de alejarse, su historia no se va.

—¿Qué pasó perrísimaaaaa? —Escuché un grito desde atrás, y encontré a Andrew con su ropa de última moda, el cabello peinado con horas de dedicación y la sonrisa coqueta—. ¿Me pagas ya, o más tarde? —le preguntó a Britanny, que sacó cien dólares y se los entregó con cara de fastidio.

—No me va a prestar atención a la primera cita. —Volteó los ojos.

—A Julie, ni volviendo a nacer te la llevas a la cama, perris. —Andrew sacó su celular y enfocó para tomarnos una foto.

—¿Apostamos? —preguntó ella, sonriendo.

—Te apuesto el culo a que fallas. Y mira que para apostar lo más importante de una buena pasiva, tengo que tener total certeza.

Comenzamos a reírnos y, al final, la fotografía no salió como esperábamos. De hecho, fue mucho mejor. Con ellos exploré la ciudad, viajé a Nueva York, aprobé mis primeros exámenes, descubrí mi rincón favorito de Harvard, me tomé los mejores cafés y emprendí una parte nueva de mi viaje. A su lado, por primera vez me llevaron detenida en un despecho de Andrew. Mi irresistible amigo había perdido la cabeza por amor y manejaba puteando a la vida.

«Me voy a meter a puto y voy a coger en exceso, pero ¿amor? ni loco», hablaba enredado, recordándome aquellos días donde también pensé que el amor era una porquería. Nos pararon por exceder el límite de velocidad y su brillante idea fue decirle al policía que estaba en medio de algo.

«¿En medio de qué?», preguntó el oficial en inglés. «Le estaba diciendo a mis amigas que follaré como un conejo, porque el amor no sirve. ¿Quiere follar conmigo? Pasivo, activo, puedo ser lo que quiera, señor policía, encadéneme», Andrew se reía desfasado, las copas hablaban por él, y ya no tenía ni una pizca de gracia. Afortunadamente no pasó a mayores, pero nos detuvieron y le incautaron el coche. «Te aseguro que ese policía va a dormir toda la noche imaginándome en la cama, pero ni modo», dijo, como si no hubiésemos ido presos tres horas por su culpa. Menos mal que sus influencias lo arreglaron. Mi madre no hizo mayor escándalo al tratarse del chico en el que había depositado sus esperanzas de devolverme la heterosexualidad.

«¡Vamos a tatuarnos!», una idea cualquiera de un amigo borracho, pero sin pensarlo dos veces dije que sí y fuimos a un estudio privado. Una noche de nuevas experiencias, más vino del que había tomado en mi vida y una fotografía. La foto del dibujo que Sophia hizo en mi espalda me la tatué de verdad.

Pasaron ocho meses y cada día la extrañaba más, a pesar de verla en las noticias. Su voz se apagó, pero su arte estaba a flor de piel. Veía sus pinturas y eran asombrosas. Se balanceaba en telas frente a millones de personas y dejaba libres sus sentimientos. Sophia estaba por todos lados, pero no conmigo.

Una madrugada, concentrada en mis estudios, leyendo incansablemente para la siguiente prueba…, me sonó el móvil.

Paula: ¿Te acuerdas lo que te prometí? 😎
18:53

La última vez me prometiste que dejarías de masturbarte, pero esa fue una promesa para ti y fue un asco.
18:54 ✓✓

Paula: 😖 Ño, en esa promesa fallé y ya le dije a Benjamín que si no viene a verme en una semana pagaré un Gigolo. Pero ajá, Julie, seriedad. Acuérdate de la promesa.
18:53

¿Cuál promesa? Son las 3:00 de la madrugada.
18:54 ✓✓

Paula: odio cuando dices que son las tantas de la madrugada. ¡Estás despierta! Así que deja de ser tan pendeja.
18:53

Jajajaj estoy estudiando. 🤳
18:54 ✓✓

Paula: Pues dejas de hacer todo y me haces caso. Además es difícil eso de conseguir amigas, al menos para ti. Todas quieren violarte menos yo. Valórame.
18:53

jajajjajaja, ¿te llamo y hablamos mejor?
18:54 ✓✓

Paula: Joder Julie, no seas tan fácil vale 😂😂😂😂 no quiero hablar contigo. Vístete y móntate en el carro. Pon en el Google Maps "Xfiniry Center". Confía en mí.
18:53

¿Te viniste de sorpresa?
18:54 ✓✓

Paula: Móntate en el carro, mami, anda, mueve el culito, cierra el libro y go. 👁️👁️👁️👁️💀🙈💀🙈💀 💀💀💀💀💀
18:53

¿Estás drogada?
18:54 ✓✓

Paula: ¡TE CONSEGUÍ A SOPHIA MOTHERRRR FUCKER! Ahora después de HOY si estás caliente te masturbas y usas el consolador que te di. ¡PERO no te vuelvas a acostar con nadie! Ve a buscarla. Te los encargo bitch 💀💀💀💀💀💀💀
18:53

Dejé de pensar. Se me cortó la respiración. La inseguridad me hizo creer que era probable que Sophia no quisiera ser encontrada. Luego pensé que Paula estaba jugando y después, sentí miedo. Inmediatamente sonó mi móvil. Era mi mejor amiga: «Ya no eres la niñita caprichosa a la que le aguantaba no ir a ningún lado y vivir encerrada en su habitación. Llevo ocho meses buscándola y tú llevas ocho meses sonriendo de mentira esperando este momento. Tus excusas mentales no me las creo, Ju. Móntate en el carro, que Christopher te está esperando. Tanto él como yo estamos de acuerdo en que ya es tiempo, baby. ¡Ya es tiempo de que la ayudes a recuperar su voz!», me colgó antes de que pudiera agradecerle.

Tenía razón. Era lo que más había querido y estaba pasando. Me puse lo primero que encontré, hasta que volví a mirarme en el espejo y, como una tonta, puse más esfuerzo en arreglarme: quería que me viera hermosa.

El saber que volvería a verla descontroló mi mundo. Con un impulso interno que no pude frenar, salí corriendo de la casa para prender el carro y volver a sentir su efecto en mí. La noche volvía a ser distinta a todas las anteriores. Las estrellas, que apenas se veían, estaban alentándome. Aceleré sabiendo que pronto me encontraría con su mirada. Quería decirle que escribí nuestra historia para que cuando volviera a verla no me quedara nada por decir. Era necesario que supiera que no era la única mujer en el mundo, pero sí la única con la que quería cada uno de mis *«para siempre»*, y que tenía razón, yo era suya y me alegraba que fuera así.

Estacioné en plena calle sin que me importara. No sabía a quién buscar o qué hacer, pero allí estaba Christopher con una gorra negra y el *sweater* con capucha cubriéndole parte de la cara. Apenas estaba llegando la gente, pero les juro que nunca hubiese imaginado que un concierto, en plena madrugada e ilegal, pudiera llenarse de una forma tan impresionante.

Christopher me dijo que me diera prisa. Pensé que íbamos con Sophi, pero estaba equivocada. Mis piernas tampoco eran de ayuda y sentía que mis mejillas iban a explotar. Estaba experimentando tantas sensaciones como miedos, pero nuestro amigo poeta logró calmarme.

—Te mandé a buscar porque el tiempo es muy breve como para desperdiciarlo lejos de las personas que amamos —expresó, antes de ser interrumpido por una chica pelirroja que, con antipatía, le exigió que se moviera.

Los seguí a ambos y pude escuchar que él le agradecía por ayudarme, pero ella le volteó los ojos y le dijo que lo hacía porque Abril se lo pidió. No entendía nada, pero el lugar empezó a llenarse de gente. La capacidad era de 19.000 personas y habían superado en creces esa cifra. Los veía planificar la logística mientras trataba de encontrarla, pero Sophi no estaba.

—Me llamo Shantal, y lo que vas a ver es algo así como un efecto especial. Yo hago el truco, pero la magia es tuya; así que intenta que mi tiempo no se pierda y haz lo tuyo —exigió la pelirroja tras bastidores. No la conocía, pero ya me estaba cayendo mal.

—Guapa, si no aprendes a ser más simpática, ¿cómo esperas hacer nuevos amigos? —intervino una chica de cabello negro, que, sin aviso, le estampó un beso en los labios y luego me extendió la mano—. Me llamo Abril, y aunque Sophia no ha hablado, sus dibujos expresan que eres una linda persona.

—Abril, ¿qué te parece si dejas de decirle linda y nos ocupamos?

—Ella es Shantal. Parece posesiva y antipática, pero estamos aprendiendo a ser más amables. Hoy, por ejemplo, aceptó ayudarte. —Abril volvió a besarla y al parecer solamente con sus besos, la chica conseguía neutralizarse.

Christopher me había dejado sola con ellas. Una era pesada y la otra agradable. Ambas hablaban de que iba a hacer algo, pero no tenía idea de a qué se referían. Lo único que sabía era que tenía un tatuaje en mi espalda y que no quería que fuera solo tinta, que quería tenerla a ella siendo más que un recuerdo. Quería que tuviéramos sueños y que los cumpliéramos juntas.

—No tengas miedo. Lo único que puede pasar es que mueras, lo que sería una gran historia. —Shantal me miró con malicia y mi cara debió ser un espanto porque, solo de verme, comenzó a reír—. Que es broma, tonta, por algo tienes a la mejor. —Sonrió, y vi a Christopher volver hacia nosotras.

—Vete con Shantal y recuerda que lo que Sophia decida no depende de ti, pero este día y lo que vas a hacer por ella, eso es amor, Julie, y el amor verdadero no es cobarde —aseguró Chris, y antes de que pudiera responderle comenzó a sonar la música. ♫ *Summer of 69* - **Bryan Adams** ♫

El Xfinity Center estaba repleto de gente. Todos y cada uno de ellos tenían la cara pintada con la palabra *Renacer,* y sentí curiosidad y orgullo. Un profundo orgullo al saber que Sophia había conseguido su lugar. Cuando nadie confiaba, yo confié. Sabía que su futuro iba por encima de lo común. La bondad de su alma estaba destinada a algo grandioso y lo estaba presenciando.

Escalera al cielo

Comenzó la apertura del concierto y fue entonces cuando entendí que era más que un concierto. Sophia y Aaron estaban en cada lateral, suspendidos en el aire por unos mecanismos de cuerdas, pintando en unas telas fluorescentes. Ella, con la rapidez e inspiración acostumbrada, estaba haciendo un dibujo que reconocía: Universo para dos. Quise ir a buscarla, pero Shantal me frenó cogiéndome por la muñeca. *«Todavía no»*, fue lo único que dijo mientras me llevaba de la mano, y traté de buscar apoyo en la otra chica, pero solo estábamos la pelirroja y yo.

Los gritos iban por encima del furor fanático. El lugar estaba sobrepoblado. La agrupación Renacer ayudaba a despertar a las masas. Donaban los ingresos de los conciertos para la construcción de hospitales y de internados públicos. A través de las pantallas se mostraban imágenes de sus obras sociales y el propósito de su causa. Con solo unos cuantos minutos en el mismo espacio, terminé convenciéndome de que representaban vida, que eran las voces de los reprimidos, la esperanza de cambio por encima de lo político o de la religión. Y ver a Sophia pintar sobre la tela me hizo entender que había conseguido su sitio. Ella pertenecía con ellos, aunque hubiese querido que me perteneciera a mí.

—No te ayudo porque Christopher sea mi amigo, ni tampoco porque Abril me lo pidió —soltó de pronto la pelirroja mientras subía una escalera diagonal al escenario—. Te ayudo porque yo no pude salvar a alguien que quise y quiero, pero en este caso, tú sí salvaste a Sophia y eso es admirable. Ahora sube, que no tengo todo el día —exclamó, extendiendo su mano, y mi parte racional se puso alerta. No veía seguro subirme a una escalera altísima con una persona desconocida, pero terminé haciéndolo.

—Yo no la salvé. Sophia necesitaba conseguir su sitio y lo encontró con ustedes. —Cogí su mano y subí hasta su altura.

—Dicen que no necesitamos que otra persona nos salve, que podemos solos, que nadie debería ser nuestra razón, pero el amor es fuerza y cuando es verdadero persiste. A mí me salvó el amor de mi hermana, y a Sophia la salvó haber conseguido a alguien por quien valiera la pena vivir. Pareces inteligente, Julie, así que no digas tonterías. Su sitio es contigo y si sigue viva es porque existes. Ahora, la pregunta es para ti: ¿Estás dispuesta a arriesgarte? —preguntó la pelirroja, y siguió subiendo la escalera. Tenía más de treinta metros de altura y yo estaba aterrada.

La música sonaba a todo volumen.

Sophia seguía pintando y verla me sirvió de impulso. Sentí adrenalina, euforia, ganas de arreglar los errores, de superarlos. Había sido una montaña rusa y todavía me sentía en una. Sophia era como la atracción que da más miedo y la que te hace más feliz.

Seguí a Shantal sin ningún tipo de garantía. Subí las escaleras sintiendo que volvía al principio. Sophia Pierce no necesitaba tocarme para hacer magia con mis emociones. La noradrenalina aumentó mi presión arterial. Mis latidos se incrementaban a medida que subía, y aunque evité mirar al suelo, las manos me sudaban y mi corazón estaba acelerado.

Shantal frenó en seco cuando llegamos al final de la escalera.

—Controla tus nervios y concéntrate en no morirte. Tenía pensado empujarte, pero vale, que creo que ya no soy tan niñata y es más emocionante si lo decides tú. —Sonrió con malicia y me entregó un micrófono.

—No voy a hablar delante de miles de personas —respondí, devolviéndole el micro, pero no lo recibió.

—Tal vez sea la única oportunidad. —Fue su respuesta y perdí mi mirada en el cielo, donde los demás integrantes comenzaron a hacer un espectáculo en telas que se cruzaban en el aire.

El bullicio iba en aumento y la euforia del público no tenía precedentes. Era como estar en un espectáculo del Cirque Du Soleil. Se manejaban por el aire como si tuvieran alas. Se movían como gimnastas profesionales, e incluso Abril, la que antes estaba con nosotras, ahora formaba parte de esa coreografía. Sophia y Aaron tenían las manos llenas de pintura. También ellos hacían magia. Utilizaban *spray*, luego pinceles, luego sus manos y parecían libres a través del arte. En ningún momento Sophia se dio la vuelta. Los demás danzaban como si el viento los besara, se movían como si fuesen poesía. Y no entendí por qué me sentía de ese modo, pero me sentía más viva que nunca, y no solo era Sophia, era presenciar algo tan maravilloso.

Me sentía como en un sueño, y verla a ella y a Aaron pintando en telas, me hizo comprender que la realidad puede ser insuperable. Ambos utilizaron *spray* para escribir con una pasión desbordante, mientras que una mujer de cabello corto fue desplazándose en el aire a través de movimientos perfectamente sincronizados, que combinaban el arte de la danza y la acrobacia de manera extraordinaria, hasta llegar a Aarón. La chica no solo le quitó la tela, sino que dejó un largo beso en sus labios. Un beso de esos que hace que hasta el más lastimado vuelva a creer en el amor.

Y no supe de qué se trataba hasta que, desde el aire, todos los integrantes, menos Shantal, abrieron la tela de varios metros de ancho y pude leer la palabra Renacer.

Alrededor de la tela había planetas, estrellas, constelaciones y miles de colores. Sueños, esperanza, consciencia, amor, humanidad, nobleza, verdad, perseverancia, justicia, paz, unidad y respeto fueron otras de las palabras que quedaron plasmadas en la tela que dejaron caer hacia el público.

Volví a mirar hacia Sophia con la esperanza de que me viera y me ayudara a bajar de ahí. Porque yo no sabía danzar en telas, en general ni bailar sabía, era torpe hasta para caminar como para estar dándomela de valiente. Pero Sophia no me vio y allí estaba yo, montada en una escalera con destino al cielo. Uno que comenzó a existir con su sonrisa y al que solo quería ir si ella me acompañaba.

El primero que salió a cantar fue Christopher. El que escribió una historia que parecía hablar del amor de pareja, pero que hablaba de desprenderte de lo que amas, de aceptar que la vida es breve y de dejar de culparte por los errores. Esos errores que te enseñan a perdonarte y que te recuerdan que siempre, por más jodido que estés, puedes ser alguien mejor. Todos tenemos algo en común, todos hemos perdido a alguien. y a veces ese alguien es nuestro yo del pasado, uno que no vuelve, o que regresa convertido en una persona mejor.

—Mira, siendo honesta, pienso que el hecho de perdernos solo significa que estamos vivos. No perdemos a la gente que se muere…, tampoco perdemos el amor que se va, pero cuando perdemos lo que éramos, cuando cambiamos, cuando dejamos atrás al yo del pasado, jode, jode y duele, ¡duele mucho! —exclamó de pronto Shantal, como si de algún modo pudiera saber en qué estaba pensando—. Pero ¿sabes qué? ¡Al carajo! En el viaje de la vida hay muchas transformaciones y si te quedas pensando en lo que fuiste con nostalgia por no poder recuperarlo, entonces, ¿cómo te conviertes en alguien mejor? Es muy jodido, pero lo importante no es lo que la sociedad o tus padres quieren para ti. ¡Lo importante es que tracemos nuestro puto camino y estemos orgullosos de cada decisión! —completó la pelirroja para seguir subiendo los dos escalones que faltaban, y una vez que llegó al último, se lanzó hacia el público, pero no terminó de caer. Con destreza tomó una de las telas para sostenerse, dando piruetas magistrales.

Los efectos especiales y verla moverse de esa forma por el aire fueron parte de la magia que adornaba la atmósfera. Era una noche para los corazones tristes, los que se equivocan, los que creen, los que están tocando fondo, los que han cambiado y no se reconocen. Para todos aquellos que recaen una y otra vez en el error. Una noche para los que se enamoraron y perdieron, pero sobre todo, para los que saben que el amor es más que la pérdida y que pueden convertir cada cicatriz en millones de victorias.

Y con esa energía subí los dos últimos peldaños que me faltaban. Subí hasta la punta de la escalera sin ningún tipo de protección, y el miedo que llegó a invadirme fue aplastado por unos ojos verdes que hacían que hasta lo más peligroso pareciera un juego de niños.

El vacío en mi estómago me recordó el primer día de clases, el concierto en el que nos conocimos, sus ojos llenos de dolor, sus besos en mi mejilla, mi primer viaje en el metro, la primera vez que fui a una manifestación pública contra la dictadura. El viaje a la playa, la primera vez que hice el amor. El viaje al Roraima, las dos bofetadas que le di, cuando me acosté con Belén y la equivocación de Noah. Todos fallamos, sí, es cierto, pero los millones de desaciertos fueron demostrándome que algunas veces cuando pierdes, es cuando ganas más.

—Me llamo Stephen. Bienvenida. Te estábamos esperando —dijo un chico rubio deslizándose en su tela hacia mí—. ¿Saltarías por amor? —me preguntó, al tiempo en que me mostraba una de las telas, y no supe a qué se refería porque lanzarme al vacío no era un acto de amor, pero bastó ver a Sophia para dejar de ser coherente.

Salté y me sentí afortunada cuando Shantal retuvo mi cuerpo antes de que mi caída fuera estrepitosa y me dejó a cinco metros de Sophia.

—A partir de aquí, estás sola. Haz que recupere su voz —me advirtió y me agarré fuerte a la tela en la que me había dejado.

Me dio igual caerme, pero sí tuve miedo de que Sophia me rechazara. Había pasado mucho tiempo. ¿Qué iba a decirle? ¿Y si para ella yo era un asunto superado? ¿Y si no quería verme?

Los demás integrantes dejaron de danzar en el cielo para aterrizar en el escenario. Me habían dejado sola sujeta a una tela en el aire, pero estaba a pocos metros de Sophia y su mirada me expresaba que no era así. Porque después de conocerla, jamás volvería a estar sola.

Ella siempre estaría para mí.

—Que con cada equivocación nos volvamos más humanos. Que hagamos con nuestras acciones la verdadera humanidad para la que fuimos creados... —Fueron las palabras de Chris, y en las pantallas comenzaron a salir imágenes de niños de diferentes nacionalidades y en situaciones precarias.

—Renacer no es un movimiento que vive de la anarquía. Nosotros existimos para que ellos tengan un mejor lugar —dijo otro integrante señalando las pantallas.

—Son ilusos los que después de sentir amor verdadero, piensan que se acaba cuando termina. El mayor impulso que mueve a los humanos no es el dinero, ni la política, ni mucho menos la religión. Lo que nos mueve, por encima de los idiomas, de las debilidades y de los errores, es el amor, y cuando la mediocridad colapse, cuando hagamos que se derritan las cadenas, cuando las cruces que separan y las iglesias que castigan dejen de tener fuerza... renacerá la especie sin necesidad de morir. Pero esta noche el amor sigue demostrando que, pase lo que pase..., siempre vence —exclamó Demian, el líder del movimiento, señalando hacia mí y hacia Sophia.

El ruido y los aplausos llenaron la acústica del lugar. Sophia Pierce no había apartado ni por un segundo su mirada de mí. Ya la pintura había pasado a un segundo plano. Estaba sostenida desde el techo con un mecanismo de cuerdas, pero ya no pintaba. Su cara me decía tantas cosas. Eran como palabras que podía ir descifrando y mi miedo se desvaneció. Comencé a entenderla. Comencé a decirle que la amaba sin usar el micrófono que me habían entregado. Fue como si los ocho meses no significaran nada. Como si el tiempo no hubiese pasado y lo que sentía fuera incluso más fuerte. Ya no le temía a la altura, o a estar rodeada de miles de personas. No le tenía miedo caer, a la muerte, ni a su rechazo... Tenía miedo a vivir sin que supiera cuánto la amaba.

—Cuenta la leyenda que ambas estrellas tuvieron que separarse. Que a pesar de estar enamoradas se estaban haciendo daño —comencé a hablar sin que nada me importara—. Su amor era tan inmenso que a veces no sabían qué hacer con él. Se conocieron y el mundo fue un lugar más lindo, pero se salvaban y se lastimaban al mismo tiempo. Tuvieron que dejarse ir para darse cuenta de que ambas podían solas. Necesitaban crecer y no depender de alguien para estar vivas. ¡Lo hicieron, Sophi! Ambas estrellas siguieron existiendo. Pero a las tardes les faltaba la chispa del encuentro. A las noches les faltaban las canciones. A las canciones les faltaban sus miradas. A los dibujos les faltaban universos y a los universos les faltaba que ellas dos estuvieran juntas. ¡La estrella princesa entendió que miles de constelaciones no son tan grandes como un amor que no cesa! Y no pienso contarte el final de esta historia, porque sigo pensando que la leyenda no tiene final, que nunca es tarde, que como me dijiste una vez, siempre hay tiempo, Sophi. ¡El amor es como la vida, o por lo menos a mí, el amor se me convierte en vida cada vez que estoy contigo! —expresé, y no hubo timidez, no hubo rastro de la Julie del pasado.

Shantal tuvo razón cuando dijo que no podemos vivir buscando lo que éramos. Ya no me importaba dónde había quedado la Julie tímida. Mi transformación comenzó en sus tristezas y viviría en cada una de sus sonrisas. Porque yo a Sophia Pierce, sea como sea, iba a hacerla feliz.

Me quité la camisa frente a miles de personas porque necesitaba que apreciara mi tatuaje. Me liberé del sujetador quedando en toples y convirtiéndome en el espectáculo central. La pena, la timidez, mi pasado, y la Julie que apenas podía expresarse, quedaron aplastadas por la rubia de ojos verdes que fue contándome que también somos nuestro dolor. Quería que supiera que la tenía grabada en mi piel, así que utilicé al máximo mis pocas destrezas para voltearme, y sosteniéndome en la tela como pude, le mostré mi tatuaje.

El furor de los fanáticos, los aplausos, la adrenalina, la agrupación que la había ayudado a encontrarse; todos estaban presenciando nuestra escena y Sophia utilizó el mecanismo de cuerdas que la sostenía para llegar hasta mí. Me abrazó a su cuerpo evitando que nadie más me viera. Seguía siendo una celosa y eso me encantaba. Me abrazó fuerte y no quise que me soltara.

El grupo comenzó a cantar una canción que representaba lo que estaba sintiendo. Lo que sentí desde el primer día: esa felicidad que te hace sentir extraña. Llegar a tu cuarto y que la habitación pinte diferente. Despertarte por las mañanas y sentir nervios por verla. Sentir mariposas revoloteándote cada vez que te habla. Bailar sin miedo, aunque no sepas bailar. Subirte en el columpio de la vida después de una caída. Subirte en una escalera con destino al cielo y que tu cielo sean sus ojos. Sin duda, esa noche lo entendí: Sophia había sido mi renacer, y aunque todos dicen que "yo la curé", no necesitó ser curada. Me costó aceptarlo, pero solo era miedo, me daba terror aceptar que me enamoré hasta de lo que le afectaba. Amé su oscuridad incluso más que su luz y todavía la sigo amando.

♫ *There's No Way* - **Lauv ft. Julia Michaels** ♫

—Una vez dijiste que no podías negarme nada y sé que es posible que esos tiempos ya hayan pasado, sé que ahora estás cambiando el mundo y que encontraste tu lugar, pero Sophi, quiero que cantes para mí y dejar de ser la chica que hizo que perdieras tu voz —confesé, y su cercanía estaba colapsándome. Estar tan cerca de su cuerpo no me dejaba pensar con claridad, pero me estaba muriendo de miedo de que me rechazara. Siempre dudamos de si somos queridos, pero a veces debe bastarnos el hecho de querer.

Yo la quería como nunca he querido en mi vida. Quería sus dibujos, sus universos, su mente, su depresión, sus tristezas; todo lo que ella representaba.

Yo quería la bondad de su alma, su risa intimidante, la manera en la que me hacía sentir nerviosa. Quería salvarla y no fue así. Nos salvamos la una a la otra. Nos salvamos, y daba igual si ella escogía no volver a verme después del concierto. Nos salvamos y daba igual si decidía quedarse en Renacer y yo estudiando en Harvard. Nos salvamos, y eso tenía más peso que compartir todos los días de nuestras vidas.

—Por ti no perdí mi voz, pero gracias a ti siempre he podido recuperarla... —Sophia me habló muy cerca de la boca y tuve que recordarme cómo se respiraba cuando añadió—: No sirve de nada cambiar el mundo, si no vas a disfrutarlo con la persona que amas. Y, princesa, en este tiempo lejos descubrí que sí que quiero ser alguien, pero quiero ser alguien para ti.

Después de uno de sus besos furtivos en mi mejilla, Sophia me quitó el micrófono y me di cuenta de que había valido la pena. Incluso con las caídas y su despedida no quería una historia común. Quería la dificultad de su mente y la quería a ella.

Comenzó a cantar y no solo recorrimos el techo del anfiteatro con el mecanismo de cuerdas, recorrimos el cielo que desde el inicio me mostró.

♫ *Someone to you* - **Banners** ♫

I don't want to die or fade away	No quiero morir o desaparecer,
I just want to be someone	solo quiero ser alguien,
I just want to be someone	Solo quiero ser alguien.
Dive and disappear without a trace	Zambullirme y desaparecer sin dejar rastro,
I just want to be someone	solo quiero ser alguien.
Well, doesn't everyone?	Bueno, ¿no es lo que quiere todo el mundo?
And if you feel the great dividing	Y si sientes la gran división,
I want to be the one you're guiding	quiero ser yo al que tú estés guiando,
Because I believe that you	porque creo que podrías
could lead the way	marcar el camino.
And if the sun's upset	Y si el sol está molesto
and the sky goes cold	y el cielo se enfría,
Then if the clouds get heavy	entonces si las nubes se tornan pesadas
And start to fall	y comienzan a caer,
I really need somebody	de verdad que necesito a alguien
To call my own	del que pueda decir que es mío.
I want to be somebody to someone	Quiero ser alguien para alguien.
Someone to you	Alguien para ti.

Habíamos pasado por mucho: los problemas, el pasado, el dolor, el peso en la espalda, el encierro, las injusticias, el *bullying*, el instituto, los abusos de su padre, mi falta de empatía, lo que hay después del dinero, los sueños del futuro, el temor al mañana, el tenis, los niños de la calle, Noah, mis amigos, el columpio de la vida, el sistema sin poder ganarnos, la victoria de la pureza, dos universos encontrados, la distancia, los errores, la equivocación más profunda, la inseguridad, los encuentros, las decisiones, el crecimiento, la vida por encima de la muerte, el distanciamiento. Al final, la vida es eso; son cientos de etapas, y lo que de verdad importa es la llave que nos libera del encierro que a veces son heridas del pasado, otras, simple depresión. Creo que todos, en algún punto, nos hemos sentido encerrados. Y si es así, si es tu caso, no es tarde para conseguir esa llave que seguro te está esperando. Esa llave que te libera del peso. Esa llave que te permite volver a comenzar.

—Fui egoísta al no quedarme cuando te equivocaste, mientras que tú, princesa, seguiste a mi lado a pesar de cada error. —Fueron las palabras de Sophi cuando terminó de cantar, y no sabía si era un buen momento para decirle que se viniera a dormir conmigo por el resto de nuestras vidas, así que solo la escuché—. Seguimos siendo más que un nombre y el olvido no puede alcanzarnos, porque solo lo verdadero alcanza la eternidad —exclamó, mostrándome su dedo meñique, y vi que todavía tenía el hilo rojo.

La besé sin que me importara que miles de personas nos estuvieran viendo, mientras los demás del grupo comenzaron a cantar una canción inédita. Y la escuché decirme que besaba mejor que antes, la sentí mordiendo suavemente mi cuello, la vi sonreír cuando me sonrojé ante sus comentarios. Porque algunas cosas nunca cambian, y ella siempre iba a ponerme nerviosa.

—Amor… ¿A que es la primera vez que besas a alguien delante de tanta gente? Otra primera vez que es mía —festejó con la carita pícara que tanto había echado de menos y lo tuve muy claro.

—Son muchas primeras veces en una noche, Sophi —le contesté—. También es la primera vez que persigo a la persona que amo, y la primera vez que, delante de tanta gente, quiero preguntarle si está dispuesta a estar conmigo.

—Estoy contigo justo ahora. —Se acercó más a mis labios, y cuando estaba a punto de besarme, la frené.

—Tienes el grupo y yo estoy estudiando, pero quiero que vivas conmigo y que hagamos que funcione. No sé cómo es vivir con alguien, pero me muero por cocinarte, por llegar a casa y que nos contemos el día. Por escucharte hablar de las estrellas, por despertarte con el desayuno, por… —Allí estaba yo, vendiéndome para ver si me compraba, y agradecí que Sophia me interrumpiera porque si no, seguro le decía que planchaba, lavaba y hacía todas las comidas con tal de que no volviera a huir.

—Te he extrañado tanto que ni siquiera sé qué decir, siento que me faltan las palabras... —La mirada de Sophi se cristalizó y estando en sus brazos pude notar que temblaba. Ambas temblábamos y era normal, porque cuando chocan dos mundos destinados a encontrarse y se caen los muros que los separan, por fin puedes ser sincero y ella lo hizo—: Es posible que siga siendo como soy y me asusta que estés con alguien que no te merece. Te he pensado todos los días desde que me fui y solo podía calmarme imaginándome que habías encontrado a alguien que estuviese a tu altura, que no te hiciera derramar lágrimas, que no hubiese esperado tanto para decirte que te amaba. Luego, por las noches, de nuevo me dolía..., porque imaginarte abrazando a otra persona, es insoportable. —Sus intentos de no pestañear fueron cediendo, y al hacerlo, dejó salir sus lágrimas, esas que fueron contándome que también me había echado de menos—. Princesa, que me haya dolido lo que pasó no significa que seas culpable. Si eres culpable de algo es de que respire, y que pienses que tu presencia silenció mi voz solo hace que quiera no callarme nunca, Julie. Y sí quiero, por supuesto que quiero compartir mi vida contigo. Incluso con el miedo que tengo de volver a lastimarte, teniéndote tan cerca me lo deja más claro: sigues siendo mi única certeza.

—¿Eso significa que aceptas?

—Eso significa que cada día que no aguantaba las ganas de buscarte, leía algo nuevo. Y que el libro *El principito* fue el que más me ayudó. Lo que tenemos ha estado cargado de emociones, nos hemos lastimado, pero también nos hemos sabido curar. Por muchos meses pensé que era mejor que me tuvieras lejos. Pensé que podía hacerte daño, pero un fragmento de ese libro cambió mi pensamiento y ahora lo entiendo: *"Por supuesto que te haré daño. Por supuesto que me harás daño. Por supuesto que nos haremos daño el uno al otro. Pero esta es la cuestión misma de la existencia. Para llegar a ser primavera, significa aceptar el riesgo del invierno. Para llegar a ser presencia, significa aceptar el riesgo de la ausencia".* Has estado mucho tiempo lejos y sería una idiota si te volviera a dejar ir. —Sophia me besó y todos sus besos anteriores no significaron nada. Ella sabía cómo hacer que cualquier cosa se convirtiera en una primera vez. Los ocho meses que estuvimos separadas se convirtieron en nada cuando sentí la calidez de sus labios. El pasado sirvió para reafirmar que nuestro presente sería juntas.

Me besó para decirme, que después de todo, se quedaría junto a mí.

Volvieron a verse
y fue como si el tiempo
no hubiese pasado.

Y el universo con el que soñaban,
empezó a existir de verdad.

¿FIN?

Hay historias que no llegan a su final y la nuestra es una de ellas, pero todos merecen saber que Noah comenzó a estudiar administración de empresas, que está saliendo con Tania y que somos amigos. Merecen saber que Belén y yo seguimos en contacto, aunque a Sophi no le guste mucho nuestra amistad.

Paula y Benjamín siguen juntos y nuestra relación no se desvaneció con la distancia. Claudia está embarazada y va a casarse con Sergio (yo seré la madrina del bebé y de su boda). ¿Sophi? Ella sigue siendo cada una de mis primeras veces y está muy feliz porque Shantal cumplió su promesa y logró que recuperara a sus hermanos. Sí, sé que es apresurado, pero Christopher logró que legalmente se quedaran con nosotras y ahora compartimos piso. No son "*Sophijulitos*", pero son niños y estamos haciendo un buen trabajo.

Sophia juega tenis por placer y hasta me ha enseñado. Soy malísima, pero me divierto con ella y lo disfruto de a ratos. De hecho, está enseñándole a muchos niños de una casa de acogida a la que visitamos, y pronto va a postularse para que le den una beca en una de las mejores academias de tenis de Boston.

Sophia sigue haciendo canciones para la agrupación Renacer, pero ahora se dedica a lo que ama: tendrá su primera exposición de arte en seis meses. Mostrará sus universos a otras personas y estoy segura de que será un éxito. Ella sigue sintiéndose triste, pero la mayoría del tiempo la veo feliz. A veces regresa la depresión, y sus pesadillas no se han ido, es cierto, pero la última vez que le pasó, me dijo, por voluntad propia, que quería ir a terapia. Vamos a intentarlo.

Sophi es diferente y sé que va a tener recaídas, pero eso no me asusta. Ella sigue enseñándome todos los días. Por lo menos ayer, antes de dormirnos, me dijo que sigue creyendo que la felicidad va por encima de lo que tenemos y que sigue teniendo miedo de venderse. Le contesté que mientras tuviéramos presente ese sueño plural, podríamos hacerle trampa al sistema.

Por eso, si estás leyendo este libro, es porque tienes un sueño entre tus manos. El sueño del que me hablaba Sophia ahora está en papel, y ella fue el motor, pero sin ustedes nunca hubiese funcionado. Este sueño es de todos y con todas las ganancias recaudadas demostraremos que, somos más que el dinero. Todos los fondos van para niños que viven en la calle, para los que tuvieron una vida difícil, pero que no se van a rendir.

Por mi parte, me ofrecí como voluntaria de un hospital, y estoy allí para lo que necesiten. Estamos en tiempos difíciles, un virus nos pone a prueba, pero ya todo está mejorando (dentro de lo que cabe).

Hoy he entendido, después de todo lo que viví con Sophi, que al final, las adversidades tienen una razón. La vida en sí es una enorme razón y la hemos estado desperdiciando. Podemos seguir adelante cuando todo esto mejore, pero nunca olvidar. Nunca olvidemos que en el año 2020 la vida nos dio una lección: seamos respetuosos como humanos, y, sobre todo, respetemos nuestro planeta. Hemos aprendido que no importa quién seas, cuánto dinero hay en tu cuenta, cuál sea tu profesión o a qué te dediques. ¡A todos nos llega el final! Así que pregúntate qué quieres hacer antes de que el capítulo de tu vida termine. ¡Consigue tu verdad! Consigue ese sueño por el que te quedas despierto, esa ilusión que hace que sonrías. Consigue ponerte al servicio de tus ideales y sé fiel a ti. Deja de pensar que por tus errores no te lo mereces, si estás aquí es para eso, para fallar. Ensayo y error. ¡Estamos vivos! Es otra década y estamos aquí: juntos como una gran aldea que necesita apoyarse.

Y si tal vez estás tan deprimido como Sophia Pierce, espero que esta historia, al menos por un segundo, te sirva de esperanza.

Recuerda: La felicidad va por encima de las tristezas del pasado y cada uno de nosotros nos merecemos alcanzarla. Tu verdad está allá afuera. Tu sueño está esperando por ti y me niego a poner la palabra final.

Todavía queda mucho por delante y este libro habla de inicios, de vida, de perdón. Este libro habla de situaciones complicadas, de amor, de nuevos comienzos y de culminar etapas para luego comprender, que se trata de ciclos, pero que mientras respiremos, cada vez que se cierre alguno, se abrirán muchos más. Es por eso que me niego a escribir: "*Fin*".

Por ahora, solo puedo dejarles un pedazo de mi vida con Sophia. Mostrando una vez más, que las causas que se creen perdidas, muchas veces nunca lo están.

Sophia: Quiero que vuelvas a casa y que me ayudes a devolver a estos dos monstruos al internado. ¡Me están volviendo loca! ¡La cuarentena apesta sin ti! 👾👹 11:14 pm

Sophi, falta mucho personal en el hospital y me ofrecí a cubrir otro turno. Te compenso al llegar, juega con tus hermanos. 11:16 pm ✓✓

Sophia: Quiero jugar contigo, pero en la cama. 😏 11:18 pm

Entonces no te duermas. 🙈 11:19 pm ✓✓

Sophia: Nunca voy a dormirme, princesa, y no lo digo solo por el sexo. Voy a esperarte despierta todos los días y a recibirte como a la niña más valiente que existe. Estás salvando vidas, naciste para eso y estoy orgullosa de ti. 🖤 11:21 pm

¡TE AMOOOO! 😍 11:23 pm ✓✓

Sophia: Yo también y... ¡revisa tu correo! Tengo una sorpresa para ti. 🙈 11:24 pm

➡️

Para: Julie Dash
De: Sophia Pierce

Desde que me amas las tristezas no van ganando. Y no sé si es tu amor o que curas todo lo que tocas, pero terminé enamorándome de este mundo y ya no quiero partir. Me gusta que me despiertes en la madrugada con esas ganas de transformar mis besos en orgasmos. Me gusta tratarte como a una princesa, que bailemos descalzas por toda la casa, que bebamos vino viendo las estrellas y que seas así de inteligente. Te dije que ibas a salvar vidas y lo estás haciendo. Sigo teniendo miedo de que te expongas, pero este e-mail no es para pedirte que te quedes en casa. Tú eres de las que sale, de las que cura, de las que salva. Y yo voy a esperarte con una *pizza* y con una canción. Voy a esperarte con un universo para las dos, pero esta vez no es uno lejano.

Tenías razón: para amarnos no era necesario irnos a otra constelación.

Te prometo pintarte un mundo real y hacer que lo vivas conmigo. Prometo escribirte con la sinceridad que vive en mí. Decirte incluso, que cuando peleamos, sigues pareciéndome hermosa. Que cuando nuestras diferencias se presenten, tenemos que recordar que el amor es eso: comunicarse hasta conseguir conciliar.

Parece irreal estar contigo, y comencé a pedir deseos, es raro. Teniéndote cerca y despertando contigo, cada vez que el reloj marca las 11:11 deseo que seas feliz. Serás mi deseo siempre. Porque cuando consigues a la persona que te hace sentir que los humanos valen la pena, entonces, no puedes dejar de enamorarla todos los días. Así que, en medio de la distancia, te envío lo que llevo de mi dibujo. Todo empezó cuando quería mudarnos lejos de la Tierra, y hacerte muchas clínicas, y que la maldad no apestara, y que los problemas no fueran tan grandes, y que las injusticias no me molestaran hasta el punto de querer mandarlo todo a la mierda. Sé que hay cosas que no puedo cambiar, pero contigo y esa manera en la que crees en mí, siento que puedo.

Aquí está nuestro universo: uno que, aunque es para las dos, siempre estará dedicado a ti y a tu felicidad, mi amor. Uno, en el que nada ni nadie puede hacernos daño.

Universo para dos

Si en otra vida me pierdo,
sé que mi alma,
sea como sea,
te va a encontrar.

Ella está completamente rota.

Yo tengo la manía
de querer repararlo todo.

Ella es un perfecto desastre.

Yo trato de estar planificada.

Mi manía es el orden, pero
con ella, empecé a amar el caos.

Sophia Pierce me enseñó a amar.

Me enseñó a perdonar
y a perdonarme.

Con ella aprendí que
el olvido no existe.

Y que, si existe, a nosotras,
por ejemplo,

nunca nos alcanzará.

Agradecimientos:

Gracias por tanto amor a esta historia. Gracias por creer en el sueño de Julie y de Sophi: El sueño de un mundo mejor. Si llegaron hasta aquí, ya saben que parte del viaje es ayudar a los demás, y que todas las ganancias de esta historia son donadas a la fundación tierra nueva. Sí. Sophia, Julie, todo el libro tiene un propósito mayor. Y sé que a veces parece imposible, pero lo imposible se resuelve intentándolo. Así que sigamos intentando entregar lo mejor de nosotros y tender la mano a quien lo necesite. Recuerden que el viaje sigue. Que el columpio de la vida nos recuerda la importancia de las caídas y nos deja un mensaje acerca de las equivocaciones. No seamos víctimas de nuestros errores, pero tampoco insistamos en seguir equivocándonos con lo mismo una y otra vez.

Muchas veces me dijeron que no escribiera este libro porque no tendría éxito. Menos mal que no les hice caso, porque aunque no ha sido fácil, la vida sigue recordándome que este libro ya es un milagro. Que crear personajes como Sophia Pierce y Julie Dash, nos recuerdan que el amor nunca puede ser un error. Así que gracias por permitir que esta historia exista y por darle tanto apoyo.

Por último, debo darle gracias a Dios. Porque muchos me han dicho que no iré al cielo, y yo siento a Dios en mi interior. Sin ÉL nada de esto sería posible. Él es mi soporte. Así que no les creas a los que te dicen que sus puertas están cerradas para ti por enamorarte de alguien de tu mismo sexo. Te aseguro que Dios te ama de forma incondicional.

Atentamente,

Nacarid Portal Arráez.

¡La 2da parte del libro está disponible en digital!

LEELO GRATIS EN
wattpad